LA SOMBRA MÁS ARDIENTE

LA
SOMBRA
MÁS ARDIENTE

JENNIFER L.
ARMENTROUT

TITANIA
Argentina • Chile • Colombia • España
Estados Unidos • México • Perú • Uruguay

Título original: *The Burning Shadow*
Editor original: Tor Teen Books
Traducción: María Palma Carvajal e Inmaculada Rodriguez Lopera

1ª. edición Octubre 2023

ISBN: 978-84-19131-37-9
E-ISBN: 978-84-19699-84-8
Depósito legal: B-14.547-2023

Fotocomposición: Ediciones Urano, S.A.U.
Impreso por Romanyà Valls, S.A. — Verdaguer, 1 — 08786 Capellades (Barcelona)

Impreso en España — *Printed in Spain*

A ti, que me lees.

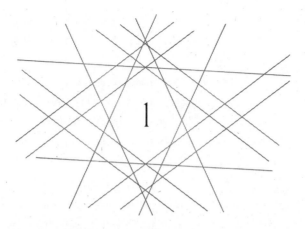

1

—Métetela en la boca de una vez.

Parpadeé rápidamente y levanté la mirada del plato humeante de sopa de tomate hacia donde estaba mi madre.

No quería volver a escuchar salir de su boca esa serie de palabras nunca más.

Su cabello rubio estaba pulido hacia atrás en una corta y cuidada cola de caballo, y su blusa blanca, por sorprendente que parezca, no tenía ni una arruga. Más que mirarme, estaba fulminándome con la mirada desde el otro lado de la isla de la cocina.

—Bueno. —Sonó la voz profunda a mi lado—. Ahora me siento superincómodo.

La mujer que creía que era mi madre biológica hasta hace unos días se mostraba notablemente tranquila a pesar de que el comedor seguía destrozado por la épica pelea a muerte que había tenido lugar hacía menos de veinticuatro horas. Esta mujer no toleraba el desorden de ningún tipo. Sin embargo, las tensas comisuras de sus labios me decían que estaba a punto de convertirse en la coronel Sylvia Dasher, y no tenía nada que ver con la mesa del comedor rota o la ventana destrozada del piso de arriba.

—Querías un sándwich de queso fundido y sopa de tomate —dijo, haciendo hincapié en cada alimento como si fuera una enfermedad recién descubierta—. Los he preparado para ti, y lo único que has hecho ha sido sentarte y quedarte mirándolos.

Eso era cierto.

—Estaba pensando... —Él hizo una elaborada pausa—. Que hacer que me prepares un sándwich de queso fundido y una sopa de tomate ha sido demasiado fácil.

Ella sonrió mucho, pero la sonrisa no le llegó a los ojos. Unos ojos que eran marrones solo porque llevaba unas lentes de contacto especialmente diseñadas para bloquear los drones del CRA, el Control Retinal para Alienígenas. Sus verdaderos ojos eran de un azul vibrante. Solo los había visto una vez.

—¿Te preocupa que la sopa esté envenenada?

Mis ojos se abrieron de par en par mientras dejaba en el plato el pan perfectamente tostado con mantequilla y el queso derretido.

—Ahora que lo mencionas, me preocupa que haya arsénico o tal vez algún resto de suero de Dédalo. Creo que nunca se puede estar seguro del todo, la verdad.

Despacio, miré al chico que se encontraba sentado a mi lado en un taburete. «Chico» no era exactamente la palabra adecuada para describirlo. Tampoco era humano. Era un Origin, algo distinto a los Luxen y a los humanos.

Luc.

Con tres letras, sin apellido y pronunciado como *Luke*, era un completo enigma para mí, y era..., bueno, era especial y él lo sabía.

—Tu comida no está envenenada —le dije, respirando hondo mientras intentaba interponer algo de sentido común en esta conversación que se estaba deteriorando con rapidez. La vela cercana, una que me recordaba a las especias de calabaza, casi opacaba su aroma único a bosque, que me recordaba a las agujas de pino y al aire fresco.

—Yo eso no lo sé, Melocotón. —Los labios carnosos de Luc se curvaron en una media sonrisa. Eran unos labios con los que últimamente me había familiarizado mucho. Unos labios que me distraían tanto como el resto de él—. Creo que nada le encantaría a Sylvia más que deshacerse de mí.

—¿Tan obvio es? —contestó ella, y su fina y falsa sonrisa se estrechó aún más—. Siempre he pensado que tenía una cara de póker bastante buena.

—Dudo que alguna vez puedas ocultar con éxito tu aversión desmedida hacia mí. —Luc se reclinó hacia atrás, cruzando los brazos sobre su amplio torso—. La primera vez que vine aquí, hace muchísimos años, me apuntaste con una pistola, y la última vez que vine me amenazaste con una escopeta. Así que creo que lo has dejado bastante claro.

—Siempre podemos probar una tercera vez —espetó ella, extendiendo sus dedos sobre el frío granito—. A la tercera va la vencida, ¿no?

La barbilla de Luc se hundió y aquellas gruesas pestañas bajaron, protegiendo unos ojos asombrosamente enjoyados. Amatista. El color no era lo único que delataba que tenía algo más que ADN de *Homo sapiens*. La difusa línea negra que le rodeaba los iris también era un buen indicio de que solo había un poco de humano en él.

—No habrá una tercera vez, Sylvia.

Oh, Dios.

Las cosas estaban..., bueno, incómodas entre Luc y ella.

Compartían una historia complicada que tenía mucho que ver con lo que yo solía ser, pero había creído que todo el asunto del sándwich de queso fundido y la sopa de tomate iba a ser como si ella ondease una bandera blanca, una extraña oferta de tregua, pero una oferta al fin y al cabo. Es obvio que me había equivocado. Desde el momento en el que Luc y yo entramos en la cocina, las cosas habían ido cuesta abajo entre ambos.

—Yo no estaría tan segura de eso —comentó ella, agarrando un paño de cocina—. Ya sabes lo que dicen de los hombres arrogantes.

—No, no lo sé. —Luc dejó caer el codo sobre la isla y apoyó la barbilla en el puño—. Pero, por favor, ilumíname.

—Un hombre arrogante siempre se sentirá inmortal. —Levantó la mirada, encontrándose con la suya—. Incluso en su lecho de muerte.

—Ya está bien —intervine cuando vi que la cabeza de Luc se inclinaba hacia un lado—. ¿Podéis dejar de intentar picaros el uno al otro con comentarios sarcásticos para que podamos comernos los sándwiches y la sopa como seres humanos normales? Eso estaría genial.

—Pero no somos seres humanos normales. —Luc me echó una larga mirada de reojo—. Y no estoy siendo sarcástico, Melocotón.

Puse los ojos en blanco.

—Ya sabes lo que quiero decir.

—Pero él tiene razón. —Le pasó el paño a un punto de la isla que solo ella podía ver—. Nada de esto es normal. Ni lo va a ser.

Frunciendo el ceño, tuve que admitir que tenía razón. Nada ha sido igual desde el momento en el que Luc entró (o, en realidad, volvió a entrar) en mi vida. Todo había cambiado. Todo mi mundo había implosionado en el instante en el que me di cuenta de que casi todo lo que me rodeaba era mentira.

—Pero necesito normalidad ahora mismo. La necesito muchísimo.

Luc cerró la boca y volvió a mirar su sándwich, con los hombros increíblemente tensos.

—Solo hay una manera de que vuelvas a tener una vida normal, cielo —dijo mi madre, y yo me estremecí ante el apodo cariñoso.

Era de la forma en la que siempre me llamaba. *Cielo*. Pero ahora, al saber que solo había estado en mi vida estos últimos cuatro años, la simple y dulce palabra parecía una equivocación. Incluso irreal.

—¿Quieres normalidad? Pues sácalo a él de tu vida.

Dejé caer mi sándwich, sorprendida de que me dijera eso, no solo delante de Luc, sino de que lo dijera en general.

Luc levantó la cabeza.

—Ya me la quitaste una vez. Eso no va a suceder de nuevo.

—Yo no te la quité —respondió—. Yo la salvé.

—¿Y para qué, coronel Dasher? —La sonrisa de Luc era afilada—. ¿Para darte la hija que habías perdido? ¿Para tener algo que sabías que podías sostener sobre mi cabeza?

Se me encogió el corazón en el pecho de forma dolorosa.

—Luc...

El paño de cocina se arrugó bajo los dedos de mi madre mientras cerraba la mano en un puño.

—Te crees que lo sabes todo...

—Sé lo suficiente. —Su voz era demasiado suave, demasiado uniforme—. Y es mejor que no lo olvides.

Un músculo se estremeció a lo largo de la sien de ella, y me pregunté por un momento si los Luxen podrían sufrir accidentes cerebrovasculares.

—No la conoces. Tú conociste a Nadia. Esta es Evie.

La bocanada de aire que inhalé se me quedó atascada en la garganta. Tenía razón y, a la vez, estaba equivocada. Yo no era Nadia. Tampoco era Evie. No tenía ni idea de quién era en realidad.

—No son la misma —continuó—. Y si de verdad te preocuparas por ella, por Evie, saldrías de su vida y la dejarías marchar.

Me sobresalté.

—Eso no es...

—¿Crees que la conoces mejor que yo? —La risa de Luc podría haber congelado las tierras salvajes de Alaska—. Si crees que es tu hija muerta, entonces vives en un mundo de fantasía. Y si crees que lo mejor es que me vaya de aquí, entonces no tienes ni idea.

Mi mirada iba de uno a otro.

—Para vuestra información, estoy sentada aquí. Totalmente presente en esta discusión sobre mí misma.

Ambos me ignoraron.

—Y solo para ser muy muy claro —continuó Luc—. Si crees que volvería a alejarme, es obvio que te has olvidado de quién soy.

¿Estaba el paño de cocina empezando a echar humo?

—No me he olvidado de lo que eres.

—¿Y qué soy? —la desafió Luc.

—Nada más que un asesino.

Mierda.

Luc sonrió.

—Entonces tú y yo deberíamos llevarnos bien.

¡Madre mía!

—Es mejor que recuerdes que ahora solo formas parte de su vida porque yo lo estoy permitiendo —le replicó ella.

Luc mantuvo los brazos cruzados.

—La verdad es que me encantaría que intentaras alejarme de ella ahora.

—No me tientes, Luc.

—Por si no te has dado cuenta, es lo que he estado haciendo.

Una energía blanca y azulada parpadeó sobre los nudillos de mi madre, y yo perdí el control. Todas las emociones violentas y puras se arremolinaron dentro de mí como un ciclón, azotando cada parte de mi ser. Esto era demasiado... simplemente demasiado.

—¡Parad! ¡Los dos! —Me puse de pie y el taburete se volcó, estrellándose contra el suelo y sorprendiéndolos a ambos—. ¿De verdad creéis que algo de esto está ayudando ahora mismo? ¿En serio?

Luc se revolvió en el taburete, con sus extraños ojos ligeramente abiertos mientras mi madre se apartaba de la isla, dejando caer el paño de cocina.

—¿Habéis olvidado que anoche estuve a punto de morir porque un Origin psicótico y un poco suicida tenía un tronco del tamaño de un tiranosaurio rex para hacerte papilla? —Señalé a Luc, y su mandíbula se endureció en respuesta—. ¿Y tú te has olvidado que te has pasado los últimos cuatro años fingiendo ser mi madre? Lo cual es científicamente imposible porque eres una Luxen, otra cosa en la que me has mentido.

La cara de mi madre palideció.

—Sigo siendo tu madre...

—¡Me convenciste de que era una chica muerta! —grité, levantando las manos—. Ni siquiera me has adoptado. ¿Cómo puede ser siquiera eso legal?

—Esa es una muy buena pregunta. —Sonrió Luc.

—¡Cállate! —Me abalancé sobre él, con el corazón acelerado y las sienes empezándome a palpitar—. Tampoco es que tú hayas hecho mucho más que mentirme. Incluso hiciste que mi mejor amiga se hiciera amiga mía.

—Bueno, yo no hice exactamente que se convirtiera en tu mejor amiga —respondió, descruzando poco a poco los brazos—. Me gustaría pensar que eso sucedió de forma orgánica.

—No metas la lógica en esto —repliqué, y se me cerraron las manos en puños cuando las líneas de su boca se suavizaron—. Los dos me estáis sacando de mis casillas, y ya no puedo más. ¿Tengo que recordaros lo que ha pasado en las últimas cuarenta y ocho horas? Me he enterado de que todo lo que sabía sobre mí era mentira y de que me han llenado de ADN alienígena por cortesía de un suero que apenas puedo pronunciar, y mucho menos deletrear. Y por si eso no fuera suficiente, me he encontrado a un compañero de clase muerto y requetemuerto. Los ojos de Andy estaban quemados de verdad, ¡y luego me han arrastrado literalmente por el bosque y he tenido que escuchar los extraños desvaríos de un Origin que tenía problemas de abandono!

Ambos me miraron fijamente.

Di un paso hacia atrás, respirando con dificultad.

—Lo único que quería hacer era comerme un maldito sándwich de queso fundido, tomarme un poco de la maldita sopa y ser normal durante cinco segundos, pero ambos lo habéis arruinado y... —Sin previo aviso, una oleada de mareo me invadió, haciendo que mi pecho se sintiera de repente hueco—. Vaya.

La cara de mi madre se desdibujaba mientras mis rodillas se debilitaban.

—Evie...

Luc se movió tan rápido que no habría podido seguirle la pista aunque no estuviera viendo extrañamente doble en ese momento. En lo que me pareció medio segundo, tenía un brazo fuerte y firme alrededor de mi cintura.

—Evie —dijo, tomándome de la mejilla y levantándome la cabeza. No me había dado cuenta de que la había bajado—. ¿Te encuentras bien?

El corazón me latía demasiado deprisa y sentía la cabeza como si me la hubieran llenado de algodón. La presión se instaló en mi pecho mientras me temblaban las piernas. Estaba viva y seguía en pie, así que eso significaba que estaba bien. Tenía que estarlo. Solo que no me salían las palabras en ese momento.

—¿Qué ocurre? —La preocupación enhebraba cada sílaba de la voz de mi madre mientras se acercaba.

—Mareada —jadeé, cerrando los ojos. No había comido nada desde algún momento del día anterior y solo había conseguido tomar un bocado antes de que empezaran a discutir, así que no era de extrañar que estuviera mareada. Además, la última semana... o mes había sido demasiado.

—Solo respira. —El pulgar de Luc se arrastró sobre mi mandíbula, propinándome largas y relajantes caricias—. Tómate un momento y respira. —Hubo una pausa—. Ella está bien. Es solo que estaba... estaba bastante malherida anoche. Le va a costar un poco estar al cien por cien.

Me pareció raro, porque esta mañana me había sentido como si pudiera haber corrido una maratón, y normalmente no tenía ganas de correr a menos que me persiguiera una horda de zombis.

Pero, poco a poco, el peso se me quitó de la cabeza y del pecho, y el mareo se desvaneció. Abrí los ojos y la siguiente respiración se me atascó en la garganta. No me había dado cuenta de que estaba tan cerca, de que se había encorvado para que estuviéramos a la altura de los ojos, con su cara a escasos centímetros de la mía.

Una mezcla de emociones totalmente desconcertantes se despertó en lo más profundo de mi ser, luchando por salir a la superficie, para que les prestara atención, para que les diera sentido.

Su mirada brillante se encontró con la mía mientras un mechón de pelo ondulado de color bronce caía hacia delante, protegiendo uno de aquellos ojos de color púrpura impresionantes y fuera de lo normal. Me fijé en los rasgos que se habían reconstruido de una forma tan inhumanamente perfecta que los simples mortales no podríamos conseguir sin una mano quirúrgica experta.

Luc era hermoso como lo era una pantera en la naturaleza, y eso era a lo que me recordaba a menudo. A un depredador elegante y cautivador que distraía con su belleza o atraía a su presa con ella.

Las comisuras de sus labios carnosos se torcieron con audacia, inclinándolos hacia arriba. La luz del sol de principios de octubre entraba por la ventana de la cocina y se reflejaba en esos afilados pómulos, resaltándolos y creando sombras seductoras debajo de ellos.

Volví a mirar sus labios.

Cuando lo hice, quise tocarlo, y mientras lo miraba deseando hacerlo, esa sonrisa burlona suya subió de tono.

Entrecerré los ojos.

Solo unos pocos Origin podían leer los pensamientos con la misma facilidad con la que yo leía un libro. Luc era, por supuesto, uno de ellos. Había prometido no meterse en mi cabeza, y creo que lo hacía la mayor parte del tiempo, pero siempre parecía estar espiando cuando yo estaba pensando en la cosa más embarazosa posible.

Como ahora mismo.

Su mueca se convirtió en una sonrisa, y me produjo un cosquilleo en el pecho. Esa sonrisa suya era tan peligrosa como la fuente.

—Creo que ya se siente mejor.

Me aparté de él de un tirón, rompiendo el abrazo mientras un calor se apoderaba de mis mejillas. No podía mirarla. A Sylvia. A mi madre. A quienquiera que fuese. Tampoco quería mirarlo a él.

—Estoy bien.

—Creo que deberías comer algo —dijo mi madre—. Puedo calentar la sopa...

—No quiero comer nada, de verdad —interrumpí, sin nada de apetito llegados a este punto—. Tan solo quiero que no os peleéis.

Mi madre miró hacia otro lado, con su pequeño mentón sobresaliendo mientras cruzaba los brazos sobre el pecho.

—Yo tampoco quiero eso —contestó Luc, con la voz tan baja que no estaba segura de que mi madre lo hubiera oído.

Se me encogió el pecho al encontrarme con su mirada.

—¿De verdad? Parecía que estabas más que dispuesto a pelear.

—Tienes razón —replicó, sorprendiéndome—. Estaba siendo hostil. No debería haberlo sido.

Por un momento, lo único que pude hacer fue mirarlo fijamente, y luego asentí.

—Hay algo que tengo que decir, y los dos tenéis que oírlo. —Cerré las manos en puños—. Ella no puede alejarme de ti.

Sus ojos se tornaron de un tono violeta, y cuando habló, su voz era más áspera.

—Me alegro de oír eso.

—Solo porque no se me puede retener ni obligar a hacer nada que yo no quiera —añadí—. Y eso también va por ti.

—Nunca me imaginaría poder hacerlo. —Estaba más cerca, moviéndose hacia mí de forma tan silenciosa como un fantasma.

Respirando de manera superficial, miré a mi madre. Tenía el rostro pálido, pero más allá de eso, no pude leer nada en su expresión.

—Y sé que no quieres intentar separarnos a Luc y a mí, no ahora y no después de todo. Estabas enfadada. Tenéis una historia complicada. Lo entiendo, y sé que puede que nunca os caigáis bien, pero de verdad que necesito que finjáis que lo hacéis. Aunque solo sea un poco.

—Lo siento —me dijo mi madre, aclarándose la garganta—. Él podría haber estado dispuesto a discutir conmigo, pero esto ha sido culpa mía. Lo he invitado a comer y después he sido grosera sin necesidad. Es evidente que tiene motivos para no confiar en mí ni aceptar ninguna de mis acciones de buena fe. Si fuera al revés, me sentiría igual que él. —Inhaló hondo—. Lo siento, Luc.

Me quedé conmocionada mientras abría los ojos de par en par, y no era la única que la miraba como si no entendiera las palabras que salían de su boca.

—Sé que tú y yo nunca nos vamos a caer bien —continuó mi madre—. Pero tenemos que intentar llevarnos bien. Por Evie.

Luc se quedó tan quieto como una estatua de uno de los pocos museos que habían sobrevivido a la invasión alienígena. Luego asintió con la cabeza.

—Por ella.

Más tarde esa noche, en mi habitación, me encontré sentada en el borde de la cama, mirando el tablero de corcho lleno de fotografías de mis amigos y yo. Ni siquiera sabía cuándo había empezado a mirarlas, pero no podía apartar los ojos de ellas.

Luc se había ido poco después del #movidadelsándwichdequesofundido, lo cual fue lo mejor. Incluso si se suavizaban las cosas, era mejor que tuvieran algo de espacio entre ellos. Puede que todo un código postal de espacio. Quería tener la esperanza de que pudieran llevarse bien, pero también sabía que eso podría ser esperar demasiado de ambos.

Suspiré, con la mirada puesta en las fotografías. Algunas de ellas eran fotos de nosotros simplemente pasando el rato o haciendo el tonto. Otras nos mostraban con disfraces de Halloween o vestidos de gala, con el pelo y el maquillaje a punto. A Heidi. A James. A Zoe. A mí.

Zoe.

Había sido la primera amiga que había hecho en el instituto Centennial hacía cuatro años. Congeniamos de inmediato, ya que ambas habíamos sufrido (o al menos creíamos haber sufrido) una pérdida inimaginable tras la invasión. Nuestro pequeño grupo de dos no tardó en ampliarse para incluir a Heidi y, finalmente, a James. Los cuatro habíamos sido uña y carne, pero Zoe también me había mentido. Al igual que Luc. Al igual que mi madre. A Zoe le habían ordenado que fuera mi amiga, que me cuidara porque Luc no podía, y tal vez Luc había tenido razón antes. Tal vez la habían obligado a ser mi amiga, pero nos habíamos convertido en mejores amigas por nuestra cuenta. ¿Quién sabe? Yo no lo sé. Y nunca lo sabremos.

Me volvió a rugir el estómago y supe que era hora de bajar, porque sentía que mi estómago quería comerse a sí mismo. Una parte de mí esperaba que mi madre se hubiera encerrado en su habitación. Me sentí fatal por pensar eso, pero las cosas siempre eran superincómodas después de una pelea, y no tenía espacio en el cerebro para lidiar con ello. En el momento en el que llegué al vestíbulo y oí la televisión encendida, supe que no tenía tanta suerte.

Respirando hondo, cuadré los hombros y entré en el salón. Un episodio de *Obsesivos compulsivos* se estaba reproduciendo en la televisión, y sacudí la cabeza mientras continuaba hacia la sala de estar.

Estaba en la isla, con un frasco de mostaza, una barra de pan y un paquete de embutido extendidos ante ella. Incluso había una bolsa de patatas fritas con crema agria y cheddar, mis favoritas. Carne asada. Estaba preparando sándwiches de carne asada, y era evidente, si nos basamos en el hecho de que solo había mostaza en el pan, que acababa de empezar.

Mi madre levantó la vista mientras recogía el paquete de embutido.

—Espero que tengas hambre.

Ralenticé mis pasos.

—¿Cómo sabías que iba a bajar? ¿Estabas escuchando los sonidos vitales fuera de la puerta de mi habitación?

—Tal vez. —Una mirada tímida le cruzó el rostro—. Pensaba engatusarte con esto si no lo hacías.

Me puse de pie detrás del taburete que había derribado antes.

—Sí, tengo hambre.

—Perfecto. —Señaló el taburete—. Estará listo en un minuto.

—Gracias.

Me senté, dejando que mis manos cayeran sobre mi regazo mientras la veía colocar una rebanada de carne asada sobre el pan y luego otra. No tenía ni idea de qué decir mientras el silencio se extendía entre nosotras. Por suerte o por desgracia, ella sí sabía justo qué decir.

—Si todavía estás enfadada conmigo, lo entiendo perfectamente —dijo, yendo directamente al grano al estilo típico de la coronel Dasher. Otra rebanada de carne asada fue a parar al sándwich—. Me he disculpado ya, pero sé que hoy le he dicho cosas a Luc que no debía, y tenías razón. Después de todo, no necesitabas eso hoy.

Crucé los brazos en el regazo mientras miraba la cocina.

—Luc... Él fue el que empezó. Quiero decir, no tenía por qué sacar el tema de la pistola y sé que puede que nunca os llevéis bien, pero...

—Lo necesitas —terminó por mí, colocando el pan sobre la carne.

El calor me llegó a las mejillas.

—Bueno, yo no diría eso.

Una leve sonrisa se le dibujó en los labios mientras me miraba.

—Eres tan parte de él como él es parte de ti. —Se le desvaneció la sonrisa mientras negaba con la cabeza—. Luc se cree que lo sabe todo. Y no lo hace.

Menos mal que Luc no estaba aquí para oírle decir eso.

—Y sobre todo cree que sabe por qué hice lo que hice cuando decidí... ayudarte a convertirte en Evie, pero no lo sabe. No está en mi cabeza —continuó, y me pregunté si se daba cuenta de que Luc podía leer los pensamientos. Tenía que hacerlo—. Y sé que no confía en mí. No puedo culparlo por eso.

—Pero tú evitaste que mi padr..., evitaste que Jason intentara dispararle —señalé—. Y no eras la única que estaba guardando secretos. También lo hacía él. No es que le hayas dado ninguna otra razón para no confiar en ti. Lo mismo le ocurre a él.

Asintió mientras agarraba la bolsa de patatas fritas.

—Tienes razón. Tal vez lo intentemos de nuevo, y la próxima vez, tendremos mejores resultados.

—Puede ser —murmuré.

—No pareces muy segura.

—Es que no lo estoy —admití con una risa.

Apareció una sonrisa irónica mientras volcaba algunas patatas fritas en el plato de cartón, junto al sándwich.

—Pero algo de lo que puedes estar segura es de que yo soy tu madre. Puede que no lo sea por sangre o legalmente, y puede que solo haya estado en tu vida durante estos últimos cuatro años, pero eres mi hija y te quiero. Haría cualquier cosa para asegurarme de que estás a salvo y eres feliz, como haría cualquier otra madre.

Me temblaba el labio inferior mientras me ardían el pecho y la garganta. *Hija*. *Madre*. Palabras sencillas. Poderosas. Palabras que quería poseer.

—Sé que estás enfadada porque te lo he ocultado todo, y lo entiendo. Sospecho que te llevará mucho tiempo superarlo. No te culpo. Ojalá hubiera sido más sincera contigo sobre él y sobre quién eras. La primera vez que apareció aquí, debí haberte contado la verdad.

—Sí, deberías haberlo hecho, pero no lo hiciste. No podemos cambiar nada de eso, ¿verdad? Es lo que hay.

Mi madre apartó entonces la mirada, apoyando la mano en la parte delantera de la camiseta. Se había cambiado la blusa por una camiseta de algodón azul pálido.

—Ojalá hubiera tomado otras decisiones para que tú pudieras haber hecho otras.

Levanté la vista y la miré... y realmente la vi. Algo en ella parecía raro. Mi madre aparentaba ser, por lo menos, una década más joven que su edad, pero parecía más pálida de lo normal. Sus rasgos estaban dibujados, y había líneas débiles alrededor de las esquinas de sus ojos y surcos más profundos en su frente que juraría que no habían estado allí dos semanas antes.

A pesar de todas las mentiras y del millón de cosas que aún no entendía, la preocupación floreció.

—¿Estás bien? Pareces cansada.

—Sí que estoy un poco cansada. —Levantó la mano, tocándose ligeramente el hombro—. Hace tiempo que no recurro a la fuente.

Un temblor me recorrió todo el cuerpo. Había usado la fuente cuando había luchado contra Micah.

—¿Eso es normal?

—Puede suceder cuando no has usado la fuente en un tiempo, pero estaré bien. —Entonces sonrió, una sonrisa tenue pero real—. Come.

Sintiéndome un poco mejor con respecto a todo y casi normal, engullí el sándwich y las patatas fritas tan rápido que fue increíble que no me atragantase. Una vez que terminé, todavía tenía hambre. Tirando el plato de cartón a la basura, me acerqué al frigorífico y miré dentro, debatiéndome entre si quería tomarme la molestia de cortar las fresas que había visto y rebozarlas en azúcar o si quería algo más simple.

—Cuando termines de refrescarte estando de pie delante del frigorífico, hay algo aquí que quería mostrarte —anunció mi madre.

Resoplé mientras agarraba un paquete de queso en tiras. Me acerqué a la papelera, le quité el envoltorio y lo tiré a la basura.

—¿El qué?

—Sígueme. —Se giró y la seguí hasta la parte delantera de la casa, hasta las puertas francesas que daban a su despacho. Abrió las puertas, y ralenticé mis pasos.

Una pequeña parte de mí no quería entrar en el despacho.

Había encontrado fotos de ella aquí, de la verdadera Evie, escondidas en un álbum de fotos. Siempre me habían dicho que no teníamos ningún álbum de fotos antiguo. Que mi madre no había tenido la oportunidad de agarrar ninguno durante la invasión. Me había creído eso a ciegas, pero ahora sabía la verdad, y sabía por qué no podía haber álbumes de fotos.

No habría estado en ellos. Habría estado la verdadera Evie.

—¿Recuerdas la noche que me llamaste mientras estaba en el trabajo porque pensabas que había alguien en la casa? —preguntó.

La pregunta me encontró con la guardia baja. Se refería a la noche en la que estuve aquí sola y escuché a alguien en la planta de abajo.

—Sí, puede que no me olvide de eso hasta que tenga ochenta años. Pensaba que me lo había imaginado.

—No lo hiciste. —Se volvió hacia su escritorio—. Alguien estuvo aquí y se llevó algo.

Abrí la boca, pero no me salía ninguna palabra. Puede que fuese algo bueno, porque la mayoría de las palabras que se me acumulaban en la lengua eran palabrotas. Al final, encontré mi voz.

—Dijiste que no se habían llevado nada.

—Me equivoqué. No te estaba ocultando nada. Solo que no me he dado cuenta hasta esta tarde. Estaba ordenando el despacho cuando lo he descubierto —me explicó.

No tenía ni idea de cómo podía ordenar su despacho más de lo que lo tenía normalmente. Por el amor de Dios, su oficina ya estaba más organizada que una agenda mensual.

Me afloró un malestar mientras la miraba fijamente.

—¿Qué se han llevado?

Metió la mano en el cajón del escritorio y sacó el maldito álbum de fotos, lo colocó sobre el escritorio. Lo abrió para ver las páginas en blanco.

—Cuando estaba aquí ordenando, abrí el álbum por casualidad. Hacía tiempo que no lo miraba, pero entonces me di cuenta. Había fotos de la hija de Jason. Otras fotos de cumpleaños y unas cuantas tomadas de forma espontánea. —Sus dedos se detuvieron en las páginas en blanco—. Esas fueron las que robaron.

Confundida, alcé la mirada hacia la suya mientras le daba vueltas a mis pensamientos.

—Tuvo que ser Micah. Ya había estado...

—Que ya había estado... ¿qué?

Ya había estado en esta casa, mientras yo dormía. Me había arañado..., incluso asfixiado. Creía que había sido una pesadilla hasta que me admitió lo que había hecho. Un escalofrío me recorrió. Mi madre no lo sabía. Cruzando los brazos, me miré los pies descalzos. El esmalte de uñas color púrpura había empezado a descascarillarse en el dedo gordo.

Micah no había admitido haber robado las fotos, y también afirmaba que no había matado a Andy, uno de mis compañeros de clase, ni a esa pobre familia de la ciudad. Pero sí que había admitido las muertes de Colleen y de Amanda, y Luc y yo habíamos asumido que había mentido.

¿Y si no lo hubiese hecho?

¿Y por qué iba a robar fotos de la verdadera Evie? Él sabía quién era desde el principio. No necesitaba una prueba fotográfica. Se me hizo un nudo en el estómago cuando levanté mi mirada hacia la suya.

—¿Y si no hubiese sido Micah? ¿Por qué alguien iba a querer tomarlas?

La línea de su boca se afinó hasta casi hacerle desaparecer el labio superior.

—No lo sé.

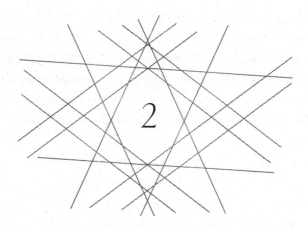

2

—¡No seremos silenciados! ¡No viviremos con miedo! —La voz de April Collins provenía de la parte delantera del instituto el lunes por la mañana, y sonaba como clavos oxidados en mis terminaciones nerviosas—. ¡No más Luxen! ¡No más miedo!

Ralenticé mis pasos mientras entrecerraba los ojos contra el resplandor del sol. April estaba levantando una pancarta de color rosa brillante, agitándolo mientras el pequeño grupo de compañeros detrás de ella seguía coreando:

—¡No más Luxen! ¡No más miedo!

Una profesora intentaba hacer pasar a April y a los demás por la puerta principal, pero no estaba teniendo mucha suerte. Parecía que necesitaba dos tazas grandes más de café para lidiar con esto.

Era demasiado temprano para esas tonterías.

Debería haberme quedado en casa, como quería mi madre, para no ver a April alborotando a los alumnos. Por otra parte, me habría aburrido como una ostra y mi madre se habría quedado en casa. Si quería ver a mis amigos y si quería ver a Luc, como planeaba hacer más tarde, eso significaba que tenía que ir al instituto.

Y, al parecer, aguantar a April.

La buena noticia era que no había tenido más mareos a pesar de no haber dormido mucho la noche anterior. En primer lugar, no podía dejar de pensar en las fotos desaparecidas, aunque tenía que haber sido Micah quien se las hubiese llevado, y cuando por fin me dormí, una pesadilla me había despertado horas después.

Había vuelto al bosque con Micah, y Luc... estaba gravemente herido y...

Corté esos pensamientos mientras un escalofrío me recorrió la espina dorsal, y avancé con fuerza. April había empezado a protestar fuera, en la entrada principal por las mañanas y en el aparcamiento después de salir de las clases, ambos lugares en los que sí o sí la verían los Luxen registrados que asistían a nuestro instituto.

Mirando a mi alrededor, no vi a Connor ni a ningún otro Luxen, y esperaba que eso significara que habían llegado al instituto antes de que empezara April. La mayoría de la gente los ignoraba. Solo unos pocos estaban alrededor, observando. Una chica que no reconocí, puede que de tercero o de cuarto de la ESO (Escuela Secundaria Obligatoria), les gritaba, pero lo que decía quedaba ahogado por los cánticos de April y su grupo.

Apreté el puño con fuerza y aceleré el paso, bajando a toda prisa por los escalones que conducían a la entrada del instituto Centennial. Cuando me acerqué al grupo, April se giró hacia mí, con su largo cabello rubio que me recordaba a una cola mientras se movía con ella. Bajó su estúpida pancarta, que, literalmente, tenía escrito «LUXEN NO» en grandes letras mayúsculas con un bolígrafo de purpurina de verdad.

Sacudiendo la cabeza, me centré en el dron del CRA que revoloteaba junto a las puertas, escaneando los ojos de los estudiantes para asegurarse de que no había ningún Luxen no registrado. Lo que los creadores del dron no sabían era que los Luxen y los Origin habían descubierto una forma de evitarlos con las lentes de contacto que llevaban. A veces me preguntaba cuánto duraría la seguridad que ofrecían estas últimas. El gobierno tendría que descubrirlo en algún momento, pero, por otra parte, la mayoría de los Luxen habían pasado aquí mucho tiempo sin que numerosas ramas del gobierno o la población en general supieran que lo estaban. Décadas y décadas, si no más.

—¡Eh, Evie! —me llamó April—. ¿Quieres unirte a nosotros?

Sin ni siquiera mirarla, extendí la mano derecha y el dedo corazón mientras seguía caminando hacia las puertas de cristal.

—Eso no ha estado bien. —April se puso a mi lado—. No deberías tratar a los amigos así, pero te voy a perdonar. Porque soy así de buena.

Me detuve, mirándola a la cara. Las cosas estaban tensas entre nosotras. April y yo nunca habíamos estado muy unidas, pero era alguien a quien había considerado una amiga, aunque siempre había sido desagradable.

—No somos amigas, April. Ya no.

Alzó las cejas.

—¿Cómo que ya no somos amigas?

—¿Me estás hablando en serio? —le pregunté.

Se dio un golpecito en el muslo con la pancarta.

—¿Te parece que estoy de broma?

—Pareces una fanática que se ha recogido el pelo demasiado apretado —le solté, y se le sonrojaron las mejillas. Tal vez fuera porque casi morí este fin de semana, pero no tenía absolutamente ningún filtro—. He intentado hablar contigo de las cosas horribles que dices y haces, pero ha sido como hablar con un muro de hormigón. No sé qué te ha pasado, April, quién no te abrazaba lo suficiente de pequeña, pero sea lo que sea, no es excusa para esta mierda.

Entrecerró los ojos.

—Y yo no sé cómo tú puedes quedarte ahí y defender a los Luxen...

—Ya hemos tenido esta conversación antes —la corté, antes de que pudiera sacar el tema de mi supuesto padre—. No voy a tenerla de nuevo, April.

Sacudió un poco la cabeza e inhaló hondo por la nariz. La determinación se marcó en sus rasgos.

—Pueden matarnos, Evie. Con un chasquido de sus dedos, tú y yo podríamos estar muertas antes de que inhalemos nuestro próximo aliento. Son peligrosos.

—Llevan inhibidores —le dije, aunque sabía que solo los Luxen registrados los llevaban—. Y aunque tienes razón, pueden ser peligrosos y podrían matarnos, también podría hacerlo cualquier persona de nuestro entorno. Nosotros somos igual de peligrosos y, sin embargo, no ves a nadie aquí protestando contra nosotros.

—No es lo mismo —argumentó ella—. Este es nuestro planeta...

—Oh, venga ya, no somos dueños de este planeta, April. Es un maldito planeta, con espacio más que suficiente para todos los alienígenas del mundo. Los Luxen de aquí no te han hecho nada...

—¿Cómo lo sabes? No sabes lo que me han hecho o me han dejado de hacer —replicó, y alcé las cejas. Dudé de que a ella la hubieran arrastrado por el bosque hace poco—. Mira, entiendo que tenemos opiniones diferentes, pero no tienes que ser borde conmigo solo porque no estemos de acuerdo en esto. Solo tienes que respetar cómo me siento.

—¿Respetar cómo te sientes? —Me reí fríamente.

—Sí, eso es lo que he dicho. No sé qué tiene de gracioso.

—Lo que tiene de gracioso es que estás equivocada, April. No se trata solo de tener opiniones diferentes y respetarlas. A mí no me gusta la pizza. Tú crees que la pizza es genial. Podemos estar de acuerdo en no estar de acuerdo, pero esto se trata de lo correcto y lo incorrecto, y lo que estás haciendo está mal. —Me alejé un paso de ella, sin tener ni idea de cómo no podía entender lo que le estaba diciendo. April siempre había sido difícil de tratar y a menudo tenía opiniones que me daban ganas de pegarle un puñetazo en la cara, pero ¿esto?—. Espero que algún día te des cuenta.

El pecho de April se levantó con una profunda respiración.

—Crees que voy a estar en el lado equivocado de la historia, ¿verdad? En eso te equivocas, Evie.

—¿Es cierto? —preguntó Zoe en el momento en el que apareció junto a mi taquilla, con sus apretados rizos color miel recogidos en un moño impecable que yo nunca podría dominar.

Al abrir la puerta, la miré. No tenía ni idea de lo que estaba hablando.

—¿Que si es cierto el qué?

—¿Cómo que el qué? —Me miró fijamente. Echando el brazo hacia atrás, me golpeó en el brazo—. ¿Hablas en serio?

—Auch.

Me froté el lugar. No fue un golpe suave, pero lo agradecí, porque las cosas habían estado un poco raras entre Zoe y yo esa mañana. No malas ni nada por el estilo, pero sí como si ambas estuviéramos caminando sobre cáscaras de huevo alrededor de la otra. No es exactamente una gran sorpresa. Todavía estaba procesando el hecho de que no nos hubiéramos hecho amigas de forma orgánica o de que no solo Zoe fuera una Origin, como Luc, sino que también me hubiera conocido cuando yo era Nadia.

Era obvio que a Zoe le preocupaba que le guardara rencor, pero en realidad no era así. Las cosas estaban raras, pero seguía siendo mi amiga, una de mis mejores amigas, y no iba a dejar que la forma en la que empezó nuestra amistad destruyera lo que habíamos hecho de ella.

Además, el hecho de estar a punto de morir me hizo darme cuenta de lo inútiles que eran los rencores y de que nunca sabrás si tendrás un mañana. A menos que el rencor sea hacia April. Con ella, iba a abrazar, alimentar y regar ese rencor.

Zoe ladeó la cabeza.

—¿No te has metido con April esta mañana?

—Ah. Sí. Eso. —Sacudiendo el brazo, saqué mi libro de Inglés y lo puse en la estantería.

Parecía que Zoe iba a golpearme de nuevo, así que me aparté.

—Has tenido toda la mañana para mencionar que te has peleado con April. Acabo de escuchar a una chica que ni siquiera estoy convencida de que venga al instituto hablando de ello mientras estaba en el baño.

Sonreí.

—No ha sido para tanto. Intentó hablar conmigo y yo no tenía ganas de aguantarla.

Zoe agarró la puerta de mi taquilla cuando empezó a cerrarse sola. Los brazaletes naranjas y marrones que le rodeaban la delgada muñeca repiquetearon con suavidad.

—¿Que no ha sido para tanto? Necesito saber exactamente qué le dijiste, puesto que al parecer ha provocado que le lanzara su pancarta a Brandon.

Alcé muchísimo las cejas.

—¿Eso ha hecho?

Ella asintió.

—Sip.

Una risita maligna surgió en el fondo de mi garganta. Le conté lo que le había dicho a April mientras agarraba mi libro de Historia y cerraba la puerta.

—Supongo que le ha molestado lo que le he dicho.

—Parece que sí. Madre mía, es de lo peor.

Asentí con la cabeza mientras rodeábamos a un estudiante más joven que se movía despacio.

—Entonces, ¿qué hiciste ayer?

—No mucho. Solo vi un documental muy triste sobre pacientes en coma.

Zoe veía cosas muy raras.

—¿Y tú? —me preguntó.

—Luc vino —contesté en voz baja—. Mi madre le preparó un sándwich de queso fundido y sopa de tomate.

—Vaya. —Me dio un codazo en el costado—. Eso es increíble.

—Bueno...

—¿No lo fue?

—Al principio sí. Él y yo estuvimos juntos un rato primero y charlamos. —Podía sentir cómo se me calentaban las estúpidas mejillas—. Pero las cosas se fueron a pique entre ellos muy rápido. Discutieron y la cosa se puso fea. Ambos terminaron disculpándose.

—¿Luc también? —Parecía sorprendida.

—Sip. Supongo que las cosas están bien ahora, pero nunca van a ser muy fans el uno del otro.

—La verdad es que no puedo culparlos —respondió Zoe—. Tienen una...

—¿Historia complicada? Sí. —Entramos en la cafetería. Olía a pizza quemada—. Pero creo que es un gran paso que ambos se hayan disculpado. Creo que van a intentar hacerlo lo mejor que puedan.

—Me hubiera encantado verlos por un agujerito cuando les gritaste a los dos —comentó Zoe mientras hacíamos la cola—. Das miedo cuando te enfadas.

Me reí de eso, porque cuando me enfadaba, lo único que podía hacer era gritar. Si Zoe o Luc se enfadaban, podían quemar casas enteras con un simple movimiento de muñeca. La idea de que Zoe pensara que yo daba miedo era ridícula.

Después de llenarme el plato con lo que pensé que podría ser carne asada, pero que parecía un guiso, Zoe eligió una pizza, y yo intenté no vomitar por su pésima elección de vida.

James ya estaba en la mesa, comiéndose una bolsa de patatas fritas. Su tamaño era superintimidante para la mayoría, pero era un enorme oso de peluche que odiaba la confrontación... y Presagio. No era de extrañar. La única vez que había estado allí se había encontrado con el Luxen más malo de todos.

Grayson.

Puaj.

El Luxen básicamente le había dicho a James que le recordaba a una de las víctimas de la vieja película *Hostel*, ¿y no daba eso mal rollo?

En cuanto nos sentamos, James preguntó:

—¿Cuál es la mejor película de *Venganza*? ¿La primera, la segunda o la tercera?

Lo miré fijamente.

—¿Son tres? —le preguntó Zoe.

James abrió la boca y se le cayó una patata, lo que me provocó una carcajada.

—¿Cómo no sabes que son tres?

—No he visto ninguna de ellas —admití.

Parpadeó, mirándome.

—Si llevara perlas, me las estaría agarrando ahora mismo.

Heidi se dejó caer en el asiento junto a James, con sus ondas de color carmesí rozándole las mejillas, más pálidas de lo normal. De inmediato se me revolvió el estómago y el instinto me advirtió.

Zoe debió haberlo captado.

—¿Qué ocurre?

—¿Conocéis a Ryan Hoar? —preguntó, y me dio un vuelco el estómago. En las últimas semanas, cuando alguien preguntaba eso, no había buenas noticias.

Con una patata a medio camino de la boca, James miró a Heidi.

—Sí, está en mi clase de arte. ¿Por qué?

—No sé quién es —contestó Zoe.

—Es un poco alto y delgado. Suele cambiarse mucho el color de pelo. Creo que la última vez que lo vi lo llevaba verde —explicó Heidi, y eso me sonó vagamente familiar.

—En realidad, lo llevaba azul el viernes —le corrigió James—. Todavía no lo he visto. Arte es mi última clase.

—Pues no vas a verlo —le replicó Heidi, poniendo las manos sobre la mesa—. Acabo de enterarme por su primo de que ha muerto este fin de semana.

—¿Qué? —James soltó la bolsa de patatas—. Pero si estuvo en la fiesta de Coop el viernes por la noche.

Al instante pensé en Micah. No podía ser, ¿verdad? Micah estaba muerto, pero eso no significaba que no lo hubiera hecho antes de que Luc hubiera acabado con él.

—¿Lo han... asesinado?

—No. —Heidi negó con la cabeza—. Enfermó de gripe o algo parecido y murió a causa de eso.

—¿De gripe? —repitió James, como si no pudiera creerse lo que había oído—. ¿La gripe de los estornudos y la tos?

Heidi asintió.

—Sí.

—Vaya —murmuré, incapaz de pensar en alguien que conociera que hubiera muerto de gripe de verdad.

Zoe miró fijamente su plato.

—Qué triste.

—Sí —coincidió Heidi.

James no dijo nada mientras se recostaba, con las manos cayendo sobre su regazo. Un silencio se apoderó de nosotros, y así aprendí... o recordé que una muerte natural, una inesperada, era tan dura como una no natural.

Y la muerte era una compañera constante, con o sin extraterrestres peligrosos.

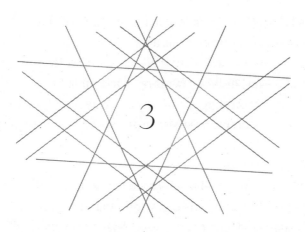

3

—Tócalo.

—Nop —dije, concentrándome en el libro de texto abierto mientras me acostaba de lado. Llevaba una hora en el apartamento de Luc, y necesitaba estudiar porque tenía la sensación de que iba a tener un examen de Historia, pero en esa hora es probable que solo hubiera conseguido leer un párrafo.

Si es que había llegado a eso siquiera.

Aparte de que Luc era una distracción increíble, no dejaba de pensar en Ryan. No lo conocía en absoluto, pero seguía pensando en él. ¿Morir de gripe a una edad tan temprana? Eso era aterrador, aterrador y triste, y casi podía oír la voz de mi madre en mi cabeza, sermoneándome sobre la importancia de las vacunas contra la gripe.

El instituto ya había sufrido demasiadas pérdidas.

—Vamos, Evie, tócalo —me engatusó Luc, y luché contra la forma en la que mis labios se movían en respuesta a su profunda voz mientras trazaba círculos ociosos a lo largo de la suave manta.

—No, gracias.

—Soy mucho más interesante que cualquier cosa que estés leyendo.

Esa afirmación era tan cierta que me irritaba. Leer sobre el discurso de Gettysburg, algo que estaba segura de que se había tratado todos los años en el instituto, no era precisamente una lectura que te mantuviera al borde del asiento.

—Tócalo —insistió—. Solo un poco. Sabes que quieres hacerlo, Melocotón.

Perdí la batalla de ignorarlo y mi mirada pasó del libro de texto al cuerpo largo y delgado que se extendía a mi lado. Sonrió, y un revoloteo se produjo en mi pecho. Esa sonrisa suya era tan peligrosa como la fuente.

—Tócalo. —Luc dejó caer la cabeza hacia un lado.

No debería tocar ninguna parte de Luc, porque las cosas con él tenían tendencia a descontrolarse a lo grande de la mejor y peor manera posible.

—Melocotón —murmuró.

—¿Qué es lo que...? —Me interrumpí al ver lo que quería que tocara.

La punta de uno de sus dedos brillaba como una minibombilla. Respiré hondo, dudando entre querer alejarme o acercarme.

—¿Ahora eres E. T.?

Luc se rio.

—Estoy mucho más bueno que E. T.

—Eso no es decir mucho, te das cuenta, ¿verdad? E. T. es como esta cosa grumosa de plastilina —respondí, sin dejar de mirarle el dedo.

Lo que vi no era luz. Era la fuente, un poder que no es de este planeta, sino que fue traído por los alienígenas. Solo los Luxen, los híbridos y los Origin podían aprovechar la energía en distintos grados. Algunos podían curar con ella. Otros podían mover objetos. Pero todos podían matar con ella.

Y Luc era hábil con todos los usos de la fuente.

—¿Por qué quieres que te lo toque? —pregunté.

—Es una sorpresa, Melocotón —respondió—. Porque sé que me has echado de menos mientras estabas en el instituto.

—No te he echado de menos mientras estaba en el instituto.

—No deberías decir mentiras, Melocotón.

Le lancé una mirada, pero la verdad era que él aparecía de manera aleatoria en mis pensamientos a lo largo del día, y siempre iba seguido de un vuelco de mi estómago. No tenía ni idea de lo que eso significaba, si era algo bueno o malo, pero era extraño. Había pasado una buena cantidad de tiempo con él, así que ¿cómo podía echarlo ya de menos? Solía pasar fines de semana enteros sin ver a mi ex, Brandon, y la verdad era que no lo echaba de menos. En realidad, si era sincera, no lo había echado de menos para nada.

—Vale —admití después de un instante—. Sí, te he echado de menos. —Mucho.

—Un poco —le corregí, luchando contra una sonrisa mientras miraba el brillo blanco alrededor de su dedo y luego alcé la mirada hacia esos impresionantes ojos—. ¿Por qué quieres que lo toque?

Se quedó callado un momento y la burla desapareció de sus rasgos.

—Porque se trata de algo que antes te encantaba hacer.

El corazón se me atascó en la garganta. Quería decir que era algo que a Nadia le encantaba hacer.

Cuando me enteré de quién era, escuchar ese nombre (Nadia) me revolvía el estómago, pero ahora estaba sedienta de conocimiento, de saber qué le gustaba y qué no, cuáles eran sus sueños, qué había querido ser cuando fuese mayor. Si era como yo, a la que casi todo le daba miedo, o si era valiente.

Quería saber qué había en ella que había cautivado el corazón de alguien como Luc.

Inspirando un poco, levanté la mano, confiando en que Luc no dejaría que la fuente me hiciera daño. El cálido resplandor era agradable, como tomar el sol, y me envío una corriente de electricidad danzante por el brazo. En el momento en el que presioné mi dedo contra el suyo, la habitación explotó de luz. Jadeé y empecé a retroceder.

—Mira —me instó en voz baja—. Mira a nuestro alrededor.

Con los ojos muy abiertos, aparté la mirada de donde nuestros dedos habían desaparecido bajo el resplandor, y cuando vi su habitación, no podía creer lo que estaba presenciando.

El apartamento de Luc era un gran espacio abierto, con la excepción de un baño y un vestidor. Desde donde estábamos en la cama, podía ver directamente el salón y la cocina, que parecía no usarse casi nunca.

Pero cada centímetro cuadrado (el gran sofá modular y la televisión, las mesas auxiliares, e incluso la guitarra que se exhibía junto a las ventanas que iban del suelo al techo) parecía estar cubierto de centelleantes y cálidas luces navideñas blancas.

—¿Qué es esto? —Observé cómo una de las deslumbrantes luces pasaba por delante de mi cara. Era muy pequeña, del tamaño de la punta de una aguja.

—Son las moléculas del aire iluminadas. —Su aliento pasó por mi mejilla—. La fuente puede enlazar e interactuar con esas moléculas y los átomos que las crean. Normalmente no podrías verlas porque son demasiado pequeñas, pero la fuente las amplía, y cuando ves una, en realidad estás viendo miles de ellas.

Dondequiera que mirara, veía las pequeñas bolas de luz danzantes.

—¿Es así como puedes usar la fuente para mover cosas?

—Sí.

—Es precioso. —Asombrada, contemplé el impresionante espectáculo que tenía delante de mí. Quería estirar la mano y tocar una de las deslumbrantes luces, pero no quería alterarlas—. Creo que es lo más bonito que he visto nunca.

—No es lo más bonito que he visto yo. —Su voz era distinta ahora, más profunda y grave. Como si no tuviera control sobre mí misma, giré la cabeza hacia él.

La mirada de Luc se clavó en la mía y una sensación de escalofrío se extendió por mi piel. Cada centímetro de mi cuerpo era consciente del suyo.

Se me aceleró el corazón.

—¿Solía hacer esto contigo?

No asintió ni se movió, pero, de alguna manera, parecía estar más cerca. Inhalé su singular aroma a pino y especias.

—Solías obligarme a hacer esto al menos una vez al día.

—¿Una vez al día? Eso parece excesivo.

—Lo era al principio —admitió, y no había duda del cariño que se había colado en su tono—. Cuando eras muy pequeña, muy joven, me molestaba porque me seguías durante horas hasta que hacía venir a las luciérnagas.

—¿Las luciérnagas?

—Sí. —Las gruesas pestañas bajaron, cubriéndole los ojos—. Así es como llamabas a las luces. Luciérnagas.

—Parecen luciérnagas en un frasco. —Con esos ojos intensos no enfocados en los míos, era más fácil concentrarse en lo que me estaba compartiendo—. ¿Te enfadabas conmigo cuando te pedía que hicieras esto?

—Siempre me enfadaba contigo cuando éramos más jóvenes. —Se echó a reír mientras presionaba la palma de su mano contra la mía. El contacto hizo que me recorriera otra ráfaga de electricidad, y provocó que las puntas de mis dedos se estremecieran y que las luces danzantes que nos rodeaban palpitaran—. Cuando no quería hacer esto por ti, acudías a Paris y entonces él me obligaba a hacerlo, aunque él mismo podía haberlo hecho.

—Ojalá me acordara de Paris. —Sobre todo porque Luc hablaba de él como si fuera un hermano mayor o un padre para él y para mí.

—Puedo ayudarte a recordar. —Deslizó el pulgar por el dorso de mi mano—. Porque muchos de mis recuerdos eran tuyos.

«Tú eras todos mis recuerdos felices».

La presión se apoderó de mi pecho, amenazando con cerrarme la garganta por la emoción. Eso es lo que me había dicho Luc cuando le pregunté si yo había formado parte de sus buenos recuerdos, y le creí. Solo que no podía encontrar esos recuerdos.

A veces no podía conciliar los dos mundos tan diferentes, las vidas tan distintas. La Nadia que Luc afirmaba que era audaz y valiente, amable y fuerte. La Evie que consideraba a Sylvia como su madre y que no tenía ni idea de lo que hacía la mitad del tiempo. El monstruo conocido como Jason Dasher y el héroe celebrado en todos los Estados Unidos que nunca había sido mi padre. Tenía recuerdos del hombre, lloré su muerte, y en realidad nunca lo conocí.

¿Cómo de complicado era eso?

Peor aún, a veces ni siquiera yo misma me sentía real.

Por ejemplo, ¿de verdad me gustaba hacer fotografías o era solo porque era algo que le gustaba a Nadia? Y si era así, ¿importaba, pues, al fin y al cabo, yo era Nadia? ¿No sabía lo que quería hacer con mi vida porque no tenía ni idea de quién era realmente, de lo que me gustaba o no? ¿Podía confiar en cualquier cosa que quisiera cuando no sabía si eran mis deseos, los de la verdadera Evie o los de Nadia?

¿Luc también llamaba a Nadia «Melocotón»?

—Vuelve a mí —susurró Luc contra mi mejilla, y yo aspiré una bocanada de aire.

Parpadeando, me fijé en unos rasgos que me resultaban dolorosamente familiares y, a la vez, desgarradoramente no.

—Estoy aquí.

—Te habías ido a otro lugar. —Levantando la otra mano, tomó un mechón suelto de mi claro cabello y me lo colocó detrás de la oreja. Su mano se entretuvo, deslizándose hacia mi nuca—. ¿Ves estas luces?

Arrugué el ceño en señal de confusión.

—Sí.

—¿Sientes mi mano contra la tuya?

—Sí.

—¿Y sientes esto? —Deslizó su mano por el lado de mi cuello, presionando con suavidad su pulgar en el lugar donde mi pulso comenzaba a latir mientras sus ojos buscaban los míos.

—Lo siento. —Tendría que estar muerta para no sentirlo.

—Eres real, Evie. No importa quién solías ser o quién creías que eras. Eres real, y te veo.

El aire se me atascó en la garganta y sentí que mis pulmones iban a estallar.

—Y nunca llamé a Nadia *Melocotón*.

Había estado leyendo mis pensamientos.

—Luc...

—No he podido evitarlo. Estabas transmitiendo tus pensamientos en voz alta. —Movió el pulgar, acariciando la piel justo debajo de mi oreja.

Sería prudente apartarse y poner distancia entre nosotros, pero no me moví. No podía. Un estremecimiento me iluminó las venas y una cantidad ridícula de calor me invadió el pecho.

—Entonces, es... es solo mío, ¿no?

La pregunta podría haber sonado ridícula para cualquier otra persona, pero pensé que Luc lo entendería.

—Sí. —Su voz era áspera mientras subía la mano, arrastrando el pulgar bajo mi mandíbula—. Es solo tuyo.

Una fuerte exhalación me abandonó. No podía describir lo que sentía. Era solo un apodo basado en la loción que me gustaba utilizar, pero aun así, no era algo que perteneciera a la Evie anterior a mí o a Nadia. Era yo, aquí y ahora, y me aferré a ello con desesperación.

Con la mano, Luc me inclinó la barbilla hacia un lado. El calor subió por mi garganta, enrojeciéndome la piel. Luc tenía unos labios suaves como el satén y duros como el acero. No tenía ni idea de cómo algo podía ser ambas cosas, pero sus labios lo eran, y lo sabía porque los había tocado, los había probado. Esos labios estaban muy cerca de los míos, lo más cerca que habían estado desde la última vez que nos habíamos besado, y eso me pareció una eternidad, aunque solo habían pasado unos días.

Yo había sido su primer beso (bueno, Nadia había sido su primer beso) y estaba segura de que también había sido el último.

—Evie —dijo mi nombre como si fuera una oración y una maldición.

Tomé aire, pero no llegó a ninguna parte. Su frente tocó la mía y juraría que mi corazón se detuvo en ese instante. En la parte baja de mi estómago, los músculos se apretaron una vez más.

Luc estaba tan cerca que sentí que sus labios se curvaban en una sonrisa cerca de mi boca, y si giraba la cabeza apenas un centímetro, nuestros labios se tocarían.

¿Querría él eso?

¿Lo querría yo?

No estaba segura. La noche que nos habíamos besado, habíamos hecho algo más. Habíamos estado codo con codo, con nuestros cuerpos enredados y moviéndose juntos, pero Luc se había detenido antes de llegar tan lejos, y no éramos novios. No había habido etiquetas, ni definiciones de las que hablar. No es que necesitáramos estar juntos para estarlo. Solo había esta expectativa de que podría haber más, podría haber todo si yo simplemente lo alcanzaba y lo tomaba.

Quería alcanzarlo, pero...

Tenía miedo.

Miedo de que Luc se diera cuenta de lo que me temía que ya sabía. Que estaba enamorado de una chica que ya no existía y, en definitiva, ¿no se sentiría decepcionado? Me aterrorizaba dejarme llevar por ese tipo de emociones que podrían conducir a un corazón roto. Me asustaba que siempre fuera la segunda opción, o peor aún, una imitación barata de la verdadera.

¿Acaso Luc me veía a mí cuando me miraba fijamente a los ojos o veía el fantasma de Nadia y todavía no se daba cuenta? No estaba segura de que supiera siquiera lo que quería, si de verdad quería esto conmigo, fuera quien fuese.

—Siempre quiero esto —susurró contra mis labios.

Sobresaltada, me eché hacia atrás y rompí el contacto. Los átomos encendidos parpadearon y después se apagaron en una serie de chisporroteos. Mi mirada se dirigió al rostro de Luc.

Un lado de su boca se levantó cuando su mirada chocó con la mía.

—Lo único que tienes que hacer es pedirlo, Melocotón. Lo único que tienes que hacer es decirme lo que quieres, y será tuyo.

Abrí la boca mientras se me calentaban las mejillas. Sin saber qué hacer, agarré el refresco de la mesita de noche y bebí un buen trago. Un ligero temblor sacudió la lata cuando la volví a colocar en la mesita de noche, que estaba vacía excepto por una lámpara plateada.

—Entonces... —Me aclaré la garganta, buscando algo que decir—. ¿Cómo conociste a Paris?

—Es una historia bastante divertida —respondió tras un momento—. Intentó matarme.

—¿Qué? —Giré la cabeza hacia él. Eso no me lo esperaba—. ¿Cómo puede ser eso divertido?

Sonrió.

—Fue poco después de escapar de Dédalo. Tenía unos cinco años, creo.

Lo miré fijamente.

—¿Intentó matarte cuando tenías cinco años?

—Bueno, yo a los cinco años era como un humano normal a los dieciséis a todos los efectos, pero sí, lo habían chantajeado para que me persiguiera junto a otro grupo de Luxen. Se suponía que debían capturarme y traerme de vuelta. Pero no fue así.

Tuve la sensación de que podía adivinar lo que pasó.

—Ellos, por supuesto, no estaban tan preparados como deberían haberlo estado cuando me encontraron. Todos, excepto Paris, no tenían ningún problema con lo que se estaba haciendo. Me di cuenta. —Se dio un golpecito con el dedo en un lado de la cabeza—. Así que salvé a Paris.

En otras palabras, había matado al resto... a los cinco años. Parpadeé despacio.

—¿Cómo lo chantajearon?

—Tenían a sus hermanos —respondió—. Un hermano y una hermana. Madre mía.

—¿Qué les pasó?

Luc apartó la mirada entonces.

—Intentamos encontrarlos y liberarlos, pero los mataron una vez que Dédalo descubrió que Paris se había aliado conmigo en lugar de matarme.

—Dios —susurré, pensando que había muchos momentos así para él. Gente que intentaba matarlo o controlarlo, experimentar con él y utilizarlo—. ¿Estás seguro de que tenías buenos recuerdos?

—Muchos.

No estaba tan segura de eso, y pensaba que tal vez era una pequeña bendición que no pudiera recordar mi infancia. Y deseé poder... cambiar eso para él.

Aparté la vista de Luc, y mi mirada se posó en el lugar donde se encontraba mi cámara en la mochila. La había traído conmigo, con la intención de revisar por fin las fotos, pero estaba sin tocar.

Había algo que quería hacer, pero era un poco raro. Bastante raro, más bien.

—Nada es raro para mí.

Suspiré.

—Estás en mi cabeza otra vez.

—Me declaro culpable de todos los cargos. —Cuando lo miré, arqueó una ceja, totalmente impenetrable—. ¿Qué es lo que quieres hacer, Melocotón?

—Quiero hacerte una foto. —Sentí que me ardía la cara—. Y sé que puede parecer rarito...

Su expresión se llenó de interés.

—Eso me pone.

—¡No ese tipo de foto! —Ahora me ardía todo el cuerpo—. Es que... tienes unas facciones muy interesantes. Me refiero a tu cara. Quiero capturarlas en un carrete. —Me levanté y me limpié las palmas de las manos, de repente húmedas, mientras me alejaba de él—. Joder, decir eso en voz alta no puede sonar más rarito. Olvídalo...

—Puedes hacer todas las fotos que quieras.

—¿En serio? —Me puse frente a él, juntando las manos. Estaba emocionadísima—. ¿No crees que es raro?

Luc sacudió la cabeza, enviando ondas desordenadas en todas las direcciones.

Miré la cámara y luego volví a mirar a Luc. La pregunta salió antes de que pudiera detenerme.

—¿Dijiste que Nadia...? ¿Dijiste que siempre me ha interesado hacer fotos?

Esta vez asintió.

—Te gustaba hacer muchas fotos al aire libre. El otoño era tu estación favorita. Después, el invierno, pero solo cuando había nevado. Si no, no te gustaba hacer esas fotos, porque...

—Todo parece muerto en pleno invierno —susurré, y cuando volvió a asentir, me sentí un poco mareada—. Es raro. ¿Sabes? Que haya partes de Nadia en mí. Supongo que siempre han estado ahí. —Me dirigí a mi mochila y tomé la cámara, enrollándome la correa alrededor del brazo—. ¿Crees que hay algo de Evie en mí?

Luc se quedó callado por un momento.

—No lo sé. A ella no la conocí.

Jugueteé con los botones de la cámara.

—Anoche pensaba que me parecía mal sustituirla, ¿sabes? Como si fuera un insulto a su memoria. Hace que me sienta como el culo.

—Sin embargo, no fue tu elección. No te despertaste un día y decidiste hacerte con su vida. Sylvia... —Se interrumpió cuando lo miré. Sus hombros estaban tensos, la línea de su mandíbula, rígida, haciendo que la belleza de todas esas facciones fuera más brutal que cálida.

Entonces levanté la cámara y tomé una foto antes de perder el valor. No pareció importarle.

—No te impongas ese tipo de culpa —dijo—. Tú no tomaste esa decisión.

Yo sabía a lo que se estaba refiriendo. Fue mi madre la que había tomado esa decisión, la de sustituir a la verdadera Evie por mí. Ella no había necesitado hacer eso. Una parte de mí pensó que no era prudente hablar de mi madre con él, sobre todo después de lo ocurrido el día anterior, pero las palabras, la verdad de todo ello, brotaron.

—Ella podría haberme dado cualquier otra identidad.

—Sí, podría haberlo hecho. —Luc se quedó quieto mientras me acercaba despacio a él—. Te hace preguntarte por qué lo hizo.

Mis dedos se detuvieron a varios centímetros de su cara.

—Así es. —Inspiré hondo y le toqué la barbilla. Todo su cuerpo dio una ligera sacudida y retiré la mano—. Lo siento. Solo iba a...

—No, está bien. —Sus ojos eran de un tono violeta más brillante cuando me agarró la mano y llevó mis dedos de nuevo a su barbilla.

Con la garganta inexplicablemente seca, incliné su cabeza hacia atrás y hacia la izquierda para que la luz del sol captara de nuevo el lado de su cara.

—Creo que lo hizo porque echaba de menos a la verdadera Evie.

—La gente hace las cosas más extrañas por amor.

Con cuidado, le aparté un grueso mechón de pelo de la cara. Sus ojos se cerraron cuando las puntas de mis dedos le rozaron la frente. El calor se apoderó de mis mejillas cuando me aparté.

—No te muevas.

—Tus deseos son órdenes para mí.

Mis labios se movieron mientras levantaba la cámara, ajustando el enfoque hasta que le saqué una foto. Tomé varias mientras me acercaba a los pies de la cama, intentando captar todos los ángulos llamativos mientras me sentía increíblemente cohibida.

Bajé la cámara y volví hacia él, girando su barbilla para que me mirara directamente. Quería pedirle que sonriera, pero me daba demasiada vergüenza hacerlo.

—¿Vas a mirar las que acabas de tomar? —me preguntó.

Negué con la cabeza.

—No hasta que termine.

—Eso es diferente.

Mi mirada se dirigió a la suya y vi que sonreía. No era una sonrisa grande. Esa clase de sonrisa era rara en Luc, pero esta era una sonrisa torcida, y cuando esos mechones de pelo cayeron de nuevo sobre su frente, tenía un adorable aspecto desenfadado.

Hice una foto.

—De antes, quiero decir —aclaró—. Mirabas todas las fotos después de hacerlas. Pero nunca hacías retratos. ¿Ahora haces muchos?

—No muchos, pero he tomado fotos de Zoe y Heidi, incluso de James. Pero son más bien fotos espontáneas, ¿sabes? Cuando no me están prestando atención. —Cambié el modo a blanco y negro—. Supongo que eso es algo que es solo mío.

—Lo es.

Sonriendo, levanté la cámara y le hice otra foto en blanco y negro, y luego me acerqué a él para reajustar su ángulo.

Luc atrapó mis dedos al captar mi mirada, y todo mi cuerpo se bloqueó. Los arrastró sobre la línea de su mandíbula, hasta sus labios separados. Su cálido aliento bailó sobre las puntas de mis dedos. Me dio un beso en un dedo. Un escalofrío fuerte y caliente me recorrió hacia abajo.

—Me gusta esto —dijo, besándome el siguiente dedo.

—¿Que te gusta el qué? —¿Sonaba tan jadeante como me sentía?

—Que hagas fotos. —Otro beso en otro dedo—. Me gusta que me hagas partícipe de algo que te gusta hacer.

Una increíble sensación de silbido me recorrió el pecho, fue más que un aleteo, como una oleada imposiblemente dulce.

—Me gusta...

Se quedó mirándome a través de esas gruesas pestañas, con su boca a centímetros de mi último dedo.

—¿El qué?

Me sentí acalorada y mareada cuando me sostuvo la mirada.

—Me gusta... hacerte partícipe.

Un lado de su boca se alzó.

—Lo sé —dijo, y antes de que pudiera responder, me dio un mordisco en el meñique, un mordisco rápido que envió un rayo de conciencia a través de mí.

Se me encogió el estómago y aspiré un aire que no parecía aliviar la repentina e intensa palpitación.

La sonrisa de Luc se tornó francamente perversa cuando bajó mi mano. Su mirada pasó por encima de mi hombro.

—Tendremos que seguir haciendo más de estas después.

Abrí la boca, pero un golpe en la puerta me hizo callarme. Me quedé mirándolo sin comprender cuando se levantó, todavía agarrándome la mano.

—¿Cómo lo haces? ¿Saber cuándo alguien va a llamar a la puerta?

—Soy así de especial. —Luc me condujo por el escalón y entró en el salón—. Como un copo de nieve, único y puro.

Me reí mientras me soltaba la mano y se dirigía a la puerta. Desde donde estaba, vi la cresta azul de Kent cuando Luc abrió la puerta.

—¿Qué ocurre? —preguntó Luc, pasándose una mano por el pelo.

—Tenemos un problema.

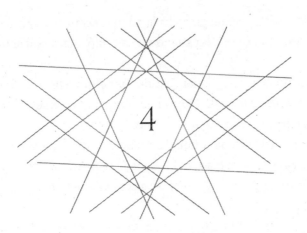

4

Se me revolvió el estómago por el malestar mientras me sentaba en el borde del sofá.

Un problema podía ser cualquier cosa, desde que alguien se hubiera golpeado un dedo del pie hasta que hubieran asaltado el club. Todo era posible.

—Siento molestaros, chicos. —Kent inclinó la cabeza hacia un lado, y no tenía ni idea de cómo el peso de su cresta no le hizo caerse. Me saludó con la mano—. Hola, cielito. Me alegro de que estés bien. Tu muerte habría sido una mierda.

Le devolví el saludo. No había visto a Kent desde antes del ataque de Micah. No había participado en la limpieza.

Volvió a centrarse en Luc.

—Se trata del agente Bromberg. De nuevo. Esta vez, se niega a irse hasta que hable contigo.

—¿Agente? —Mi corazón cayó en picado—. ¿Ocurre algo?

—Nada de lo que haya que preocuparse, Melocotón. —Luc se volvió, dirigiéndose a la cocina—. Bromberg pertenece al GOCA y le gusta pasarse por el club para intimidarnos, porque sabe que aquí tenemos Luxen sin registrar. —Luc me sonrió mientras sacaba una caja con unas lentillas—. Solo que no puede demostrarlo.

¿El GOCA? Eso significaba que había un agente del Grupo Operativo Contra los Alienígenas allí abajo, y no tenía ni idea de por qué eso no era algo de lo que preocuparse.

—Por eso me quedaré aquí arriba —dijo una voz profunda y familiar desde la entrada. Un Luxen alto y de pelo oscuro estaba en la puerta junto a Kent. Daemon Black—. Me da pereza ponerme las lentillas.

—O te da demasiado miedo —bromeó Luc mientras se ponía las lentes de contacto, cambiando el color de sus ojos de un violeta vibrante a un marrón oscuro—. Deberías haberlo visto la primera vez que lo hizo. Creía que iba a vomitar.

Daemon le lanzó una mirada.

—Yo tampoco soporto la idea de las lentillas. Lo de meterme el dedo en el ojo... No, gracias —comenté, y un lado de la boca de Daemon se torció.

—Eso es porque se supone que no debes meterte el dedo en el ojo, Melocotón —respondió Luc.

Ignoré ese comentario.

—¿Estás seguro de que no deberíamos preocuparnos por la presencia de este agente?

—No pasa nada. —Se acercó a la puerta—. Creía que te ibas a ir —le dijo a Daemon, y mientras ambos estaban allí, mirándose el uno al otro, me pregunté si a Daemon le resultaría rarito que les sacase una foto.

Puede que sí.

Así que me resistí.

—Voy en un rato. —Entró en el apartamento de Luc como si fuera el suyo—. Pero le haré compañía a Evie mientras estás ocupado.

Luc entrecerró los ojos, y juraría que la sonrisa de Daemon se ensanchó cuando se dejó caer en el sofá a mi lado, estirando el brazo a lo largo del respaldo.

—Volveré enseguida —dijo Luc, lanzando una última y larga mirada antes de enganchar un dedo en la parte posterior del cuello de Kent, haciéndolo girarse.

Kent se despidió con la mano y luego la puerta se cerró tras ellos, y yo estaba sentada junto a Daemon Black. Con su pelo negro y ondulado y sus rasgos esculpidos, era tan impresionante como sus ojos de color verde esmeralda.

El ADN alienígena hizo un buen trabajo con él.

Jugueteando con la correa de mi cámara, me quedé mirando la televisión, sin saber qué decir. Estaba encendida en uno de los canales de noticias, pero el volumen estaba tan bajo que no podía oír lo que decían. Había una noticia de última hora en la parte inferior, algo sobre una cuarentena en Boulder, Colorado.

—No tienes que preocuparte por el agente —me dijo Daemon, mirándome. Esos ojos verdes esmeralda eran tan brillantes que resultaban un poco perturbadores—. Luc lo tiene controlado. Esto es tan solo un lunes normal para él.

—No creo que sea normal que los agentes del GOCA se presenten así como así. —Bajé la cámara a mi regazo—. Porque ¿y si encontrara pruebas de la presencia de unos cuantos Luxen no registrados aquí?

—Entonces Luc se ocuparía de ello.

—¿Se ocuparía de ello? ¿Se «ocuparía» del agente?

—Puede que no estés preparada para esa respuesta.

Abrí la boca, pero enseguida la cerré. No era estúpida. No hacía falta ser un genio para entender lo que Daemon quería decir, pero sospechar que Luc haría callar al agente de una manera eterna no era lo mismo que oír a Daemon confirmarlo.

Así que cambié de tema.

—¿Todavía no te has ido a casa? —le pregunté.

Daemon sacudió la cabeza.

—Me iré esta noche, una vez que haya oscurecido. Me he quedado para asegurarme de que todo está bien por aquí después de ese asunto con Micah, pero necesito volver a casa. Mi chica está a punto de tener a nuestro primer bebé y necesito estar allí con ella.

—¿Un bebé? ¡Enhorabuena! —De inmediato me imaginé a Daemon acurrucando a un bebé, y mis ovarios podrían haber explotado un poco—. Estar lejos tiene que ser muy duro ahora mismo.

—Lo es. Venir a buscar los paquetes es algo que tengo que hacer, pero no voy a perderme ni un segundo más del embarazo de Kat —contestó. «Paquete» era la palabra clave para los Luxen no registrados. Daemon y los demás los estaban trasladando de su escondite temporal aquí en la discoteca a un lugar seguro, donde pudieran vivir sin miedo y sin verse obligados a llevar un inhibidor. No tenía ni idea de a dónde trasladaban a esos Luxen. Nadie me había informado aún de esa parte—. Este es el último viaje que haré durante un tiempo, así que seguro que conocerás pronto a mi hermano.

—Genial —murmuré, pensando en lo peligroso que era, lo que hacían y los riesgos que corrían—. ¿He conocido a tu...?

—Mujer. Se llama Kat, y os habéis visto un par de veces. —La mirada de Daemon se desvió—. Seguro que Luc se enfadará conmigo por decirte esto, pero la primera vez que Kat y yo te vimos, estabas bailando.

Me dio un vuelco el corazón. ¿Daemon me había visto bailar? No podía creérmelo. Me encantaba bailar, pero solo lo hacía en la intimidad de mi habitación, donde podía sacudirme como una pequeña marioneta chiflada y nadie podía juzgarme. Pero Nadia bailaba delante de la gente, de gente como Daemon.

—¿Ah, sí? —le pregunté, con la garganta reseca.

Asintió con la cabeza.

Adiviné que Nadia (la antigua y desconocida yo) tenía más ovarios que yo.

A saber.

Lo poco que sabía de la vida de Nadia me decía que era una versión más valiente, más fuerte y más fantástica de mí.

Asintió.

—Fue en Augurio, otra discoteca que tenía Luc. Ya no existe, la destruyeron después de la invasión, pero te vimos allí. Eras un par de años más joven que Luc y estabas en un escenario bailando. Se te daba muy bien. Eso fue antes de...

Asentí despacio, procesando esa pequeña información. Sabía lo que significaba ese *antes*. Antes de que los otros Luxen, los que no vivían aquí desde hacía décadas y que la población humana no conocía, nos invadieran. Antes de que millones de personas y Luxen fueran asesinados en una guerra sin cuartel. Antes, cuando se me conocía como Nadia Holliday, y antes de que me pusiera tan enferma que iba a morirme de una leucemia que ningún Luxen u Origin podía curar.

No sabía que había habido otra discoteca, y basándome en la línea de tiempo que conocía, hice con rapidez las cuentas. Abrí los ojos de par en par mientras sacudía la cabeza.

—¿Luc era dueño de una discoteca a los trece o catorce años?

Apareció una sonrisa irónica.

—Sí, esa fue mi reacción cuando me enteré de quién era Luc. Pero eso fue antes de saber que los Origin existían. De todos modos, esa noche, mientras Kat y yo hablábamos con Luc, tú asomaste la cabeza en la habitación. Por la forma en la que reaccionó cuando te vimos, cuando nosotros descubrimos que existías, supe en ese momento que Luc y yo teníamos algo en común.

Fruncí el ceño.

—¿El qué? ¿Una buena apariencia que te obnubila la mente?

La respuesta de Daemon fue una lenta curvatura de los labios que apuntaba a unos profundos hoyuelos.

Espera. ¿He dicho eso en voz alta?

Tenía ganas de abofetearme a mí misma. Con fuerza.

—Bueno, sí tenemos eso en común, pero no es en lo que estaba pensando —respondió con suavidad. Su sonrisa se desvaneció—. ¿Puedo darte un consejo no solicitado?

—Claro —respondí, curiosa. Es probable que tuviera que ver con mi forma de conducir, ya que casi lo atropellé una vez. Sin embargo, no fue mi culpa. Había aparecido directamente delante de mi coche sin previo aviso.

Daemon guardó silencio durante un largo rato.

—Luc y yo haríamos cualquier cosa para proteger a la gente que queremos.

Me quedé quieta, incapaz de inhalar más que una respiración superficial mientras miraba fijamente al Luxen. No sabía cómo responder a eso.

—Rogaría, suplicaría, negociaría y mataría para proteger a Kat —continuó, con voz baja, pero cada palabra me golpeó como un trueno—. Nada en este mundo me detendría, y no hay nada que no haría... Y lo mismo le ocurre a Luc cuando se trata de ti.

El siguiente aliento que tomé se me quedó atrapado en la garganta mientras un brillo me recorría las venas. Una cantidad indefinible de alegría se convirtió en un globo en el centro de mi esternón, llenándome. Sentí que podía flotar hasta el techo. ¿Que alguien te quisiera así? Había visto esa clase de amor poderoso que todo lo consume cada vez que Emery miraba a mi amiga Heidi, así que sabía que era real, y saber que Luc sentía...

Que Luc sentía eso mismo por Nadia, claro.

El recordatorio hizo estallar todo ese globo y me devolvió a la realidad.

Las cosas entre Luc y yo eran complicadas, y no tenían nada que ver con el hecho de que yo fuera una humana y él un Origin, pero sí con lo que yo solía ser.

La chica a la que Luc había querido y perdido, la chica a la que todavía quería.

La chica que era antes.

La chica que no podía recordar por mucho que lo intentara.

—Luc quiere a Nadia, y yo no soy ella —repliqué, deslizando las manos repentinamente húmedas sobre los vaqueros—. Puede que haya sido ella alguna vez y puede que me parezca a ella, pero no somos la misma persona.

Daemon se quedó callado mientras me estudiaba.

—Puede que no tengas esos recuerdos, pero eso no significa que no seas ella y que Luc no sienta lo mismo por ti que cuando te conocía como Nadia. Y entonces era un niño, Evie, y ya estaba dispuesto a sacrificar a todos los que lo rodeaban para salvarte.

Algo de eso se acercó a los márgenes de mis recuerdos. Hubo un destello de familiaridad, pero desapareció antes de que pudiera captarlo.

—¿Qué quieres decir?

—¿De verdad quieres saberlo?

No estaba tan segura, pero asentí.

—Sí.

Se sentó, mirando hacia la televisión mientras apoyaba el tobillo en la rodilla.

—¿Sabes que Kat fue capturada por Dédalo? —Dédalo había sido una división secreta del Departamento de Defensa que se había encargado de integrar a los Luxen en la población humana mucho antes de que nos invadieran, y luego de una serie atroz de experimentos horribles tanto con los Luxen como con los humanos—. ¿Sabes cómo ocurrió todo?

Sacudí la cabeza.

—Intentábamos liberar a la novia de mi hermano, y lo hicimos a partir de la información que nos proporcionó Luc, aunque él sabía que nos atraparían a uno de nosotros y que el otro haría cualquier cosa para liberarlo. Lo había planeado todo ese tiempo. Necesitaba a uno de nosotros dentro, a uno de nosotros que estuviera expuesto a todos los diferentes sueros, en especial a los nuevos que se estaban desarrollando. En cierto modo, nos tendió una trampa.

Creía que sabía hacia dónde se dirigía esto, y también creía que me iba a dar algo.

—Luc nos envió allí para conseguir el último suero que sabía que Dédalo había creado, en un intento por curarte. Se llamaba «suero Prometeo» —continuó Daemon—. Ese suero era para ti. Kat y yo podríamos haber muerto. No lo hicimos, pero hubo gente que sí murió, Evie, y te digo ahora mismo que Luc volvería a hacerlo todo aun sabiendo cómo termina.

—¿Quién murió? —susurré, helada hasta los huesos.

—Mucha gente. Mucha gente buena murió en todo ese proceso.

Me vino a la mente un nombre.

—¿Paris?

—Fue uno de ellos.

Abrí la boca, pero no sabía qué decir. No podía creerlo. Paris había muerto por culpa de Luc.

Por mi culpa.

Por mucho que Luc hubiera hablado de Paris, nunca había mencionado esto. Ni una sola vez.

—Si Luc fue la mente maestra detrás de que todos vosotros fuerais capturados por Dédalo y de que la gente muriera, entonces ¿cómo es que eres su amigo? —pregunté.

—¿Amigo de Luc? —Daemon se rio, y hay que admitir que fue un sonido agradable, aunque no estaba segura de qué era tan gracioso—. Creo que te refieres a cómo puedo dejar de lado el hecho de que casi nos mata a Kat y a mí. Fácil. Porque yo haría lo mismo si estuviera en su lugar.

—¿En serio? —Me quedé boquiabierta.

—Y tanto que sí. Si hubiera sido Kat la que se hubiese estado muriendo y hubiera una posibilidad de salvarla, tiraría a todo el mundo en este edificio delante de un autobús, incluida tú. —Levantó un hombro mientras yo parpadeaba—. Luc y yo tenemos un acuerdo.

—Esa es una... visión interesante. —Apartándome un mechón de pelo de la cara, miré la televisión mientras elegía mis próximas palabras—. Hizo esas cosas por Nadia, porque la quería... Creo que aún está enamorado de Nadia, y ella básicamente está muerta, Daemon. Ella y yo no podríamos ser más diferentes.

Se inclinó hacia mí, y sus ojos verdes brillantes se encontraron con los míos.

—Si Kat perdiera todos sus recuerdos mañana y no supiera quién es ella o quién soy yo, no cambiaría nada de lo que siento por ella. La seguiría queriendo tanto como el día anterior.

Tragué con fuerza.

—No es exactamente lo mismo. Vosotros dos habéis estado juntos. No es que ella haya desaparecido durante años y luego haya reaparecido sin recordar su vida anterior.

Le brillaron los ojos con algo oscuro.

—Kat ha desaparecido de mí antes. Nada como lo que os pasó a ti y a Luc, pero el tiempo transcurrido no hace que ese tipo de amor disminuya. Solo hace que lo protejas más y que estés dispuesto a hacer cosas que otros no harían para asegurarte de que nada igual vuelva a suceder.

Apartando mi mirada de la suya, me miré los calcetines a cuadros llenos de fantasmitas blancos. No dudaba ni un segundo de que lo que decía sobre sus sentimientos por Kat era cien por cien cierto, pero las cosas eran diferentes entre Luc y yo.

—Y aquí es donde entra en juego mi consejo no solicitado. Si crees que Luc sigue enamorado de quien solías ser o de quien eres ahora, no importa. Él hará cualquier cosa para asegurarse de que estás sana y salva, y eso significa que debes tener cuidado.

Tardé un segundo en formular una respuesta a eso.

—¿Por qué tendría que tener cuidado?

—Porque las personas como Luc y como yo no somos las malas, Evie, pero tampoco somos las buenas. ¿Entiendes lo que te estoy diciendo?

—En realidad, no.

La mirada de Daemon se deslizó de nuevo hacia la mía.

—Tienes poder sobre él y sus acciones, y como ni siquiera eres consciente de ello, eso lo hace muy peligroso.

Le lanzo una mirada escéptica.

—No veo cómo tengo algún poder sobre él, cómo eso lo haría peligroso o cómo lo que hace o deja de hacer es mi responsabilidad.

—No estoy diciendo que sea tu responsabilidad. No lo es. Lo que hace Luc es totalmente responsabilidad suya. Lo que digo es que tienes que ser consciente de lo que es capaz de hacer.

—Soy consciente. Lo he visto de primera mano.

—Has visto solo un poco de lo que es capaz. Yo también, y me gusta pensar que soy un malote. Mi legión de fans estaría de acuerdo. —Una rápida sonrisa apareció, mostrando unos hoyuelos profundos—. Pero él podría derribar este edificio entero con un chasquido de sus dedos.

Abrí los ojos de par en par mientras se me hacía un nudo en el estómago. Había visto a Luc arrancar árboles tan altos como rascacielos, pero ¿derribar un edificio entero?

—Estás siendo un poco exagerado, ¿verdad?

Sacudiendo la cabeza, se volvió hacia la televisión.

—Mi hermana.

Fruncí el ceño.

—¿Qué?

—Mi hermana está en la televisión.

El volumen subió sin que nadie lo tocara, y supuse que era cortesía de Daemon y sus excelentes talentos alienígenas. Me giré hacia la televisión.

Reconocí al hombre. El senador Freeman aparecía en la mitad de la pantalla junto con la silueta de la ciudad de Nueva York. Era el senador de uno de los estados del Medio Oeste. ¿Oklahoma? ¿Misuri? No lo sabía, pero el hombre estaba totalmente en contra de los Luxen y a favor de endurecer las políticas del PRA (Programa de Registro Alienígena) que el presidente McHugh estaba intentando que aprobaran en el Congreso, junto con la derogación de la vigésima octava enmienda, que otorgaba a los Luxen los mismos derechos básicos que a los humanos.

No estaba solo en la pantalla. Había una chica, una joven de impresionante belleza que era la viva imagen de Daemon, pero en mujer.

—¿Dee? —pregunté, sacando el nombre de los recovecos de mi memoria.

—Sí, esa es Dee.

—¿Qué está haciendo en la televisión? —Suponía que, al igual que su hermano, no estaba registrada.

—Haciendo el trabajo de Dios —respondió, y luego sonrió.

La Luxen estaba muy tranquila, con su cabello del color de la medianoche retirado de la cara y sus ojos verdes esmeralda sorprendentemente brillantes. No sabría decir dónde se encontraba. El fondo era una simple pared blanca.

El senador Freeman estaba nervioso por algo, tenía las mejillas enrojecidas y los labios apretados.

—*Sigues diciendo que los de tu clase no sois peligrosos, que se puede confiar en vosotros y, sin embargo, ha habido un aumento constante de la violencia de los Luxen hacia los humanos.*

—*No hay pruebas de que los desafortunados actos de violencia hacia los humanos hayan sido a manos de los Luxen, solo especulaciones...*

—*Se ha encontrado a una familia entera en Charleston esta misma mañana, quemada de adentro hacia afuera* —interrumpió con maldad el senador Freeman, con sus mejillas bronceadas que iban adquiriendo un color más intenso—. *¿Me estás diciendo que no lo ha hecho uno de los vuestros?*

No hubo ni un parpadeo en respuesta en el rostro de Dee mientras afirmaba con calma:

—*Hay muchas cosas que podrían explicar sus muertes, aparte de un altercado con un Luxen...*

—*¿Como haber sido golpeados por un rayo?* —se burló.

Dee ignoró el comentario.

—*Ninguna de estas muertes sin sentido se han vinculado de manera oficial a ningún Luxen, pero hay pruebas asombrosas de violencia hacia los Luxen...*

—*¿Ah, sí?*

Ella asintió.

—*Vídeos de palizas subidos a internet...*

—*Vídeos de ciudadanos de los Estados Unidos defendiéndose.*

—Dios, ¿le dejará que haga una frase completa? —murmuré—. ¿Cómo puede alguien tener una conversación con este tipo?

—Interrumpe porque no quiere oír lo que ella está diciendo —replicó Daemon, golpeándose con una mano la rodilla doblada—. Tampoco quiere que nadie más lo escuche.

—No sé cómo no pierde la cabeza y vuelca una mesa.

—Ya me conoces, ¿no? Ha tenido veintidós años de práctica tratando con alguien que la interrumpe todo el tiempo.

Sonreí.

—Debes de haberla entrenado bien.

—Parece ser que sí.

Dee no se inmutó lo más mínimo cuando el senador empezó a hablar de que los Luxen estaban cometiendo un genocidio a gran escala contra los humanos, lo cual era una exageración incluso si un Luxen o un grupo de ellos habían sido los responsables de los últimos asesinatos, incluidos los últimos asesinatos de los que Micah había sido responsable. Él afirmaba que no tenía nada que ver con ellos, pero nosotros sabíamos que no era así.

—Es muy joven. —Me aparté el pelo de la cara—. Me sorprende que sea ella quien haga estas entrevistas.

Su juventud era otra cosa que podía deducir que irritaba al senador tan solo por la forma en la que le hablaba con desprecio. Era la definición de condescendiente y paternalista, y tenía la sensación de que con toda probabilidad les hablaba así a todas las mujeres.

—No quedan muchos Luxen mayores —respondió Daemon—. La mayoría murieron durante la invasión y los disturbios posteriores. Dee se ha convertido en nuestra portavoz no oficial.

—Es muy valiente por su parte.

—Pues sí. La mayoría de los Luxen no registrados quieren pasar desapercibidos, no quieren que la gente conozca sus rostros. Ella está muy protegida, pero lo más importante es que no tiene miedo.

—¿Por Archer? —le pregunté—. ¿Por ti?

—Por todos nosotros. —Su mirada se dirigió a mí—. Toda una comunidad la protege.

—*No hay nada que temer de un Luxen* —decía Dee por la que debía ser la millonésima vez—. *No somos más peligrosos que los humanos, ni más malvados o inocentes. No somos una entidad homogénea, senador Freeman, como no lo es la raza humana. Si tuviéramos que juzgar a toda la raza humana basándonos en el extraordinario número de asesinos en serie, asesinos en masa, violadores, racistas, etc., ¿cómo se sentiría usted?*

—Oh, buena pregunta. —Volví a mirar a Daemon. Su cabeza estaba inclinada hacia atrás, exponiendo su cuello—. Apuesto a que la ignora por completo.

—Yo no estaría tan seguro de esa apuesta.

—*Si no hay nada que temer de un Luxen, entonces ¿por qué no estamos teniendo esta conversación cara a cara?* —le preguntó el senador Freeman con una sonrisa de oreja a oreja, ignorando el argumento de Dee como sabía que haría—. *En lugar de eso, estás escondida en algún lugar secreto.*

La mirada verde y acerada de Dee se fijó en la cámara.

—*Porque nadie tiene por qué tener miedo de nosotros, pero no podemos decir lo mismo de vosotros. De los humanos.*

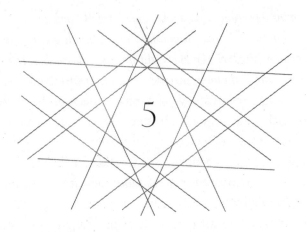

5

Tengo una sorpresa para ti.

Mirando el mensaje de texto que Luc me había enviado mientras yo estaba en clase de Historia, me debatí entre la emoción y la inquietud.

¿Tenía una sorpresa?

Miré al señor Barker. Estaba de pie frente a la pizarra, con un batido de color verde en una mano, como siempre, y una tiza en la otra. Lo que él bebía cada día era algo que nunca, jamás, se acercaría a mi boca. Me gustaba la carne, los carbohidratos y el azúcar, y esa cosa parecía un jardín vomitado en su taza.

La pantalla de mi teléfono volvió a parpadear desde donde estaba escondido debajo de mi mesa, notificándome otro mensaje.

Nos vemos en tu coche.

Las comisuras de mis labios se volvieron hacia abajo mientras escribía rápidamente de vuelta «ahora» con unas cinco docenas de signos de interrogación junto con un «☹».

Un segundo después, recibí una respuesta: «Lo antes posible. La sorpresa está en una caja. Y podría asfixiarse».

Casi se me cae el teléfono del regazo al escribir deprisa un «¿QUÉ?». Luego seguí con un recordatorio de que estaba en medio de la clase.

¿En cuanto pueda? ¿Como si pudiera ir y venir del instituto a mi antojo? Esto era un problema cuando eras amiga de alguien que es obvio que no tenía una educación reglada y no seguía absolutamente ninguna norma.

Hacía dos días que el agente Bromberg se había presentado en Presagio, exigiendo ver a Luc. No tenía ni idea de lo que el agente quería en realidad. Cuando Luc regresó y después de que Daemon se marchara, Luc había evitado mis preguntas, alegando que las visitas del agente eran más bien rutinarias. No estaba segura de si creerle o no. Una parte de mí sospechaba que no me decía toda la verdad porque no quería que me preocupara.

Lo cual me molestaba.

Al enderezarme en mi asiento, le eché una ojeada a Zoe por encima del hombro. Estaba mirando al señor Barker, con una sonrisa de ensueño en sus marcadas mejillas morenas, mientras se estiraba un rizo de color miel y dejaba que se rizara otra vez.

Zoe estaba un poco enamorada del señor Barker. Al igual que la mitad del instituto. Sobre todo porque tenía una sonrisa increíble.

Recorrí la clase con la mirada. La mayoría de mis compañeros parecían medio despiertos, incluido Coop, que no paraba de parpadear para mantener los ojos abiertos. Su cabeza rubia descansaba sobre un puño mientras la otra mano colgaba con desgana del escritorio. Teniendo en cuenta lo mucho que le gustaba la fiesta, no era del todo sorprendente verlo así. No conocía bien a Coop, pero me preguntaba cómo estaría después de que encontraran el cuerpo de Andy fuera de la casa de sus padres, donde había organizado la fiesta. ¿Coop también conocería a Ryan?

La noticia de la prematura muerte de Ryan había sido lo único de lo que se estaba hablando esta mañana, pero para cuando llegó el almuerzo, era como si todo el mundo lo hubiera aceptado.

Hasta que alguien estornudó.

Y entonces hubo miradas de miedo, como si cada estornudo estuviera rociando un virus de la gripe que posiblemente había matado a un adolescente. Cuando hablé con mi madre sobre el tema, me dijo que la gripe podía matar, sobre todo si alguien tenía problemas de salud subyacentes, y que, por desgracia, la mayoría de la gente no se daba cuenta hasta que enfermaba.

El teléfono volvió a vibrar contra mi muslo y miré hacia abajo.

Tengo un ligero miedo a los pandas, para que lo sepas.

¿Pandas? ¿Qué demonios? Sonreí. Apareció la burbuja que indicaba que iba a llegar otro mensaje. El señor Barker estaba hablando de los conquistadores o algo así, y recibí otro mensaje.

Los pandas son como una de las criaturas más engañosas de todo el reino animal. Son esponjosos y bonitos y por eso crees que te quieren abrazar, pero en realidad lo que quieren es descuartizarte.

No tenía ni idea de cómo responder a eso.

Espera. Creo que esos son los koalas. Esos bichos son unos malditos malvados.

Y tampoco tenía ni idea de cómo responder a eso, así que le envié un mensaje de texto diciendo que saldría en veinte minutos.

Eso es mucho tiempo.

¿Qué voy a hacer durante veinte minutos?

Alguien podría intentar secuestrarme.

Porque me necesitan.

Y me desean.

Es muy duro ser yo».

Tan.

Duro.

Madre mía, pero qué tonto es.

Sacudiendo la cabeza, dejé caer el teléfono en el bolsillo delantero de mi mochila y traté de concentrarme en el resto de la clase, pero había un extraño revoloteo en mi estómago y uno aún más fuerte en mi pecho. Como si estuviera vibrando. Nunca me había sentido así con mi ex, Brandon, ni con ningún otro chico que me hubiera gustado. No sabía qué hacer con esa sensación, pero parecía el principio de algo más grande.

Los siguientes veinte minutos fueron los más largos de mis diecisiete años de vida. Cuando sonó el timbre, me levanté del asiento como si tuviera muelles pegados a los pies.

—Tienes prisa —señaló Zoe mientras metía su libro de Historia en la mochila.

—Sí, Luc me ha estado enviando mensajes. —Bajé la voz—. Me ha dicho que tenía una sorpresa para mí en una caja y que le preocupa que se asfixie o algo así.

—Ay, madre. —Se le abrieron los ojos como platos—. Lo que tenga en la caja podría ser literalmente cualquier cosa. En serio, Evie. Cualquier cosa.

—Lo sé. Por eso tengo que darme prisa. —Me colgué la mochila con los libros al hombro.

—Tienes que enviarme un mensaje más tarde y decirme lo que es —me ordenó.

—Lo haré. —Me despedí de ella y de James, quien, con sus ojos enrojecidos y su mirada aturdida, parecía que acababa de despertarse.

James movió los dedos hacia mí, bostezando.

En el pasillo, me apresuré a atravesar la multitud de estudiantes y me dirigí a la entrada trasera. Era demasiado fácil marcharse. Lo único que tenía que hacer era abrir las puertas y salir al sol de principios de octubre.

Atravesé el cuidado césped y luego subí la empinada colina, con el corazón latiéndome con fuerza. La verdad era que no tenía ni idea de lo que podía tener Luc en una caja. Si se trataba de algún tipo de mascota, a mi madre le iba a dar algo.

A ella no le gustaba el pelo de los animales de ningún tipo, y yo no estaba segura de si me gustaban las escamas o las mascotas sin pelo en general.

Caminé por el asfalto del aparcamiento, el aleteo se intensificó en mi pecho cuando vi mi coche y al chico que estaba apoyado en él.

Luc estaba con sus largas piernas cruzadas por los tobillos, reclinado contra la puerta del conductor. Llevaba ese gorro de punto gris que me gustaba y sus gafas de aviador plateadas reflectantes. Mis pasos se ralentizaron al mismo tiempo que se me aceleró el corazón.

Hoy llevaba una camiseta en la que, irónicamente, aparecía una nave espacial que transportaba a alguien hacia arriba, y que decía en letras blancas y en negrita: «Sube, perdedor».

Llevaba una caja en la mano. Una caja pequeña y blanca envuelta con una cinta roja. Estaba claro que no había un gatito o un perrito en la caja. Solo era lo bastante grande como para que cupiera una tarántula muy grande o un lagarto.

Como tuviera una maldita araña peluda en esa caja, le iba a dar un rodillazo en sus partes nobles.

Levantó la vista cuando me acerqué, y esos labios carnosos se curvaron en una pequeña sonrisa.

—Aquí estás. Empezaba a preocuparme de que tal vez tuviera que entrar ahí, liarla parda y sacarte.

Miré la caja.

—¿Te das cuenta de que tengo al menos dos clases más?

—Sí, ya lo sé. —Se apartó del coche y se inclinó hacia mí, con su cálido aliento bailando sobre mi oído mientras decía—: Pero lo que tengo planeado para ti es mucho más divertido.

En mi interior empecé a dar saltitos y a bailar.

—¿Tiene que ver con lo que hay en la caja?

—Lo que hay en la caja es solo el principio.

Me quedé mirando la caja que llevaba en la mano. No había agujeros para que entrara nada de aire.

—¿Es un panda?

—No creo que un panda quepa aquí.

—¿Un koala, entonces?

—Dios mío, no. Todos moriríamos si ese fuera el caso.

La comisura de mis labios se curvó.

—No creo que los koalas sean tan agresivos.

—Sí, lo son, Melocotón. Son demonios disfrazados de bolas de pelo. Y si no, pregúntaselo a un australiano.

—No conozco a ningún australiano.

—Yo sí. —Se puso la caja debajo del brazo—. Déjame ver las llaves de tu coche.

Entrecerré los ojos.

—¿Por qué necesitas mis llaves y qué hay en la caja? Creía que te preocupaba que se asfixiara.

—Necesito tus llaves porque te voy a llevar a un sitio y tendrás la caja cuando estemos en el coche.

Tal vez debería dar la vuelta y volver al instituto. Eso sería lo más inteligente. No debería faltar a clases, sobre todo si es con Luc. Pero la curiosidad se apoderó de mí, al igual que algo mucho más fuerte, algo que me resultaba familiar.

—Vale —contesté, metiendo la mano en el bolsillo de mi mochila. Saqué las llaves, abrí el coche y se las entregué a Luc—. Si me meto en problemas, te echaré la culpa a ti.

—Merecerá la pena. —Sonrió mientras se deslizaba junto a mí, abriendo la puerta del coche sin ni siquiera alcanzarla.

Menudo vago.

Arrojando la mochila en el asiento de atrás, me apresuré a rodear la parte trasera del coche y me subí al asiento del copiloto. La caja estaba ahora en el regazo de Luc, y no se estaba moviendo como si hubiera algo dentro.

Algo vivo, quiero decir.

Al arrancar el coche, me miró mientras se atrapaba el labio inferior entre los dientes.

—¿Estás preparada para tu sorpresa?

Asentí con la cabeza.

Luc me entregó la caja.

—Ten cuidado con ella.

La caja no era ligera, pero tampoco pesaba tanto, y cuando la puse en mi regazo, no se movió nada de lo que hubiera dentro. Miré a Luc.

—¿Qué hay en esta caja?

—Arruinaría la sorpresa si te lo dijera. —Sacó el coche de la plaza de aparcamiento—. Ábrela.

Recelosa, deslicé los dedos debajo de la cinta roja y satinada, apartándola. Respirando hondo, levanté la tapa, preparada para que algo saliera y me picara en la cara.

Entonces vi lo que había dentro de la caja.

Abrí la boca.

Cerré la boca.

Y entonces una sonora carcajada brotó de mí mientras miraba dentro, sin creerme de verdad lo que estaba viendo.

—Se llama Diesel —explicó Luc mientras salía del aparcamiento, girando a la derecha—. Le gusta que lo mimen y lo abracen.

—Luc, es una... —Se me escapó otra risa mientras sacudía la cabeza. No podía creer lo que estaba viendo.

Era una roca.

Una roca del tamaño de una mano, de forma ovalada, descansaba entre bolas de algodón. Y no era una roca normal. Tenía una cara, una cara dibujada con un rotulador negro. Dos ojos redondos con globos oculares morados. Cejas. Una nariz en forma de ángulo. Una amplia sonrisa. También había un rayo dibujado sobre la ceja derecha.

—Es una roca, Luc. —Me quedé mirándolo.

—Se llama Diesel. No lo juzgues por la forma que tiene.

Lo miré fijamente, con la boca abierta.

—¿Es que Voldemort lo ha atacado?

—Puede ser. —Esa media sonrisa apareció—. Ha vivido una vida muy interesante.

Sacudiendo despacio la cabeza, tardé un par de momentos en formular siquiera una respuesta coherente.

—¿Me has hecho salir del instituto antes de tiempo porque tenías una roca para mí?

—A ver, Melocotón, es una roca mascota, y yo no te he obligado a hacer nada.

Me quedé boquiabierta. Ni siquiera recordaba la última vez que había oído las palabras «mascota» y «roca» en la misma frase.

—¿Y dónde se supone que lo iba a guardar mientras esperaba a que salieras de clase? —preguntó—. El viaje al instituto ya lo había asustado, pues me movía muy rápido.

—Ahora mismo no sé ni qué decir —murmuré. Diesel, la roca mascota, me devolvió la sonrisa—. ¿Gracias?

—Un placer.

Parpadeé mientras contemplaba la roca, luchando contra una sonrisa tonta, porque todo esto era tan estúpido y tonto que en realidad era algo sorprendente.

—Bueno, ¿has aprendido algo interesante en clase hoy? —preguntó, y cuando levanté la vista, me di cuenta de que estábamos en la Interestatal 70, en dirección al oeste.

—La verdad es que no. —Me aferré a la caja—. April estaba protestando de nuevo. Y nos acabamos peleando un poco.

—¿Qué pasó?

—No gran cosa. —Miré por la ventana. Los centros comerciales daban paso a altos olmos y robles, con sus hojas en una impresionante gama de dorados y rojos—. Ella está... No lo sé. A veces ni siquiera entiendo cómo Zoe ha podido ser amiga suya.

—Zoe tiene una paciencia increíble.

—Si pasaras algún tiempo con April, entenderías lo increíble que es esa paciencia —repuse, mirándolo.

Entonces me di cuenta de lo mucho que había cambiado mi vida en cuestión de semanas. Hace poco más de un mes, ni siquiera podía imaginarme estar en mi coche ahora mismo, yendo a Dios sabe dónde, con alguien como Luc, mientras se suponía que debía estar sentada en clase, estresada por lo que iba a hacer cuando me graduara. Todos los aspectos de mi vida, desde los menores hasta los más extremos, habían cambiado. Algunos eran de gran importancia, y otros, como el de ahora, eran pequeños y apenas perceptibles, pero me habían tomado desprevenida.

La Evie de hace dos meses no se habría atrevido a hacer algo así. No habría faltado al instituto nunca. Joder, casi había tenido demasiado miedo como para entrar en Presagio la primera noche con Heidi.

Pero ¿ahora?

Esto era una aventura. Esto era divertido a pesar de todas las cosas locas que habían pasado y que seguramente pasarían. Lo necesitaba.

Miré a Diesel y sonreí contra el repentino ardor en la parte posterior de mi garganta. Hasta ese momento no me había dado cuenta de que necesitaba esto, la roca mascota más tonta y este viaje a cualquier parte.

Mirando a Luc, quise abrazarlo. Tal vez hacer algo más. Como besarlo. Pero eso podría hacer que se estrellara, y a mí me gustaba mi coche.

—¿Melocotón? —Luc estaba esperando.

Sonrojada, agradecí que por una vez no pareciera estar espiando mis pensamientos.

—Solo quiero darle un puñetazo a April en la cara. Eso es todo lo que tengo que decir.

Se echó a reír.

—Por favor, intenta abstenerte de hacerlo, o al menos asegúrate de que yo esté allí primero para presenciarlo.

Riendo, dejé caer la cabeza contra el asiento. Vi una señal de la US-340 Oeste y, debajo de ella, las palabras HARPERS FERRY. Las repetí de forma distraída. Había algo que me resultaba familiar. Sabía que era un pueblo de Virginia Occidental, pero había algo más. ¿Había estado aquí antes o había oído hablar del pueblo?

—¿Allí es a donde vamos a ir? ¿A Harpers Ferry?

—Sí. Ahora estamos a unos treinta minutos de allí. Es un pueblo pequeño y antiguo. Famoso por John Brown, un abolicionista. Cuando asaltó la armería federal del pueblo con la intención de armar a los esclavos, básicamente provocó la guerra civil que hubo un año después.

Todo eso me resultaba familiar. La guerra civil se trató mucho en clase el año pasado, pero no pude evitar una extraña sensación de hormigueo en la nuca.

—También es conocido por el hecho de que se encuentra justo en la confluencia de los ríos Potomac y Shenandoah —continuó—. Es un pueblo bonito, por suerte prácticamente salió indemne de la invasión.

Asentí, escuchando lo que decía, pero, al mismo tiempo, consumida por la sensación de haber estado aquí antes. Aunque sabía que eso no era así. Al menos no que yo recordara, así que excepto que...

Mierda.

¿Recordaba haber venido aquí como Nadia? ¿O era solo un conocimiento común aprendido en el instituto y enterrado en mi subconsciente?

La sensación de hormigueo aumentó durante el resto del trayecto. El paisaje era precioso, sobre todo cuando cruzamos el puente y pude ver el pueblo, a lo lejos, situado en la cara de la montaña que era un impresionante caleidoscopio de amarillos y burdeos. Me apetecía tomar la cámara del asiento trasero, pero me quedé paralizada, absorta en las olas blancas del río bajo el puente y en la vista de una iglesia lejana.

Un nerviosismo me encendió las venas. Cuando Luc giró a la derecha en un pequeño hotel y pude ver por primera vez la ciudad que se elevaba y se hundía, con sus casas esparcidas por las colinas y los valles, me quedé en silencio. Había girado de nuevo a la derecha y, al llegar a la siguiente colina, las casas y los comercios apilados tocaron una fibra dentro de mí.

«La parte baja de la ciudad».

Parpadeé, con los dedos agarrando la caja que se encontraba en mi regazo. Estábamos entrando en lo que se consideraba la parte baja de la ciudad, una calle repleta de pintorescos restaurantes y tiendas locales. ¿Cómo sabía yo eso? ¿Lo habíamos estudiado en clase? ¿O...?

Al llegar a una señal de STOP, Luc esperó a que cruzara un grupo de personas con viseras y cámaras de fotos. Turistas. Entonces giró a la izquierda por los adoquines y entró en el aparcamiento de lo que parecía ser una estación de tren.

—¿Todo bien por ahí? —preguntó Luc mientras paraba el coche.

Asentí con la cabeza.

—Sí. Es solo que... No sé. Este lugar me resulta familiar, y no sé si es por el instituto o si...

—Pregúntamelo, Evie.

Tragué saliva y lo miré despacio. Luc se había quitado las gafas de sol y las había metido en la visera.

—¿Hemos venido aquí antes?

Los ojos violetas se encontraron con los míos.

—Sí.

Aspiré una breve bocanada de aire.

—Siento que conozco este lugar, pero no sé si es por el instituto o por algo más.

Luc se quedó callado un momento.

—Veníamos mucho aquí. De hecho, era uno de tus lugares favoritos. Hay un viejo cementerio en el que te gustaba hacer fotos.

Se me escapó una risa que sonaba estrangulada.

—Qué mal rollo.

Su sonrisa fue rápida.

—El cementerio no era lo que más te gustaba.

—¿Y entonces qué era?

Desviando la mirada, abrió la puerta del conductor.

—Ya lo verás.

Durante un buen minuto, me quedé sentada, intentando decidir si estaba preparada para hacer esto. Era la primera vez que iba a un lugar que solía frecuentar como Nadia, un lugar que significaba algo. ¿Y si iba a donde me quería llevar Luc y no sentía nada? ¿Nada de nada?

¿Y si sí sentía algo?

Las posibilidades eran igual de aterradoras, y aunque había una pequeña parte de mí que quería quedarse en el coche con mi roca mascota, ya no era esa Evie.

Ya no podía ser *esa* Evie.

Con una respiración superficial que no sirvió para aliviar la presión que me oprimía el pecho, abrí la puerta y salí, colocando con cuidado la caja en el asiento.

La ventanilla estaba abierta, pero la dejé así. Luc me miraba fijamente y yo sonreí.

—Estoy dejando que entre el aire, ya sabes, para que Diesel no tenga mucho calor.

Una amplia y hermosa sonrisa recorrió sus rasgos, aturdiéndome momentáneamente. Era una sonrisa rara. Una verdadera sonrisa que llegaba a sus ojos, volviéndolos más cálidos.

—Mírate, ya te preocupas por Diesel.

Riéndome, cerré la puerta y me uní a él.

—Entonces, ¿a dónde vamos?

—Ya lo verás. —Comenzó a caminar, y supe que estaba disminuyendo su ritmo para que yo no tuviera que andar a toda velocidad para seguirle el paso.

Nos cruzamos a la acera, pasando por varios lugares que estaban asando u horneando algo que olía genial. Luc nos maniobró para que él estuviera a la izquierda, más cerca de la carretera, un movimiento extraño que no entendí del todo. Mientras caminábamos por la acera, obstaculizados por la gente que tomaba fotos y pasaba el rato, mi mano izquierda rozó la derecha de él, enviando una sacudida de conciencia a través de mí.

¿Iba a tomarme de la mano? ¿Y a sostenerla?

Mi corazón dio un pequeño y tonto salto al pensarlo.

No nos habíamos tomado de la mano antes, al menos no que yo recordara.

Entonces, más adelante, a la derecha, vi la iglesia de estilo gótico que había vislumbrado desde el puente. A medida que nos acercábamos, pude ver lo antigua que era, construida con piedra de color rojizo, con adornos blancos que perfilaban el campanario.

—Es preciosa. —Sentí que mis ojos se abrían de par en par—. Madre mía, debe de ser muy antigua.

—Es la iglesia de San Pedro.

Nos detuvimos para cruzar la calle y sentí que uno de sus dedos rozaba la parte superior de mi mano. Con el corazón latiéndome con fuerza, giré mi mano con la palma hacia arriba, extendiendo un dedo a lo largo de la suya. Luc no dudó. Sus dedos se cerraron de inmediato alrededor de los míos, con un agarre cálido y fuerte. Era un gesto muy simple, pero para mí era enorme.

—Creo que se construyó a principios del siglo xix —dijo, con la voz más ronca de lo normal—. También está embrujada.

Giré la cabeza hacia él.

—¿Cómo?

Luc sonreía mientras me guiaba a través de la calle hasta el amplio conjunto de escalones empinados que conducían a la iglesia.

—Sí, en teoría por un cura o una monja... o un chupacabras.

—¿Un chupacabras? —Me reí.

—Creo que fue un sacerdote o un reverendo. Un hombre del clero. —Me guio hasta el patio de piedra de la iglesia, más allá de la multitud que estaba haciendo fotos. Nos estaban mirando... Bueno, más bien a él. No por sus ojos, sino por su cara y su altura—. Una vez hicimos un *tour* de fantasmas por aquí con Paris.

Mi sonrisa se desvaneció ante la mención del nombre del difunto Luxen.

—Te asustaste tanto que te pusiste a llorar. —Luc miraba al frente—. Nos hiciste dejar el *tour* a la mitad y llevarte a casa.

—Estás de broma.

—Nunca. —Me echó una mirada de reojo, con los ojos brillando con picardía.

Pasamos por delante de la iglesia y entramos en otro sendero más estrecho, formado por escalones de tierra que subían por una colina bastante empinada rodeada de árboles. A la derecha, había ruinas de piedra detrás de los árboles, reminiscencias de un pasado brutal. Las pantorrillas me ardían para cuando llegamos a la mitad del camino, prueba de que necesitaba caminar más. La mano de Luc permaneció alrededor de la mía, hasta llegar a un conjunto de rocas lisas sobre las que había unas cuantas personas.

De inmediato, me giré hacia nuestra izquierda y la sensación de hormigueo de antes volvió a aparecer, pero esta vez, era en todo mi cuerpo, como si hubiera atravesado una telaraña.

—Esto es Jefferson Rock. —Luc señaló con la cabeza las rocas de pizarra que aparecían precariamente apiladas unas sobre otras, encaramadas al borde del acantilado. Cuatro pilares de piedra sostenían la roca superior.

Luc estaba explicándome por qué se llamaba Jefferson Rock, algo relacionado con Thomas Jefferson, pero yo tenía un zumbido en mis oídos. Un niño pequeño pasó corriendo junto a nosotros, hacia los escalones de piedra que acabábamos de subir, seguido por un padre de aspecto desaliñado.

Me sentí atraída por las rocas. Soltándome de la mano de Luc, me acerqué, con las piernas temblorosas, y me detuve, apoyando una mano en la roca mientras miraba el Shenandoah.

«Nunca podré alcanzarlo».

Las palabras surgieron de la nada, poniéndome de punta los vellos de todo mi cuerpo. Me invadió un mareo, repentino y agudo. Dejó de llegarme aire a los pulmones. No sabía si era por la altura o...

—Ten cuidado —murmuró Luc, de repente a mi lado, con una mano en la parte baja de mi espalda—. La verdad es que no me apetece zambullirme para sacarte.

Inspiré para hablar, pero no salió nada. El blanco brilló detrás de mis ojos y, de repente, no vi el río rugiente de abajo ni el cielo azul y sin nubes.

Vi a un niño que pasaba corriendo por delante de la iglesia y subía aquellos viejos y antiguos escalones. Se reía, y el sol hacía que su pelo fuera de color bronce. Corría demasiado rápido y yo no podía alcanzarlo.

«Nunca podré alcanzarlo».

Lo intentaba, siempre lo intentaba.

Y me dejó atraparlo junto a la roca, con nuestras ropas cubiertas de polvo y el sudor salpicando nuestra piel, y yo lo besé. Me había estirado sobre las puntas de mis zapatillas rojas y blancas, le había rodeado el cuello con mis escuálidos brazos y lo había besado.

El recuerdo se fragmentó tan rápido como se había formado, desapareciendo como gotas de lluvia en el sol.

—¿Evie? —El tono de su voz estaba lleno de preocupación.

—Yo... —No pude recuperar el aliento mientras lo miraba a los ojos, los ojos del chico al que había besado aquí mismo, años atrás—. Me acuerdo.

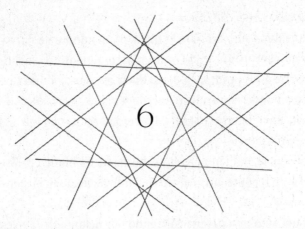

6

Luc había vuelto a tomarme de la mano, alejándome de la gente que se agolpaba en Jefferson Rock, más arriba del camino y hacia la loma de hierba que bordeaba el cementerio.

Nada de las filas irregulares de lápidas blancas y grises me resultaba familiar. Algunas estaban deterioradas por el paso del tiempo; otras, brillantes y nuevas, pero la sensación de tener unos dedos invisibles a lo largo de mi nuca continuaba.

Luc se sentó y me arrastró con él al manto de hierba. Desde donde estábamos, veíamos el río que atravesaba el valle. La mano con la que me sostenía temblaba mientras me agarraba fuerte.

—¿Te acuerdas? —me preguntó, con una voz áspera, como si tuviera un nudo en la garganta.

Me froté la palma de la mano sobre la pierna, asintiendo mientras tragaba con fuerza.

—Me acuerdo de que subiste corriendo los escalones, y fue como si lo hubiéramos hecho muchas veces antes y nunca hubiera podido alcanzarte, pero entonces lo hice. Tú... —Apreté los ojos con fuerza y luego los volví a abrir—. Me dejaste atraparte y te besé. Me estiré, te abracé y te besé. ¿Es real? ¿El recuerdo?

Sus rasgos llamativos estaban pálidos mientras su mano se agitaba alrededor de la mía.

—Sí, es real.

El siguiente aliento que tomé se me quedó atascado mientras enroscaba los dedos alrededor de los suyos. Volví a cerrar los ojos y lo vi como un niño: sus rasgos eran los mismos, pero más suaves y jóvenes, su cuerpo me resultaba familiar, pero más delgado. Inspiré hondo cuando una brisa fresca me levantó el pelo y me lo puso sobre la cara.

—Fue justo después de la invasión, cuando las cosas habían empezado a calmarse. Volvimos para ver si este sitio se había visto afectado, y parecía el único lugar en kilómetros a la redonda que había quedado intacto.

—Eso es extraño.

—Pues sí, pero el día que vinimos aquí... fue un buen día. Te sentías bien. —Me soltó la mano y, cuando abrí los ojos, se estaba quitando el gorro de la cabeza—. Fue después de que te dieran el...

—¿Suero Prometeo? —le dije, y esos ojos amplios e interrogantes se dirigieron a los míos—. Daemon me habló de él.

Luc me miró fijamente durante un largo instante. La tensión se deslizó por su boca y luego exhaló con fuerza.

—El suero Prometeo pareció funcionar durante unos días. Tenías más energía. No tenías náuseas. Podías comer. Y todos esos malditos moretones que te cubrían habían empezado a desaparecer. Todavía seguía teniendo precaución. No quería que echaras a correr, pero querías subir aquí, ¿y quién era yo para negártelo?

Luc se quedó mirando el valle.

—A veces me preguntaba si sabías que el suero no había funcionado más que para darte un respiro de la enfermedad. Echando la vista hacia atrás, creo que sí lo sabías. —Levantando las manos, se pasó los dedos por el pelo—. De todos modos, ese fue el día en el que me besaste y, joder, hace falta mucho para tomarme desprevenido, pero tú te las arreglaste para hacerlo. Tenía... esos sentimientos por ti. Al principio no me gustaban. Ni siquiera los entendía. —Enroscó los dedos en sus cortos mechones de pelo—. Y siempre pensé que me veías como a un hermano. Eso es todo lo que me permitía pensar. Yo era joven. Y tú eras aún más joven.

No sabía cómo alguien podía ver a Luc tan solo como a un hermano aparte de alguien que fuese legítimamente su hermano, pero me lo guardé para mí.

—Pero me besaste y... —Dejó caer las manos mientras inclinaba la cara hacia el sol, con los ojos cerrados—. Me rompió de una manera que ni siquiera sabía que alguien se podía romper.

—Eso no suena bien. —Sentí que tenía que disculparme.

—Fue... —Levantó las manos, sacudiendo la cabeza—. No estuvo mal, Evie. En absoluto. —Apareció una rápida sonrisa y luego desapareció—. ¿Recuerdas lo que me dijiste después, mientras te miraba como un idiota?

Sacudí la cabeza.

—No, no lo recuerdo.

—¿Recuerdas algo más?

—No. Solo eso, pero en cuanto he visto el cartel del pueblo, me he sentido rara. Ya te lo he dicho. —Enhebré los dedos en la hierba—. ¿Por eso me has traído aquí? ¿Para ver si me acordaba de algo?

—¿Sí? ¿No? No lo sé. Principalmente, te he traído aquí porque era un lugar que sabía que te encantaba. Me he estado preguntando si seguirías sintiendo lo mismo.

Contemplando los árboles centenarios y los valles y ríos de abajo, pude ver por qué me había encantado este lugar. Tenía un efecto tranquilizador, el estar cerca de la civilización y, sin embargo, rodeado de naturaleza y de mucha historia.

—Creo que podría llegar a encantarme de nuevo.

Guardó silencio y luego preguntó:

—¿Quieres quedarte o irte?

Sabía que si le decía que quería irme, él se pondría de pie antes de que yo pudiera acabar la frase, pero no quería irme.

—Todavía no.

—De acuerdo. —Tragó saliva con dificultad.

Se hizo un silencio agradable entre nosotros mientras observaba cómo se movían las ramas con el viento, sacudiendo las hojas sueltas y muertas y haciéndolas caer al suelo. El aroma del río y de la tierra nos rodeaba, y si no hubiera sido por el millón de escalones que habíamos subido para llegar hasta aquí, habría corrido de vuelta al coche a por mi cámara.

—¿Qué te dije? —le pregunté, recordando lo que había dicho—. Después de que te besara.

Luc se quedó callado durante un largo momento.

—Dijiste: «No olvides esto».

Me quedé quieta. Madre mía. Tal vez sí que había sabido que el suero no había funcionado, porque esas palabras eran muy fuertes.

—¿Cómo de irónico es? —Se rio, pero sin ningún tipo de alegría—. Como si alguna vez pudiera olvidar lo que se siente cuando tus labios tocan los míos. Como si alguna vez pudiera olvidarte.

—Fui yo quien se olvidó. —Las lágrimas se me agolparon en los ojos mientras me llevaba las rodillas al pecho y me rodeaba las piernas con los brazos. Él no podía olvidarme y yo lo había olvidado a él—. Lo siento.

Su mirada se dirigió a la mía.

—¿Por qué?

—No lo sé. —Levanté un hombro y apoyé la mejilla en las rodillas—. ¿Por todo esto? Porque parece más fácil no tener estos recuerdos.

—No. Para nada. —Luc se inclinó, acercando su cara a la mía—. Aprecio cada recuerdo que tengo de nosotros. Incluso los tristes. No cambiaría ni un segundo de ellos por nada, porque yo tuve mis recuerdos y tú tuviste una segunda oportunidad. Viviste.

Más lágrimas me obstruyeron la garganta y cerré los ojos.

—Y me perdiste —susurré—. Te perdí.

—¿Nos hemos perdido el uno al otro? —preguntó, y entonces sentí sus dedos en mis mejillas, persiguiendo una lágrima que se me había escapado—. Tú y yo estamos aquí ahora mismo, ¿no es así? De alguna manera, me has encontrado, y no soy alguien que crea en las casualidades. No creo que fuera una casualidad que entraras en Presagio con Heidi. Creo que era algo que estaba destinado a suceder y yo...

Abrí los ojos, encontrándome con los suyos.

—¿Qué?

—Solo estaba esperando.

—Tienes una roca como mascota de verdad. —Heidi miraba fijamente a Diesel, que ahora descansaba en una bonita cama de algodón y calcetines enrollados encima de mi mesita de noche—. Mierda.

Era el día siguiente, después de las clases, y hacía tiempo que las tres no pasábamos el rato. Zoe estaba en la silla del ordenador que yo nunca utilizaba, paseándose de puntillas por mi dormitorio, y Heidi y yo estábamos tumbadas en la cama.

—No sé si es lo más extraño que he visto en mucho tiempo o lo más sorprendente. —Heidi tenía la barbilla apoyada en el puño y el pelo de color carmesí recogido en un moño alto y despeinado—. Creo que las rocas como mascotas dejaron de existir antes de que naciéramos, lo que creo que es lo más sorprendente de todo.

—Sí. —Sonreí dentro de mi edredón—. No puedo recordar la última vez que me reí tan fuerte.

Zoe sacudió la cabeza mientras se acercaba.

—Una parte de mí esperaba que fuera una serpiente o algo así.

Abrí los ojos de par en par.

—No me gustan las escamas de ningún tipo.

—Lo sé. Pero entonces podría habérmela quedado yo. —Me sonrió—. Por cierto, ¿ya tienes tu disfraz de Halloween? —le preguntó a Heidi.

Ella asintió.

—Claro que sí.

—¿De qué te vas a disfrazar? —quise saber yo.

—De Rubita, la niña de los dibujos animados de *La tierra del Arcoíris* —respondió, y me reí—. No lo has visto venir, ¿verdad?

—En realidad, ya creo que eres un poco como Rubita, así que... —Miré a Zoe—. ¿Y tú?

—Creo que voy a ir de Wonder Woman. —Dejó caer los brazos sobre los lados de la silla—. ¿O tal vez de Daenerys? No estoy segura. ¿Y tú?

—No tengo ni idea.

Heidi frunció el ceño.

—Vas a venir a Presagio con nosotras, ¿verdad? Me imagino que tu juramento de no ir a Presagio se ha roto oficialmente.

—Sí, así es, y voy a ir, pero no lo he pensado mucho. Ya se me ocurrirá algo. Tengo tiempo. —Sentada, eché un vistazo a la televisión y vi el faldón de las noticias de última hora en la parte inferior de la pantalla—. Algo ha pasado.

Heidi siguió mi mirada mientras me inclinaba sobre ella, pero el mando seguía estando demasiado lejos.

—¿Qué está sucediendo en Kansas City?

Zoe levantó la mano y el mando a distancia voló desde el borde de la cama hasta ella. Le lancé una mirada celosa mientras subía el volumen.

En la pantalla aparecía un reportero, con el cabello castaño cortado muy corto. Lo reconocí vagamente.

—*Acabamos de recibir un comunicado de las autoridades sobre la alarmante actividad en el complejo de apartamentos de Kansas City. Jill, ¿puedes darnos alguna novedad?*

Apareció una pantalla doble que mostraba a una mujer de piel oscura con un cuello alto rosa pálido. Estaba de pie frente a un edificio de ladrillos grises de varios pisos que estaba acordonado con cinta amarilla y parcialmente bloqueado por ambulancias y camiones de bomberos.

—*Sí, Allan, acabamos de recibir la noticia del sargento Kavinsky de que este complejo de apartamentos de Broadway está en cuarentena total ahora mismo. No ha habido ninguna declaración oficial, pero sabemos que la situación comenzó anoche cuando un compañero de trabajo de uno de los inquilinos acudió al edificio para comprobar el estado de un empleado de...* —Miró algo que tenía en la mano, fuera de la pantalla—. *Una empresa local de publicidad y marketing que había faltado al trabajo tanto el jueves como el viernes y no se había puesto en contacto con los jefes. Fue este compañero quien descubrió a varias personas muy enfermas en el interior del complejo. Todas ellas, según nos han dicho, han fallecido.*

—Madre mía —susurré mientras Heidi se incorporaba y se inclinaba hacia mí.

—*También nos han contado que se ha puesto en cuarentena al compañero de trabajo, ya que se teme que haya sido expuesto a lo que sea que haya hecho que los inquilinos de este edificio se hayan enfermado y hayan fallecido* —continuó Jill—. *Este complejo de apartamentos tiene quince viviendas y, por lo que hemos podido averiguar, todos los inquilinos del complejo están dentro.* —Giró el cuerpo, inclinándose un poco hacia el edificio—. *También hemos averiguado en exclusiva que una de las inquilinas fallecidas de este edificio, una tal Lesa Rodrigues, trabajaba en un centro para Luxen en Kansas City. Nos hemos puesto en contacto con este grupo y estamos esperando una respuesta, pero esta situación parece recordar mucho al suceso ocurrido a finales de septiembre en una casa a las afueras de Boulder, Colorado, donde se encontró muerta a una familia de cinco personas, cuyos cuerpos mostraban signos de una infección masiva y destructiva de algún tipo. El padre de esa familia, un tal Jerome Dickinson, era administrador de la propiedad en una zona residencial para Luxen.*

La cámara se alejó, captando la actividad en la acera debajo del edificio. Había varias personas con trajes de protección individual blancos desapareciendo detrás de uno de los camiones de bomberos mientras el reportero seguía hablando.

—*El sargento Kavinsky ha dicho que no creen que haya ninguna amenaza para la comunidad en este momento; sin embargo, están pidiendo que la gente trate de mantenerse alejada del complejo de apartamentos y de los centros para Luxen en la calle Armour. Hemos recibido la noticia de que también se ha puesto el centro en cuarentena como medida preventiva hasta que puedan determinar si hay algún riesgo para el público. Los edificios cercanos, que albergan muchos negocios, también estarán cerrados hasta nuevo aviso.* —Volvió a ponerse de frente a la cámara una vez más—. *Además, una fuente cercana a esta investigación que ha visto los cuerpos de los fallecidos dice que el estado de los restos es casi idéntico al de los de Colorado, lo que lleva a esta persona a creer que los individuos de este complejo, como la familia de Boulder, han fallecido por algún tipo de virus o infección. Esta fuente dice que, aunque las autoridades aún no lo han declarado de forma pública, se cree que la infección se produjo tras un contacto cercano con un Luxen.*

Oh, no.

Heidi se puso tensa a mi lado, y se me hizo un nudo en el estómago. ¿Una infección masiva y destructiva como... como una posible gripe? ¿Como el tipo de gripe que mató a Ryan?

—Eso no son más que tonterías —espetó Zoe.

—*Si recuerdan, se cree que la causa de la muerte de la familia de Boulder fue en parte por una fiebre de tipo hemorrágico y una tormenta de citoquinas, la reacción abrumadora del cuerpo a una infección. A veces se puede presenciar en casos graves de gripe o con otros virus, pero las autoridades que investigan a la familia de Boulder han declarado que, aunque creen que fue un caso aislado, lo que sea que haya enfermado y matado a la familia no se había visto antes.*

El reportero volvió de repente a un lado de la pantalla, sustituyendo la imagen del edificio de apartamentos.

—*Y ahora tenemos un edificio entero en cuarentena con toda probabilidad con la misma enfermedad, a cientos de kilómetros de distancia.*

Jill asintió.

—*No se ha confirmado, pero nuestras fuentes sospechan que se trata de la misma enfermedad que acabó con la familia de Boulder.*

La mirada del periodista se volvió sombría.

—*Con los crecientes actos de violencia y terror en las ciudades de toda la nación, estoy seguro de que esto servirá para meter presión al presidente McHugh para que derogue la vigésima octava enmienda y aumentará la probabilidad de que se apruebe una legislación como la Ley Luxen y la reinstauración de la Ley Patriota, que es una legislación respaldada por el presidente McHugh.*

Jill le dio la razón mientras yo miraba la pantalla.

A mi lado, Heidi tragó con dificultad.

—¿Crees que es posible que lo que tenía Ryan fuese de lo que murió esta gente?

—No lo sé —murmuré—. Dijeron que lo que fuera que tuviera esa gente no era una amenaza para la comunidad, y estamos como a miles de kilómetros de allí, pero...

—Pero vosotras habéis oído lo mismo que yo, ¿no? —preguntó Zoe, volviéndose hacia nosotras—. Parece que se están preparando para culpar a los Luxen de lo que sea que haya hecho enfermar a esta gente.

—¡Mamá! —grité en el momento en el que la oí llegar a casa aquella noche, cerca de medianoche, con mis pies golpeando los escalones mientras bajaba las escaleras y entraba en el vestíbulo. Había una persona que conocía bien los virus y las cosas biológicas asquerosas que se podían pasar de una persona a otra. Mi madre. Era una fuente de conocimiento, ya que trabajaba en el Comando de Material e Investigación Médica del Ejército de los Estados Unidos en Fort Detrick, Frederick.

No sabía cómo podía seguir trabajando para un gobierno que había dirigido y sancionado las acciones de Dédalo, pero, de nuevo, había mucha gente del gobierno que luchaba por los Luxen, y supuse que podía estar segura de que también había muchos como mi madre, Luxen que estaban ocultos a plena vista. Y después de todo lo que había vivido y visto, sabía que no se podía hacer ningún cambio si no se estaba en el meollo. Mantenerse al margen o esconderse solo ayudaba a la oposición.

—En la cocina. —Fue la respuesta.

Una vela ardía en algún lugar, llenando el espacio abierto con un aroma a calabaza y caramelo. Me apresuré a atravesar la sala de estar, donde todo estaba ordenado y en su lugar, pasando por la mesa del comedor que se tuvo que reemplazar después del enfrentamiento con Micah, y la encontré de pie en la isla de la cocina, colocando el maletín y el bolso sobre ella.

Tenía el pelo liso recogido en una coleta y no había ni un solo mechón fuera de su sitio. No necesitaba un espejo para saber que el mío estaba enredado y parecía una bala de heno en ese momento. Siempre hubo esa gracia y elegancia inherentes en mi madre y en su forma de moverse, mientras que yo sonaba como una manada de caballos bajando los escalones.

Soltó las llaves.

—¿Debería preocuparme porque acabas de bajar las escaleras a una velocidad vertiginosa?

—No exactamente. —Me subí de un salto al taburete—. Tengo una pregunta para ti.

—Puede que tenga una respuesta. —Mi madre se dirigió al frigorífico y tomó una botella de agua, y la puso encima de un posavasos de color dorado. Era nuevo. Tenía la costumbre de coleccionar posavasos, al igual que algunas personas coleccionaban bolsos o zapatos caros.

—¿Pueden los humanos ponerse enfermos por un Luxen? ¿Agarrar un resfriado, una gripe o algo así?

Mi madre me miró por un momento.

—Has visto las noticias.

—Sí. —Me incliné hacia ella, apoyando los pies en la barra inferior del taburete—. Todo un edificio de apartamentos en Kansas City ha sido puesto en cuarentena, y parece que todos están enfermos o muertos dentro. Los periodistas hablan como si se tratara de algún tipo de infección transmitida de los Luxen a los humanos, pero...

—Los Luxen no pueden hacer que los humanos enfermen, Evie. —Levantando la mano, se llevó dos dedos a las sienes como si tuviera un repentino dolor de cabeza—. No se conoce ninguna enfermedad entre especies. Los Luxen ni siquiera enferman, no como los humanos. —Cerró un instante los ojos—. Si esa pobre gente está enferma por algún tipo de virus o infección, no proviene de los Luxen. Si alguien está afirmando eso, es una opinión sin fundamento que no está ni remotamente basada en la ciencia o en alguna de las extensas investigaciones que se han hecho.

Eso es lo que pensamos las chicas y yo.

—Entonces, ¿por qué lo han difundido así? Ya sabes que la gente se cree todo lo que oye o ve. Leen una publicación estúpida en Facebook sobre arañas asesinas que se esconden debajo de los asientos de los inodoros y, aunque no tiene sentido, se lo creen y lo comparten cinco millones de veces. La gente se va a creer esto.

Mi madre negó con la cabeza mientras bajaba la mano hacia la encimera de la isla de granito gris.

—La idea de que los Luxen sean portadores de algún tipo de virus desconocido que pueda infectar a los humanos es mucho más salaz que el envenenamiento por monóxido de carbono o un virus como el de la gripe, que con toda probabilidad sea el verdadero origen de estas enfermedades. Después de todo, estamos en temporada de gripe.

—Dicen que Ryan, el chico del que te hablé, murió de gripe. Sé que dijiste que la gripe puede matar, pero ¿de verdad es tan letal? ¿Y podría ser el mismo virus que mató a la gente de Kansas City y de Boulder?

—Creo que es poco probable que sea la misma cepa, pero todos los años hay casos de H1N1 y de otras cepas que son bastante mortales. Además, como ya te he dicho antes, puede ser extremadamente peligroso para los que tienen el sistema inmunológico debilitado. Pero la gente no informa sobre ese tipo de cosas, porque no va a obtener el índice de audiencia que desea.

—Lo que han dicho esos periodistas es increíblemente peligroso —murmuré, dirigiendo la mirada a la pequeña ventana que había sobre el fregadero—. La gente ya...

—La gente ya nos teme —terminó por mí, con una voz tan tranquila que tuve que mirarla—. La gente ya va a suponer y a pensar lo peor de nosotros, y por eso debo tener cuidado. Por eso Luc debe tener cuidado. —Un escalofrío me recorrió la piel cuando mis ojos se encontraron con los de mi mismo tono. Sus lentes de contacto eran de un marrón cálido—. Y por eso tú debes tener cuidado.

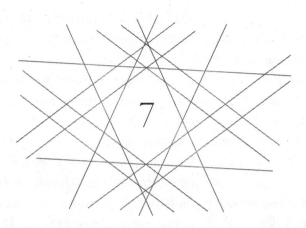

7

—Ha sido culpa de mi hermano —dijo Emery, pasándose una mano por la cabeza, atrapando con los dedos los mechones de color negro como los cuervos que le llegaban hasta los hombros. Llevaba el cabello rapado a un lado de la cabeza, y yo estaba a nada de copiarle totalmente el peinado—. Quiero a Shia y lo echo de menos todos los días, pero ha sido culpa suya.

Habían pasado dos semanas desde el viaje a Harpers Ferry y lo de la cuarentena en Kansas City y, por suerte, no se habían producido más situaciones como aquella.

Las cabezas más frías y lógicas se estaban imponiendo. Hasta ahora. Muchos médicos y científicos humanos salían en la televisión cada noche, al igual que la hermana de Daemon, Dee, para intentar disipar los rumores de que había algún tipo de virus que se transmitía de los Luxen a los humanos. Estaban avanzando, afortunadamente, porque no había habido más casos del misterioso virus.

De alguna manera, las tres habíamos llegado al tema de lo que le sucedió a la familia de Emery durante y después de la invasión, mientras estábamos en el apartamento de Emery en la parte de arriba de Presagio. Antes de saber que mi amiga era una Luxen, me habían dicho que su familia había muerto, pero nunca supe cómo.

—Había muchos Luxen aquí que no estaban contentos con tener que vivir como humanos. Pensaban que debían tener el control —explicó Emery mientras se sentaba—. Que éramos las formas de vida superiores, así que ¿por qué vivíamos a la sombra de los humanos? Mi madre seguía viva entonces, y también mi otro hermano, Tobias. Eran como yo, no tenían problemas para vivir como humanos. Aunque habría sido genial vivir sin escondernos. Fingir ser humano no es fácil.

—¿Por tener que obligarse a ir más despacio y moverse como un humano? —pregunté, recordando vagamente a Zoe explicando por qué siempre llegaba la última en la clase de gimnasia.

Emery asintió mientras miraba a Heidi.

—Nos cuesta más energía ir más despacio. Por no hablar de que es agotador estar siempre pendientes de la velocidad a la que nos movemos y de cómo nos comportamos, así que estaría bien vivir sin escondernos, pero no de la manera que ellos querían. Para Shia y otros como él, nunca se trató de la igualdad de derechos. Se trataba de dominar a los humanos y demostrar que éramos más fuertes, más inteligentes y mejores en todos los aspectos. Ayudaron a los Luxen invasores.

Tomé una breve bocanada de aire mientras me hundía en los mullidos cojines.

—Shia los ayudó, y cuando empezó la guerra, estaba en el otro bando. —Se mordió el labio, mirando el menú de una panadería que ofrecía todos los tipos de magdalenas humanamente posibles—. Intentamos que saliera. Ya sabes, para hacerle ver que lo que querían hacer no estaba bien. No era mejor que lo que los humanos intentan hacer ahora. No quiso escuchar, y ocurrió justo después de la guerra, durante la primera oleada de incursiones, cuando estaban reuniendo a los Luxen y...

Y matándolos.

Mis recuerdos de la época posterior a la invasión no eran reales... o, al menos, no eran mis recuerdos. O tal vez el recuerdo del miedo y la confusión había sido mío y ese trauma había atravesado la fiebre, quedándose implantado para siempre. En cualquier caso, había sido una época aterradora tanto para los humanos como para los Luxen.

—Ya lo habían visto antes, durante la guerra, y no pudieron distinguir ni a Shia ni a Tobias. No es que importara entonces. Ambos fueron asesinados, y mi madre trató de intervenir. Fue masacrada junto con ellos. Todo sucedió muy rápido. En un momento estaban vivos y al siguiente, muertos. —Le temblaba el labio inferior mientras sacudía la cabeza—. Ni siquiera sé cómo escapé. Ahora está borroso, pero salí de allí.

—No tienes por qué hablar de esto —le dije, con el corazón encogido mientras Heidi apoyaba su mejilla en el hombro de Emery—. En serio, no quiero que te sientas así.

—No. Está bien. —La sonrisa de Emery fue breve—. Es bueno hablar de este tipo de cosas a veces, ¿sabes?

Asentí con la cabeza.

—¿Qué hiciste después?

—Me mudé de ciudad en ciudad, tratando de mantener un perfil bajo. Conocí a otros Luxen por el camino, otros como yo que no estaban registrados y solo querían vivir. Acabé en Maryland después de oír hablar de este lugar en el que los Luxen no registrados podían estar a salvo.

—¿Presagio?

Emery asintió.

—No me lo creía, incluso después de conocer a Luc. No podía entender cómo él, teniendo entonces como quince o dieciséis años, podía garantizar remotamente la seguridad de alguien, pero me acogió y me metió en vereda.

—¿Te metió en vereda?

Heidi miró a Emery antes de hablar.

—Digamos que Emery iba por un camino muy lógico, el destructivo.

—No me estaba cuidando. No comía bien y... hay drogas por ahí que tienen el mismo tipo de efectos en nosotros que en los humanos —dijo, y de eso yo no me había enterado—. Ketamina. Algunos narcóticos. —Se frotó las manos—. Heroína. Se necesita el doble de dosis (a veces más de lo que un humano puede soportar) para que tenga los mismos efectos, pero yo caí en ese pozo.

Madre mía, no sabía qué decir. «Lo siento» no parecía suficiente. Lo único que podía hacer era no juzgarla, y eso fue lo que hice. Luxen o humano, no todos los que fueron por ese camino lo hicieron porque se despertaron un día y decidieron destrozar su vida. Algunos acabaron allí porque los médicos humanos les recetaron en exceso medicamentos para el dolor. Otros, como Emery, estaban intentando escapar de un trauma, y yo podía entenderlo.

El poder de la empatía.

—Cuando conocí a Luc, no tenía ni idea de que era un Origin. No tenía ni idea de que existieran. No podía entender cómo pasó diez minutos conmigo y parecía conocer mis secretos más profundos.

—¿Estaba leyendo tus pensamientos? —aventuré.

Apareció una rápida sonrisa.

—Sí, y supo desde el principio que yo tenía un problema, y desintoxicarme fue su única condición para ayudarme. Y lo hizo, él, Grayson y Kent. No fue fácil. Joder, todavía hay días...

—Nunca más. —Heidi ahuecó la mejilla de Emery, guiando la mirada de la Luxen hacia la suya—. ¿Verdad?

—Verdad —susurró Emery.

Sintiendo que me estaba colando en un momento íntimo, uno vulnerable, bajé mi mirada al menú. Vi la gloriosa lista de magdalenas, pero no estaba procesando las palabras.

Estaba pensando en lo que Emery acababa de compartir.

Luc no solo le había proporcionado un lugar seguro a Emery, como hizo con innumerables personas, sino que también la había desintoxicado. Vaya. Eso no era poca cosa para los humanos.

Luc no hacía milagros, pero era... Bueno, simplemente era Luc.

—Vale, ahora sí que necesito unas magdalenas. —La risa de Emery era temblorosa—. ¿Tú qué quieres, Evie?

—Mmm. —Volví a mirar el menú—. ¿Puedo pedirlo todo?

Antes de que las chicas pudieran responder, hubo un golpe en la puerta, y Emery gritó:

—¡Pasa!

Me giré, y me dio un pequeño vuelco el corazón cuando vi que se trataba de Luc. No lo había visto antes, pero supuse que estaría por ahí. Enseguida me fijé en su camiseta. Era gris con un dibujo de un panda en el centro. Decía: «Cuidado. Los pandas son osos». Y debajo, en letra más pequeña, ponía: «Aunque no son tan malos como los koalas».

Recordando de inmediato lo que me dijo en los mensajes, sonreí.

La mirada de Luc se centró al instante en mí. No necesitó mirar a su alrededor; fue como si supiera exactamente dónde estaba sentada desde el momento en el que abrió la puerta.

—Vengo a colarme en la fiesta de chicas. —Se acercó a donde yo estaba sentada—. Porque sé que me habéis echado de menos.

—Estábamos sentadas aquí, hablando de lo mucho que te echábamos de menos, y nos preguntábamos qué estabas haciendo —respondió Emery, sonriendo.

—En realidad, casi nos echamos a llorar porque todavía no nos habías bendecido con tu presencia —comentó Heidi—. ¿Verdad, Evie?

—Sí —respondí secamente.

—Me calentáis el alma. —Luc me tiró con cuidado de un mechón de pelo, y levanté la vista hacia él—. Tengo una sorpresa para ti.

Enseguida me puse muy muy recelosa.

Heidi, en cambio, aplaudió emocionada, recordándome vagamente a una foca.

—Estoy muy emocionada por ver qué es.

—Yo también —se hizo eco Emery mientras apoyaba una larga pierna sobre la mesita.

Hay que admitir que yo también lo estaba, porque la verdad era que no tenía ni idea de lo que Luc tenía para mí hoy. Diesel, la roca mascota, no había sido su último regalo. No había habido más viajes a Harpers Ferry ni a ningún otro sitio, pero sí muchas sorpresas.

Muchas sorpresas extrañas.

—Es privado. —La sonrisa de Luc era francamente perversa.

Mis ojos se abrieron de par en par.

—Eso lo hace aún más interesante —dijo Heidi.

—Pues sí, pero... —Me dio un golpecito en el puente de la nariz, y le di un manotazo en la mano—. ¿Puedo secuestrarte?

Las miré, y después de un momento, asentí.

—¿Podéis traerme una de las magdalenas de Twix?

—¿No dirás mejor que quieres tres de ellas? —me corrigió Heidi.

Me reí mientras me levantaba, dejando caer el menú sobre la mesita.

—Sí. Mándame un mensaje cuando las hayan traído.

—Vale. —Emery le entregó el menú a Heidi.

Cuando di un paso alrededor del sofá, Luc se apartó del respaldo y me tomó de la mano. El calor estalló en mis mejillas, porque sabía muy bien que tanto Heidi como Emery estaban mirando y que nunca dejaría de reaccionar así.

Pero no aparté la mano. Dejé que me llevara fuera del apartamento de Emery y por el pasillo.

—¿A dónde me llevas?

—Es una sorpresa, Melocotón.

—No estoy segura de que me gusten tus sorpresas.

—No te gustan —respondió—. Te encantan mis sorpresas.

Arqueé una ceja.

—Sí, bueno, no sé si estamos de acuerdo. Me encantó Harpers Ferry, pero ¿el resto? No estoy tan segura.

—¿Por qué dices eso? —La puerta de la escalera se abrió antes de que llegáramos a ella.

—Por Diesel —le recordé.

—¿Qué pasa con mi chico bonito?

Subimos las escaleras.

—Está bien.

—Sé que lo está, porque está sentado en tu mesita de noche.

Pues sí, la estúpida roca estaba sentada allí. Era lo último que había visto cuando me había dormido la noche anterior y lo primero que he visto al despertarme.

Lo miré y me encontré con que me estaba sonriendo.

—Vale, ¿y el domingo pasado? Me pediste que viniera porque tenías una sorpresa, y la sorpresa era una maratón de todas las películas de James Bond.

—James Bond es genial.

—Odio esas películas —señalé cuando llegamos a su piso.

Luc inclinó su cabeza hacia la mía, quedándose a punto de que sus labios me rozaran la mejilla cuando nos detuvimos frente a su puerta.

—Lo sé.

Cuando habló, sentí su aliento, y un estremecimiento fuerte y cálido me recorrió la columna vertebral.

—Y me sigues gustando aunque James Bond sea un clásico y tú no tengas buen gusto —añadió, abriendo su puerta con un gesto de la mano.

—¿Cómo iba a ser eso una sorpresa?

—No sabías que iba a pasar, ¿verdad? Estoy seguro de que esa es la definición de una sorpresa. —Me hizo entrar en su apartamento poco iluminado. Las persianas estaban bajadas, bloqueando la mayor parte del sol de la tarde.

—Estoy segura de que las sorpresas deben ser algo que le interese a la persona que las recibe. —La puerta se cerró detrás de nosotros.

—No creo que eso sea lo que signifique. —Luc tiró de mí hacia delante, y yo me moví, deteniéndome directamente frente a él.

Tuve que inclinar la cabeza hacia atrás para encontrar su mirada sombría.

—¿Y el día anterior? Dijiste que tenías una sorpresa cuando vine y me diste queso y pan.

—La sorpresa era que me ibas a hacer un sándwich de queso fundido —explicó.

Lo miré con displicencia.

—¿Y la maceta mascota?

Luc se echó a reír, y fue un sonido agradable, que bailó sobre mi piel.

—Todavía no me puedo creer que hayas conseguido matar una maceta mascota en una semana.

—Estaba defectuosa —murmuré—. Además, ¿una maceta con la cara del tío ese de *El equipo A*? ¿Cómo encontraste una de esas?

—Tengo mis contactos.

Me quedé mirándolo.

—Eso es... especial. Mira, solo estoy tratando de señalar que tienes un historial de sorpresas que no me gustan o no tengo ni idea del propósito que hay detrás.

—Todas mis sorpresas tienen propósitos. Ya lo verás. —Sin soltarme la mano, me llevó a la plataforma elevada de su dormitorio. Estaba mucho más oscuro en esa parte de la habitación; solo podía distinguir la forma de su cama—. Esta es una sorpresa especial que no implica ni queso, ni pan, ni a James Bond.

—¿Ni macetas mascota?

Otra risita hizo que mi estómago se revolviera de la manera más agradable.

—No las odio tanto como para darte otra.

Fruncí el ceño.

—Espero que esta te guste. —Sus manos se dirigieron a mis hombros y, en la oscuridad, me hizo girar. Sus manos permanecieron allí, el peso extrañamente reconfortante—. ¿Preparada?

—¿Sí? —Me esforcé por ver en la oscuridad.

Un momento después, la lámpara del techo se encendió, aturdiéndome por un instante. Tardé un segundo en enfocar los ojos mientras escudriñaba la habitación.

Entonces la vi.

Estaba sobre la cama, una fotografía enmarcada de aproximadamente dieciséis por veinte. En cuanto la vi, supe lo que era.

Una fotografía tomada desde el cementerio de Harpers Ferry, con vistas a los exuberantes valles verdes y al río azul verdoso y rocoso del Shenandoah. Y sabía en mi corazón y en cada célula de mi ser que yo había tomado esa foto. No recordaba haberla tomado, pero mis dedos se movieron solos.

Mis labios se separaron mientras sacudía la cabeza, y una parte de mí pensó que si Luc no hubiera tenido sus manos sobre mis hombros, podría haberme hundido en el suelo.

—Esa foto... la he hecho yo.

—Así es. —Su voz estaba junto a mi oído, tranquila.

—No recuerdo haberla hecho, pero sé que la hice —dije—. ¿Qué sentido tiene eso?

—Ojalá pudiera responder a tu pregunta.

La siguiente respiración que tomé se me quedó atascada mientras me inclinaba hacia él, dejando que la parte posterior de mi cabeza se apoyara en su pecho.

—¿La has tenido todo este tiempo?

Las manos de Luc se deslizaron por mis hombros y descendieron por mis brazos, deteniéndose justo por encima de mis codos.

—La hiciste una de las últimas veces que fuimos allí, y te gustó tanto la foto que hablaste de imprimirla y enmarcarla, pero...

Cerré los ojos y tragué con fuerza.

—¿No dio tiempo?

—Exacto —fue su respuesta brusca—. No nos dio tiempo.

—Pero aquí está.

Luc se quedó callado durante un largo rato.

—Después de instalarme aquí, empecé a revisar algunas de las cosas que había traído. Encontré tu vieja cámara; todavía la tengo, si quieres verla. En fin, empecé a mirar las fotos y la vi. La imprimí y la enmarqué hace unos tres años.

¿Tenía esto desde hacía tres años? Abrí los ojos de par en par y sentí las pestañas húmedas.

—No la colgué. No sé por qué. La guardé en una de las habitaciones libres de aquí. —Levantó un hombro—. Pensé que deberías tenerla, ya que es tuya. Puedes guardarla aquí o llevártela a casa...

Dando vueltas, no me paré a pensar en lo que estaba haciendo. Simplemente lo hice. Es probable que igual que había hecho aquel día junto a Jefferson Rock, cuando yo había sido una chica distinta y él había sido el mismo chico.

Le eché los brazos al cuello y me estiré hasta ponerme de puntillas. Sus manos se dirigieron a mis caderas y me sostuvieron mientras acercaba mis labios a los suyos.

Y lo besé.

No fue un gran beso. Un rápido pico en sus labios que, de alguna manera, provocó un cortocircuito en todo mi sistema. Fue como tocar una llama, y cuando me aparté y retrocedí, con las manos temblorosas mientras se deslizaban por su pecho y luego se apartaban de él, me sorprendió que mis labios no se quemaran, aunque sí sentían un cosquilleo.

Luc me miraba fijamente, con los labios entreabiertos y el centro de las mejillas un poco sonrojado. Parecía que una pluma podría derribarlo.

—Gracias —le dije, dando otro paso atrás mientras juntaba las manos—. Me encanta esta sorpresa.

Por un momento, no hubo ninguna reacción por su parte. Sus rasgos y su cuerpo estaban tan impasibles como una estatua, y después una amplia y hermosa sonrisa se dibujó en su rostro. Al estar en el extremo receptor de esta, sentí que necesitaba sentarme y tomarme un momento para asimilarla.

—Cuando quieras, Melocotón —murmuró—. Cuando quieras.

Caminando hacia la clase de Historia el viernes por la tarde con Zoe, contuve un bostezo. Una pesadilla me había despertado poco después de quedarme dormida, y luego Luc me había llamado, y acabé quedándome despierta durante varias horas, viendo una divertida serie por internet en mi portátil mientras Luc hacía lo mismo desde su apartamento. Me dormí con la risa de Luc en el oído, y eso fue tan bonito (no, tan maravilloso) como la foto que me había regalado. Me la había llevado a casa y la había colgado encima de mi cama, y creía que la había dejado nivelada (o eso esperaba).

—¿Crees que tenemos un examen hoy? Me parece que hace tiempo que tenemos que hacer uno.

—Joder, espero que no, porque ahora mismo no sé ni cómo se escribe mi nombre —contestó.

Me reí.

—Solo son tres letras.

—Mira —dijo ella—. No subestimes mi incapacidad para deletrear ahora mismo.

—Intentaré no... —Mi hombro derecho se sacudió hacia delante cuando alguien chocó conmigo. Al girarme, me quedé con la boca abierta—. Vaya, Coop. Buenas tardes.

El chico alto y rubio pasó a nuestro lado arrastrando los pies por la clase. No se disculpó, ni siquiera pareció darse cuenta de que casi me había tirado al suelo. Enderecé la correa de mi mochila y lo miré. Tenía un aspecto desastroso. Su camiseta a rayas azul marino y dorado estaba tan arrugada que parecía que se la había puesto en el último momento, y su pelo, que por norma general llevaba peinado, sobresalía en todas las direcciones.

Miré a Zoe.

—¿Qué demonios?

Ella negó con la cabeza.

—Parece que tiene resaca.

—Como si tú supieras lo que es eso.

—Bueno, nunca olvidaré el verano en el que decidiste probar cada botella en el mueble bar de tu madre —respondió—. Eso no es algo que vaya a olvidar nunca, muchas gracias.

Avergonzada, casi pude saborear el licor. Era como si la gasolina estuviera bajándome y las malas decisiones de la vida estuvieran subiéndome.

—Dios, no me lo recuerdes.

—Oye, al menos podemos olvidarlo mientras le damos un repaso al señor Barker.

—Eres demasiado guapa para ese profesor —le dije.

—A mí que me registren —respondió mientras pasábamos por el estrado.

Coop tomó asiento en el centro, con un aspecto tan pálido como el de un dónut glaseado. Una fina capa de sudor le salpicaba la frente. ¿Tenía fiebre? Pensando en Ryan y en las familias de Kansas City, resistí el impulso de cubrirme toda la cara con la camiseta. Dudaba de que el virus, si era una gripe, siguiera rondando por ahí.

—Hola, ¿Coop?

Levantó la cabeza y su mirada lánguida se encontró con la mía.

—Hola.

Dejé que mi mochila se deslizara por mi brazo.

—Ey, tienes mala cara. ¿Estás bien?

—Me siento fatal. —Se pasó la mano por la mejilla.

—A lo mejor tendrías que haberte quedado en casa. —Me deslicé en mi asiento y empecé a rebuscar en mi mochila.

—Sí —murmuró—. Tengo un examen la hora siguiente. Es probable que vaya a la enfermería después.

Zoe se dejó caer en la silla detrás de mí.

—No parece que vayas a llegar a la próxima hora.

—Gracias por el voto de confianza. —Coop se acunó la cabeza entre los brazos. En un par de segundos, parecía que estaba ido. Dejé caer mi mochila al suelo cuando el señor Barker entró en clase, que, como todos los días, llevaba ese batido de aspecto asqueroso en la mano.

Empecé a mordisquear el bolígrafo mientras se me venía a la mente algo tan maravilloso como la foto que me regaló Luc y dormirme con su risa.

Las cosas parecían..., bueno, parecían normales.

Todavía tenía algo de hambre, incluso después del almuerzo. Zoe y yo ya no nos andábamos con pies de plomo la una con la otra, y ella estaba mirando al profesor como si se lo quisiera comer, y todo eso formaba parte de un viernes normal. En realidad, toda la semana había sido normal.

Los músculos que ni siquiera sabía que estaban tensos se relajaron. Necesitaba esto (la normalidad) porque así era como iba a lidiar con todo lo que pasaba. Y estaba lidiando. Por supuesto. Porque la única otra opción era acurrucarse en un rincón en algún lugar y mecerse hacia delante y hacia atrás, y aunque no tenía idea de quién era en realidad, sabía que esa no era yo.

Al darme cuenta de que el señor Barker había empezado la clase, tomé nota de todo lo que pude de lo que estaba hablando, ignorando a Zoe mientras repetía en voz baja casi todo lo que Barker decía... con un acento inglés realmente malo.

Tenía la mejilla aplastada contra el puño y el bolígrafo sobre el papel cuando se abrió la puerta. Un zumbido bajo entró en la habitación. El señor Barker no dejó de hablar cuando me asomé y vi al dron del CRA entrar en la clase.

Drones.

Uf.

La cosa flotaba a un metro y medio del suelo, con sus rotores negros girando mientras avanzaba por el primer pasillo, deteniéndose ante cada persona para escanear sus retinas.

No importaba cuántas veces los viera en el centro comercial o en clase, me ponían de los nervios. ¿Y si los pirateasen y empezaran a pinchar a la gente en los ojos con uno de los rotores de la parte inferior?

Nunca había visto que le sacaran un ojo a alguien, pero eso no significaba que no fuera un temor razonable.

Aunque sabía que Zoe llevaba las lentillas puestas y que nunca la habían detectado, me seguían sudando las palmas de las manos al pensar en que todos los días en el instituto tenía que soportar eso. Oculta solo por un par de lentes de contacto. ¿Y los otros, los Luxen que no podían ocultar lo que eran? Se me revolvió el estómago. Algunos pensaban que los drones del CRA eran necesarios. Una parte de mí podía incluso entender por qué opinaban así, pero seguía siendo un abuso atroz de la privacidad. Peor aún era que hubiera un porcentaje de la población que ni siquiera lo considerara, ya que no creía que los Luxen merecieran los mismos derechos básicos.

El dron emitió un pitido, un sonido que, la verdad, no creía haberle oído nunca. El pequeño dron estaba en el tercer pasillo, esperando junto al asiento de Coop. Él tenía la barbilla hundida y el sudor le había humedecido el pelo de la nuca. No miraba hacia arriba como se suponía que debía hacer.

—Coop —dijo el señor Barker, con los labios fruncidos.

Coop no respondió.

El centro del dron giró y este volvió a pitar.

El señor Barker frunció el ceño mientras apoyaba su libro de texto en el estrado y se ponía delante de él.

—Coop —habló más alto, más fuerte—. Será mejor que no estés dormido.

Coop no estaba dormido. Los nudillos se le habían puesto blancos por la fuerza con la que agarraba el borde de su pupitre. Su gran cuerpo temblaba.

Solté el bolígrafo y me removí incómoda en mi asiento. La preocupación me invadió. No conocía bien a Coop, pero no quería que se metiera en problemas.

—Creo que está enfermo —dijo una chica llamada Kristen. Estaba sentada al lado de Coop, pero se estaba apartando de él—. La verdad es que no tiene buena cara. ¿Tendrá esa gripe que mató a Ryan?

Murmullos de preocupación se elevaron por toda la clase mientras el señor Barker recorría el pasillo.

—Coop, ¿qué ocurre?

Coop levantó despacio la cabeza. Solo podía verle el perfil, y estaba más pálido que cuando había entrado en la clase. El dron se fijó en su lugar, alineándose con sus ojos. La luz blanca parpadeó una vez y luego dos veces.

La luz se volvió roja.

El dron emitió un chillido, una sirena baja que aumentó hasta que sonó como si un coche de policía estuviera rugiendo en el aula, y fue lo único que pudimos oír. Me quedé paralizada en mi asiento, con los ojos muy abiertos.

¿Qué estaba pasando?

Una vocecita en el fondo de mi cabeza me decía que sabía lo que estaba ocurriendo aunque nunca lo hubiera visto.

—Mierda. —Le oí decir a Zoe en voz baja.

Un gran presentimiento se apoderó de mí, enviándome un escalofrío helado por la columna vertebral.

El dron del CRA había atrapado a Coop, detectando ADN alienígena.

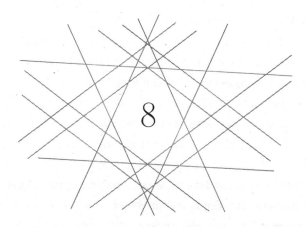

8

Con el rostro pálido y ojeroso, el señor Barker empezó a retroceder mientras las sillas chirriaban por el suelo.

—Que todo el mundo mantenga la calma —dijo, sin parecer muy tranquilo—. Necesito que todos mantengáis la calma y permanezcáis en vuestros asientos.

Zoe ya estaba de pie, pero yo estaba como una estatua en la silla, con el corazón latiéndome como un tambor.

Eso era imposible.

La sirena del dron sonó mientras alguien gritaba por encima del ruido:

—¡Algo va mal! ¡Coop es humano!

Más gritos de protesta se unieron a los primeros, pero el dron siguió emitiendo chillidos. ¿Podían fallar? No tenía ni idea. Nunca había oído que eso sucediera, pero tenía que ser así, porque Coop era humano. No era un Luxen, ni un híbrido, ni un Origin.

A menos que fuera como Zoe y estuviera ocultando lo que era.

Pero ¿por qué Zoe no habría dicho nada si ese fuera el caso?

El dron retrocedió mientras Coop se ponía de pie. Se balanceó mientras dejaba caer la cabeza hacia atrás. El sudor le caía por la cara, y bajaba por el cuello en forma de gotas. Un rubor rosado moteó sus mejillas, antes pálidas.

Coop abrió los ojos y el aire se me escapó de los pulmones cuando alguien gritó. La sangre se filtraba por las comisuras de los ojos de Coop, bajando por sus mejillas y llegando a los bordes de su boca abierta. Se le agitaba el pecho, como si no pudiera respirar.

Oh, no.

No. No. No.

El señor Barker dejó de retroceder y movió los labios sin decir ni una palabra. O quizás estaba diciendo lo mismo que yo, pero el dron ahogaba el sonido.

Coop se dobló, con arcadas y náuseas. Un líquido del color de la sangre y del alquitrán negro brotó de él, salpicando el suelo y las patas de las sillas.

Con un jadeo, me levanté de mi asiento y di un paso atrás, chocando con Zoe. Su mano fría me agarró del brazo.

—Coop —susurré, con el corazón palpitando—. Oh, Dios mío, Coop... Empecé a ir hacia él sin pensármelo.

Los dedos de Zoe se me clavaron en el brazo.

—No lo hagas. Algo no va bien.

Ese fue el eufemismo del año.

En ese momento, el señor Barker se precipitó hacia Coop, con la preocupación sustituyendo a la confusión. Llegó hasta Coop y le agarró el brazo al chico.

—¿Qué pasa, Coop? Dime qué...

Todo sucedió con rapidez.

Coop extendió el brazo y atrapó el dron con el antebrazo. El dron voló a través de la habitación, chocándose con un lado de la cabeza de otro estudiante. El sonido de la sirena se detuvo. Alguien gritó mientras el chico caía al suelo, antes incluso de aterrizar, y su cara emitió un repugnante crujido al hacerlo. La sangre se acumuló a su alrededor.

De repente, el señor Barker salió volando por la habitación. Di un salto hacia atrás cuando nuestro profesor se estrelló contra la ventana y después la atravesó. Los fragmentos de cristal volaron como misiles, cortándole la ropa y la piel.

Coop lo había lanzado.

Eso no era normal.

Santo cielo, nada de eso era normal.

Gritos y chillidos estridentes atravesaron el aire, y Coop estalló de furia, agarrando sillas y mesas y lanzándolas. Se rompieron contra la pizarra. Los que estaban cerca de la puerta huyeron, pero Zoe, yo y todos los que estábamos cerca de las ventanas rotas estábamos atrapados.

—Tenemos que salir de aquí —dijo Zoe mientras recorría la sala con la mirada. Coop estaba destrozando el aula.

—¿De verdad? —gritando cuando una silla pasó por encima de nuestras cabezas—. ¿Tú crees?

—¿Se te ocurre algo? Porque...

Coop arrancó la pata de una silla, la destrozó, rompiendo la madera y el metal. Su fuerza era inhumana. Giró y la lanzó. La pata voló hacia nosotras, hacia Zoe.

No me lo pensé.

Girándome, empujé a Zoe con fuerza. Ella se cayó de lado y yo la seguí. Lo que sentí como un trozo de hielo me golpeó la mejilla izquierda un segundo antes de que la pata de la silla se estrellara contra la ventana directamente donde Zoe había estado de pie. Eso fue lo que sentí al principio, como si un carámbano se arrastrara por mi mejilla, y luego esta me empezó a arder mientras llovían cristales sobre nosotras, enganchándosenos en el pelo.

—¡Evie! —Zoe abrió los ojos de par en par—. Tu cara.

Agachada junto a ella, me toqué la cara con una mano temblorosa y me estremecí.

—Estoy... estoy bien.

—Sabes que no era necesario que hicieras eso —susurró entre dientes apretados mientras me agarraba de la muñeca, apartándome la mano. La sangre me tiñó la punta de los dedos.

Ambas saltamos cuando algo se rompió de nuevo cerca de nosotras.

—Tengo que hacer algo. —Zoe seguía agarrándome de la mano—. Va a hacer daño a más gente. Tengo que...

—No. —Le tiré del brazo, dirigiéndole una amplia mirada—. No puedes. Si lo haces... —No necesitaba terminar la frase. Si Zoe intervenía, la expondría a todas las personas de la clase; el mundo no sabía nada sobre los Origin o los híbridos. Pensarían que era una Luxen no registrada, y los Luxen no registrados...

Desaparecían.

Zoe cerró los ojos y respiró con dificultad. Algo más se estrelló sobre nosotras, y ella abrió los ojos.

—Evie, tengo...

—Todo el mundo al suelo. —Una voz masculina tronó—. Todo el mundo al suelo ahora, con las palmas de las manos apoyadas en el suelo.

Agentes vestidos como miembros de los SWAT entraron en la sala, vestidos de negro y con cascos que les protegían la cara. Llevaban rifles, de los largos y aterradores. No parecían del Grupo Operativo Contra los Alienígenas. En absoluto.

Zoe me puso de rodillas. En cuestión de segundos, teníamos los vientres en el suelo, las cabezas agachadas. Coop se volvió hacia ellos, todavía de pie.

—Esta será nuestra última advertencia —dijo la voz de nuevo—. Detente o te detendremos.

No. No. No. No podían disparar a Coop. Estaba enfermo. No podían...

Sonó una especie de zumbido, una sucesión de disparos eléctricos rápidos. Coop se sacudió cuando se le clavaron los ganchos profundamente en el hombro. Esperaba que cayera. Una pistola paralizante no era ninguna broma.

Pero no lo hizo.

Coop dio un paso adelante, hacia los hombres.

Se disparó otra pistola paralizante. Los ganchos se le engancharon en el vientre, pero él siguió avanzando. No disminuyó la velocidad, tirando una silla a un lado incluso cuando una tercera pistola paralizante le golpeó en la pierna. Seguía de pie, cargando contra ellos.

¿Cómo era eso posible? Las pistolas paralizantes y las picanas eléctricas afectaban incluso a los Luxen.

Mis compañeros de clase estaban tendidos en el suelo, con la cara pálida, algunos ensangrentados, y todos tenían los ojos cerrados con fuerza. Vi las botas de los agentes en la puerta de la clase. Vi a Coop.

Tres disparos de una pistola paralizante y todavía seguía en pie.

—¡Un paso más y te abatimos! —gritó uno de los agentes—. Vamos, chico. No nos hagas hacer esto. ¡Detente!

—Por favor —dije en voz baja, con mis dedos apretando los de Zoe hasta que pude sentir los huesos de su mano—. Venga, Coop, por favor, para.

No lo hizo.

Ahora tenía sangre goteándole de la nariz y de los ojos. Y esa sangre no se veía bien. Tenía un tinte negro azulado y brillaba.

Madre del amor hermoso...

Echó la cabeza hacia atrás y rugió. El sonido hizo que me sobresaltara y que Zoe maldijera. Coop soltó un grito muy fuerte y desaforado, como si lo estuvieran desgarrando por dentro. Hubo un sonido de un crujido, un sonido de huesos rompiéndose.

Uno de los agentes con rifles largos se puso a la cabeza del equipo. Sonó como un fuego artificial. Un estallido rápido. Entonces apareció un agujero del tamaño de una moneda de diez céntimos en el centro del muslo derecho de Coop. Su pierna cedió y se tambaleó. Dos de los agentes se lanzaron sobre las mesas volcadas, abordando a Coop. Este luchó contra ellos, lanzando a uno y liberándose. Hicieron falta cuatro agentes para derribarlo: cuatro agentes, tres disparos de una pistola paralizante y una bala en la pierna.

Y no paraba de gritar, y durante todo ese tiempo, oía cómo se le rompían los huesos.

Nos mantuvieron en el suelo, boca abajo y con las manos hacia abajo hasta que sacaron a Coop del aula. Parecía que había pasado una eternidad (aunque solo habían sido unos minutos) hasta que una voz desconocida nos ordenó que nos pusiéramos de pie y abandonáramos el aula de forma ordenada.

Nos escoltaron hasta la salida del instituto, no se nos permitió ir a nuestras taquillas ni detenernos. Me quedé cerca de Zoe, y no recordaba el camino hasta mi coche ni cómo acabé en el asiento del copiloto con Zoe conduciendo, ya que ella tenía su propio coche, pero allí estábamos. Sin preguntar, supe que Zoe conducía hasta Presagio.

Eso tenía sentido, porque después de lo que acabábamos de ver, había que contárselo a Luc. Puede que incluso él pudiese arrojar algo de luz al respecto, porque no tenía ni idea de lo que le había pasado a Coop. Lo único que sabía era que lo que le había ocurrido no era una gripe.

Sujeté mi mochila con los libros cerca del pecho y miré fijamente hacia delante como un pequeño robot. Después de lo que había pasado, los edificios que llegaban al cielo, los céspedes bien cuidados delante de las casas y los coches que llenaban las carreteras se me antojaron un poco falsos.

¿La mujer de la furgoneta en el semáforo de al lado tenía idea de que Coop había lanzado a un profesor por una ventana? ¿Y que luego hirió de gravedad a otro estudiante? ¿Sabía el conductor del autobús urbano que atravesaba la intersección que Coop había vomitado sangre y a saber qué más antes de enloquecer?

¿El señor Barker iba a ponerse bien? ¿Y el chico que se había golpeado la cabeza contra el suelo? No lo sabía.

Como me imaginaba que eso iba a salir pronto en las noticias, le envié un mensaje a mi madre para decirle que me encontraba bien. No recibí respuesta de ella, pero eso no era raro. Puede que estuviera recluida en algún laboratorio.

La normalidad hoy había sido demasiado breve.

Apretando mi mochila como si fuera una pelota antiestrés gigante, exhalé largo y tendido. Dios, le habían disparado con una pistola paralizante. Le habían disparado varias veces, y con una bala de verdad, y aun así no cayó.

—¿Estás bien? —me preguntó Zoe mientras entrábamos en la calle en la que se encontraba Presagio.

Asentí con la cabeza.

—¿Y tú?

—No. La verdad es que no.

—Yo tampoco —admití—. No puedo creer que eso haya sucedido.

Zoe no respondió, y ninguna de las dos habló mientras aparcaba y cruzábamos la concurrida calle. Clyde se reunió con nosotras en la entrada y nos hizo pasar con un gruñido de reconocimiento. Un Mr. Potato en la parte delantera de su camiseta asomaba por detrás de un mono azul.

Me tomó del brazo, con un agarre sorprendentemente suave para una mano tan grande. Levanté la vista hacia él y me hizo un gesto con la cabeza.

—La cara.

No sabía a qué se refería.

Los *piercings* de sus cejas y mejillas brillaron bajo las resplandecientes luces del techo mientras volvía a sacudir su barbilla hacia mi cara y me soltaba el brazo.

—Tienes sangre en la cara, chica.

—Ah. —Me llevé la mano a la mejilla. Tenía una ligera herida que había olvidado—. Es solo un rasguño.

—Luc lo verá y reaccionará como si fuera una herida de bala —refunfuñó, y Zoe resopló dándole la razón. Clyde se metió la mano en el bolsillo trasero y sacó un pañuelo rojo y blanco—. Está limpio.

No tuve oportunidad de protestar. Clyde se apresuró a hacer de enfermero, limpiándome con cuidado el rastro de sangre.

—Gracias —le agradecí cuando terminó.

Volvió a refunfuñar algo.

—Puede que Luc lo vaya a ver igual.

Esperaba que no.

Clyde se alejó entonces, desapareciendo entre los recovecos más oscuros de la planta principal de la discoteca. Me giré, siguiendo a Zoe hacia la entrada de los empleados. Siempre me resultaba extraño ver la discoteca así, vacía de gente y con las sillas sobre las mesas.

Acabábamos de llegar al piso de Luc cuando la puerta se abrió de golpe, y allí estaba él, vestido con unos vaqueros y una camiseta de camuflaje que decía: «NO PUEDES VERME».

Contuve la risa que me subía por la garganta porque, en ese momento, me parecía inapropiada.

—Emery me acaba de contar lo que ha pasado. Heidi se lo ha contado —anunció, y su mirada pasó de Zoe a mí—. ¿Estáis bien?

—Sí. —Me solté de la barandilla mientras miraba a Zoe—. ¿Qué sabes?

—¿Que un chico ha enloquecido en clase y ha lanzado a un profesor por la ventana? —Nos abrió la puerta.

—Sí, eso es como una décima parte de la historia. —Zoe entró—. ¿Viene Heidi de camino?

—Supongo que sí. —Luc frunció el ceño mientras pasaba por su lado. Avancé un paso y, de repente, estaba delante de mí.

Volví a tropezar.

—Madre mía. Odio cuando te mueves así.

—Estás herida —dijo, levantando una mano y poniéndome un dedo en la mejilla. Solo entonces miró hacia donde Zoe esperaba junto a su puerta—. ¿Qué ha pasado?

Maldita sea, Clyde tenía razón.

—¿Herida? No estoy...

—Tienes un corte. —Su mandíbula estaba rígida mientras su barbilla se hundía—. ¿No es eso estar herida?

—Estoy perfecta.

Un músculo se flexionó a lo largo de su mandíbula.

—Me empujó para apartar la pata de una silla convertida en proyectil —explicó Zoe—.Ya le he dicho que no era necesario.

Apartándome de Luc, me giré hacia Zoe.

—¿Cómo que no era necesario? Podrías haber acabado con la pata de una silla en la cabeza.

—Me habría quitado de en medio antes de que eso ocurriera. —Hizo una pausa—. Soy muy rápida.

—No se habría hecho daño. —Luc tiró de la manga de mi camiseta y me giré hacia él—. Y aunque fue bastante admirable por tu parte cuidar de ella y estoy seguro de que Zoe lo aprecia...

—Así es —intervino Zoe.

—No era necesario —terminó Luc—. Ya sabes lo que es.

—Para que todos lo entendamos: si alguien lanza una pata de una silla a la cabeza de alguien que me importa y puedo intervenir —expliqué—, voy a intervenir. No me voy a quedar ahí parada.

—Melocotón...

—Excepto tú —le dije—. Voy a dejar que te golpeen en la cabeza porque eres muy cabezón.

Un lado de su boca se curvó.

—Me parece bien.

Puse los ojos en blanco.

—En fin.

Colocándome la mano en la parte baja de la espalda, se inclinó y me susurró:

—Dejaría que me dieran mil patas de silla en la cabeza si eso significara que estarás fuera de peligro.

No tenía ni idea de cómo responder a eso. Dar las gracias me parecía mal. Por suerte, no tuve que hacerlo, porque Zoe empezó a contarle a Luc lo que había pasado y nos dirigimos a la habitación contigua a la suya, un espacio abierto con sofás, pufs gigantes y una televisión obscenamente grande. Kent se unió a nosotros, con una Coca-Cola en la mano y su *mohawk* firme y de punta.

Mientras Luc y yo nos sentábamos en el sofá y Zoe y Kent ocupaban uno de los pufs, se me vino a la mente que nunca había visto a ninguno de ellos en la habitación de Luc.

Para cuando Zoe terminó con lo sucedido, me había bebido casi toda mi Coca-Cola y Kent la miraba fijamente, negando despacio con la cabeza.

—Eso es imposible —dijo—. Los drones del CRA no detectan a los humanos.

—Lo sé —respondió ella—. Pero eso es lo que pasó. Y si llevara lentillas y se ocultara, yo lo habría percibido.

—Era como si tuviera fiebre o algo así. Dijo que se iba a ir a casa después de hacer un examen. Estaba hablando y de pronto se puso a vomitar todo eso. —Me apoyé la Coca-Cola en la rodilla mientras miraba a Luc—. ¿Es posible que haya conocido a un Luxen y haya sido curado por uno? ¿Que haya empezado a mutar?

Kent negó con la cabeza.

—La mutación no ocurre así. Sí, te pones enfermo y todo eso, pero no estallas de esa manera. ¿Verdad, Luc?

Luc, que había estado muy callado durante toda la conversación, se inclinó hacia delante y apoyó las manos en las rodillas.

—Cuando Dédalo intentó recrear la mutación, desarrolló sueros que se administraron a los humanos que habían mutado. El LH-11 era uno de ellos, al igual que el suero Prometeo.

Se me tensaron los músculos del cuello. Esos eran los sueros que Luc había encargado a Daemon y Kat que recuperaran para él, para mí.

—Los sueros estaban diseñados para acelerar la mutación y potenciarla. A menudo no funcionaban, provocando que el sujeto mutara con rapidez y, en algunos casos, se enfureciera —explicó Luc—. Así que si le dieron algo así, se podría explicar la fuerza y la rabia.

—Pero ¿cómo es posible? —le pregunté—. Dédalo ya no existe, así que incluso si fue curado de alguna manera por un Luxen a tal nivel que comenzó a mutar, ¿cómo le habrían administrado uno de esos sueros?

—Nosotros tenemos algunos de ellos —respondió, volviéndose a sentar—. Solo para casos de emergencia.

La verdad era que no quería saber qué tipo de emergencia justificaría eso.

—Pero tú eres Luc, y esto es Presagio. Puedo entender que vosotros tengáis en vuestro poder estos sueros, ¿pero otros Luxen?

Luc me miró.

—No es imposible, pero sí, es poco probable. Si fue eso lo que ocurrió, entonces hay alguien más que tenía vínculos con Dédalo.

—¿Qué habría de malo si ese fuera el caso? —preguntó Kent, echándose hacia delante hasta quedar sentado.

—Si se tratara de algún Luxen que vio que la mutación empezaba a afianzarse y le dio el suero, entonces la habría cagado —explicó Luc.

—Espera. Si estuviera curado, ¿no tendría un rastro? —Miré a Zoe—. ¿No lo habrías visto?

—Los rastros pueden desaparecer durante la mutación. La fiebre los quema —me explicó—. Pero no vi ningún rastro en él, y creo que lo habría visto.

Luc arrugó la frente.

—Entonces la verdad es que no sé qué podría causar una mutación espontánea con ese tipo de resultados.

Lo miré fijamente, muy inquieta porque Luc no lo supiera, ya que él parecía saberlo todo.

—Entonces tal vez estamos considerándolo desde un punto de vista erróneo. Si no fue una mutación, ¿qué pudo haberlo causado? —preguntó Zoe.

Nadie respondió.

Pero pensé en las personas del complejo de apartamentos, enfermas por algún tipo de virus que los periodistas habían intentado insinuar que era algo que se transmitía de Luxen a humanos. Mi madre había dicho que eso era imposible, pero ¿y si se equivocaba? La gente de Kansas City había enfermado y fallecido, al igual que Ryan hacía unas semanas. Por supuesto, Ryan podría haber tenido la gripe, pero ¿y si hubiera algo parecido a la gripe de la que los humanos se estuvieran contagiando de los Luxen?

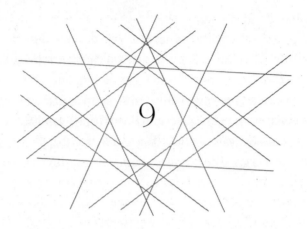

9

Nadie sabía lo que le había ocurrido a Coop en los días posteriores a que vomitara sangre negruzca por toda la clase antes de que le dispararan con tres pistolas paralizantes y una bala, pero las noticias locales y nacionales se habían hecho eco de la historia y las especulaciones eran disparatadas, desde la creencia de que se había contagiado de ese misterioso virus Luxen hasta la posibilidad de que estuviera consumiendo una droga llamada «E. T.», que aparentemente implicaba inyectarse sangre alienígena. Yo estaba casi cien por cien segura de que eso no existía, ya que ni yo ni nadie que conociera, incluido Luc, habíamos oído nunca que alguien hiciera eso.

En las noticias de todas las noches, había personas de mediana edad con una vaga formación médica que hablaban de los riesgos de este nuevo aumento generalizado en los seguros suburbios de los Estados Unidos. Afirmaban que la sangre Luxen, cuando se mezclaba con opioides, se convertía en un potente estimulante que podía causar hemorragias internas masivas y la muerte.

Todo sonaba como una especie de informe ficticio sensacionalista, pero la gente se lo creía.

Nos enteramos de que el señor Barker se iba a poner bien, al igual que el estudiante que se había golpeado la cabeza. Ninguno de los dos había regresado a la semana siguiente, y dudaba de que el señor Barker volviera alguna vez, pero estaban bien.

Por el contrario, es probable que Coop no lo estuviera.

De todos los medios de comunicación que cubrían lo sucedido en nuestro instituto, de todas las especulaciones y de todos los rumores, nadie sabía qué le estaban haciendo a Coop, y no había respuestas. Ni siquiera cuando sus padres aparecieron en la televisión poco después del incidente, exigiendo que se les permitiera ver a su hijo, y el asunto no solo era raro.

También había algo muy malo en él.

—Deberías venir —le decía Zoe a James mientras subíamos la colina hacia el aparcamiento después de las clases, sacándome de mis pensamientos.

—Todo el mundo irá disfrazado. Es una fiesta de Halloween. Vamos, será divertido, y todos necesitamos un poco de diversión ahora mismo.

—De ninguna manera voy a ir a Presagio —respondió James—. Ya podríamos estar en medio de un apocalipsis zombi total, y ese podría ser el único lugar seguro en todo el mundo, que aun así no iría allí.

Resoplé mientras sacaba la cámara de la mochila, tras divisar las hojas doradas y borgoñas que brillaban bajo el sol de la tarde.

—Eso es pasarse un poco, ¿no crees? —preguntó Zoe—. Imagínate, ¿y si la cura estuviera allí?

—Nop. Sacaría el brazo por la ventana y me mordería un zombi antes de poner un pie...

—¡No más Luxen! ¡No más miedo!

Deteniéndome, levanté la cabeza y me quedé mirando la entrada del aparcamiento.

—Tienen que estar de broma —murmuró James a mi lado mientras veíamos bien lo que estaba pasando—. ¿Se cansarán algún día de esto?

—Creo que la respuesta es «No» —murmuré—. Y la verdad es que me estoy cansando de escuchar ese cántico. Estoy harta, vaya.

Un grupo de estudiantes estaba sentado en medio del aparcamiento, impidiendo la salida de al menos un par de decenas de coches. La líder de la absurda sentada estaba de pie en el centro, con su delgado cuerpo vibrando de hostilidad.

Argh. April.

No había hablado con ella desde aquella mañana en la entrada del instituto. Es obvio que la conversación no había llegado a ninguna parte. Peor aún, su grupo de protesta se había duplicado en tamaño desde que todo se había salido de control con Coop. Llevaba una estúpida pancarta de color rosa intenso con una cara alienígena de forma ovalada recortada mientras gritaba:

—¡No más Luxen! ¡No más miedo!

Sus adeptos coreaban con ella, sosteniendo sus propios carteles estúpidos. Reconocí a mi ex entre ellos, y eso me avergonzó por partida doble.

—¡No seguiremos viviendo con miedo! —gritó April, alzando su ridícula pancarta en el aire por encima de ella—. ¡No nos asesinarán en nuestras casas y en el instituto! No nos harán enfermar. Vamos a...

—¿Callarnos? —grité, ganándome unas cuantas risas del gallinero que había detrás de nosotros, pero muchas más miradas de desprecio.

April se giró hacia nosotros y apretó sus labios rojos y brillantes.

—¡No nos van a callar!

Puse los ojos en blanco.

—No me puedo creer que haya sido amiga de ella.

—¿Sabes? He pensado lo mismo cientos de veces. —James se cambió la mochila de los libros a su otro ancho hombro—. No tengo ni idea de por qué erais su amiga. Nunca fue simpática.

—No estoy segura. —Miré a Zoe, que observaba al grupo con una cara impresionantemente inexpresiva. James no sabía ni la mitad. Y yo nunca sabría cómo Zoe había logrado siquiera hablar con April todos estos años, siendo lo que era. Tampoco Zoe iba a desvelar lo que era, pero en varias de mis muchas fantasías que implicaban arrancarle la cola de caballo rubia de la cabeza, todas ellas incluían la expresión de su cara cuando April se diera cuenta de que una de sus amigas durante años era en parte alienígena y no había tenido ni idea.

Eso nunca ocurriría, pero aun así, imaginarlo me hizo dibujar una sonrisa en mi cara.

—Menos mal que los tres siempre llegamos tarde y aparcamos en la parte de atrás. —Zoe se apartó los rizos de color caramelo de la cara—. Podemos ignorarlos.

—Sí, pero ellos no tienen tanta suerte. —James levantó la barbilla en dirección al pequeño grupo que estaba a la derecha de April y su pandilla.

Mis hombros se tensaron al reconocer a Connor y al Luxen más joven, Daniel. Había otros dos con ellos, y sus coches estaban completamente bloqueados por el círculo.

—Mierda. Ni siquiera los había visto. —Zoe cruzó los brazos sobre su jersey lila mientras miraba por encima del hombro—. ¿Dónde están los profesores? ¿Es que no ven nada de esto?

Teniendo en cuenta la enorme audiencia que el grupo estaba atrayendo, los profesores tenían que saber que algo estaba sucediendo aquí.

Me irrité mucho. Había intentado hablar con April una vez sobre sus tonterías en contra de los Luxen, pero había tenido el mismo éxito que si hubiera hablado con una pared de ladrillos. Lo peor era que Connor y los otros Luxen no podían hacer nada. Con los inhibidores en las muñecas, eran prácticamente humanos, pero si se defendían, pasarían a ser señalados como agresores, «demostrando» cualquier mierda que April estuviera gritando.

—¡Oye, April! —Levanté mi cámara y le saqué una foto—. ¿Qué tal una foto para conmemorar tu fanatismo?

April dejó caer su pancarta rosa. Se acercó a mí, con sus ojos azules pálidos entrecerrados.

—¡Juro por Dios, Evie, que si me haces una foto, te romperé tu estúpida cámara! —La agarró, pero yo retrocedí, manteniéndola fuera de su alcance—. Lo digo en serio.

—Y yo también —respondí, agarrando con firmeza la cámara. A lo mejor es un buen momento para mencionar el hecho de que le he sacado una foto—. ¿Qué? ¿Te preocupa tener una prueba real de lo estúpida que eres?

Zoe resopló.

—Dudo que le importe.

—A ti nadie te ha preguntado. —April levantó la mano, colocando la palma frente a la cara de Zoe. Las cejas de Zoe se levantaron, pero April se centró en mí—. No deberías hacer fotos a la gente sin su permiso.

—¿Estás hablando en serio ahora mismo? —pregunté—. Estás bloqueando la mitad del aparcamiento.

—¿Y qué? Es nuestro derecho divino. —Su cabeza se balanceó mientras hablaba—. Ya sabes, libertad de expresión y todo eso. Estamos protestando contra ellos. —Señaló con un dedo en dirección a Connor—. ¡Han hecho que Coop se pusiera enfermo!

—¡Y Ryan! —gritó una chica del grupo de April—. Lo han matado.

—No han hecho que nadie se ponga enfermo —espetó Zoe.

—¡Es obvio que no sabes de lo que estás hablando! —replicó April.

—Creía que necesitabas un permiso para hacer esto —intervino James.

—Es el aparcamiento del instituto —respondió April—. No necesitamos un permiso y, de nuevo, es nuestro derecho.

—¿Y qué hay de sus derechos? —pregunté.

—¿Sus derechos? —April sonrió—. ¿Qué derechos? Este no es su planeta.

—Sus derechos a venir al instituto y poder salir sin tener que aguantaros a todos vosotros, y sí, la última vez que lo comprobé, sí que tenían derechos.

Puso los ojos en blanco.

—No se los merecen.

—Madre mía. —Asqueada y, no obstante, no sorprendida de que hubiera dicho algo así, quise poner la mayor distancia posible entre nosotras—. Eres horrible, April. Vete a protestar a otro sitio donde el resto de seres humanos decentes y Luxen no tengamos que verte ni oírte. O mejor aún, deja de ser un ser humano de mierda. —La esquivé y casi me choco con Brandon.

—Evie. —Me miró fijamente, con su pancarta colgándole de la punta de los dedos—. ¿De verdad te parece bien que estén aquí?

—Pues sí. —April se cruzó de brazos—. Es una traidora a su especie.

Puse los ojos en blanco.

—Sí, estoy totalmente de acuerdo con que estén aquí, y tú no tenías ningún problema con ellos antes. ¿Qué ha cambiado?

Brandon miró a los Luxen. El grupo de manifestantes seguía delante de sus coches.

—Que he abierto los ojos, eso es lo que ha cambiado. —Sus ojos azules, esos ojos que solían parecerme tan bonitos, buscaron los míos—. Mataron a tu padre...

—Cállate —le espeté, pasando a su lado de un empujón mientras April y Zoe empezaban a discutir entre ellas—. No tienes ni idea de lo que estás hablando. En absoluto.

Brandon me agarró del brazo, tirando de mí para que me detuviera.

—¿Qué quieres decir con que no tengo ni idea? Tu padre murió luchando contra ellos. De todas las personas, tú deberías ser la última en apoyarlos.

—Mi padre era un ser humano de mierda. —Mi mirada se dirigió a donde sus dedos se clavaban en mi brazo, el mismo brazo que Micah me había roto en este mismo aparcamiento.

La confusión se apoderó de su rostro.

—¿Cómo? Tu padre era un héroe, Evie.

Dios, quería vomitar. Es verdad que no tenía ni idea.

—Suéltame.

Frunció el ceño.

—¿Para qué? ¿Para que puedas correr hacia ellos y asegurarte de que están bien? ¿Tomarles de las manos? Me he enterado de que acompañaste a ese Luxen asqueroso a clase.

—Suéltame para no romper mi cámara en tu estúpida cara —dije, tirando de mi brazo. Su agarre se apretó, y me estremecí cuando un dolor agudo me subió por el brazo—. Me voy a enfadar mucho si acabo rompiendo la cámara, pero si no me sueltas, valdrá la pena.

—¿De verdad? —exclamó Brandon. Sus ojos se abrieron de par en par por la sorpresa, pero no me soltó—. ¿Me harías daño a mí y no a ellos?

—Preferiría no hacerle daño a nadie, pero si hay que elegir, te haría daño con gusto a ti antes que a ellos. —Miré al grupo de manifestantes. Estaban de pie, mirándose unos a otros con nerviosismo—. ¿Quieres saber por qué? Eres tú quien me está agarrando a mí. No ellos.

—Hombre, déjala. —James estaba de repente a mi lado, y aunque era un osito de peluche que nunca se metía en problemas, era más grande y más ancho que Brandon con diferencia. James me arrebató la cámara de las manos.

—No quiero que le rompas esto en la cara. Te encanta tu cámara, Evie.

Eso era cierto.

La mirada de Brandon se dirigió a James, y luego dejó caer mi brazo adolorido.

—No os entiendo, chicos. Han matado a Colleen y a Amanda. Han matado a Andy, ¿y vosotros actuáis como si no fuera nada del otro mundo? Pero ¿qué pasa con vosotros?

—No, no lo han hecho, Brandon. No han tenido nada que ver con sus muertes.

—¿Cómo sabes eso? —replicó.

Me gustaría poder decirle exactamente cómo lo sabía, pero no podía. Conocía a Brandon desde que empecé a ir a ese instituto, hace casi cuatro años. No habíamos salido tanto tiempo, solo unos tres meses, pero habíamos sido amigos antes y después. Brandon me había parecido un buen chico, inteligente y amable, pero ahora me parecía un completo desconocido.

—¿Qué te ha pasado? Tú nunca fuiste así.

—¿Que qué me ha pasado a mí? —me desafió—. Que he abierto los ojos, Evie. He visto lo que en realidad estaba pasando, lo que nos están haciendo.

Estaba tan ciego que ni siquiera era gracioso.

—¿Y qué crees que es lo que está pasando?

—Nos están arrebatando nuestros derechos, Evie. Nos están arrebatando nuestros trabajos y la ayuda del Gobierno —argumentó—. Están haciendo que la gente se ponga enferma. Son unos asesinos.

Podían ser unos asesinos (lo había visto con mis propios ojos) y, aunque había una parte de mí que empezaba a preguntarse si había algo más detrás de todo ese asunto del virus Luxen, Brandon estaba muy equivocado.

—Los humanos también lo son —le dije—. Nosotros matamos tanto como los Luxen, incluso más si echas la vista atrás, a nuestra historia, y observas todas las enfermedades que nos contagiamos unos a otros, sobre todo la estupidez. Ellos no disparan en colegios o teatros. No matan a adolescentes desarmados y se esconden detrás de una placa. No gasean a gente inocente ni vuelan edificios. Ellos no son...

—Humanos —me interrumpió—. Ellos no son humanos, Evie, y están matando a gente, a familias enteras. Mira las noticias.

Indignada, negué con la cabeza.

—Son mucho más humanos que tú ahora mismo.

—¡Dios mío! —gritó April, dándose la vuelta. Por el rabillo del ojo, vi que los Luxen estaban en sus coches, y como los manifestantes habían empezado a dispersarse, pudieron salir del aparcamiento—. ¡Mirad! Se están alejando. ¡Mierda!

Brandon se hizo a un lado, con las mejillas sonrojadas cuando el coche lleno de Luxen abandonó el aparcamiento. Giró la cabeza hacia mí, y yo le sonreí con alegría.

—Ni siquiera sabéis protestar en condiciones. —Zoe chasqueó los dedos en la cara de April, haciendo que la chica se estremeciera—. Sois un poco patéticos.

—Joder —gruñó Brandon.

—Solo para que sepas, en este momento siento mucha vergüenza ajena —le dije a Brandon—. De vosotros. —Hice una pausa—. Y de mí misma, porque llegué a salir contigo.

Se le puso la cara roja.

—Hiciste algo más que salir conmigo, imbécil...

—Cuidado con tus palabras, Brandon. —James sonrió al chico más pequeño—. Mucho cuidado.

Brandon flexionó la mandíbula mientras cerraba la boca, mirándome fijamente.

—Pues vale —dijo.

Levanté la mano y extendí el dedo corazón.

Dándose la vuelta, murmuró algo en voz baja que sonaba mucho como «amante de los Luxen», los bordes de su pancarta arrugándose bajo sus dedos.

—No pasa nada. —April se apresuró a acercarse a Brandon, enganchando su brazo al de él—. No van a suponer un problema mucho tiempo más.

—Sigue soñando —dijo Zoe tras ellos mientras se alejaban.

El brazo de April se levantó. Nos hizo un corte de mangas.

—¡Tienes el esmalte de uñas descascarillado! —añadió Zoe, sonriendo mientras sus ojos brillaban en mi dirección—. Dios, quiero darle un puñetazo.

—No estás sola, yo también. —Empecé a caminar hacia mi coche.

—Si estoy de acuerdo, ¿eso me convierte en una mala persona? —preguntó James.

—No —contestamos Zoe y yo al mismo tiempo.

Caminando hacia delante, Zoe miró por encima de su hombro hacia donde April y Brandon habían desaparecido. Sacudió la cabeza.

—Pero estoy preocupada.

Me detuve frente a mi coche mientras James me devolvía la cámara.

—¿Por qué?

Zoe exhaló con fuerza mientras su mirada pasaba de James a mí.

—Me preocupa que al final hagan algo muy estúpido... y muy peligroso.

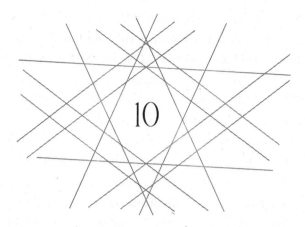

10

Me desperté con un sudor frío, jadeando mientras me rascaba el cuello, buscando los dedos que aún sentía clavados en la piel.

«No es real. No es real. No es real».

Respirando hondo y de forma temblorosa, me obligué a apartar las manos del cuello. No había nadie que me estuviera ahogando. Había sido una pesadilla. Lo sabía, pero aun así me aparté la manta de las piernas y me puse de rodillas, con el corazón retumbándome contra las costillas mientras escudriñaba el dormitorio.

La luz de la luna se filtraba bajo las cortinas y recorría el suelo y el pie de la cama. Observé las estanterías familiares y los montones de ropa. En la televisión colocada sobre la cómoda, que había dejado encendida pero con el volumen bajo porque me costaba mucho conciliar el sueño sin la luz, centelleaba una escena de un crimen salpicada de sangre hasta los topes.

Crímenes imperfectos.

De verdad, necesitaba dejar de dormirme con eso puesto, aunque me pareciese que el hombre que narraba el programa tenía una voz extrañamente relajante.

La puerta de mi habitación seguía cerrada, al igual que la ventana del dormitorio, ambas aseguradas, aunque sabía que había un montón de criaturas ahí fuera a las que una cerradura no les podría impedir el paso.

Pero había sido solo una pesadilla.

Lo sabía, pero aun así encendí la lámpara que estaba encima de la mesita de noche. Vi que Diesel, la roca, me sonreía.

Me bajé de la cama y entré en el cuarto de baño, pulsando el interruptor de la pared. La luz brillante entraba en el estrecho espacio mientras me levantaba la camiseta con las manos temblorosas.

No tenía rasguños ni moretones en el estómago, tal y como la parte racional y lógica de mi cerebro decía que sería. Estaba bien. Iba a estar bien. Micah estaba muerto, y yo era...

No sabía quién era.

Sentí náuseas muy fuertes en el estómago, que hicieron que me cayera de rodillas con un gruñido estridente. Agarrando la fría base de porcelana del inodoro, eché todo lo que había comido la noche anterior. Me brotaron lágrimas de los rabillos de los ojos mientras la garganta y el pecho me ardían con la fuerza de los temblores que me sacudían el cuerpo. Las náuseas aparecieron con rapidez y con fuerza y terminaron en dolorosas arcadas hasta que todos los músculos se me aflojaron y mi cuerpo se rindió.

Me encontré tumbada de lado sobre la fría baldosa del suelo del baño, acurrucada, temblando mientras cerraba fuerte los ojos. Apreté los labios y conté cada vez que inhalaba por la nariz. No tenía ni idea de cuánto tiempo había pasado. ¿Cinco minutos? ¿Diez? ¿Más tiempo? Despacio, estiré las piernas y me coloqué de espaldas, abriendo los ojos para mirar con desazón el techo.

Había escuchado su voz en la pesadilla. La de Micah. Había estado hablando mal de Luc y advirtiéndonos de que todo ya había terminado, justo como había hecho en el bosque.

Ni Luc ni yo teníamos idea de lo que estaba diciendo, pero esas palabras eran como fantasmas que permanecían en los recovecos de mi mente. ¿Había intentado en realidad decirnos algo o eran solo las palabras de alguien que quería causar todo el dolor y el terror posibles antes de morir?

Quería odiar a Micah, y lo hacía, pero también sentía... Madre mía, también sentía lástima por él, y no me gustó la sensación de malestar que dejaba la lástima. Me ensuciaba la piel como una mancha de aceite. Lo odiaba por eso y por lo que le había obligado a hacer a Luc: matarlo. Sabía que eso lo atormentaba, porque se había sentido responsable de Micah, de todos esos Origin. Y yo despreciaba a Micah por cómo me había herido y aterrorizado.

Micah había sido un asesino, pero también había sido una víctima. Lo habían creado en un laboratorio y engendrado a partir de un Luxen y de un híbrido para ser el humano perfecto, el soldado perfecto. Con Dios sabe qué tipo de medicación, Micah podría haber parecido de mi edad, pero solo tenía diez años. Podría haber sido muy inteligente y extraordinariamente manipulador, pero también se trataba de solo un niño que había necesitado sentirse querido y que se había sentido abandonado y traicionado por Luc.

Lo odiaba, pero aun así me daba lástima. Me sentía mal por todos esos niños que Luc había tenido que... cuidar porque se habían vuelto malos.

Pero sin duda Micah estaba muerto, y yo estaba tirada en el suelo del baño en medio de la noche.

Gimiendo, me senté y me levanté despacio. Arrastrando los pies hasta el lavabo, abrí el grifo y me incliné, recogiendo el agua helada y salpicándome la cara. Aspiré un fuerte jadeo, pero volví a hacerlo, dejando que me empapara la piel y la mayor parte del pelo. Agarré el enjuague bucal y lo usé hasta que el sabor de la bilis desapareció. Entonces levanté la mirada hacia el espejo salpicado de agua y contemplé a la chica que me devolvía la mirada.

Reconocí la cara en forma de corazón y el pelo rubio y húmedo que se le pegaba a las mejillas, que estaban un poco sonrojadas. Los grandes ojos marrones eran los míos, al igual que los labios separados y la barbilla algo puntiaguda, que en realidad no coincidían con el resto de mi cara.

Esa era yo.

—Me llamo Evie. —Me aclaré la garganta mientras apoyaba las manos en el mueble del lavabo, sujetándome—. Me llamo... ¿Nadia Holliday? —Sacudí la cabeza—. No. No soy ella. Soy Evie Dasher.

Si tampoco era ella, ¿quién era?

Pero sí era Melocotón...

Me pasé las manos por la cara mientras me alejaba del lavabo. Había recordado algo de Nadia. El beso. Nuestro primer beso. Puede que no tenga más recuerdos de mi época de Nadia, pero sabía dentro de mí que ese también había sido mi primer beso.

El sonido de mi teléfono me sobresaltó. Me aparté del espejo, apagué la luz y volví deprisa a la cama. Encontré el teléfono semienterrado bajo la almohada y lo tomé. Se me revolvió el estómago y se me hizo un nudo cuando vi el nombre de Luc en la pantalla.

No puedo dormir. ¿Y tú?

Me senté en la cama. Una extraña mezcla de anticipación y temor sustituyó a las agitadas náuseas, y no sabía si eso era mejor o peor.

Desde el día en Harpers Ferry, las cosas habían cambiado entre nosotros. Lo que estaba empezando a sentir por él, o lo que siempre había sentido por él, estaba por todas partes. ¿Cómo podía desenredar los sentimientos de un pasado que no recordaba y de un regalo que me había dejado totalmente confundida?

«Yo tampoco puedo dormir», le respondí.

Pasó un momento, y luego: «Déjame entrar».

«¿Déjame entrar?». ¡Mierda! Salí disparada de la cama, me giré y miré fijamente la ventana de mi habitación. ¿Estaba...?

Se oyó un suave golpe.

Definitivamente, estaba al otro lado de la ventana.

Me apresuré a ir antes de que uno de nuestros vecinos se diera cuenta de que estaba posado en mi ventana como un atractivo pterodáctilo.

—¿Evie? —Sonó una voz apagada—. ¿Está Diesel durmiendo?

Una sonrisa se me dibujó en los labios. Es probable que no debiese dejarlo entrar, pero quería una distracción después de aquella pesadilla.

Eso es lo que me dije mientras apartaba las cortinas y abría la ventana. Que dejarlo entrar no tenía nada que ver con esa distracción que era Luc. El aire fresco de la noche entró a toda prisa.

—Mi madre está en casa.

—Lo sé. —La luz de la luna se deslizó sobre su impresionante rostro.

—No deberías estar aquí.

Luc sonrió mientras me ofrecía una lata de refresco.

—Lo sé.

—¿No te importa?

—¿Que me encuentre aquí? Nop.

Le lancé una mirada sombría, le arrebaté la lata de la mano y me aparté.

—Si te encuentra aquí, no te ayudará a ganarte su aprobación.

—No me va a encontrar.

Como un gato grande, entró por la ventana y aterrizó con agilidad, sin hacer ruido. Se enderezó hasta alcanzar su máxima altura. Yo no era precisamente baja, pero Luc seguía sobresaliendo por encima de mí. Se giró y cerró la ventana.

Con la lata de refresco en la mano, intenté ignorar con desesperación el revoloteo en el fondo de mi pecho mientras comprobaba la puerta del dormitorio, asegurándome de que estaba cerrada. Después, respirando de manera superficial, me giré hacia él.

Llevaba una camiseta blanca lisa y un pantalón de franela gris y borgoña. Tenía el pelo despeinado, con ondas en todas las direcciones, y un aspecto absolutamente adorable, una palabra que nunca pensé que utilizaría para describir a Luc.

Pero también tenía un aspecto muy aniñado mientras estaba allí, con los ojos cargados de telarañas por el sueño. En ese momento, cuando parecía que acababa de levantarse de la cama, casi podía olvidar lo que era.

—¿Has venido hasta aquí en pijama? —Bajé la mirada—. ¿Y descalzo?

—Mis pies ni siquiera han tocado el suelo. —Me dedicó una sonrisa descarada mientras su mirada se deslizaba sobre mí en un rápido examen—. Me gusta la camiseta.

Me miré a mí misma y fruncí el ceño. La camiseta que llevaba era al menos tres tallas más grande. Era una carpa sin forma y, mientras que no me pusiera a dar saltos, no había forma de que él se diera cuenta de que no llevaba sujetador. Se me veían mucho las piernas, ya que la camiseta solo me llegaba hasta la mitad de los muslos.

Pero Luc me había visto mucho más que las piernas.

—¿Qué te gusta de ella? —le pregunté.

Se le curvó un lado de la boca.

—Hay una lista inconmensurable de cosas que me gustan de esta camiseta, pero «La reina de las siestas» escrito en la parte delantera está entre las tres primeras.

—Ah. —Volví a mirar hacia abajo. Sí. Mi camiseta decía eso. Al parecer, me había olvidado de cómo leer. Me pregunté qué eran las otras dos cosas, pero no tuve el valor de preguntárselo.

Su mirada pasó de mí al espacio sobre mi cama. Apareció una lenta sonrisa, y supe que estaba mirando la foto enmarcada que me había regalado. Había decidido llevármela a casa esa noche, y después de clavar varios agujeros en la pared por encima de mi cama, al fin la había nivelado.

Al menos, eso creía.

—*Crímenes imperfectos* —dijo tras un instante, inclinando la cabeza hacia la televisión mientras yo agarraba el dobladillo de la camiseta, tirando de él hasta donde podía llegar—. Creo que eres la única persona que puede dormirse con eso puesto.

Mientras estaba de espaldas a mí, me lancé hacia la cama, todavía sujetándome el dobladillo de la camiseta mientras me sumergía bajo las sábanas.

—Puede que por eso tenga pesadillas.

Luc se giró hacia mí y, aunque no podía verle los ojos, podía sentir su mirada mientras yo tiraba de la suave manta hasta la cintura. Dio un paso y se detuvo.

—No es por eso por lo que tienes pesadillas.

Soltando la manta, lo miré, con el corazón encogido.

—¿Por qué dices eso?

Recogió mi portátil de donde descansaba y se sentó a los pies de la cama.

—Has pasado por mucha mierda, Melocotón. Me has visto matar a Luxen y te has topado con cadáveres. Micah te ha hecho daño y has descubierto que toda tu vida era una mentira. Es normal que tengas algunas pesadillas.

—¿Y tú?

—Casi todas las noches.

Un tipo diferente de presión me encoge el corazón.

—¿Qué tipo de pesadillas tienes tú?

Se quedó callado durante un largo instante.

—De cosas que ya han sucedido —contestó, y luego continuó rápidamente—. ¿Qué te ha despertado a ti?

—Micah —le respondí, diciendo la verdad en lugar de mentir o evitar su pregunta como haría por lo general.

—Micah está muerto. Tú misma lo dijiste. —Su cabeza se volvió en mi dirección, y en las sombras de la habitación, nuestros ojos se encontraron—. Puede que por eso tengas pesadillas.

—Ya sé que está muerto, es solo que...

—Has pasado por mucho —repitió—. Ojalá Micah estuviera vivo para poder matarlo de nuevo.

—No digas eso. Sé que no querías matarlo y también sé que haberlo hecho te perturba.

Luc inclinó la cabeza hacia un lado.

—¿Por qué piensas eso?

—Porque recuerdo lo que me contaste de los otros Origin, y pude notar que lo que tuviste que hacer es algo que se te ha quedado grabado.

—Pues sí, pero lo de Micah fue diferente.

—¿Por qué?

—Porque Micah hizo algo que ninguno de los otros hizo. —Se levantó con el portátil en la mano y se dirigió al cabecero de la cama. Se sentó junto a mí, en el otro lado, su lado. No es que tuviera un lado, pero más o menos sí—. Te hizo daño. No me arrepiento de nada de lo que le hice.

Tomé aire, agitada.

—No lo dices en serio.

—Sí que lo digo. No hay ni una pizca de arrepentimiento en mí. Se lo merecía, se merecía algo peor. Te hizo daño, Evie.

—También mató a otras personas, pero...

—No me importa eso.

Me quedé con la boca abierta cuando un mechón de pelo cayó sobre mi mejilla.

—Cuando te rompió el brazo, ya cavó su propia tumba. —Se apoyó en el cabecero, estirando sus largas piernas—. ¿Que te atacase de nuevo, que te hiciese daño como lo hizo? Yo solo le puse los clavos al ataúd.

Mi mirada se dirigió a la suya, respiré de forma superficial y le dije la verdad.

—No sé qué responder a eso.

Me miró un momento más y luego asintió.

—No hace falta que digas nada.

Me levanté para apartarme el pelo de la cara, sin saber si lo creía o no.

Luc se acercó a mí, con sus largos y cálidos dedos rodeándome la muñeca.

—¿Qué te ha pasado en el brazo?

El contacto de sus dedos me produjo una agradable sacudida en el brazo. Seguí su mirada mientras me lo levantaba, examinándolo. Al principio no sabía de qué hablaba, pero luego vi los borrones azules que se me marcaban en el interior del antebrazo.

—Esto son huellas dactilares. —Se le tensó la boca—. ¿Quién te ha hecho esto?

Sacudí la cabeza.

—Hoy ha habido algunos idiotas protestando contra los Luxen en el instituto y se calentaron las cosas.

Inclinó la cabeza hacia un lado.

—¿Quién te ha hecho esto, Evie?

Mi mirada se dirigió a la suya. La violencia apenas contenida se agitó en sus ojos, al igual que en su tono. De ninguna manera iba a contarle lo que había sucedido, y de inmediato empecé a pensar en cachorros con colas peludas y gatitos persiguiendo pelotas.

Los ojos de Luc se entrecerraron.

—No es nada —le dije.

—Sí, claro que no parece nada. —Al final, apartó la mirada mientras bajaba mi brazo a su muslo—. Nadie debería tocarte de forma que te deje un moretón.

Tengo que estar de acuerdo con esa última parte.

—Estoy seguro de que los Luxen aprecian que los defiendas, pero debes tener cuidado.

—Lo tengo.

Posó la mano sobre los moretones.

—Esto me dice que no tienes suficiente cuidado. —La palma de su mano comenzó a calentarse—. Hay gente ahí fuera que está tan dominada por su odio y su miedo que no se lo pensará dos veces antes de hacer daño a alguien en nombre de lo que sea que crea. Incluso gente a la que creías conocer.

El calor me subió por el brazo, inundándome el codo.

—¿Me estás curando? —Cuando no dijo nada, se me abrieron los ojos de par en par—. Luc, no deberías hacer eso. Es solo un moretón. —Mantuve la voz baja mientras yo tiraba del brazo—. ¿Y si...?

—No va a pasar nada por una curación rápida. —Había posado la otra mano sobre la mía, con el pulgar deslizándose de un lado a otro por el centro de mi palma—. No vas a mutar.

—¿Cómo lo sabes?

Una sonrisa ladeada apareció mientras sus pestañas se levantaban.

—Lo sé todo, Melocotón. ¿Todavía no te has dado cuenta?

—No eres omnipresente. —Un agradable cosquilleo me recorrió la piel.

Se rio.

—Eso es *omnisciente*, Melocotón.

—Lo que sea —murmuré, dejando caer la cabeza contra el cabecero. Teníamos que seguir hablando de Micah y de cómo se sentía Luc en realidad, pero el hormigueo de la calidez era más que una distracción.

Apartó los dedos de la zona magullada, y supe sin mirar que los moretones habían desaparecido, pero sus dedos siguieron buscando, siguieron acariciando.

—No tendrás el rastro. El...

—Suero Andrómeda —terminé por él—. Lo recuerdo, pero solo porque no tengo un rastro, ¿significa que no puedo mutar?

Deslizó la mano por la parte superior de mi brazo, provocándome un fuerte escalofrío en la columna vertebral. Mi pierna derecha se curvó.

—No si yo te curo.

Giré la cabeza hacia él.

—¿Los Origin no pueden mutar a los humanos?

—Correcto. —Me deslizó de nuevo la palma, encallecida, por el brazo. Me besó el centro de la mano y luego la puso otra vez en mi regazo—.

Recuerdo que mencionaste hace un par de días que te gustaba *BuzzFeed Unsolved*.

—Sí.

Heidi me había enseñado la serie *BuzzFeed Unsolved*, y Ryan y Shane se estaban convirtiendo rápidamente en mis dos humanos favoritos... Bueno, supuse que eran humanos y no Luxen. Hoy en día, la verdad era que no sabría decirlo. No cuando había muchos Luxen por ahí, sin registrar y usando esas lentes de contacto para ocultar sus ojos de los drones del CRA.

Humanos o Luxen, me encantaba la dramática narración de Ryan y el hilarante ingenio de Shane.

—¿Quieres ver unos cuantos capítulos? —me preguntó, agarrando mi portátil.

—Vale. —Me acerqué, presionando el lector con el dedo para desbloquearlo.

Me acurruqué mientras Luc buscaba el episodio que tenía que ver con el hombre polilla en Virginia Occidental. Me esforcé por ignorar lo cerca que estábamos, hombro con hombro, muslo con muslo. De alguna manera, sus piernas estaban ahora bajo las mantas, y el suave material de su pijama rozaba mis piernas desnudas, dejándome con la necesidad de tener que apartar las mantas para cuando él pusiera el vídeo en marcha.

Intenté prestar atención, pero a los pocos minutos, mis pensamientos me llevaron de nuevo a una de las muchas cosas que me habían hecho derrumbarme en el baño. ¿Habría hecho algo así con Nadia? ¿Se habría quedado y habría visto vídeos cuando ella (yo) no podía dormir?

Lo miré de reojo, odiando y amando el tirón en mi pecho cuando vi la leve sonrisa que esbozaba en el rostro mientras observaba a Ryan y a Shane atravesando un bosque. De algún modo, había sabido que yo estaba despierta y, aunque una parte de mí quería saber cómo, también tenía miedo de averiguarlo.

Porque ¿y si fuera algún tipo de vínculo, algún extraño lazo alienígena que había forjado con Nadia y que le había guiado hasta mi habitación esa noche, debido a todas las veces que había intentado curarme como Nadia? Tal vez no fuera capaz de hacer que mutara, pero ¿podría haberse creado algún tipo de vínculo?

¿Cómo sabía Luc que tenía pesadillas? Mi madre ni siquiera sabía que pasaba muchas noches de la semana así. No quería que se preocupara o se sintiera más culpable de lo que ya lo hacía.

Y ya tenía bastante con lo que sentirse culpable.

Por lo que deduje de Emery, curar de forma reiterada podía vincular a un humano con un Luxen o un Origin a algún tipo de nivel metafísico. No tenía ni idea, pero la verdad era que esperaba que Luc y yo no estuviéramos conectados de esa manera, porque parecía superraro e invasivo.

—Oye —dijo Luc.

Saliendo de mis pensamientos, lo miré.

—¿Sí?

—¿Eres maga?

—¿Qué? —Me reí a carcajadas mientras miraba la pantalla del portátil. Shane estaba de pie en el arcén de una oscura carretera cerca de Point Pleasant, Virginia Occidental, haciendo en alto sonidos extraños de animales.

—Porque cuando te miro, todo lo demás desaparece.

—Madre mía —dije, poniendo los ojos en blanco.

—Alguien debería llamar a la policía.

Me mordí el labio.

—Porque tiene que ser ilegal ser tan sexi como yo... Espera. Me refería a ti. Tiene que ser ilegal ser tan guapa como tú.

Me reí en voz baja y me puse de espaldas. Luc soltaba las peores frases para ligar que había escuchado en toda mi vida, y nada me distraía más que sus frases absurdas.

—Eres idiota.

—Tengo una aún mejor. —Se inclinó para que nuestras cabezas descansaran sobre las almohadas—. ¿Tu padre era un extraterrestre?

—No quiero ver a dónde quieres ir a parar con esto.

—Porque no hay nadie como tú en la Tierra.

—Por favor, para.

—Jamás. —Hubo una breve pausa—. Debes de ser una bruja, porque me tienes hechizado.

—Menudo cursi estás hecho.

Estaba aún más cerca, nuestras bocas estaban a centímetros de distancia.

—Pero me echas de menos cuando no estoy aquí.

Cerrando los ojos, dejé escapar un pequeño suspiro. Echaba de menos sus estúpidas camisetas, siempre tan aleatorias. Echaba de menos el modo en el que podía irritarme un segundo y hacerme estallar de risa al siguiente. Echaba de menos esa media sonrisa tonta y misteriosa que parecía tener siempre en la cara, como si estuviera al tanto de todos los secretos del universo. Echaba de menos que se presentara porque sí en la ventana de mi habitación como un bicho raro con una lata de Coca-Cola fría. Echaba de menos el modo en el que a veces parecía no poder apartar los ojos de mí. Echaba de menos la forma en la que me miraba, porque nadie, ni siquiera Brandon, me miraba como si yo fuera la única persona importante para él en todo el mundo. Echaba de menos...

—Te echo de menos cuando no estás aquí, Melocotón.

Incluso echaba de menos ese estúpido apodo.

Respirando de manera superficial, abrí los ojos y vi que los suyos estaban cerrados, con esas gruesas pestañas abanicándole las mejillas.

—Yo también te echo de menos.

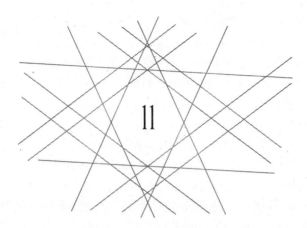

11

—Dios —refunfuñó Heidi el viernes durante el almuerzo, desviando mi mirada de la bandeja de la comida. Me pareció que era filete ruso con salsa, pero no estaba del todo segura porque el trozo de carne también se parecía vagamente al pastel de carne y sabía a cartón mojado—. ¿Qué hemos hecho para merecer esto?

Levanté la vista al mismo tiempo que Zoe, y las dos escudriñamos la cafetería repleta e iluminada de forma brillante. La vimos al mismo tiempo. A April. Se dirigía directamente hacia nosotros, acortando entre las mesas y la gente, con su larga cola de caballo moviéndose detrás de ella. No tenía ni idea de por qué se dirigía hacia aquí. ¿Cómo podía no darse cuenta de que ninguno de nosotros quería tener nada que ver con ella? Lo habíamos dejado más claro que el agua.

Apoyando el codo en la mesa, gemí.

—*Vade retro*, Satanás.

Zoe suspiró, dejando caer su sándwich de mantequilla de cacahuete en la servilleta.

—No estoy de humor para ella.

—¿Y quién está de humor para ella alguna vez? —Heidi apretó la mejilla contra el puño mientras yo soltaba el tenedor de plástico, por si acaso cedía al impulso de convertirlo en un proyectil.

April llegó a nuestra mesa con una velocidad infalible, sus ojos pálidos brillaron cuando su mirada se centró en mí.

—¿Qué has hecho?

—¿Yo? —Miré alrededor de la mesa, confundida—. Yo no he hecho nada.

Apretándose entre Heidi y Zoe, puso una mano con manicura francesa sobre la mesa y se inclinó hacia delante, apuntando la otra directamente a mi cara.

—Y una mierda.

—Me voy. —James se puso de pie, robando un puñado de patatas fritas del plato de Zoe antes de girarse, dejando que nosotras nos ocupáramos de April.

Todo en mí se concentró en el delgado dedo a centímetros de mi cara. ¿Qué tan fácil sería para mí estirar el brazo y retorcérselo? Demasiado fácil. Se me curvó un lado de la boca mientras se me erizaba la piel con el deseo de escuchar el chasquido...

Me sorprendí levantando la mano. Impresionada, me aparté de su dedo mientras me martilleaba el corazón contra el pecho. ¿Iba a romperle el dedo? No es que nadie me fuera a culpar si lo hiciera, pero no era una persona violenta.

Al menos no creía que lo fuera.

—No sé qué crees que he hecho —dije después de un momento—. Pero, en serio, quítame el dedo de delante de la cara.

—Y quita tu cuerpo de mi vista —añadió Zoe, inclinándose todo lo que pudo hacia su izquierda.

—No estoy hablando contigo. —April miró a Zoe, con el labio curvado—. ¿Llevas un mono?

Zoe alzó las cejas oscuras y luego me miró.

—Recuérdame que ella no vale la pena.

—No vale la pena. —Me encontré con la mirada de Zoe y después miré a April—. La verdad es que no tengo ni idea de lo que estás hablando, y tu dedo sigue delante de mi cara.

—¿En serio no sabes que un tipo abordó a Brandon fuera de su casa esta mañana? —El dedo de April seguía delante, acercándose.

—¿Que lo abordó? —Heidi soltó una risita—. Lo siento. Es que suena gracioso.

—¿Alguien lo ha asaltado? Puedes estarte tranquila porque no he sido yo.

—No me digas, pero el tipo lo ha asaltado por tu culpa —replicó April, y un presentimiento me invadió—. Lo ha sacado de su coche y luego ha procedido a romperle todos los huesos de la mano.

Me quedé con la boca abierta, y tuve la repentina sospecha de que sabía de quién se trataba.

—Y después le dijo que si volvía a mirarte o a respirar en tu dirección, sería lo último que haría. —April prácticamente zumbaba de rabia mientras siseaba—. Y el tipo era un Luxen. Tenía esos ojos raros.

Mi mandíbula estaba oficialmente sobre la mesa. Luc. Tenía que ser Luc, pero no se lo había dicho la noche anterior. Me había asegurado de no pensar siquiera en el nombre de Brandon.

De inmediato, pensé en lo que Daemon me había dicho: básicamente me lo había advertido.

—Ha estado en el hospital toda la mañana y tendrá que llevar una escayola durante tres semanas —despotricó April, y hubo una parte de mí que se sorprendió de que eso fuera todo lo que había hecho Luc.

—Entonces quizás Brandon no debería agarrar a la gente como lo hizo ayer. —Zoe tomó su sándwich y le dio un gran bocado—. Solo lo digo.

¿Habría sido Zoe la que se lo habría contado a Luc?

—Dile al rarito de tu Luxen que se aleje de Brandon, de nosotros, o se arrepentirá.

No pude evitarlo. Se me escapó una carcajada al imaginarme diciéndole a Luc que se alejara de ellos o se iba a arrepentir.

Las mejillas de April se tiñeron de rojo.

—¿Crees que soy graciosa?

—Pues sí. —Asentí con la cabeza.

—Ya veremos lo gracioso que te parece. —Entonces me tocó la punta de la nariz.

Me eché hacia atrás por la sorpresa, y no hubo forma de detener el estallido de ira al rojo vivo. Reaccioné sin pensar. Mis dedos rodearon los suyos antes de que tuviera la oportunidad de retirar la mano.

La sorpresa agrandó sus ojos y luego sus brillantes labios rojos se curvaron en una sonrisa.

—Hazlo. Hazlo si te atreves, Evie.

El hueso era frágil. Lo sabía. Joder, sabía de primera mano lo frágiles que podían ser los huesos y lo fácil que podían romperse. Se me calentó la piel mientras inhalaba por la nariz, sosteniéndole la mirada. Podía hacerlo con facilidad. Quería hacerlo. Es probable que más de lo que quería hacer cualquier cosa en mi vida.

Y eso era un lío muy gordo.

Sin embargo, no me importaba.

—Evie. —La suave voz de Zoe me devolvió a la realidad.

Parpadeando, solté la mano de April como si su toque me escaldara. Inquieta, apreté las manos en mi regazo.

La sonrisa de April aumentó.

—Eso pensaba. —Se enderezó y giró sobre sí misma, casi golpeando a Heidi y a Zoe en la cara con su cola de caballo.

Heidi me miraba fijamente.

—Creía que ibas a hacerlo de verdad. En serio, pensé: «Mierda, le va a romper el dedo a April», y no sabía si debía detenerte o aplaudirte.

Me reí, pero sonó tan forzado como se sintió al encontrarme con la mirada de Zoe.

—¿Se lo has contado a Luc?

—No. No se lo he contado.

Entonces, ¿cómo...?

Me giré y mi mirada se dirigió exactamente al lugar en el que solían sentarse los Luxen. Estaban todos allí, todos menos uno.

Connor.

Me di la vuelta, saqué el teléfono de la mochila y le envié un mensaje rápido a Luc.

Tenemos que hablar.

Era poco antes de las cinco cuando Luc me respondió el mensaje. No me preguntó por qué le estaba enviando un mensaje. Su respuesta fue: «Nos vemos en Walkers».

Walkers era una hamburguesería que estaba no muy lejos de mi casa, y servía unas hamburguesas fritas increíbles. Unas hamburguesas de las de toda la vida, ni siquiera remotamente saludables. Hacía años que no iba, pero siempre les echaba una mirada de añoranza cada vez que pasaba por el aparcamiento, normalmente lleno.

Mientras agarraba mi pequeño bolso del asiento delantero y salía del viejo Lexus que había pertenecido al hombre que creía que había sido mi padre, sentí como si un nido de mariposas me revoloteara en el pecho.

¿Por qué estaba tan nerviosa?

No tenía ni idea.

De acuerdo. Eso era mentira.

Estaba nerviosa porque lo había besado hacía dos días. No fue un gran beso, pero lo había hecho. Aunque lo había visto desde entonces, estaba... estaba loca por Luc.

A pesar de que estaba cien por cien segura de que le había roto la mano a Brandon. No es que Brandon no se lo mereciera, pero Luc no podía ir por ahí rompiéndole las manos a la gente.

Cerrando la puerta, subí a la acera y me dirigí a la puerta de cristal. Había folletos pegados a lo largo de las ventanas delanteras de la cafetería. La mayoría parecían llevar tiempo allí y ofrecían cosas en venta o gratis. Alguien tenía una camada de adorables gatitos blancos y negros.

Pero uno de los folletos destacaba. Era difícil no fijarse en él, ya que estaba justo en el centro de la puerta y utilizaba letras grandes y llamativas.

«LOS LUXEN NO SON BIENVENIDOS AQUÍ».

Debajo de las palabras estaba la cara alienígena estándar, la cabeza con forma ovalada y los ojos grandes y negros. El símbolo del círculo y la barra invertida estaba encima para, supongo, los alienígenas que no sabían leer.

Eso tenía que ser nuevo. La última vez que estuve aquí, no prohibían a los Luxen comer esos pedacitos de cielo que obstruyen las arterias.

¿Por qué escogería Luc un lugar que discriminaba a los Luxen?

Por otra parte, tampoco es que eso me sorprendiera mucho.

Al abrir la puerta, me rodeó de inmediato el olor a carne frita y cebolla, una combinación que solo funcionaba en los bares. Con el bolso en la mano, escudriñé las mesas redondas del centro mientras avanzaba. No lo veía. ¿Y si todavía no había llegado? ¿Y si...?

«Ahí está».

Vi a Luc.

El hecho de que lo único que necesité fue ver un poco de su pelo sobre las cabinas de vinilo rojo para saber que era él, me dio ganas de darme un puñetazo en la cara. *Argh*. Volverse loca por alguien era de estúpidos.

Pasé al lado de una mesa llena de niños y me dirigí hacia la parte trasera del restaurante. A la derecha de donde estaba sentado, había una televisión encendida que emitía algún canal de noticias.

Luc no levantó la vista cuando me acerqué a la mesa. Estaba concentrado en algo en su teléfono.

—Melocotón —dijo—. Incluso en este lugar lleno de grasa, todavía puedo oler los melocotones.

Con las cejas fruncidas, me situé en el asiento de enfrente y coloqué el bolso a mi lado.

—¿Te das cuenta de lo rara que es tu fascinación por los melocotones?

—No es mi fascinación por los melocotones. Es mi fascinación por Melocotón. Por ti. ¿Es eso rarito?

—Sí —contesté, soltando la palabra mientras esa horrible parte de mí que existía en lo más profundo, en lo más hondo, saltaba de... la emoción.

—Tampoco es que me importe que sea raro. Estoy viviendo mi mejor vida aquí. —Por fin levantó la vista, y yo... Dios, me quedé sin respiración. Esos ojos. El color violeta era sorprendente, sin importar cuántas veces los viera. Era...

—¿Extraordinariamente guapo? ¿Tanto que te preguntas cómo es posible que un espécimen tan perfecto esté sentado delante de ti?

Se me desencajó la mandíbula mientras el calor inundaba mis mejillas.

—¿Tan atractivo que casi no puedes creer que soy real? —continuó—. Lo sé. A mí también me cuesta creer que soy real.

—Eso no es...

Se inclinó, apoyando la barbilla en la palma de la mano. Un mechón de pelo ondulado cayó hacia delante, rozándole las cejas.

—¿Eso no es lo que estás pensando?

Inspiré con fuerza. No estaba pensando en eso exactamente, pero sí, algo parecido.

—Sal de mi cabeza, Luc.

Se rio en voz baja.

Entrecerré los ojos.

—¿Necesito recordarte que dijiste que no ibas a leerme los pensamientos? Solo hemos tenido esta conversación un millón de veces.

—Dije que la mayoría de las veces no iba a leerte los pensamientos. Y como ya te he dicho antes, en ocasiones eres tan ruidosa que no hay quien lo pare. —Se encogió de hombros mientras miraba por encima de mi hombro—. Ya era hora. Tengo sed.

Apareció una mujer mayor, colocando refrescos altos delante de cada uno de nosotros, junto con pajitas.

—Dos Coca-Colas. —Le guiñó un ojo a Luc—. Lo vuestro saldrá enseguida.

Esperé a que la camarera se fuera y me incliné hacia delante.

—¿No te preocupa estar aquí, ya que están totalmente en contra de los Luxen? —pregunté. Yo no podía distinguir un Origin de un Luxen, así que dudaba de que los dueños de Walkers pudieran hacerlo. Y dudaba de que vieran la diferencia entre los dos aunque lo supieran. Luc no llevaba lentillas. Si un dron del CRA rondase por aquí, se iba a liar parda.

Un lado de su boca se levantó.

—¿Parezco preocupado?

—No. Pareces pomposo y arrogante.

La sonrisa se convirtió en una mueca.

—Creo que esos calificativos me favorecen mucho.

—Lo pomposo no le favorece a nadie, colega —respondí secamente—. Y para que lo sepas, no estaba pensando en que fueras atractivo.

Eso era, de hecho, una mentira grande como una catedral.

Luc sonrió mientras arqueaba una ceja.

Dios mío, lo estaba haciendo de nuevo.

—Luc...

—Te he pedido una hamburguesa con queso y beicon, sin tomate y sin pepinillos —me interrumpió, tomando una de las pajitas.

Completamente desprevenida, empecé a preguntarle cómo sabía que no me gustaban los pepinillos ni los tomates en las hamburguesas, pero entonces me di cuenta.

—¿Tampoco me gustaban entonces?

Su mirada se dirigió a la mía y luego se apartó.

—No. Te gustaba comértelos por separado. Los tomates de la huerta...

—¿Troceados y con sal? —susurré.

Esos ojos volvieron a encontrarse con los míos.

—Sí. Los pepinillos estaban bien siempre que...

—No fueran encima de nada. —Reclinándome en el asiento, dejé caer las manos en el regazo—. Vaya.

Pasó un largo momento.

—Entonces, ¿querías verme? Sé que me echas de menos, aunque justo anoche te acurrucaste contra mí.

—No me acurruqué contra ti. —¿Lo hice? La verdad era que no me acordaba.

Ya se había ido cuando me desperté esta mañana.

Metió la pajita en mi bebida.

—Estabas abrazada a mí como un pulpo.

Lo fulminé con la mirada.

—Por cierto, solo voy a recordarte que anoche me dijiste que me echabas de menos.

Lo había hecho.

—Debía de estar drogada.

—Con mi presencia.

Resoplando, tomé el envoltorio de la pajita y empecé a doblarlo en cuadraditos.

—Te he enviado un mensaje porque tenemos que hablar de Brandon.

—¿Y ese quién es? —Se reclinó en su asiento.

Le lancé una mirada aburrida.

—Sabes exactamente quién es. Sobre todo porque le has roto el brazo esta mañana.

—Ah, ese tipo. —Me observó, centrándose en mis dedos—. Le he roto la mano, en realidad. No el brazo. ¿Qué pasa con él?

Mis dedos se quedaron quietos.

—¿Que qué pasa con él? Le has roto la mano.

Luc asintió, dando un sorbo a su bebida.

—Pues sí.

Me quedé mirándolo por un momento.

—Eso no ha estado bien, Luc.

—¿Ah, no?

La camarera apareció justo en ese instante, colocando dos platos llenos con hamburguesas y patatas fritas frente a nosotros.

—¿Necesitáis algo más?

Sacudí la cabeza, y Luc dijo:

—De momento no, pero gracias.

La señora mayor asintió con la cabeza y se dio la vuelta, dirigiéndose rápidamente a otra mesa.

Luc agarró el bote de kétchup y procedió a ahogar su hamburguesa en él.

—No debería haberte agarrado en primer lugar. —Me ofreció la botella—. Y definitivamente no debería haberte agarrado tan fuerte como para dejarte moretones.

Tomé el kétchup.

—Estoy de acuerdo, pero eso no significa que romperle la mano esté bien. No vivimos en una sociedad basada en el ojo por ojo.

—Tienes razón. Es una sociedad basada en el mano por moretón. —Luc mordió su hamburguesa, y milagrosamente, nada de kétchup se le cayó y le manchó la camiseta. Eso tenía que ser el resultado de los superpoderes alienígenas—. Vamos a tener que estar de acuerdo en que no estamos de acuerdo.

Suspiré.

—Luc.

—¿Sabes que mucha gente pronuncia mi nombre como *Luck*? —preguntó mientras daba un bocado más pequeño.

El kétchup aterrizó en la mesa. Volví a suspirar.

—No. No lo sabía. Y no intentes cambiar de tema.

Ya se había acabado la mitad de su hamburguesa.

—¿Sabías que a veces, cuando estás dormida, haces ruidos de animalitos?

Bajando mi hamburguesa, fruncí el ceño.

—¿Perdona?

Frunció los labios mientras una expresión pensativa se le instaló en el rostro.

—Anoche, cuando te quedaste dormida una vez que Shane y Ryan llegaron a la cervecería, te pusiste a hacer esos ruiditos de cachorro.

Mi cabeza se inclinó despacio hacia un lado.

—¿En serio?

—En serio.

Se me subieron los colores a la cara.

—Me estás vacilando.

—Nunca haría algo así. —Le brillaron los ojos—. Por cierto, me fui sobre las cuatro y juraría que Sylvia ya había salido de casa.

—Se ha estado yendo a trabajar temprano. —Poniendo los ojos en blanco, le di un mordisco a mi hamburguesa—. Y deja de intentar cambiar de tema, rarito. No puedes ir por ahí rompiendo las manos de la gente, Luc.

Al terminar con su hamburguesa, pasó a las patatas fritas.

—Puedo ir por ahí y hacer prácticamente lo que me plazca.

—Voy a tirarte esta hamburguesa a la cara.

Movió los labios.

—Por favor, apunta a mi boca.

—Eres ridículo.

—Entre otras muchas cosas. —Tomando una patata frita, me apuntó—. Mira, sé que mi reacción al enterarme de que un tipo te agarró lo bastante fuerte como para dejar moretones puede ser vista como excesiva, pero si te vuelve a tocar, le pasará algo peor.

—Luc, en serio...

—Odia a los Luxen, ¿verdad? ¿Cree que no merecen derechos básicos y que no hay nada mejor que un Luxen muerto? —Se inclinó hacia delante, con la voz baja—. Ese tipo de gente piensa lo mismo de aquellos que apoyan a los Luxen, interactúan con ellos y los protegen. Eso te incluye a ti, y lo demostró cuando te agarró.

Me dio un pequeño vuelco el estómago.

—Así que necesitaba una buena advertencia para alejarse de ti. —Luc se metió la patata frita en la boca—. Y si yo no lo hubiera hecho, lo habría hecho Connor, y como Connor está registrado y monitorizado, eso no habría terminado bien para él.

—Pero puede que no acabe bien para ti. Puede que tú no estés registrado, pero no es que seas invisible. —Alcancé la servilleta para limpiarme los dedos—. Joder, estás aquí sin lentillas, y no tengo ni idea de cómo nadie se da cuenta de lo que eres.

—Porque las apariencias engañan, Melocotón.

Entrecerré los ojos mientras me limpiaba de manera tosca los dedos.

—¿Cómo es eso?

—Bueno, puede que haya un cartel en contra de los Luxen en la puerta principal de este pequeño y grasiento establecimiento, pero ¿nuestra camarera? Es una de las Luxen más antiguas. Sin registrar y escondida a plena vista.

Lo miré fijamente.

—¿Y ese feliz grupo de adolescentes de allí? Ni uno solo de ellos es humano. —Cuando empecé a mirar detrás de mí, me detuvo—. No mires, Melocotón. ¿Los dueños?

—¿Luxen? —susurré.

—Una hembra Luxen y su marido híbrido. La pareja mayor que todo el mundo cree que son los dueños son en realidad señuelos. Son dos humanos que conocen a los verdaderos dueños desde hace más de una década.

Colocando la servilleta en la mesa, tomé mi Coca-Cola mientras reflexionaba sobre esto.

—Es verdad que están escondidos a plena vista.

Luc sonrió.

—Aquí estamos a salvo.

Mi mirada se conectó con la suya, y un extraño revoloteo comenzó en lo más profundo de mi pecho, como si hubiera un nido de mariposas intentando salir volando. Lo cual era una estupidez, porque Luc me irritaba tanto como me gustaba.

Lo cual era mucho.

Luc tomó una patata frita y se la metió en la boca. No rompió el contacto visual. Ni una sola vez.

El calor me picó la piel cuando los labios de Luc se alzaron. Una conexión ardiente y sibilante cobró vida. El zumbido en mi pecho se extendió a mi estómago. Más intenso que antes, y sabía que eso solo podía significar una cosa.

Problemas.

Grandes problemas.

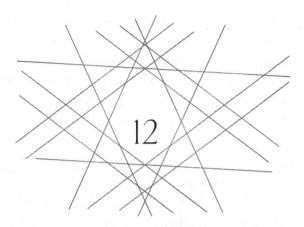

12

Cuando era pequeña, me encantaba Halloween, Halloween y Navidad. O al menos eso creía. A saber si de verdad me gustaba, ya que no tenía recuerdos reales más allá de los últimos cuatro años, pero cada Halloween que podía recordar, me encantaba disfrazarme y ver películas de miedo mientras me atiborraba de golosinas.

Este año era diferente. Todo parecía extraño, y no era solo porque estuviera en una discoteca en lugar de en casa de Zoe o Heidi, sentada junto a Luc y mirándolo como...

—Me estás mirando fijamente.

Parpadeando, aparté la mirada de Luc. Lo había estado observando fijamente, sí. Era difícil no hacerlo cuando estaba sentado allí, con la cabeza un poco inclinada hacia un lado y una misteriosa sonrisa curvándole las comisuras de los labios.

—No, no es cierto —murmuré.

—Ajá. Parecía que estabas completamente aturdida. ¿En qué estás pensando? —me preguntó Luc.

Era una pregunta compleja, porque parecía que estaba pensando en todo. Levantando un hombro, observé la abarrotada pista de baile de Presagio mientras unas columnas de una vibrante luz púrpura brotaban de los techos, deslizándose sobre los cuerpos que se agitaban. Había perdido de vista a Heidi y a Zoe entre la multitud de ángeles y gatos sexis, Black Panthers y vampiros. ¿En qué no estaba pensando?

Me iba la cabeza a mil por hora y no ayudaba que estuviera en una discoteca. Me parecía que me vendría mejor mirar con aire taciturno por el escaparate de una cafetería.

—Melocotón...

Miré a Luc. Estaba sentado a mi lado, con un brazo apoyado en el respaldo del sofá. Tenía la otra mano apoyada en el muslo, con sus largos dedos dando golpecitos. Era la imagen de la arrogancia perezosa, pero sabía que podía entrar en acción en cualquier momento. Cuando no contesté, la mano que estaba detrás de mí me tiró de una de mis coletas.

Me aparté el pelo de sus dedos.

—¿No vas a leerme los pensamientos?

—No te gusta que lo haga.

—¿Y eso te ha detenido antes? —Entrecerré los ojos, pensando que había visto el disfraz de Wonder Woman de Zoe, pero no era ella. Había desaparecido con un chico universitario, y tenía la sensación de que esa noche terminaría haciendo travesuras divertidas y atrevidas.

—Más de lo que crees, Melocotón.

Le lancé una mirada y él me sonrió.

—Solo estoy pensando en... todo.

Inclinó la cabeza.

—Eso parece mucho.

—Lo es. —Y de verdad que lo era.

Se quedó callado durante un largo instante.

—Daría lo que fuera por saber lo que piensas.

Me reí, pensando que hacía tiempo que no escuchaba algo parecido. La verdad era que no estaba muy segura de poder dar sentido a aquel desorden de pensamientos ni explicar la extraña inquietud que invadía cada célula de mi cuerpo.

Sentía que debería estar ahí fuera, bailando con mis amigas y divirtiéndome, en lugar de estar sentada aquí, con demasiado miedo, demasiado control, demasiado lo que sea para dejarme llevar y ser quien solía ser.

Y no quería hablar de nada de esto.

Jugueteando con una de mis coletas, lo miré. Aquellos ojos estaban ensombrecidos en la penumbra, pero la pesadez de su mirada seguía ahí, intensa y arrolladora.

—¿Alguna vez fuimos a pedir truco o trato? Ya sabes, cuando éramos pequeños —pregunté después de un momento.

—¿Y esto a qué viene? —Se rio—. Lo hicimos un par de veces.

—¿En serio? —Dirigí mi mirada a la suya.

Asintió con la cabeza.

—Nunca había ido antes de conocerte. Nunca tuve ningún interés en hacerlo.

Arqueé las cejas.

—¿Cómo no vas a querer disfrazarte e ir a pedir golosinas?

—No era exactamente un niño normal.

—Tampoco es que seas exactamente un chico normal ahora mismo.

Volvió a reírse, subiendo y bajando los hombros, y me gustaba mucho el sonido. A veces demasiado.

—Es cierto.

Me acerqué a él y levanté una pierna.

—Cuéntame más sobre eso. Como, por ejemplo, de qué nos disfrazamos y si te divertiste.

—Nos divertimos. —Se pasó los dientes por el labio inferior—. Paris nos llevaba a la mejor zona residencial, aquella en la que se repartían chocolatinas de tamaño real.

—Qué genial. —Me reí, soltando el pelo y enrollándolo una vez más.

Bajó la mirada.

—Nos hacía vaciar las bolsas al final de la noche y lo repartía todo de forma equitativa, pero tú siempre acababas con más.

—¿Porque me dabas las golosinas?

—Joder, no. Yo era el que cargaba con las golosinas. A mitad de la noche, me engañabas para que llevara tu bolsa. Tenías bracitos pequeños por aquel entonces. Esa mierda pesaba, así que no te iba a regalar nada. —Se acercó a mí y me sujetó los dedos que tenía alrededor del pelo—. Esperabas a que me fuera a dormir y te colabas en mi habitación para robarlas.

—¡Venga ya! —Dejé que me apartara la mano del pelo.

—Por Dios, te estoy diciendo la verdad, mi sexi Paco Pico.

—¡Por tercera vez, no voy disfrazada de Paco Pico! —exclamé, señalando con la otra mano las mallas amarillas que había combinado con un pantalón corto vaquero y una camiseta amarilla de manga larga. El gorro amarillo y las gafas de esquí que había encontrado en una tienda de segunda mano completaban el disfraz—. Soy un *minion*.

—Eres un *minion* sexi.

—En fin. —Sonreí. Su disfraz consistía en una camiseta negra en la que se leía en letras blancas: «NO NECESITO UN DISFRAZ. LA GENTE QUIERE SER YO».

Dios, esa camiseta era típica de Luc.

Se quedó callado por un momento, y la burla desapareció de su tono mientras una mirada distante aparecía en su rostro.

—El primer Halloween, tú te disfrazaste de la princesa Leia, y yo fui de Han Solo.

Resoplé.

—¿De verdad?

—Sí. Pero exigiste tener un sable de luz.

Mi mirada se dirigió a donde él sostenía mi mano, con sus dedos entrelazados con los míos. Parecía tan fácil, lo de agarrarse de la mano, que ¿por qué era tan consciente de ello? Me aclaré la garganta.

—Leia debería haber sido una Jedi entrenada. No me lleves la contraria.

—No es algo que te pueda discutir. —Su pulgar se movió sobre mi palma—. El segundo año, fuiste de princesa, pero de alguna manera conseguiste un par de *nunchakus* y te convertiste en una princesa ninja. Todavía no tengo ni idea de dónde encontraste un par de *nunchakus*.

Deseaba con todo mi corazón poder recordar cómo habían llegado a mis manos, porque eso sonaba muy extraño.

—¿Y tú?

—Fui de fantasma. Con sábana y todo.

—Cuanta imaginación.

Resopló.

—Un año fuimos como forajidos. Yo era Jesse James y tú eras Belle Starr.

—¿Belle Starr?

—Era una forajida famosa que se cree que salía con Jesse James —explicó, y ahora que sabía que nos habíamos vestido de forajidos, creía que eso sonaba adorable—. Ninguno de nosotros sabía en realidad quiénes eran. Fue idea de Clyde. Tú... estuviste enferma un año y no pudiste ir. —Su voz se volvió tranquila—. Te hacía mucha ilusión ir. Halloween y Navidad eran tus fiestas favoritas, pero estabas demasiado enferma. —Hubo una pausa—. Eso fue antes de que supiéramos lo que te pasaba. Paris creía que era una gripe.

Me tensé al verle cerrar los ojos. No había sido una gripe.

—No parabas de llorar porque no te dejaba ir. Eso... me afectó. —Se frotó el centro del pecho con la palma de la mano—. De todos modos, yo salí por ti, decidido a traerte más golosinas de las que habías visto nunca.

Se me agitó el corazón en el pecho cuando levanté mi mirada hacia la suya. De inmediato vino a mí la imagen de un niño pequeño con el pelo desordenado de color bronce y unos traviesos ojos morados, que salía a buscar golosinas de Halloween como un soldado que hace su entrenamiento. ¿Era otro recuerdo raro o solo mi imaginación? Decidí que no importaba, porque la imagen me gustaba lo suficiente como para archivarla.

—¿Y lo hiciste? —le pregunté, pensando que ya sabía la respuesta.

Su mirada se encontró con la mía.

—Por supuesto que sí. Te gustaban las bolitas de coco. Te conseguí suficientes para medio año.

—¿De verdad? —Sonreí—. Me encantan las bolitas de coco, y no conozco a nadie más a quien le gusten. Zoe casi vomita cuando me las como delante de ella.

—¿Porque son repugnantes?

Puse los ojos en blanco.

—No son repugnantes. Son un delicioso trocito de cielo hecho de coco y chocolate.

—Tu gusto por las golosinas es tan malo como tu gusto por las películas. —Estaba de nuevo cerca, su boca a centímetros de la mía.

Mi ritmo cardíaco se aceleró.

—¿Y antes? ¿Era fan de James Bond?

—Sí y no. Creías que James Bond debería haber sido Janet Bond.

Me reí, pero se me pasó rápidamente.

—Parece que Nadia era una adelantada a su tiempo.

—Tú eras una adelantada a tu tiempo —corrigió en voz baja.

El siguiente aliento que tomé se me hizo un nudo en la garganta, y no supe qué decir. Era extraño. Era como una pelota de voleibol, rebotando entre aceptar que yo era Nadia, que ella era yo, y luego sentir que era una persona completamente distinta.

Lo único que sabía era que no me sentía como ella en este momento.

—Bonito disfraz —comentó Kent mientras se dejaba caer en una de las sillas junto al sofá. Por supuesto que iba disfrazado: llevaba unas mallas blancas y negras a rayas y una especie de pantalones cortos con volantes que se sujetaban justo por encima de las rodillas con una banda elástica. Su camisa blanca tenía mangas abullonadas y unos botones grandes en el centro. Tenía unas lágrimas grandes pintadas bajo los ojos.

—Ella va de Paco Pico —sugirió Luc.

Iba a golpear a Luc.

—Voy de *minion*.

—Y estás adorable, cielito. —Kent apoyó los pies sobre la pequeña mesa de cristal.

—¿De qué vas disfrazado tú?

—¿No lo sabes? —Me dedicó una sonrisa infantil que insinuaba sus hoyuelos—. Te voy a dar una pista.

—Está bien.

Kent se inclinó, con sus ojos marrones muy abiertos.

—Todos flotamos aquí abajo.

—¡Eres Pennywise!

—Más o menos. —Se balanceó hacia atrás, bajando las cejas mientras señalaba las lágrimas bajo sus ojos—. Soy Pennywise, pero en versión emo.

—¿Pennywise, pero en versión emo? —Me reí mientras lo miraba—. Ahora lo veo. Me gusta. ¿Eres tan psicótico como el Pennywise normal?

—Me gusta pensar que soy la versión de Pennywise que sigue comiendo niños, pero que después se siente mal por ello. No solo porque me imagino que los niños le darían indigestión, sino porque comer niños me haría sentir como un glotón y tengo intolerancia al gluten. Creo que los niños estarían llenos de gluten —explicó mientras Luc parpadeaba lentamente—. Y sería un incordio, ya sabes, tener que atraer a los niños a las alcantarillas para comérmelos. Imagino que cuando no estuviera comiendo niños, estaría deprimido, lamentando lo difícil que es mi vida y cómo todo el mundo me malinterpreta.

Lo miré fijamente.

—Has reflexionado mucho sobre esto.

—Pues sí.

—A un nivel aterrador, Kent.

La sonrisa creció y le aparecieron los hoyuelos.

—Lo sé.

—Sabía que había una razón por la que me caías tan bien —dijo Luc—. Eres raro en tu justa medida.

—Así es. —Kent sonrió feliz, lo cual era una escena extraña con las lágrimas y todo—. ¿Dónde está Grayson?

—Puede que en la calle, robando golosinas a los niños —comentó Luc, y yo resoplé.

De hecho, podía imaginarme perfectamente a Grayson haciendo eso.

Levanté las piernas y me las rodeé con los brazos mientras observaba a la gente que bailaba, y una energía nerviosa y ansiosa se apoderó de mí. Mientras contemplaba los cuerpos que se movían al ritmo de la música, me invadió el deseo de salir y de mover mi cuerpo con ellos. La inquietud de antes volvió con fuerza. Había un deseo de dejar que la música se filtrara en mi piel y en mis músculos, de echar la cabeza hacia atrás y dejar que el ritmo guiara el movimiento de mi cuerpo. Ya había tenido ese deseo antes, y ahora creía saber por qué.

Era algo que solía hacer cuando era Nadia, así que ¿por qué no podía hacerlo ahora?

—Ah, ahí está —murmuró Kent, y yo levanté la vista, siguiendo su mirada.

Era Grayson.

El Luxen alto y rubio se dejó caer en la silla frente a Kent mientras sacaba una piruleta. Tampoco estaba disfrazado. Dudo que haya celebrado alguna vez Halloween. Seguro que odiaba Halloween, la Navidad, el Día de San Valentín y todas las fiestas que existían. Dejó de desenvolver su piruleta y nos miró.

—¿Qué?

—Estás tan guapo —respondió Kent con una sonrisa.

Grayson arqueó una ceja hacia él.

—Parece que todo el mundo se lo está pasando muy bien. —Su tono podría haber secado la región más húmeda de Florida, los Everglades—. Me alegro de haber venido aquí.

—No tenías por qué hacerlo —señaló Luc.

—¿Y no honraros a todos con mi presencia? —Sonrió Grayson—. Nunca sería tan egoísta.

Puse los ojos en blanco, pero mantuve la boca cerrada. A Grayson no le caía muy bien. No tenía ni idea de por qué. Nunca le había hecho nada. Al principio, había pensado que era porque yo era humana, pero él no tenía ningún problema con Kent.

Mi mirada se desvió hacia la pista de baile y, una vez más, pude sentir la tensión que dominaba mis músculos. Podía hacerlo. Salir, buscar a las chicas y bailar. Podía hacerlo.

No me moví.

Pero Luc sí lo hizo.

Sacando su brazo del respaldo del sofá, se levantó, ofreciéndome la mano.

—Vamos.

Joder.

Me había leído los pensamientos.

No me moví mientras le lanzaba una mirada. De ninguna manera en esta vida iba a dejar que me arrastrara a la pista de baile. Luc movió los dedos.

—Confía en mí.

Me quedé helada.

Luc nunca me había pedido eso. Una vez le había preguntado si esperaba que confiara en él, y me había respondido que nunca me lo había pedido.

¿Y ahora sí?

Eso era algo importante.

La verdad era que sí confiaba en Luc. No cuando lo conocí, pero ahora sabía que no iba a obligarme a hacer algo que no quisiera o para lo que no estaba preparada. Consciente de que Grayson y Kent me observaban, desplegué las piernas y puse la mano sobre la suya.

Luc me levantó del sofá.

—Ya sabéis dónde encontrarme si me necesitáis —dijo mientras me guiaba alrededor de la mesa de cristal—. Solo aseguraos de que sea importante.

—En otras palabras, más vale que alguien se esté muriendo. —Kent sonrió y yo negué con la cabeza—. Entendido, jefe.

Luc no me llevó a la pista de baile, menos mal. Me guio alrededor de la pista y de vuelta al pasillo, hacia la entrada marcada para los empleados. La mayoría de las letras estaban tachadas y habían añadido una «e», dejando solo la palabra *pelea*. No hablamos mientras subíamos a su apartamento, no hasta que estuvimos dentro, con la puerta cerrada tras nosotros. Una de las luces que había cerca del sofá se encendió, arrojando una luz de un tono amarillo pálido.

—¿Qué estamos haciendo?

Luc se dio la vuelta para situarse frente a mí. Movió los labios con sigilo, lo que me provocó un hormigueo en el estómago. Sin decir ni una palabra, me quitó con cuidado el gorro y las gafas de esquí que llevaba, dejándolos caer sobre el sofá.

Arqueé una ceja.

—Luc.

—Ya lo verás. —Sacó su teléfono del bolsillo, echándole un vistazo a algo antes de dejarlo sobre el brazo del sofá.

Sin tener ni idea de lo que pretendía, dejé que tomara mis manos entre las suyas. Un momento después, un ritmo constante resonó en su teléfono, solo el sonido de la batería, unido a los *riffs* de la guitarra.

Se me puso de punta el vello de todo el cuerpo cuando Luc me atrajo hacia él, colocando mis manos en su pecho. La canción. Recordé que había sonado la primera vez que entré en el club con Heidi.

«Don't fret, precious, I'm here...».

«Step away from the window, go back to sleep...».

Sin embargo, había algo más en la canción...

Las manos de Luc bajaron a mis caderas y dejé de pensar en la canción.

—Cierra los ojos —dijo—. Y déjate llevar.

Eso fue más difícil de hacer. Lo miré con los ojos muy abiertos. Bailar con él no era más fácil que bailar en la discoteca con un montón de gente que no conocía..., ni me gustaba..., ni me importaba.

Su sonrisa aumentó cuando empezó a balancear su cuerpo al ritmo de la batería. Sus ojos se cerraron y sus gruesas pestañas se movieron hacia abajo, y mientras su cuerpo se movía con fluidez a escasos centímetros del mío, se me aceleró el ritmo cardíaco.

—Cierra los ojos —repitió.

Con el corazón palpitando, hice lo que me dijo. Cerré los ojos y me concentré en la sensación de su corazón latiendo bajo mi palma. Él estaba bailando, y yo estaba allí de pie. Podía bailar. Sabía que podía, pero ni siquiera lo estaba intentando.

Al menos podría intentarlo.

Y tuve la sensación de que Nadia lo intentó todo.

—No tienes por qué ser como eras en el pasado. —Me rozó la oreja con los labios—. Solo tienes que ser tú.

Respirando de forma entrecortada, encontré el ritmo y empecé a moverme contra él, y me pareció que tardé una eternidad en perder la rigidez de las piernas y de los brazos y en encontrar el ritmo de la música, pero lo hice.

Y la música, el compás de la batería y el ritmo, desbloquearon algo en lo más profundo de mi ser, algo que sabía a libertad, y ese sentimiento resonó dentro de mí, en mis extremidades y en mi cuerpo.

Luc no habló mientras bailaba con él, y yo no abrí los ojos. No me permití pensar que estaba en el apartamento de Luc, bailando con él en mallas amarillas y un peto. No me permití pensar en el pasado (nuestro pasado) ni en el futuro. No existía nada más que la música y el compás de la batería, el compás del corazón de Luc.

Me dejé llevar.

Moviendo los hombros y las caderas, deslicé mis manos por el vientre plano de Luc y luego las levanté por encima de mi cabeza porque eso era lo que me apetecía hacer. Lo que quería. Me di la vuelta, y la mano de Luc se deslizó desde mi cadera, por la parte baja de mi estómago, provocando oleadas de estremecimientos en todo mi cuerpo. Sentí su barbilla rozándome el cuello mientras el ritmo se aceleraba.

No sé cuánto tiempo pasó, pero la canción se convirtió en algo más y el aire que nos rodeaba se volvió más denso. El sudor me salpicaba la frente, y cuando levanté los brazos para soltarme el pelo de las coletas, no dejé de bailar.

Luc tampoco lo hizo.

Mi espalda estaba pegada a su pecho y, mientras nuestros cuerpos se movían juntos, me invadía un calor diferente que no tenía nada que ver con la vergüenza o la timidez, sino con su tacto y su aroma único. El aire pesado se movía a nuestro alrededor, y cuando Luc me hizo girar hacia él, supe que ya no se trataba de demostrar que aún podía bailar.

Que seguía siendo ella, porque de eso se había tratado.

Ahora se trataba de algo más.

Había un poder en esto. Una libertad que disfrutaba. Estaba en la punta de mis zapatillas mientras le deslizaba los brazos alrededor del cuello. Él bajó la cabeza, presionando su frente contra la mía. Un torrente de energía fluyó a través de Luc, transfiriéndose a mi piel mientras nuestros cuerpos se movían con el ritmo, fusionándose en todos los lugares correctos e interesantes. Era como aquella noche en su cama, cuando había menos ropa entre nosotros. Los recuerdos de aquella noche danzaban en mi cabeza como si el caramelito que era Luc estuviera semidesnudo.

Sintiéndome mareada y acalorada, abrí los ojos. Luc levantó la cabeza, y en sus pupilas había puntitos de luz blanca.

Una de sus grandes manos subió por mi costado, siguiendo las curvas de mi cuerpo hasta llegar al cuello. Su pulgar se posó brevemente en mi pulso y luego continuó hasta que sus dedos se extendieron sobre mi mandíbula, acunándome la mejilla.

Yo le enrosqué los dedos en los cortos mechones de pelo que tenía en la nuca.

—Creo que... —Su pulgar arrastró mi labio inferior, haciéndome aspirar un poco de aire mientras me bajaba la barbilla. Nuestras miradas se conectaron y se sostuvieron—. Creo que me estoy distrayendo un poco.

—¿Por qué? —pregunté mientras me apretaba contra él...

El brazo que me rodeaba la cintura se tensó mientras un sonido grave salía de él.

—Por esto.

Me quedé helada, con los ojos abiertos de par en par mientras mis mejillas se sonrojaban. Madre mía, madre del cordero místico, podía sentir lo distraído que estaba.

No me alejé de él. Al contrario, me acerqué aún más, lo que antes no parecía posible, pero lo era. Estábamos pecho con pecho, cadera con cadera. El calor se filtró a través de mi piel, convirtiendo mis músculos en líquido. Hubo un torrente de sensaciones nuevas y poderosas. Me sentí vacía, necesitada y deseosa.

Gimiendo, dejó caer su frente sobre la mía una vez más, su mano se deslizó hasta mi cadera, guiando la mía contra la suya. Una fuerte ráfaga de placer me encendió las venas. Nuestras bocas estaban tan cerca que podía saborearlo en mi lengua.

«Bésame».

No lo pronuncié en voz alta. Nunca salió de mi boca mientras mis manos se abrían y cerraban alrededor del algodón de su camiseta. Inclinó la cabeza y me rozó la mejilla con la nariz y luego el otro lado de mi mandíbula. Me rozó con los labios el hueco justo debajo del hueso y después otra vez por encima del lugar donde mi pulso latía desbocado. No podía respirar. Cerré los ojos. Quería que me besara. Necesitaba que...

Luc se movió y, de repente, nos movimos. Estaba arriba y al instante estaba abajo, y un latido de corazón estremecedor después, estaba en el sofá, tumbada de espaldas. Luc se cernía sobre mí, con una mano plantada en el cojín junto a mi cabeza y la otra deslizándose por mi garganta, con una caricia tan ligera como la de unas alas, y su mano no se detuvo ahí. Bajó por el centro de mi pecho, con una caricia tan suave que quemaba la tela vaquera y la camiseta fina y suelta. Apenas me estaba tocando, pero arqueé la espalda mientras cerraba la boca, sellando el sonido y las palabras que sabía que estaban a punto de salir de mis labios.

«Me gustas».

La música se detuvo mientras su mirada seguía su mano, dejando una estela de pesadez palpitante que estaba llena de promesas.

«Te deseo».

Un temblor le recorrió el brazo cuando sus dedos llegaron a mi ombligo y luego se deslizaron por el costado, hasta la cadera. Despacio, levantó esas pestañas imposiblemente gruesas, y las pupilas de esos extraordinarios ojos púrpuras estaban blancas como el diamante, intensas y apasionadas. Fui consciente de que tenía las manos apoyadas en su pecho, en su estómago, y cuando se inclinó hacia mí, la sangre me retumbó.

—Tú —habló—. Solo has sido tú. Antes. Ahora. Después. No ha habido nadie más que tú. No... Simplemente no puede haberlo.

Mis labios se separaron cuando sus palabras se hundieron en la bruma. Espera, espera. ¿Estaba queriendo decir lo que yo creía?

Un golpe en la puerta nos sobresaltó a los dos. La incredulidad se apoderó de mí cuando Luc maldijo en voz baja y cerró los ojos. Sus llamativos rasgos se habían convertido en líneas duras y labios exuberantes y entreabiertos.

Volvieron a llamar a la puerta, y esta vez le siguió una voz.

—Lo siento. Sé que estás ocupado, pero esto no puede esperar.

Abrió los ojos, y las pupilas seguían siendo de un blanco brillante. No parecía que fuera a moverse.

No estaba segura de que yo quisiera que lo hiciese.

—Lo siento —dijo, y en un abrir y cerrar de ojos, estaba de pie, tirando de mí hacia arriba hasta sentarme.

—No pasa nada. —Aturdida, me aparté varios mechones de pelo de la cara mientras Luc se dirigía a la puerta y la abría.

Una forma alta estaba allí, y de inmediato reconocí el pelo negro y ondulado y los impresionantes ojos verdes, ojos que se abrieron de par en par al verme sentada en el sofá, puede que con un aspecto sudoroso. Me miró como si nunca me hubiera visto antes, pero ese no era el caso.

—¿Daemon? —No sabía que había vuelto a la ciudad, sobre todo después de que dijera que no iba a dejar a su mujer.

—No. —Siguió mirándome fijamente, pareciendo un poco aturdido—. Soy Dawson.

Vaya.

Menos mal que estaba sentada. Era el hermano de Daemon y Dee, el extraño tercer hermano Luxen. Habiendo visto a los tres, dos en persona y una por la televisión, era como ver un unicornio.

Nunca había visto un trío completo de trillizos Luxen. Daemon, Dawson y su hermana eran los primeros, y sabía que eran una rareza, ya que la mayoría murieron en la invasión y después de esta.

Parpadeé varias veces, asombrada de que fueran casi idénticos como había dicho Luc. Madre mía, era como ver la viva imagen de Daemon. Entrecerré los ojos mientras lo estudiaba. Había pequeñas diferencias. El pelo de Dawson era ligeramente más largo y rizado, y su voz no era tan grave como la de Daemon.

Pero eso era todo.

Extraño. Genial. También, de nuevo, algo extraño.

—¿Nos hemos... mmm... conocido antes? —pregunté, sintiéndome incómoda porque podríamos haber sido mejores amigos de toda la vida cuando era Nadia y no tendría ni idea.

—Brevemente —respondió Luc mientras se desplazaba para situarse entre Dawson y yo, y ya no pude ver al Luxen. Luc era igual de alto y un poco más fornido—. Ella es Evie —dijo Luc, subrayando mi nombre mientras me levantaba del sofá y me hacía a un lado para poder ver a Dawson.

Dawson asintió.

—Encantado de conocerte, Evie.

—Lo mismo digo. —Sonreí al Luxen que de alguna manera me era familiar y a la vez un extraño.

—Siento haberos molestado, pero esto no puede esperar. Algo está pasando con la chica —explicó Dawson—. Creo que se está muriendo.

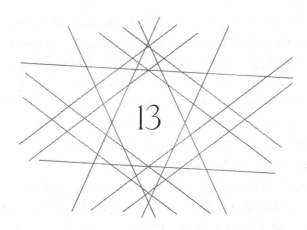

13

—¿Chica? —Se me cayó el estómago hasta los dedos de los pies. Enseguida pensé en mis amigas, pero si fuera una de ellas, ¿no lo habría dicho Dawson? Además, estaban abajo, divirtiéndose. Estaban bien—. ¿Qué chica?

Luc dudó.

Mi mirada pasó de Dawson a él.

—¿Qué está pasando, Luc?

—Se llama Sarah —respondió Luc mientras salía al pasillo—. Y pensaba que tenía gripe o algo así —le dijo la última parte a Dawson.

No tenía ni idea de quién era Sarah, pero ¿la gripe?

—¿La misma gripe de Kansas City?

—No lo sé, Melocotón.

Siguiendo a Luc al pasillo, me di cuenta de que Dawson no había venido solo. Grayson estaba esperando.

—¿Qué está haciendo aquí fuera? —pregunté.

Entrecerré los ojos, pero entonces Luc me miró por encima del hombro como si acabara de darse cuenta de que lo había seguido al pasillo.

—Dame un momento —respondió Luc, y luego me tomó de la mano, llevándome de vuelta a su apartamento. La puerta se cerró casi por completo, pero no se cerró del todo—. Quizás es mejor que te quedes aquí, que esperes hasta que vuelva. No creo que tarde mucho.

Lo miré fijamente durante un largo instante, a medias entre la incredulidad y la irritación.

—Hace solo unos minutos, estábamos en ese sofá y tus manos estaban sobre mí, mis manos estaban sobre ti.

Los ojos de Luc se cerraron de golpe mientras emitía un gruñido bajo.

—No me lo recuerdes. Estoy haciendo todo lo posible para no pensar en ello en este momento.

Se me ruborizaron las mejillas al escuchar el sonido, enviando escalofríos por mi espina dorsal.

—La cosa es que estábamos muy muy cerca en ese momento, y hemos estado más cerca...

—Eso no ayuda —casi gimió.

Me ardían las puntas de las orejas.

—¿Y es obvio que algo está pasando y quieres que me siente aquí y espere a que vuelvas?

Abrió los ojos, y las pupilas volvieron a ser blancas y brillantes.

—Más o menos.

—Esto no funciona así, Luc. Quiero ir contigo.

—No estoy seguro de que eso sea prudente, Melocotón.

—¿Por qué? —Me puse las manos en las caderas.

—Porque si hay una mínima posibilidad de que esa chica tenga algún tipo de virus raro, no quiero que te expongas a él.

Yo tampoco quería exponerme.

—No me he contagiado de Coop, y eso que él se sentó a mi lado.

—Tal vez, pero es más que eso. Antes eras parte de este mundo, pero ya no lo eres. Lo que pasa aquí no tiene nada que ver contigo. Lo que yo hago no tiene nada que ver contigo.

—Pero sí que soy parte de este mundo. Mi madre es una Luxen no registrada. Una de mis mejores amigas es una Origin y la otra está saliendo con una Luxen. Me han llenado de ADN alienígena y no de la manera más divertida.

Luc abrió la boca mientras alzaba las cejas.

No lo dejé decir nada.

—Y luego estás tú... estamos tú y yo, y estoy tratando de averiguar qué significa lo que hay entre tú y yo. No puedo hacerlo si me apartas de este mundo, de tu mundo.

—De acuerdo. —Algo parecido al respeto brilló en sus ojos mientras una lenta sonrisa se le dibujaba en los labios—. Entonces vamos a meterte de lleno en este mundo.

En el momento en el que Luc y yo salimos al pasillo y nos dirigimos a la puerta de la escalera, Grayson abrió la boca y supe que estaba a punto de decir algo estúpido. Luc lo silenció antes de que pudiera hacerlo.

—Está aquí porque ha querido. —El tono de Luc no dejaba lugar a discusiones, y resistí el impulso de sacarle la lengua a Grayson—. ¿Cuál es su estado?

Dawson nos miraba a los tres con curiosidad mientras seguía con facilidad las largas zancadas de Luc y empezaron a bajar los escalones.

—Está despierta, pero, bueno, no estoy seguro de que eso sea algo bueno.

—¿Puedes caminar más rápido? —Grayson se quejó por detrás de mí—. Eres tan lenta como una tortuga de tres patas.

Las comisuras de mis labios se bajaron. La forma en la que lo dijo era como si estuviera hablando de una cucaracha mutante que se arrastrara por el suelo.

—Siempre puedes caminar delante de mí, ya sabes.

—No me fío de que estés detrás de mí.

Me reí.

—¿Qué demonios te podría hacer yo?

—Todo es posible —replicó.

—Gray —lo llamó Luc desde varios pasos por delante.

—¿Sí?

—Cierra la puta boca.

Grayson murmuró una maldición en voz baja, y después dijo, más fuerte:

—Mira, no estoy seguro de que quieras que ella vea esto.

—¿Ver el qué? —Me agarré a la barandilla mientras giraba por el rellano. Grayson seguía detrás de mí, y estaba dispuesta a apostar que estaba inmerso en un enorme debate interno sobre si empujarme o no por los escalones.

Dawson miró a Luc antes de hablar, y supuse que lo que vio en la expresión de Luc lo interpretó como un permiso.

Todo el mundo miraba siempre primero a Luc antes de hacer algo.

Bueno, todos menos yo.

—Ayer estuve trasladando a un grupo, y había una pareja: un Luxen y una chica humana, Sarah —explicó Dawson—. Nos encontramos con algunos problemas y tuvimos que volver aquí.

¿Fue la relación entre este Luxen y la chica humana lo que causó un problema? Las relaciones entre Luxen y humanos en este momento eran ilegales. Si el humano era menor de dieciocho años, sus tutores se enfrentaban a importantes multas, y si era mayor de edad, podía enfrentarse a la cárcel.

Heidi estaba corriendo un gran riesgo por estar con Emery, pero el amor valía la pena. Yo lo creía de verdad, así que estaba emocionada por Heidi. Ella tenía ese tipo de amor por Emery que me apretaba el pecho y que era a la vez aterrador y esperanzador, y era obvio que Emery sentía lo mismo..., pero eso no significaba que no me preocupara por ellas.

Llegamos a la tercera planta y mis ojos siguieron a Luc por el amplio pasillo, deteniéndose mi mirada en la anchura de sus hombros. Como la gente ni siquiera sabía que existían los Origin, asumirían que Luc era un Luxen si veían sus ojos o lo sorprendían usando la fuente. Así que si salíamos juntos, también sería un riesgo.

Espera. ¿Estaba planeando tener algo con Luc? Bueno, solo le había dicho que estaba tratando de averiguar lo que éramos, y esa era la verdad. Quizás no me había dado cuenta hasta ese mismo momento. Además, hacía un par de minutos, había estado dispuesta a abrazarme a él como un pulpo cachondo, así que...

Luc giró despacio la cabeza y me miró por encima del hombro, con las cejas alzadas mientras gesticulaba con la boca: «¿Un pulpo cachondo?».

¡Será cabrón! Mis manos se cerraron en puños, pero antes de que pudiera gritarle, Dawson volvió a hablar.

—Nos encontramos con problemas a las afueras de Virginia —explicó Dawson—. Uno de esos malditos equipos de recuperación nos descubrió y hubo una pelea. Dos Luxen murieron, uno de ellos era el novio de la humana.

Se me encogió el corazón por la pareja que no conocía mientras miraba de nuevo a Luc, sorprendida de que no hubiera mencionado nada de esto desde que me presenté en Presagio esa noche. El temor se formó como bolas de plomo en mi estómago. ¿Saldría Luc en esas misiones? No lo había mencionado, pero Luc nunca decía a qué dedicaba su tiempo, y está claro que no me había hablado de nada de esto.

En cambio, sí me había llevado a su apartamento y había bailado conmigo.

—¿Resultó herida en la pelea? —pregunté, volviendo a centrarme en el tema que me ocupaba.

Dawson sacudió la cabeza, enviando ondas negras en todas direcciones.

—Archer se encontró con nosotros a mitad de camino y se llevó al resto de los Luxen, pero la chica...

—¿Qué? —La confusión se arremolinó.

—Sin el Luxen para responder por ella, no iba a ser bienvenida a donde iban —respondió Luc, frenando sus pasos para que yo estuviera ahora a su lado—. Y como he dicho, está enferma.

Sí, eso lo había dicho.

La puerta se abrió de repente al final del pasillo, y vi salir a Kent y su cara de Pennywise versión emo.

—Nunca me había alegrado tanto de veros como ahora. Incluso más que si me hubierais traído un cubo de pollo Popeyes —dijo mientras Grayson resoplaba detrás de mí—. Aquí está pasando una mierda muy rara, y siento que necesito un adulto, y también desearía que Chas nunca hubiera bajado a buscarnos a Grayson y a mí.

¿Chas? Me llevó un momento ponerle cara al nombre. Era el Luxen que había sido golpeado tan fuerte por Micah, que aún me sorprendía que estuviera vivo. No lo había visto en lo que parecía una eternidad.

Kent se hizo a un lado, abriendo la puerta de par en par para que Luc pudiera entrar, y por fin pude ver la habitación. Un áspero grito ahogado se me escapó en cuanto vi a la chica. Estaba frente a una cama estrecha, con el pelo rubio y suelto colgando alrededor de su rostro hundido en mechones finos y sin vida.

Sarah estaba de pie, pero, como Dawson había dicho, no estaba segura de que eso fuera algo bueno. Parecía que la muerte estaba a su lado. Coop no había tenido este aspecto, y aun así me pareció que estaba bastante mal. Esto era mucho más grave.

Cuando Luc habló, su voz era tranquila y calmada, como si le hablara a un animal acorralado y enfermo.

—Oye, ¿qué haces fuera de la cama? ¿Necesitas algo? Podemos traértelo para que puedas descansar.

La chica se tambaleó hacia un lado, con los hombros encorvados hacia delante mientras levantaba la cabeza. Unas gruesas venas negras le aparecieron debajo de la piel.

—Madre mía —susurré, dando un paso atrás, pero tropecé con Grayson cuando dio un paso adelante. Me empujó a la habitación. Esto no parecía lo mismo que le ocurrió a Coop. Él no tenía las venas negras ni de broma.

Una tos rasgada y de sonido húmedo sacudió todo el cuerpo de la chica.

—Yo... No me siento bien.

—No me digas —murmuró Kent mientras Dawson rodeaba la pared. Luc lo ignoró.

—Lo sé. Por eso deberías volver a la cama, para que te mejores.

No creía que fuera a mejorar.

—¿Le traigo algo? —pregunté, queriendo ayudar—. ¿Tal vez agua?

—¿Te parece que el agua la va a ayudar? —replicó Grayson, lanzándome una mirada que mostraba lo tonta que pensaba que era—. No creo ni que un cubo de penicilina la ayude.

Odiaba admitirlo, pero Grayson tenía algo de razón.

—No tenías por qué decir eso en voz alta.

—¿Qué? —respondió—. Solo estoy siendo sincero.

—¿Por qué no pruebas a tener un poco más de tacto?

Grayson abrió la boca, pero Luc lo miró por encima del hombro. El Luxen se calló. Por fin. Me centré en Luc. Era difícil no reconocer la forma en la que estaba de pie con los hombros cuadrados y las piernas abiertas como si estuviera bloqueando a Sarah de mí, como había hecho con Dawson antes.

¿Le preocupaba que ella fuera a estornudar sobre mí?

Miré alrededor de Luc.

Los delgados brazos de la chica se cruzaron sobre su estómago.

—¿Dónde está Richie?

—Sabes que ya no está aquí, pero yo sí. También están Kent y Dawson. Somos amigos. Incluso Grayson. ¿Te acuerdas? —preguntó Luc, y supuse que Richie debía ser el novio de la pobre chica—. Estoy cuidando de ti, Sarah, y creo que lo mejor es que...

Sarah se dobló y se agitó con violencia. La bilis negra y azulada brotó, salpicando el suelo, y parecía que casi... brillaba.

Me tapé la boca con la mano, porque aquello me resultaba familiar.

Grayson se sacó del bolsillo una piruleta (de manzana ácida) y empezó a desenvolverla poco a poco.

—Qué asquerosidad.

Sarah volvió a vomitar, y lo que salió de ella no parecía normal. Era como si se hubiera tragado un galón de aceite y pintura azul y estuviera echándolo de nuevo.

Más valiente de lo que yo nunca sería cuando alguien vomitara algo con ese aspecto, Luc empezó a acercarse a ella, pero se detuvo cuando Sarah echó la cabeza hacia atrás. La sustancia que salía de ella se le deslizaba por la barbilla y le cubría la parte delantera de la camiseta arrugada.

—Me... han hecho aaaaalgo —jadeó la chica, agitándose—. Me han hecho aaaaalgo...

Su espalda se inclinó en un ángulo profundo y antinatural. Algo crujió, recordándome una ramita seca que se rompe. Me quedé boquiabierta cuando Sarah cayó hacia delante, desplomándose sobre las rodillas y las palmas de las manos. Los brazos se le salieron de las extremidades. Las caderas se le abrieron. Más líquido aceitoso y espeso cayó al suelo.

Sus huesos seguían rompiéndose, igual que los de Coop.

Dawson había dejado de moverse.

—Pero ¿qué demonios...?

La cabeza de Sarah se echó hacia atrás mientras su boca se estiraba en un grito silencioso que parecía que iba a desgarrarle las mejillas. Aquellas venas de tinta surgieron de su piel, de su cara, de su garganta y de sus brazos.

Luc estaba de pronto frente a mí mientras extendía el brazo, empujándome hacia atrás. El horror me invadió cuando su cuerpo se contorsionó en una serie de chasquidos que me recordaron a cuando se le echaba la leche a los cereales.

Nunca más volvería a comer cereales.

Sarah se derrumbó, se hundió en sí misma, la parte superior de su cuerpo se unió a sus piernas dobladas. No se movió. Parecía que ni siquiera respiraba. Las venas se retrajeron, desapareciendo debajo de la piel.

Los hombros de Sarah se levantaron mientras respiraba hondo y luego siguieron levantándose con varias respiraciones más. Estaba viva. ¿Cómo es que estaba viva?

—Creo que podría ser una zombi —susurró Kent—. Preparaos. Disparad a la cabeza, chicos. A la cabeza. Disparad.

La exhalación de Luc fue audible.

—¿En serio?

Kent asintió.

—He visto esto en las películas. Te digo que si se levanta después de eso, esto va de zombis, y va a ser rápida y va a querer comerme la cara porque soy el más guapo, y a los más guapos siempre les comen la cara primero.

—¿Sabes? Puede que tenga razón —dijo Dawson, con una ceja levantada—. Me gusta considerarme un experto en zombis.

Luc se volvió hacia él.

—¿Un experto en zombis?

Asintió.

—Sí, y estoy seguro de haber visto esto en...

Sarah se levantó.

Se levantó del suelo sin ponerse de pie, como si un titiritero oculto moviera sus hilos. En un segundo, estaba de pie, y luego se levantó del suelo.

Mierda, se alzó del suelo, y no, Coop no había hecho eso. Me quedé boquiabierta y parpadeé una y dos veces, pensando que estaba imaginándome cosas, pero no, la chica estaba suspendida en el aire.

—Eso no es un zombi —dijo Grayson, las pupilas de los ojos se le volvieron blancas—. No sé qué narices es eso, pero tampoco es humano.

La curiosidad se reflejó en el rostro de Luc mientras miraba fijamente a la chica.

—Esto es... diferente. Inesperado.

Me latía el corazón contra mis costillas como si fuera a salirse a golpes mientras Luc la miraba como si fuera un interesante proyecto de feria de ciencias.

Sarah levantó la cabeza. Sus ojos... ¡Vaya! Sus ojos eran orbes negros con un centro que era...

Miré a Grayson.

Las pupilas de Sarah eran como las de un Luxen, como las de Grayson, cuando estaba a punto de adoptar su verdadera forma. Sus pupilas eran como dos estrellas en una noche oscura.

Dawson y Luc acababan de decir que era humana, y aunque yo no fuera médica ni científica, sabía que no eran ojos humanos y que los humanos no levitaban.

El fino vello a lo largo de mis brazos se erizó.

Volvió al suelo, con esos extraños ojos escudriñando la habitación. Sus labios se despegaron cuando Luc avanzó. Un gruñido bajo resonó.

¿Le estaba gruñendo a Luc?

Su cabeza se giró de forma abrupta y tomé una bocanada de aire cuando nuestras miradas se cruzaron. Sus fosas nasales se ensancharon al olfatear el aire. Dio un paso hacia mí. Su cabeza se inclinó hacia un lado y emitió un sonido bajo y espeluznante.

Me apreté contra la pared, aplastándome a mí misma. No tenía ni idea de lo que estaba pasando, pero no quería ser el centro de su atención.

Luc se interpuso, bloqueándome una vez más.

—Tranquila, Sarah. No quiero hacerte daño. —El olor a ozono quemado llenaba el aire mientras un tenue tono blanquecino rodeaba su cuerpo—. Pero lo haré.

La cabeza de Sarah se inclinó hacia Luc. Transcurrió un instante y luego se movió... y se movió rápido. Pasó a toda velocidad junto a Luc, corriendo junto a la cama y la silla que había allí, hacia la ventana cuadrada.

No se detuvo.

Me tensé.

—Va a...

Corriendo por la habitación, saltó. Los cristales se rompieron y los fragmentos cayeron al suelo. Una cortina se cayó, y después Sarah desapareció, salió por la ventana y cayó al callejón de abajo.

Todos nos quedamos en el sitio, en silencio, hasta que Luc suspiró con fuerza y dijo:

—Bueno, estaba pensando en cambiar esa ventana de todas formas.

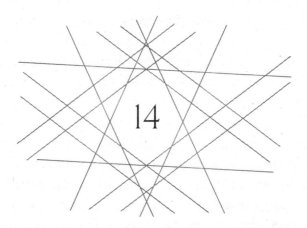

14

—Entonces, ¿vamos a hacer como si no hubiera pasado? —pregunté, sentada en una de las salas comunes del tercer piso. Luc había salido con Grayson y Dawson, a los que también se había unido Zoe... con su disfraz de Wonder Woman... para intentar localizar a la chica, ya que no estaba tirada en el callejón, hecha un amasijo de huesos y tejidos rotos como lo habría estado un humano normal si se hubiera lanzado por la ventana.

Kent colocó una Coca-Cola fresca en la mesita delante de mí.

—Bienvenida a mi mundo. Un Halloween cualquiera aquí en Presagio.

Lo miré fijamente.

—¿Habéis dicho que... levitaba? —preguntó Emery, atrayendo mi atención hacia donde estaba sentada frente a mí. Emery estaba vestida de Catwoman, de la cabeza a los pies, de cuero azul intenso. Heidi llevaba su disfraz rojo, blanco y azul, y Kent seguía vestido de Pennywise, así que era muy raro estar teniendo esta conversación ahora mismo.

Agarré la bebida con las manos temblorosas, agradeciendo el chapoteo de las burbujas carbonatadas contra mi garganta seca.

—Levitó por completo del suelo.

—Y esto ocurrió después de que vomitara agua negra del pantano por todas partes. —Kent se sentó en el brazo de mi silla—. Y algo azul. No tengo ni idea de qué era la cosa azul.

Heidi se estremeció mientras se echaba un mechón de pelo de color carmesí hacia atrás.

—¿Qué pudo haber provocado eso?

—¿Una mordida de un zombi? —sugirió Kent con amabilidad—. Porque creo que de verdad se convirtió en un zombi. Tal vez uno vegetariano, ya que no trató de comernos, pero definitivamente en un zombi.

Parpadeé una vez y luego dos.

—La revisé previamente, antes de que llegaras. —Emery miró a Heidi—. Tenía una fiebre bastante alta, pero la verdad es que pensé que era solo una gripe. Me imaginé que se había contagiado en algún lugar de sus viajes, y con todo lo que le pasó a su novio, debía de estar emocional y físicamente agotada.

—Eso definitivamente no era una gripe —comentó Kent—. A menos que una gripe ahora haga que las venas se vuelvan negras bajo la piel.

—No conozco nada que provoque tal cosa —dijo Heidi.

Me senté y posé la mirada en mi Coca-Cola. Esa sensación de pesadez e incomodidad de antes volvió a aparecer. Sarah había dicho algo que se repetía una y otra vez en mi cabeza.

«Me han hecho algo».

—Fue muy parecido a lo que pasó con Coop —expliqué—. Pero a la vez no es igual. Por ejemplo, él no levitó ni se le pusieron las venas negras, pero se volvió superfuerte.

—Ya sea como lo que le pasó a ese chico, Coop, o no, nunca he visto algo así. —Kent apoyó una pierna rayada en el sofá a nuestro lado.

Y eso ya era decir algo, porque tenía la sensación de que había visto muchas cosas. También era revelador que no estuviera más asustada, tanto como para salir corriendo del edificio gritando y agitada. ¿Hace tres meses? Lo habría estado. ¿Y ahora? Lo que había visto me perturbaba, pero también había visto muchas cosas raras e inquietantes desde que Luc había vuelto a mi vida.

—Sus huesos... Podía oír cómo se rompían —dije, casi con miedo de cerrar los ojos en cualquier momento porque estaba segura de que la vería—. ¿Cómo demonios se levantó y echó a correr después de eso?

Kent levantó un hombro.

—Y sobrevivió a la caída, lo cual es una locura. —Heidi se llevó las piernas al pecho—. ¿Estáis seguros de que es humana?

Emery asintió.

—Humana al cien por cien.

—Pero nosotros no hacemos eso —respondió Heidi—. No nos enfermamos de esa manera, ni sobrevivimos a lo que hizo su cuerpo, nos lanzamos por la ventana y subsistimos a una caída de cinco pisos para luego tan solo escabullirnos.

No estaba muy segura de que Sarah se hubiera escabullido, pero esa imagen se me había quedado grabada en la cabeza.

—Pero mira a Coop. Él también era completamente humano.

Kent se cruzó de brazos.

—Era tan humano como yo, a pesar de lo que Grayson pueda afirmar sobre mí.

—Sé que decís que las mutaciones no tienen ese aspecto, pero quizá sea eso —añadió Heidi—. Y nadie sabe con certeza si los sueros que utilizó Dédalo siguen ahí fuera.

—Habríamos visto el rastro en ella. —Emery estiró las piernas—. Al igual que Zoe habría visto el rastro de ese chico con el que ibais al instituto.

—Quizás haya un suero diferente que elimine el rastro —lanzó Kent—. Todo es posible.

—Sarah dijo algo. —Miré a Kent, dando golpecitos con el pie en el suelo—. La has oído, ¿verdad? Ha dicho: «Me han hecho algo».

Una mueca se le dibujó en la boca.

—Yo no he oído eso.

—¿Qué? —Lo miré fijamente—. Lo dijo justo después de vomitar y antes de convertirse en algo sacado de una película de terror. Lo dijo dos veces.

Arqueó las cejas castañas rojizas.

—No la he oído decir nada de eso.

—¿Cómo...? —Miré a las chicas, que se habían quedado mirándome. ¿Cómo es posible que Kent no la haya escuchado?

Kent frunció el ceño.

—Sin embargo, hizo esos extraños sonidos de trinos. Eso sí que lo he oído.

Yo también lo había oído, pero además la había oído hablar. Había hablado sin que se la entendiese, pero había hablado. Habían pasado muchas cosas, así que supuse que no podía sorprenderme de que Kent no la hubiera oído entre los vómitos y el chasquido de huesos.

—¿Qué crees que harán con la chica si la encuentran? —preguntó Heidi, girándose hacia su novia.

Emery miró a Kent y pasó un largo instante antes de que respondiese.

—Dependerá de lo que ella haga. Él no va a permitir que haga daño a nadie, y no va a dejar que exponga lo que estamos haciendo aquí. Si sucede algo así, Luc se encargará de ella. —El tono de Emery era contundente—. Eso es lo que él hace.

«Eso es lo que él hace».

Tragué con fuerza cuando esas palabras sustituyeron a lo que había dicho Sarah. Luc... se encargaría de ella, al igual que había tenido que encargarse de esos Origin que Dédalo había creado, esos niños que habían sido más peligrosos de lo que cualquier Luxen adulto podría ser para los humanos. Se encargaría de Sarah igual que Micah lo había obligado a hacerlo aquella noche en el bosque.

Tendría que matar a esa chica si demostraba ser un riesgo para la gente o para lo que hacían aquí.

Se me secó la boca, y el trago de refresco no ayudó.

Luc era... era un tipo que, hacía poco más de una hora, había bailado conmigo y me había dicho que solo tenía que ser quien era, no quien solía ser. Era capaz de hacerme reír con sus ridículas sorpresas o sus terribles frases para ligar, de distraerme cuando me perdía en un pasado que no recordaba o en el miedo que aún tenía por el ataque de Micah. Era un tipo que llevaba camisetas absurdas y que acogía a Luxen y a humanos por igual que lo necesitaban, acogía a la gente a su alrededor como uno acogería y cuidaría a los animales callejeros. Ayudó a que Emery se desintoxicara. Luc era bueno.

Y también era un asesino.

Lo había visto con mis propios ojos, cuando tres Luxen habían aparecido y uno de ellos me había atacado. Lo había visto cuando al fin había acabado con el asesino de Micah. Había visto la precisión brutalmente fría de sus asesinatos, y también había visto la mirada atormentada en esos impresionantes ojos amatistas después. No había matado a Brandon, pero le había roto la mano sin ningún remordimiento.

Un escalofrío me sacudió.

El contraste entre lo que era y lo que podía ser, su infinita amabilidad y su inquebrantable frialdad, era sorprendente y, aunque ya había visto ambos lados de él, sabía exactamente lo que haría y hasta dónde llegaría para proteger a los demás.

Y escucharlo ahora todavía me sacude.

—Oye. —Kent me dio un codazo en el hombro—. Él hará lo correcto, cielito. Siempre lo hace.

Sorprendida de que Kent hubiera seguido mis pensamientos, me obligué a esbozar una frágil sonrisa mientras colocaba el vaso en la mesita. Como necesitaba algo que hacer con las manos, empecé a deshacerme los enredos del pelo con los dedos.

—Y puede que solo estuviera asustada. Quién sabe qué le ha ocurrido o por qué está enferma —razonó Kent—. No tiene por qué acabar de la peor manera posible. No siempre pasa.

¿Ah, no?

—Yo lo haría —dijo Emery, llamando mi atención. Nuestras miradas se encontraron y se sostuvieron—. Todos nosotros haríamos exactamente lo que Luc tiene que hacer. Yo mataría para proteger a los que me importan y a los que quiero sin dudarlo. Yo haría lo mismo para proteger este lugar y lo que hacemos aquí. También lo haría Kent. Al igual que Grayson. No es algo que queramos hacer, sino algo que tenemos que hacer. Ninguno de nosotros dudaría. Todos tenemos que vivir con eso.

Intenté tragar de nuevo, pero mi garganta parecía un desierto mientras asentía en señal de comprensión. Daemon había dicho lo mismo... y algo más.

Heidi se inclinó hacia Emery y le susurró algo, luego le besó la mejilla de tono aceitunado antes de echarse hacia atrás.

—No creo que lo que Luc ha tenido que hacer esté mal. Sin embargo, todos habláis de matar como si no fuera nada, pero sé que lo es para Luc, para todos vosotros, y que es una parte cotidiana de vuestras vidas. —Me puse a jugar con el pelo—. Para ser sincera, no sé qué pensar al respecto porque... todo esto es nuevo para mí.

—Y para mí. —Heidi enganchó el brazo de Emery con el suyo mientras su mirada se conectaba con la mía—. Este no es un mundo del que hayamos formado parte.

No, pero este sí era un mundo del que solía formar parte, cuando era Nadia. No tenía ni idea de si había aceptado con facilidad la naturaleza despiadada de la supervivencia o si también me había angustiado entonces.

O si lo había entendido mejor.

Pero solo había exigido a Luc que me dejara entrar, que me involucrara en este mundo. Yo no creía que no estuviera hecha para ello. Tan solo no me lo esperaba.

Emery rozó con los labios la frente de Heidi, y yo cerré los ojos, frotándome la sien con los dedos. ¿Había ofendido a Emery? Esperaba no haberlo hecho, pero ella tenía que entender que nada de esto era un Halloween normal para mí o para Heidi.

Por lo general comprábamos golosinas y hacíamos una maratón de películas de miedo. No solíamos ser testigos de cómo una chica se convertía en Dios sabe qué antes de arrojarse por una ventana.

—Bueno. —Kent tomó la palabra—. Menudo giro de los acontecimientos más incómodo.

Resoplé.

La puerta se abrió detrás de nosotros, poniendo fin al tenso silencio. Giré la cintura y el corazón me dio un vuelco cuando Luc entró en la habitación con Dawson detrás. La puerta se cerró de golpe mientras me aferraba al respaldo del sofá. La mirada de Luc conectó de inmediato con la mía. No podía leer nada en su expresión. Estaba totalmente inexpresivo.

—¿Habéis encontrado a la chica zombi? —preguntó Kent.

—No es un zombi —contestó Luc con un suspiro mientras daba la vuelta al sofá. Seguí su camino y me enderecé cuando se sentó a mi lado, lo bastante cerca como para que su muslo se apoyara contra el mío.

—Eso es lo que la gente sigue diciendo hasta que alguien atraviesa una puerta y empieza a comerte la nariz —replicó Kent.

Los labios de Heidi se curvaron mientras parpadeaba con rapidez.

—No la hemos encontrado. —Dawson se apoyó en la pared, cruzando los brazos—. Y hemos buscado por toda la ciudad.

—¿Cómo es posible? —La voz de Heidi se agudizó mientras se inclinaba hacia delante—. En el estado en el que estaba, ¿cómo es que sigue viva siquiera?

—Buena pregunta. —Luc se reclinó hacia atrás, echando un brazo sobre el sofá, detrás de mí—. Si todavía está en esta ciudad, se está escondiendo en algún lugar. Grayson y Zoe están revisando algunos sitios.

—¿Crees que lo que le pasó a ella es lo mismo que le pasó a Coop? —pregunté.

—No lo sé, Melocotón. —Su mirada se deslizó hacia mí, y sentí sus dedos cerniéndose sobre los mechones de mi pelo, encontrando el centro de mis hombros. Luc era siempre... un sobón, ya fuera por lo cerca que se sentaba, por rozarme la mano con la suya o por jugar con mi pelo. El acto parecía casi inconsciente, como si ignorara su necesidad de demostrar que yo estaba, en efecto, sentada a su lado. No me importaba. Si lo hubiera hecho, no se lo habría permitido. Para ser sincera, me gustaba porque había una parte oculta en mi interior que necesitaba el recordatorio de que él también estaba allí.

Pensé en lo que Emery y Kent habían dicho.

—Dijo que le habían hecho algo.

Sus ojos se encontraron con los míos.

—¿Qué?

No puede ser.

¿Luc tampoco la había escuchado?

Miré a Dawson, y parecía que tampoco sabía de qué estaba hablando.

—Me pareció oírle decir algo.

—¿Decir qué? —Me pasó los dedos por la nuca.

—Creí que había dicho: «Me han hecho algo», pero ¿no la oísteis ninguno?

Dawson negó con la cabeza.

La mirada de Luc buscó la mía con atención.

—No, Melocotón. No lo hemos oído.

¿Qué narices? ¿Me lo habría imaginado? Se me desplomaron los hombros. ¿Tal vez fue una alucinación auditiva? ¿O pensé que los sonidos que hacía eran palabras? La mente podía hacer eso, tomar sonidos y convertirlos en algo familiar.

Luc seguía mirándome, con las cejas fruncidas.

—¿Sabes? Me ha recordado un poco a la gente que Dédalo mutó con esos nuevos sueros. —Dawson se quedó con la boca abierta mientras miraba al suelo—. He visto bastante con mis propios ojos mientras estuve... con ellos.

Se me atascó el aire en la garganta. ¿Dawson había estado con Dédalo en algún momento? Recordé lo que Luc había dicho sobre los Luxen que habían sido retenidos por Dédalo y todas las cosas terribles en las que la organización les había obligado a participar. Cosas indescriptibles.

—Es parecido a lo que algunos de esos sujetos pasaron, pero no. Los que vi eran mucho más... sangrientos. —Dawson exhaló con fuerza—. Y Dédalo ya no existe, así que no puede ser eso.

—Pero eso no significa que alguien no haya puesto sus manos en sueros o inyecciones sobrantes, como ya sospechábamos. —Luc tenía ahora mi pelo entre el pulgar y el índice. Nadie en la habitación podía verlo, pero parecía que todo el mundo lo sabía porque yo era muy consciente de lo que estaba haciendo. Había algo relajante en su tacto y en el suave tirón de mi cuero cabelludo cada vez que me pasaba el pulgar por los mechones de pelo—. Es posible que eso sea lo que le haya ocurrido a ella.

—O tal vez..., Dios, no puedo creer que esté diciendo esto... Tal vez es algún tipo de enfermedad —señaló Emery, exhalando con fuerza—. No creemos que haya nada que podamos transmitir a los humanos, pero las cosas evolucionan, ¿cierto? O tal vez sea algo humano que aún no hemos visto. Todos habéis escuchado las noticias sobre la gente que enfermó de algo parecido a la gripe, ¿verdad? Los mató con rapidez y supuestamente tenían síntomas que ninguno de los médicos había visto antes. Vosotras ya habéis visto a alguien que murió en el instituto, y luego el otro chico se enfermó.

—¿Podemos reconocer que una gripe no hace eso? —Kent seguía apoyado en el brazo del sofá—. A menos que sea, sí, lo habéis adivinado, una gripe zombi.

Dawson esbozó una sonrisa.

—Levitó —le recordó Luc a Emery—. Directamente dejó el suelo. Eso es más supernatural que vírico.

Emery exhaló con fuerza.

—Tenemos que encontrarla, porque es la única manera de resolver esto.

En realidad, he tenido una idea. Una buena idea. Una inteligente. Una útil.

La emoción se apoderó de mí. Por una vez, podía ser realmente útil cuando se trataba de sus problemas en lugar de ser parte de su problema.

—Puedo hablar con... mi madre. A ver, si alguien sabe algo sobre Dé...

—No —me cortó Luc—. De ninguna manera.

Me puse rígida.

—¿Por qué no?

Desvió sus ojos hacia los míos, y esos ojos en tono amatista parecían tan duros como el granito.

—No quiero que hables de nada de lo que veas aquí con Sylvia Dasher.

Se me erizó la piel como si un ejército de hormigas rojas hubiera descendido sobre mí.

—Eso no tiene sentido. Ella ya sabe lo de Ryan y Coop, y si alguien sabe...

—Espera. —Dawson se apartó de la pared, desplegando los brazos mientras me miraba fijamente, con los ojos algo abiertos—. ¿Eres la hija de los Dasher? Creía que eras...

—Más o menos —contesté—. Es algo así como mi madre.

Un resplandor blanquecino comenzó a rodear el cuerpo de Dawson mientras se acercaba a mí. El centro de sus pupilas se volvió blanco, abarcando los iris hasta que sus ojos brillaron como duros diamantes.

No vi ni sentí a Luc moverse.

Hace un momento estaba tumbado a mi lado y, un instante después, estaba directamente frente a Dawson, cara a cara.

—Tienes que calmarte —le dijo Luc, con la voz tan suave como cuando había hablado con Sarah—. Evie no tiene nada que ver con Dédalo.

Dawson no respondió, pero Emery había retirado su brazo de Heidi, con todo su cuerpo tenso y preparado. Mientras tanto, a Kent parecía que le faltaba un cubo de palomitas para acompañar lo que es obvio que le parecía entretenido.

El resplandor blanquecino fulguró en torno a Dawson, y Luc se acercó a él, obligando al Luxen a dar un paso atrás.

—Ella no es su hija. No ha tenido nada que ver con ellos. Tienes que calmarte o tendré que hacer que te calmes. ¿Me entiendes? Espero que sí, porque la verdad es que no quiero que Bethany se quede viuda y la pequeña Ash sin padre.

—¡Luc! —jadeé, acercándome al borde del sofá cuando la advertencia de Daemon volvió a aparecer—. Joder. Eso es demasiado.

—No, no lo es. —Su respuesta fue un gruñido bajo—. Ni siquiera es suficiente.

Me quedé boquiabierta.

—Sí, lo es.

La débil luz que rodeaba a Dawson se desvaneció mientras pasaba un largo y tenso momento.

—Te entiendo, Luc.

—Bien.

Ninguno de los dos se movió durante un largo momento, y luego Dawson volvió a donde había estado de pie contra la pared, con la mandíbula vibrándole mientras su mirada esmeralda pasaba de Luc a mí.

—Lo siento, estoy un poco confundido.

—Bienvenido al club. —Kent sonrió mientras Luc volvía a su sitio junto a mí.

Heidi me miró, pellizcándose la nariz como siempre hacía cuando trataba de entender algo, y se me hundió el estómago. Como ella no sabía la verdad sobre mí, yo era consciente de que nada de esto tenía sentido para ella.

Dawson tenía todo el cuerpo tenso y estirado como si intentara contenerse.

Luc sonrió.

Me quedé mirándolo hasta que la curvatura de sus labios se desvaneció.

—Eso ha sido totalmente innecesario.

—Si supieras lo que le hicieron y lo que daría por vengarse tan solo un poco, entenderías lo necesario que era.

La sangre se me fue de la cara cuando miré a Dawson. No negó lo que había dicho Luc cuando sus ojos se encontraron con los míos. Si yo hubiera sido la verdadera hija de Jason Dasher o si Luc no hubiera estado aquí, ¿me habría hecho daño Dawson?

—No quiero que le cuentes nada a Sylvia —repitió Luc—. Nada, Melocotón. Absolutamente nada.

Las comisuras de mis labios se movieron hacia abajo.

—Ella trabaja con enfermedades infecciosas, y...

—Y trabajaba para Dédalo —me cortó, retirando su brazo del respaldo del sofá—. Es la última persona que necesita saber lo que ha pasado aquí.

—Trabajó para ellos en el pasado —le recordé mientras Kent levantaba la pierna de la silla y se enderezaba—. Y no formó parte de las cosas horribles que hicieron.

—Eso es lo que dice ella, Melocotón. Eso no significa que sea la verdad.

Se me tensó cada músculo de la espalda.

—¿No le crees?

Luc no respondió.

El Luxen de pelo oscuro de la esquina lo hizo.

—Nunca conocí a esta Sylvia, pero conocí bien a su marido, y también sé que quizás, en un principio, Dédalo tenía buenas intenciones. Querían erradicar las enfermedades y mejorar la vida de los humanos, pero no había una sola persona dentro de esa organización que no supiera en qué se habían convertido. Todos los de Dédalo eran plenamente conscientes de lo que hacían y de cómo desarrollaban sus sueros.

Apreté las manos entre las rodillas.

—Ella no. Lo juro. Sé que trabajaba para ellos, pero no lo entendéis.

¿Podría decirle a Dawson quién era realmente y qué había hecho para asegurarse de que Jason Dasher no hiciera daño a otra persona?

—Puede ayudarnos al menos a averiguar qué le pasó a Sarah —repetí—. Y no es que lo de anoche fuera un caso aislado.

—Ni de broma. —Luc se puso de pie una vez más—. Lo que ocurrió en el instituto no es lo mismo que lo que está pasando aquí.

El control que tenía sobre mi paciencia se perdió mientras lo miré desde abajo.

—La última vez que lo comprobé, no podías decirme lo que podía o no podía hacer. No puedes impedirme que haga nada.

Los ojos de Emery se abrieron de par en par mientras Luc giraba con fluidez, mirándome a la cara.

—Yo tengo voz y voto sobre lo que ocurre aquí, Melocotón. Eso no es lo mismo que decirte lo que tienes que hacer.

—Eso es exactamente lo mismo que decirme lo que tengo que hacer —espeté.

—No en mi mundo —respondió.

—En mi mundo, que es el de todos, sí lo es. —Me puse de pie, abriendo los brazos—. ¡No hay ninguna razón por la que no pueda decírselo, sobre todo cuando ella es con toda probabilidad la única persona en toda esta ciudad que podría averiguar lo que le pasó a esa chica, que todavía anda por ahí, por cierto, corriendo con venas negras varicosas y, con suerte, sin comerse la cara de alguien!

—Por el amor de Dios, la chica no es una zombi, porque los zombis no son reales.

—¿Pero los extraterrestres sí?

Me lanzó una mirada anodina.

—No confías en ella en absoluto, ¿verdad?

Luc inclinó la barbilla hacia mí, con la voz baja.

—Ni de lejos. No le confiaría ni un ratón de laboratorio —contestó, y yo jadeé porque me pareció excesivo—. No le confiaría ni siquiera a Diesel.

—¡Diesel es una maldita roca!

—Exactamente —replicó con suficiencia.

Sacudí la cabeza.

—Estás siendo ridículo.

—Estoy siendo inteligente. Deberías probarlo.

—¡Lo estoy siendo! —grité—. Y tal vez tú deberías intentar no ser un imbécil de mierda.

—No estoy siendo...

—Piénsalo bien antes de terminar esa afirmación, porque acabas de decir que estaba siendo estúpida —le corté.

Su pecho se levantó con una respiración profunda.

—Tienes razón. Eso ha estado mal. Lo siento —dijo, con los ojos encendidos de un intenso color violeta—. No debería haber dicho eso, y reconocerlo no cambia lo que ella es. Puede que tú hayas olvidado que te mintió y todo lo que te arrebató, pero yo no.

Curvé los dedos hacia dentro, presionándome las palmas de las manos.

—Tú también me has mentido, Luc, o, mira por dónde, ¿también se te ha olvidado?

—No me he olvidado nada de nada. —Se le habían endurecido las facciones, los labios apretados en una línea fina y dura—. Ella te arrebató la vida que conocías.

—Tú también me la arrebataste. —Me puse de puntillas y Luc se estremeció—. No puedes achacárselo todo a ella. —Hablé con una voz que apenas reconocí como mía—. Tú tomaste la decisión de entregarme a ellos. Tú...

—¿Cómo demonios puedes decir eso? Yo no te entregué a ellos, Evie. —Sus ojos eran ahora nubes de tormenta, agitadas y peligrosas—. ¿Es necesario que te lo recuerde? Hice lo único que podía hacer para salvarte la vida. Te estabas muriendo, y ese bastardo de Jason Dasher tenía una cura. Fue Sylvia quien exigió que me mantuviera alejado de ti después. Fue un trato que me obligó a hacer, porque si no accedía, habrías muerto. No te abandoné. Me mató alejarme.

Estremeciéndome ante sus palabras, rápidamente me di cuenta de que no debería haber dicho eso.

—Sé que no me entregaste a ellos. Lo siento. No debería haber dicho eso, pero eso no cambia el hecho de que también me ocultaste grandes secretos.

—Sí, porque seguro que me habrías creído si te lo hubiera contado enseguida.

—Eso no es excusa para mentir por omisión. —La verdad era que no le habría creído. ¿Quién lo haría? Pero ese no era el punto, porque toda esa situación me hizo darme cuenta de algo muy importante. Luc me mantenía en la oscuridad sobre muchas cosas, y yo había pensado que era para mantenerme a una distancia segura de las cosas peligrosas e ilegales que hacían aquí, pero ahora empezaba a pensar que no era la única razón. Era muy probable que me mantuviera en la oscuridad por culpa de mi madre—. Sigues sin contármelo todo, Luc. Incluso ahora sigues ocultándome cosas.

—¿Como qué?

—No me habías hablado de Sarah ni de lo que ocurrió con el otro Luxen. No me cuentas el noventa y nueve por ciento de las cosas que haces aquí, aunque tengas agentes que aparezcan por sorpresa, y apuesto a que eso pasa mucho, aunque solo sé de esa vez.

Luc apartó la mirada.

—Responde a esto: ¿vas a esos viajes? ¿Ayudas a trasladar a los Luxen?

Apretó la mandíbula.

—A veces lo hago cuando estás en el instituto. Viajes rápidos en los que Archer o Daemon vienen a encontrarse conmigo.

La bocanada de aire que tomé no fue a ninguna parte.

—Y nunca me has hablado de esto. —Comenzó a palpitarme el corazón en el pecho—. ¿Y si te pasara algo en uno de esos viajes? Ni siquiera lo sabría, Luc. No tendría ni idea. Simplemente te habrías ido.

Su mirada se dirigió a la mía.

—No te lo cuento porque no quiero que te preocupes.

Solté la verdad.

—¿Crees que no me preocupa ya, Luc? Lo que haces aquí es muy peligroso. Joder, tu propia existencia es peligrosa. No decirme nada no va a hacer que me preocupe menos.

Se le suavizó la línea de la mandíbula, al igual que el brillo de los ojos.

—No tienes que preocuparte por mí, Melocotón. Siempre voy a volver a ti. Te lo prometo.

El calor me sonrojó la cara. «Siempre voy a volver a ti». Aquella promesa me emocionaba y me enfurecía, me hacía sentir esperanzada y llena de temor.

Y entonces me golpeó la sensación más extraña del mundo. Lo había oído hacer esa promesa antes, ¿verdad?

—No te digo a dónde voy con esos Luxen ni a dónde los llevan porque saber eso te pone en peligro, y también te convierte en peligrosa.

—¿Me convierte en peligrosa? —Tardé un momento en darme cuenta de lo que quería decir, y no podía creerlo—. ¿De verdad crees que le diría a alguien lo que pasa aquí? ¿Que haría eso?

No respondió durante un largo instante.

—No creo que digas nada con maldad, pero el hecho de que confíes en Sylvia significa que hay cosas que no puedo confiarte.

Luc y yo nos enfrentamos, y me di cuenta de que todo el mundo había salido rebotado de la habitación como si fueran pelotas de goma. Estábamos solos, y no me había percatado hasta ese momento.

—Tengo que confiar en ella. Es mi madre...

—Sylvia no es tu madre.

Tomé una bocanada de aire con fuerza, sintiéndome como si me hubieran dado una bofetada en la cara porque lo que dijo se acercaba a lo que yo estaba sintiendo y a los pensamientos que ya me dejaban con la culpa y la confusión.

Madre. Hija. Solo palabras y etiquetas, pero palabras poderosas, palabras que iban más allá de la sangre.

Entonces me di cuenta mientras parpadeaba del incómodo ardor que tenía en los ojos. Había contado su parte de mentiras y guardado aún más secretos, al igual que Zoe y al igual que Luc. Las cosas estaban un poco incómodas entre Zoe y yo, y yo estaba empezando a encontrar mi camino con Luc, pero no era justo darles a ellos una oportunidad y no dársela a ella.

Porque, al fin y al cabo, era mi madre. Mantenía un techo sobre mi cabeza y mi barriga llena. Me colmó de amor y ánimo y fue mi madre en todo el sentido de la palabra.

—Es la única madre que recuerdo —dije, con un nudo en la garganta—. La quiero.

—Mierda. —Luc se pasó la mano por el pelo—. Evie, yo...

—Ella no ha tenido por qué cuidarme ni mantenerme durante estos años. Ya lo sabes. —Me aparté de él—. Tal vez tengas razón. Tal vez no se pueda confiar por completo en ella, pero sigue siendo mi madre, y yo sigo siendo su hija. Y no creo ni por un segundo que ella haría algo que me pusiera en peligro o me hiciera daño. Y me acabo de dar cuenta de que tú no confías en mí, y ni siquiera sé qué decir al respecto.

Luc se acercó a mí, pero levanté la mano mientras retrocedía hacia la puerta. Se quedó quieto.

—¿A dónde vas?

—A casa. —Atravesé la habitación—. Ya sabes, donde vive mi madre.

—Evie —me llamó, y me detuve, volviéndome hacia él—. Lo digo en serio. No le digas nada a tu madre.

Se me tensó la mano en el pomo, y si hubiera podido arrancarlo de la puerta, era muy probable que se lo hubiera lanzado.

—No tienes que repetirlo, Luc. Ya lo entiendo. Tranquilo.

Entonces cerré la puerta detrás de mí con la suficiente fuerza como para estar segura de que todo el mundo en el club pudiera oírlo.

Me ardían los pulmones cuando atravesé las puertas exteriores de Presagio con las llaves en la mano y salí al fresco de una noche de octubre. Respirando hondo el aire frío, agradecí la brisa que me bañaba la piel.

No podía creer que Luc me hubiera dicho eso.

No podía creer lo que yo le había dicho.

Y la verdad era que esperaba que Sarah no apareciera de la nada e intentara comerme la cara.

La ira zumbaba por mis venas mientras me obligaba a seguir caminando, con la mano libre abriéndose y cerrándose. Una parte de mí comprendía a la perfección por qué Luc tenía problemas de confianza cuando se trataba de mi madre. Eso no me sorprendía en absoluto. Mira lo que pasó durante la #movidadelsándwichdequesofundido. Pero ella se había disculpado, y él también, aunque ni siquiera le estaba dando una oportunidad. Peor aún, no confiaba en mí, y eso había sido un golpe.

Bajando por la calle hasta el lugar donde había aparcado, pasé por delante de varias tiendas cerradas, muchas de ellas con carteles de «Solo humanos». Sacudí la cabeza mientras caminaba por la acera. Qué...

La farola de la calle parpadeó por encima de mí, y luego la de enfrente hizo lo mismo. Ralenticé los pasos y después me detuve cuando la farola del final de la calle, cerca de donde estaba aparcado mi coche, también parpadeó.

Eso no era normal.

Y la última vez que las farolas habían hecho eso, había encontrado el cadáver de un compañero de clase.

Nop. No voy a repetir ese evento traumático.

Al girar sobre mis talones, me topé de bruces con un pecho a la altura de mi vista. Me quedé sin aliento y retrocedí un paso. Había un hombre delante de mí, tan cerca que podía sentir el frío que irradiaba.

Era mayor que yo, tal vez tenía unos veintimuchos. Su pelo era de un negro intenso, que se confundía con el cielo sin estrellas, y su piel era del color del alabastro. Sus ojos...

Eran del tono azul más pálido que jamás había visto, como si le hubieran despojado los iris de todo color.

Un escalofrío me recorrió la piel.

—Lo siento. —Di un paso atrás, con el corazón acelerado.

El hombre inclinó la cabeza hacia un lado, y su boca se volvió aún más fina mientras olfateaba el aire.

Oh, no.

Oh, joder, no.

Cuando la gente empezaba a oler el aire, no quería tener nada que ver con eso. Se me tensaron los músculos de las piernas mientras me preparaba para correr de vuelta a la discoteca por si acaso...

El pecho, cubierto con una camisa oscura abotonada, se dispersó. Todo su cuerpo se deshizo en una bocanada de humo negro como el tizón que se elevó varios metros del suelo. Gruesos bucles de niebla de medianoche palpitaron mientras la cosa retrocedía varios metros.

El terror más puro me estalló en el estómago cuando abrí la boca, pero no salió ningún sonido. Miré fijamente a la criatura.

Madre mía, sabía lo que era. Emery y Kent me habían descrito eso antes.

Había un Arum delante de mí.

Eran archienemigos de los Luxen, otra raza alienígena que había luchado contra los Luxen durante eones antes de que sus dos planetas fueran destruidos en una guerra, obligándoles a buscar refugio en la Tierra. Eran tan letales como los Luxen, pero por razones muy distintas.

Nunca había visto uno, pero sabía que era lo que estaba mirando, y eso significaba que tenía que huir de allí.

La masa sombría se recompuso, adoptando con rapidez la forma de un hombre. Durante un brevísimo segundo, no fue más que obsidiana brillante, una oscuridad opaca, y luego volvió a parecer un hombre.

Dio un paso y despegó los labios para revelar unos dientes rectos y extrañamente afilados.

15

¿En serio me ha preguntado qué era yo cuando acababa de convertirse en una maldita nube de humo palpitante?

—Soy humana —respondí, apretando las llaves. Estaba preparada para clavárselas en la cara si se movía un centímetro hacia mí.

La pálida mirada del Arum me recorrió.

—¿Estás segura?

Me quedé boquiabierta. ¿Que si estaba segura?

—Sí, totalmente segura, al cien por cien...

Espera.

No era cien por cien humana, ¿verdad? Tenía un poco de ADN alienígena en mí, gracias al suero Andrómeda. ¿Podría el Arum percibirlo? Eso tenía sentido, ya que me habían dicho que podían percibir a los Luxen, y había una pequeñísima parte de eso en mí.

Pero si él podía detectármelo, ¿el dron del CRA no habría dado con el ADN? ¿O es que los Arum eran más perceptivos?

—Oye —llamó Grayson desde la dirección del club, y el Arum se dio la vuelta—. ¿Eres tú, Lore?

¿Lore?

¿Eso era un nombre?

—Sí —contestó Lore, haciéndose a un lado.

—¿Con quién estás hablando...? —Grayson apareció a unos metros detrás del Arum, con el palito blanco de la piruleta asomándole por la comisura de la boca—. Ah, eres tú.

Dijo «tú» como si fuera una nueva enfermedad de transmisión sexual.

Entrecerré los ojos ante él. Suponía que no había encontrado a Sarah, ya que estaba aquí haciendo el tonto.

—¿La conoces? —Lore me miró por encima del hombro.

—Por desgracia —respondió Grayson—. Le pertenece a Luc.

—¿Perdona? —dije, parpadeando una, dos veces—. Yo no le pertenezco a nadie.

Lore levantó las manos, dando otro amplio paso para alejarse de mí.

—No le he tocado ni un solo pelo de la cabeza. Lo único que he hecho ha sido sobresaltarla. Por accidente. No a propósito. Me he portado bien.

Entrecerré los ojos.

Grayson resopló.

—Si lo estás buscando, está dentro. Avisa a Clyde y él llamará a Luc para que baje.

Tenía muchas preguntas, empezando por qué demonios hacían un Luxen y un Arum hablando de manera amistosa cuando se supone que eran enemigos mortales. ¿Y por qué iba a decir Grayson que yo le pertenecía a Luc?

—Nos vemos allí —dijo Grayson, dirigiéndose al Arum.

Lore asintió y se dio la vuelta para continuar hacia la discoteca, deteniéndose para echarme una breve mirada por encima del hombro, con su pálido rostro marcado por la incertidumbre.

Yo seguía de pie bajo las farolas que ya no parpadeaban, pensando en la noche en la que había encontrado el cuerpo de Andy. Había sido después de saber que no era Evie. Había ido a la fiesta de Coop y había quedado con James solo para tomar distancia de todo lo que se estaba desmoronando. Y fue entonces cuando supe que Zoe también era una Origin. Fue al salir de la fiesta cuando me topé con Andy. No había sido muy cercana a él, y él había estado acosando al joven Luxen Daniel, pero la forma en la que murió...

Despacio, levanté la mirada hacia la luz amarilla pálida. Las luces habían parpadeado y se habían apagado, y la temperatura había bajado de forma considerable la noche de la fiesta de Coop, igual que ahora. Pensé una vez más en cómo Micah había negado haber matado a Andy y a esa familia.

¿Y si hubiera sido un Arum?

Pero no creía que un Arum pudiera matar así, haciendo que pareciera que la persona había sido alcanzada por un rayo o quemada desde dentro.

Temblando, bajé la barbilla y miré alrededor de la calle oscura y vacía. ¿Y si Micah había dicho la verdad y había otro asesino entre nosotros?

Esos pensamientos se desvanecieron cuando me di cuenta de que no estaba exactamente sola.

—¿Has encontrado a Sarah?

Grayson se giró hacia mí. Nos encontrábamos a varios metros de distancia, y él estaba fuera del alcance de la farola, pero cuando habló, pude oír la sonrisa en su voz.

—¿Te parece que lo he hecho?

Apreté la mano con tanta fuerza que se me clavaron las llaves en la palma.

—Eres un imbécil.

—Me han llamado cosas peores.

—Seguro que sí.

Grayson estaba de repente delante de mí. Era casi tan alto como Luc, y se alzaba sobre mí. Cada instinto que poseía me gritaba que diera un paso atrás, y creo que él lo percibió por su sonrisa.

Me mantuve firme.

—No te tengo miedo.

—A ver, tú y yo sabemos que eso no es cierto. Bueno, a menos que haya sobrestimado tu inteligencia, lo cual es posible.

Todo mi ser ardía con el deseo de devolver esa sonrisa a la galaxia de la que procedía.

—Los humanos deberían tenernos miedo aunque vengamos en son de paz y sin mala intención. —El tono de su voz era burlón—. Después de todo, somos la forma de vida superior en este planeta.

—Vaya —dije—. Y yo que pensaba que nadie podría superar el ego de Luc.

—Y yo que me preguntaba por qué demonios está tan obsesionado contigo —replicó—. Le recuerdas a alguien que solía conocer. Lo entiendo.

Me dio un vuelco el corazón. Grayson no sabía quién era yo, pero ¿sabía lo de Nadia?

—Pero he pasado una cantidad ingente de tiempo durante los últimos tres años, más o menos, vigilándote. Eres tan aburrida y patéticamente humana que resulta irrisorio pensar que Luc pueda estar interesado en ti —continuó, y luché contra el impulso de poner los ojos en blanco—. Y aunque hay humanos que, por sorprendente que parezca, son interesantes, no hay nada único ni especial en ti.

Sus palabras me picaron como un avispón, más de lo que debían, pero me negué a demostrárselo.

—Dime lo que piensas de verdad, Grayson. No te reprimas.

La sonrisa en su rostro se desvaneció.

—Eres un riesgo para Luc y para lo que estamos haciendo aquí. Estamos salvando vidas, Evie. ¿Sabes lo que pasará si tu presidente se sale con la suya? Un genocidio al por mayor de mi gente. Eso es lo que tratamos de evitar aquí mientras tú andas por ahí, ¿haciendo qué? ¿Ir al instituto? ¿De fiesta? ¿Sacando fotos o saliendo con tus amigos y quizás, de vez en cuando, defendiendo a algún pobre e indefenso Luxen? No haces más que ponernos en peligro.

Me estremecí ante la dura verdad de lo que dijo. ¿Qué hacía yo? Una mierda, una soberana y reverenda mierda la mayoría de los días.

Grayson no había terminado.

—No eres solo una amenaza por ser quien es Sylvia Dasher, sino porque eres el eslabón más débil que puede y será explotado —dijo, y cada palabra que pronunció fue como una bofetada—. A pesar de la opinión popular, Luc no es indestructible. Cuanto más tiempo estés en su vida, más probable es que consigas que lo maten... o algo peor.

—Un *brunch* es un poco estúpido cuando lo piensas —murmuré mientras veía a Zoe sacar un trozo de nuez de su magdalena de chocolate—. Es que ¿por qué no simplemente almorzar? ¿Y por qué no pides una magdalena de chocolate normal, como yo, en lugar de sentarte ahí e ir expurgando las nueces?

Zoe levantó la vista, sonriendo.

—Estás de un humor maravilloso esta mañana.

Estaba de un humor terrible, nefasto, malísimo de narices.

Ni siquiera sabía por qué había aceptado quedar con Zoe el domingo por la mañana. No estaba para mucha compañía. Era obvio. Las palabras de Grayson seguían ardiendo en mí como un incendio. Lo que me había dicho la noche anterior había sido duro, pero también era cierto. Yo no era... fuerte. No como Zoe. No como ninguno de ellos. Incluso si fuera una malota con una catana, que no lo era, seguiría siendo el eslabón más débil entre ellos. Era una putada, pero era lo que había.

Y por mucho que odiara admitirlo, anoche me había quedado despierta tras volver a casa, esperando que Luc apareciera en la ventana de mi habitación, y no lo había hecho. No había venido. Ni me había enviado ningún mensaje.

Ni siquiera después de que consiguiera quedarme dormida y me despertara, jadeando por una pesadilla.

Suponía que seguía cabreado, y no sabía cómo sentirme al respecto. Yo también seguía enfadada, pero no estaba acostumbrada a que Luc se enfadara conmigo. En absoluto. Siempre había tenido la impresión de que, incluso cuando se irritaba conmigo, se alegraba de poder estar irritado conmigo, lo cual era un poco raro, pero, dada nuestra historia, también tenía sentido.

—Es que me gusta que las magdalenas tengan un poco de nueces. No un huevo. Es demasiado fruto seco. —Dejó caer la nuez sobre una servilleta mientras yo arrugaba la nariz—. ¿No te sientes bien? Normalmente ya te has tragado la magdalena entera a estas alturas. Espero que no te estés poniendo mala. —Abrió los ojos de par en par—. O que te hayas contagiado de lo que tenía esa chica.

—Bueno, si resulta que sí, al menos podré tirarme por la ventana y sobrevivir, así que algo es algo.

—Mírate, si hasta eres positiva.

Resoplé mientras jugaba con una pajita.

—No puedo creer que haya desaparecido. Es que ¿a dónde narices se ha ido?

—No lo sé. —Zoe suspiró mientras sacudía la cabeza—. Podría estar en cualquier parte. Tal vez se haya ido a algún sitio y se haya muerto.

La pesadumbre se apoderó de mí.

—Dios, sé que había algo muy malo en ella, pero odio la idea de que alguien muera solo de esa manera. Estaba asustada, Zoe. No tenía ni idea de lo que le estaba pasando.

—Lo sé.

—Emery parecía pensar que tenía ese virus raro que vimos en la televisión, pero si los Luxen no pueden hacer que los humanos se pongan enfermos, e incluso si fuera alguna cosa no relacionada...

—No les hace hacer eso. —Zoe asintió—. A menos que sea una locura total. Quiero decir, algo que alguien creó, pero ahora que no existe Dédalo, eso no tiene sentido.

Lo que significaba que lo único que teníamos era un montón de preguntas y absolutamente ninguna respuesta.

Hice mi magdalena a un lado.

—Vi algo muy extraño cuando me fui anoche; no tan extraño como lo que le pasó a Sarah, pero sí raro.

—Como estabas cerca de Presagio, eso podría ser literalmente cualquier cosa.

—Es cierto, pero vi a un Arum. De hecho, hablé con él.

—¿Lore? ¿Te encontraste con él?

Parpadeé mientras dejé de mover los dedos alrededor de la pajita.

—¿Lo conoces?

—No muy bien, pero los he visto a él y a su hermano una o dos veces, su hermano Hunter. No el otro hermano psicótico —explicó—. Estaba allí cuando volví.

—Estoy un poco confundida. Creía que los Arum eran los malos. Los archienemigos de los Luxen.

—La mayoría lo son, pero no todos los Arum se dedican a asesinar gente y a alimentarse de Luxen reticentes. Algunos son como los Luxen, tratan de encontrar un lugar en este mundo y de ganarse la vida.

—¿Hay Luxen dispuestos a que se alimenten de ellos? Eso suena... a fetiche. ¿Y Lore es uno de esos Arum?

—Si no lo fuera, no estaría vivo ahora. —Zoe sonrió con fuerza—. Luc no lo toleraría si hiciera daño a la gente.

Muy bien entonces.

—Lore nos ayuda de vez en cuando —explicó—. A trasladar «paquetes» y cosas. Estaba allí para ayudar a Dawson a trasladar al resto del grupo, ya que tuvieron problemas.

Tomé un rápido sorbo.

—¿Y tú los ayudas a trasladar paquetes o solo eres la niñera de Evie todo el tiempo?

—No soy la niñera de Evie. Más bien su mejor amiga —dijo, apoyando los brazos en la mesa—. Pero los he ayudado en el pasado.

—¿Eso... te asusta? —pregunté, manteniendo la voz baja—. Es decir, la gente cree que eres humana, pero si te encuentran trasladando a Luxen no registrados, no importaría aunque lo fueras.

—Es... algo de lo que preocuparse, pero no hacer nada para ayudar a esta gente es peor —respondió—. Esta es la cuestión, Evie. Nadie sabe en realidad a dónde van estos Luxen no registrados cuando los capturan. ¿Están encerrados en algún lugar? ¿Se los mantiene en instalaciones? ¿Los matan? No lo sabemos, pero lo que sí sabemos es que no los registran y los devuelven a la sociedad. Nunca se los vuelve a ver.

Había una parte ingenua de mí que quería creer que los Luxen que habían sido capturados estaban ahí fuera, en algún lugar seguro, porque era más fácil vivir con eso. Pero *ingenuidad* no era sinónimo de *estupidez*. Después de todo lo que había aprendido, ahora lo sabía.

Me senté de nuevo y miré la vitrina de productos horneados cuando entró un hombre con dos niños pequeños. «No haces más que ponernos en peligro». Apreté los ojos un instante mientras las palabras de Grayson me perseguían.

—¿Puedo ayudar? Me refiero a los paquetes.

Zoe me sonrió mientras le caía un rizo sobre la mejilla.

—Ya estás ayudando.

—¿Cómo?

—Siendo mi mejor amiga.

—Eso no es ayudar. —Suspirando, me acomodé el pelo detrás de la oreja—. Estoy segura de que puedo hacer algo.

Zoe se inclinó hacia delante.

—Ser mi mejor amiga sí es de ayuda. No tienes ni idea de lo que significa ser normal.

En realidad, sabía exactamente lo que era ser normal.

—He crecido en un laboratorio, Evie. Mis clases eran habitaciones blancas con niños que fueron criados y diseñados para ser los soldados perfectos. No tenía una familia con la que hablar. No tenía amigos con los que ir a almorzar porque no podíamos ser amigos, no cuando teníamos que luchar unos contra otros para demostrar que éramos los mejores. Y había que ser el mejor. Si no, las consecuencias eran... extremas.

—Zoe —susurré, con un nudo en el pecho por ella, por todos ellos.

—Cuando Luc me liberó, mi vida comenzó, pero en realidad no sabía lo que era vivir hasta que os conocí a ti, a Heidi y a James —dijo—. Cuando estoy en el instituto o salgo con vosotros, me siento normal. Siento que soy más que lo que sea que me crearon para ser. No tienes ni idea de cuánto ayuda eso.

Me acerqué a la mesa ovalada y le puse la mano en el brazo.

—Lo sé, y me alegro de poder dártelo. Es que no quiero ser un peligro ni una inútil, ¿sabes? Solo quiero ser de ayuda.

Su mirada buscó la mía.

—¿Por qué ibas a pensar que eres inútil o un peligro? Eres una de las personas más fuertes que conozco.

—Aprecio que pienses así, pero de ninguna manera soy una de las personas más fuertes que conoces.

—Descubriste la verdad sobre ti, tu madre y sobre mí, y sobre Luc también. Te enfrentaste a un Origin psicótico y te pusiste de pie, te sacudiste el polvo de encima y te enfrentaste a él. La mayoría de la gente, incluida la de mi clase, se estaría meciendo en algún rincón. Y no solo eso, cuando pensaste que podía resultar herida, no te lo pensaste dos veces antes de asegurarte de que estaba fuera de peligro —me recordó—. No te das suficiente crédito. ¿Sabes por qué? Deja que te lo diga.

Oh, no. Zoe estaba a punto de darme una charlita.

—Es por toda la mierda de ideales sobre ser fuerte que nos meten en la cabeza. Las películas. Los libros. La televisión. Las revistas. Una pensaría que después de que el mundo casi se acabara, la gente habría entrado en razón, pero no. Todavía tenemos la creencia de que una chica solo puede ser fuerte si es una asesina.

Me recliné.

—¿Qué nos está enseñando eso a las chicas? ¿Que si no eres físicamente fuerte, si no puedes dar puñetazos, eres débil? ¿Que si te sientes abrumada o tienes emociones, no eres fuerte? ¿O que si no tienes emociones, algo está mal en ti? Eso es una mierda, y no es realista. —Se le tensaron los hombros—. La verdadera fuerza no reside en los músculos o en la habilidad mortal. Reside en tu capacidad para levantarte y seguir adelante después de que la mierda empieza a oler. Eso es la fuerza.

—Está bien, Zoe. Estoy completamente de acuerdo.

Ella exhaló con fuerza.

—Dios, soy sobrehumana, e incluso yo misma me pregunto si puedo leer un libro o ver una película donde la chica es de verdad, no sé, un ser humano normal. Y no me hagas empezar con toda esa mierda de que te gusten los chicos o que te gusten las chicas, porque despotricaré hasta el día que me muera sobre la misoginia interiorizada que hay detrás de todo eso.

—Vale. Cálmate. —Le di una palmadita en el brazo y después tomé mi refresco, dándole un enorme trago—. La gente está empezando a mirarnos.

—Pues que miren. —Se recostó en su silla—. Es que no soporto la idea de que te sientas así contigo misma.

—Lo siento. Es que... No sé. —Sonreí con fuerza—. No hay nada que podamos hacer para averiguar qué le pasó a Coop, ¿y cómo puedo ayudar a buscar a Sarah? Supongo que... estoy de un humor raro, así que no deberías hacerme mucho caso ahora mismo.

Zoe me observó mientras se apartaba un rizo suelto de la cara.

—¿Tu extraño estado de ánimo tiene algo que ver con la épica pelea que tuvisteis Luc y tú anoche?

Me encogí de hombros sin entusiasmo.

—Me enteré de que querías hablar con Sylvia por lo de Sarah. —Siguió expurgando su magdalena—. Y a Luc no le hizo mucha gracia.

—Por decirlo de manera suave —respondí secamente.

—Desde luego. —Expurgó la magdalena—. Pero entiendes por qué, ¿verdad?

Un movimiento zumbante me llenó el estómago. El motivo detrás de lo que me había pedido Luc era lo único en lo que había pensado la noche anterior.

—Sí lo entiendo, y al mismo tiempo no lo entiendo.

—¿A qué te refieres?

Bajé la vista hacia mi propia delicia de chocolate.

—Entiendo que Luc no confíe en ella. De verdad que sí. Pero tengo que creer en lo que me dijo ella, Zoe. Que no ha tenido nada que ver con las cosas horribles que ha hecho Dédalo.

Zoe no dijo nada mientras se metía un trozo de magdalena en la boca, masticando despacio.

—¿Qué? —dije, leyendo la duda en sus rasgos. Me incliné hacia delante, bajando la voz—. ¿Sabes una cosa? Luc dijo que no era mi madre.

—Y fue un idiota por decir eso. Se pasó.

—Sabes que ella fue la que mató a Jason, ¿verdad? Fue ella. No Luc. Todo su matrimonio se desmoronó cuando ella se enteró de lo que él formaba parte.

Tardó en responder.

—Sé todo eso, Evie, pero...

—Pero ¿qué?

Zoe se metió la mitad de su magdalena en la boca.

—Pero ¿qué pasa si no está diciendo la verdad?

Abrí la boca.

—Escúchame, Evie. No lo sabemos. Tú tampoco, y Luc, con lo que hace, corre un riesgo demasiado grande.

—Ya lo sé. —La irritación me punzó la piel.

—Esa es la cuestión. Podría haber estado metida hasta el fondo en todas las cosas de Dédalo y haber cambiado de opinión. O podría no haber tenido nada que ver con los horribles experimentos. Simplemente no lo sabemos.

Zoe tenía algo de razón.

—Lo entiendo, pero tengo que creerle. No ha hecho nada para demostrarme que lo que me ha dicho es mentira. ¿Y por qué habría de serlo? ¿Por qué me acogería, me curaría...?

—¿Y te daría falsos recuerdos de la verdadera Evie? —Su voz era baja, pero sus palabras me golpearon como un trueno—. ¿Por qué haría eso?

El hielo sustituyó al calor, inundándome las venas. Esa era una pregunta que me había hecho demasiado a menudo, incluso después de que me diera una respuesta.

—Creo que... solo echaba de menos a la verdadera Evie.

Zoe se quedó callada durante un largo momento.

—Puedo entender eso... hasta cierto punto. Lo entiendo, no me malinterpretes. Pero tú tenías una vida antes de conocerla. Tenías amigos, amigos que eran tu familia. Gente que te quería y que te echaba de menos. ¿Por qué no te curó y te devolvió tu vida dejando entrar a Luc hace cuatro años?

Creí que iba a vomitar.

Lo que Zoe estaba diciendo era algo que se colaba en mi mente a altas horas de la noche, pero era algo que casi no podía permitirme pararme a pensar.

—¿Por qué hizo ese trato? —continuó Zoe, enrollando su servilleta—. No estoy tratando de hacerte sentir mal, pero nunca entendí por qué insistió en que te convirtieras en otra persona.

La grave puñalada en mi pecho se sintió demasiado real mientras levantaba una mano, arrastrando los dedos por mi cabello.

—No es lo único que no entiendo.

—¿Hay más? —Una risa temblorosa se me escapó.

Zoe me miró fijamente durante un largo momento.

—¿Dónde estuviste entre el tiempo en el que Luc te llevó a Sylvia y cuando te matriculaste en el instituto?

Parpadeé.

—¿Cómo? ¿Qué quieres decir?

Alzó las cejas.

—¿Luc nunca te lo preguntó? ¿Nunca lo mencionó?

—No. Bueno, me dijo que me llevó a ellos y que hizo el trato, pero yo no tenía una cronología de los acontecimientos ni nada de eso.

Tensó la mandíbula mientras miraba hacia otro lado.

—Luc te llevó a Sylvia en junio, más o menos un mes después de que terminara la invasión, y nadie te volvió a ver hasta que empezaste el instituto en noviembre. Fue el primer día que abrieron los institutos después de la invasión.

Fruncí las cejas.

—¿Cómo dices?

—No lo sé. —Levantó las manos—. ¿Recuerdas ese verano? Es decir, ¿más allá de tener recuerdos vagos?

Comencé a decir que sí, pero ¿era cierto? Los recuerdos después de la invasión eran breves y vagos. Recordaba... quedarme mucho tiempo dentro de casa, encerrada con libros y... viendo la televisión cuando todo empezó a funcionar de nuevo. Sin embargo, cuanto más pensaba en esos recuerdos, más se diluían. Aparecieron agujeros, grandes lagunas de tiempo en las que no podía decir exactamente qué había estado haciendo. Solo destellos de estar sentada frente a una ventana o en el sofá con un libro y la sensación de... esperar.

Antes de saber quién era, había recordado lo suficiente como para no cuestionar la vaguedad de mis recuerdos, pero ¿ahora?

Ahora sabía demasiado como para no cuestionarla.

—No recuerdo nada que parezca... concreto. —Levanté mi mirada hacia la de Zoe—. ¿Estás diciendo que estuve desaparecida durante ese tiempo?

—No sé si *desaparecida* es la palabra correcta, pero Luc tenía los ojos puestos en esa casa desde el principio. No te vio. Eso no quiere decir que no estuvieras allí o que no te fueras, pero es extraño. —Se sentó, cruzando los brazos—. Las decisiones de Sylvia fueron simplemente... extrañas.

De repente, pensé en lo que mi madre me había dicho antes de mostrarme las fotos perdidas de la verdadera Evie.

«Ojalá hubiera tomado otras decisiones para que tú pudieras haber hecho otras».

Había pensado que ella estaba hablando de Luc.

Pero ¿y si estaba hablando de algo completamente distinto? Y si Luc tuvo los ojos puestos en esa casa durante los meses entre los que me llevó allí y cuando fui al instituto, ¿por qué demonios no había sacado el tema?

¿Qué sabía él?

—¿Qué eres?

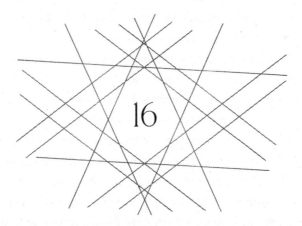

16

Cuando dejé a Zoe, no me fui a casa. Yo solo... no podía en ese momento, así que conduje hasta Centennial Lake e hice algo que no había hecho en mucho tiempo.

Con mi cámara en la mano, comencé a hacer fotos de todos los tonos rojizos y dorados del otoño. Mi cámara era una especie de escudo, y estaba de nuevo delante de mí, manteniendo una barrera entre el mundo y yo y formando una barrera dentro de mí. Lo necesitaba, porque lo que había dicho Zoe se me había tatuado en la piel, se me clavó en los huesos.

¿Por qué mi madre me dio la vida de Evie?

Pasé la mayor parte de la tarde allí, y me marché justo cuando el crepúsculo se deslizaba por el cielo. Salir, hacer algo que me gustaba, me ayudó a calmar la inquietud que me asolaba. No tenía una mejor comprensión de todo o una claridad repentina, pero me sentía más yo de lo que me había sentido desde hace semanas.

Quienquiera que sea yo.

Cuando llegué a casa, mi madre no estaba, y acabé de pie en la cocina, arrastrando los dedos por el frío granito de la isla, sintiendo que debería estar haciendo algo... más. Otra cosa.

Algo con un propósito.

Como salir a buscar a la todavía desaparecida y posiblemente zombificada Sarah, pero ¿por dónde iba a empezar a buscar? Si Luc, Grayson y Dawson no habían podido encontrarla, ¿cómo iba a poder hacerlo yo?

Con la piel demasiado tensa y con picores, me giré despacio en la cocina. Mi madre había conseguido por fin velas nuevas para reemplazar las que se habían dañado. Estaban colocadas en el centro, como gruesos pilares blancos sobre portavelas de madera gris desgastada. El piso de abajo por fin tenía el mismo aspecto que antes de que apareciera Micah.

Recogí mi teléfono de donde lo había dejado en la encimera y abrí los mensajes de texto. Posé el dedo sobre el último mensaje que Luc me había enviado el viernes después del mediodía, que había sido otra extraña perorata sobre cómo los mapaches no reciben suficiente amor.

Mis dedos volaron sobre el teclado, escribiendo las palabras: «¿Por qué me dio la vida de Evie?».

Pero no lo envié.

Porque no estaba segura de qué era peor: que Luc no lo supiera o... que Luc supiera exactamente por qué.

Suspirando, borré el mensaje y me dirigí al salón, recogiendo la cámara del respaldo del sofá. Me fui a mi dormitorio y coloqué el teléfono en la mesita de noche junto a Diesel. Mi libro de Historia estaba abierto en la cama. Sabiendo que tenía un examen dentro de poco, debería haber estado estudiando, pero estaba demasiado inquieta para eso.

En su lugar, me senté y encendí la cámara. No había mirado ninguna de las fotografías que había tomado en las últimas semanas, ni siquiera las de Luc, y ¿qué era mejor que pasar las fotos sin pensar?

En ese momento, no había nada.

Al volver a ver las fotos que le había tomado a Luc, me di cuenta al instante de que había tenido razón cuando las hice. Todas esas llamativas líneas de su rostro se habían comunicado a través del objetivo.

La fotografía en blanco y negro de él era mi favorita. Había algo en los colores monocromáticos que le daba un toque puro y brutal. Las comisuras de los labios se me torcieron mientras seguía ojeando las fotos. Hacía años que no las subía ni las miraba en la cámara, pero aun así me sorprendí cuando encontré las fotos que había tomado el día en el que mi compañera Colleen había sido encontrada muerta en un baño del instituto.

Dios, me había olvidado de que las había hecho.

Seguí echándoles un vistazo mientras un nudo de emoción se me agolpaba en la garganta. Ver esas fotos era como volver a ese momento, inundada de confusión y de miedo. Las caras de las fotografías estaban borrosas mientras parpadeaba rápidamente para aclararme la vista. Las imágenes de sus sombras en el pavimento me golpearon con fuerza.

Eso fue lo que sentí.

Yo era la sombra y no la persona.

Madre mía.

Fue un pensamiento deprimente y un poco exagerado.

Apretando los ojos, exhalé con fuerza. Tenía que organizar mi vida. En serio. Estaba viva. Podría ser mucho peor. Podría estar muerta.

Comencé a pasar las fotos de ese día cuando algo raro me llamó la atención.

—¿Qué demonios? —susurré.

La última foto era de un pequeño grupo. Uno de ellos era Andy. Dios. Se me retorció el pecho. Había algo surrealista en ver una foto de alguien días antes de morir y pensar en que no tenía ni idea de que sus días estaban contados, pero eso no fue lo que me llamó la atención. Fue quien estaba de pie junto a él.

April Collins, y había algo raro en ella en la foto.

Frunciendo el ceño, amplié la imagen. Era como si hubiera dos April. Una era normal... Bueno, todo lo normal que podía ser April. Alta. Esbelta. Con el pelo largo y rubio recogido en una coleta alta. Y otra que estaba justo detrás de ella, como una sombra superpuesta. Volví a mirar las fotografías y no vi nada parecido en ninguna otra que hubiera tomado ese día, y eso era muy extraño.

No era la primera vez que veía una foto así de ella. Volviendo a la imagen que le había sacado en el parque, miré la foto de April junto a los columpios, con su hermana pequeña.

Lo mismo. Parecía que una sombra estaba detrás de ella.

—Qué raro —murmuré, volviendo a la foto del instituto. Recordé que había tomado otra fotografía de ella, cuando había estado protestando en el aparcamiento.

Apresurándome a buscar entre las fotos, encontré la imagen. Allí estaba April, con el pelo recogido, la cara torcida, ya que la había sacado en medio de un grito. La ira prácticamente vibraba a través de la fotografía. Y su ira no era lo único que había captado.

La extraña sombra, casi como una superposición, también era visible. Era un fenómeno de lo más insólito.

Pensé en lo que había visto fuera de la fiesta de Coop, justo antes de encontrar el cuerpo destrozado de Andy, y en lo que había visto cuando Lore apareció fuera de la discoteca. Los Arum eran como sombras... sombras que ardían, una oscuridad que se enhebraba con la luz. Todos los demás estaban convencidos de que yo había visto a Micah la noche en la que encontré a Andy o que me había confundido con lo que había visto, pero...

—Mierda —susurré—. ¿April es una... Arum?

Me tragué una risa algo nerviosa. Sabía que sonaba ridículo, pero April odiaba a los Luxen. Y era una especie de encarnación del mal.

Me aparté un mechón de pelo de la cara mientras miraba la extraña imagen de April. Eso sí, había muchos agujeros en mi teoría. Si April era una Arum, ¿no lo percibiría Zoe? ¿Y los otros Luxen? Además, creía que Emery había dicho que los Arum no solían mezclarse con la población humana, que mantenían las distancias.

Pero si no se trataba de un fallo en la fotografía aleatorio y extraño, ¿qué podría ser?

Una idea me vino a la mente en algún momento entre Inglés y Química a la mañana siguiente, mientras hacía lo posible por no estresarme por toda la discusión con Luc ni obsesionarme con lo que me había dicho Zoe. Lo que significaba que estaba de un humor rarísimo, pero algo productivo.

Necesitaba otra foto de April, de ser posible tomada en el interior para ver si había ese extraño efecto de superposición, y sabía exactamente dónde encontrar una.

En los anuarios.

No tenía ni idea de si había comprado uno el año pasado, pero la biblioteca del instituto tenía montones de ellos.

Durante el almuerzo, me desvié. Entré en la biblioteca, fría y con olor a almizcle, y me dirigí a la izquierda, cerca del mostrador principal, donde se guardaban todos los anuarios.

En el fondo de mi mente, sabía que mi repentina obsesión por April tenía más que ver conmigo que con ella. Esa pequeña y molesta voz en el fondo de mi cabeza me decía que me estaba centrando en ella porque era mucho más fácil que centrarse en todo lo demás.

Pero me daba igual.

Hojeando las fotos brillantes, encontré de inmediato el lugar en el que la foto de April debería haber estado encajada, entre Janelle Cole y Denny Collinsworth.

No había ninguna fotografía de April de primero de Bachillerato.

Cerré el anuario, lo volví a colocar en su sitio y agarré el de hace dos cursos. Unos segundos después, estaba mirando una foto de April, tomada en cuarto de la ESO, y en efecto era ella. Su nombre estaba debajo de la foto. Llevaba el pelo rubio muy recogido y los familiares labios rojos se curvaban en una amplia sonrisa.

Esa fotografía de April era normal. No había ningún efecto extraño de sombra. Luego revisé las de tercero de la ESO y encontré otra normal.

Dos fotografías normales y una que faltaba. ¿Significaría algo eso? La verdad era que no tenía ni idea, pero entendía lo suficiente del tema como para saber que el efecto raro que solo se producía en las fotos de April era muy extraño.

En lugar de dirigirme a la cafetería, encontré un asiento junto a las ventanas que daban al patio y saqué la cámara de la mochila. El bajo zumbido de los ordenadores y de las luces del techo solo se veía interrumpido por algún estornudo o risa ocasional. Había algo relajante en la quietud de la biblioteca, y después de haber dormido solo dos horas la noche anterior, seguro que era mejor que estuviera allí sentada y no con mis amigos.

No es que los estuviera evitando, pero necesitaba, no sé, silencio.

Encontré una bolsa de patatas fritas guardada en la mochila y me las comí mientras encendía la cámara y empezaba a echar un vistazo a las fotos del lago. No las había visto el día anterior.

Me pareció que eran bastante buenas. Aunque tampoco es que haya que tener mucho talento para hacer fotos de árboles. Pero ¿las fotografías de Luc? Eran increíbles. Quería imprimirlas y enmarcarlas, aunque, sí, sonaba raro. Seguí ojeando las fotos y me encontré con la primera imagen extraña de April.

Me deslicé hacia abajo en el asiento y me metí otra patata frita en la boca mientras la contemplaba. Las tres fotos se tomaron en el exterior. Las dos únicas fotos de April en interiores eran de hace más de un año. ¿Significaría algo eso? Tal vez. O puede que no. Me metí otra patata en la boca al caer en la cuenta de que April siempre reaccionaba con intensidad a la idea de que le hicieran una foto, incluso cuando éramos amigas. La chica había reaccionado con un poco de exageración en el aparcamiento. Como si tuviera algún...

—Hey.

Pegué un salto al oír la voz de Heidi y casi se me cayó la cámara al levantar la vista y ver su pelo carmesí trenzado.

—Hola.

Arqueó las cejas.

—¿Eso es todo lo que tienes que decirme?

—Mmm... —Miré a mi alrededor—. ¿Buenas tardes? —Hice una pausa—. ¿Quieres una patata frita?

Me lanzó una mirada anodina mientras se dejaba caer en el asiento de al lado.

—¿Qué estás haciendo aquí?

—Estaba mirando algo. —Me encogí de hombros—. Y no tengo mucha hambre.

—Eso son tonterías. Para empezar, siempre tienes hambre.

En realidad era cierto, pero murmuré:

—Vaya. Gracias.

—Nunca te quedas en la biblioteca durante el almuerzo. —Apoyó la barbilla en la palma de la mano—. Estoy preocupada por ti.

—¿Y eso? No tienes por qué.

—¿De verdad? —La mirada en su rostro decía que sí que debería saber el motivo—. Las cosas se pusieron muy raras el sábado por la noche y luego un poco feas. Y sé que has pasado por mucho últimamente, en especial con todo el asunto de Micah.

Abrí la boca, pero la cerré. Puede que supiese lo de Micah, sin embargo, eso era solo la punta del iceberg.

—No deberías preocuparte.

—¿En serio? ¿Luc y tú seguís enfadados?

Sacudí la cabeza, suspirando mientras jugueteaba con la cámara.

—Todo está bien con Luc. —No era exactamente cierto—. Es que no tengo ganas de socializar en este momento.

—Está bien no tener ganas de socializar de vez en cuando. —Hizo una pausa—. Luc dijo algunas cosas extrañas el sábado por la noche sobre tu madre.

Mierda.

Se me había olvidado que había sido testigo de parte de eso.

Desviando la mirada, me esforcé por no vomitar una cantidad ingente de palabras y contárselo todo: que yo no era Evie Dasher, que sentía algo por Luc y que era muy probable que la única mujer que conocía como mi madre no hubiera sido del todo sincera conmigo, y que... me sentía una inútil.

Y mientras estaba allí sentada, tuve esa repentina sensación de claridad que había estado esperando que llegara el día anterior en el lago. Me había sentido así mucho antes de conocer la verdad y antes de que Luc volviera a mi vida. Era como si estuviera haciendo lo mismo todos los días, existiendo, pero sin vivir de verdad, inquieta y sin una dirección.

¿Podría ser porque me habían metido en la vida de otra persona?

Hombre, claro. Ahora parecía obvio.

De cualquier manera, Heidi merecía saber la verdad.

—Es una historia muy larga.

—Tenemos tiempo.

—No creo que tengamos suficiente tiempo para todo, pero mi madre... He descubierto que no es mi madre biológica —dije, manteniendo la voz baja.

—¿Te adoptó o algo así?

—Más o menos.

Estaba frunciendo el ceño cuando la miré.

—¿No me dices lo que pasa porque no te conté que Emery era una Luxen?

—No. No, en absoluto. Es solo que... en realidad es un poco complicado, pero... Yo no... No sé cómo decirlo. —Apreté la cámara con las manos—. Vale. No soy Evelyn Dasher.

Aunque no la miré, me di cuenta de que ella sí me estaba mirando a mí.

—¿Cómo dices?

Respirando profundamente, le conté la... verdad. Que antes me llamaba Nadia Holliday y que había vivido con Luc hasta que enfermé. Me llevó casi todo el almuerzo explicarle qué era el suero Andrómeda y cómo me convertí en Evie.

Cuando terminé, Heidi me estaba mirando fijamente, con la boca abierta.

—Joder, Evie... Quiero decir, Nadia. ¿Cómo se supone que debo llamarte?

—Evie, supongo. A ver, Nadia me suena raro. No soy ella... Bueno, sí lo soy, pero soy Evie.

—Sí. Eres Evie. —Negó despacio con la cabeza—. No sé qué decir.

Me reí en voz baja.

—Bienvenida al club.

—Es una locura —dijo, y me recorrió con la mirada como si buscara alguna señal de que yo no era quien ella creía—. Lo que Dédalo fue capaz de hacer, ¿sabes? Algunas cosas son casi milagrosas. Fueron capaces de salvarte la vida, pero luego hicieron todas estas cosas horribles. Es... es muy fuerte.

Lo era.

—He estado pensando en ello. Creo que todo tiene un lado bueno y uno malo, y Dédalo no era distinto. Puede que salvaran muchas vidas, pero nada de eso compensa las cosas terribles que hicieron. Tal vez por eso mi madre trabajaba para ellos, por el bien que hizo..., que hicieron en un momento dado.

—No puedo creer que sea una Luxen. Madre mía. —Heidi se rio de repente—. ¿Es por ese motivo por el que Zoe nunca iba a tu casa cuando tu madre estaba allí?

Asentí con la cabeza.

—Sí, mi madre habría sabido lo que era. Zoe se mantuvo alejada.

—Joder. —Se pasó una mano por los finos mechones de pelo que le enmarcaban la frente—. Madre mía, Evie.

Hice una mueca con los labios.

—Lo sé.

—Tiene algo de sentido, al menos la parte de Luc. Cómo estaba contigo. Emery no podía entenderlo. Desde que lo conoce, nunca ha sido como es contigo con nadie más.

Apretando los labios, tomé una pequeña bocanada de aire y luego cerré los ojos, diciendo algo que realmente no me permití pensar.

—Me gusta, Heidi.

—Lo sé.

Sacudí la cabeza, manteniendo los ojos cerrados.

—Las cosas con él son complicadas. Me gusta. Puedo sentirlo aquí. —Levanté la mano hacia el centro de mi pecho—. Me gusta Luc y sus estúpidas camisetas y sus ridículas frases para ligar, Heidi. Son tan malas que no tienes ni idea. Y me gusta la forma en la que me mira, como... —Se me cortó la voz—. Me mira como tú miras a Emery. Y me gusta la forma en la que me hace sentir especial. Me gusta que sea divertido y que sea superinteligente. Incluso me gusta... lo poco que se arrepiente de las cosas, aunque eso esté mal. Ni siquiera me importa. Sé que me gusta Luc, y ahora está enfadado conmigo.

—Todo eso está bien, Evie. No la parte de que Luc esté enfadado contigo, sino todo lo demás.

Poco a poco, abrí los ojos.

—Sé que me gusta por quién es, pero a él le gusto por lo que fui.

La comprensión apareció en sus ojos.

—Evie, eso no lo sabes.

—Sí que lo sé. ¿Tal vez eso cambie algún día? O tal vez eso no importe porque yo soy ella, pero me aterra, pues ¿qué pasa si nunca estoy a su altura? ¿Entiendes?

—Oh, Evie. No te conocía (o a Nadia o a quien fueses) en ese entonces, pero ahora eres genial y no te das el suficiente crédito.

Le sonreí.

—No tenías por qué decir eso.

—No. La verdad es que no. Podría fingir que tengo una llamada telefónica y terminar esta conversación.

Se me escapó una carcajada.

—Qué mala. —Exhalando con fuerza, me enderecé—. Me alegro de que ahora sepas la verdad.

—Yo también. —Respiró hondo—. Bien. Entonces, ¿qué estás haciendo con la cámara?

Agradeciendo la distracción para no romper a llorar, decidí enseñarle la fotografía de April.

—En la última foto en la que salió también aparecía así. ¿Ves? Nada más en la foto parece raro, excepto ella.

Frunció el ceño.

—¿Y tienes otra foto de ella así?

—Sí. —Le conté cómo había buscado en los anuarios—. Es muy raro. Nunca había visto algo así, ¿y sabes en qué estaba pensando? —Bajé la voz mientras miraba alrededor de la biblioteca para asegurarme de que no había nadie cerca de nosotras—. No pude evitar pensar en los Arum, pero ¿no sabría Zoe si April es una?

—Creo que sí. Al menos, eso es lo que me ha contado Emery. Pueden percibirse unos a otros, incluso los Origin y los híbridos. —Se apartó un fino mechón de pelo rojo de la cara—. Tal vez tenga uno de esos fantasmas de esa película antigua, ¿sabes cuál? ¿Cómo se llamaba? ¡Ah! *La maldición*. Tal vez el fantasma del rencor está unido a ella —dijo, frunciendo el ceño ante la pantalla de mi cámara—. ¿Sabes a qué me refiero? La espeluznante chica fantasma...

—Sé de qué estás hablando. —La miré fijamente, con una ceja levantada—. No creo que sea eso.

—Entonces, ¿qué es?

—No lo sé. —Estudié el extraño contorno de la sombra—. Me gustaría tener otra foto de ella, una en el interior para ver si es solo algún tipo de problema de exposición extraña en el exterior en lugar de que...

—¿En lugar de que la persiga un fantasma vengativo? —sugirió.

Me encogí de hombros. Un fantasma vengativo sonaba tan plausible como que April fuera... quién sabe qué.

—A ver, eso tendría sentido, ¿sabes? Tal vez por eso está tan amargada y es tan mala. —Se sentó con la espalda recta—. Vamos a hacerle una foto.

Me reí.

—A April no le caigo muy bien que digamos.

Puso los ojos en blanco.

—Como si a April le cayera bien alguien. Me gusta verla enfadarse. Me da una cantidad indescriptible de alegría.

—¡Pero si cuando April se enfada, tú literalmente desapareces! —le susurré—. Estás ahí un segundo y al siguiente ya no.

Ella sonrió, y sentí que mis labios empezaban a curvarse en respuesta.

—Eso es cierto, pero si tomas la foto, entonces ella se enfadará contigo y no conmigo, y yo podré ser testigo.

—Es una mala idea.

—Venga. Hagámoslo. Estaba en el pasillo cuando bajé hacia aquí, gritando su estúpida frase de «No más Luxen, no más miedo» —dijo.

Me quejé.

—Creía que tenían prohibido hacer eso dentro del instituto.

—Yo también, pero lo estaban haciendo cuando vine a buscarte. Puedes tomar una foto de ella y publicarla en internet. Hazlo público y avergüénzala, nena.

Heidi no me dio muchas opciones. Agarrando mi cámara, empezó a caminar hacia la parte delantera de la biblioteca.

Mierda.

Tomé mis cosas y me apresuré a alcanzarla. Ella ya estaba en la salida mientras yo cerraba la cremallera de la mochila.

—Dame mi cámara.

—Solo si prometes hacerle una foto a April. —La sostuvo demasiado alto para que yo no pudiera alcanzarla.

—Esto es estúpido. —En realidad sí lo era, porque estaba casi segura de que en la foto saldría normal, pero estaba sonriendo y no estaba pensando en lo mal que estaba yo, y sabía que era por eso por lo que Heidi estaba haciendo esto.

—Está bien. Dame la cámara.

—¿Lo prometes?

—Sí. Lo prometo.

—¡Toma ya! —Heidi me entregó la cámara, y nos dirigimos al pasillo de al lado de la cafetería.

—No oigo ningún cántico. —Doblamos la esquina y nos encontramos a una decena de estudiantes de pie cerca de la vitrina de trofeos, sosteniendo sus estúpidas pancartas. Brandon estaba entre ellos. *Uf.* Tenía la mano escayolada, y una sonrisa bastante cruel se me dibujó en los labios mientras observaba al grupo. Había un profesor de pie frente a ellos, con los brazos cruzados. Esperaba que eso significara que todos estaban en problemas—. Y no veo a April.

—Hola. —Heidi se puso delante de mí, agitando las manos hacia una de las chicas que sostenía una pancarta—. ¿Dónde está tu cabecilla?

—¿Quién? —respondió una chica con sorna.

Heidi dejó escapar un suspiro que habría enorgullecido a Grayson.

—April. ¿Dónde está April?

—En el baño.

Volviéndose hacia mí, Heidi me agarró de la mano.

—Perfecto.

—¿En serio quieres que irrumpa en el baño y le saque una foto? Estoy segura de que eso es ilegal.

—No tienes que sacarle una foto cuando esté en el inodoro. —Me arrastró de regreso al pasillo, a la vuelta de la esquina, y hacia los baños. Nuestros pasos se ralentizaron cuando ambas llegamos a la misma conclusión. April estaba en el baño en el que habían encontrado a Colleen.

Dejé de caminar como si hubiera chocado contra una pared de ladrillos.

—No voy a entrar ahí.

Heidi se puso a mi lado.

—Bueno, yo tampoco.

Solo estábamos nosotras en el pasillo, y tuve que pensar que era porque nadie en su sano juicio querría estar cerca de donde se encontró a Colleen. Toda la zona daba malas vibras. Empecé a darme la vuelta, pero la puerta del baño se abrió y salió April, con el pelo recogido en su habitual cola de caballo y una capa fresca de labial rojo.

Se paró en seco cuando nos vio.

—Hazlo —susurró Heidi, y luego me dio un codazo tan fuerte en el brazo que casi me hace caer.

April empezó a fruncir el ceño.

—¿Hacer el qué?

Sintiéndome estúpida, levanté la cámara y grité:

—¡Feliz Navidad!

—¿Qué? Si ni siquiera es Acción de Gracias... —April aspiró con fuerza cuando se disparó el *flash* de mi cámara—. ¿Qué demonios haces? —explotó.

Heidi soltó una risita que me recordó a la de una hiena, mientras yo bajaba la cámara y cambiaba la pantalla por la de las imágenes tomadas.

—Lo siento —murmuré, aunque no lo sentía en absoluto, mientras daba un paso atrás—. Solo quería comprobar algo.

—¿En serio acabas de hacerme una foto? —preguntó April.

—No —mentí, haciendo clic en la imagen que acababa de tomar. Ahí estaba April. Con los ojos entrecerrados y los labios fruncidos. No estaba segura de qué narices estaba mirando, porque ahí estaba de nuevo, el extraño contorno de la sombra alrededor de la forma de April—. Ahí está.

—¿Otra vez? —Algo del humor se desvaneció de la voz de Heidi.

—Sí. —Levanté la mirada.

April parecía completamente normal de pie frente a mí. Tal vez sí que se trataba de un fantasma vengativo.

—¿Qué? —preguntó April—. Déjame ver.

Antes de que pudiera responder, April me arrebató la cámara de la mano. Casi esperaba que la arrojara contra la pared, pero lo único que hizo fue mirar la imagen, y sus labios se diluyeron hasta que no quedó más que una raya roja.

—Bueno —dijo Heidi, rompiendo el silencio—. Esto es bastante...

Me volví hacia Heidi mientras esta hacía un extraño sonido de asfixia. Su boca se movía, pero no le salían las palabras. Todo su cuerpo se sacudió como si algo la hubiera agarrado.

Heidi parpadeó cuando la mochila se le deslizó del brazo y cayó al suelo.

El tiempo se detuvo.

Algo rojo se le filtró por la comisura de la boca. La confusión me invadió. ¿Qué era ese rojo? Bajé la mirada. Había... Oh, Dios mío... Su camiseta estaba abierta sobre su hombro derecho, y el rojo... el rojo estaba por todas partes. El horror se apoderó de una parte de mí con sus gélidas garras.

—¿Heidi?

Cayó, doblada como un acordeón, y yo salí disparada hacia delante, tratando de atraparla, pero mis pies resbalaron debajo de mí, y el peso repentino de ella fue demasiado. Me caí, con las rodillas golpeando el suelo, e intenté sujetarla, pero se me escapó de los brazos y rodó sobre su espalda.

—Heidi —susurré, agarrándola de la camiseta—. Heidi.

Tenía los ojos abiertos y la cara muy pálida, demasiado pálida. Empezó a hablar, pero el único sonido que salió de ella fue una tos húmeda y sanguinolenta mientras se agarraba a mi brazo.

Lentamente, miré a April.

Tenía mi cámara en una mano, y la otra... no estaba bien. Su mano parecía casi transparente, pero su antebrazo estaba cubierto de sangre... y tejido. La presión me oprimió el pecho.

El humo salía de mi cámara. El olor a plástico quemado se mezclaba con el abrumador olor a sangre. La mirada de April se encontró con la mía y me encogí. Sus ojos... Dios mío, sus ojos.

La totalidad de sus ojos era negra como la obsidiana, pero sus pupilas brillaban como diamantes blancos.

Ya había visto unos ojos así una vez.

Sarah.

La chica que Kent creía con toda seguridad que se había convertido en una zombi y se lanzó por la ventana.

April dejó caer la cámara destrozada y humeante.

—Mira lo que me has hecho hacer.

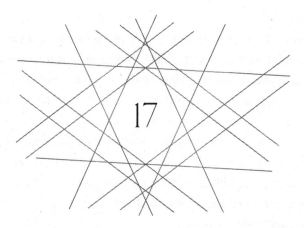

17

Cada músculo de mi cuerpo se bloqueó mientras miraba fijamente a April.

Ella se rio como si alguien acabara de contar un chiste.

—Deberías ver la cara que tienes ahora mismo. Me recuerda a Andy cuando, bueno, ya sabes... cuando murió.

Me sacudí, volví a centrar la mirada en Heidi. Las muertes que Micah había dicho que no había causado. Andy. Esas familias...

—Tú —susurré—. Has sido tú.

La boca de April se torció en una ligera sonrisa.

—Culpable.

La mano de Heidi se desprendió de mi brazo. La rabia se impuso al horror, y quise atacar a April, desgarrarla con las uñas y los dientes como un animal, pero la parte lógica de mi cerebro tenía el control. Heidi era la prioridad. Sabía que tenía que sacarla de aquí enseguida. Luc podría curarla, curarla como me había curado a mí antes, porque Heidi no iba a morir.

No iba a permitir que eso sucediera.

April se acercó a mí, y me dio un vuelco el corazón cuando extendí el brazo pero no toqué nada. Su cola de caballo se le despegó del hombro mientras retrocedía a trompicones varios pasos. Se detuvo antes de caer.

Su barbilla se hundió mientras mostraba sus perfectos y rectos dientes en un gruñido que no sonaba ni remotamente humano.

Mierda.

Entrando en acción, retrocedí. Me puse de pie y me giré, corriendo hacia la pared que tenía detrás, hacia el cuadrado de metal rojo. Enrollando mis dedos alrededor de la palanca blanca, tiré de la alarma de incendios.

El zumbido agudo y estridente de la alarma fue inmediato. Giré mientras las pequeñas luces brillantes parpadeaban por el pasillo.

April dio un paso atrás, girando la cabeza hacia el creciente sonido de voces y pasos. Se giró hacia mí y emitió un inquietante trino que me produjo un escalofrío.

Era el mismo sonido que había hecho Sarah.

April me lanzó un beso y sonrió mientras se alejaba. Desapareció en un abrir y cerrar de ojos, siendo nada más que un borrón.

No le di importancia. No en ese momento. Me apresuré a ir al lado de Heidi y le agarré el brazo derecho.

—Tienes que levantarte, Heidi. Por favor. Tienes que ayudarme a sacarte de aquí. Por favor.

Heidi gimió mientras la levantaba. No habló.

El pánico floreció en mi pecho.

—Heidi. Por favor. —Se me quebró la voz—. Oh, Dios, por favor, levántate.

Pasándole el brazo alrededor de la cintura, usé cada ápice de fuerza que tenía en mí para ponerla de pie. Le temblaba todo el cuerpo mientras la guiaba por el pasillo hacia la salida más cercana.

—Todo va a salir bien. Te lo prometo. Voy a conseguirte ayuda.

Aunque Luc y yo no habíamos hablado desde nuestra discusión, lo necesitaba. No sabía si Zoe podía curar a Heidi. Sabía que no era algo que todos los Origin o incluso Luxen pudieran hacer, pero estaba segura de que Luc sí podía.

—Te lo prometo. Por favor, aguanta.

Utilizando mi cadera, empujé la puerta y trastabillamos hasta llegar a la parte de grava del aparcamiento trasero. Buscando en mi bolsillo, encontré el número de Luc a través de la bruma de las lágrimas. «Por favor, contesta al teléfono. Por favor».

Heidi gimió mientras la obligaba a subir la pequeña colina de hierba, hacia la fila de coches. Su respiración salía en jadeos poco profundos y extraños resoplidos.

—Evie, yo... Yo no...

—Aguanta. Por favor. —El teléfono sonó una vez en mi oído, y entonces se oyó la voz de Luc—. Necesito tu ayuda. Ahora mismo.

—¿Dónde estás? —preguntó de inmediato.

—Heidi está herida... Está muy herida. —Se me empezó a resbalar cuando llegamos a la segunda fila de coches—. Ha sido April. Ella es... No sé lo que es, pero ha atacado a Heidi. Es...

—¿Estás en el instituto? ¿Dónde estás?

—En el aparcamiento... ¡Heidi! —grité, casi dejando caer el teléfono. Sus rodillas cedieron, y la bajé lo mejor que pude.

—Por favor, date prisa. Madre mía, por favor dime que puedes llegar aquí ya.

—Ahora mismo voy.

Dejé caer el teléfono y presioné las manos sobre el hombro de Heidi. Sentía su piel extraña bajo mi palma, desigual y demasiado suave como para estar bien.

—Todo va a salir bien. Luc está de camino.

Su mirada, con los ojos muy abiertos, se desvió de mí hacia el cielo.

—Esa... esa ha sido... una idea... muy mala. Lo de... la foto.

—Para. —Las lágrimas me recorrían la cara. La sangre se filtraba por mis dedos. ¿Cómo es posible que haya perdido tanta sangre y que todavía le quede algo en el cuerpo? Su cara estaba aún más pálida, la piel empezaba a ponérsele azul alrededor de los labios. ¿Llamar a Luc había sido la opción correcta?—. Todo va a salir bien —repetía una y otra vez—. Todo va a salir bien.

—Quiero... —Tosió, rociando finas gotas de sangre—. Quiero ver... a Emery.

—La verás. —Me incliné, besándole la frente—. Pues claro que la verás.

De repente, Zoe estaba allí, su cara cubierta por un montón de rizos.

—Luc ha llamado. Viene de camino.

—¿Puedes curarla? —La sangre me corría por los brazos, bajo la manga de mi camiseta.

Zoe negó con la cabeza mientras corría al lado de Heidi. Con una impactante demostración de fuerza, la levantó en brazos.

—Mi coche es el que está más cerca.

Agarrando mi teléfono y mi mochila, me puse de pie, siguiendo a Zoe mientras corría dos filas más abajo. A estas alturas todo era un borrón. Zoe puso a Heidi en el asiento trasero y tuve una terrible sensación de *déjà vu*, pero ahora era yo quien sostenía a Heidi. Su cabeza estaba en mi regazo mientras yo mantenía la mano en su hombro. Zoe se subió al asiento del conductor. Acababa de arrancar el coche cuando se abrió la puerta del pasajero que había a mi otro lado.

No era Luc.

Emery se subió, con una expresión acongojada.

—Oh, Dios... Oh, no, Heidi. —Me apartó las manos y colocó las suyas donde estaban las mías—. Abre esos ojos para mí, cielo. Abre esos ojazos que tienes para mí, Heidi. Vamos, por favor, abre los ojos para mí.

—Lo siento —susurré, mis manos se cernían sobre Heidi—. Lo siento...

La puerta se abrió detrás de mí, y en el momento en el que unos brazos me rodearon la cintura, supe que se trataba de Luc. Me sacó del coche, manteniendo un brazo alrededor de mi cintura mientras se inclinaba a mi alrededor.

—Llévalas a la discoteca.

Cerró la puerta justo cuando vi a Emery adoptar su verdadera forma. Todo el asiento trasero del coche se llenó de una luz blanca y brillante.

—Tengo que irme con ellas. —Le tiré del brazo, alcanzando la puerta trasera—. Tengo que...

La grava se levantó mientras Zoe salía del aparcamiento, volando por la estrecha entrada. Me retorcí y mis manos empapadas de sangre se soltaron del brazo de Luc.

—No. Necesito...

—No hay nada más que puedas hacer. —Me hizo girar, manteniendo un brazo alrededor de mi cintura mientras me acunaba la barbilla—. ¿Estás bien?

—Emery ya ha dicho antes que no se le daba bien curar. Por eso te he llamado...

—Se encuentra en las mejores manos posibles. Evie, necesito saber si tú...

—¡Estoy bien! —grité, tratando de alejarme, pero Luc no cedió—. Emery ya ha dicho...

—Emery la quiere. —Luc me atrajo contra él mientras me deslizaba la mano alrededor de la nuca—. Escúchame. No te interpongas entre un Luxen y la persona a la que quiere, pase lo que pase.

—¿Qué? —Nada de eso me importaba en ese momento—. Heidi no puede morir, Luc. Ella no puede...

—Y no se va a morir. Emery no lo va a permitir. —Dejó caer su brazo y me agarró la mano empapada de sangre—. Dame tus llaves. Iremos a la discoteca.

—¿Se pondrá bien? —Me di la vuelta, sacando las llaves de mi mochila mientras oía la sirena de los camiones de bomberos—. ¿Se pondrá bien?

Luc tomó mis llaves.

—Emery no va a dejarla morir.

—No lo entiendo —dije, con las manos temblando mientras íbamos corriendo hacia mi coche—. Emery ha dicho que no se le daba bien curar.

Luc abrió la puerta del conductor.

—¿Recuerdas que te dije que todos los Luxen tienen la capacidad de curar? A algunos se les da mejor que a otros, pero te digo que cuando se trata de alguien a quien aman, no hay nadie mejor para curarlos.

—Eso no tiene sentido. —Me senté en el asiento delantero mientras Luc cerraba la puerta tras de sí—. Tú me curaste...

La intensa mirada de Luc encontró la mía mientras arrancaba el coche.

El corazón me dio un vuelco cuando aparté la mirada y tragué con fuerza, con la garganta demasiado seca. No podía ni siquiera pensar en eso en ese momento ni en el hecho de que no habíamos hablado desde nuestra discusión del sábado por la noche. Solo podía pensar en Heidi.

Salió del aparcamiento.

—Sabes que los Luxen y algunos Origin pueden curar y que no a todos se les da bien, sobre todo cuando se trata de alguien a quien no se sienten muy unidos. Pero cuando se trata de alguien que sí les importa, no importa lo pobres que sean sus habilidades en cualquier otro momento, pueden traer a esa persona de vuelta desde el borde de la muerte. Dédalo lo ha estudiado mucho. Hay toda una ciencia en cómo podemos curar a un humano.

Eso sí lo recordaba. La energía dentro de ellos podía reparar los tejidos y el daño hecho al cuerpo. Así es como podían curarse a sí mismos, pero nada de eso explicaba cómo Emery, que no pudo curarme a mí un brazo roto, podía entonces curar un gigantesco y enorme agujero en el hombro y en el pecho de Heidi.

—También hay algo de misticismo en ello —continuó Luc—. Una parte que ni siquiera los mejores investigadores o médicos pueden explicar. —Hubo una pausa—. Por favor, ponte el cinturón de seguridad.

Me reí, y me salió un sonido ahogado. Con las manos temblando, me abroché el cinturón. Mis manos... estaban llenas de sangre, la sangre de Heidi. Si moría...

Apreté los labios, vagamente consciente de que mi cuerpo se balanceaba despacio hacia delante y hacia atrás. Un entumecimiento se apoderó de mí mientras Luc conducía. Me miré las manos.

—Tienes que contarme lo que ha pasado —dijo después de lo que me pareció una eternidad.

Respiré hondo, pero no sirvió para nada.

—Ha sido April. Ha sido ella.

—Necesito más detalles.

Un escalofrío se abrió paso a través de mí, y apreté los ojos. Yo necesitaba procesarlo. Luc necesitaba saber lo que yo había visto. Respiré de nuevo y empecé por el principio, con las fotos de April y el extraño efecto que había visto.

—Le enseñé a Heidi las fotos. Creo que estaba concentrándome en ellas porque así no pensaba en todo lo demás y Heidi... lo sabía. —Se me quebró la voz mientras una oleada de sollozos abrasadores me subía por la garganta—. Sugirió que fuéramos a hacerle una foto a April para ver si era algún efecto extraño del exterior. Ha sido una estupidez, pero Heidi solo quería distraerme.

Luc escuchó mientras giraba hacia la calle que llevaba a la parte trasera de Presagio.

—La encontramos y le hice una foto. Eso... eso ha sido todo. —Levantando la mano derecha, me limpié la mejilla—. El efecto fue el mismo.

Tenía una sombra a su alrededor. April tomó mi cámara y vio la foto, y ni siquiera sé cómo ocurrió. Lo único que sabía era que tenía que sacar a Heidi de allí, que tenía que llamarte, porque no tenía buena pinta. Accioné la alarma de incendios.

—Inteligente. Has hecho bien.

El siguiente aliento que tomé fue más estable, pero no sentí que lo hubiera hecho bien. Si no hubiera tenido la cabeza metida en el culo y Heidi no me hubiera buscado, nada de esto habría pasado.

—Fue como si April pusiera su mano a través del hombro de Heidi. A través de él, y la mano de April... era casi transparente. Y sus ojos... eran como los de esa chica, Sarah. Negro puro con pupilas blancas.

Luc se detuvo en un espacio estrecho junto a la entrada trasera, y pude sentir su mirada sobre mí.

—¿Estás segura?

—Sí. —Lo miré—. Sus ojos eran totalmente negros, excepto las pupilas. Que eran blancas. Como las de un Luxen. Y era rápida como un Luxen. Igual que Sarah, pero ninguna de las dos es Luxen.

—No.

—¿Y no son Arum u Origin?

Sacudió la cabeza.

—Sarah se puso enferma. Lo vimos con nuestros propios ojos, y aunque nunca he visto a un humano mutar y vosotros dijisteis que eso no era lo que parecía, creo que tenemos que darle una vuelta a todo eso de la mutación —dije, y Luc apartó la mirada, con la mandíbula tensa—. Porque sea lo que sea que es April, es lo mismo que Sarah, y sé que vosotros no oísteis a Sarah, pero yo sí. Dijo que alguien le había hecho algo.

Su mirada encontró la mía cuando volvió la cabeza hacia mí.

—Te creo.

—Si eso se lo han hecho a Sarah y a April, entonces ¿quién ha sido? Luc apoyó la cabeza contra el asiento.

—Solo hay un grupo de personas que puede... hacer algo así.

Pensé que ya sabía la respuesta.

—¿Dédalo?

—Sí.

Me senté junto a Zoe en silencio mientras esperábamos novedades. Luc me había traído aquí cuando llegamos y después se había ido a ver cómo estaban Emery y Heidi. No lo habíamos visto desde entonces.

Kent había aparecido en algún momento, y estaba inusualmente callado mientras estaba de pie junto a la ventana, mirando hacia el suelo, con su pelo azul recogido en una pequeña cola de caballo.

Dejando escapar una respiración temblorosa, apoyé la mejilla en el hombro de Zoe. Las cosas se aclararon de repente en esos largos y silenciosos momentos. Había muchas cosas del mundo que no conocía. Había muchas cosas sobre mí que aún tenía que descubrir, pero había una cosa que sí sabía.

Sin duda, iba a matar a April.

Y sabía que Zoe estaría allí conmigo cuando lo hiciera.

No sé cuánto tiempo había pasado cuando la puerta se abrió y Luc entró. Levanté la cabeza del hombro de Zoe y ella me agarró la mano mientras nos poníamos de pie juntas.

—¿Está...? —No me atreví a terminar la pregunta.

—Vamos. —Luc nos abrió la puerta a las dos.

Zoe me apretó la mano mientras salíamos al pasillo y seguíamos a Luc por un tramo de escaleras y luego a una habitación a tres puertas de la entrada. Grayson estaba fuera y, por una vez, no me miraba como si quisiera estamparme contra la pared.

La puerta se abrió, y dejé de pensar en Grayson. Me sentí mal cuando atravesamos una habitación poco iluminada y entramos en otra, mi mirada fue de un lado a otro hasta que se posó en una cama.

Vi a Heidi y a Emery.

Estaban tumbadas en el centro. Heidi estaba de espaldas, y Emery estaba de lado, acurrucada alrededor de ella. Ambas estaban increíblemente quietas. Una manta estaba metida bajo los brazos de Heidi. Tenía los hombros desnudos y pude ver la piel inflamada y fruncida de su hombro derecho. Se trataba de una cicatriz de tamaño considerable, pero parecía que había ocurrido semanas antes, no horas.

Le solté la mano a Zoe.

—¿Están...?

—Están bien —respondió Luc.

Zoe se movió primero, caminando hacia el lado de la cama de Heidi. Se puso de rodillas y colocó las manos sobre la cama. No habló, pero Emery levantó un poco la cabeza. Unas manchas oscuras le marcaban la piel de tono aceitunado debajo de los ojos.

Yo no podía moverme, estaba clavada al sitio en el que me encontraba.

En ese momento, Heidi agitó las pestañas y abrió los ojos. Arrugó la nariz mientras miró a Zoe.

—Hola —susurró.

—Hola. —La voz de Zoe se quebró—. ¿Cómo te sientes?

—Como si... alguien hubiese tenido su mano dentro de mí. —Heidi giró la cabeza hacia mí. Se humedeció los labios—. Puede que... haya tenido... la peor idea de la historia, ¿no?

Dejé escapar una risa ronca que terminó en un sollozo. Mis piernas empezaron a moverse, y me acerqué a la cama, sentándome con cuidado a su lado.

—Lo siento mucho. Lo siento tanto...

—No ha sido... tu culpa. —Heidi respiró de forma superficial y bajó las pestañas.

No estaba segura de poder estar de acuerdo con eso.

Heidi tragó mientras miraba a Emery.

—Siempre... he pensado que April era... una rarita.

Emery le apartó un mechón de pelo rojo de la cara a Heidi.

—Voy a matarla. De forma lenta y extremadamente dolorosa.

—Vas a tener que ponerte en la cola para eso —replicó Zoe.

No podía creer que Heidi estuviera allí, viva y hablando, y bromeando. El asombro me inundó mientras miraba a Emery. Cuando Luc me curó, me quedé sobrecogida, pero al mismo tiempo me sentí ajena a ello. Quizás fue como mecanismo de adaptación, pero esto era extraordinario.

—Gracias —solté.

Emery no apartó su mirada de Heidi.

—No tienes que darme las gracias.

—¿Dónde... está ella? —preguntó Heidi—. April.

—No lo sé. —Tragué saliva y volví a mirar a Luc—. Pero la vamos a encontrar.

Heidi volvió a cerrar los ojos.

—Es muy extraño.

—¿El qué? —preguntó Zoe, y sentí que había un millón de cosas extrañas en ese momento.

—Odiaba a los Luxen, ¿verdad? Estaba liderando protestas y... es obvio que no es humana.

La mandíbula de Zoe se endureció al encontrarse con la mirada de Emery.

—Es muy irónico.

—Sí —dijo en voz baja Heidi.

Se quedó dormida después de eso. Fue duro dejarlas, pero era evidente que Emery también estaba agotada. Necesitaban descansar. Fuera, en el pasillo, me apoyé contra la pared, casi mareada por el alivio.

—Pensé... —Sacudí la cabeza—. Pensé que iba a morir.

—Lo habría hecho si no hubieras actuado tan rápido. —Zoe apoyó su hombro en la pared junto a mí—. La has salvado.

—No, yo no. Ha sido Emery.

Luc y Grayson se unieron a nosotras, cerrando la puerta del apartamento de Emery al salir. Respirando hondo por lo que me pareció la primera vez en horas, levanté la cabeza.

—¿Estás lista? —le dijo Grayson a Zoe.

Asintiendo, se apartó de la pared.

—Sí.

—¿Lista para qué? —pregunté, enderezándome.

—Vamos a ir a inspeccionar la casa de April —explicó Zoe—. A ver si está allí.

—¿Qué? —La preocupación explotó—. ¿Vais a ir allí? He visto de lo que es capaz, Zoe.

—No vamos a enfrentarnos a ella —intervino Grayson—. Aunque tampoco es que te preocupe mi bienestar ni nada por el estilo.

Le lancé una mirada. La verdad era que no.

—Le atravesó el hombro a Heidi con la mano...

—Y yo haré lo mismo con su pecho —repuso Zoe, sonriendo—. No vamos a enfrentarnos a ella, pero si por casualidad me acerco lo suficiente y la mato por accidente, entonces... *Ups.*

—Ni siquiera sabéis lo que es April —argumenté—. No es ni una Luxen, ni una Arum, ni una híbrida, ni una Origin, ni un unicornio mágico. Es algo que ni siquiera Luc ha visto antes.

—¿En serio?

Grayson deslizó una larga mirada en dirección a Luc.

—Eso sería la primera vez.

Un lado de los labios de Luc se levantó.

—Hay una primera vez para todos.

Cerré las manos en puños. Nada de esto tenía ni pizca de gracia.

—Los drones del CRA nunca han detectado nada en April —les recordé a todos—. A saber lo que es, y vosotros vais a ir a buscarla. No quiero que salgáis heridos.

—Si no tratamos de encontrarla, entonces ¿quién lo va a hacer? —me desafió Grayson—. ¿Llamamos a la policía? No sabemos si sus armas la detendrán.

—¿Y vosotros sí podéis? —pregunté.

Grayson arqueó las cejas.

—¿Dudas de nuestra extrema genialidad?

Lo miré fijamente un momento y luego negué con la cabeza.

—No estoy sugiriendo llamar a la policía. No soy idiota.

—Está bien saberlo —contestó Grayson con indiferencia—. Estaba empezando a preocuparme.

El tedioso dominio que tenía sobre mi autocontrol se rompió.

—Esa que está ahí dentro y casi se muere es mi amiga, y esa que va a arriesgar su vida —dije, señalando a Zoe— es mi amiga. Así que si no tienes nada de valor que añadir, ¿qué tal si te callas de una vez?

Zoe se mordía el labio inferior con los dientes. Conocía esa mirada. Estaba haciendo todo lo posible para no estallar en carcajadas.

—Bueno, ahora que ya está todo dicho, creo que es hora de que todo el mundo se ponga en marcha —anunció Luc.

Se me llenó el estómago de plomo mientras me giraba hacia Zoe.

—No quiero que resultes herida.

—No lo haré.

—Yo tampoco —añadió Grayson con un suspiro—. Pero no te importa.

—Pues nop —comenté, odiando no poder hacer nada. Tener una pizca de ADN alienígena en mí, pero que no me hiciera ser nada útil en estas situaciones... a no ser que hubiera una alarma de incendio aleatoria que activar.

Adelantándome, abracé a Zoe, apretándola con tanta fuerza que era muy probable que le rompiera las costillas. Había visto de lo que era capaz Luc, pero eso no significaba que no me preocupara por ella... o incluso por él. O por cualquiera de ellos..., incluso por Grayson, en contra de lo que acababa de decir.

—Ten cuidado.

—Lo tendré.

Miré a Grayson.

—Tú tampoco hagas que te maten. Podría traumatizar a Zoe.

Puso los ojos en blanco.

Solo entonces miré a Luc, y había un brillo divertido en sus ojos.

—¿Vas a ir con ellos?

—No, tú y yo tenemos algo que hacer.

¿Ah, sí?

—Ven conmigo. —Luc me agarró de la mano, sin darme opción. Es probable que fuera algo bueno, porque había muchas posibilidades de que corriera detrás de Zoe y la abordara, impidiendo que se fuera.

Luc no habló mientras me llevaba a su apartamento, ni dijo una palabra mientras me sentaba en su amplio y mullido sofá.

Frotándome las palmas de las manos sobre las rodillas, miré detrás de mí mientras él subía a la plataforma elevada de lo que era su dormitorio.

Una imagen de él y de mí se formó de inmediato. De nosotros bailando y luego en el sofá, tan cerca de besarnos.

Mierda, me parecía que de eso hacía una eternidad.

Oí cómo abría el agua mientras pensaba en lo rápido que podía cambiar todo.

Luc volvió a entrar en la habitación, llevando un paño húmedo. Se puso de rodillas frente a mí. Se me cortó la respiración cuando me tomó la mano y empezó a limpiar las manchas oscuras. Había olvidado que estaba cubierta de sangre.

—¿Todavía tienes tu picana eléctrica? —preguntó Luc.

Tardé un momento en darme cuenta de lo que estaba hablando.

—No. No la he visto desde aquella noche con Micah. —Lo observé por un momento—. ¿Por qué no te has ido con ellos?

—Hacía más falta aquí —continuó antes de que pudiera responder—. Voy a llevarte a casa, pero primero tengo que asearte. Una vez que haya terminado, te conseguiré una camiseta limpia. Después nos iremos de aquí.

—¿Qué pasa con Heidi?

—Va a estar débil durante un tiempo. —Luc me pasó la toalla húmeda sobre la mano—. Luego seguramente se sentirá como nueva.

—¿Como yo?

—Sí, pero ella tiene un rastro. Así que está a punto de padecer un desagradable caso de mononucleosis.

Heidi tenía un rastro como se suponía que debía tener un humano. Yo no tenía uno después de que Luc me curara por el suero Andrómeda.

—Entonces, ¿se quedará en casa donde ningún Arum pueda verla?

Los Arum rastreaban a los Luxen y a sus allegados por los rastros que dejaban y que solo podían ver los alienígenas y los Origin.

Luc asintió.

—Hasta que se desvanezca.

Pensé en Lore.

—¿Ese Arum sigue por aquí?

Sus pestañas se alzaron y unos ojos violetas se clavaron en los míos.

—Se fue con Dawson, pero ella estaría a salvo con Lore.

Tuve que aceptar su palabra.

—¿Va a... mutar?

Me limpió con cuidado entre los dedos.

—Todavía no lo sabemos. Puede que no, ya que es la primera vez que la cura un Luxen, pero ha sido bastante importante. Tenemos que esperar y ver qué pasa.

Se me cayó el alma a los pies.

—Pero si muta, podría morir, ¿verdad?

—No vamos a dejar que eso ocurra. —Bajó mi mano y tomó la otra—. Tenemos el material necesario para ayudar en la mutación, para asegurarnos de que aguante, si se da el caso.

—¿Material tomado de Dédalo?

Asintió.

Pasó un largo momento mientras intentaba encontrarle sentido a todo, pero entonces mi atención se vio afectada. Al final leí la parte delantera de su camiseta negra.

Había una nave espacial que transportaba perros, y decía: «ESTAMOS AQUÍ POR LOS PERROS, PORQUE LOS HUMANOS SON UNA MIERDA». Se me escapó una risa salvaje.

Las comisuras de sus labios se inclinaron hacia arriba.

—¿Qué?

—Tu camiseta. —Parpadeé y reprimí las lágrimas; lágrimas de risa o de estrés, no tenía ni idea—. Es graciosa.

—Ah. —Se miró a sí mismo—. Un poco irónico, ¿no?

Asentí con la cabeza.

Luc me estudió en silencio durante unos momentos.

—¿Estás bien?

Sí. No. ¿Tal vez? No sabía lo que sentía, así que no dije nada.

—¿Has llamado a Sylvia? —preguntó.

—No estará en casa, pero le he enviado un mensaje de texto para decirle que estaba con Zoe y Heidi. No le he dicho lo que ha pasado.

—Una parte de mí no quiere ni siquiera sacar el tema por cómo terminaron las cosas la última vez, pero necesito decirlo. Sylvia no puede saber nada de esto. Incluso si confiara en ella, se encuentra en una posición muy precaria. Es imposible que todos los que trabajan con ella y para ella no se den cuenta de lo que es. Por alguna razón, les parece bien que se haga pasar por humana, pero si empieza a husmear... —Detuvo la mano—. No tiene por qué enterarse de esto, y tenemos que tener cuidado de en quién confiamos y a quién ponemos en peligro.

Su mirada se encontró con la mía y la sostuvo.

—Podría ponerte en peligro. Aunque Dédalo ya no exista, todavía hay gente que mataría por descubrir cómo te curaste. Vendrían a por ti.

Un escalofrío me recorrió.

—Intentarían llevarte. ¿Lo entiendes?

Lo entendía. Su mirada bajó mientras parecía concentrarse en lo que estaba haciendo.

—Luc.

—Dime, Melocotón.

Era la primera vez que usaba ese apodo desde que apareció en el aparcamiento.

—Sé que las cosas se calentaron entre nosotros el sábado por la noche, y sé que no confías en ella, pero no puede estar involucrada en lo que le pasó a Sarah o en lo que sea que sea April.

—Pero estuvo implicada en tu curación. Trabajó en Dédalo de alguna manera hasta hace cuatro años. —Se calmó—. Lo único que sé con certeza en lo que respecta a Sylvia es que te quiere mucho y que desearía que nunca hubieras entrado en esta discoteca.

Me agarré la rodilla con la mano libre, incapaz de imaginar dónde estaría si no hubiera entrado en Presagio aquella noche con Heidi.

Luc volvió a mirarme.

—Puedo contar con una mano la cantidad de gente en la que confío a ciegas, y ella no es una de ellas. He aprendido que las personas, por mucho que las queramos o creamos conocerlas, son realmente capaces de hacer cualquier cosa y más.

Me ardía el fondo de la garganta.

—Si eso es cierto, entonces ¿cómo puedes confiar en alguien?

Levantó un hombro mientras bajaba la mirada.

—Te preparas para lo peor y esperas lo mejor, Melocotón.

—¿Confías en mí? —La pregunta estalló fuera de mí como un volcán en erupción.

Se le movió un músculo a lo largo de su mandíbula.

—Antes sí.

«Antes sí». En pasado total, y eso me dolió como una patada en el pecho. Desviando la mirada, observé la guitarra que nunca le había visto ni oído tocar.

—¿Es porque no recuerdo... todo o por mi madre?

—Sí. No. Todo y nada a la vez —respondió.

—Estás enfadado conmigo —dije—. Sigues enfadado conmigo.

Luc no contestó. Un destello de emoción le cruzó el rostro, desapareciendo antes de que pudiera interpretar lo que era.

—Por lo de Halloween. Porque yo... —Me detuve, sintiendo que tenía la lengua pegada al paladar. Cerré los ojos con fuerza—. Me fui de aquí el sábado, cabreada. Estaba enfadada contigo. Es obvio que todavía estás enfadado conmigo, pero has venido en cuanto te he llamado. Ni siquiera lo dudaste y...

Me miraba fijamente.

—A veces quiero sacudirte.

—¿Perdona?

—¿Qué crees que iba a hacer? Me necesitabas y yo fui. No hay otra opción. —Algo feroz brilló en esos ojos amatistas—. ¿Cómo es que aún no te has dado cuenta? Sí, estoy enfadado; estoy en un estado constante de enfado, Evie. Solo que lo oculto bien.

El corazón me retumbó en el pecho.

Su mirada se clavó en la mía.

—Estoy enfadado por lo que has tenido que vivir. Estoy enfadado por que tengas pesadillas y me cabrea la situación en la que estamos. Me llena de rabia lo que le pasó a Heidi y a esos inocentes Luxen que no quieren nada más que vivir sus vidas. Me enfurece haber creído que estaba salvando... —Se interrumpió, el pecho se le levantó con una profunda respiración. Sacudió la cabeza—. Hay muchas cosas por las que estoy enfadado, pero nunca lo estoy contigo.

Todo mi cuerpo se estremeció.

Luc entrelazó sus dedos con los míos.

—¿Me enfadé el sábado por la noche? Sí. ¿Me cabrea que te sorprenda que haya ido cuando me necesitabas? Claro que sí. Pero nunca estoy enfadado contigo —repitió—. Intentaba darte algo de espacio después de todo. Pensé que lo necesitabas. Pensé que ambos lo necesitábamos.

No sabía qué decir, y en ese momento me di cuenta de que, aunque las palabras eran poderosas, no siempre eran necesarias.

Me abalancé y rodeé a Luc con mis brazos antes de que me diera tiempo a pensar en lo que estaba haciendo. Es obvio que la acción le sorprendió, porque se quedó inmóvil, pero no se echó hacia atrás. Eso solo duró un segundo antes de que sus brazos me rodearan y me abrazaran con fuerza.

Tenía la cara pegada a su pecho.

—Gracias —dije, y no estaba segura de saber siquiera por qué le estaba dando las gracias.

¿Por todo?

Eso sonaba bien.

Plegó la mano alrededor de mi nuca, con los dedos enredados en mi pelo.

—Melocotón...

Lo apreté aún más fuerte.

Me rozó la parte superior de la cabeza con la barbilla.

—Un día de estos, te vas a dar cuenta de que nunca me he ido y de que nunca me iré.

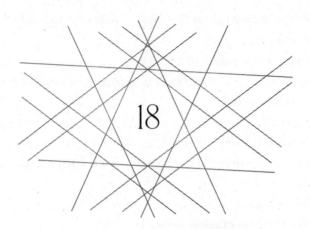

18

Antes de que Luc y yo nos fuéramos, le eché una miradita a Heidi. Las dos chicas estaban dormidas y no quería despertarlas, así que me alejé con sigilo, diciéndome a mí misma que volvería al día siguiente.

Una vez en el coche, con Luc al volante, fuimos a por hamburguesas y respondí a la retahíla de mensajes de James. Quería saber a dónde se había esfumado todo el mundo tras la alarma de incendios, y yo odiaba ser evasiva.

—Sé que no puedo decirle a James la verdad, pero esto es una mierda. —Vuelvo a meter el teléfono en la mochila y la dejo junto a mis pies—. Es como tener una vida alternativa.

Arqueó una ceja.

—Se volverá más fácil.

—¿De verdad? —Me quedé mirando la oscura franja de árboles. La urbanización en la que vivía estaba rodeada de espesos bosques a ambos lados de la carretera, y eso antes me gustaba. Ahora todo me parecía oscuro y lleno de pesadillas—. No estoy segura de que eso sea algo bueno.

Dirigió los ojos hacia mí.

—Depende de cómo lo mires.

No estaba segura de qué otra forma podía verlo, pero fuera buena o mala, ahora era mi vida y tenía que aguantarme.

Cuando llegamos a la entrada, supe al instante que mi madre aún no estaba en casa. No era tan tarde, pero la única luz encendida estaba en el pasillo de arriba, lo que indicaba que todavía no había vuelto de Frederick.

Miré a Luc mientras apagaba el motor.

—Gracias de nuevo...

—No me des las gracias por esto.

—Acabo de hacerlo.

—No las acepto. —Abriendo la puerta del conductor, estiró su largo cuerpo y salió.

Me apresuré a salir del coche, casi olvidándome de la mochila. La agarré y salí corriendo por la hierba, haciendo que se activaran los detectores de movimiento. Luc estaba esperando en el porche.

—¿Qué estás haciendo?

Su rostro estaba ensombrecido bajo la luz del porche.

—Esperando a que abras la puerta.

Ladeé la cabeza.

—Me lo imaginaba, pero ¿vas a entrar?

—No quiero que te quedes sola. No cuando April está ahí fuera y no tenemos ni idea de dónde está. —Hizo una pausa—. Si no quieres que me quede, puedo llamar a Zoe o...

—No, está bien. —Sacando las llaves de casa, abrí la puerta principal, esperando que no notara cómo me temblaban los dedos—. Solo tenemos que tener cuidado.

—¿Sylvia enloquecerá si llega a casa y me encuentra? —Se rio en voz baja mientras me seguía—. No va a saber que estoy aquí.

Aunque mi madre no había dicho nada sobre la última visita nocturna de Luc, no estaba segura de que eso significara que no tuviera ni idea de que había estado aquí.

De pie en el vestíbulo, me coloqué la mochila en un brazo.

—Necesito darme una ducha rápida. —Aunque llevaba puesta una de las prendas térmicas de Luc que olía a él, sabía que había sangre en lugares donde Luc no me había limpiado—. Si todavía tienes hambre o quieres beber algo, sírvete tú mismo.

Su mirada se dirigió a mí, y asintió con las manos en los bolsillos.

Dudé y luego giré sobre mis talones, subiendo a toda prisa las escaleras. Una vez en el dormitorio, cerré la puerta y dejé la mochila junto al escritorio. Agarré un pantalón de pijama y me quité rápido la ropa, haciendo una bola con los vaqueros y tirándolos al cesto. Empecé a tomar una camiseta, pero decidí llevarme la camiseta prestada de Luc.

Después de pasarme un cepillo por el pelo, arrancando Dios sabe cuántos mechones en el proceso, me lo recogí en un moño y me metí en la ducha.

El agua caliente hizo que me ardiera el pecho y el estómago, haciéndome estremecer mientras me ponía bajo el chorro. Respiré hondo, pero no sirvió de nada. Despacio, levanté las manos, colocándomelas sobre la cara.

Algo se rompió dentro de mí. Un muro que no sabía que estaba ahí, y no era una pequeña fisura, sino una enorme fractura que hizo que me temblara hasta el último hueso del cuerpo. Me subieron las lágrimas por la garganta y brotaron detrás de mis ojos cerrados. No pude contenerlas y las dejé salir, apretando la mandíbula con fuerza para no hacer ruido.

Lloré por Heidi y por lo cerca que ha estado de morir hoy. Lloré por el pánico que debió sentir Emery cuando la vio. Lloré por lo asustadas que estábamos Zoe y yo esperando saber si Heidi iba a ponerse bien. Y lloré porque no quería que Luc estuviera enfadado todo el tiempo. Lloré porque tenía el afecto de Luc, su lealtad, pero no tenía su confianza, y la verdad era que dudaba de él, una y otra vez.

«Tranquilízate».

«Tranquilízate de una vez».

Me aparté las manos temblorosas de la cara y tomé la esponja rosa, concentrándome en restregármela por la piel hasta que esta se volviera rosada y el agua que rodeaba el desagüe estuviera limpia. Para cuando me sequé y me puse los pantalones cortos del pijama y la térmica de Luc, el vapor había cubierto el espejo y me había tranquilizado. Abrí la puerta, y el corazón se me subió a la garganta.

Luc estaba en mi habitación, de pie frente al tablón de corcho con las fotos. Miró por encima de su hombro, y su mirada me recorrió desde las puntas de los dedos (dedos de los que todavía tenía que quitarme el esmalte o retocarlo) hasta los húmedos mechones de pelo que se me enroscaban en las mejillas. Esbozó una leve sonrisa.

—Lo siento —dijo, volviéndose hacia las fotos clavadas—. Pensé que debía esperar aquí arriba por si Sylvia volvía a casa.

—Tiene sentido. —Tocando el dobladillo de la camiseta gris, me acerqué a la cama y me senté—. Espero que no te importe que lleve tu camiseta.

Luc se volvió hacia mí.

—En realidad, es exactamente lo contrario.

No sabía qué decir a eso.

Volvió a mirar el tablón de corcho.

—Grayson me ha llamado mientras estabas en la ducha. Acaban de inspeccionar la casa de April. No estaba allí, y no parecía que nadie más hubiera estado allí durante un tiempo. Ni los padres.

—Eso es muy raro. April tiene una hermana pequeña.

—Grayson me ha dicho que Zoe también se lo había comentado, pero no había nadie allí.

El temor se me formó como una hierba en la boca del estómago.

—Esa noticia no puede ser nada buena.

—Seguro que no.

Se acercó a la mesita de noche y metió la mano en el bolsillo de su pantalón. De inmediato reconocí el pequeño objeto negro. Una picana eléctrica.

—He tomado algunas cosas antes de venir aquí. Lleva esto contigo. A saber si funcionará contra April, pero vale la pena tenerla.

Asentí con la cabeza.

—Y también te he traído esto. —En la palma de su mano había un objeto negro, largo y brillante, con forma de colgante, cincelado hasta una fina punta. Estaba sujeto a una cadena de plata—. Esto es obsidiana. ¿Recuerdas lo que hace?

—Sí, es mortal contra los Arum.

—De nuevo, no tengo ni idea de si funcionará contra April, pero quiero que lleves esto encima todo el tiempo. Incluso cuando te duches. —Levantó el collar y yo me incliné, con el corazón latiéndome con fuerza, mientras él me pasaba el collar sobre los hombros, asegurándomelo detrás del cuello. Las puntas de sus dedos me rozaron la piel mientras me ponía bien la cadena.

—¿Está bien?

—Sí. —Tomé el trozo de obsidiana. El collar no pesaba tanto como había pensado en un principio. El cristal volcánico medía unos cinco centímetros de largo, y la cadena de plata era delicada, en forma de espiral sobre la parte superior de la obsidiana—. ¿Esto detendría a un Arum? Me imaginaba algo... más grande y grueso.

—Eso es lo que dijo ella.

Levantando la cabeza, lo miré fijamente.

—¿De verdad?

—A ver, me lo has dejado a huevo —respondió con una sonrisa socarrona—. Un trozo muy pequeño de obsidiana puede causar un gran daño a un Arum. Apuñálalos en cualquier parte con esto y caerán. Y el extremo es muy afilado, así que por favor intenta no apuñalarte a ti misma. —Esa era una promesa que no estaba segura de poder cumplir.

Solté la obsidiana, que se posó entre mis pechos, por fuera de la camiseta prestada de Luc.

Luc volvió a acercarse al tablón.

—¿Puedo admitirte algo sin que te enfades?

Levantando las piernas y cruzándolas, agarré la almohada, plantándola en mi regazo.

—Depende de lo que sea.

—He visto algunas de estas fotos antes, y no hablo de cuando he venido aquí antes.

—¿Qué quieres decir?

Inclinando su cuerpo hacia un lado, colocó la yema del dedo contra una foto. Era de Zoe y de mí, de cuando empezamos tercero de la ESO.

—Vi esta hace casi cuatro años. Solo habían pasado unos meses, quizá cuatro, desde que... desde que te habías convertido en Evie. Nunca te había visto con un vestido hasta entonces. Pensé... que estabas guapísima.

Llevaba un vestido púrpura intenso de corte imperio, y no estaba segura de si me veía guapa con él. Sin embargo, sí que estaba segura de que parecía que alguien me había echado purpurina por encima.

Pero Luc había pensado que estaba guapa y, a pesar de todo, eso me hizo esbozar una pequeña sonrisa.

—¿Y esta? Halloween. Hace tres años. —Señaló una foto mía con Heidi y Zoe mientras se me cortaba la respiración. Sabía el año exacto. Nos disfrazamos de las Heather de la película *Escuela de jóvenes asesinos*—. Un disfraz muy oscuro. Me encantaba. ¿Y esta? La primera vez que te vi en una foto con James, yo...

—¿Qué?

Luc negó con la cabeza.

—Creía que era tu novio.

—¿James? ¿Qué? —Me reí suavemente—. Ni de broma, nunca ha pasado algo así entre nosotros.

—Lo sé. Zoe me dijo lo mismo.

Se me ocurrió algo.

—¿Viste las fotos de Brandon y de mí?

—Sí. Podrías haber apuntado más alto.

Me tragué otra carcajada, sobre todo porque eso era cierto teniendo en cuenta su retórica contra los Luxen. Dios, ojalá él supiera dónde estaba April.

Luc estaba de nuevo de espaldas a mí.

—¿Lo querías?

Abrí los ojos de par en par y sentí que se me sonrojaban las mejillas.

—Yo... Creo que lo hice al principio. A ver, fue mi primer novio de verdad.

Parecía que se le habían tensado los hombros.

—¿Crees? Entonces, ¿eso significa que no lo querías?

—Creía que lo había hecho por un breve periodo de tiempo, pero no lo hice. —Hablar de mi ex con Luc era raro—. Me gustaba, pero siempre sentí que debería haber sido más. —Apreté la almohada—. Entonces, ¿viste la mayoría en su momento?

—Tuve que verte crecer sin que lo supieras. —Cruzó los brazos sobre el pecho—. Eso ha sonado más espeluznante de lo que pretendía.

—No lo es. —Y no lo era... No para mí, no para nosotros. Fuera de contexto, claro. Pero yo sabía cómo había visto esas fotos. Solo otras dos personas tenían copias de ellas—. ¿Fue Zoe?

Asintió distraído con la cabeza.

—No le pedí verlas. Me parecía mal hacerlo, y ya era espeluznante tener a Zoe vigilándote. Pero quería verlas. Quería verte, y Zoe lo intuía, así que cada dos por tres me las mostraba o se aseguraba de que estuvieran expuestas en su casa bien visibles. Por favor, no te enfades con ella.

—No lo haré. —Seguro que yo habría hecho lo mismo.

Lo observé durante unos instantes, sabiendo que él no tenía ninguna foto propia.

—¿Alguna vez deseaste tener eso?

—¿El qué?

—¿Una vida adolescente normal? ¿Fiestas de Halloween y amigos? ¿Fotos en tableros de corcho? ¿Cuentas de Instagram? —Me reí un poco, y el sonido se desvaneció deprisa—. Ir al instituto. Odiarlo. Querer ir a la universidad, pero... tener miedo de crecer. ¿Alguna vez quisiste tener algo de eso?

Luc se giró un poco hacia mí.

—¿La verdad?

Asentí con la cabeza.

—Mi respuesta podría... molestarte.

—He visto muchas cosas últimamente que me han molestado, así que dudo que tu respuesta vaya a ser peor.

Luc se acercó al otro lado de la cama y se sentó.

—Nunca quise nada de eso hasta que tú lo tuviste. —Se apoyó en el cabecero de la cama—. Nunca hubo una parte de mí que quisiera ir al instituto o a las fiestas hasta que vi esas fotos. Entonces sí lo quise.

Un dolor me atravesó el pecho.

—Te aburrirías tanto en el instituto.

—No si tú hubieras estado allí. —Apareció una sonrisa ladeada—. Incluso lo consideré una vez, ¿sabes? Matricularme para estar cerca de ti. Pero no podía arriesgarme. Así que me quedé en la ciudad, y una vez que empezaron a registrar a los Luxen, obligándolos a llevar inhibidores, abrí Presagio.

—¿Y eso es todo? ¿Nunca quisiste hacer otra cosa?

—¿Cómo qué? —Levantó la mano y el mando voló desde la cómoda hasta ella—. ¿Vivir como si fuera un adolescente normal? —Me entregó el mando a distancia—. No.

—Me refería a ser otra persona. Alguien que no tenga que preocuparse de que la gente descubra que no eres exactamente humano.

—No me preocupa eso —comentó, levantando el hombro—. ¿Y por qué querría ser otra persona? Soy increíble.

—Vaya —murmuré, pensando que no estaba siendo precisamente sincero. ¿Cómo iba a serlo si antes había admitido que estaba enfadado todo el tiempo?

Él sonrió, pero su sonrisa se desvaneció enseguida.

—No quería hacerte llorar.

—¿Qué? —Casi se me cae el mando.

El tono de sus ojos se oscureció.

—Sé que estabas llorando antes.

—¿Cómo...? —Sacudí la cabeza—. Estaba en la ducha. ¿Has podido oírme?

Su mirada pasó por encima de mí.

—No te he oído, Melocotón. Me he dado cuenta cuando has salido. Por tus ojos.

—Ah. —Eso tenía sentido—. No me has hecho llorar. Ha sido un...

—¿Día duro? Sé que lo ha sido, y sé que lo que dije sobre no confiar completamente en ti no ayudó. No quise... decir eso. Sí confío en ti, Evie. Es solo que tu relación con Sylvia complica las cosas. Tenemos que encontrar una manera de superar eso.

Se me hizo un nudo en la garganta. Si era sincera conmigo misma, su falta de confianza no tenía tanto que ver conmigo, sino que entraba en juego cuando mi madre estaba involucrada.

—Lo sé. Es solo que... Hoy ha sido un día horrible, y se me están pasando muchas cosas por la cabeza. En realidad, llevo todo el día así. Es por ese motivo por el que estaba en la biblioteca. Es por eso por lo que estaba intentando distraerme.

—¿De qué?

Pasando el mando por encima del edredón, pensé en lo que Zoe me había dicho el domingo mientras volvía a apoyar la cabeza en el cabecero. Las palabras que necesitaba pronunciar se agolparon en mi garganta, pero no quería darles voz. Sentía que una vez que le daba vida a los escalofriantes pensamientos y sospechas, no podía retirarlos.

Pero lo necesitaba.

—Ayer hablé con Zoe, y me dijo algunas cosas que tenían sentido.

—¿Zoe diciendo cosas con sentido? Jamás.

Esbocé una breve sonrisa y se me hizo un nudo en el estómago.

—Es raro que mi madre me diera la vida de Evie Dasher —susurré, mirando el ventilador de techo que se movía despacio—. Creo que lo hizo porque echaba de menos a Evie, a la de verdad, pero lo que hizo no fue justo.

Luc estaba tan tranquilo, tan quieto, que tuve que mirarlo. Me observaba con atención, con las pupilas algo dilatadas.

—No fue justo para mí en absoluto. Tenía una vida. Tenía amigos —continué, pensando que lo que Zoe me había dicho estaba tan lleno de verdad que dolía—. Tenía amigos que eran mi familia. Tenía recuerdos, y no fue justo.

Cerró los ojos, con las gruesas pestañas abanicándole la piel.

—No. No lo fue.

Tragué con fuerza.

—¿Por qué no me dejó ser yo? ¿Por qué hizo que me convirtiera en otra persona?

Giró la cabeza hacia otro lado, tragando saliva.

—No lo sé, Melocotón.

—Ayer empecé a enviarte un mensaje, porque ¿y si no era esa su razón? ¿Y si solo estoy queriendo ser ingenua? No confías en ella. Trabajó para Dédalo. ¿Y si hubiera una razón diferente? —El nudo de la garganta se hizo más grande, amenazando con ahogarme—. Zoe me dijo algo que no puedo quitarme de la cabeza. Me dijo que me llevaste a los Dasher alrededor de junio y que no me volvisteis a ver hasta que fui al instituto, que fue en noviembre. Y no sé por qué eso me molesta tanto, pero lo hace.

Luc abrió los ojos y separó los labios, pero no dijo nada.

—¿Es cierto? —La humedad se acumuló en mis pestañas mientras miraba su perfil—. ¿Nadie me vio durante ese tiempo? ¿Ni una sola vez?

Se pasó los dientes sobre el labio inferior, y el malestar fue creciendo a medida que pasaban los minutos.

—No te vi. Nadie lo hizo. Yo... —Me miró, posándome las yemas de los dedos en la mejilla—. No creo que estresarte por esto te sirva de nada.

—Pero...

—Hay muchas cosas que no tienen explicación. Cosas de las que no sé las respuestas, pero ahora mismo no vayas por ese camino.

Mi mirada buscó la suya.

—¿Y si quisiera ir por ese camino? ¿Y si quisiera ir cuesta abajo y sin frenos por ese camino?

—Si quisieras, tendrías que tomar ese camino con Sylvia, pero quiero estar presente si lo haces. ¿De acuerdo? —preguntó Luc, con voz suave mientras movía el pulgar por la línea de mi mandíbula—. Necesito estar ahí.

—De acuerdo —susurré, inquieta.

Al sentir que se inclinaba hacia mí, me tensé y luego, un latido después, noté sus labios rozándome el centro de la frente.

—Ahora, intentemos relajarnos y veamos qué hay en la televisión.

No estaba segura de cómo podría volver a relajarme, pero asentí con la cabeza, viendo cómo se alejaba, y después agarré el mando a distancia. Encendí la televisión y empecé a pasar, sin pensar, los canales borrosos.

—Para —dijo—. Ahí está Dee.

Luc tenía razón.

Estaba en la pantalla, junto con el senador Freeman, que parecía que tenía un vaso sanguíneo a punto de reventarle a lo largo de su sien.

—*El presidente McHugh está en todo su derecho de derogar la vigésima octava enmienda.*

—*¿Dices que está facultado para despojar a los ciudadanos de los Estados Unidos de sus derechos?* —Dee lo desafió—. *Una vez que comience con los Luxen, ¿quién dice que se detendrá ahí?*

—*Los Luxen no son ciudadanos estadounidenses.*

—*La vigésima octava enmienda dice lo contrario* —lo corrigió Dee—. *Lo que el presidente quiere hacer es inconcebible...*

—Lo que los Luxen le han hecho a nuestro planeta sí que es inconcebible, *señorita Black.* —El senador negó con la cabeza—. *Los Luxen han matado de manera indiscriminada, y ahora hay pruebas que sugieren que su* especie es portadora de algún posible virus que no solo está infectando, sino también matando a los humanos. ¿Qué tiene que decir al respecto?

Hubo una grieta en la compostura de Dee, un enrojecimiento del tono de su piel olivácea.

—No hay forma de que un Luxen sea responsable de ningún virus o enfermedad. Ninguna en absoluto.

—Entonces, ¿está sugiriendo que no solo nuestros gobiernos locales mienten sino que también lo hacen los Centros para el Control y la Prevención de Enfermedades?

—No sería la primera vez, ¿verdad? —respondió Dee—. Si algún informe afirma que los Luxen están haciendo que los humanos se enfermen, es una mentira, una que es biológicamente imposible. Así que lo que tienen que hacer ustedes y lo que tienen que hacer todos los espectadores en casa es preguntarse por qué alguien mentiría sobre esto.

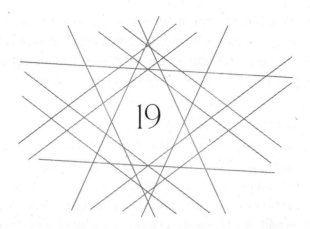

19

Lo que dijo Dee hizo que para mí las cosas encajaran en su sitio. Pensé en cómo Heidi había cuestionado el odio de April hacia los Luxen y su férrea defensa de los derechos humanos. Qué irónico era, teniendo en cuenta que April obviamente no era humana.

Ella había matado a Andy y a la familia que había vivido en la zona, y aunque no había admitido un motivo, se me hizo bastante evidente mientras escuchaba al senador seguir despotricando sobre lo violentos y temibles que eran los Luxen.

—Quería que la gente pensara que había sido un Luxen —solté.

—¿Qué? —Luc me miró, con las cejas levantadas.

—¡April! Ella mató a Andy y a esa familia de una manera que haría pensar que lo hizo un Luxen. O un Origin. Pero nadie sabe que existen, así que da igual —continué—. De todos modos, ella también iba por ahí poniendo a la gente en contra de los Luxen en el instituto. Mírala, ha acumulado bastantes seguidores. Nada de esto es casualidad, Luc. Estaba matando y haciendo creer a la gente que había sido un Luxen. ¿Por qué?

Luc miró la televisión, donde el senador Freeman estaba ahora discutiendo con uno de los defensores de los derechos humanos de los Luxen.

—¿Y si esa familia de la que hablaba el senador no fue asesinada por un Luxen sino por algo que puede hacer que parezca que lo fue? April no puede estar haciendo esto sola. Asesinar a gente y hacer que parezca que los Luxen han sido los responsables. Hacer que la gente los odie y les tema. Tiene que haber más personas implicadas, tal vez incluso sus padres.

—Siempre hay más personas implicadas.

—Entonces tiene que haber evidencias de eso. Quizás haya alguna prueba en su casa. Podría haber algo allí que nos indicara quién es el responsable de esos asesinatos y tal vez nos dijera qué demonios es April.

Se me quedó mirando.

—Es probable que tengas razón, pero te has referido a nosotros, y *nosotros* no vamos a hacer nada. Porque tú no vas a acercarte a la casa de April.

La irritación me aguijoneó la piel.

—Luc...

—Es demasiado arriesgado.

—¡Todo es arriesgado! —casi grité mientras me movía, poniéndome de rodillas a su lado—. Que yo esté viva es arriesgado de narices.

—Melocotón...

—¡Es verdad! Como has dicho antes, soy un milagro andante. Un raro ejemplo de que los sueros funcionan en los humanos sin mutarlos. Vivo con una Luxen no registrada y soy amiga de ellos y de ti, ¡y de Zoe! Cada día es arriesgado.

—Tienes razón, así que no aumentemos esos riesgos. —Esos ojos color violeta se encendieron.

Me golpeé los muslos con las manos.

—¿Qué es lo que quieres que haga? ¿Quedarme encerrada en mi casa o en el instituto?

—Eh. —Frunció el ceño—. Sí.

—Eso no es justo. Todos vosotros estáis ahí fuera asumiendo riesgos mientras yo estoy sentada sin hacer nada o haciendo que la gente salga herida...

—Tú no has hecho que Heidi saliera herida.

Ignoré eso.

—Y entiendo que no hay mucho que yo pueda hacer. Vosotros tenéis superpoderes. Yo soy bastante inútil nueve de cada diez veces...

Frunció aún más el ceño.

—Tú nunca eres inútil.

También ignoré eso.

—Pero puedo ayudar aquí. Puedo revisar cosas. Esto lo puedo hacer.

Sacudiendo la cabeza, miró hacia otro lado. Le tembló un músculo a lo largo de la mandíbula.

—Necesito poder hacer algo —razoné, busqué su rostro con la mirada mientras acortaba la distancia entre nosotros, apoyándole la mano en el brazo—. Por favor, entiende que tengo que hacer algo y ayúdame en lugar de intentar detenerme.

Luc inclinó la cabeza hacia atrás, con los ojos cerrados mientras apretaba los labios. Después hizo algo muy extraño. Soltó una carcajada profunda y estruendosa.

Ahora era mi turno de fruncir el ceño.

—¿Perdona?

Negó con la cabeza y luego abrió los ojos, dedicándome una larga mirada.

—¿Quieres saber algo sobre... Nadia?

Me tensé, no esperaba que dijera eso.

—Era la única persona que podía conseguir que yo hiciera algo que no quería o que no me parecía una buena idea. No importaba cuánto temiera que fuera a salir mal, ella conseguía que lo hiciera. En realidad, me tenía comiendo de la palma de la mano. —Las gruesas pestañas bajaron—. Iremos a casa de April mañana, después de las clases.

Separé los labios en una inhalación aguda. Una vez más, Luc estaba diciendo mucho mientras decía muy poco. Me mordí el labio, pero en realidad no había forma de detenerlo.

Sonreí.

Un grito se alojó en mi garganta mientras me despertaba, jadeando, con los ojos muy abiertos. Por un momento, no entendí dónde estaba mientras el suave resplandor de la televisión iluminaba los pies de mi cama.

Me martilleaba el corazón contra el pecho mientras escudriñaba el entorno. Estaba en mi dormitorio, no en el bosque fuera de la casa, esta vez cara a cara con una April ensangrentada en lugar de Micah. Estaba en casa. A salvo. Heidi estaba a salvo. Micah estaba muerto, y April... estaba en algún lugar ahí fuera, solo Dios...

—¿Evie? —La voz ronca adormecida provenía de mi lado.

En la cama.

En mi habitación.

Moví la cabeza hacia la izquierda y vi la figura de Luc levantándose sobre su codo. ¿Todavía estaba aquí? Mi mente seguía aturdida por el sueño y las imágenes de April destrozando...

—Oye. —Luc se incorporó de inmediato, poniéndome la mano en la espalda. Tenía la cara a centímetros de la mía mientras movía la mano en un círculo lento y relajante a lo largo de la parte baja de mi espalda—. ¿Estás bien?

Me tragué el ascenso de las náuseas y balbuceé:

—Sí.

Acercó la otra mano a mi mejilla. Aunque apenas podía verle los ojos, sentía que me recorría el rostro con la mirada. Luego me bajó con cuidado para que apoyara la mejilla en su hombro. Había espacio entre nuestros cuerpos (varios centímetros, para ser exactos), pero seguía rodeándome con el brazo, su mano cerrada en un puño relajado, apoyada justo encima de mi cadera, y mi corazón seguía acelerado.

Mantuve las manos en el espacio que había entre nosotros.

—Todavía sigues aquí.

—Sí. Sylvia llegó a casa un poco después de medianoche, creo. Después me quedé dormido. Lo siento.

—No pasa nada.

Tenía la otra mano apoyada en el vientre.

—¿Seguro?

¿Pasaba algo? Nunca escucharía el final de esto si lo encontraban en mi habitación, durmiendo a mi lado. No es que fuera la primera vez, pero ninguno de los dos sabía a qué atenerse, y dormir uno al lado del otro seguramente no ayudaría en nada.

Aun así, asentí con la cabeza cuando mi corazón por fin empezó a calmarse.

Luc permaneció en silencio durante unos largos minutos.

—¿Pesadillas?

—Sí —susurré.

—¿Quieres hablar de ello?

Sacudí la cabeza.

—¿Quieres que me quede?

Acurruqué las piernas debajo de la suave manta, presionándolas contra la pierna de Luc. La manta solía estar en alguna parte del suelo, pero él ha debido de taparme con ella en algún momento. No hablé. No podía.

Asentí con la cabeza.

El brazo que me rodeaba la cintura me apretó, y el único sonido era el zumbido de la conversación que provenía de la televisión. Luc no habló, pero vi que movía los dedos. Dándose golpecitos poco a poco en el bajo vientre, y, cuando mis ojos se adaptaron a la escasa luz de la habitación, pude ver que se le había subido la camiseta cuando se había vuelto a tumbar, dejando al descubierto una leve franja de piel por encima de los vaqueros que llevaba. Me quedé mirando esos largos dedos mientras seguían moviéndose, pensando en el poder que podían ejercer esos dedos.

Despacio, alcé la vista, recorriendo su vientre hasta donde su pecho subía y bajaba de manera constante, casi como si hubiera vuelto a dormirse. Pero sabía que estaba despierto.

Me pregunté cuántas veces habríamos permanecido así, sin que yo lo recordara, el uno al lado del otro, con un espacio mínimo entre nosotros, un espacio que podría haberse convertido en inexistente si me acercaba a él o alzaba una mano.

El calor me inundó la piel, y tuve el repentino deseo de quitarme la manta de una patada. La ropa térmica no era la mejor para acostarse, pero sabía que el calor que me quemaba las venas tenía poco que ver con la camiseta que llevaba.

Y sí mucho que ver con quien estaba acostado a mi lado y con lo que yo sentía por él. Una confusa mezcla de anhelo y temor.

Desvié la mirada a su perfil. Estaba con los ojos cerrados, pero tenía la línea de la mandíbula tensa. ¿Estaba tan despierto como yo? Cada parte de mí se volvió superconsciente de él, de cada respiración que hacía, de lo profundo que se hundía y subía su pecho, del ritmo de sus dedos. ¿Era tan consciente de mí como yo lo era de él en ese momento?

Imaginé que habíamos estado acostados así en innumerables ocasiones, pero dudaba que hubiera pensado entonces lo que estaba pensando ahora. Habíamos sido demasiado jóvenes para albergar las imágenes que estaban pasando por mi mente. Recuerdos de la noche en su cama, nuestras manos y bocas frenéticas y ávidas. El rápido beso de agradecimiento que le di después de ver la fotografía enmarcada de Harpers Ferry. Nosotros bailando cadera con cadera en Halloween y luego él cerniéndose sobre mí, tocándome, con su boca a centímetros de la mía.

Si Dawson no hubiera llamado a la puerta, Luc me habría besado y yo habría disfrutado con ello.

Se me aceleró el pulso, palpitando con fuerza mientras enroscaba los dedos en la manta que nos separaba. Tenía que apartar esos pensamientos. Era tarde, y acababa de despertarme de una pesadilla. Habían ocurrido cosas horribles de verdad, por lo que mi mente no funcionaba exactamente de la mejor manera, pero tras una pesadilla llena de sangre, había una repentina sensación de claridad que me había eludido en el lago el domingo, que me había eludido desde la primera vez que entré en Presagio.

Todavía estaba intentando averiguar quién era, si era Nadia o Evie, y si eso importaba al final. Luchaba por encontrar mi lugar en el mundo de Luc, por sentirme útil y menos como una carga que debía ser protegida. Aún desconfiaba de que, después de todo lo que Luc había dicho y prometido, siguiera enamorado de quien solía ser y no de quien era hoy.

Pero saber todo eso no cambiaba que recordara lo que se sentía al ser abrazada por él o la sensación de que yo era la única persona en todo el mundo por la que movería el universo si fuera necesario. La incertidumbre que sentía no disminuía la ternura de que se quedara despierto viendo vídeos divertidos conmigo o distrayéndome con frases espantosas para ligar. La cautela no eclipsaba su feroz protección ni cómo él entendía cuándo necesitaba espacio o cuándo necesitaba hacer algo que no implicara quedarme atrás. La confusión que sentía por mi pasado no era más poderosa que lo que había sentido el día en el que me había tomado de la mano y me había enseñado Jefferson Rock.

Todas esas cosas habían sucedido cuando yo era Melocotón para él. No Nadia. Y lo que sentía no tenía nada que ver con quien solía ser o en quien me había convertido. Y sí mucho que ver con quien era ahora.

Quería a Luc.

Quería sus manos y su boca sobre mí.

Quería sentir su cuerpo contra el mío.

Quería ser suya.

Quería que él fuera mío.

Quería que confiara en mí.

Cerrando los ojos, me estremecí cuando el descubrimiento me impactó como un golpe físico. Seguía temblando, se me estremecían las manos y, al inhalar profundamente, el aroma de él, a bosque y a aire fresco, hizo que se me entrecortara la respiración. Los escalofríos no hicieron más que aumentar porque sabía lo que estaba sintiendo, lo que estaba deseando y sabía que era yo quien deseaba esas cosas.

Fue como despertar de repente después de años de un profundo sueño. Tenía una hinchazón en el pecho que parecía que podría elevarme directamente al techo si no fuera por el brazo que tenía alrededor de mí. Los escalofríos no desaparecían.

—¿Tienes frío? —murmuró Luc, rompiendo el silencio con su voz.

—Sí —mentí. La verdad era que estaba ardiendo tanto que podría haber entrado en combustión espontánea.

En las sombras, me pareció verlo sonreír como si lo supiera. Tal vez lo sabía. Tal vez había estado escuchando mis pensamientos todo este tiempo, pero no me importó porque el brazo que me rodeaba la cintura se ciñó a mí, y entonces la parte delantera de mi cuerpo se apretó contra su costado y mi pierna derecha terminó enredada con la suya.

El contacto me redujo las terminaciones nerviosas a cenizas. Mi pecho se volvió tenso, pesado y ansioso, y esas ganas, ese palpitar, se deslizó más abajo, entre mis piernas, centrándose exactamente en el lugar donde su muslo se apoyaba ahora contra mí.

El puño que tenía sobre mi cadera se desplegó y su palma se abrió. Bajo la manta, el calor de su mano me quemaba a través de mis finos pantalones cortos del pijama. Entonces comenzó a mover el pulgar, un círculo lento que se parecía mucho al que había hecho contra mi espalda cuando me desperté, pero no había nada de relajante en cada caricia que me hacía el pulgar.

Estaba provocándome un incendio en la sangre, y había un poder en lo que comprendí, en lo que me estaba permitiendo sentir. Algo parecido a lo que me hizo sentir cuando bailamos en Halloween.

Libertad.

Moví las caderas más cerca, esperando que moviera la mano, que la desviara, pero se quedó donde estaba, los círculos cada vez más pequeños.

El aire que conseguía introducir en mis pulmones no era suficiente cuando coloqué la mano en su pecho, justo debajo de su corazón.

Luc se quedó increíblemente quieto. Detuvo el pulgar y presionó con los dedos la piel de mi cadera.

Ni siquiera sentí que su pecho se moviera cuando le pasé la mano por la superficie plana del vientre, hasta donde sus dedos habían dejado de dar golpecitos.

Mis dedos encontraron los suyos, trazando las elegantes líneas de sus huesos y tendones, sobre sus nudillos y luego la fina capa de vello sobre su antebrazo.

—Melocotón —murmuró—, deberías estar durmiendo.

En la oscuridad, paseé la mano por su brazo, bajo la manga de su camiseta. Su piel era la combinación más interesante de acero y satén.

—No tengo sueño.

Entonces su pecho se movió, de forma profunda e inestable.

—Deberías intentar dormir. Tienes clase por la mañana. Intenta ser responsable.

La burla en su tono me hizo sonreír.

—¿Y si no quiero ser responsable?

Se movió un poco, presionando su duro muslo contra la parte más suave de mí. Cerré los ojos mientras él decía:

—Entonces eres una mala influencia.

—No creo que nadie pueda influir sobre ti. —Apenas reconocí mi voz.

Volvió la cabeza hacia mí, y cuando habló, sentí su aliento en mi frente.

—Estás muy equivocada en eso.

Volví a acariciarle el pecho con la mano, donde podía sentir el latido de su corazón.

—Demuéstramelo.

Luc emitió un sonido profundo y gutural que me hizo arquear los dedos de los pies.

—Evie...

Me mordí el labio mientras me levantaba sobre el codo y lo miraba fijamente. Quitando la mano de su pecho, apoyé los dedos en su mandíbula. El vello me erizó las yemas de los dedos mientras su mano se deslizaba hacia la parte baja de mi espalda.

—No tengo sueño —repetí—. ¿Tú tienes sueño?

Levantó la vista hacia mí, y vi un destello de luz blanca donde estaban sus pupilas.

—No podría estar más despierto en este momento.

—¿Perdón?

Torció un lado de la boca.

—No hay ni una mínima parte de ti que en realidad quiera pedir perdón.

Tenía razón.

—Estaba pensando...

—¿En qué? —Su mano me recorrió la columna vertebral, enredándose en los mechones de pelo que se habían soltado mientras dormía.

—En algo que me dijiste en Halloween. —Le pasé el dedo por la barbilla y luego lo subí, tocándole el centro del labio inferior. La mano que estaba sobre mi pelo formó un puño.

El destello de luz se hizo más brillante y más amplio.

—¿Qué fue lo que te dije?

—Dijiste que... solo había sido yo. Que no podía haber habido nadie más que yo —le recordé.

—¿Eso dije?

Incliné la cabeza hacia un lado mientras las comisuras de mis labios empezaban a bajar.

—¿No lo recuerdas?

La mano en mi pelo se aflojó.

—Claro que sí.

—Idiota. —Entrecerré los ojos.

Respondió con un rápido mordisquito en la punta de mi dedo, haciéndome jadear cuando el mordisco me produjo una sacudida. Aquellos ojos sostuvieron los míos mientras sentía sus labios cerrarse sobre mi dedo y el movimiento de su lengua.

Se me tensó todo el cuerpo.

Levantó la vista hacia mí.

—¿Qué fue lo que te dije? ¿Puedes repetirlo? Ahora mismo tengo una memoria a corto plazo increíble.

—Dijiste que solo había sido yo. —Con la respiración entrecortada y poco profunda, deslicé mi dedo húmedo sobre su labio inferior. La complacencia me llenó cuando volvió a agarrarme el pelo—. Dijiste que no había habido nadie más que yo.

Me miró con los ojos entrecerrados.

—Sí, eso dije.

Bajé la cabeza, deteniéndome a centímetros de su boca.

—¿Es cierto?

—Sí. —Su voz era más profunda, más grave.

Le rocé el puente de la nariz con el mío.

—¿Significa lo que creo que significa?

Levantó la otra mano de su vientre y la posó en mi cadera.

—¿Qué crees que significa?

Me iba a obligar a decirlo.

—¿Significa que no has estado con nadie?

—Ha habido... otras personas con las que he tenido algunos momentos de... disfrute. Besos —dijo, tirándome suavemente de la cabeza hacia atrás, exponiendo mi cuello—. Caricias. Aprendizaje. Algún tipo de placer. —Su boca encontró el centro de mi cuello, y me estremecí—. Pero ¿me estás preguntando si he estado alguna vez con alguien?

Me sonrojé desde la punta de las orejas hasta los dedos de los pies.

—Sí. —Mi voz sonó áspera—. Eso es lo que te estoy preguntando.

Depositó un pequeño beso donde me latía el pulso.

—Entonces la respuesta es no.

Cerré los ojos.

—Nunca podría haberlo hecho —continuó, con un tono ronco—. Nunca quise hacerlo. No con los recuerdos de ti y de lo que podríamos haber sido.

La sensación de hinchazón en mi pecho volvió, y pensé que si hubiera tenido recuerdos de él, a mí me habría ocurrido lo mismo.

Pero no era el caso. Bajé la barbilla, abriendo los ojos. Sus pupilas eran blancas ahora, brillantes como el sol.

—Yo estuve con Brandon. Nosotros...

—No me importa —replicó—. Eso no cambió nada para mí. No cambia nada para mí.

La siguiente respiración que tomé fue temblorosa mientras dejaba caer mi frente sobre la suya. No sabía qué hacer con el conocimiento de que nunca había estado con nadie por mí. Había una cantidad absurda de regocijo posesivo en ese conocimiento, y una parte de mí sabía que debería sentirse mal por eso, pero no lo hacía.

—Sigo sin tener sueño —susurré.

—Lo sé.

No respondí. No tuve la oportunidad porque Luc se movió más rápido de lo que yo podía seguirle. Me puso boca arriba y él se colocó a mi lado, con una mano en mi cadera y la otra sosteniéndose. El corazón se me salió del pecho cuando bajó su cabeza hacia la mía.

—Dime qué es lo que quieres. —Sus labios rozaron los míos en la oscuridad—. Tienes que decir las palabras, Evie.

—A ti —susurré en el espacio entre nuestras bocas, mientras mi corazón latía tan rápido que no entendía cómo podía seguir latiendo—. Te quiero a ti.

Negó con la cabeza, y un mechón de su pelo me rozó la frente.

—Ya me tienes a mí. Así que eso no puede ser lo que quieres ahora.

Se me encogió el corazón mientras la respiración que retenía salía en un jadeo embriagador. Levanté las manos, colocándolas sobre sus hombros.

—Creo que lo sé. —Su nariz rozó la mía—. Quieres mi boca. —Esos labios me acariciaron la mejilla—. Quieres mis manos. —Apretó la mano que descansaba en mi cadera—. Quieres mis labios sobre los tuyos.

Sí que había estado escuchando mis pensamientos.

Incliné mi cuerpo hacia el suyo, deseando que su mano se moviera, que sus labios tocaran los míos. Algo.

Luc gruñó en voz baja mientras su mano presionaba mis caderas contra el colchón.

—No.

—¿No? —repetí tontamente.

Asintió con la cabeza.

—Hay algo que tienes que entender bien primero.

No estaba segura de ser capaz de entender nada en ese momento, pero lo intentaría.

—¿El qué?

Aquellas brillantes pupilas se clavaron en las mías, negándose a dejarme apartar la mirada.

—No tienes ni idea del tiempo que he esperado para que llegáramos a este punto. He fantaseado con ello. He soñado con ello. He tenido pesadillas con ello. Hubo momentos en los que creí que nunca llegaríamos a este momento, pero nunca nunca renuncié a querer esto, a quererte. Nunca dejé de esperar que encontráramos el camino de vuelta al otro y que finalmente estuviéramos aquí, que me encontraras y me quisieras. Que yo fuera digno de ti.

¿Digno de mí? ¿Cómo podía pensar que no lo era?

—Te quiero tanto que a veces me duele respirar. —Su voz se hizo más suave, pero sus palabras se volvieron más poderosas—. No hay nada que quiera más que perderme con cada parte de mí en ti. Nada. Y no, no es una exageración. A la mierda la paz mundial y la puta armonía para todas las especies de este planeta. Tú eres todo lo que he querido durante lo que me ha parecido una eternidad.

Escuchar sus palabras fue como si me hubiese golpeado un rayo, y aún no había acabado.

—Si te doy lo que quieres, no habrá vuelta atrás. ¿Estás preparada para eso? —Deslizó la mano por mi cintura, deteniéndose justo debajo de mi pecho—. Porque ya he esperado una eternidad por esto, por ti. No he hecho más que mirar y esperar, y no voy a volver a alejarme. Si te beso, si te vuelvo a tocar, no podré volver a como están las cosas ahora. —El siguiente aliento que tomó era tan tembloroso como yo—. No podré fingir que no eres mi todo.

No podía respirar.

—Que siempre me tendrás. Que siempre serás mía —continuó, sus palabras rápidas y acaloradas—. ¿Estás preparada para eso? Porque es intenso, lo sé. Soy muy difícil de manejar. ¿Crees que soy muy difícil de manejar ahora? Todavía no has visto nada, Melocotón. Estoy necesitado de afecto, de tu afecto, y estoy hambriento de él.

Y yo estaba hambrienta de él.

—Así que, dime, por favor, ¿has tenido de verdad un momento de claridad, Evie, o es solo un momento de necesidad nacido del deseo de distraerte?

Le toqué la mejilla con dedos temblorosos, sintiendo su piel vibrar bajo las yemas de mis dedos. Me sentí como si estuviera a punto de caer por un acantilado.

—Quiero que me beses.

Soltó un gruñido de satisfacción, y luego su boca estaba sobre la mía. No perdió el tiempo. Sus labios separaron los míos en un beso profundo y poderoso que me dejó estremeciéndome. Su lengua se deslizó contra la mía mientras yo tiraba de sus hombros, arrastrándolo hacia mí, y por un momento, estuvimos pecho con pecho mientras él inclinaba la cabeza, su mano acunándome la mandíbula.

Luc besaba como si estuviera hambriento de verdad, como si pudiera devorarme con los labios, con la lengua, y yo quería que me devorara entera. Intenté moverme, pero la manta se nos había enredado en las piernas, manteniendo las mías inmovilizadas. Un gemido de frustración rompió nuestro beso, y la fuerte risa de Luc me erizó los vellos de todo el cuerpo.

—¿Es eso todo lo que querías? —preguntó.

Intenté negar con la cabeza, pero su mano me sujetó la barbilla. Tenía que hablar. Lo hice.

—No.

—¿Qué más?

—A ti —repetí. Deslicé las manos por sus costados, encontrando la piel desnuda debajo.

Echó la cabeza hacia atrás y gimió cuando las yemas de mis dedos se deslizaron sobre la piel de su espalda. Bajó la barbilla y volvió a besarme, pero se apartó y se puso de lado. No tuve la oportunidad de protestar.

La mano de Luc dejó mi barbilla y se dirigió a mi garganta. Me moví con la trayectoria de su mano, arqueándome cuando me rozó con la palma la parte superior del pecho. No se detuvo ahí, y la decepción se disparó.

—Después —prometió, y entonces su palma trazó un círculo perezoso por mi vientre, con los dedos deslizándose por mi ombligo. Su mano llegó al filo de mis pantalones cortos.

Puede que hubiera dejado de respirar.

La mirada de Luc era puro fuego cuando sus ojos se alzaron hacia los míos. Solo las puntas de sus dedos se deslizaron bajo el suave material.

—¿Esto? ¿Esto es lo que querías?

No tenía capacidad para hablar, mi pulso latía con fuerza. Lo único que pude hacer fue asentir.

La electricidad bailó sobre su mano cuando se deslizó por completo bajo la tela, y me mordí con fuerza el labio para no gritar. Sabía a sangre y no me importó. Me arqueé en la cama cuando sus dedos encontraron infaliblemente el camino.

—Sí. —Su voz era ronca mientras se miraba la mano—. Creo que lo sé, pero quiero estar seguro. ¿Lo sabes? ¿Qué quieres ahora?

Respiré hondo mientras me daba cuenta de que me iba a obligar a decirlo.

Uno de sus dedos se movió, acercándose tanto que un sonido estrangulado salió de mí.

—Cualquier cosa que quieras. En cualquier momento. Solo tienes que decírmelo.

—Tócame —masculló—. Por favor.

Esos ojos brillantes se dirigieron a los míos.

—Por supuesto.

Y entonces me tocó, y mis caderas se agitaron y mi cabeza cayó hacia atrás. Me pareció oírlo maldecir por encima de los latidos de mi sangre. Puede que dijera mi nombre, pero no podía estar segura.

Me movía contra su mano, las caderas se me levantaban y se retorcían mientras él me observaba, con los ojos fijos en mi cara, absorbiendo cada respuesta. Con cualquier otra persona, me habría sentido demasiado incómoda, demasiado consciente de mí misma como para dejarme llevar, pero con él...

Con Luc, cualquier cosa parecía posible.

Volvió a maldecir, y entonces se inclinó sobre mí, tomando mis labios mientras yo me aferraba a él, mis dedos clavándose en la piel tensa de su costado. No paró. No se detuvo. Mi espalda se arqueó sobre la cama y él me siguió, con la punta de su lengua saboreando los jadeos que separaban mis labios.

—Voy a tener que recordar esto —murmuró contra mi boca—. Parece que te gusta mucho.

Sí que me gustaba.

Me gustaba mucho.

Captando mis pensamientos, Luc se rio y luego me empujó la cabeza hacia atrás. Su boca recorrió un camino ardiente por mi garganta.

—Sé que esto te va a gustar más.

Todo mi cuerpo se sacudió, las piernas se me retorcieron y las caderas se me levantaron. Me agarré a su muñeca mientras se me escapaba un gemido bajo. No para apartar su mano, sino para mantenerla allí.

—Lo sabía. —Me mordió el cuello, provocándome un grito agudo.

Su boca volvió a cernirse sobre la mía y perdí la noción del tiempo, perdida en la oscuridad de la habitación, en Luc. Respirando con fuerza contra mis labios separados, Luc maldijo en voz baja...

Era demasiado.

La tensión se rompió, y mi grito fue acallado por su boca, por un beso que era tan feroz como el placer que me latía por el cuerpo.

Era muy probable que se me detuviera en el corazón en algún momento, y la única razón por la que sabía que seguía viva era porque podía sentir los suaves besos que Luc dejaba caer a lo largo de mi frente húmeda, mis ojos cerrados, la punta de mi nariz y encima de mis mejillas.

—Evie.

La forma en la que dijo mi nombre me obligó a abrir los ojos, como si me estuviera rogando y maldiciendo en el mismo instante. Lo rodeaba un tenue resplandor blanquecino. Tenía el rostro a unos centímetros de mí, y la necesidad de colmarlo con la misma atención me invadió. Quería que sintiera lo que yo acababa de sentir, que compartiera...

Me acerqué a él, deslizándole la mano por el vientre, y más allá. Se me paró el corazón de nuevo.

Luc me agarró de la muñeca.

—Melocotón.

—¿Qué? —Me esforcé por resistirme a su agarre—. Quiero tocar...

—Joder —gimió—. No termines esa frase. Me estás matando.

—No tengo que terminar la frase. Solo déjame terminar lo que quiero hacer.

Su risa era estrangulada.

—No tienes ni idea de lo mucho que me gustaría dejarte que terminaras conmigo.

Se me sonrojaron las mejillas.

—Pero no aquí. —Levantó mi mano hacia su boca y me besó el centro de la palma—. Vamos a despertar a Sylvia.

Me quedé mirándolo.

—¿Ahora estás preocupado por ella?

—Sí. Confía en mí. Definitivamente la voy a despertar —respondió, y yo alcé las cejas—. ¿Quieres darme algo que quiero?

—Sí. —Quería. Me moría por hacerlo.

—Solo déjame abrazarte. —Enredó los dedos entre los míos—. Eso es lo que me gustaría ahora mismo.

Basándome en lo que había sentido segundos antes, dudaba que fuera eso lo que quería, pero se me había olvidado que no estábamos solos en casa y estábamos tentando a la suerte.

—¿Después entonces? —Sentí que me ardía la cara—. Siempre nos quedará el después.

Una suave sonrisa se le dibujó en los labios.

—Sí.

—Vale. —Le apreté la mano—. Supongo que ahora podemos ser responsables y dormir.

Se rio mientras se levantaba sobre mí, besándome rápidamente antes de acomodarse a mi lado. Un momento después, tenía un brazo debajo de mí y el otro alrededor. Estaba de espaldas a él y lo tenía tan cerca que no había duda de que Luc estaba siendo responsable.

Más que yo.

Me moví un poco, sonriendo cuando gimió en mi oído.

—Compórtate —me advirtió, apretando la mano que aún sostenía—. Y duérmete.

—Vale. —Mi mueca se convirtió en una sonrisa y pasaron varios momentos—. Luc.

—Dime —suspiró.

—Estoy...

—Por favor, no me digas que estás muy agradecida por eso —me interrumpió—. Sé que ha sido increíble. Me he dado cuenta. Te he observado todo el rato. Pero ha sido un placer para mí.

Abrí los ojos de par en par mientras lo miraba por encima del hombro.

—Vaya, Luc. Iba a decir que estaba pensando que había sido algo especial.

—Oh, sí, eso también.

—No iba a darte las gracias, porque eso sonaría raro y esas palabras no tienen la misma connotación. —Volví a apoyar la mejilla en la almohada—. Eres muy arrogante.

—Te encanta.

Se me cortó la respiración en la garganta. Me encantaba su molesta arrogancia. Me hacía reír cuando no me molestaba. Y también me encantaba cómo me abrazaba, tan fuerte que no había espacio entre nosotros y con sus dedos aún enredados entre los míos. Me encantaba lo que acabábamos de compartir, porque él encontraba placer en darme placer a mí. Me encantaba...

—Duérmete, Evie.

Respirando de forma superficial, cerré mis ojos húmedos. Me dormí, más rápido de lo que creía posible, y dormí más profundamente de lo que lo había hecho en meses, puede que incluso en años.

20

Luc se había ido cuando los primeros rayos del amanecer comenzaron a colarse por la ventana. Me di la vuelta y respiré hondo. La almohada a mi lado olía a él.

Cerrando los ojos, me puse de espaldas una vez más. La noche anterior parecía un sueño, pero sabía que había sido real. Todo de lo que me había dado cuenta, todo lo que me dijo y todo lo que hicimos.

No me arrepentí ni un momento, ni un solo segundo, pero eso no impidió el aleteo nervioso que me obligó a salir de la cama y entrar en la ducha.

Las cosas han cambiado.

Para mí.

Para Luc.

Para nosotros.

Tenía todo el día para recapacitar sobre lo que significaba aquello con exactitud y a dónde nos llevaría, pero ahora mismo había otra razón por la que me apresuraba a prepararme una hora antes de lo normal.

Quería hablar con mi madre antes de que se fuera.

Con el pelo todavía húmedo, me apresuré a bajar las escaleras, saludada por el rico aroma del café. Mi madre estaba en la cocina, sacando su taza para llevar del lavavajillas. Tenía la cabellera de pelo rubio metida detrás de las orejas y llevaba una blusa y unos pantalones negros. Su bata de laboratorio estaba junto a su bolso y su maletín.

—Te has levantado temprano —dijo, volviéndose hacia mí, y no había duda de que tenía dos sombras oscuras debajo de los ojos—. ¿Está Luc arriba?

—¿Qué? —Me detuve a trompicones, con un tipo de horror totalmente diferente apoderándose de mis entrañas. ¿Sabría ella... lo de anoche?

Arqueó una ceja rubia.

—¿De verdad crees que no sé que no ha abandonado su costumbre de llamar a la ventana de tu habitación como un ladrón en mitad de la noche?

Oh, Dios mío.

Se me calentó el centro de las mejillas.

—Un ladrón no llamaría a la ventana de un dormitorio.

—Luc es el tipo de ladrón que lo haría.

No tenía ni idea de cómo responder a eso.

—No he dicho nada de que Luc esté aquí porque sé que eres una chica lista —comenzó a decir mi madre, y mis ojos se abrieron de par en par. Esta no era la conversación que esperaba ni deseaba tener. Jamás—. También sé que después de todo lo que ha pasado y después de todo lo que has descubierto, has necesitado apoyo, y no quiero interponerme en eso, así que he sido muy indulgente con estas visitas, pero tiene que empezar a usar la puerta principal como un ser humano normal.

—No es un ser humano normal —señalé, sin poder contenerme.

Arqueó la ceja aún más.

—Tiene que empezar a comportarse como tal.

—Vale. Se lo diré. —Cambié mi peso de un pie a otro—. Anoche llegaste tarde a casa.

—Sí, han ocurrido muchas cosas en el trabajo. —Se acercó a la cafetera.

—¿Qué ha pasado en el trabajo? Has estado trabajando mucho hasta tarde.

—Lo sé. —Sirviéndose el café, sacudió un poco la cabeza—. Es todo el asunto del virus Luxen. Básicamente estamos persiguiendo rumores e imposibilidades para ver si es posible que hayamos pasado por alto alguna enfermedad que fuera transmisible.

Fui al frigorífico y saqué el zumo de naranja. No podía hablarle de Sarah, pero eso no significaba que no pudiera preguntarle por ella de forma indirecta.

—¿Ha habido más casos?

—Solo algunos esporádicos.

—¿Algo parecido a lo que le pasó a Coop? —le pregunté.

Mi madre negó con la cabeza mientras volvía a meter la jarra en la cafetera.

—No que yo sepa. Solo sé que hay más casos de personas que enferman y algunas que mueren. —Levantó la mano, tomó un vaso y me lo dio—. ¿Por eso te has levantado tan temprano?

No, ese no era el motivo, y aunque quería indagar más en estos casos, había otro asunto del que tenía que hablar con ella antes de tener que irme al instituto y ella se marchara al trabajo.

Llevé el vaso y el zumo a la isla.

—En realidad, hay algo de lo que quería hablarte.

Me miró, enroscando la tapa de la taza.

—Bien. Soy toda oídos durante... —Se miró el reloj de la muñeca—. Durante unos quince minutos.

Quince minutos deberían bastar para recorrer el camino por el que Luc quería estar aquí. Se enfadaría si se enterase de lo que iba a hacer, pero pensé que era una conversación que era mejor que tuviéramos mi madre y yo a solas.

—Estaba pensando en lo que ocurrió después de que me dieras el suero que me curó.

—Ah. —La sorpresa apareció en su rostro—. ¿Qué pasa con eso?

Me serví el zumo.

—¿Luc me trajo con vosotros en junio?

Con las cejas fruncidas, asintió.

—Sí. A finales de mes.

—¿Cuánto tiempo... tardó el suero en hacer efecto? —Tomé un sorbo para quitarme la sequedad de la boca y la garganta.

—Te tardó un par de días en bajar la fiebre y luego pasó una semana, más o menos, hasta que te curaste del todo —contestó—. Fue entonces cuando te hablé de... Evie.

—¿Y después qué? —pregunté, mientras casi se me resbalaba el vaso—. He intentado recordar ese verano antes de empezar el instituto, y lo único que tengo son esos vagos recuerdos de leer libros y ver la televisión, pero nada en concreto. Es como cuando intento pensar en quién era antes de que me dieran el suero.

—Fue por la fiebre y puede que por un efecto secundario del suero. —Colocó su taza para llevar en un posavasos—. Hizo algún daño a tu memoria a corto plazo.

Nunca lo había mencionado, pero no estaba segura de que eso significara algo.

—¿Qué hice ese verano? ¿Estuve fuera de juego?

Mi madre puso las manos sobre el granito mientras su mirada parecía agudizarse.

—¿Qué...? —Se humedeció los labios—. ¿Qué te ha dicho Luc que hiciste?

Un escalofrío me recorrió la columna vertebral, haciendo que mi cuerpo se pusiera rígido.

—Luc no me ha dicho nada. —En realidad, esa parte no era mentira.

—Entonces, ¿por qué me preguntas por esto?

—Porque Zoe me ha contado hace poco que nadie me vio hasta que me presenté en el instituto, y recuerdo ese día. Recuerdo los días anteriores, las compras de la vuelta al cole y todo eso, pero yo... —Tragué con fuerza—. No puedo recordar nada antes de eso.

¿Fue el alivio lo que vi que le relajaba las facciones del rostro o simplemente estaba siendo demasiado suspicaz? No estaba segura, pero suspiró con fuerza mientras se recogía el pelo que había caído hacia delante.

—Te estabas recuperando, Evie. No estabas realmente fuera de sí, pero necesitabas tiempo para recuperarte y tiempo para...

—¿Para que me convierta en otra persona?

Se estremeció, y yo me debatí entre sentirme mal y no sentirme culpable en absoluto.

—Sí. Había días en los que te encontrabas a la perfección, pero luego no tenías ni idea de quién eras. No eras Nadia. No eras Evie. Eras solo la cáscara de una chica. Necesitabas tiempo, así que te mantuve aquí.

La miré fijamente, sin prestarle atención al zumo. Eso tenía sentido. Más o menos. Dudaba que después de una fiebre tan intensa, me levantara y me convirtiera por completo en la copia de Evie, pero...

—¿Es eso lo que te preocupaba? —preguntó, con su mirada buscando la mía—. Sé que Zoe puede que no pretendiera nada al hablarte de esto, pero la verdad es que me gustaría que fuera más cuidadosa.

—¿Con qué?

—Con hacer que te preocupes por cosas que en realidad no importan. —Dio la vuelta a la isla, deteniéndose ante mí—. Y es obvio que te has estado preocupando por ello si te has levantado tan temprano para hablar del tema conmigo.

Miré hacia otro lado.

—¿Por qué?

—¿Por qué qué? —Me acarició la mejilla con su mano fría, guiando mi mirada hacia la suya, hacia unos ojos marrones que me resultaban familiares, pero que no eran reales. Unas lentes de contacto que ocultaban quién era en realidad.

—¿Por qué me diste los recuerdos de Evie? —pregunté—. ¿Por qué me hiciste eso? ¿Por qué no me dejaste que volviera a ser yo?

—Ya te lo he dicho. Me lo he preguntado un millón de veces, y yo...

—Echabas de menos a la verdadera Evie. —Me alejé de ella—. Eso no fue justo para mí. —Me tembló el labio inferior mientras daba un paso atrás—. En absoluto.

—Lo sé. —El dolor se extendió por sus rasgos—. Créeme que lo sé.

Durante todo el día del martes, seguí esperando que April apareciera en el instituto, pero no lo hizo, y nadie parecía hablar de su ausencia. Sin embargo, Zoe y yo sabíamos que eso no iba a durar mucho.

Y tampoco iba a durar el mantener a James ajeno a todo.

—Lo único que digo es que habéis estado actuando muy raro —nos decía mientras subíamos a duras penas la pequeña colina que llevaba al aparcamiento.

—¿Quién ha estado actuando de forma extraña? —Zoe entrecerró los ojos mientras buscaba sus gafas de sol en la mochila.

—Todas vosotras. Hasta la última de vosotras. —James me señaló a mí y luego a Zoe y después hacia delante—. Este soy yo señalando a Heidi, que en teoría tiene mononucleosis.

—¿Qué quieres decir con «en teoría»? —Compartí una mirada con Zoe—. Hablas como si la gente no se contagiara de mononucleosis.

—Literalmente, nunca he conocido a alguien que haya tenido mononucleosis a nuestra edad.

Zoe resopló.

—Eso no significa que la gente no la tenga todo el tiempo. Se contagió de Emery —dijo, y yo arqueé las cejas—. Esas dos no paran de enrollarse todo el rato.

—No me importa lo que ninguna de las dos diga. Todas habéis estado actuando extraño desde...

—¿Desde cuándo? —pregunté.

—Desde... él. —James se paró, y Zoe y yo hicimos lo mismo, siguiendo su mirada.

Luc estaba recostado contra mi coche, con las largas piernas cruzadas por los tobillos y los brazos cruzados sobre el pecho. Tenía los ojos ocultos por unas gafas de aviador plateadas y llevaba un gorro de punto gris. También llevaba unos vaqueros oscuros y una camiseta azul marino.

Se veía bien. Muy bien.

Y solo con mirarlo, pensé de inmediato en la noche pasada, o en esta mañana, cuando fuese. Todo mi cuerpo se sonrojó, e incluso desde donde estaba, vi que sus labios se curvaban en una pequeña sonrisa de suficiencia.

Ególatra.

La energía nerviosa me había estado zumbando por las venas durante todo el día, en parte por la conversación con mi madre, en parte por la expectativa de que April apareciera y por lo que íbamos a hacer esa noche, pero también por Luc..., por nosotros.

Ahora sí que había un *nosotros*.

Esa sonrisa suya apareció en el otro lado, y supe en ese momento que el muy cabrón estaba espiando mis pensamientos.

Luego inclinó la cabeza hacia James, y esa sonrisa se volvió francamente depredadora. Era como un gran gato segundos antes de atrapar a un ratón.

James y Luc se habían conocido de forma fugaz. No había ido del todo bien. No era de extrañar: Luc no se llevaba muy bien con la gente.

—Hola. —Luc saludó a James con la cabeza.

—Hola —refunfuñó él, mirando a Luc como si quisiera pedirle su identificación, su última dirección conocida y sus posibles alias—. ¿Qué estás haciendo aquí?

—James. —Le di un golpe en el brazo.

Luc solo se rio mientras se alejaba de mi coche, acercándose a nosotros.

—Voy a llevar a Evie al cine —respondió, y alcé las cejas cuando me dejó caer el brazo sobre los hombros—. ¿Verdad, Melocotón?

No íbamos a ir al cine, pero no podía decirle a James la verdad. Le lancé una mirada aguda a Luc.

—Algo así.

James nos miró al uno y al otro.

—¿Puedo ir con vosotros, chicos?

—En realidad, tú te vienes conmigo. —Zoe, que sabía lo que Luc y yo estábamos tramando, rodeó el brazo de James con el suyo.

—¿Ah, sí? —La sorpresa le tiñó la piel mientras el brazo de Luc me rodeaba.

—Sí. —Zoe empezó a tirar de James—. Vamos a ir a la tienda a comprarle a Heidi un regalo para que se recupere. Algo con chocolate y quizás algunas uvas.

—¿Chocolate y uvas? —murmuró Luc, curvando el labio.

—A Heidi le encanta comérselo junto —le expliqué mientras Zoe se despedía de nosotros.

—Eso es asqueroso.

Empecé a zafarme del brazo de Luc, pero él me atrapó y me empujó contra él, de frente. Vi cómo se me abrían los ojos en el reflejo de sus gafas de sol.

—¿Recuerdas lo que te dije anoche? —preguntó.

—Anoche dijiste muchas cosas.

—Sí, pero te lo advertí.

—Me advertiste de...

Luc me besó, y no fue como los besos feroces y hambrientos de la noche anterior. Este fue lento y sensual, un roce de sus labios sobre los míos, una, dos veces, y luego me instó a separar los labios. Profundizó el beso, y saboreé el chocolate en su lengua mientras me hundía en él.

Cuando por fin separó su boca de la mía, yo estaba casi jadeando.

—Te advertí de que estoy necesitado.

—Sí. —Eso fue lo único que pude decir.

—Muy necesitado.

Abrí los ojos.

—Puedo darme cuenta.

—¿Demasiado?

—No —susurré, y no era así.

—Bien. —Riéndose, me besó en la frente y se apartó. Me quedé allí un largo instante tratando de averiguar lo que estaba haciendo antes de abrir la puerta trasera y empezar a meter la mochila, pero me detuve, mirando el asiento trasero vacío.

Luc vino detrás de mí.

—¿Qué estás haciendo?

Parpadeando, negué con la cabeza.

—No lo sé. Es que me parece raro no tener la cámara en el asiento trasero o en la mochila. April me la ha destrozado. Pero no es importante. ¿Estás listo?

—Sí. —Luc se acercó al lado del copiloto—. ¿Seguro que James no está interesado en ti?

—Afirmativo. Y no importaría que lo estuviese, porque no me gusta. —Abrí la puerta del conductor—. Es que tú no le caes bien.

Luc apoyó los antebrazos en el techo del coche.

—¿Cómo puedo no caerle bien a alguien? Si soy increíble.

Entrecerré los ojos.

—En realidad, soy adorable y muy querido por las masas. —Mostró una amplia y demasiado encantadora sonrisa—. A tu amigo le tengo que caer bien.

Hice una mueca con los labios.

—Entra en el coche, Luc.

—Me gusta cuando me das órdenes. Sobre todo anoche, cuando me dijiste: «Bésa...».

—Entra en el coche, Luc.

—Sí, señora. —Me saludó con un gesto de alegría.

Poniendo los ojos en blanco, me situé al volante y cerré la puerta. Al pulsar el botón de arranque, lo miré.

—Espera. —Luc se inclinó hacia mí y me pasó el pulgar por el labio inferior, lo que me produjo un fuerte estremecimiento en las venas. Cada parte de mi ser se hizo totalmente consciente de su yema del dedo. El contacto fue inesperado y breve, nada parecido a un beso, pero aun así me dejó aturdida—. La tengo.

—¿El qué? —pregunté, parpadeando.

—Una pelusilla. —Una pequeña sonrisa secreta le adornó los labios mientras se acomodaba en el asiento—. He pensado en ir primero al club. Darte tiempo para visitar a Heidi y darte de comer, y luego esperaremos hasta que se ponga el sol. Colarse en la casa de otra persona es más fácil cuando está oscuro.

Eso tenía sentido, y me hizo pensar en que Luc tenía mucha experiencia en andar a escondidas por lugares donde no debería estar. Y yo me moría de ganas de ver a Heidi. Nos habíamos enviado mensajes a lo largo del día, y ella parecía ser la misma de siempre, pero necesitaba verla con mis propios ojos.

—Me parece un buen plan.

Al salir de la plaza de aparcamiento, no perdí de vista lo concurrido que estaba.

—¿Ha pasado algo interesante hoy en el instituto?

Sacudí la cabeza mientras bajaba la ventanilla, dejando que el aire fresco del otoño entrara en el coche.

—La verdad es que no. A nadie le ha parecido raro que April no haya venido. Su grupo ha estado protestando esta mañana.

Luc miraba fijamente por la ventanilla del copiloto, con las manos apoyadas en las rodillas dobladas. Su perfil era llamativo, en especial bajo el brillante sol del otoño. Era un crimen que un gorro de punto le quedara tan bien.

—Esperemos que encuentren una nueva afición —comentó.

—Ojalá, pero lo dudo. Es como si April despertara algo en ellos, les diera algo a lo que culpar de todos sus problemas.

Luc asintió despacio.

—Intentaba ser optimista.

Resoplé.

—Bueno, yo solo estoy siendo realista.

—Melocotón.

Me dio un vuelco el corazón.

—¿Sí?

—El semáforo está en verde, así que... —Me miró, con los labios torcidos en las comisuras—. Vas a tener que dejar de mirarme y ponerte a conducir.

Parpadeé, sonrojándome.

—Ah, sí. Tienes razón.

Luc se rio.

Heidi parecía haber pasado un mes en un balneario, tenía la piel resplandeciente y un apetito asombroso. Incluso comparado con el mío. Se había zampado la hamburguesa que Kent le había llevado de la cocina y tres magdalenas que habían traído de una de las panaderías cercanas.

Yo me había comido dos magdalenas, y probablemente habría comido más si Kent no me hubiera robado las dos últimas al salir.

Pasé la mayor parte de la tarde con Heidi y Emery, y no fue hasta que el sol empezó a ponerse que llamaron a la puerta de Emery. Me imaginé que era Luc, dispuesto a hacer un pequeño allanamiento de morada, y se me hizo un nudo en el estómago cuando le di a Heidi un beso en la mejilla y abracé a Emery, que me devolvió el gesto con la torpeza de las personas que no están acostumbradas a abrazar.

Entonces salí al pasillo. Luc se había deshecho del gorro de punto y de las gafas de sol, y sus ondas desordenadas de color bronce le sobresalían de forma adorable en cada dirección.

—Hola. —Me sentí extrañamente tímida mientras juntaba las manos.

Me recorrió el rostro con la mirada.

—¿Cómo está Heidi?

—Perfecta. Como si hubiera estado un mes de vacaciones. Hasta Emery no parece agotada.

Un lado de su boca se levantó.

—Eso es lo que hace el amor.

Mi mirada se dirigió a la suya y él se apartó de la pared. No supe exactamente qué hacer mientras acortaba la distancia entre nosotros. La noche anterior había sido descarada y confiada, pero una timidez se apoderó de mí cuando él se me puso delante. Era como si nunca hubiera estado en una relación, y aunque no nos habíamos puesto etiquetas el uno al otro, sabía que eso era lo que estábamos intentando hacer.

¿Quizás era porque ahora estaba en una relación que me importaba y por eso me sentía diferente? ¿Como si fuera la primera vez de todo?

Su mirada captó la mía y aparté la vista, dejando escapar una risa temblorosa.

—Lo siento. Estoy siendo rara. Es que no sé cómo actuar ahora.

—Sé tú misma —respondió, agarrándome un mechón de pelo y colocándomelo detrás de la oreja—. O sé un unicornio. Una de las dos cosas.

Me reí de nuevo.

—Eres extraño.

—Extrañamente encantador —me corrigió, con la mano detrás de mi oreja—. ¿Lista?

Empecé a asentir, pero me detuve.

—Tú y yo. Estamos haciendo esto, ¿verdad? ¿Lo de estar juntos? ¿Como novio y novia? —El calor se apoderó de mis mejillas—. No le he dicho nada a Zoe ni a Heidi porque... no sé. Quería asegurarme de que eso es lo que somos.

Luc me miró fijamente durante tanto tiempo que empecé a preocuparme un poco. Entonces se inclinó, acercándome la boca al oído.

—Si tienes que preguntar eso, quizás no fui lo bastante claro anoche. Solo somos tú y yo. Novio. Novia. Compañeros. Amantes —dijo, y se me tensaron los músculos del estómago—. No me importa cómo me llames mientras sea tuyo.

Dios.

Dios.

Me derretí allí mismo, dejando caer la frente sobre su pecho. Él deslizó la mano hasta mi nuca.

—¿De acuerdo? —preguntó—. ¿Está claro ahora?

—Sí —le respondí a su pecho.

—¿Estás lista, entonces?

—Sí.

—Primero tienes que levantar la cabeza de mi pecho.

—Vale.

Se rio, y entonces levanté la cabeza.

—No pasa nada —dijo.

—¿Qué?

—Por estar nerviosa.

Mis ojos se encontraron con los suyos.

—¿Por lo que vamos a hacer esta noche?

—Bueno, sí, por eso, pero me refiero a que no pasa nada por estar nerviosa o no saber cómo actuar entre nosotros —dijo—. Yo también estoy nervioso.

—¿De verdad? —pregunté, dudando.

—De verdad. —Su mirada buscó la mía—. Eres la única persona cuya opinión me ha importado.

La siguiente respiración que tomé se entrecortó en algún lugar de mi corazón acelerado.

—Me preocupa ser demasiado, porque sé que lo soy. —Inclinó la cabeza hacia un lado—. Me preocupa que lo que yo quiero te haga apresurarte a desearlo. Me preocupa que yo... Que nunca pueda ser lo suficientemente bueno para ti.

Me quedé mirándolo, sorprendida.

—¿Cómo puedes...? —Sacudí la cabeza—. Eres lo bastante bueno, Luc, y no eres demasiado.

Alzó las cejas.

—Bueno, vale, tú sí eres mucho, pero ese mucho me gusta, y por eso no pasa nada. —Le puse las manos en el pecho y, bajo la palma, pude sentir su corazón palpitando tan rápido como el mío—. No puedo creer que estés nervioso o que pienses que no eres suficiente.

—Que no lo demuestre no significa que no lo sienta. —Entonces tragó y bajó la voz—. No he hecho nada de esto, Melocotón. Nunca he tenido una relación ni he agarrado una mano antes de agarrar la tuya. He hecho cosas con otras personas, pero tú eres mi primera... mi primera en muchas cosas. ¿Cómo no voy a estar nervioso?

No sabía qué decir, porque sabía intrínsecamente que las palabras no importaban en ese momento. No después de lo que había admitido en voz baja.

Me estiré, lo tomé de las mejillas y acerqué su boca a la mía. Lo besé, y, en ese beso, esperaba que pudiera sentir lo que sus palabras significaban para mí, lo que hacían por mí.

Y creía que lo había hecho, porque cuando volví a ponerme de pie y a deslizar las manos por su pecho, este subía y bajaba con fuerza.

La sonrisa que se dibujó en los labios de Luc se volvió cálida cuando me agarró de la mano. Ahora que sabía que no era la única que estaba nerviosa y preocupada, sentí que la timidez se esfumaba mientras me guiaba escaleras abajo y salía por la entrada trasera del callejón. Kent nos esperaba allí, al volante del todoterreno negro, y para entonces ya me había recompuesto.

—¿De quién es este coche? —pregunté mientras abría la puerta trasera del pasajero.

Luc me sonrió, y decidí que probablemente no quería saber a quién pertenecía ese vehículo y cómo había llegado a adquirirlo.

—Pensé que era mejor no estar en tu coche por si las cosas se torcían —dijo mientras cerraba la puerta.

Los nudos de mi estómago se apretaron mientras me inclinaba hacia delante, agarrando el respaldo de su asiento.

—¿Crees que las cosas se torcerán?

—No lo creo, pero es mejor que estemos preparados.

—Y si las cosas empiezan a ir mal, para eso estoy aquí, cielito. —Kent me saludó con la mano y yo fruncí el ceño, sin saber por qué me llamaba así. Su melena tocaba el techo del todoterreno—. Soy un gran conductor para las huidas.

—¿Es algo que tienes que hacer a menudo?

Sonrió ante el espejo retrovisor.

—Si tú supieras.

Mi mirada se dirigió a la nuca de Luc. ¿Con qué frecuencia necesitaban un conductor para huir? ¿Era cuando trasladaban a los Luxen no registrados? Me senté, juntando las manos en el regazo mientras pensaba en todas las cosas que Luc y su pandilla hacían y de las que yo no tenía ni idea.

Eso iba a tener que cambiar.

Pero ahora mismo, necesitaba centrarme en mis florecientes aspiraciones delictivas.

No tardamos mucho en llegar a casa de April. Vivía a las afueras de la ciudad, después de un largo tramo de carretera. La zona residencial era más pequeña, las casas estaban más separadas. Kent aparcó en otra manzana y se quedó en el coche mientras Luc y yo salíamos. Las calles estaban vacías y silenciosas, con la excepción de algún coche o un perro lejano que ladraba.

Intentaba de forma desesperada no pensar en lo que estábamos haciendo. Aunque la idea había sido mía, nunca había entrado en la casa de nadie, y mucho menos en la de una criatura psicótica.

Por otra parte, ¿qué sabía? Tal vez cuando era Nadia, había sido una ladrona tremenda al acecho.

Me temblaban las manos, así que me las metí en los bolsillos de los vaqueros mientras cruzábamos las calles de April y nos subíamos a la acera.

—¿Todo bien? —preguntó Luc.

—Estoy nerviosa —admití—. Y no estoy hablando de nosotros.

Me miró.

—Eso es lo normal. No es que te dediques al allanamiento de morada a diario.

—¿Y tú sí?

Se rio en voz baja cuando la casa de dos plantas de April, de estilo colonial, se hizo visible.

—Se sabe que he entrado en una casa o... en veinte.

Le lancé una mirada.

—Qué bien.

—No tienes que hacer esto. Puedes esperar con Kent y no pasaría nada. De hecho, lo prefiero.

—No —respondí de inmediato—. Puedo hacerlo.

Luc asintió con la cabeza mientras se dirigía hacia el lado de la casa, pasando por delante de numerosas ventanas oscuras. El patio trasero estaba vallado, pero la puerta estaba abierta, enmarcada por unos arbustos de mariposas muy crecidos. Podía ver la silueta de un gran parque infantil exterior. Un columpio se balanceaba con la brisa y producía un suave chirrido. Se me puso la piel de gallina en los brazos, bajo el jersey oscuro.

Me detuve.

Luc también.

El instinto rugió, gritando que nos estaban observando. Nada más terminar ese pensamiento, una sombra se alejó de la parte trasera de la casa, pasando por debajo del débil resplandor de una luz solar.

Grayson.

Dios.

El alivio casi me dobló cuando el alto Luxen dijo:

—No hay nadie dentro. Al menos, no vivo.

Mi mano revoloteó hacia mi estómago.

—¿Hay alguien... muerto dentro?

—Si lo hay, no lo he visto.

—Entonces, ¿por qué...? —Me interrumpí, decidiendo de inmediato que no valía la pena el tiempo o la energía en entender por qué lo había expresado así.

Luc subió los pocos escalones y llegó al porche.

—¿Inspeccionasteis algo ayer?

Sacudió la cabeza.

—Solo echamos un vistazo para ver si April estaba aquí, y eso fue todo. Luego Zoe y yo fuimos a varias casas de sus conocidos. La casa no está cerrada con llave, y nadie ha estado aquí, hasta donde yo sé.

—Perfecto. —Luc miró hacia donde yo estaba—. ¿Quieres entrar?

Con la garganta seca, asentí con la cabeza mientras subía los pequeños escalones, consciente de que Grayson me observaba.

—¿Seguro que es una buena idea? —preguntó Grayson—. ¿Ella?

Me detuve y miré al Luxen.

—Gray —suspiró Luc.

—¿Qué? No tiene experiencia en este tipo de cosas. —Grayson tenía razón, el muy idiota—. Ni siquiera debería estar aquí.

—No sabía que necesitáramos tu opinión —espeté, y prácticamente pude sentir la mirada láser de Grayson atravesándome.

—Es cierto. —El tono de Luc era uniforme—. Ve a hacerle compañía a Kent.

Grayson se puso rígido.

—¿No debería haceros compañía a vosotros?

—¿Vas a ser capaz de mantener la boca cerrada? —Luc volvió a la carga.

El Luxen pareció meditarlo y luego refunfuñó:

—No.

Puse los ojos en blanco.

—Entonces, déjanos en paz.

Enviándome una última mirada furiosa, Grayson no fue más que un borrón cuando se fue del porche, en busca de Kent.

—¿Por qué me odia? —pregunté cuando estuve segura de que se había ido.

Luc se detuvo en la entrada.

—No te odia, Melocotón.

Me reí de eso.

—Oh, vamos. Me odia muchísimo.

Sacudiendo la cabeza, Luc se desvió hacia un vestíbulo oscuro.

—Lo estás malinterpretando.

—Estoy bastante segura de que lo estoy interpretando de la forma correcta.

Un resplandor blanquecino rodeó la mano de Luc mientras se dirigía a la cocina, guiando nuestro camino.

—Cuando hayamos echado algunas de estas cortinas y persianas, probablemente podamos encender algunas de las lámparas.

Asentí con la cabeza mientras me movía despacio detrás de él, escudriñando la zona. En el centro de la isla había un cuenco de madera. Había plátanos en él, todavía frescos. Pasé por delante de un frigorífico repleto de imanes aleatorios. Había letras, pero no formaban ningún tipo de palabra que reconociera. Luc avanzó, echando de manera sistemática persianas y cortinas, utilizando la fuente para guiarse.

La cocina desembocaba en un comedor y luego en un salón con cojines mullidos por todas partes. Había revistas en la mesita y posavasos de un bar local en las mesas auxiliares. La habitación olía a manzanas y todo parecía normal.

Al girarme, vi las escaleras y me dirigí hacia ellas. Había estado en casa de April varias veces a lo largo de los años, así que sabía dónde estaba su dormitorio en la planta superior. Luc y yo subimos las escaleras cubiertas de moqueta, con nuestros pasos silenciosos, y entramos en un largo pasillo.

Era extraño estar aquí ahora, preguntándome si todo lo que rodeaba a April siempre habría sido una actuación que ella quería que viéramos. ¿Siempre había sido así... fuera lo que fuese? ¿Su odio hacia los Luxen era real o una actuación? ¿Sabía ella lo que era Zoe? Y, cuando habíamos sido amigas, ¿había sido algo real?

—Hay algo raro en esta casa —dijo Luc mientras abría una puerta y encontraba el armario de la ropa de cama.

—¿Qué te hace decir eso? —Avancé por el otro lado de la pared.

—No hay ni un solo sonido aquí. No hay ventilador. No hay golpes ni estruendos de aire encendiéndose y apagándose. —Ahora que lo señaló, me di cuenta de que tenía razón—. Es como caminar por un cementerio, un cementerio embrujado.

Me estremecí al abrir la puerta de lo que parecía ser un dormitorio de invitados.

—Gracias por meterme eso en la cabeza.

—De nada. —Una puerta se abrió, y entonces Luc dijo—: Dijiste que tenía una hermana pequeña, ¿verdad?

—Sí.

—Esta debe de ser su habitación. —Entró—. Aquí hay algo de ropa colocada en la cama. Parece que pertenece a una niña.

Mis dedos se enroscaron en el frío pomo, con el corazón palpitándome. ¿Dónde estaba la familia de April? ¿Serían lo mismo que ella era, fuera lo que fuese, incluida su hermana pequeña? Me adelanté, empujando la puerta del dormitorio de April con una mano mientras jugueteaba con la obsidiana que colgaba de mi collar, frotando la roca lisa con el pulgar. Las persianas de la habitación ya estaban bajadas y me apresuré a acercarme a la cama, y encendí la lámpara. Primero vi el tocador de maquillaje, donde había varias barras de pintalabios rojos apiladas en un pequeño cubículo.

—Bingo. —Oí decir a Luc desde algún lugar del pasillo—. He encontrado un despacho.

Su habitación estaba impecablemente ordenada, como... la de mi madre. Todo tenía su propio lugar. Una pequeña estantería con libros alineados en... ¿orden alfabético? Entrecerré los ojos. Sí. Vaya. Bufandas enrolladas en una cesta en la parte superior, maquillaje apilado en cubículos, y su escritorio libre y despejado de desorden. Era como lo recordaba.

En el centro de su cama perfectamente hecha había un unicornio de peluche.

Conocía ese unicornio.

Durante el verano que siguió a la vuelta al instituto, el verano que yo recordaba, habíamos ido a la feria del condado. Zoe había ganado aquel unicornio de peluche y se lo había regalado.

No sé cuánto tiempo me quedé mirando el unicornio, pero al final aparté mi mirada de él y me acerqué a su escritorio, abriendo los cajones. Solo había grapadoras y un surtido de clips de colores. Las paredes estaban vacías. No había fotografías. No había cuadros ni pósteres, y yo pensé que antes tenía fotos. Me dirigí a su tocador, soltando la obsidiana.

La verdad era que no sabía lo que estaba buscando. No es que April llevara un diario en el que lo explicase todo.

Aunque eso sería útil.

Al abrir el primer cajón, vi un montón de ropa interior y me estremecí. De verdad iba a...

Luc apareció de repente detrás de mí, rodeándome la cintura con el brazo, atrayéndome contra su pecho.

—Hay alguien aquí.

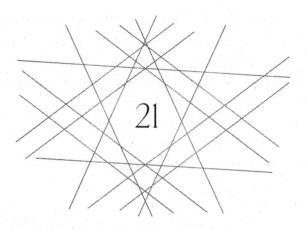

21

El corazón se me subió a la garganta mientras susurraba:

—¿Cómo?

—Acaba de entrar por la puerta principal.

—Mierda —siseé, con el estómago dándome un vuelco.

—Quiero ver quién es y qué está tramando.

Asentí, esperando que eso significara que nadie iba a matar a nadie esta noche. A menos que fuera April. Estaba totalmente de acuerdo con que la matáramos a ella.

Una sonrisa apareció en la cara de Luc.

—Sedienta de sangre. Me gusta.

No había tiempo para molestarse por que me leyera los pensamientos. Luc, obviamente mucho más hábil en este tipo de cosas, se lanzó a la acción. Moviéndose con rapidez, me levantó como si no fuera más que un gatito aturdido. El cajón de la cómoda se cerró y la lámpara se apagó sin que él la tocara, dejando la habitación a oscuras mientras Luc giraba hacia la puerta del armario.

Los pasos subieron con fuerza por las escaleras, no tan silenciosos como antes. Mi cuerpo iba del calor al frío. Un segundo después, volví a encontrarme entre camisetas y jerséis mientras Luc cerraba de forma silenciosa y rápida la puerta del armario detrás de él.

Las perchas se balanceaban, chocando unas con otras y lanzando una columna de polvo al aire. Alargué la mano y las atrapé, deteniéndolas unos segundos antes de que se encendiera la luz del dormitorio de April.

Se me aceleró tanto el corazón que creí que podría vomitar cuando Luc se acercó por detrás y me puso la mano en la cadera. No había espacio entre nosotros cuando retrocedió, manteniéndome contra la pared.

La última vez que habíamos estado dentro de un armario, había terminado con un beso robado y agentes del GOCA volando.

La verdad era que esperaba que esta vez no hubiera agentes del GOCA implicados.

A través de los diminutos huecos de las tablillas de la puerta del armario, vi a una mujer con pantalones negros entrar en la habitación a grandes zancadas.

Agarré la parte de atrás de la camiseta de Luc, apretando los labios. Él me apretó la cadera a su vez. Quienquiera que estuviera en la habitación abrió la cómoda en la que yo había estado...

De repente, la nariz me hacía cosquillas y me picaba. ¡El polvo! El cosquilleo creció hasta que me lloraron los ojos. Oh, no. Podía sentirlo. Un estornudo en la parte posterior de mi nariz.

«Oh, no. Oh, no. Oh, no».

Había sido una idea terrible. Una idea horrible. Iba a darme un puñetazo en la cara por haber ideado esto.

Apreté los ojos mientras clavaba los dedos en la espalda de Luc. Giró la cabeza hacia mí y yo le planté la cara en la espalda, rezando a Dios para que pudiera detener el estornudo, porque sabía que si nos exponíamos, Luc reaccionaría primero y pensaría después, y no teníamos ni idea de quién estaba ahí fuera, si era malo o bueno... o humano.

El cajón se cerró, encajando en su sitio. Un escalofrío de electricidad me bailó sobre la piel, irradiando de Luc. Le brotaba la tensión del cuerpo, electrizando el pequeño espacio. ¿Se daba cuenta de que estaba a punto de estornudar? ¿Estaba leyéndome la...?

Sucedió.

Todo mi cuerpo se sacudió cuando el estornudo salió con un pequeño *achís*.

—Mierda —murmuró Luc.

Con los ojos muy abiertos, eché la cabeza hacia atrás justo a tiempo para ver a la mujer frente a la cómoda girarse hacia las puertas del armario.

Todo pasó muy rápido.

Luc me empujó hacia atrás mientras la puerta del armario se abría de golpe contra la pared. Una energía blanquecina y repentina le bajó por el brazo, chisporroteando en el aire a nuestro alrededor cuando la mujer levantó el brazo. Un rayo de la fuente salió de la mano extendida de Luc.

Pop. Pop. Pop.

La mujer gritó mientras su cuerpo daba vueltas, con los brazos girando como un molinillo. Una pistola. Había estado sosteniendo una pistola antes de que saliera volando por los aires junto con algo blanco, y luego ambos cayeron a la alfombra mientras ella se golpeaba contra la cama, agarrándose el hombro.

Luc se tambaleó hacia mí, y lo rodeé con los brazos, tratando de atraparlo, pero fue inútil. Era demasiado grande y pesado. Tuve una sensación de *déjà vu* cuando Luc se arrodilló y su gruñido de dolor me hizo sentir una sacudida de puro terror mientras su peso me arrastraba hasta el espacio entre el armario y la cama.

No.

De ninguna manera.

Unos agujeros rojos, del tamaño de una moneda, aparecieron en la parte delantera de la camiseta de Luc, y esos agujeros de inmediato empezaron a gotear, recorriéndole la parte delantera del estómago.

—¡No! —grité mientras le agarraba el hombro. Esto no era posible. Era Luc. Nadie podía dispararle—. No.

Esa palabra no cambió la realidad. Le habían... (ay, madre mía) le habían *disparado* a Luc. Tres veces. El horror se apoderó de mí con garras de hielo.

«No puedo hacer esto sin él».

La voz que entró en mis pensamientos sonaba como la mía, pero no lo era y cargaba una pesadez que parecía de años.

El pánico estalló cuando Luc rodó sobre su espalda, con los ojos fuertemente cerrados y los labios apretados. El resplandor de la fuente le parpadeó alrededor del brazo y luego se apagó cuando las venas de debajo de los ojos se le llenaron de una luz blanca y brillante, haciéndose visibles bajo la piel. Aquellos agujeros (aquellas heridas) parecían estar extendiéndose. Puse las manos sobre ellas, tratando de detener el flujo de... sangre azul rojiza.

—Luc —susurré. Era poderoso. Era un maldito superhombre, pero le habían disparado tres veces en el pecho, y tenía un corazón en ese pecho destrozado. Lo había sentido latir, y uno de los agujeros, madre mía...

Corté esos pensamientos.

Luc iba a estar bien. Tenía que estarlo, porque no podía perderlo. No así. Nunca más...

La mujer cayó de la cama al otro lado. Recorrí con la mirada la habitación y descubrí la pistola que estaba a unos metros de mí.

Avanzando de rodillas, alcancé la pistola mientras la mujer se levantaba, tambaleándose. El metal se me clavó en la palma de la mano cuando me puse en pie de un salto y pude verla por primera vez. Era mayor, con el pelo oscuro recogido en una coleta. Nunca había visto a la madre de April. Esta mujer no se parecía a ella, excepto por los macabros labios rojos, pero ¿quién más podría ser? Tenía una mano presionándose el hombro. La sangre le corría por el brazo.

Ella gritó, precipitándose sobre mí, y yo...

El instinto afloró a la superficie, tomando el control. Mi cerebro se desconectó cuando apunté el arma y apreté el gatillo. No oí el chasquido del arma al disparar, pero la bala impactó de lleno. La mujer se sacudió hacia atrás, sus brazos se debilitaron y cayó sobre la cama, deslizándose unos dos centímetros antes de detenerse. Su pecho no se movió. Tenía los ojos abiertos, abiertos y vacíos. Su frente...

Una bruma de familiaridad se deslizó por los bordes de mis pensamientos, justo fuera de mi alcance para captarla y darle sentido. Tenía la sensación de haber estado aquí antes, de haber hecho esto antes. Sin embargo, eso no podía ser cierto. Nunca había tenido un arma entre las manos.

Seguro que nunca había disparado a nadie, pero una voz susurraba en el borde de mi subconsciente. «Si tomas un arma, apuntas a matar. No a herir. A matar». Esa voz... me resultaba familiar...

Despacio, bajé el arma.

—Evie —gimió Luc, y me sacudí cuando su voz dolorosa me hizo entrar en acción.

—¡Luc! —Me di la vuelta y me tiré al suelo junto a él, colocando la pistola en el suelo a mi lado. Me acerqué a él y le levanté la camiseta. Una oleada de pánico me atravesó al ver las tres heridas. Una en el lado izquierdo del pecho, demasiado cerca del corazón. Otra en el derecho. Y la última justo debajo. La sangre le chorreaba hacia el estómago, brillando de color azul a la luz.

Abrió los ojos, con las pupilas de un blanco brillante mientras levantaba la cabeza del suelo.

—Esta era... mi camiseta favorita.

—¿Qué? —Me reí, pero salió como un sollozo estrangulado. Le toqué la frente, apartándole el pelo y dejando una mancha de sangre... su sangre—. Es solo una estúpida camiseta, Luc. Estás sangrando mucho. Te han...

—Llenado de agujeros. Lo sé.

—Dime qué tengo que hacer —rogué, porque sabía que no podía llamar al 911—. Porque esto no tiene buena pinta.

—Sácame el teléfono del bolsillo. Del derecho. Estará desbloqueado. Y llama a Grayson. No tiene tan mala pinta, así que podrá arreglarlo.

—¿Que no tiene tan mala pinta? Tienes tres agujeros de bala en el pecho —le grité mientras le metía la mano en el bolsillo derecho, sacando el teléfono y encontrando enseguida el número de Grayson.

El Luxen contestó al primer tono.

—Hey.

—Han disparado a Luc —dije.

—¿Y? Como si fuera la primera vez.

¿Como si fuera la primera vez? ¿Qué? Desvié la vista al rostro pálido de Luc.

—¡Le han disparado varias veces en el pecho, imbécil!

La risa de Luc terminó en un gemido.

—Auch.

—Deberías haber dicho eso primero. —Grayson colgó.

—Creo que ya viene. —Me metí el teléfono en el bolsillo trasero.

—Ya viene. Con su ayuda, me curaré... más rápido, pero... —Levantando un brazo, su frente se frunció cuando la luz blanquiazul se tragó su mano—. Puede que quieras mirar hacia otro lado, porque esto va a ser... asqueroso.

No iba a parpadear siquiera porque temía que si lo hacía, él dejaría de hablar, de respirar, y no podía arriesgarme a eso.

—Tengo que sacar estas balas. Hay algo... raro en ellas. —Luc apretó la mandíbula e inclinó la cabeza hacia atrás contra la alfombra mientras le temblaba la mano y la luz de la fuente palpitaba. Un latido más tarde, arqueó la espalda y tres balas se desprendieron de su pecho, flotando debajo de su palma.

Me quedé con la boca abierta mientras me caía de espaldas.

—Joder.

No podía creer lo que estaba viendo, y eso que ya había visto a Luc hacer algunas locuras antes. Arrancar árboles de raíz. Lanzar a Micah varios metros a través del suelo. Recuperarse de heridas que matarían a un humano en menos de un nanosegundo. Pero esto...

Luc se desplomó hacia atrás, respirando con dificultad.

—Qué divertido.

—¿Cómo? —Me lancé hacia delante, agarrándole la mano—. ¿Cómo lo has hecho?

—Especial —jadeó, con las pupilas ultrablancas mientras me miraba—. No soy un experto en armas, pero no te parecen balas normales, ¿verdad?

Las balas ensangrentadas, pequeñas y cilíndricas eran... extrañas. Las puntas redondeadas eran transparentes, y dentro había algo que parecía luz azul o agua.

—No. —Observé cómo cerraba la mano alrededor de ellas—. ¿No deberían parecer más... usadas?

—Creo que sí. Algo debe haber salido mal con ellas. —Un hilillo de sangre se le filtró por la comisura del labio—. Lo siento.

Sacudí la cabeza mientras le limpiaba enseguida la mancha de sangre a lo largo de la boca.

—¿Por qué?

—Has tenido que dispararle. Debería haberla eliminado yo.

Se me tensaron los músculos a lo largo de la espalda cuando me llevé su mano al pecho.

—No es tu culpa. He estornudado como una idiota y he tenido que hacerlo. ¿Verdad? Te ha disparado de inmediato, antes de que pudiera ver quién eras. Tenía que ser mala, ¿no?

—Sí.

Se le cerraron los ojos, y a mí se me detuvo el corazón.

—¡Luc! Abre los ojos. Por favor.

Cuando lo hizo, sus pupilas volvieron a ser negras, y toda la sangre parecía que le había desaparecido del rostro.

—He visto cómo te empalaban unas ramas y te volvías a levantar, pero...

—Algo ocurre con las balas.

—¿Qué...?

—Vaya, menudo desastre —anunció Grayson desde la puerta, y después estaba junto a Luc, revisándole el pecho—. ¿Puedes esperar hasta que te saquemos de aquí?

—No puede esperar. —Le apreté la mano a Luc—. Arréglalo.

Unos penetrantes ojos azules se encontraron con los míos.

—Estás maldita, ¿lo sabías? —espetó Grayson—. Ayer, Heidi. Hoy, Luc. ¿Quién será el afortunado mañana?

Inspiré hondo, incapaz de responder porque empezaba a sentirme como si estuviera maldita.

—Cállate —gimió Luc—. Y sácame de aquí.

Grayson negó con la cabeza mientras pasaba un brazo por debajo de los hombros de Luc, ayudándolo a sentarse y luego a ponerse de pie. Me levanté, con las piernas temblorosas al soltar la mano de Luc. Me volví hacia la cama...

—No —gimió Luc—. No la mires, Melocotón. No conseguirás nada bueno con eso.

Era probable que Luc tuviera razón. Cuando comencé a apartar la mirada, lo vi en la alfombra: el objeto que la mujer debía de haber sacado de la cómoda. Era una pequeña bolsa blanca con cremallera del tamaño de un libro de tapa dura. Me la llevé y seguí a Luc y a Grayson a través de la casa y por la puerta trasera. El hecho de que Luc estuviera en pie era nada menos que un milagro.

Menos mal que Kent estaba subiéndose a la acera cuando salimos por el lado de la casa.

Apenas pude recuperar el aliento, volví a mirar hacia la casa de April. Había un sedán en la entrada que no había estado allí antes. Todo parecía normal, pero los vecinos tenían que haber oído algo.

—Melocotón —me llamó Luc, con tono urgente.

La puerta trasera del todoterreno estaba abierta, y subí, desplazándome mientras Grayson ayudaba a Luc a sentarse a mi lado. De inmediato, estiré la mano para agarrar la de Luc.

—¿Cómo puedo ayudar? —pregunté, colocando la bolsa blanca a mi lado.

Apoyó la cabeza contra el asiento, apretando la mandíbula.

—Solo quédate aquí.

—Eso puedo hacerlo —le prometí, con el corazón encogido mientras me ardía la parte posterior de la garganta—. Claro que puedo hacerlo.

—¿Vas a dejarme sangre por todo el interior de este coche? —Kent estaba inclinado entre los dos asientos delanteros—. Porque soy como un conductor de Uber. Si sangras o vomitas, te voy a poner una multa. —Kent me miró—. ¿Quieres agua?

Le devolví la mirada.

—A veces le gusta hacer como que es un conductor de Uber. —La sonrisa de Luc era más débil de lo normal—. Y no tiene agua.

Kent puso los ojos oscuros en blanco.

—Quería salir corriendo a buscar agua, pero alguien, Grayson, dijo que no teníamos tiempo. Es como si nadie entendiera mis sueños y aspiraciones.

—Nadie entiende nada de ti, Kent.

Grité cuando la puerta detrás de mí se abrió de repente. Zoe entró, sorprendiéndome.

—¿Cómo...?

—Nuestro conductor de Uber, Kent, me llamó. —Cerró la puerta detrás de ella—. Pensé que os vendría bien una ayuda extra.

—A Luc le han disparado —le expliqué mientras Grayson se subía al asiento del copiloto—. Como tres veces.

—Ya veo. —Hizo una mueca mientras se inclinaba a mi alrededor—. No puedo creer que te hayas dejado disparar. Otra vez.

—Qué comprensivos sois —murmuró Luc mientras Kent se alejaba de la acera.

—¿Por qué seguís actuando como si esto pasara a menudo? —Me giré hacia Luc—. ¿Es que pasa a menudo? —Mi voz se volvió más aguda—. ¿Te disparan a menudo?

Luc se quedó callado.

Me volví hacia Zoe, que miraba con atención por la ventana.

—¿Le disparan a menudo?

—No respondas a eso —le ordenó Luc.

—¿Qué? —grité.

—¿Sabéis? Os voy a recordar a todos en este vehículo que yo pensaba que era una mala idea entrar en esa casa —anunció Grayson—. Pero nadie me escucha nunca.

—¿Quieres llegar a algún sitio con eso, Grayson? —preguntó Luc.

—En realidad, no.

La mitad de la cara de Luc estaba en las sombras, pero me pareció ver el atisbo de una sonrisa.

—No tenías por qué venir aquí.

Sacudiendo la cabeza, Grayson se dio la vuelta cuando pasamos por delante de unos faros que se dirigían a la zona residencial.

—Como si tuviera otra opción.

—No puedes verme —dijo Luc—, pero he puesto los ojos en blanco con tanta fuerza que se me han salido de las cuencas.

—¿Podéis no hacerlo ahora mismo? —se quejó Zoe, y yo estaba de acuerdo con ella al cien por cien—. Estoy segura de que parece que te vas a desmayar, Luc.

Pues sí, lo parecía.

—¿De verdad? —Grayson se giró hacia nosotros—. Puedo curarte ahora, porque estoy segurísimo de que no te voy a llevar a cuestas.

—Creo que deberías curarlo ahora —le dije a Grayson.

Me ignoró.

—No me voy a desmayar —refunfuñó Luc—. Nunca me desmayo.

—Será mejor que no, porque pesas mucho —murmuró Grayson—. Y no es así como quiero acabar la noche.

—A veces hay que hacer cosas que no se quieren hacer —replicó Luc.

—¿Como ahora mismo? —Grayson me lanzó una mirada.

—Bueno, ahora quiero desmayarme, solo para que tengas que llevarme a cuestas. —La mano de Luc se estrechó alrededor de la mía.

—Zoe te puede llevar —respondió Grayson.

—Sí, podría. ¿Sabes por qué? Porque los Origin no somos ni de lejos tan llorones como los Luxen.

—Parece que te acabas de dar cuenta de eso. —La risa de Luc terminó en una tos que sonó húmeda—. Vamos, todo el mundo lo sabe. *Luxen* significa... «llorón con demasiados derechos» en latín.

—No —replicó Grayson, mirando hacia el asiento trasero—. No es verdad.

Zoe se rio.

—En realidad, creo que *Luxen* significa «falta de personalidad» en latín.

—Sí, eso suena bien —asintió Luc.

—Eh, chicos... —Kent tenía una mano en el volante mientras el todoterreno ganaba velocidad—. Detrás de nosotros.

Me giré en el asiento al mismo tiempo que Zoe y Luc. El coche que nos habíamos cruzado en dirección contraria había girado, cambiando de sentido, y nos estaba alcanzando. Las luces largas se encendieron, haciéndome dar un respingo.

—Allá vamos. —Luc inclinó la cabeza hacia atrás y dejó escapar una risa salvaje, el tipo de risa que podría haber sido contagiosa en cualquier otra situación—. Las cosas están a punto de ponerse realmente interesantes.

¿Que las cosas estaban a punto de ponerse interesantes? ¿Estaban todos locos o qué? Estaba bastante segura de que la respuesta era que sí, y tenía un muy mal presentimiento sobre la risa de Luc.

—¿Es solo un coche? —preguntó Grayson.

Luc asintió.

—Parece que sí.

Los faros se acercaban y, de repente, se me llenó la cabeza de imágenes de épicas persecuciones en coche que acababan con la piel destrozada por el metal.

—Tienes que ponerte el cinturón de seguridad. —Luc se adelantó, palmeando el pliegue del asiento, buscando el cinturón.

Me quedé mirándolo como si le hubiera crecido una mano en el centro de la frente y me estuviera haciendo la peineta.

—¿Te preocupa el cinturón de seguridad?

—Sí. No quiero que atravieses un parabrisas o algo así. —No pudo encontrar el cinturón. Era muy probable que estuviera sentada sobre él—. ¿Puedes moverte? Creo que está detrás de ti o de Zoe.

Mientras me inclinaba hacia delante, Luc me habló directamente al oído.

—Todo va a salir bien.

Antes de que pudiera responder, las venas de Grayson se encendieron. Se me cortó la respiración. No importaba cuántas veces hubiera visto a un Luxen adoptar su verdadera forma, seguía siendo impactante verlos hacerlo y estar tan cerca.

Un brillo blanco llenó el interior del todoterreno cuando la luz de sus venas se filtró en su piel, y sustituyó al hueso y al tejido. El calor estalló como si se hubiera encendido la calefacción, y me encogí hacia atrás, apretándome contra el asiento. El resplandor era muy intenso, como mirar al sol, y tuve que taparme los ojos. No tenía ni idea de cómo Kent era capaz de conducir.

Al cabo de unos instantes, Grayson estaba envuelto en luz, y era hermoso, como me imaginaba que sería un ángel. Solo le faltaban las alas.

—Creo que necesitamos algo de música. —Kent pulsó un botón en el volante y la música salió por los altavoces, sobresaltándome.

¿Música? ¿Ahora era un buen momento para poner música? ¿Estaba hablando en serio?

Pues sí.

Al principio, no reconocí el rápido ritmo de la batería ni la letra. Tal vez en otras circunstancias lo habría hecho, pero solo era ruido, un ruido fuerte que hacía que todo fuera más surrealista, que se sintiera mucho más fuera de control. Se me aceleró el ritmo cardíaco cuando la bolsa blanca se deslizó desde el asiento, aterrizando cerca de mis pies.

Los neumáticos chirriaron cuando Kent frenó de golpe, lanzándome hacia delante. Habría acabado sobre el salpicadero si Luc no hubiera sacado el brazo, protegiéndome. Gruñó mientras la música fluía:

«Oh! I see a man in the back... as a matter of fact his eyes are as red as the sun. And the girl...».

Zoe me agarró del brazo, tirando de mí hacia atrás, mientras el todoterreno se desviaba de repente, poniéndose sobre dos ruedas mientras dábamos vueltas en medio de la carretera, derrapando sobre el asfalto.

—¡Madre mía! ¡Madre mía! —grité.

—¡El cinturón de seguridad! —gritó Luc.

Grayson abrió la puerta del pasajero mientras la letra gritaba:

«And the man in the back said, "Everyone attack", and it turned into a ballroom blitz».

Grayson salió disparado del vehículo, aferrándose a la puerta batiente. Por una fracción de segundo, estuve segura de que iba a morir atropellado como un animal, pero entonces pasó disparado por delante de nuestro todoterreno, una mancha luz con forma humana.

—¿Qué está haciendo? —grité, girando mientras el todoterreno derrapaba, dando vueltas sobre sí mismo. Se me revolvió el estómago y me tapé la boca con la mano. A mi lado, Luc tarareaba al ritmo de la música, golpeándose la rodilla con los dedos mientras el mundo entero giraba, completamente indiferente mientras seguía buscando mi cinturón de seguridad y sangraba por tres heridas de bala.

En su verdadera forma, Grayson apareció entre el todoterreno y el coche. Su luz pulsó, flameando con un tinte rojizo.

«And the girl in the corner is everyone's mourner».

La ventana junto a Zoe se rompió, rociando fragmentos de cristal por todas partes: en mi cara, en mi pelo. Alguien, Zoe o Luc, me empujó la nuca.

Un rayo de luz salió disparado de Grayson, golpeando los neumáticos delanteros del vehículo.

«She could kill you with a wink of an eye!».

Salieron chispas de debajo de la parte delantera del coche, y este saltó completamente por los aires, volando mientras los altavoces gritaban:

«It was like lightning. Everybody was frightening».

El coche voló por encima del todoterreno, dando una voltereta, con el capó sobre el maletero. Me quedé con la boca abierta.

«And the music is soothing, and they all started grooving... yeah, yeah, yeah».

El coche se estrelló sobre su techo al otro lado de nosotros, sacudiendo nuestro todoterreno.

—Me va a dar algo —gemí, sin luchar cuando mi cabeza fue empujada hacia abajo de nuevo—. Me va a dar un ataque.

«And the girl in the corner said, "Boy, I want to warn you...".

Me sobresalté cuando oí a Grayson cerrar de golpe la puerta del pasajero delantero.

«Ballroom blitz. Ballroom blitz».

El todoterreno se puso en movimiento, los neumáticos salieron disparados mientras yo salía despedida hacia arriba y hacia atrás. Mi trasero se despegó del asiento cuando el todoterreno giró de forma abrupta. Zoe extendió un brazo para sujetarse y pensé que alguien, quizás Luc, intentaba atraparme, pero era demasiado tarde.

Mi cabeza se estrelló contra el techo del todoterreno. Me sobrevino un dolor, que me recorrió la espina dorsal, sacándome el aire de los pulmones mientras estallaban unas estrellas detrás de mis ojos. Hubo un destello blanco cegador y luego una tranquila y dichosa nada.

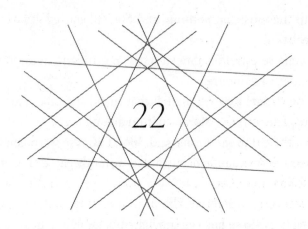

22

Estaba rodeada por el olor a pino y cítricos y envuelta en el zumbido de la calidez, tumbada en la hierba cálida y afelpada mientras el sol del verano me (nos) bañaba.

«—Podría quedarme aquí para siempre.

—Lo que tú quieras».

El recuerdo se disipó como el humo al oír otra voz.

—Tienes que tener cuidado, Luc.

Grayson. Él estaba aquí, no en mi memoria, sino aquí, y yo estaba... ¿acostada junto a Luc? Sí. Estaba acurrucada junto a él, con la cabeza apoyada en su hombro. El cómo acabé aquí era un extraño borrón.

—Siempre tengo cuidado —respondió Luc, su voz sonaba cansada pero fuerte. La sorpresa me recorrió, porque le habían disparado. Tres veces, y...

Todo me volvió de golpe. La casa de April. Luc siendo disparado. Las balas extrañas. Yo... yo matando a la mujer, y luego la persecución en coche. Me había golpeado la cabeza, pero me sentía bien. Descansada. Cálida, incluso.

Alguien me había curado.

—Bueno, voy a tener que estar en desacuerdo con esa afirmación —respondió Grayson—. Te han disparado tres veces, Luc. Estabas distraído por...

—Puede que esté tumbado en esta cama, pero si le echas la culpa a ella de esto, voy a lanzarte a través de una pared. No contra una, sino a través de una. —La voz de Luc era suave, demasiado suave—. Y eso me va a cabrear, porque me gusta mi apartamento y no quiero que me cambien una pared.

No dudé ni por un segundo de que Luc podría hacer justo lo que había advertido.

Eso no pareció detener a Grayson.

—Preferiría no ser lanzado a través de una pared, pero eso no cambia el hecho de que te has distraído por culpa de ella. ¿Qué habrías hecho si yo no hubiera estado cerca para curarte? —lo desafió, y el miedo se enroscó en mi interior—. ¿Y si no hubiera podido curarla a ella?

Espera. ¿Qué? ¿Grayson me ha curado? ¿Alguien le ha puesto una pistola en la cabeza y lo ha obligado a hacerlo?

—Y ya que estamos hablando de curarla, ¿por qué narices no tiene un rastro todavía? —preguntó Grayson—. No le salió uno cuando le curaste el brazo roto ni después de que las cosas se torcieran con ese Origin. Eso no es normal.

—Lo que no es es de tu incumbencia.

Grayson se rio, pero con frialdad.

—¿Qué demonios es, Luc? Porque humana no es.

La tensión se apoderó de mis músculos. Yo era humana. Solo tenía un poco de ADN alienígena en mí, pero Grayson no lo sabía.

—No importa si es humana o un maldito chupacabras. Si tengo que repetirlo una vez más, no te va a gustar. —Hubo una tensa pausa—. ¿Lo entiendes?

Grayson guardó silencio por un momento.

—Sí, lo entiendo, Luc.

—Bien. —Luc suspiró—. Ahora sal de mi vista.

—Está bien, jefe.

—Y, Gray —Luc lo llamó después de un momento—, gracias por cuidar de nosotros.

—Un placer. —No había ni una pizca de sarcasmo en su respuesta—. Te haré saber si Kent descubre qué ocurre con esas balas.

—Perfecto —respondió Luc, y entonces oí cómo se cerraba la puerta. Pasó un momento—. Ya puedes dejar de fingir que estás dormida.

Me levanté tan rápido que fue como si tuviera resortes debajo de mí, y me giré hacia él, con mi mirada empapándose de cada detalle. El tono de su piel había mejorado. Ya no tenía una palidez espantosa, sino que me miraba fijamente con los ojos muy entrecerrados. Mi mirada se dirigió a sus hombros desnudos, y entonces le arrebaté la manta, apartándola y dejando su pecho al descubierto.

Me quedé con la boca abierta mientras me asombraba, aunque sabía que estaba curado, claro. Todavía no podía creer lo que veía más allá de la capa de vello castaño. Un hematoma sobre la piel rosada de su pezón izquierdo. Otra débil marca azulada en el centro de su pecho y un moretón violáceo en su hombro derecho, cerca de donde había tenido apoyada la cabeza.

Me moví sin pensar.

Tomándolo de las mejillas, acerqué mi boca a la suya, y cada momento de miedo e incertidumbre se volcó en ese beso. No había nada hábil en la forma en la que mis labios se apretaban contra los suyos ni en la forma desesperada en la que buscaba su aliento en mi lengua. El beso tenía un toque de pánico que me decía que, aunque no había permitido que la idea de no poder volver a besarlo me entrara en la cabeza, había estado ahí.

Luc rompió el contacto, respirando con dificultad.

—Si sigues besándome así, voy a acabar participando en actividades para las que es probable que no esté preparado a nivel físico en este momento —dijo, con sus manos acariciándome ligeramente la cintura.

Me levanté.

—Son solo moretones. Quiero decir, no debería sorprenderme, pero... —Con suavidad, puse los dedos junto al moretón que estaba muy cerca de su corazón—. Te han herido.

—Estoy bien. —Puso una mano sobre la mía—. Solo un poco agotado. En un par de horas, estaré como nuevo.

Lo escuché. De verdad que sí. Y vi que estaba bien. Lo vi con mis propios ojos, pero también seguí viendo la sangre que le goteaba del pecho y su rostro pálido y demacrado. Me temblaba el labio.

—Podrías haber muerto.

—No es tan fácil.

—No ha sido fácil. —Lo miré, negando con la cabeza—. Estabas sangrando y necesitabas ayuda. Nunca te había visto necesitar ayuda.

Algo le cruzó por el rostro.

—Estoy bien, Melocotón. No tienes de qué preocuparte.

—¡Pero sí que me preocupo! —Me senté, retirando la mano—. Te han disparado porque he estornudado, y luego todo el mundo se puso a hablar como si te hubieran disparado una decena de veces y no fuera para tanto.

—No diría que hayan sido una decena de veces.

—¡Luc! —Quería abofetearlo—. Estoy hablando en serio.

—Y yo también. —Giró la cabeza hacia mí—. Me han disparado tres veces. Dos veces cuando estábamos trasladando a algunos Luxen y una cuando le di la espalda a la persona equivocada. Al contrario de lo que digan los demás, no es algo que acostumbre a hacer.

Me quedé boquiabierta.

—¿Te das cuenta de que la mayoría de la gente pasa toda su vida sin que le disparen, Luc?

—Yo no soy como la mayoría de la gente. —Sus labios se torcieron hacia un lado.

—¡Esto no tiene gracia! —Sacudiendo la cabeza, intenté tragarme la emoción que iba en aumento y que me obstruía la garganta—. Ayer, fue Heidi. Pensé que iba a perderla. Hoy, has sido tú, y he pensado que te iba a perder. Y no puedo hacer esto sin ti.

La pereza desapareció de sus rasgos mientras su mirada se aguzaba.

—No vas a hacer esto sin mí.

Unas estúpidas lágrimas se me agolparon en el fondo de los ojos.

—¿Qué hubiera pasado si su puntería hubiese sido un poco mejor? ¿Un par de centímetros a la izquierda? O si ella...

Luc se sentó rápidamente con solo una rápida mueca.

—Evie...

—¡No deberías estar sentado! —grité—. Deberías estar acostado y recuperándote y...

—Estoy bien. —Me agarró las mejillas con sus cálidas manos—. Te lo prometo. No me voy a ir a ninguna parte. No te voy a dejar.

—¡No puedes volverme a hacer esa promesa! Me dijiste que nunca me ibas a dejar, ¡y la rompiste! —En el momento en el que esas palabras salieron de mi boca, aspiré una respiración agitada. Una oleada de vértigo me invadió.

—¿Qué? —susurró Luc, buscando mis ojos con los suyos mientras me acercaba la cara a la de él—. ¿Qué acabas de decir?

—Yo... No lo sé. —Cerré los ojos con fuerza—. No sé por qué he dicho eso. No me has hecho esa promesa antes.

—No, sí que te la he hecho.

Abrí los ojos.

—¿Qué?

—Te lo prometí antes de llevarte a los Dasher. —Me deslizó los pulgares por las mejillas—. Te dije que nunca te iba a dejar.

—Yo... no recuerdo eso —dije, confundida—. A ver, lo he dicho, pero no lo recuerdo.

Asintió despacio mientras me acariciaba el pelo con la mano.

—Y tampoco he roto esa promesa. Me quedé cerca. Nunca te dejé, pero entiendo que en ese momento pensaras eso.

—Pero no tiene sentido que ella..., quiero decir, que yo piense eso. La fiebre se llevó mis recuerdos, así que no te habría recordado. Es decir, no habría pensado que habías roto una promesa en ese momento. —Traté de resolver eso en mi cabeza—. Esto es muy confuso.

—Sí, lo es. —Enroscó los dedos en mi pelo—. ¿Estás bien?

—Sí. Ni siquiera me duele la cabeza —le respondí—. No puedo creer que Grayson me haya curado. ¿Lo has amenazado?

Apareció una media sonrisa.

—No. Qué va.

No estaba segura de si lo creía.

—Pero no me refería al golpe de la cabeza —continuó—. Más bien a lo que hay dentro de ella. Estos dos últimos días han sido... demasiado.

—Estoy bien. —Parpadeé para evitar las lágrimas—. Tú estás bien. Y Heidi también lo está.

—Sí.

Cerrando los ojos, me incliné hacia él, presionando mi frente contra la suya. Pasó un largo instante.

—Tenía miedo. No sabía qué hacer. Me sentí totalmente inútil cuando vi que sangrabas.

Rozó con sus labios los míos y un escalofrío me recorrió.

—No fuiste inútil.

—Yo... —Tenía razón. Por una vez, no había sido inútil. Le había disparado a alguien en la cabeza, y no estaba segura de si eso era mejor o peor.

—Mejor —susurró, me agarró el pelo con más fuerza mientras posaba sus labios de nuevo sobre los míos—. Porque la alternativa era que te hicieran daño, y eso es inaceptable.

—¿He...? —Respiré de forma superficial—. ¿He matado a alguien antes?

—¿Qué? —Se echó hacia atrás.

Abrí los ojos.

—Le he disparado a esa mujer en la cabeza como si nada. He agarrado la pistola, he apuntado y he apretado el gatillo, y yo...

Dejó caer sus manos sobre mis rodillas.

—La adrenalina puede hacer que la gente haga lo que parece imposible. Puede aguzar los sentidos, incluso hacer sentir que las cosas pasan a menos velocidad.

—Tal vez, pero yo..., después, escuché una voz en la cabeza.

Luc se quedó muy quieto.

—¿Que escuchaste qué?

—La voz de un hombre que decía algo así como: «Si tomas un arma, apuntas a matar». La voz me resultaba familiar, pero no sé a quién he oído decir eso o... si tal vez lo he escuchado en la televisión o algo así. —Sacudí la cabeza—. Ni siquiera estoy segura de que sea real o de lo que pueda significar.

—Ya lo resolveremos. —Sus manos se dirigieron a mis brazos, y luego me empujó hacia abajo junto a él, por lo que estábamos acostados cara a cara—. También hiciste algo más.

—¿El qué? —pregunté, distraída.

Me besó la frente.

—Agarraste algo de la casa. La cosa que la mujer tomó de la cómoda.

La bolsa blanca. Se me había olvidado.

—¿Qué había en ella?

—Jeringuillas —respondió—. Jeringuillas llenas de lo que parecen ser sueros.

Una hora más tarde, Luc se había levantado y se movía como si nada hubiera pasado. Estábamos en una de las salas comunes de la tercera planta.

Toda la pandilla estaba allí, y yo estaba sentada al lado de un Luc ya vestido de la cabeza a los pies y que tenía el brazo apoyado en el respaldo del sofá.

Le envié un mensaje a mi madre para informarle de que estaba estudiando con Zoe. No obtuve respuesta, así que supuse que seguiría en el trabajo.

—Eran una especie de agentes de policía. Bueno, supongo —decía Kent desde donde se encontraba detrás de Emery y Heidi. Tenía los brazos cruzados sobre el pecho—. No llevaban uniforme, pero tal y como se dio la persecución, vamos a decir que definitivamente pertenecían a algún nivel del Gobierno.

—¿Qué pasó con el coche y las personas que estaban en él? —preguntó Heidi.

—*Pum* —respondió Kent—. Chas y yo nos hemos asegurado de que nadie vaya a encontrar los restos. Les ha prendido fuego.

Zoe sonrió, y fue francamente espeluznante.

—Utilizó la fuente y quemó todo lo que había ahí hasta que no quedaron más que cenizas.

Madre del amor hermoso.

—¿Y la mujer que estaba en la casa de April? —pregunté.

—He oído que ha habido una explosión de gas allí —explicó Kent, y la sonrisa en su rostro era tan inquietante como la de Zoe.

—Entonces, ¿no hay pruebas de nada? —conjeturó Heidi, y mientras la miraba, me pregunté qué aspecto tendría el rastro para quienes pudieran verlo—. ¿Estáis todos limpios?

—Estamos libres de sospecha, pero nosotros sí que tenemos pruebas. —Grayson se adelantó, y colocó varios objetos cilíndricos sobre la mesita. Las balas que Luc se había sacado. Me puse en tensión. Grayson no había terminado con su espectáculo. Entonces sacó cuatro pistolas de la nada, o eso pareció, y las puso sobre la mesa—. Se las hemos quitado a los ocupantes del coche antes de su inoportuna cremación.

Cerré un instante los ojos.

Luc se estiró hacia delante, agarrando una pistola. Descargó la Glock como un profesional.

—Las balas son las mismas. —Me las mostró, y tenía razón. Sus puntas estaban llenas de algo que parecía luz azul. Miró a Kent—. ¿Son lo que creo que son?

—¿Una nueva forma de arma de PEM? Sí. Lo son —respondió, y se me encogió el estómago.

PEM significaba «pulso electromagnético», un arma mortal para los Luxen. Se había utilizado sobre las ciudades durante las invasiones a escala masiva, friendo las redes eléctricas de esas ciudades y matando a los Luxen en su interior. El GOCA utilizaba un arma de ese tipo, pero era más bien una pistola paralizante.

—No solo para los Luxen, Melocotón. Eso podría acabar con un híbrido y un Origin. —Luc contestó a lo que estaba pensando—. Pero estas balas son diferentes. —Colocó la Glock y la recámara sobre la mesa—. Algo nuevo.

—No han sido diseñadas para matar, sino para herir. —Grayson agarró una, con el ceño fruncido mientras la estudiaba—. Lo cual es bastante interesante, ¿no creéis?

—Sí. —Luc se sentó de nuevo, pasando su brazo por detrás de mí una vez más—. ¿Por qué iban a tener un arma que hiere en lugar de matar?

—Eso parece algo bueno —comentó Heidi, mirando a Emery—, ¿no?

—No tiene por qué. No sabemos qué habría pasado si Luc no hubiera podido sacárselas. —Ella miraba fijamente el extraño despliegue de objetos sobre la mesa—. Los equipos regulares del GOCA no están armados con esto. Tienen las antiguas armas de pulso electromagnético que matan en el momento y las pistolas paralizantes, y no usan las pistolas paralizantes muy a menudo. Van a por el tiro de gracia. Este grupo, sin embargo, tiene algo que nunca habíamos visto antes.

Joder.

Me crucé de brazos, sintiéndome como si me hubiera metido en un capítulo antiguo de *Expediente X*.

—¿Y la bolsa blanca? ¿Alguna idea de qué tipo de suero hay en ella?

Kent negó con la cabeza mientras se sentaba en el brazo de la silla en la que estaba Zoe.

—Ni idea. Ninguno de nosotros tiene forma de averiguarlo a simple vista, así que no tenemos el modo de saber si tiene algo que ver con Sarah o con ese tipo con el que ibais al instituto.

—La mayoría de los sueros son parecidos. —Luc me pasó los dedos por el pelo—. Cuando Dawson o Archer vuelvan, que debería ser pronto, se los entregaremos.

—¿Por qué? —pregunté, jugando con el colgante de obsidiana.

—Tienen a alguien que puede que sepa qué son —respondió.

Yo también.

Mi madre.

Pero sabía que no debía sugerirlo.

—Así que eso es todo lo que sabemos. Todavía no tenemos ni idea de lo que es April, pero es obvio que está trabajando con la mujer que estaba en su casa, que tenía un maletín lleno de algún tipo de suero que puede o no haber causado lo que le pasó a Sarah y posiblemente a Coop, y con la gente a la que vosotros habéis... incinerado..., gente que ha resultado tener armas de pulso electromagnético especialmente diseñadas.

Luc sonrió.

—Suena bien.

—Lo que nos lleva a la pregunta de quiénes podrían ser estas personas —dijo Emery.

—Tiene que ser Dédalo. —Un músculo se flexionó en la mandíbula de Luc mientras me miraba.

—¿Cómo? —Los ojos de Zoe se abrieron de par en par—. Si tú destruiste...

—Destruí todos los lugares que pude encontrar y pensé que había acabado con ellos, pero es obvio que estaba equivocado.

Nadie en la sala hizo una broma sobre el hecho de que Luc estuviera equivocado. Así de seria era la mera idea de que Dédalo siguiera en activo.

Levantándose de su silla, Zoe maldijo mientras se dirigía a la ventana.

—No pueden haber vuelto. Simplemente no pueden.

Luc quitó el brazo del respaldo del sofá.

—No creo que hayan vuelto —contestó—. Estoy empezando a pensar que nunca se fueron.

«Actúa con normalidad».

Eso era lo que me había dicho Luc la noche anterior, antes de quedarse dormido con mi mejilla apoyada en su pecho, cerca de una de las heridas de bala que estaban cicatrizando. Había venido a casa conmigo y se había quedado a pasar la noche, aunque fuese muy probable que mi madre se diera cuenta de que había estado allí.

Pero utilizó la puerta principal, y no nos pusimos juguetones esa noche, no como la noche anterior. Me había besado. Mucho. Breves roces de sus labios contra los míos o contra mi mejilla o mi sien. Pero se había dormido antes que yo.

Creía que esas balas modificadas podrían haberle quitado más de lo que decía, y eso me aterrorizaba. Puede que por eso me quedase despierta la mitad de la noche, escuchando su respiración.

Actuar con normalidad mientras estaba en el instituto. Actuar con normalidad en casa. Actuar como si no hubiera disparado a una mujer en la cabeza, como si un coche entero lleno de posibles agentes no hubiera sido incinerado y como si no fuera posible que una de las organizaciones gubernamentales más poderosas y malvadas conocidas por el hombre siguiera funcionando.

Y como si no les encantase ponerme las manos encima.

Se suponía que todos debíamos pasar desapercibidos. No hacer nada que llamara la atención mientras averiguábamos qué había en realidad en esas jeringuillas y si Dédalo seguía de verdad en activo.

Eso era más fácil de decir que de hacer, porque cada vez que alguien miraba en mi dirección, estaba segura de que lo sabía todo.

Como ahora mismo.

Brandon y su grupo de fanáticos en contra de los Luxen estaban sentados en su mesa, bastante apagados sin su cabecilla, allí, comiéndose su almuerzo como gente normal en lugar de protestar.

Excepto que Brandon me miraba cada cinco segundos. Seguramente era por el enorme yeso azul y blanco de su mano, pero ¿y si sabía lo que era April?

¿Y si toda la mesa lo supiera?

Acabo de sonar como una paranoica.

Tosiendo sobre el codo, James agarró el agua y bebió un trago.

—*Uf*. Creo que me estoy contagiando de mononucleosis ahora.

Zoe arqueó las cejas.

—¿De verdad? ¿No dijiste ayer que la mononucleosis era una mentira?

—Al parecer, Dios me está demostrando que estoy equivocado. —Moqueó—. Me siento como una mierda.

—No creo que sea mononucleosis —le dije, resistiendo el impulso de alejarme de él al mismo tiempo que florecía la preocupación—. A menos que te estuvieras besando con Heidi o con Emery.

—Ojalá. —Se acercó con los dedos cubiertos de gérmenes y me robó una patata—. Es solo un resfriado.

—Acabas de contagiar mis patatas fritas. —Agarré la bolsa y la dejé caer en su plato.

James me dedicó una sonrisa mientras alcanzaba la bolsa.

—Gracias.

Entrecerré los ojos.

—Lo has hecho a propósito.

—Tal vez —soltó.

—Eres malvado.

La risa de Zoe me sonó forzada, y miré hacia ella y vi que también observaba a James con preocupación.

—Pero también muy listo.

Era poco probable que James estuviera enfermo de la misma forma que Coop y Sarah, o incluso que Ryan, pero aun así me preocupé.

—¿Tienes fiebre o algo?

Negó con la cabeza.

—No, en absoluto. No sé por qué ninguna de los dos estáis tan preocupadas por contagiaros de algo. No recuerdo que ninguna de las dos os hayáis puesto enfermas alguna vez —dijo James, comiéndose mis patatas fritas—. Incluso cuando Heidi y yo nos contagiamos de gripe el año pasado, vosotras dos estabais como una rosa.

Sabía por qué Zoe no se había puesto enferma. Los Origin no enfermaban de gripes ni de virus. ¿Me pasaba lo mismo a mí debido al suero Andrómeda? Ahora que lo pienso, no recordaba haber estado enferma nunca.

Uh.

Miré el reloj de la pared y vi que solo faltaban unos minutos para que terminara el almuerzo. Enrollando la servilleta, me colgué la mochila del hombro y me levanté.

—¿A dónde vas? —preguntó Zoe.

—Al baño. —Tomé mi bandeja—. ¿Quieres acompañarme?

Me lanzó una mirada mientras agarraba el tenedor. Despidiéndome de ellos con los dedos, me acerqué a la basura y tiré lo que había en mi bandeja antes de salir al pasillo. Giré a la izquierda, dirigiéndome hacia el baño de la parte delantera del instituto. No me quedaba de paso, pero la única otra opción cercana era el baño en el que habían encontrado a Colleen, el mismo en el que se había producido el enfrentamiento con April.

Incluso sabiendo que April era algo más que humana, no podía imaginar cómo había utilizado ese baño.

Argh.

Mientras caminaba, rebusqué en el bolsillo delantero de la mochila hasta encontrar el teléfono. Al sacarlo, vi que tenía un mensaje de Luc.

Nos vemos en el aparcamiento del instituto después de clases. Tengo una sorpresa para ti.

Una sonrisa se me dibujó en los labios mientras escribía: «¿Es una maceta mascota?».

«Ya quisieras», respondió.

Me reí mientras empujaba la puerta del baño. El olor a desinfectante casi hizo que me cayera, y mi sonrisa se desvaneció. Era extraño tener un momento de normalidad después de... después de todo, pero también se sentía bien.

En realidad era como una vida alternativa, supuse mientras entraba en el cubículo, y tal vez me estaba acostumbrando, me estaba acostumbrando más rápido de lo que pensaba.

O tal vez era muy buena en compartimentar.

Todavía no les había contado a Zoe ni a Heidi el cambio de mi situación sentimental. Sobre todo porque en realidad no había tenido tiempo, y también me parecía superpoco importante en medio de la posible reaparición de Dédalo y todo lo demás.

Pero quería contárselo.

Había una parte tonta de mí que quería gritarlo a los cuatro vientos.

Tiré de la cadena, me colgué la mochila del hombro y abrí la puerta del cubículo, encontrándome cara a cara con April.

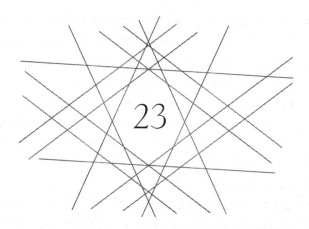

23

Me quedé helada mientras miraba a April, conmocionada hasta la inmovilidad. Se me ocurrió una idea de lo más extraña cuando la puerta del cubículo se cerró detrás de mí.

Parecía tan... normal, tan April.

El pelo rubio recogido en una cola de caballo repeinada y apretada. Labios rojos como la sangre fresca. Su jersey blanco tenía unas pequeñas mangas japonesas que revoloteaban. La mirada azul pálido que se fijó en la mía parecía humana.

¿Sabía que era posible que yo hubiese matado a su madre?

—¿Vas a lavarte las manos, Evie? —preguntó.

Se me puso la piel de gallina.

—¿Me vas a dejar?

—Por supuesto. —Dio un paso atrás y se hizo a un lado—. Tú y yo tenemos que hablar, y prefiero hacerlo de manera higiénica.

Sin saber si se trataba de algún tipo de truco, la observé mientras me acercaba al lavabo más cercano a la ventana, una ventana demasiado pequeña para salir por ella.

No es que fuera a tener una oportunidad si salía corriendo. Había visto lo rápida que era.

—Pareces sorprendida de verme.

Con las manos temblorosas, abrí el grifo al encontrar su reflejo en el espejo salpicado de agua.

—Sí, lo estoy.

—Pues no deberías estarlo.

La mente me iba a mil por hora mientras luchaba por mantener la calma. Tenía mi pistola paralizante en el bolsillo delantero de la mochila y el collar de obsidiana debajo del jersey. No iba desarmada. Solo tenía que llegar hasta ellas. ¿Y luego qué? ¿Sería capaz de apuñalar a April?

Claro que sí, ¿después de lo que le hizo a Heidi? Por supuesto. Pero ¿acaso tendría oportunidad?

—¿Por qué no debería? —pregunté, forzando mi voz para mantener el nivel—. Casi mataste a Heidi.

—¿Casi? —Suspiró mientras se cruzaba de brazos—. Qué decepcionante. Esperaba que estuviera muerta.

La furia me inundó mientras me lavé despacio las manos bajo el agua caliente. Mi mirada se dirigió a la puerta.

—No va a entrar nadie. No hasta que yo quiera. Solo estamos tú y yo. Y tengo una pregunta. Heidi no debería haber sobrevivido a eso. Eso significa que tiene un Luxen envuelto alrededor de su bonito dedo meñique, ¿no es así?

No dije nada, tragando con fuerza.

—¿O es un Origin?

Se me detuvo el corazón.

—Crees que no sé nada sobre ellos... Sobre él. Sobre Luc. Sé lo suficiente como para alejarme de él. Por ahora —continuó—. ¿Y te crees que no sé lo que es Zoe? Siempre lo he sabido. ¿Fue ella quien curó a Heidi?

Como si fuera a decirle nada.

April resopló, sonriendo.

—No importa. Descubriré todos tus secretos muy muy pronto.

Pues yo iba a clavarle la hoja de obsidiana en los ojos muy muy pronto.

—¿Qué eres? —pregunté, cerrando el grifo.

—Somos el alfa y el omega. —Su sonrisa se extendió, mostrando los dientes—. Somos el principio y el fin.

—De acuerdo. Bueno, eso ha respondido a la pregunta de si estás clínicamente loca o no. —Agarré un trozo de papel—. También eres una asesina y un poco estúpida...

—Ya, ya. No quieres que me enfade, Evie. Tengo que jugar limpio.

Secándome las manos, me enfrenté a ella.

—¿Por qué tienes que jugar limpio?

—Reglas. —Puso los ojos en blanco—. Hasta yo tengo que seguirlas.

Tirando el trozo de papel a la basura, me puse la mochila delante y busqué el bolsillo delantero.

April se adelantó.

—¿Qué te crees que estás haciendo?

—Solo estoy buscando mi desinfectante de manos —respondí, abriendo poco a poco el bolsillo delantero—. ¿Con quién trabajas?

Inclinó la cabeza hacia un lado.

—¿Dédalo?

Si se sorprendió al oír esas palabras, no lo demostró.

—A ver, estabas matando gente y haciendo que pareciera que los Luxen lo estaban haciendo. Estabas poniendo a la gente en contra de ellos, y está claro que no eres humana.

—Por supuesto que no soy humana. Por favor, es obvio. —Se rio como si yo hubiera sugerido lo más ridículo del mundo—. ¿Sabes? Primero pensé que era Heidi.

Mis cejas se juntaron mientras mi dedo se detenía en la cremallera.

—¿Qué?

—La persona a la que estaba buscando. —April se sacudió la coleta por encima del hombro—. Es obvio que me equivoqué.

Enrosqué los dedos alrededor del plástico frío de la picana eléctrica.

—No sé de qué narices estás hablando.

—Lo sabrás. Muy pronto. No se supone que...

Sacando la picana eléctrica mientras me sacudía hacia delante, giré el brazo hacia ella.

Su mano salió disparada, tan rápida como el ataque de una cobra. Me agarró por la muñeca y la giró con brusquedad, ejerciendo la presión adecuada para provocar un pico de dolor. Jadeé.

—Suéltala —dijo como si le hablara a un cachorro—. Chica mala. Suéltala.

Me resistí.

—¿Una picana eléctrica? —Volvió a girarme la muñeca, y eso fue todo. Abrí los dedos de golpe. No tenía control. Enseguida me la arrebató—. Lo único que vas a conseguir es cabrearme de verdad. —Soltándome la muñeca, dio un paso hacia atrás y tiró la picana eléctrica a la basura—. Aquí estoy, siendo educada y teniendo paciencia, y tú...

Rompiendo la cadena del collar, me arranqué el colgante de obsidiana y me lancé contra ella. El movimiento debió de tomarla desprevenida, porque no se movió y se llevó la peor parte de mi peso cuando me estrellé contra ella, clavándole la obsidiana en el pecho. La piel cedió con un repugnante sonido de succión. Un calor húmedo se encontró con mi puño cuando April empezó a caer hacia atrás.

De repente, me encontraba en el aire.

Volando hacia atrás, me estrellé contra la pared que había junto a la ventana. Me salió el aire disparado de los pulmones mientras caía hacia delante, con las rodillas crujiendo contra la baldosa. Me apoyé un segundo antes de caer de bruces sobre el sucio y asqueroso suelo. Jadeando, alcé la cabeza y miré a través de los mechones de pelo.

El colgante de obsidiana estaba clavado en la parte superior izquierda de su pecho, demasiado alto para haberle dado en el corazón. Maldita sea.

La sangre oscura y negra como la tinta le manchó el jersey blanco cuando se levantó y agarró la obsidiana.

—¿De verdad? ¿Obsidiana? —La dejó caer al suelo—. ¿Piensas que soy una Arum? Porque si es así, eso es un poco insultante.

Reprimí el pánico que me subía por el pecho, amenazando con ahogarme.

—¿Qué diablos eres?

April se movió muy deprisa.

Un segundo estaba de pie junto a los lavabos y al siguiente estaba arrodillada frente a mí, con sus dedos enroscados alrededor de mi barbilla, empujándome la cabeza hacia atrás.

—Te daré una buena pista.

Me clavó los dedos en la barbilla mientras se llevaba la mano al bolsillo trasero y sacaba algo. Por un momento, casi no reconocí lo que sostenía entre sus delgados dedos.

Era una fotografía.

Una fotografía de una niña rubia con un hombre (un hombre que me habían dicho estos últimos cuatro años que era mi padre) y una mujer a la que conocía como mi madre.

Era una de las imágenes que faltaban en el álbum de fotos.

Mierda.

—Eras tú la que estaba en la casa, eras tú la que se llevó las fotos.

—Sí, fui yo. —April lanzó la foto hacia mí, y yo me estremecí cuando me golpeó en la cara y luego revoloteó en el suelo—. Empecé a sospechar que eras tú después de que empezaras a defender a los Luxen, así que entonces entré en tu casa y encontré estas fotos. Interesante. Esa chica se parece un poco a ti, así que pensé que tal vez eras tú. Cosas más raras han pasado, ¿sabes? Pero entonces empezaste a salir con ese Origin. Luc.

Se me aceleró el corazón cuando se inclinó hacia mí. Sus labios rozaron las esquinas de los míos mientras hablaba.

—Se suponía que no debía exponerme todavía. Tenía mi propósito. Ya has descubierto cuál es, pero te has adelantado y lo has arruinado con esa estúpida cámara tuya. —Su agarre se volvió más fuerte, haciéndome gritar—. No tienes ni idea de los problemas en los que me he metido por eso.

No había forma de que pudiera hablar con sus dedos clavados en mi mandíbula, sujetándome. Puse todo lo que sentía en mi mirada. Cada ápice de odio y furia salió de mí.

—Entonces, ¿cómo te llamo? Porque es obvio que no eres Evie Dasher. Eso es lo que no puedo entender —continuó, y yo no tenía ni idea de lo que estaba balbuceando—. ¿Quién narices eres tú? Eso te hace muy muy interesante para mí. —Se rio—. Pero pronto lo sabremos. Todo lo que he hecho, lo que estamos haciendo, es por el bien mayor. Se avecina una guerra, Evie. La gran guerra, la única guerra, y vamos a nivelar el campo de juego.

April sonaba como si estuviera loca.

—Vamos a hacer del mundo un lugar mejor. —Me soltó la barbilla y yo me eché hacia atrás—. Tú y yo.

—Lo único que yo voy a hacer es matarte directamente.

April ladeó la cabeza.

—Tú no vas a matar a nadie.

—He matado a tu madre —espeté, apenas reconociendo la voz dentro de mí—. Le pegué un tiro en la cabeza.

Ella resopló.

—No era mi madre. Era mi supervisora. Y yo no he dicho eso en voz alta.

Un escalofrío me recorrió la columna vertebral.

—¿Qué?

Sonriendo como si estuviéramos cotilleando sobre un jugoso secreto, se levantó y sus ojos se volvieron negros como el carbón, excepto las pupilas. Brillaron en blanco mientras se sacaba algo del bolsillo delantero. Lo que llevaba en la mano parecía un control remoto.

Me levanté de golpe, ignorando el dolor que me recorría la espalda.

—Es hora de despertarse. —Apretó el control remoto con el dedo—. Quienquiera que seas.

Mi mundo explotó.

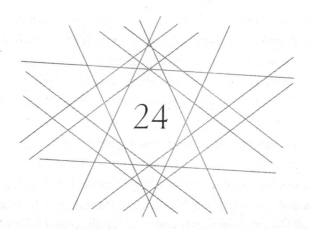

24

Un dolor agudo y punzante me estalló a lo largo de la base del cráneo, que me robó el siguiente aliento que tomé e hizo que me flaquearan las piernas.

Agarrándome la cabeza, caí, pero no sentí el impacto contra el suelo.

La presión me aumentó dentro del cráneo y abrí la boca para gritar, pero no salió ningún sonido. El dolor llegaba en oleadas y oleadas, haciendo que me chisporroteara el cerebro y que provocase incendios a lo largo de las sinapsis. Tenía el cerebro en llamas. Podía sentir cómo se me quemaba el cráneo mientras me ponía de lado y me hacía un ovillo.

El dolor... Joder...

El dolor era tan intenso que un camión de la basura podría atropellarme y no me importaría.

La verdad era que incluso lo agradecería.

Se me puso rígido todo el cuerpo, las piernas dolorosamente rectas mientras alejaba las manos de la cabeza. «No puedo soportar esto». De verdad que no podía. Se me estaba haciendo papilla el cerebro. Podía sentirlo. Todo se estaba desmoronando.

—Lo llaman «la onda Cassio», porque, como es obvio, están obsesionados con la mitología griega. Es una onda sonora. No puedes oírla, pero está en tu cerebro, haciendo lo suyo. —La voz de April cortó el dolor fulminante—. Funciona como un bloqueador, o eso me han dicho. Se mete ahí, revuelve todos los neurotransmisores y eso. Si lo piensas bien, es un desastre. Al parecer, hay armas mucho más grandes en desarrollo, pero ninguna como esta. Esto no tiene impacto en los humanos. ¿Has oído eso, Evie? Esta pequeña cosa es como un silbato para perros.

Puede que me hubiese dado un puntapié con el zapato, pero no estaba segura. Me entraron náuseas mientras se me volvía la vista blanca y me atravesaba el pánico, retorciéndose con el dolor punzante y cegador. No podía ver. Iba a...

Unas imágenes brillantes comenzaron a parpadear dentro de mí. Arena dorada. Agua turquesa. La espuma del mar. Nunca había estado en la playa, pero la vi y sentí el cálido sol en mi piel, la arena caliente bajo mis pies, bajo mis dedos descalzos. Otra imagen la sustituyó. Un hombre que nunca había visto antes, escuálido, con el pelo rubio y grasiento. Drogado y tirado en un sofá que olía a orina de gato y comida rancia. Luego un chico corriendo por la orilla del río Potomac. Se reía, y el sol hacía que su pelo fuera de color bronce. Corría demasiado rápido, y yo no podía alcanzarlo.

«Todo va a estar bien ahora». Eso es lo que él me había dicho. Lo recordé. «Tal y como te he prometido».

Pero había mentido. Había prometido no dejarme nunca y también me había mentido sobre eso. Me había dejado, y yo ni siquiera había querido irme con ellos. No confiaba en ellos, pero él insistió, y todo fue una mentira. Todo sobre ellos, sobre lo que ofrecían, era una mentira, y yo pagué por la mentira con sudor y lágrimas, sangre y muerte...

El fuego lo arrasó, lo borró a él, nos borró a nosotros, y fue para siempre, su cara y su voz se rompieron en pedazos. Yo me estaba muriendo... No, había muerto a manos de una aguja y una mujer que me prometió que todo saldría bien.

La verdad.

Era la verdad envuelta en mentiras.

—La onda Cassio solo afecta a las personas con un determinado código genético que proviene del suero Andrómeda —me explicaba April, y yo la oía, pero las palabras no tenían conexión ni sentido—. El suero es un código que espera que accedan a él.

Me vi a mí misma. Vi una versión más joven de mí. ¿Con trece años o así? Era yo con el pelo recogido en una cola de caballo. Yo con pantalones negros y camiseta negra. Una pistola... Una pistola en mi mano y una voz en mi oído.

Sus palabras. Los ojos marrones oscuros enfocados en los míos. «Tú no eres como ellos». Era un milagro que no lo fuera. Yo lo sabía. Él lo sabía.

«Ya sabes lo que tienes que hacer».

Sabía que...

Otra voz se entrometió, una que creí reconocer. «Van a venir a por ti. Y cuando lo hagan, no van a saber qué les golpeó».

No. No, ellos...

Nada.

De repente, no había nada en mi cabeza. Solo un frío y vasto vacío. Abismo. El dolor había desaparecido, dejando tras de sí nada más que un dulce y dichoso vacío. Poco a poco, me disminuyó la rigidez de los músculos y se me curvaron las piernas. El sudor me recorrió el costado de la cara mientras abría los ojos y veía las piernas vestidas de tela vaquera.

¿Dónde me encontraba?

Levanté la mirada para ver a una chica de pie ante mí, con los ojos negros y las pupilas blancas.

¿Quién era ella?

La conocía. Creía que sí, pero tenía la cabeza como un bombo, al igual que la boca y la garganta como una lija.

La chica levantó el brazo y me ofreció la mano.

—Una vida...

—Por una vida —grazné.

—Perfecto. —Curvó los labios rojos en una sonrisa—. Ven. Él nos está esperando.

Levantando la mano, puse la mía en la suya. Le agarré la mano y luego la agarré a ella.

Apoyando la otra mano en el suelo, le di una patada, lo que hizo que se le resbalaran las piernas. Abrió los ojos de par en par por la sorpresa antes de que se cayera, con la cadera crujiéndole en el suelo.

Me puse de pie.

—¿Qué estás haciendo? —espetó ella, incorporándose—. Esto no está bien. No se supone que...

Me adelanté, la agarré por la cola de caballo y la puse de pie de un tirón. Un aire helado se desprendió de ella y su mitad inferior empezó a perder parte de su solidez.

Me giré y la llevé conmigo. Con mi mano a lo largo de la parte posterior de su cabeza, la arrastré hacia delante. Intentó agarrarse al lavabo.

Eso no iba a ocurrir.

Flexionó los músculos y le cedieron los brazos. La golpeé de cara contra el espejo.

—Eso no ha estado bien. —Escupió sangre mientras yo la empujaba hacia atrás—. Estás cometiendo un error. Un grave err...

Dio una patada hacia atrás, dándome en el estómago. Retrocedí un paso y me recuperé. Giró hacia mí y levantó el cuerpo del suelo mientras las sombras teñidas de rojo salían de ella, envolviéndole las piernas y subiéndole por el cuerpo.

Se convirtió en una sombra, una sombra que ardía.

Saltando hacia delante, agarré el arma de obsidiana del suelo. La piedra estaba al rojo vivo en mi mano cuando salté al lavabo detrás de ella. Giré y la agarré de la coleta, tirándole de la cabeza hacia atrás.

—¿Cómo...? —jadeó, con las sombras sobre su pecho.

—No soy como tú.

Entonces, le clavé el arma en el centro de la cabeza, perforando el tejido y el hueso.

Abrió la boca, pero no salió ningún sonido mientras caía hacia delante, con el cuerpo parpadeando entre el humo y la luz.

Estaba muerta antes de caer al suelo, un cuerpo pálido y hundido en un charco de oscuridad.

Bajé de un salto del lavabo y me limpié la sangre del arma en los vaqueros. Después, levanté la otra mano y me pasé los dedos por el pelo, alisando los mechones mientras me volvía hacia el espejo roto.

Me vi a mí misma.

Me vi los ojos, y tenía los iris negros; las pupilas, blancas. Vi...

Como si me absorbieran de nuevo, volví en mí. Mi conciencia al fin despertó y se apoderó de mí.

Jadeando, me aparté del espejo y dejé caer el trozo de obsidiana.

—Madre mía, ¿qué he...?

Me giré y la vi... Vi a April con un agujero en la cabeza.

—Oh, Dios.

Yo he hecho eso.

Recordaba con claridad haberlo hecho. No estaba muy segura de cómo, pero le había dado una paliza... y le había clavado un arma en la cabeza.

Y no me sentía mal en absoluto por esa parte.

Una parte lógica de mi cerebro se hizo cargo. April estaba muerta, y nadie podía entrar aquí y encontrarme con ella. Ni siquiera encontrarla a ella, porque eso sería malo, muy malo.

Porque yo la había asesinado, cosa que se merecía, y me había limpiado su sangre en mis vaqueros. Estaba llena de pruebas.

Me puse en marcha, salí corriendo hacia la puerta del baño y casi grité de alivio cuando vi que tenía una cerradura en el interior. Me aseguré de que seguía cerrada con llave y luego corrí hacia mi mochila. No tenía ni idea de cuánto tiempo tenía antes de que alguien intentara entrar aquí.

Agarré el teléfono y llamé primero a Zoe. Estaba allí y era la que más rápido podía llegar a mí, pero cuando sonó el teléfono y no contestó, me di cuenta de que puede que lo tuviese en silencio.

—Mierda. —Colgué y llamé a Luc mientras miraba detrás de mí, hacia donde yacía April despatarrada. La bilis me subió por la garganta. El teléfono sonó una vez.

—¿No deberías estar en clase? —respondió Luc—. ¿O es que estás muy emocionada por mi sorpresa? No es una maceta mascota, Melocotón.

Casi me fallan las rodillas al oír su voz. Me sostuve, pero me doblé por la cintura.

—Algo malo ha pasado.

Todo rastro de humor desapareció de su voz.

—¿Estás bien?

—Sí, pero yo... Acabo de matar a April en el baño del instituto y no sé qué hacer. He llamado a Zoe, pero está en clase y no contesta —le conté a toda prisa—. Y la he matado de verdad, Luc. Está supermuerta y no puedo salir del baño.

—¿Por qué no puedes salir?

Me miré al espejo y me estremecí.

—Me pasa algo raro.

—Dime en qué baño estás.

Le indiqué dónde encontrarme.

—Luc, por favor..., date prisa.

—Llegaré en un segundo.

Sujetando el teléfono contra el pecho, cerré los ojos mientras me apoyaba en el lavabo. Luc era rápido. Llegaría en unos minutos, si acaso, y todo saldría bien.

Como siempre me había prometido.

Un dolor agudo me atravesó la sien y casi se me cae el teléfono. Los recuerdos fragmentados intentaron salir a la superficie: las imágenes que había visto después de que April hubiese... ¿qué había hecho? Abrí los ojos y respiré de manera superficial. Había pulsado un botón de un control remoto.

¿Cómo las había llamado? ¿Ondas Cassio? Me estremecí cuando el dolor palpitante me apuñaló detrás de los ojos. La humedad se me acumuló debajo de la nariz y levanté una mano temblorosa para limpiarla. El rojo me manchó los dedos. Me sangraba la nariz. Me volví hacia el espejo, medio asustada de verme los ojos.

Eran normales, de color marrón. No eran de unos espeluznantes blanco y negro. No como los de Sarah y April. Tal vez me lo había imaginado. Algo se había...

Vi el cuerpo de April en el espejo, tumbado.

—Vale —susurré, y tragué con fuerza—. No te lo has imaginado. Has saltado sobre este lavabo como una asesina y la has apuñalado en la cabeza.

Al darme la vuelta, vi la mano abierta de April. El control remoto descansaba en su palma. Me agaché, se lo quité de la mano y me lo metí en el bolsillo.

Agarrando el teléfono, me acerqué al lavabo, manteniéndome alejada de las piernas de April. Puede que no debiese haberla matado. Tenía preguntas (muchas preguntas), pero, de nuevo, no había tenido exactamente control de mí misma. En cuanto me tocó la mano con la suya, reaccioné con... una precisión mortal. Había querido matarla. Había necesitado acabar con ella, y aunque en ningún momento hubiese bromeado con la idea de querer matarla después de lo que le había hecho a Heidi, la verdad era que no me había creído capaz de hacerlo.

Tampoco había pensado que fuera capaz de agarrar una pistola y disparar a alguien en la cabeza.

La voz de él volvió a sonar, cansada y débil, pero estaba ahí, en el fondo de mi mente. «Tienes que ser más rápida y más fuerte que él».

Era la misma voz que había escuchado después de disparar a la mujer en la casa de April, su supervisora.

—¿Evie? —Llegó una voz apagada desde el otro lado de la puerta del baño—. ¿Puedes dejarnos entrar?

Corriendo hacia la puerta, quité rápido el cerrojo y la abrí de golpe. En cuanto vi a Luc en el umbral, me lancé sobre él, rodeándolo con los brazos y las piernas. Me atrapó con facilidad, caminando hacia delante mientras enhebraba su mano en mi pelo.

—Melocotón —murmuró contra un lado de mi cabeza—. Si hace falta un asesinato para que me saludes así, no me voy a quejar.

Una risa que sonaba histérica se elevó a través de mí mientras enterraba la cara en su cuello.

—No tiene gracia.

—No estoy de broma. —Hubo una pausa—. ¿Estás herida? Te he visto sangre en la cara.

—Solo me sangra la nariz. —La cabeza me retumbaba con fuerza y la espalda me dolía mucho, pero estaba bien.

—¿Seguro?

Murmuré un «sí» contra su cálida piel.

—Vaya. —La voz de Grayson llenó el baño—. La has matado de verdad.

Asentí con la cabeza, preguntándome si usaba lentes de contacto para evitar los drones del CRA.

—Estoy impresionado —añadió de mala gana.

—¿Eso que tiene en la cabeza es un agujero? —Era Emery, y empecé a levantar la cabeza, pero Luc me mantuvo la cara enterrada—. Y... ¿soy yo o su sangre se ve muy rara?

—Necesito que limpiéis este baño antes de que alguien se dé cuenta de lo que ha pasado aquí —ordenó Luc—. Pásame su mochila, Gray. —Un segundo después, sentí que Luc se colgaba la mochila en el hombro. Empecé a moverme para liberarme, pero el brazo que me rodeaba me apretó—. Nop. Me gustas justo donde estás.

Alguien suspiró con fuerza. Parecía Grayson.

—Necesito bajar —le dije.

—No, de eso nada. —Luc comenzó a retroceder—. Lo que necesito es que aguantes.

—¿Qué...?

Luc se dio la vuelta, y entonces se puso en marcha, y supe que estaba corriendo, moviéndose tan rápido que no sería más que un borrón para cualquiera que pudiera verlo. En el momento en el que sentí el aire fresco, supe que estábamos fuera, y solo unos segundos más tarde redujo la velocidad, se detuvo y abrió una puerta.

—Estamos en tu coche. —Ni siquiera se quedó sin aliento cuando me bajó hasta el asiento del copiloto, y luego me puso las manos en las mejillas, inclinándome la cabeza hacia atrás—. Te sigue sangrando la nariz.

—No pasa nada. —Sentí que la palma de su mano empezaba a calentarse, pero le agarré la muñeca, apartándole la mano—. No creo que debas seguir haciendo eso.

—Puedo arreglar lo que sea por lo que te sangre la nariz...

—No creo que puedas —susurré.

—Creo que ya deberías conocerme.

No lo estaba entendiendo. Me balanceé hacia él y le clavé los dedos en la piel de su muñeca.

—Me ha pasado algo.

—¿Cómo? —Los ojos de Luc buscaron los míos mientras posaba la palma contra mi mejilla.

—Creo que me he convertido en Terminator.

Alzó las cejas.

—¿Que qué?

—Sí. Le he golpeado las piernas de una patada como si supiera *jiu-jitsu*, y luego he saltado, Luc, he saltado sobre el lavabo y he girado como una bailarina. Le he agarrado la cabeza y se la he atravesado con el arma de obsidiana.

Ladeó la cabeza.

—Eso da... mucho morbo.

—Luc, te estoy hablando en serio.

Sus ojos violetas se encendieron.

—Y de nuevo, no estoy de broma.

—Yo tampoco. He hecho algo que era imposible para mí, y es más que eso. Mucho más que eso. —Estaba clavándole las uñas en la piel de la muñeca. Podía sentirlo, pero él ni siquiera se inmutó—. Creo, madre mía, creo que soy como ellas, como April y Sarah.

Separó los labios.

—Evie...

—No lo entiendes. Hay algo en mí que April ha desbloqueado. —Me estremecí—. Era yo, pero al mismo tiempo no lo era.

Su intensa mirada buscó la mía.

—Bien. Voy a necesitar que me lo cuentes todo.

Así lo hice mientras Luc nos conducía a la discoteca y me llevaba a su apartamento, donde me puso una Coca-Cola fría en la mano. Me la bebí entera como si acabara de salir del desierto, muerta de sed.

—¿Dijiste que pulsó un botón de un control remoto? —Se puso delante de mí.

Colocando la lata vacía en la mesita auxiliar, me incliné hacia un lado y saqué el control remoto. Era negro con un pequeño botón rojo en el centro.

—Era esto. —Se lo entregué—. Ella dijo... Creo que dijo que era una especie de onda sonora llamada onda Cassio. Y que solo afectaba a la gente con el suero Andrómeda, descifrando algún tipo de código en el suero. ¿Tengo un código en mi cabeza?

—¿Como un código informático? —Le dio la vuelta al control remoto—. No creo que tengas un código informático en la cabeza.

—Obvio —espeté, frotándome las palmas de las manos sobre las rodillas—. Pero hay algo ahí, porque además del dolor punzante, he visto imágenes, Luc. Como atisbos de recuerdos. He visto a un hombre; parecía drogado, y había un olor a orina de gato... y a moho.

Luc se había quedado muy quieto.

—Creo que has visto a tu padre... A tu verdadero padre.

Me sacudí, de alguna manera no sorprendida y, sin embargo..., perturbada.

—Y también te he visto a ti..., cuando eras un niño. Corriendo por el río, por el Potomac. Estábamos descalzos y llenos de barro. Creo... creo que nos estábamos riendo. ¿Hemos hecho eso?

Luc dio un paso adelante, pero se detuvo a sí mismo.

—Sí. Muchas veces.

Dejé escapar una respiración temblorosa.

—Cuando el dolor cesó, ella empezó a decirme algo, y yo terminé la frase por ella. «Una vida por una vida», y eso suena como a algo de Stephen King.

Sus cejas subieron por su frente.

—Sabía lo que estaba diciendo entonces, lo que significaba, pero ahora no tengo ni idea de cómo o por qué lo sabía. Entonces, me dijo: «Ven. Él nos está esperando».

Una luz blanca apareció en sus pupilas.

—¿Él?

Asentí con la cabeza.

—No tengo ni idea de quién es, pero he oído la voz de un hombre cuando he sentido que me arrancaban la cabeza. Era la misma voz que oí después de disparar a la supervisora de April. Ha dicho algo así como: «Tú no eres como ellos», y luego he tenido un recuerdo en el que estaba vestida con pantalones y camiseta negros, sosteniendo una pistola. No lo he visto, pero sí he oído su voz.

Curvó los dedos sobre el control remoto.

—¿Y fue entonces cuando esa voz dijo que no eras como los demás?

—Sí, y dijo algo más. Que tenía que ser más rápida y más fuerte. No lo recuerdo con exactitud. —Me estremecí cuando una ráfaga de dolor me atravesó el cráneo.

—¿Estás bien? —Luc estaba al instante a mi lado, con su mano en mi mejilla.

—Sí. —Respiré despacio mientras el dolor disminuía—. Cada vez que intento recordar lo que dijo, me duele la cabeza.

—Entonces no lo hagas. Para...

—No puedo parar. Nada de esto tiene sentido, y estoy segura de que no voy a descubrirlo si no lo intento. —Me alejé, pasándome las manos por el pelo, apartándome los mechones de la cara—. April actuó como si una vez que apretara el botón, yo fuese a ser diferente, como si me fuese a ir por voluntad propia con ella o algo así. Pensé...

Guardándose el control remoto en el bolsillo, colocó sus manos sobre las mías y me retiró con suavidad los dedos del cabello.

—¿Qué?

Respiré de forma superficial.

—Pensé que iba a morir. El dolor era muy fuerte, Luc. Parecía que no iba a quedar nada de mí cuando terminara. Pensé... —Se me quebró la voz—. Fue horrible. No sé cómo estoy viva...

—Melocotón. —Se inclinó, apoyando su frente contra la mía—. Para. No puedo... Te oigo decir esto y me dan ganas de hacer estallar algo sabiendo que has sentido ese tipo de dolor y que no había nada que pudiera hacer para evitarlo. Que ni siquiera sabía lo que estaba pasando, que debería haber estado allí.

Temblando, cerré los ojos.

—No sé lo que hizo, pero hizo algo, Luc. Esa onda Cassio, o lo que sea, ha desbloqueado algo en mí, y lo he visto, Luc.

—¿Qué quieres decir? —Tiró de mi cabeza hacia atrás, y cuando mi mirada se encontró con la suya, pude ver la preocupación grabada en las llamativas líneas de su rostro—. ¿Además de convertirte en Terminator?

Agarrándolo de las muñecas, asentí y susurré:

—Casi me da miedo decirlo en voz alta.

—No tengas miedo. —Me tocó la mejilla con la punta de los dedos—. Nunca lo tengas conmigo.

«Nunca lo tengas conmigo». Esas palabras me dieron el coraje para decir lo que era aterrador incluso reconocer.

—Me he visto los ojos. Eran como los de Sarah, como los de April. Eran negros, y mis pupilas eran blancas. Por eso no he podido salir del baño. Han vuelto a la normalidad después de un par de minutos, pero los he visto.

Frunció el ceño.

—Eso no es posible.

—Lo sé. —Tragué con fuerza—. Pero los he visto. No me los he imaginado. Me he visto los ojos y se veían así.

Un temblor le recorrió las manos.

—Eres humana, Evie. Eres humana excepto por...

—Excepto por el suero Andrómeda, y April me ha dicho que había algún tipo de código en ese suero. Tal vez no sea un código informático, pero ella ha apretado ese botón y mi cerebro ha sufrido un cortocircuito, y entonces le he dado una paliza, Luc. No puedo caminar en línea recta la mayoría de los días, pero le he dado una paliza en un nanosegundo. Pero hay algo más —dije, con el corazón palpitando—. ¿La voz de ese tipo? La he oído antes, y luego James ha mencionado algo por casualidad hoy. Está resfriado, y ha dicho que yo nunca me he puesto enferma, ni Zoe ni yo, ¿y sabes qué? Tiene razón.

—Eso no significa que no seas humana. —Me soltó las mejillas y se levantó.

—Pero lo que he hecho hoy no era algo que alguien como yo pueda hacer. —Me humedecí los labios—. Tal vez por eso no tengo ningún rastro. No es tanto el suero como lo que había en ese suero, y ahora... ¿qué va a pasar? ¿Y si empiezo a mutar como Sarah o Coop? Porque aceptemos el hecho de que Coop probablemente estaba pasando por alguna versión de lo que le estaba pasando a Sarah. ¿Y si...? —Inspiré con fuerza. Cuando Sarah se puso enferma, salió corriendo como si no tuviera ni idea de quién era, como si corriera hacia alguien—. ¿Y si me pierdo de nuevo? ¿Y si muto y no recuerdo nada de esto?

—No te va a pasar nada. Nada. No voy a dejar que te pase nada.

—¡Deja de decir eso! —Me puse de pie, con el corazón palpitando—. No puedes controlar todo lo que sucede. Nadie puede.

—Siento discrepar. —Apretó los labios mientras se apartaba de mí. Se le tensaron los hombros y el aire se cargó de estática—. Siempre tengo el control...

—No cuando se trata de esto —razoné, sacudiendo la cabeza—. ¿Por qué crees que es imposible? Todas las pruebas apuntan a eso...

—¡Porque yo lo sabría! —rugió, girando hacia mí. Una carga de energía atravesó la habitación. La bombilla explotó dentro de la pantalla de la lámpara de la mesita auxiliar, haciéndome saltar. Bajó la voz y la barbilla—. Debería saber si no eres humana, si ese suero ha hecho algo más que devolverte la vida.

—No puedes saberlo todo, Luc.

Sacudió la cabeza mientras daba un paso hacia delante.

—Te conozco.

Inspiré con dificultad.

—Hace unos días, me dijiste que conocías a Nadia, pero que no me conocías a mí. ¿Ha cambiado eso?

—Sí. Me equivoqué. —En un abrir y cerrar de ojos, estaba delante de mí—. Me di cuenta de que lo estaba en el momento en el que me dijiste que me deseabas.

Se me paralizó el corazón y luego me dio un vuelco.

—Eso no significa que sepas lo que me pasa, porque algo me pasa.

El pecho de Luc se levantó con una profunda respiración, y después se apartó de mí, caminando hacia la ventana. Las persianas estaban subidas y el cielo nublado de noviembre estaba gris y sombrío.

—No me gusta esto, porque siempre sé lo que está pasando. Siempre tengo respuestas. —Se pasó una mano por el pelo—. Y no tengo ni idea de lo que está ocurriendo ahora. Me recuerda a...

Di un paso hacia él.

—¿A qué?

—A cuando te pusiste enferma por primera vez. —Bajó tanto la voz que apenas lo oí—. Entonces no tenía las respuestas. No podía curarte. No podía hacer nada, pero... —Inclinó la cabeza hacia atrás y exhaló con fuerza—. Es la única vez que he tenido miedo.

Quise ir hacia él, pero me quedé clavada en el sitio.

—¿Tienes miedo ahora?

Otra onda de energía recorrió la habitación, haciendo bailar la estática sobre mi piel.

—Sí.

25

Si Luc tenía miedo, yo debía estar aterrorizada. Estaba asustada, pero al mismo tiempo me sentía... ajena a ello. Sabía que me estaba ocurriendo a mí, pero me sentí normal al ver a Luc apartarse de la ventana y mirarme.

Me sentía como Evie, fuera lo que fuese lo que eso significara.

—Nunca me has parecido el tipo de persona que tiene miedo —comenté, siendo sincera.

—Normalmente no lo tengo, pero cuando se trata de ti... —Se interrumpió y apartó la mirada. Un músculo se flexionó a lo largo de su mandíbula. Inspiró hondo—. Ya lo resolveremos.

—¿De verdad?

—De verdad. —Se acercó a mí y me tomó de la mano. Se sentó, tirando de mí hacia su regazo, y yo subí las piernas y las coloqué sobre las suyas. Su mirada aguda me recorrió la cara—. Tenemos mucho de qué hablar. Las cosas van a cambiar a partir de ahora.

Se me hizo un nudo en la garganta. Las cosas tenían que cambiar a partir de ahora. Lo sabía. Cosas enormes. Pequeños nudos se me formaron en la boca del estómago mientras bajaba la mirada. El pavor y la incertidumbre echaron raíces. No tenía que preguntar para saber que esas cosas te cambiaban la vida.

Dos dedos me presionaron la barbilla, inclinándola hacia arriba.

—Pero hay dos cosas de las que tenemos que ocuparnos primero que son más importantes.

—¿Qué podría ser más importante que eso?

—Esto.

Los dedos bajo mi barbilla se curvaron cuando acercó mi boca a la suya, deteniéndose a un centímetro de que sus labios rozaran los míos. La mano a lo largo de mi barbilla se deslizó hasta mi nuca. Pasó un latido y luego me besó. Hubo una chispa innegable que se encendió entre nosotros en el momento en el que nuestros labios se encontraron. El beso empezó despacio, solo un roce de sus labios, pero en cuanto los míos se separaron, emitió un sonido que me provocó un nudo en el estómago. Me besó más fuerte y más fuerte aún, y tuve que pensar que solo Luc tenía el poder de borrar con un beso el miedo y la incertidumbre, el horrible conocimiento de que había algo malísimo de narices en mí.

Todos esos problemas seguían ahí, pero por un momento no podían tocarnos. Cuando volvió a levantar la cabeza, yo estaba un poco aturdida.

—Todavía hay una cosa más.

—Mmm. —Todavía me hormigueaban los labios, partes de mi cuerpo seguían palpitando al compás de los latidos de mi corazón.

—Mi sorpresa.

Me había olvidado de eso.

—¿Seguro que no es una maceta mascota?

Se rio entre dientes mientras levantaba la mano. Un momento después, una caja apareció en ella, procedente de algún lugar fuera de la línea de mi visión. Estaba envuelta en un papel que hacía un extraño juego con sus ojos. Me la entregó.

La miré y luego lo miré a él.

—¿Qué es esto?

—Ábrela.

Ninguna de las sorpresas estaba envuelta antes. Deslicé el dedo por el hueco y aparté el brillante papel.

—Madre mía —susurré, mirando fijamente una cámara nueva, una cámara carísima. Una Canon T6 Rebel con todos los accesorios, accesorios que nunca habría tenido dinero para comprar o utilizar—. Luc.

—La vieja ha acabado destrozada, y sé lo mucho que te gusta hacer fotos.

Las lágrimas me nublaron la vista mientras miraba la cámara.

—Además, tienes que volver a hacer esas fotografías de mi impresionantemente atractivo rostro.

—Luc —susurré, agarrando la caja.

Guardó silencio un momento.

—¿Vas a llorar? Por favor, no llores. No me gusta cuando lloras. Me dan ganas de freír cosas, y ya llevo dos lámparas hoy...

Riendo, me lancé hacia él y lo besé.

—No tenías que hacer esto, pero me la quedo. Para siempre.

Sonrió mientras se pasaba los dedos por el pelo.

—Me alegro de que te guste.

—Me encanta. —Pasé la mano por la caja y me eché a reír—. Hoy me he convertido en una asesina profesional y he matado a April. Puedo no ser una especie de Dios sabe qué, pero me... me siento bien. No es por la cámara ni por los besos, aunque las dos cosas han ayudado —añadí cuando levantó las cejas—. Ha sido por ti. Gracias.

Sonriendo, apartó la mirada y dejó caer la mano.

—No es nada. —Le sonó el teléfono y se llevó la mano al bolsillo para echarle un vistazo—. Han vuelto... con el cuerpo de April.

Una parte de mí no quería saber por qué habían vuelto con el cuerpo de April, pero sentía una curiosidad morbosa mientras seguía a Luc hasta la planta principal de la discoteca, donde todo el mundo estaba esperando.

Zoe se abalanzó sobre mí, seguida rápidamente por Heidi. Ambas me abrazaron y, cuando Zoe se apartó, dijo:

—No me puedo creer que lo hicieras y tengo preguntas. Estoy un poco cabreada por no haber podido hacerlo yo.

—Únete al club —comentó Emery mientras pasaba, dirigiéndose hacia el pasillo del que acabábamos de salir.

—¿Cómo la has matado? —preguntó Heidi, prácticamente saltando de un pie a otro—. De acuerdo. Eso ha sonado un poco mal, pero ¿cómo ha ocurrido todo esto? Tengo muchas preguntas.

Miré a Luc.

—Bueno, es una historia un poco larga...

—Enséñame la mano —dijo Grayson, apareciendo de la endemoniada nada.

Medio asustada de que fuera a dejarme caer una tarántula en la mano, hice lo que me pedía.

Grayson me dejó el colgante de obsidiana en la palma de la mano, limpio de sangre y con la cadena reemplazada. Antes de que pudiera darle las gracias o preguntarle cómo había cambiado la cadena tan rápido, ya se estaba alejando de mí y se dirigía a la cocina.

Mi mirada se cruzó con la de Luc y en sus labios se dibujó una sonrisita reservada mientras inclinaba la cabeza. Enrosqué los dedos alrededor del colgante. Era muy amable por su parte.

Aunque seguía sin caerme bien.

—¿A dónde va todo el mundo? —pregunté.

—A ver una autopsia —respondió Luc.

—¿Qué? —preguntamos Heidi y yo a la vez, y entonces Heidi se dio la vuelta, saliendo detrás de Emery.

Luc pasó junto a mí y se detuvo para darme un beso breve e inesperado en la comisura de los labios. Murmuró:

—No lo olvides. Estoy necesitado.

Abrí los ojos de par en par y sentí que se me sonrojaban las mejillas mientras Luc se alejaba.

Zoe se volvió hacia mí.

—Tú y yo tenemos que hablar largo y tendido. Y no me refiero solo a April.

Miré hacia el pasillo por el que todos habían desaparecido.

—Luc y yo... Bueno, estamos juntos, supongo. A ver, no. No lo supongo. Lo sé. —Me ardía la cara—. Por supuesto que estamos juntos...

Me dio un golpe en el brazo.

—¿Y no me lo has dicho?

—*Auch.* —Me froté el brazo—. Sucedió hace un par de días, y como todo ha sido una locura no he tenido la oportunidad.

—Siempre puedes sacar tiempo para decirme que tienes novio, sobre todo cuando ese novio es Luc. Cielos, Evie.

—Debería habértelo dicho entre que Heidi casi se muere y que dispararon a Luc —repliqué—. Tal vez durante una manipedi.

—Me habría encantado una manipedi. —No tardó en dedicarme una amplia sonrisa—. En serio. Me alegra oír esto. Habéis pasado por mucho para llegar hasta aquí.

Asentí con la cabeza y jugueteé con el colgante que tenía en la mano mientras miraba hacia el pasillo.

—Es... es Luc.

Zoe se rio.

—No hace falta que digas más para que lo entienda.

Sonreí.

—Probablemente deberíamos ver qué traman y luego podré contarte lo que pasó.

Estuvo de acuerdo, así que bajamos por el pasillo, atravesamos las puertas batientes y entramos en la cocina mientras me ponía el collar. Llevarlo puesto después de haberlo utilizado para apuñalar a April en la cabeza era...

Nos detuvimos en seco.

Tumbada en una mesa de preparación, bajo ollas y sartenes de acero inoxidable, estaba April. Su piel había adquirido una palidez cerosa y su frente...

Desvié de inmediato la mirada hacia donde estaban Heidi y Emery, la primera con la cabeza ladeada mientras miraba a la chica muerta.

Luc estaba de espaldas a la puerta, con los brazos cruzados, y Grayson permanecía al pie de la mesa, con el rostro impasible.

Era en Clyde, el portero tatuado y con *piercings*, y en el Luxen, Chas, en quienes estaba concentrada. Clyde iba vestido como un carnicero de película de terror, con unos guantes gruesos que le llegaban hasta los codos y una especie de delantal de goma que le cubría el mono. Un par de pequeñas gafas de montura negra se posaban sobre su nariz.

—No estabais de broma —susurré, horrorizada y algo morbosamente interesada.

Chas entregó lo que parecía ser un bisturí a Clyde, que declaró:

—Voy a hacer mi primera autopsia.

—¿En la cocina? —Kent entró corriendo en la habitación, derrapando hasta detenerse—. ¿Dónde me hago la comida por la mañana?

Clyde arqueó una ceja perforada.

—Bueno, sí, a ver, es el lugar perfecto.

—No —argumentó Kent—. Es exactamente lo contrario del lugar perfecto.

—Es una superficie limpia y plana que ofrece intimidad y muchos cuencos —respondió Clyde.

—¡No quiero saber qué piensas poner en los cuencos que uso para la ensalada y los cereales! —exclamó Kent, y tuve que darle la razón.

—¿Por qué vamos a hacer una autopsia? —preguntó Emery, con la boca un poco pálida—. A ver, ¿de verdad nos va a revelar lo que es?

Luc se encogió de hombros mientras negaba despacio con la cabeza.

—Quiero ver cómo son sus entrañas —respondió Clyde con calma.

Se me abrieron los ojos de par en par.

—Estoy bastante segura de que esa es la primera declaración que hacen todos los asesinos en serie cuando los atrapan.

Clyde me sonrió con los dientes.

Pues muy bien.

—En otra vida, Clyde fue médico. —Luc me miró por encima del hombro—. En realidad es bastante hábil en todo lo relacionado con cortar y rebanar.

Esa última afirmación no fue particularmente tranquilizadora.

—Cuando los Luxen y los Arum mueren, vuelven a sus formas verdaderas. Ambos parecen... cáscaras. Su piel se vuelve translúcida; una es clara, la otra, oscura. —Luc ladeó la cabeza—. Los híbridos parecen humanos cuando mueren. Lo mismo ocurre con los Origin. Ya sabemos que ella no es ninguna de esas cosas.

Contuve la respiración.

—Pero sí sabemos que sea lo que sea, al morir, no es como un Origin o un híbrido —continuó Luc señalando a Clyde.

—Su cuerpo todavía está bastante caliente —explicó Clyde, y yo iba a tener que creer en su palabra. Con una mano enguantada, le levantó el brazo inerte—. ¿Veis estas marcas que parecen hematomas? Es sangre acumulada. Es demasiado pronto para que se note tanto. Suele tardar un par de horas. —Volvió a dejarle el brazo en el suelo y después le levantó el jersey, dejando al descubierto unos dos centímetros de su estómago. Había charcos de color azul negruzco allí también—. Eso no es todo.

Heidi tragó con fuerza y chilló:

—¿Ah, no?

—No. —Clyde volvió a bajarle el dobladillo del jersey—. Se está... desintegrando.

—¿Cómo? —le dije.

—Su piel está empezando a descamarse y a convertirse en lo que me recuerda a ceniza o polvo. —Levantó la mano y la giró con la palma hacia arriba. Había una capa de algo blanco rosáceo en la punta de los dedos enguantados. Parecía polvo—. Parece que se está descomponiendo a pasos agigantados.

—Además, su sangre es distinta —intervino Grayson—. Era casi negra con un tinte azul. Se parecía a lo que Sarah vomitó y a lo que todas vosotras dijisteis que se parecía a la de Coop.

¿Mi sangre sería negra?

No. Mi sangre era roja y de aspecto normal. La había visto suficientes veces para saberlo. Pero si yo era como April de alguna manera, ¿iba a desintegrarme cuando muriera? ¿Se me desprendería la piel? La presión me oprimió el pecho mientras cruzaba los brazos sobre el estómago.

—Existe la posibilidad de que haya otras cosas diferentes en ella —continuó Clyde mientras Luc se daba la vuelta y caminaba hacia donde yo estaba—. Tejidos. Órganos. Etcétera, etcétera. Tengo un amigo de confianza que es patólogo y que puede hacer algunas pruebas. Pero tengo que conseguir las muestras.

—¿Podemos hablar de esto? —preguntó Kent, con las manos en las caderas—. Porque no estoy contento con que esto ocurra en la cocina. Sé muy bien que uno de vosotros va a esperar que yo lo limpie, y estos no son los Estados Unidos que me habían prometido.

Los labios de Zoe se torcieron mientras Clyde levantaba el bisturí una vez más.

—Nop. —Retrocedí, levantando las manos. Todo esto era demasiado surrealista—. No puedo estar aquí mientras haces esto. Sé que veré cosas que no podré dejar de ver. No necesito participar en esto.

Grayson sonrió satisfecho, pero no me importó. Me di la vuelta y salí de la cocina al pasillo silencioso y poco iluminado.

—¿Melocotón? —Luc estaba justo detrás de mí, y seguí caminando. No estaba segura de a dónde iba, pero estaba cerca del bar cuando él apareció delante de mí, moviéndose demasiado rápido para que pudiera seguirlo—. Oye —dijo, poniéndome las manos sobre los hombros—, ¿dónde tienes la cabeza ahora mismo?

—¿Ahora mismo? —Me reí—. Mmm, solo espero no escamarme cuando muera, pero de nuevo, estaría muerta, así que supongo que no me importaría.

—No te vas a escamar.

—Bueno, eso no lo sabemos, ¿verdad?

Me puso las manos en las caderas.

—Mira, te pasa algo. No lo niego, pero ahora mismo las cosas no cuadran. —Sus manos se tensaron y me subió a la barra—. De momento no sabemos nada, así que no nos centremos en lo de la muerte.

Tragando saliva, asentí con la cabeza cuando oí que se abrían las puertas del pasillo. Unos instantes después, se nos unieron Heidi, Zoe y Grayson.

Al ver que Luc estaba de pie entre mis piernas, con las manos en mis caderas, Heidi levantó una ceja y frunció los labios.

También tendría que tener una conversación con ella más tarde.

—Entonces, ¿de qué va la cosa? —Zoe preguntó, apoyándose en la barra—. ¿Qué ha pasado en el baño con April?

Luc me miró, sus ojos buscando los míos.

—¿Quieres hablar de esto ahora?

Asentí, sabiendo que era algo que debía decirse ahora y no más tarde. Así que empecé a contárselo todo, y mientras hablaba, Luc se quedó a mi lado, su presencia extrañamente reconfortante.

—Tenía fotos de la verdadera Evie, las que habían sacado del álbum de fotos de mi madre. Creía que lo había hecho Micah, pero fue April —expliqué frotándome las rodillas con las manos—. Pero ella no sabe que en realidad soy... Nadia.

—Espera, ¿qué? —Todo en Grayson se volvió sólido como una roca.

Dirigí una rápida mirada a Luc. Estaba observando con atención a su amigo.

—En realidad soy Nadia Holliday. Me dieron el suero Andrómeda y, bueno, es una historia muy larga, pero no tengo recuerdos de mi época como Nadia.

—¿Tú eres esa Nadia? —preguntó él, descruzando los brazos.

—Así es —contestó Luc.

Luc solo pronunció dos palabras, pero parecieron atravesar a Grayson como una bala de cañón. El Luxen dio un paso atrás y miró fijamente a Luc.

—¿Cómo has podido ocultármelo?

—Zoe lo sabía porque conocía a Evie de antes. —La voz de Luc era baja, tranquila—. Los únicos que lo sabían eran los que la conocían de antes. Daemon y Dawson. Archer. Clyde. Nadie más necesitaba saberlo. Sería demasiado peligroso. Sigue siendo peligroso.

Grayson parpadeó como si algo se le hubiera acercado demasiado a la cara. Parecía que iba a decir algo, pero cerró la boca, negando con la cabeza.

Pasó un largo instante, y entonces Grayson dijo:

—Debería haberlo sabido.

Luc inclinó la cabeza.

—¿Habría cambiado algo?

No estaba segura de qué quería decir Luc con aquella pregunta, pero si se refería a si el hecho de que Grayson supiera que yo era Nadia le habría hecho ser más amable conmigo, apostaría que iba a responder con un no rotundo. Pero Grayson no contestó. Apartó la mirada, con un espasmo muscular en la mandíbula.

Luc se volvió hacia mí y me dijo en voz baja:

—Continúa.

Les conté el resto, sin omitir nada, pero el Luxen seguía captando mi atención. Grayson parecía furioso. Los ojos de zafiro se le entrecerraban a cada segundo que pasaba, tenía los labios apretados y la mandíbula, rígida.

Una parte de mí no podía culparlo por estar enfadado.

Me había vigilado durante años por orden de Luc y pensaba que me odiaba por eso, pero nunca supo que yo era Nadia, esa Nadia.

Aun así, no le perdonaba que hubiese dicho que era una inútil.

Cuando terminé, Zoe y Heidi me miraron como si me hubiera salido un tercer ojo en el centro de la frente y les guiñara con él.

—Sé que todo esto suena imposible, pero es verdad —terminé—. Es todo verdad.

Zoe se pasó una mano por la cabeza, recogiendo rizos y echándolos hacia atrás.

—No creo que nada sea imposible. No después de ver de primera mano de lo que es capaz Dédalo. Pero esto es realmente descabellado.

Grayson aún parecía enfadado, pero preguntó:

—¿Todavía tienes ese control remoto?

—Sí, lo tengo. —Luc metió la mano en el bolsillo y lo sacó—. No he visto nada parecido que pueda hacer lo que le hizo a Evie. Espero que Daemon o alguno de los otros tenga alguna idea. Les enviaré un mensaje.

Miré el control remoto en su mano, recordando con facilidad el dolor.

—Ella pulsó ese botón, y eso fue todo. Dolor... y luego me convertí en Terminator.

—¿Qué pasa si lo vuelves a pulsar? —preguntó Grayson.

Lo miré y entrecerré los ojos.

—¿Además de sentir como si me apuñalaran una y otra vez en la cabeza?

—Sí, además de eso. —La sequedad se filtró en su tono.

—No vamos a volver a pulsarlo —replicó Luc, con los dedos enroscados sobre el control remoto.

—¿Y si volver a pulsarlo hace algo más? ¿Y si le devuelve más recuerdos y la convierte de nuevo en Terminator? —replicó Grayson.

—¿Y si le causa más dolor? ¿Y si le hace daño? —Luc bajó la mano, con los dedos aún cerrados alrededor del control remoto.

—¿Y si no hace nada? —desafió Grayson—. Saber eso nos dirá algo.

—No. —Luc negó con la cabeza.

—¿Cómo es posible que pulsarlo y que no le haga nada a Evie nos diga algo? —preguntó Zoe.

—No sé por qué seguimos teniendo esta conversación. —Luc se cruzó de brazos.

—Bueno, podría decirnos que lo que sea que haya hecho esa cosa, la onda Cassio, ha desbloqueado el código que April afirma que había en el suero. Nos diría que al menos no tenemos que preocuparnos de que otra persona vuelva a apretar el botón y le haga Dios sabe qué.

Zoe parecía pensativa, y...

Mierda.

—Tiene razón —dije—. Tanto si hace algo como si no, nos dará algunas respuestas.

Luc se volvió hacia mí, con expresión austera.

—No pienso permitir eso.

—Luc...

—Nadie va a pulsar un botón que pueda causarte un dolor debilitante.

—Aunque quizás no lo haga. —Me agarré al borde de la barra—. Mira, no quiero volver a sentir el dolor, pero es un riesgo...

—Que no estoy dispuesto a dejarte correr.

La irritación me punzó la piel.

—Pero yo sí estoy dispuesta a correrlo.

Ladeó la cabeza.

—¿Hay algo en mis palabras o en mi postura que te dé la impresión de que eso vaya a ocurrir? Entonces, cambiemos de tema.

—Es mi decisión, Luc.

—Y también es mi decisión evitar que tomes decisiones estúpidas —replicó.

Me bajé de la barra.

—No puedes decidir lo que hago o no hago con mi cuerpo.

—Ah, no. Ni se te ocurra ir por ahí. —Se enfrentó a mí—. No tiene nada que ver. No se trata de tu derecho a hacer lo que te dé la gana. Se trata de que evite que te hagas daño.

—Estoy de acuerdo con Luc. Podríamos descubrir algo pulsando el botón, pero tampoco sabemos lo que hará —intervino Heidi—. Porque tampoco sabemos si apretar ese botón te quitará los recuerdos a más largo plazo. Así que no creo que debamos hacerlo.

Me crucé de brazos.

—No estas ayudando.

—Lo siento —murmuró Heidi—. Pero es mi opinión.

Tomando una respiración pausada, intenté una ruta diferente.

—¿Y si me devuelve más recuerdos, recuerdos de quién solía ser? Merece la pena correr el riesgo. Hazlo. Pulsa el botón. Es la única manera.

—Nada vale el riesgo de verte herida. Ni siquiera que recuerdes cada maldito segundo de lo que fue ser Nadia. —Agachó la cabeza y bajó la voz—. Sé que quieres sentirte útil. Que quieres demostrar que puedes ayudarnos, ayudarte a ti misma, pero esta no es la manera.

Me callé.

Grayson maldijo en voz baja.

—Olvídalo —dijo—. Ha sido una idea de mierda.

—Sí. —Luc deslizó el control remoto en su bolsillo—. Lo ha sido.

—¡No, no lo ha sido! —Sacudiendo la cabeza, me di la vuelta y me apoyé en la barra—. Entiendo que no quieras verme herida...

—O peor —intervino—. Ni siquiera sabemos qué es en realidad la onda Cassio. Qué significa realmente cuando se mete ahí y te revuelve la cabeza. Hasta que sepamos más sobre lo que es y lo que hace, tenemos que dejar de apretar botones al azar.

—También voy a tener que ponerme del lado de Luc aquí. —Zoe apoyó los codos en la barra—. Creo que deberíamos esperar hasta que sepamos más.

Por supuesto, también tenían razón. Frustrada, me crucé de brazos.

—¿Y qué se supone que debo hacer mientras esperamos? —Todas esas cosas importantes que Luc y yo necesitábamos discutir, pero que antes había dejado de lado, salieron a la superficie—. ¿Puedo ir al instituto? ¿Ir a casa siquiera? Si April estaba con Dédalo o algún otro grupo, se van a dar cuenta de que está desaparecida, quizá muerta, ¿y entonces qué? Habló como si supieran que existo.

—No estoy segura de que estés preparada para esta conversación, Melocotón.

No lo estaba, pero eso no significaba que no debiéramos tenerla.

—Tengo que prepararme, porque el mañana va a llegar más pronto que tarde, ¿y luego qué?

—No puedes acercarte a un dron del CRA. No hasta que podamos probar uno. Así que no podrás ir al instituto hasta entonces.

Creía que ya lo sabía desde el momento en el que vi mis ojos en blanco y negro en el espejo, pero aun así, se sintió como un puñetazo en el estómago. ¿Y si no podía volver? ¿Nunca? ¿Y si no podía graduarme?

—Podríamos ponerle lentillas —dijo Grayson, y mi mirada se dirigió hacia él—. Nadie notaría la diferencia.

—Tiene razón, pero no es seguro para ti estar allí —respondió Luc, dando un paso hacia mí—. No hasta que sepamos más.

Yo sabía lo que significaba «más». Si de verdad era Dédalo quien estaba detrás de todo. Si ahora iban a venir a por mí. Pero si el instituto no era seguro, ¿lo era mi casa?

¿Lo era mi madre?

Un escalofrío me sacudió, porque durante toda la tarde había estado intentando no pensar en ella... pensar si sabía que había algo en ese suero, si había estado mintiendo todo el tiempo. Levanté la vista y encontré la mirada de Luc clavada en la mía.

—Nada de esto... tiene sentido —comentó Heidi, retorciéndose un mechón de pelo rojo—. Eres humana... A ver, sí, está todo ese asunto del suero, pero eres humana. El dron del CRA nunca te ha detectado...

—Y nunca ha detectado a April tampoco —interrumpió Zoe, con las cejas fruncidas.

—¿Podría April haber estado usando lentes de contacto entonces? —sugirió Heidi.

—Supongo que lo averiguaremos si Clyde le saca los ojos —respondió Grayson.

Curvé el labio superior.

—Vi cómo le cambiaban los ojos.

—Que April llevara o no lentillas antes no explica nada. Has sangrado de color rojo. No te has convertido en una criatura medio humeante —señaló Heidi, y yo asentí, porque ambas cosas eran ciertas—. Es que no lo entiendo. ¿Cómo narices has pasado de tropezarte con el aire a cargarte a April como una asesina a sueldo entrenada?

Fruncí los labios.

—Esa es una buena pregunta.

—¿Puede algún suero hacer todo eso? —Heidi se volvió hacia Luc.

—Que yo sepa, ninguno. Los sueros pueden hacerte mutar, pero no te conviertan en un especialista en artes marciales cinco segundos después —respondió Luc.

Zoe se apartó de la barra y, cuando su mirada se cruzó con la mía, creía que estaba pensando en lo mismo que yo.

En aquellos meses de verano perdidos de los que no tenía ningún recuerdo real. ¿Y si no hubiera estado en casa? Pensé en cómo había manejado la pistola en casa de April. La voz masculina que había oído. ¿Y si...?

Ni siquiera me atreví a terminar el pensamiento, porque ¿cómo podía ser posible? ¿Cómo podría haber sido entrenada y luego haber borrado todo recuerdo de eso? ¿Cómo ha podido una onda sonora desbloquearlo?

¿Y cómo demonios no estaba implicada mi madre?

—Me preguntaste... si sabía por qué Sylvia te dio la vida de Evie, y te dije que no lo sabía —dijo Luc en medio del silencio.

Me puse rígida. Él no sabía que yo había hablado con ella de esto. No había tenido ocasión de decírselo con todo lo que había sucedido.

—Quería creer que era porque echaba de menos a esa otra chica. El corazón, incluso el de un Luxen, puede hacer que la gente haga locuras. Pero nunca pude llegar a creérmelo del todo —continuó, con su mirada violácea clavada en la mía—. Cuando me preguntaste si sabía dónde estabas el verano siguiente a tu curación, no te mentí. Quería creer que estabas allí, dentro de esos muros, siendo cuidada. Tenía que creerlo en aquel momento.

Un escalofrío me recorrió, y sentí todas las miradas sobre nosotros.

—¿Quieres saber por qué no confío en ella? Es por esto mismo. Aquí y ahora. Puede que no sepa lo que te hicieron, pero hay una persona que tiene que saberlo. Y esa es Sylvia.

26

Mi casa estaba vacía cuando Luc y yo aparecimos una hora más tarde, lo que tenía sentido, ya que la gente acababa de salir del instituto. Mi madre no volvería hasta dentro de tres horas, y eso si llegaba a casa a su hora.

—¿Le has enviado un mensaje? —me preguntó Luc mientras me seguía, llevándome la mochila y la cámara nueva.

Asentí con la cabeza.

—He intentado llamarla, pero me ha saltado el buzón de voz. —Una corriente de energía nerviosa me recorrió mientras entraba en la cocina—. Es normal, pero le he enviado un mensaje diciéndole que necesitaba hablar con ella y que era una emergencia.

—Perfecto.

—¿Sabes? No la he visto desde... antes de ayer. —Me di cuenta mientras abría el frigorífico y tomaba una botella de agua—. ¿Quieres una?

Luc se quedó en la puerta, sacudiendo la cabeza.

—Me refiero a que ha estado trabajando hasta tarde. Ya sabes, así que no es muy sospechoso, pero... —Cerré la puerta, volviéndome hacia él—. Te vas a enfadar conmigo.

—Lo dudo.

Me acerqué a él.

—Hablé con ella la mañana después de que Heidi fuera herida, sobre... sobre el verano antes de empezar el instituto. Sé que me dijiste que querías estar allí, pero yo...

—¿No podías esperar? —Empezó a caminar hacia atrás. Sacudiendo la cabeza, esbocé una sonrisa tímida mientras lo seguía—. ¿Qué te dijo?

—No mucho. Creía que tú me habías contado algo y luego me preguntó qué es lo que me habías dicho.

Su mirada se aguzó cuando llegamos a las escaleras.

—Por supuesto que sí.

Comencé a subir los escalones.

—Le dije que era algo que había surgido mientras hablaba con Zoe, y me contó que estaba aquí, pero que no estaba preparada para que me vieran en público. Que algunos días no recordaba nada, ni siquiera que era Evie, y otros estaba bien. Y le pregunté por qué lo había hecho, el darme los recuerdos de Evie. —Dimos la vuelta al rellano, y supe que Luc estaba ralentizando considerablemente sus pasos, así que le seguí el ritmo—. Me soltó lo que me había contado antes. Que echaba de menos a la verdadera Evie.

Luc se quedó callado mientras entrábamos en mi dormitorio, colocando la mochila junto al escritorio y la cámara sobre él. Entonces, habló:

—¿Le crees?

Como no estaba preparada para pronunciar esas palabras, me acerqué a la mesita de noche y puse la botella encima, junto a Diesel. Agarré el mando a distancia y encendí la televisión, manteniendo el volumen bajo.

—Yo...

—No tienes que responder a la pregunta. —Se sentó en la cama, apoyando los brazos en las piernas.

—¿Por qué? ¿Porque ya sabes la respuesta?

Luc no respondió, y tampoco alardeó de ello. Al contrario, cambió de tema.

—Sé que estabas enfadada conmigo antes.

—¿Qué me ha delatado?

Apareció una media sonrisa.

—Creo que eres valiente...

Me reí a carcajadas ante eso.

—No soy valiente.

Arqueó las cejas.

—Dices eso a pesar de que hace unas cuantas horas has recibido otro revés en tu vida.

—Puede parecer que estoy lidiando con eso, pero es probable que vaya a necesitar años de mucha terapia. —Hice una pausa—. Si es que existe tal cosa para posibles experimentos alienígenas.

Un experimento.

Eso es lo que era, ¿no?

Madre mía, fue tan difícil procesar eso como descubrir la verdad de quién era.

Luc se mostró impertérrito.

—No solo eso, has tenido que defenderte. Hoy has quitado una vida, y tenías que hacerlo, pero sé que eso no es algo fácil de procesar.

Él lo sabía, ¿no? Un escalofrío me recorrió. La verdad era que no podía permitirme pensar en el hecho de que había matado a alguien... o en el hecho de que no me sentía culpable. ¿Significaba eso que me pasa algo malo? A ver, ¿no debería sentir...?

—No te pasa nada malo —respondió Luc, escuchando mis pensamientos—. Hiciste lo que tenías que hacer.

Estaba paseándome delante de él, jugueteando con el trozo de obsidiana.

—¿Como tú?

Luc asintió.

—Hay veces que no siento ninguna culpa. Ninguna. Pero no siempre es así.

Pensé en los jóvenes Origin.

—Eres valiente, Luc. Haces cosas que nadie querría hacer para que los demás estén a salvo.

—Y tú te has ofrecido voluntaria a pasar, probablemente, por lo que suena como el peor dolor posible de nuevo —insistió—. Y estás preparada para enfrentarte a Sylvia, sabiendo lo que eso podría significar.

Podía no contarnos nada o podía contárnoslo todo, y si era lo segundo, no sabía lo que haría.

Pero seguro que no sería algo bonito.

—Si eso no te hace valiente, no sé qué es lo que podría hacerlo.

Me hace... estar desesperada por saber qué demonios era y qué podía pasar.

—No. —Luc extendió la mano y me agarró la mía. Me arrastró hasta su regazo. Su mirada captó la mía—. Te pareces mucho a como eras cuando te conocí. No tienes ni idea. Siempre has sido valiente. Siempre has sido fuerte.

Me relajé contra él.

—Afrontaste el diagnóstico de cáncer de la misma manera. Tan solo lo afrontaste. ¿Te molestó? Sí. ¿Te derrumbaste una o dos veces? Sí. —Soltándome la mano, extendió los dedos a lo largo de mi mejilla—. Pero te levantaste todos los días y te enfrentaste a ello. Al igual que te has levantado cada día desde que supiste quién eras en realidad. Eso es fuerza, Melocotón. Fuerza de verdad.

Eso fue lo que me dijo Zoe.

—Siento que no tengo control sobre nada. Ninguno de nosotros sabe lo que va a pasar. —Bajé la voz, como si me preocupara que me escucharan—. Podría mutar. Podría... Todo es posible.

Deslizando la mano hacia la parte posterior de mi cabeza, atrajo mi frente hacia la suya.

—Si algo así sucede, voy a estar aquí. No permitiré que huyas. No permitiré que olvides.

—¿Me lo prometes? —susurré.

—Nunca más —juró, con su nariz rozando la mía—. Y sé que lo superarás. No gracias a mí, no gracias a tus amigos, sino gracias a ti misma.

El siguiente suspiro que tomé fue tembloroso. Tal vez... solo tal vez ambos tenían razón. Tal vez era valiente a mi manera. Era fuerte, y si eso era cierto, si lo que él decía era verdad, entonces podría enfrentarme a lo que viniera... Fuera lo que fuese.

Permitirme creer en eso me relajó un poco la tensión de los hombros, pero no toda, y no estaba segura de que él supiera lo mucho que eso significaba para mí.

Acorté la pequeña distancia que nos separaba y lo besé, esperando que pudiera sentir lo que yo sentía aunque no tuviera el valor de decirlo, o de pensarlo, porque aunque pudiera ser tan valiente como él decía que era, todavía había cosas que me aterraban.

Lo que sabía que empezaba a sentir por él era una de ellas.

Su mirada se desvió por encima de mi hombro, hacia la televisión.

—Oh, mierda.

—¿Qué? —Seguí su mirada hacia la televisión. El volumen subió, y a menos que lo hubiera hecho solo, supuse que sabía quién había sido el responsable de ello—. Otra vez él.

Torció los labios en una sonrisa irónica.

—Sale mucho en la televisión.

—En serio. Creo que nunca ha habido un presidente que apareciera tanto en la televisión como el presidente McHugh —comenté.

Luc resopló.

El presidente estaba dando algún tipo de sesión informativa en el exterior, en lo que supuse que era el jardín de rosas de la Casa Blanca. En la parte inferior había otro faldón de noticias de última hora, anunciando que la Cámara no había aprobado el proyecto de ley que cambiaría el Programa de Registro Alienígena o la vigésima octava enmienda que reconocía y otorgaba a los Luxen los mismos derechos que a los humanos.

Era obvio que el presidente no estaba contento con ello.

—*Cuando hice campaña para ser el presidente de estos grandes estados, lo hice con la promesa de que volvería a hacer que los Estados Unidos fueran seguros, y la votación de hoy es una decepción.* —Miró directamente a la cámara, poniendo esa espeluznante mirada que no parpadeaba—. *Estos cambios en el GOCA son necesarios e inevitables. Tan solo en las últimas cuarenta y ocho horas, ha habido un ataque en Cincinnati por parte de dos terroristas Luxen no registrados, y no se equivoquen, eso es lo que son. Terroristas.*

Un músculo se flexionó a lo largo de la mandíbula de Luc mientras jugueteaba con los dedos con los pequeños botones de mi jersey.

Nada te cortaba el rollo más rápido que ver al presidente en la televisión.

—*Hay Luxen que quieren jugar según las reglas: los cambios en el GOCA los mantendrán a salvo. Hay Luxen que no quieren jugar con las reglas y que quieren hacernos daño* —continuó el presidente McHugh—. *Y por eso no puedo quedarme con la conciencia tranquila y sin hacer nada para proteger a la gente que me ha votado. Estoy emitiendo una orden ejecutiva que implementará estos cambios en el Programa de Registro Alienígena.*

Me deslicé del regazo de Luc a la cama.

—*No solo eso, estoy emitiendo una orden ejecutiva para restablecer la Ley Patriótica y la Ley Luxen, permitiendo que todas las ramas del Gobierno, incluyendo el Ejército, tomen medidas sin precedentes.*

¿Podía hacer eso? No tenía ni idea. Quiero decir, sabía cómo funcionaban los niveles básicos del gobierno. Todo el asunto de los controles y equilibrios. La Cámara. El Senado. El Poder Judicial. ¿Podía el presidente emitir una orden y que se cumpliera?

El presidente seguía mirando directamente a la cámara cuando dijo:

—*Estos cambios entrarán en vigor de inmediato y tendrán toda la fuerza de la ley, según la Constitución de los Estados Unidos de América.*

Luc se puso rígido mientras murmuraba:

—Allá vamos.

—Evie, despierta.

Gimiendo, me puse boca abajo y planté la cara en la almohada. Todavía no podía ser de día. No había oído sonar la alarma.

Mi madre posó la mano sobre mi hombro, sacudiéndome.

—Necesito que te despiertes.

Sacudí su mano y metí el brazo debajo de la almohada.

Mi madre me zarandeó de nuevo.

—Cielo, necesito que te levantes. Ahora.

Algo en su tono atravesó las telarañas del sueño, y todo lo que había sucedido antes me golpeó. April. Las preguntas. El presidente en la televisión y luego Luc recibiendo una llamada de Grayson una hora más tarde. El agente había vuelto, el agente Bromberg, que estaba aplicando una mezcla de la Ley Luxen y la Ley Patriótica. Había exigido acceso a la discoteca y quería ver a Luc. Yo quería ir con él, pero Luc no quería que estuviera allí hasta que supiera lo que Bromberg estaba tramando.

Había prometido volver, y los esperé toda la noche a él y a mi madre, pero acabé poniéndome el pijama y quedándome dormida. Una parte de mí no podía creer que lo hubiera hecho después de todo.

¿Había pasado algo?

El corazón me dio un vuelco en el pecho mientras me ponía de lado. La habitación estaba a oscuras, pero podía distinguir la silueta de mi madre. Estaba inclinada sobre mí, con una de sus manos apoyada en la cama a mi lado. Algunas de las telarañas del sueño se despejaron. Estaba claro que todavía era de noche.

—¿Le ha pasado algo a Luc? —pregunté, restregándome la mano por la cara.

—No —respondió—. Necesito que te levantes.

—¿Qué hora es?

—Son un poco más de las dos. —Se apartó de la cama cuando dejé caer la mano—. Necesito que te levantes —repitió.

Un segundo después, la luz del techo se encendió, inundando la habitación con un brillo blanco intenso. Con una mueca de dolor, levanté el brazo para protegerme del resplandor. Mi madre se apresuró a acercarse a mi cómoda y se agachó frente a ella, agarrando lo que parecía ser mi ropa interior.

¿Qué...?

—¿Qué estás haciendo? —Me levanté sobre los codos—. ¿Recibiste mi mensaje...?

—No hay mucho tiempo para explicaciones —contestó sin mirarme—. Y necesito que hagas exactamente lo que te digo, Evie, porque vienen a por ti.

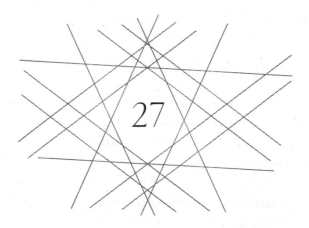

27

Un miedo helado me paralizó. Algún tipo de instinto primario me dijo quiénes eran, y lo supe, simplemente lo supe.

—¿Dédalo? —pregunté.

Mi madre se levantó enseguida de la cómoda y corrió a mi lado. Se arrodilló y me apretó la mano con sus frías manos. La miré fijamente, con el pecho subiéndome y bajándome con fuerza.

—Lo siento —dijo, con el rostro pálido. Las finas arrugas de las comisuras de sus ojos parecían más profundas de lo normal, más visibles—. Lo siento mucho.

—¿Qué está pasando? ¿Dónde...?

—Ay, Evie. —Mi madre cerró la boca y sacudió la cabeza antes de apretarme la mano—. Las cosas en el trabajo se han salido de control.

—¿Sabes lo que ha pasado hoy? —le pregunté.

Sus ojos buscaron los míos mientras me acunaba las mejillas. Sus manos eran como bloques de hielo.

—Van a empezar a ocurrir cosas, y cuando ocurran, todo va a pasar rápido. ¿Lo entiendes? —Me soltó y se levantó—. La gente no se dará cuenta hasta que sea demasiado tarde.

—¿La gente no se dará cuenta de qué?

Dejó escapar un suspiro tembloroso mientras tragaba con dificultad.

—Formaba parte del plan. Desde el principio. Dejaron que todo esto sucediera, pero perdieron el control, y tenemos que irnos.

—¿Qué plan? ¿De qué estás hablando? —Las náuseas me retorcieron el estómago—. ¿Sabes que...?

—Sí. Lo sé. Y ellos también.

La miré fijamente desde donde estaba sentada. Si ella lo sabía y ellos también, eso significaba que siempre lo había sabido. Y entonces me había mentido.

—Te explicaré lo que pueda, pero necesito que te levantes y te prepares. —Mi madre se volvió hacia mi escritorio. Vi mi bolsa morada de fin de semana, la bonita con lunares azules. Parecía llena—. Haz lo que te pido, por favor.

Levantándose sobre unas piernas temblorosas, la vi caminar hacia mi armario. Agarró unos vaqueros oscuros de la estantería.

—Toma. Póntelos.

Sintiéndome fuera de mí, tomé los vaqueros y los dejé caer sobre la cama. Ella alcanzó un jersey. La percha giró y se cayó al fondo del armario. El hecho de que no recogiera la percha ni comentara lo desordenado que estaba mi armario me asustó más que nada. Me había mentido... Había estado mintiéndome, pero su forma de actuar...

Algo malo estaba pasando.

Me entregó el jersey.

—Evie, de verdad que necesito que te vistas ahora mismo.

Durante unos segundos, no pude moverme, y luego agarré el jersey. A mi madre le temblaban las manos mientras se apartaba el pelo de la cara. Estaba vestida como si acabara de llegar del trabajo. Pantalones oscuros y una blusa blanca. Incluso llevaba lo que ella llamaba «sus zapatos cómodos», unos zapatos negros de tacón bajo. Es obvio que había venido directamente de Fort Detrick.

Mi madre volvió a pararse delante de mí, me acarició la mejilla con una mano y me echó el pelo hacia atrás con la otra.

—Dios, Evie, nunca quise que llegara este día.

Se me hizo un nudo en la garganta al dejar caer la camiseta sobre la cama y agarrarle las muñecas.

—¿Sabes lo que me ha pasado?

—Por favor, Evie. No hay tiempo. —Sus ojos, esas lentillas marrones, se encontraron con los míos. Estaban llorosos—. Todo saldrá bien, te lo prometo, pero necesito que te prepares.

No le creí ni por un segundo.

Aunque todo lo que había sucedido hoy no hubiera sucedido nunca, que me despertaran así en mitad de la noche no significaba que las cosas fueran a ir bien.

Inclinándose, mi madre presionó los labios contra el centro de mi frente.

—Sé que tienes preguntas, pero necesito que confíes en mí.

Me tembló el labio inferior y di un paso atrás.

—Pues no puedo.

Se estremeció como si la hubiera abofeteado y bajó las manos.

—Me lo merezco. Me lo merezco. Pero, por favor, prepárate.

De repente me entraron ganas de llorar y gritar a la vez, pero me obligué a asentir con la cabeza mientras se me revolvía el estómago. Me quité los pantalones, agarré los vaqueros y me los puse.

¿Dónde estaba Luc?

Mi madre se acercó a los pies de la cama, sacó el móvil y lo miró.

—Vamos —murmuró, apretando los labios mientras golpeaba la pantalla con el dedo—. Vamos.

Sin perderla de vista, tomé un sujetador de mi cómoda y enganché el pequeño broche en la parte delantera.

Sabía, sin lugar a dudas, que no iría a ninguna parte con ella.

Mi pie, el izquierdo, empezó a dar golpecitos nerviosos mientras me ponía el jersey, que era más bien una camiseta gorda, por encima de la cabeza, con la inquietud formándose como bolas de plomo en mi estómago. Todo parecía surrealista mientras alisaba el algodón desgastado.

Me acerqué a los zapatos planos que tenía junto al escritorio y me los puse. Había un sobre grueso junto a la bolsa. Lo tomé y lo abrí.

—Mierda.

Había billetes de cien dólares perfectamente alineados en el sobre. Tenía que haber más de mil dólares. Quizás incluso un par de miles. Al final del fajo de billetes había una cartera verde oscura. Un pasaporte. Lo saqué y casi me caí.

Una foto mía me sonrió. La misma foto de mi carné de conducir, pero el nombre que aparecía debajo no era Evie Dasher.

Ni siquiera era el nombre de Nadia.

El malestar se extendió como una mala hierba.

—¿Quién narices es Stephanie Brown? —Me volví hacia ella—. Es un carné falso y dinero.

—Prepárate —repitió, quitándome el dinero y colocándolo junto a la bolsa—. Ahora.

La miré fijamente.

—Tienes que decirme qué narices está pasando ahora mismo.

—Evie...

—¡Me has estado mintiendo desde el principio! —le grité, con el corazón desbocado—. Si sabes lo que me ha pasado hoy, entonces siempre has sabido que hay... que hay algo dentro de mí.

—Por favor, te lo explicaré...

—Me arrebataste la vida, ¿y simplemente esperas que confíe en ti?

—Y estoy intentando devolverte tu vida...

El cristal explotó.

El cuerpo de mi madre se sacudió como si alguien la hubiera empujado. Se tambaleó hacia delante. El móvil rebotó en la alfombra. Abrió la boca y bajó la barbilla.

Todo pareció ralentizarse.

Vi la ventana rota y las cortinas ondeantes detrás de ella, y luego seguí su mirada. Se estaba mirando la parte delantera de su bonita blusa blanca, la bonita blusa blanca con una mancha roja del tamaño de una moneda en el centro.

Dio un paso y le fallaron las rodillas. Se dobló como un saco y cayó de espaldas antes de que yo pudiera volver a respirar.

La mancha roja se extendió tan rápidamente que en cuestión de segundos tenía todo el pecho cubierto.

Me quedé clavada en mi sitio y entonces todos mis músculos reaccionaron. Salté hacia delante.

—¡Mamá! ¡Dios mío, mamá! —Caí de rodillas a su lado—. ¡Mamá!

Abrió la boca mientras parpadeaba con rapidez, con las manos en el aire. Eso no era una mancha en su blusa. Era sangre, mucha sangre.

—Evie...

El horror se apoderó de mí mientras presionaba mis manos sobre su pecho, una horrible sensación de estar atrapada en un círculo vicioso me abrumaba. Heidi. Luc. Mi madre. La sangre me empapó las palmas.

—No. No, esto no está pasando. —Se me formó un nudo en la garganta, amenazando con ahogarme—. ¡Esto no está pasando!

El esbelto cuerpo de mi madre dio un espasmo mientras me agarraba. Sus dedos se arrastraron por mi brazo. Sus ojos se abrieron de par en par.

No. No. No. No.

Le presioné el pecho, pero no sirvió de nada. Pensé que incluso podría haberlo empeorado, porque un calor húmedo se derramó a través de mis dedos. Un temblor se apoderó de mí y me costó mantener las manos firmes.

—Te vas a poner bien —le dije, con la voz tomada. ¡El teléfono! Tenía que llamar a Luc. Él podría curarla—. Te vas a poner bien. Tengo que llamar...

Me agarró de la muñeca mientras levantaba las manos y buscaba el teléfono que se le había caído.

—Lo intenté. —Un fino hilo de sangre le brotó de la comisura de la boca, y supe, madre mía, supe que eso era malo. Había visto suficientes repeticiones de *Anatomía de Grey* como para saberlo—. Pase lo que... pase, Evie. —Su respiración traqueteó mientras tomaba aire que no parecía ir a ninguna parte, no parecía ayudar en absoluto—. Te quiero... Te he querido como si fueras mía, y yo... Intenté hacer esto... bien, pero es... es demasiado tarde. Él viene... a por ti. Lo siento.

—No —susurré, y no sabía a qué le estaba diciendo que no.

Me soltó la muñeca y su mano cayó al suelo. Su pecho se levantó, pero eso fue todo, y su mirada se fijó en mí, pero yo sabía que ya no me estaba viendo.

Una sensación punzante me recorrió la piel. Era como estar dividida en dos. Una parte de mí era lógica y sabía lo que estaba pasando. Mi madre acababa de recibir un disparo a través de la ventana de mi habitación y ya no estaba, la bala la había alcanzado en un lugar al que ni siquiera un Luxen podría sobrevivir, o era una bala diseñada para acabar con un Luxen. No estaba segura, pero sabía que ella ya no tenía salvación, y aun así me negaba porque no podía aceptarlo.

La agarré del hombro, sacudiéndola un poco. Mis dedos mancharon de sangre el cuello de su blusa.

—¿Mamá?

No hubo respuesta.

—¡Mamá! —Esto no estaba pasando. Dios mío, esto no estaba pasando. Las lágrimas corrían por mis mejillas mientras me inclinaba sobre ella. Mis manos manchadas de sangre se cernían inútilmente sobre ella—. No hagas esto. No estoy enfadada contigo. No lo estoy. Lo siento. Confío en ti. Yo...

Una tenue luz parpadeó bajo su blusa, como una linterna encendiéndose y apagándose. Mi mirada se dirigió a su rostro y de su boca brotó un resplandor líquido. Retrocedí bruscamente y caí de culo cuando una luz mortecina sustituyó su pálida piel y su cuerpo... no era el suyo. Vi la forma de las manos y los rasgos de su cara, pero había venas plateadas bajo una piel semitransparente.

No.

Sacudí la cabeza mientras miraba fijamente a la que había sido mi madre, en su verdadera forma. Sabía lo que eso significaba. Ya lo sabía, porque su pecho no se movía y no respiraba, y no podía retractarme de nada de lo que le había dicho. No podía cambiar nada.

Enrosqué los dedos en las palmas de las manos, clavándome las uñas mientras cerraba los ojos brevemente. Me quedé con la boca abierta, pero no emití ningún sonido. No podía. La rabia y el terror me ahogaban. Grité, grité desde lo más profundo de mi ser, sacudiéndome el cráneo y las entrañas.

El suelo se agitó debajo de mí. La cama tembló a mi lado. La cómoda se sacudió y la casa entera se estremeció...

—Puerta trasera abierta. Ventana trasera izquierda abierta.

Solté un fuerte grito ahogado.

Era la alarma de la casa. Mi mirada voló del rostro translúcido de mi madre a la puerta abierta del dormitorio. Sentí cómo unos dedos helados de miedo me recorrían la espina dorsal. No era Luc. Él venía por la ventana. De acuerdo, alguien acababa de disparar a través de dicha ventana, pero si Luc estuviera aquí, no habría activado la alarma.

—Sistema desconectado. Listo para conectarse.

Se me escapó el aire de los pulmones. La alarma de la casa acababa de ser desactivada. Nadie, aparte de mi madre y yo, tenía el código...

Había alguien en la casa. El instinto me gritó que me levantara y me pusiera en marcha.

Con el cuerpo temblando, me levanté y me alejé de mi madre. Su cuerpo se desdibujó y mi vista se nubló. No podía ni pensar en el aspecto de su cuerpo en ese momento, en lo que eso podía significar. «¿Qué hago? ¿Qué hago?». Al darme la vuelta, vi la bolsa y el fajo de billetes.

Salir de la casa y llamar a Luc. Esconderse era estúpido. Había visto *Venganza* suficientes veces para saber que eso nunca terminaba bien. Defenderme no era una opción, a menos que milagrosamente volviera a convertirme en Terminator, y no me sentía como una tipa dura en ese momento.

Me moví como si estuviera atrapada en un sueño, agarré el sobre y lo metí en la bolsa, haciendo una mueca de dolor cuando dejé huellas ensangrentadas.

Me limpié las palmas de las manos en las caderas y volví corriendo a la cama para tomar el móvil. Empecé a girarme, pero me detuve y alcancé a Diesel. Me giré sin saber dónde estaba el cargador. ¿Quizás en la mochila? No había tiempo. Volví corriendo a la bolsa mientras marcaba el número de Luc. Sonó... y sonó, y eso era malo, porque Luc siempre contestaba al primer o segundo timbrazo.

¿Y si también habían ido a por él?

La presión me oprimió el pecho cuando colgué el teléfono y lo dejé caer en la bolsa. No podía pensar en eso ahora. No podía pensar en... mi madre. Agarré la correa y me la colgué del hombro.

Inhalando hondo, me arrastré hacia la puerta abierta. No miré atrás. No podía mirar atrás. Tenía que concentrarme. Eso era lo que Luc me decía. Que me concentrara. Pero era difícil, porque cuando salí al pasillo de parqué, cada paso que daba sonaba como un rebaño de vacas pisando fuerte. Los temblores sacudían cada miembro de mi cuerpo. Llegué al final del pasillo, pegada a la pared.

La luz del vestíbulo estaba apagada, pero había un suave resplandor procedente de la sala de estar. No oí nada, pero sabía que tenía que haber alguien en la casa. La única salida era bajar las escaleras.

No quería mirar.

No quería moverme.

Pero tenía que hacerlo.

Me despegué de la pared y contuve la respiración mientras me dirigía a la barandilla. El sudor me humedeció la frente mientras miraba hacia abajo. Al principio, no vi nada.

Luego vi un rifle.

Como el rifle de asalto que llevaban los agentes del GOCA. La persona que llevaba el rifle iba vestida de negro. Tenía la cara cubierta. No con uno de esos cascos como los de los SWAT, sino con pasamontañas negros que imaginé que llevaban los asesinos.

Asesinoman no estaba solo.

Había otro hombre o mujer detrás de él, y después vi a otro. Dejé de contar cuando vi cuatro, porque se estaban dirigiendo hacia las escaleras.

Mierda.

Me alejé dando tumbos de la barandilla y me apreté contra la pared. Si iba a convertirme en una asesina de primera, ahora era el momento. Ahora era...

Abrí la boca, pero no pude aspirar suficiente aire. El pánico se apoderó de mí. Habían venido a por mí. Se me oprimió el pecho. «No pienses en esto. Ahora no». Mi mirada desorbitada recorrió el pasillo y se posó en la puerta de la habitación de mi madre. Empecé a moverme, porque lo único que podía hacer en ese momento era esconderme.

El pomo de la puerta del dormitorio de mi madre giró.

Se me paró el corazón.

Oh, no.

Podía oír botas en los escalones. Los bordes de mi visión se oscurecieron cuando la puerta del dormitorio se abrió silenciosamente. Los músculos se me bloquearon mientras me preparaba para ser acribillada a balazos.

El terror me consumió como una marea creciente. Sin previo aviso, los ligamentos y músculos de mis rodillas dejaron de funcionar. Mi cuerpo se deslizó por la pared. Venían de ambos lados. Estaba jodida por todas partes, y lo que había dentro de mí antes, cuando me había enfrentado a April, ya no estaba allí. Iba a morir.

Iba a morir antes de tener la oportunidad de decirle a Luc...

Una forma salió de la habitación de mi madre, con sus largas piernas devorando de inmediato la distancia que nos separaba. Me encogí, intentando hacerme invisible, pero fue inútil.

La muerte avanzó a grandes zancadas y mis ojos se adaptaron a la oscuridad, distinguiendo rasgos... rasgos familiares. Unos labios carnosos dibujaron una sonrisa. En su camiseta gris había una de esas etiquetas adhesivas rojas y blancas que decían «Hola, me llamo» y en el espacio en blanco estaba escrito «Terminator» con rotulador negro.

«¿Terminator?».

Me tendió la mano cuando estaba a unos metros de mí.

—Si quiere vivir, venga conmigo.

Abrí la boca, y una risa áspera y baja salió de mí mientras arrastraba mi mirada hasta la suya. La presión me oprimió el pecho.

Luc estaba delante de mí.

Su mirada pasó de su mano a mi cara.

—Tienes que tomarme de la mano y yo tengo que ponerte en pie.

Lo miré fijamente, respirando con dificultad.

—Entonces te salvaré como un auténtico campeón. —Ladeó la cabeza—. Esto no está saliendo como esperaba. —Cerrando la mano, bajó el brazo—. Y esto se está poniendo un poco incómodo.

—¿Qué? —Respiré. Fue la única palabra que pude pronunciar.

Su mirada se desvió hacia la escalera.

—*Terminator 2.* Melocotón, si no has visto la película, vamos a tener problemas. —Esos profundos ojos violetas se volvieron hacia mí—. Por favor, dime que eres fan de Arnold. Si no, podría echarme a llorar.

Mis dedos cubiertos de sangre se clavaron en la correa de mi bolsa.

—¿En serio me estás preguntando...?

Se movió increíblemente rápido.

Luc me agarró del brazo. En un segundo estaba medio agachada contra la pared y al siguiente me tambaleaba hacia atrás. Me choqué contra la pared mientras él caminaba hacia el centro del pasillo, justo cuando un rostro cubierto por un pasamontañas llegaba a lo alto de las escaleras.

—¿Eres fan de Arnold? —volvió a preguntar Luc, esta vez dirigiéndose al tipo.

El tipo con aspecto de comando giró el rifle hacia Luc. Un punto rojo se deslizó por la pared y aterrizó en el centro del pecho de Luc. Se me cortó la respiración y me aparté de la pared. Otra vez no...

—Me voy a tomar eso como un no. —Luc salió disparado hacia un lado, agarrándome mientras el hombre disparaba. La bala se estrelló contra la pared.

Luc fue un borrón cuando me soltó el brazo y se lanzó hacia delante, arrancándole el rifle de la mano.

—Ya me han disparado esta semana. No tengo ganas de repetir.

Un instante después, el comando salió volando por encima de la barandilla. Su grito de sorpresa terminó en un gruñido y un golpe carnoso.

Dos segundos.

Eso fue, tal vez, los segundos que pasaron.

Madre mía.

Retrocedí, giré sobre mí misma, preparada para echar a correr, pero tropecé al ver a Zoe.

Abajo, la puerta principal se abrió de golpe y se salió de las bisagras, estrellándose contra uno de los hombres del vestíbulo. Quedó clavado en el suelo como un insecto aplastado. En la puerta estaba Grayson, que pareció normal durante unos cinco segundos, pero luego se iluminó por dentro. Una red de brillantes venas blancas apareció bajo su piel. El aire se llenó de estática.

—Evie... —Zoe no me miró mientras avanzaba—. Tienes que correr.

Corrí.

Fui directamente a la habitación de mi madre, con la pesada bolsa golpeándome el muslo. Alguien gritó de dolor detrás de mí, pero no miré mientras entraba en la habitación, golpeando la puerta y cerrándola de golpe.

Tropecé con mis propios pies y me giré mientras me apartaba el pelo de la cara. La habitación de mi madre estaba oscura, demasiado oscura. Golpeé la pared y accioné el interruptor. La luz inundó la habitación. La cortina de la ventana se agitó con la brisa.

Sabía que no estaba pensando con claridad. Más tarde, odiaría haber huido, pero en ese momento, nada tenía sentido en mi cabeza. Nada...

—Madre mía —susurré, tragando saliva mientras miraba la habitación de mi madre. Sus zapatillas de deporte estaban metidas debajo del banco a los pies de la cama. Junto a ellas estaban sus zapatillas de gatito peludas que eran tan ridículas. Se las había comprado en su último cumpleaños.

Se me hizo un nudo en la garganta y se me llenaron los ojos de lágrimas. Dios mío, estaba muerta en el suelo de mi habitación y yo no podía hacer esto. La amarga mordedura de la pérdida me consumía por completo, absorbiéndome la energía y...

Cortando esos pensamientos, me dije a mí misma que tenía que recomponerme. Tenía que hacerlo, porque solo había dos caminos ante mí. Sobrevivir o rendirme, y yo no quería morir. No quería esconderme. Quería luchar.

«Para eso te han entrenado...».

La voz me dobló mientras un dolor sordo brotaba detrás de mis ojos. Era él, el hombre.

La puerta de la habitación se abrió de golpe y la intensa mirada de Luc me recorrió el rostro y luego bajó, deteniéndose en mis brazos y manos.

—¿Estás herida?

—No. —Me temblaban las manos—. La sangre no es... mía.

—Entonces, ¿quién...? —La comprensión apareció en su rostro y maldijo rápidamente—. Evie...

La forma en la que pronunció mi nombre, lleno de dolor, casi me destroza, porque era fuerte y auténtico, y él lo sabía.

—Dijo... dijo que venían a por mí.

Un golpe seco sonó en la pared del dormitorio mientras me miraba fijamente.

—¿Cómo sabías que tenías que venir? Te he llamado, pero no has contestado.

Luc se movió antes de que pudiera seguirlo. Me pareció que había pasado un latido, y entonces estaba justo delante de mí, acunándome las mejillas.

—No tenemos tiempo para nada de eso ahora.

Tenía razón.

Me solté, poniendo distancia entre nosotros.

—Pero...

—Sylvia me llamó hace una hora, pero yo estaba... ocupado. Vine en cuanto recibí el mensaje, parece que en el mejor o el peor momento, dependiendo de a quién le preguntes.

Eso era literalmente lo último que esperaba que dijera.

—Ahora, necesito que seas valiente, Evie, como sé que puedes ser, porque tenemos que largarnos de aquí. Casi no nos queda tiempo.

Con el cuerpo tembloroso, asentí.

—Estoy lista.

Algo fuerte sonó fuera del dormitorio y di un respingo, casi esperando que alguien o algo tirara la puerta abajo.

Luc giró hacia la ventana. Con un gesto de la mano, las cortinas volaron por la habitación.

—Es nuestra única salida.

—¿La ventana? ¿Cómo se supone que voy a salir de la casa por esa ventana?

Miró por encima del hombro.

—Saltando.

Me quedé con la boca abierta.

—Sé que me puse en plan ninja con April, pero no creo que pueda saltar por esta ventana.

Se dobló por la cintura y me tendió la mano.

—Me aseguraré de que aterrices a salvo.

Mi mirada pasó de su cara a su mano. Sabía que se aseguraría de que no me rompiera el cuello, pero saltar por una ventana...

—¿Y Zoe?

—Estará bien —contestó—. Dame la bolsa.

Me la quité del hombro y se la entregué. Luc la agarró.

—¿Qué llevas aquí? ¿Un muerto?

—No lo sé. Mi madre... —Se me cortó la respiración—. La preparó ella.

No respondió y dejó caer la bolsa por la ventana. Ni siquiera oí que chocara contra el patio de abajo, el duro patio de cemento que estaba a una distancia que me rompería el cuello. En menos de un nanosegundo estaba agazapado en el alféizar, como si tuviera todo el espacio del mundo.

—Sube.

Mi mirada pasó de él a la ventana y luego a su mano. Aturdida, puse mi mano en la suya.

Porque confiaba en él.

Sin remedio.

Los dedos de Luc estaban cálidos al envolver los míos. Levanté una pierna mientras me agarraba al marco de la ventana. Miré hacia la oscuridad, sintiendo que no podía recuperar el aliento.

Luc se movió y me rodeó la cintura con un brazo. Sus labios rozaron la curva de mi mejilla.

—Vas a estar bien.

Luego se movió.

No hubo tiempo de reaccionar. Saltó fuera de la ventana. Un segundo después, estábamos en el aire. Ni siquiera tuvimos tiempo de gritar. La noche nos alcanzó y nos tragó enteros, arrastrándonos hacia abajo tan rápido que el viento me atrapó el pelo, pegándomelo a la cara.

El impacto fue estremecedor.

Al caer de pie, Luc se llevó la peor parte de la caída, una caída que habría partido por la mitad las piernas de un ser humano. Ni siquiera se tambaleó. Se enderezó y, sin soltarme la mano, recogió la bolsa.

—Tenemos que irnos.

Luc echó a correr y yo fui con él, sin darme la oportunidad de pensar en el hecho de que acababa de saltar por una ventana de dos plantas y había sobrevivido. Los perros ladraban mientras cruzábamos varios metros más. Yo estaba jadeando cuando él tomó un atajo por el lateral de una de las casas situadas varios metros más abajo de la mía, corriendo hacia la calle. Sudaba y sentía que el corazón se me iba a salir del pecho.

Un todoterreno oscuro esperaba en la acera. Luc me soltó la mano y abrió la puerta trasera, y yo no lo dudé. Me metí en el asiento trasero y me sentí aliviada al encontrarme con la cresta azul de Kent.

Pero algo iba mal.

Bajo la luz interior, pude ver que tenía el labio roto. Tenía un moretón feo y oscuro en la cara, encima del pómulo izquierdo.

Me agarré al respaldo de su asiento mientras Luc arrojaba la bolsa a mi lado.

—¿Estás bien?

—He tenido días mejores, cielito.

Luc estaba a mi lado, cerrando la puerta de golpe.

—Vamos.

Me giré hacia él.

—¿Y Zoe? ¿Y Grayson?

—Saben dónde encontrarnos. —De inmediato buscó el cinturón de seguridad, pasándomelo por encima y enganchándolo—. No vamos a repetir lo de la última vez.

Kent se alejó del bordillo, acelerando mientras yo miraba detrás de nosotros, casi esperando ver coches persiguiéndonos. La calle estaba vacía y oscura.

—¿Qué ha pasado? —Me volví hacia Luc, pensando en la cara de Kent, en la llamada que lo había enviado al club. Sentí nudos en el estómago—. Ha pasado algo. ¿El qué?

Luc se echó hacia atrás, exhalando con fuerza en el silencio. No había discusiones. Ni música a todo volumen. Esto era malo.

—No solo ha venido el agente Bromberg. Ha venido él y casi un ejército de agentes del GOCA.

Mis manos resbalaron del respaldo del asiento de Kent.

—La orden ejecutiva —continuó, mirando por la ventana—. No solo han asaltado Presagio, la han arrasado. Se habían llevado a todo el mundo incluso antes de que yo llegara, y los que no se han ido voluntariamente...

No.

—¿Quiénes? —susurré.

—Chas. —La voz de Luc era plana—. Clyde. Se han... ido. Están muertos.

No.

—Kent escapó. Grayson también.

Pero siempre había un pero.

—Se han llevado a Emery y a Heidi —dijo, con la voz afilada mientras yo sentía que mis entrañas empezaban a derrumbarse—. Por eso estaba ocupado. No en el club, sino en una zona de contención. Las he sacado de allí. Fue bastante... explosivo, y estoy seguro de que saldrá en los titulares por la mañana.

Sentí alivio, pero no duró mucho. ¿Que saldrá en los titulares por la mañana? ¿Clyde? ¿Chas? No los conocía bien, al menos no como Evie, pero su pérdida...

Y la de mi madre...

Respiré de manera entrecortada.

—¿Dónde están? Emery y Heidi.

—En algún lugar seguro por el momento. No podemos preocuparnos por ellas ahora. —Luc me miró, y yo no estaba segura de cómo se suponía que no debía preocuparme por ellas, por Zoe. Incluso por Grayson—. Lo sabían. Se aseguraron de que yo estuviera ocupado y entonces fueron a por ti. Fue una trampa, Evie.

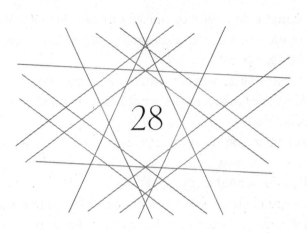

28

Han fracasado.

Esto era una trampa, una masiva, que tenía como objetivo la casa de Luc y la mía, pero no lograron capturarme ni matarme.

Intenté ordenarlo todo.

—¿La discoteca? ¿Has dicho que la han arrasado?

—Tan solo es humo y cenizas ahora —respondió Kent desde delante—. Pero eso fue por Luc.

Luc ya no me miraba. Estaba concentrado en la oscuridad del exterior de la ventana.

—Una vez que llegué allí, vi lo que estaba pasando y me aseguré de que no quedaba nadie, me enfadé un poco. Sin embargo, tenía que deshacerme de ella. Habíamos sido cuidadosos, pero eso no significa que no hubiera pruebas.

¿Como el cuerpo de April?

Me acerqué, poniéndole una mano en el brazo.

—Yo... siento lo de Chas y Clyde. Lo siento por todo.

Movió el brazo hacia su pierna, y mis dedos se enroscaron en el aire vacío.

—No fue hasta que llegué a las instalaciones en las que tenían a Emery y Heidi que supe lo que estaba pasando en tu casa.

—¿Cómo? —Retiré la mano, llevándomela al pecho.

—Por las transmisiones de radio. —La risa de Kent no tenía ni una pizca de diversión—. Por los estúpidos comandos. Los escuchamos hablar. Oímos tu dirección.

—Y entonces vi el mensaje de Sylvia —añadió Luc—. Me dijo que tenía que ir a sacarte de allí. Que iban a por ti.

Me sacudí.

—¿Solo a por mí y no a por ella?

El silencio de Luc fue respuesta suficiente, y me pregunté si ella había planeado salir de esa casa. Si ella sabía...

Apartándome de esos pensamientos, me froté las manos en las piernas.

—¿Ha sido Dédalo?

—Sí —gruñó Luc, y una luz blanca parpadeó sobre sus nudillos—. Ha sido Dédalo.

El trayecto fue un borrón de árboles sombríos y luego de casas. Lo único que sabía era que, cuando el todoterreno se metió en un estrecho callejón detrás de una hilera de casas oscuras, estábamos a las afueras de Columbia.

Salí inmediatamente después de Luc de la parte de atrás, jadeando y tropezando con el lateral del todoterreno cuando Grayson apareció de repente junto a Luc... solo.

Saboreé el miedo en la lengua.

—¿Dónde está Zoe?

—Está bien —respondió, y yo quería oír algo más que eso. Necesitaba verlo.

Luc me puso una mano en el hombro, guiándome lejos del todoterreno unos segundos antes de que Kent se marchara.

—¿A dónde va? —pregunté.

—A reunirse con Zoe para recoger provisiones —contestó Luc, dándome la vuelta—. Regresarán. Los dos.

¿De verdad?

—Sí —respondió Luc, captando mis pensamientos mientras me guiaba por un camino de grava y después por un pequeño patio.

Grayson estaba delante, abriendo una puerta con llave. Lo seguimos en silencio, entrando en una pequeña cocina que olía a manzanas especiadas. Se adelantaron. Una lámpara se encendió, arrojando una luz de un tono amarillo pálido sobre unos muebles bastante desgastados y repartidos por toda la habitación cerrada.

Grayson se acercó a la ventana y se paró de espaldas a nosotros. Estaba tan quieto como una estatua, casi como si fuera una parte de la habitación, un mueble.

—¿Por qué no te sientas? —me ofreció Luc.

Por una vez, no le discutí. Me senté y entonces me di cuenta de lo débil que tenía las piernas. Me miré las manos. Cubiertas de sangre. Otra vez.

La sangre de mi madre.

Apreté los ojos.

—¿Dónde estamos?

—Estamos en una casa segura de momento.

—Una casa segura... —Abriendo los ojos, dejé que mi mirada barriera de nuevo la habitación. Mi cerebro estaba borroso, como si me hubieran metido dentro de una lavadora—. ¿Qué van a recoger Kent y Zoe?

Grayson suspiró tan fuerte que podría haber hecho temblar las paredes, y luego al fin se enfrentó a nosotros.

—Espero que sea alcohol muy fuerte.

No estaba segura de querer ver a Grayson borracho.

Fijé la mirada en una foto enmarcada en la mesita de al lado. Me acerqué y la tomé. Era una foto de una familia: una madre, un padre y dos niños pequeños que sonreían con sus caras de querubines.

¿Una casa segura? ¿O acabábamos de allanar la casa de alguien?

—Necesito saber lo que te ha dicho Sylvia, si es que te ha dicho algo. —Luc se sentó frente a mí en el borde de una mesita de madera rayada—. ¿Puedes contármelo?

Me ardía la garganta, pero asentí.

—Esperé despierta a que volvieras. Estaba preocupada y eso, pero terminé quedándome dormida. Lo siguiente que supe fue que ella estaba allí, sacudiéndome para despertarme. Eran poco más de las dos.

—Así que es probable que no hubiesen pasado ni treinta minutos desde que llegamos —afirmó Grayson.

—¿Y luego? —Luc se frotó el principio de la palma de la mano contra el pecho.

Me quedé mirándolo, con la respiración entrecortada.

—Me dijo que teníamos que irnos, que iban a venir y que lo sentía. Que las cosas se le habían ido de las manos.

Su mirada se topó con la mía, y entonces se arrodilló para que estuviéramos a la altura de los ojos.

—¿Dijo lo que se le había ido de las manos?

Sacudí la cabeza.

—No, pero dijo que este había sido el plan todo el tiempo. Estaba divagando un poco. Nunca la había visto así. Estaba asustada. —Me di cuenta de que Grayson se había vuelto hacia nosotros—. Dijo que ellos dejaron que esto sucediera, pero que perdieron el control. Nunca dijo quiénes eran *ellos*, y le dije que yo...

Volví a mirarme las manos. Tenían un color más oxidado que rosa. Había mucha sangre. La siguiente inhalación que hice se me atascó mientras me bajaba las manos al regazo. La mirada de Luc siguió mis movimientos. Fui vagamente consciente de que se levantaba y se alejaba, dejándome en la habitación con Grayson.

Que era como quedarse sola.

Grayson volvía a mirar por la ventana, y parecía tranquilo en ese momento, tumbado, pero la tensión brotaba de él. El aire entraba y salía de mis pulmones. Casi esperaba que la familia propietaria de la casa entrara en cualquier momento y se asustara. Llamarían a la policía, y entonces Grayson se convertiría en una bombilla alienígena y la gente saldría herida de nuevo.

La gente moriría.

Esta noche moriría más gente.

Apreté los ojos, los apreté hasta que empecé a ver motas blancas de luz. Tal vez esto era una especie de pesadilla.

Todavía estaba en la cama, y me iba a despertar. La vida sería la nueva normalidad. Mi madre estaría abajo, preparándose para ir a trabajar con sus ridículas zapatillas, y yo le preguntaría por el suero y la onda Cassio, y ella tendría una explicación lógica para ello. Siempre la tenía.

Pero esto no era una pesadilla, y era una tontería siquiera pensar en ello, porque la realidad se acercaba con rapidez, en el tiempo en el que se tardaba en apretar el gatillo de un arma invisible.

No me despertaría de esto.

Esto era la vida.

Estaba sucediendo de verdad.

Demasiados pensamientos se precipitaban, todos ellos compitiendo por atención. Despacio, abrí los ojos. La habitación se difuminó un poco mientras las palabras de mi madre volvían a mí.

Se había disculpado conmigo.

Lo último que me dijo fue que lo sentía. Se me encogió el pecho.

Intenté vaciar la cabeza, porque necesitaba demostrar que lo que Luc había dicho antes era cierto. Yo era fuerte. Era valiente. Me las arreglaría. Pero un pensamiento horrible se me ocurrió, robándome el aliento. ¿Seguiría mi madre tirada en el suelo de la habitación? ¿La habría encontrado alguien? No tenía ni idea de cuánto tiempo había pasado. ¿O nadie lo sabría, a nadie le importaría todavía?

Me quedé en blanco.

Ahí mismo.

En ese momento.

Era como si una cuerda conectada a mis emociones hubiera sido cortada en dos. Se me desplomaron los hombros, y el aliento que partía mis labios estaba vacío.

—Toma.

Aturdida, levanté la vista. Luc había regresado y sostenía un paño húmedo.

Un músculo se le agitó a lo largo de la mandíbula, y luego se sentó en el borde de la mesita. Estaba justo delante de mí, lo bastante cerca como para que nuestras rodillas se tocaran.

—Tenemos que dejar de hacer esto —espeté, señalando la toalla—. Se está convirtiendo en un hábito.

Arqueó una ceja.

No sé por qué dije lo que dije a continuación. Las palabras se me escaparon.

—Debería haberle hecho caso. Me dijo que me levantara y que me vistiera, pero tardé demasiado. Hice demasiadas preguntas. Tal vez si no lo hubiera hecho, habríamos salido de la casa antes de que...

—No lo creo, Melocotón. —El paño colgaba de sus dedos—. Creo que si no te hubieras detenido, te habrían capturado fuera, antes de que hubiéramos podido llegar a ti.

—Antes de que ella... —Respiré profunda y lentamente para aliviar el peso sofocante en el pecho y la garganta—. Me dijo que lo intentó, pero que él venía a por mí. No llegó a decirme a quién se refería.

Luc me agarró de la mano, doblando el cálido paño sobre mis dedos mientras levantaba su mirada hacia la mía.

—Nadie va a llevarte. Nadie, Evie.

Lo creí.

Lo creí de verdad.

—Has contado que te había llamado. Creo que ella estaba hablando de ti —continué, y eso tenía sentido, que ella estuviera tratando de ponerme a salvo—. Puedo hacerlo yo misma, puedo limpiarme las manos yo sola.

Pasaron varios largos minutos mientras nos mirábamos fijamente.

—Ya lo sé, pero necesito hacer esto.

Dejando escapar una respiración temblorosa, asentí con la cabeza. Se hizo un breve silencio entre nosotros.

—Luc.

Esas gruesas pestañas se levantaron cuando su mano se detuvo sobre la mía.

—Le dije que no confiaba en ella —susurré—. Cuando me pidió que confiara en ella, le dije que no lo hacía.

Se inclinó, poniéndose de nuevo a mi altura.

—No te hagas esto. —Su voz era tan baja como la mía.

—Le dije... —Mi mirada se desvió de su rostro y volvió a mis manos. Estaban limpias, inmaculadas excepto por las uñas. Me tragué el nudo que tenía en la garganta, pero se me quedó atascado—. Le dije que me había arrebatado la vida.

Apoyó la frente contra la mía.

—Evie...

—Y ella me dijo que estaba intentando devolvérmela. Eso es lo que me dijo antes de que le dispararan.

La toalla desapareció en un parpadeo de la fuente y la ceniza, luego se estaba moviendo y tirando de mí hacia él, y terminamos enredados juntos en el sofá. La extraña y cortante distancia del todoterreno ya no existía. Él me abrazó, y yo lo abracé a él, porque ambos habíamos perdido esta noche.

Habíamos perdido mucho.

Pasó algún tiempo antes de que Grayson hablara.

—¿Dijo que las cosas se estaban saliendo de control? ¿En Fort Detrick?

—No dijo exactamente eso, pero sé que acababa de llegar del trabajo —respondí, y Grayson se apartó de la ventana—. Dijo que iban a empezar a ocurrir cosas y que lo harían muy rápido. No sé si se refería a la gente que vino a casa o a otra cosa.

Frotándome las manos sobre los muslos, intenté recordar sus palabras con más claridad, pero el pánico y la confusión de aquellos momentos lo hacían difícil.

—Me había preparado una bolsa con una identificación falsa y dinero... —Me di cuenta de que todavía estaba en el todoterreno—. Tenía mucho dinero. Puede que miles de dólares.

—Estaba preparada —murmuró Luc, deslizando el brazo lejos de mi cintura—. A menos que normalmente tenga miles de dólares por ahí, estaba preparada.

—Lo que significa que ella sabía que esto podía suceder —susurré—. Todo este tiempo...

Luc apartó la mirada por un momento, y luego sus ojos encontraron los míos.

—Lo siento, Evie, por lo que le pasó, por lo que tuviste que presenciar.

Ahora era yo la que no podía mirarlo. Bajé la barbilla, cansada.

—Gracias —susurré, carraspeando—. ¿Sabes por qué la mataron? A ver, tenían que saber que no estaba registrada. Trabajaba para ellos.

—Me parece que ella estaba intentando sacarte de allí. Sabía que venían y no iba a dejar que te llevaran con ellos. —Pasándose las manos por la cara, negó con la cabeza—. Lo que nos deja con un montón de preguntas.

Inspiré temblorosamente.

—Ella sabía lo que me pasó en el instituto, con April y la onda Cassio, pero si estaba metida en lo que me dieron, entonces ¿por qué iba a intentar impedir que me llevaran con ellos?

—Es imposible que ella no supiese lo que te dieron —respondió Luc, recorriéndome el rostro con la mirada—. Ella fue la que te administró el suero.

—Eso no significa que ella supiera con exactitud lo que contenía —razoné con desesperación.

Un músculo se le flexionó a Luc en la mandíbula mientras se concentraba en los arañazos de la superficie de la mesita.

—De todos modos, estaba intentando sacarte de allí antes de que llegaran —dijo Grayson—. Ellos debían saberlo.

—Y Dédalo lo habría visto como una traición —añadió Luc—. No importaba lo que hubiera hecho por ellos en el pasado o estuviera haciendo en el presente, la habrán visto como una traidora, y no toleran a los que ven como a un enemigo.

Cerré los ojos. ¿Podría ser que ella supiera lo que me habían dado, que lo hubiera aceptado, pero que luego hubiera cambiado de opinión? Y si ese fuera el caso, ¿eso hacía que lo que hizo entonces fuera menos horrible? Si ella supo en algún momento lo que me habían hecho, ¿hacía su muerte menos difícil de procesar?

No.

La verdad era que no.

Me apreté las palmas de las manos contra los ojos.

—Intenté... No sé, convocar lo que me pasó antes con April. Quise luchar, pero no sentí ninguna diferencia. No como cuando fui tras April.

—Tal vez eso fue cosa de una sola vez —sugirió Grayson.

—O quizás tan solo no sabes utilizar... lo que sea que hay dentro de ti —añadió Luc, y cuando bajé las manos, se había puesto de pie. Ni siquiera lo había oído moverse.

Bajé la mirada.

—No puedo creer que te hubiese llamado.

Luc se giró hacia mí.

—¿Porque me odiaba?

El aliento que tomé se me quedó atascado.

—No creo que te odiase.

—No le caía bien. No pasa nada. —Apareció una sonrisa irónica—. Cuando me apuntó con una escopeta, fue un buen indicio de en qué punto estábamos el uno con el otro.

—¿Te apuntó con una escopeta? —preguntó Grayson.

—Sí.

El Luxen se rio.

—Vaya, me hubiera gustado conocerla.

Me quedé mirándolo y luego negué con la cabeza.

—Después de todo lo del sándwich de queso fundido... —Se me quebró la voz—. Creo que estaba tratando de confiar en ti.

—No tenía ninguna razón para no confiar en mí —dijo, y yo retrocedí ante la verdad de eso y lo que significaba. No teníamos ninguna razón para confiar en ella—. Sylvia sabía que si estabas en peligro, yo vendría. No importaba lo que sintiéramos el uno por el otro, ella lo sabía.

Los minutos pasaban mientras esperábamos el regreso de Zoe y Kent, y cada minuto parecía una hora en aquel salón. Grayson había vuelto a mirar por la ventana y no hablaba. Tampoco Luc.

Pero en algún momento, Luc regresó a donde yo estaba sentada en el sofá y se quedó callado mientras me acercaba a su regazo y me rodeaba con los brazos. Tampoco hubo palabras mientras acercaba mi mejilla a su pecho y apoyaba la barbilla sobre mi cabeza.

Lo único que podía ofrecerme en esos momentos era lo mismo que yo podía ofrecerle a él. Estar ahí. Consuelo. Cercanía. No cambiaba nada de lo que sucedía, no disminuía el dolor atroz, la confusión o la ira que corría por mis venas como el ácido de una batería, pero ayudaba. No estaba sola. Ni él tampoco.

Un temblor me sacudió, recorriéndome desde las puntas de los dedos de las manos hasta los de los pies. Parecía que se me había encogido la garganta. «Mantén la calma». Lo repetí una y otra vez hasta que sentí que podía volver a respirar. Necesitaba priorizar y concentrarme. Había que hacer cosas.

El aliento que tomé se sentía tan frágil como el cristal.

—Tenemos que llamar a alguien para que se ocupe de mi madre. —Levanté la mejilla—. No puedo dejarla ahí. Tenemos que llamar a alguien.

—De acuerdo. —Grayson tenía las manos en las caderas—. Puede que esto sea una pregunta retórica, pero ¿eres idiota?

—Cuidado —advirtió Luc, estrechando la mirada que le dirigía al Luxen—. No estoy de humor para explicarte lo imprudente que sería que me irritaras en este momento.

Las fosas nasales de Grayson se abrieron.

—No soy idiota. —Me giré hacia él—. No puedo dejar a mi madre ahí tirada. Sé que parece una locura, pero no lo entiendes. Ella estaba...

—¿Crees que no entiendo lo que es dejar los cuerpos de mis seres queridos para que se pudran? —Un resplandor blanquecino rodeó a Grayson, y aspiré una bocanada de aire—. ¿Que eres la única que ha tenido que vivir sabiendo que no podías hacer nada para darle a tu familia el más mínimo respeto? Odio tener que decírtelo, pero no eres la primera ni la última en pasar por eso.

—Ya está bien. —En un segundo, estaba tirada en el sofá, con Luc frente a mí—. Sabes de primera mano lo que es ver cómo se apaga la luz. Y ella acaba de pasar por eso.

No podía ver a Grayson, pero sabía que se había alejado de Luc porque estaba junto a la ventana otra vez, y negué con la cabeza.

—Lo siento —susurré—. No lo sabía.

El silencio me recibió.

Enderezando las manos, presioné las puntas de los dedos contra las rodillas. Iba a tener que dejarla allí. Sin nadie que la quisiera para ocuparse de ella. No habría ningún funeral. Nada. Eso era mucho que afrontar. Incluso para mí.

—Lo es. —Luc estaba de nuevo a mi lado—. Pero piénsalo de esta manera. Sylvia quería que estuvieras a salvo. Ella no querría que hicieras nada que te pusiera en peligro.

Antes de que pudiera responder, Luc se giró, observando la parte trasera de la casa. Grayson se adelantó. Me tensé al oír una puerta cerrarse y me relajé al ver que eran Zoe y Kent.

—¿Cómo te sientes? —Ella se acercó de inmediato a donde yo estaba sentada mientras Kent se dirigía a Luc, hablándole en voz demasiado baja para que yo pudiera oírlo. La preocupación llenó su expresión mientras colocaba sus manos sobre mis hombros—. ¿Evie?

Podía sentirlo, este desmoronamiento dentro de mí. Lo atrapé a tiempo, volviendo a juntar todas las piezas.

—Estoy bien.

No parecía que se lo creyera en absoluto.

—¿Y tú? —le pregunté—. ¿Te hirieron cuando aparecieron en el club?

Zoe negó con la cabeza.

—No. Estoy bien. Salí, pero...

—¿Has visto a Heidi? ¿Y a Emery? ¿Están bien?

—Sí. Están bien. Heidi está asustada, pero está bien. —Miró a Grayson, que había vuelto a mirar por la ventana como un perro que está esperando al cartero—. He entrado en tu dormitorio...

Se me atascó el aire en la garganta.

—Lo siento mucho, Evie. Si hubiésemos llegado más rápido...

Si hubieran llegado antes, ¿habría cambiado algo? No lo sabía. Nunca lo sabría.

—¿A dónde vamos ahora? —pregunté, mirando alrededor de la habitación. Kent se sentó en el brazo del sofá.

—Vamos a la Zona 3 —respondió Zoe, y la verdad, si hubiera dicho que íbamos a la luna, no me habría sorprendido más.

Se me escapó una risa seca.

—¿Qué?

—Nos vamos a Houston. —Luc se adelantó—. Es el lugar más seguro que conozco. Allí hay gente que puede ayudarnos a averiguar lo que ha sucedido.

La confusión se apoderó de mí.

—La Zona 3 no es nada. Es un páramo —repliqué. Houston fue una de las ciudades que las bombas no nucleares de pulso electromagnético destruyeron por completo. Estas fueron evacuadas y amuralladas—. ¿Por qué narices íbamos a ir allí?

—No tienes ni idea de lo que hay más allá de los muros, en esas ciudades. —Luc inclinó la cabeza—. Es donde llevamos a los Luxen no registrados. Bueno, uno de los lugares. También es donde viven Daemon y Dawson.

No lo entendí.

—¿Cómo? Si dijeron...

Toda la ventana de la habitación delantera explotó, haciendo volar fragmentos de cristal. Zoe gritó al caer hacia atrás.

Un terror cegador rugió a través de mí mientras salía disparada hacia delante.

—¡Zoe!

De la nada, un brazo me agarró por la cintura y me arrastró contra un pecho duro. Luc. Ni siquiera lo había visto moverse.

Me retorcí, agarrando su brazo.

—¡Suéltame! Zoe se ha...

—Está bien —respondió, abrazándome con fuerza contra él—. Mira, está bien.

Estaba mirando, pero tardé largos segundos en que todo cobrara sentido a nivel visual. Zoe estaba agachada. Grayson sostenía algo en la mano. Ella miraba por encima de la mesita, frotándose el hombro.

—Una piedra —dijo Grayson, sonando desconcertado—. ¿Una piedra?

Kent estaba boca abajo, en el suelo. Su mirada pasó de Grayson a nosotros.

—Estoy muy confundido.

—Eso me ha dolido —dijo Zoe, y mis piernas casi se rindieron.

—Bueno... —El brazo de Luc era como una banda de acero alrededor de mi cintura. Su pulgar se movía a lo largo de mi costilla en un círculo lento y tranquilizador—. Eso no me lo esperaba.

Yo seguía agarrándole el brazo.

—¿De verdad?

Grayson se puso de pie despacio, y luego no fue más que un borrón. Terminó en la puerta principal, con la mayor parte de su cuerpo oculto mientras miraba por la pequeña ventana.

—No veo ningún... ¡Oh, mierda! —Se transformó en su forma Luxen, convirtiéndose en una bombilla con forma humana en el momento exacto en el que las bisagras de la puerta estallaron.

Luc maldijo mientras me agarraba, presionándome contra el suelo. Un segundo después, otra explosión sacudió la casa, toda la casa. Una ráfaga de aire caliente se abalanzó sobre nosotros. Sentí que mis pies abandonaban el suelo mientras un grito se me atascaba en la garganta. Las paredes temblaron. El polvo se esparció por el aire. Las ventanas estallaron, y ya no pude sentir a Luc detrás de mí.

Caí al suelo de rodillas. El instinto se activó. Levanté los brazos, por encima de la cabeza, justo cuando algo cayó sobre mí. ¿Pedazos de la pared? De la pared de yeso. Gruñí cuando me golpeó la espalda, derribándome. El aire se volvió denso al instante, cubriéndome la garganta y dificultándome la respiración.

¿Nos acababan de bombardear?

Con los oídos pitándome, me asomé por el espacio entre los brazos. El humo blanco entraba en el salón y no podía ver más que un pie delante de mi cara. Con el corazón palpitando, empecé a gritar, pero se me agarrotaron los pulmones. Una tos profunda, que hacía vibrar el cuerpo, me consumió mientras me ponía de lado. Los escombros se deslizaron sobre mí. Con los ojos llorosos y los espasmos del cuerpo, me aclaré la garganta.

—¿Zoe? ¿Luc? —Creía que había gritado, pero el pitido seguía siendo muy fuerte.

Al examinar la habitación destruida, vi dónde había estado la mesita. Estaba hecha pedazos, con las patas arrancadas. Zoe no estaba por ninguna parte. Miré a la derecha y me pareció ver a alguien poniéndose de pie a trompicones. Era solo una forma.

El pánico se me clavó con garras afiladas mientras me revolvía por el suelo, buscando a Luc. ¡Allí! Había algo tirado en el suelo cerca de las escaleras. No podía ser él, de ninguna manera.

—Luc —grazné, moviéndome, intentando levantarme.

De la nube de humo denso, una figura alta se acercó a mí. Al principio pensé que era Grayson, o incluso Kent, pero cuando la figura se acercó, apartando el humo, vi lo que tenía en la mano, apuntando hacia mí.

El cañón de una pistola.

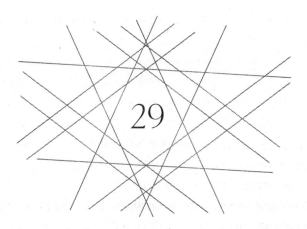

29

El hombre llevaba un pasamontañas negro que le cubría toda la cara. Todo mi ser se concentró en la punta del cañón mientras el corazón parecía detenerse en mi pecho.

Iba a morir, y la gente mentía.

No vi mi vida pasar ante mis ojos. No había un álbum de fotos mental en el que se destacaran los mejores momentos. Lo único que vi fue el cañón de la pistola. La mano enguantada que sostenía el arma. Esa mano no temblaba. Ni siquiera un poquito. La sostenía como si hubiera apuntado a una adolescente cientos de veces.

Un escalofrío de energía me recorrió la piel cuando vi su dedo índice crispado, apretando el gatillo mientras bajaba el arma, de modo que me apuntaba al centro del pecho. El disparo sonó como un trueno. Levanté el brazo por instinto, como si mi mano pudiera desviar la bala de algún modo.

Esperé el dolor, el dolor cegador y final.

Pero no llegó.

El hombre estaba mirando la pistola. ¿Habría fallado el tiro?

—¿Qué narices? —preguntó con voz apagada.

No cuestioné mi buena suerte.

Agarré el pesado trozo de yeso que se me había caído encima, me levanté de un salto y lo golpeé con toda la fuerza que pude. Le di en el brazo y se lo partí por la mitad. El hombre gruñó y el arma volvió a dispararse, esta vez la bala perforó el suelo junto a mí.

Di un paso hacia atrás mientras el humo y el polvo se disipaban, con las manos vacías. Mi mirada desorbitada buscó otra arma. Él sacó la mano y ni siquiera vi el golpe.

Un dolor al rojo vivo me recorrió la cabeza. Me estallaron estrellas detrás de los ojos. Gritando, me tambaleé hacia un lado, mareada y con náuseas. Me chocaron las rodillas contra el suelo.

Joder, aquel hombre pegaba como un boxeador profesional.

Un rugido invadió mis sentidos y, por un segundo, pensé que tal vez un tanque estaba atravesando la casa. En ese momento, todo era posible, pero el sonido... era en parte animal, en parte humano. Un sonido de rabia pura y primaria que se desataba. El aire se llenó de electricidad, chasquidos y crepitaciones.

Levanté la cabeza y me estremecí cuando la habitación pareció cambiar y girar. Sin previo aviso, una figura apareció frente a mí, de pie, como un centinela iracundo, con los hombros anchos y las piernas extendidas.

Era Luc.

Él era la fuente del sonido, la fuente de la furia que gruñía. La casa empezó a temblar de nuevo. Jadeando, caí de espaldas contra la pared destruida.

—Eso ha sido un gran error —gruñó Luc.

Los tablones del suelo crujieron. Partículas de polvo se elevaron en el aire, seguidas de trozos rotos de pared. Una luz blanca y luminosa llenó las venas de los antebrazos de Luc. El aire se cargó de electricidad estática. Los muebles se elevaron, aspirados hasta el techo.

Ese era Luc, en toda su esencia, y esa clase de poder era insondable.

Enmascaradoman deseaba morir. Giró el arma hacia Luc, y Luc... rio. Una risa profunda y desafiante que me erizó el vello de todo el cuerpo. Las palabras de Micah volvieron a mí de golpe.

«Todos éramos estrellas negras, pero Luc... Luc era la más oscura».

La pistola salió volando de la mano de Enmascaradoman y aterrizó en la de Luc. Los músculos se le flexionaron a lo largo de la espalda y de los hombros. El metal comenzó a desintegrarse.

—No creo que necesites esto.

Entonces Luc abrió la mano.

Nada más que polvo se deslizó entre sus largos dedos, cayendo en silencio al suelo.

—Joder. —Enmascaradoman retrocedió un paso.

Me hice eco del sentimiento.

Una luz blanca parpadeó sobre los nudillos de Luc, serpenteando y escupiendo electricidad. Echándome hacia delante, hice fuerza con las manos y me puse de pie.

Luc levantó el brazo. Un potente rayo de energía brotó de su palma, golpeando el pecho del hombre. La explosión lo elevó por los aires, haciéndolo caer al suelo a varios metros de distancia.

Enmascaradoman aterrizó en un montón humeante y sin huesos.

Sin movimientos. Sin gemidos. El hombre había muerto en el mismo momento en el que la luz lo alcanzó.

Luc empezó a girarse hacia mí, pero oí a Zoe gritar su nombre. Se detuvo justo cuando varios hombres, más de media docena, entraron por donde antes estaba la puerta principal y se dispersaron por la habitación.

Se parecían a los que habían entrado en mi casa: todos iban vestidos de negro y llevaban los mismos rifles de cañón largo.

Zoe salió de la nada, saltando por encima del sofá volcado como una maldita gimnasta olímpica. Era rápida, nada más que una mancha de rizos y largas extremidades cuando apareció frente al asesino más cercano. Le arrebató el rifle de las asustadas manos y lo golpeó como si fuera un bate de béisbol, dándole en la cabeza al pistolero enmascarado. El hombre cayó, y dudaba que volviera a levantarse.

Como un relámpago, se agachó mientras otro disparaba. Su mano salió disparada, agarrando la pantorrilla del hombre. Este gritó y soltó el rifle. Sus rodillas se doblaron y se convirtió en una radiografía viviente. Se le iluminaron los huesos bajo la piel.

Un rayo de energía pura atravesó la sala y se estrelló contra otro pistolero. Procedía de Grayson. Estaba de pie, en pleno modo Luxen, pero Luc...

Se elevó del suelo varios metros. Tropecé con una pared de yeso rota y me quedé con la boca abierta. Estaba suspendido en el aire, a varios metros del suelo.

Nunca lo había visto hacer eso.

—¿Habéis visto la primera película de X-Men? —preguntó Luc, como si estuviera hablando del tiempo—. Es antigua, pero es una de mis favoritas. Si queréis saber mi opinión, una de las mejores escenas cinematográficas de toda la historia del cine estaba en esa película.

Lo miraron fijamente, retrocediendo despacio mientras en algún lugar, a lo lejos, las sirenas cobraban vida.

Podía oír la sonrisa en la voz de Luc cuando dijo:

—Os voy a hacer un favor y la voy a recrear.

Luc alzó las manos.

Todos los rifles salieron volando de las manos de los atacantes y se detuvieron en el aire. Los rifles se dieron la vuelta, volviéndose contra sus dueños.

Yo sí había visto esa película.

Y conocía esa escena.

Dudaba mucho de que hubiera un Profesor X que interviniera aquí.

—¿Zoe? —gritó Luc.

Una mano cálida se enroscó alrededor de la mía y miré. Zoe estaba detrás de mí, con la cara y el pelo cubiertos de polvo blanquecino. Habló, pero no oí las palabras por encima del latido de la sangre. Cuando empezó a moverse, a tirar de mí hacia delante, yo también me moví.

Esquivando muebles caídos y paredes derruidas, entramos en lo que quedaba de una cocina. Las puertas de los armarios estaban abiertas, e incluso aquí, los objetos habían subido hasta el techo. Ollas y sartenes. Utensilios. Todo el metal estaba doblado por la mitad, como si intentara ser succionado por el techo.

—Tenemos que irnos. —Kent apareció, abriendo de golpe la puerta mosquitera. Se salió de sus bisagras, colgando torcida. La sangre le manchaba la piel bajo el labio inferior, y no estaba segura de si era de antes o no. Me alegré de verlo en pie.

Zoe salió corriendo de la cocina, aferrándose con fuerza a mi mano. Sin embargo, me detuve y volví a mirar a través del desorden.

—¿Y qué pasa con Luc?

—Estará bien. —Zoe salió al aire fresco de la noche, pero yo seguía sin moverme.

—No voy a dejarlo —dije.

—Estará bien. Lo juro... Joder —jadeó cuando la solté del brazo, haciéndola tropezarse.

Me di la vuelta, a medio camino de la puerta, cuando oí lo que parecían fuegos artificiales, una rápida sucesión de estallidos y luego golpes carnosos, uno tras otro.

No sabía qué sentir mientras permanecía allí. ¿Simpatía por esos hombres? ¿Empatía? No. No sentí nada de eso. Estaban aquí para matarnos.

Luc estaba de repente frente a mí, apareciendo del polvo. Las pupilas de sus ojos brillaban mientras su mirada se fijaba en la mía.

Con el corazón palpitante, levanté la mano con la palma hacia arriba.

Su mano se plegó sobre la mía y empezamos a correr por un estrecho patio trasero, abriéndonos paso entre la hierba crecida y la maleza. Pasamos junto a un cobertizo destartalado y salimos a un callejón.

Zoe se detuvo de pronto. Un todoterreno de gran tamaño estaba aparcado detrás, en marcha. Pintado de blanco y lo bastante grande como para dar cabida a un equipo de béisbol, supe que no era el mismo en el que me había metido antes. Este era un Yukon. Yo no sabía mucho acerca de coches, pero sabía que estas cosas eran escandalosamente caras.

—¿Cómo has conseguido este coche? —pregunté.

—He usado mis habilidades y mi increíble tarjeta de crédito. —Kent se subió al asiento del conductor, frotándose la mano bajo el labio—. Subid.

—¿Tu habilidad es robar coches como en *Grand Theft Auto*?

Zoe abrió la puerta trasera, indicándome que subiera.

—Entre otras cosas.

Por el momento, robar un coche era definitivamente la menor de mis preocupaciones. Subí, y segundos después, Zoe estaba a mi lado, cerrando la puerta de golpe, y Luc entraba por la otra mientras Grayson se acomodaba en el asiento delantero.

Nadie dijo nada mientras el todoterreno salía del callejón y entraba en la carretera principal, reduciendo la velocidad mientras varios coches de policía pasaban a toda prisa junto a nosotros, dirigiéndose a la pobre casa destruida. Dejamos atrás los barrios silenciosos y dormidos y nos adentramos en la autovía, aumentando la velocidad.

Me quedé observando a Luc. Miraba por la ventanilla, su perfil parecía tallado en piedra. Irradiaba tensión.

—Deberíamos haber dejado a uno de ellos con vida —refunfuñó Grayson, moviéndose en el asiento—. Supongo que podríamos haber hecho hablar a alguno.

Giré la cabeza en dirección a Grayson.

—No creo que tuviéramos tiempo para eso.

Luc me miró despacio. En la oscuridad del todoterreno, su mirada recorrió mi rostro. Me dio un vuelco el corazón cuando me pasó con cuidado la mano por la mandíbula y sus fríos dedos me rozaron la sien, justo donde me dolía el golpe que me había dado.

Fue un roce apenas perceptible, no exactamente indeseado, pero que sin duda provocó una oleada de reacciones en mí. Respiré de forma entrecortada y lo sentí. Las yemas de sus dedos irradiaban calor, y retrocedí de manera abrupta, chocando con Zoe. Me estaba curando, y no era necesario. Yo estaba bien, pero él pensaba en mí, siempre pensaba en mí, y me incliné hacia él, colocando mis dedos a lo largo de su mandíbula. Transcurrió un instante y luego sus dedos desaparecieron de mi mejilla. Me aparté y observé su rostro. Las sombras se dibujaron en los rasgos de Luc mientras se retiraba, mirando por la ventana una vez más, y no hubo nada más que silencio en kilómetros y kilómetros.

Fue Kent quien rompió el silencio, primero intentando jugar al veoveo con Grayson, lo cual fue imposible por dos razones. Una, afuera estaba oscuro como la boca del lobo y no podíamos ver nada; y dos, Grayson no tenía interés. Ni siquiera un poco. Estaba bastante segura de haber oído a Grayson amenazar a Kent con darle un puñetazo en una zona que le aseguraría a Kent alguna dificultad para ir al baño.

Entonces Kent encendió la radio.

Para consternación de todos, eligió una emisora de música *country*.

Argh. Nunca lo hubiera imaginado.

Siguió una discusión, que terminó cuando Grayson amenazó con arrearle un guantazo, y entonces la radio se apagó, y todo volvió a quedar en silencio mientras yo intentaba no pensar en cuatro cosas:

Mi madre.

El silencio inusual y sepulcral de Luc.

El paradero de Heidi y Emery.

La necesidad casi imperiosa de ir al baño.

Miré a Luc, deseando que estuviéramos en algún lugar privado donde pudiéramos hablar. Algo le pasaba, y sabía que tenía que ver con lo que había ocurrido en la casa y en su club. Había matado a esos hombres. Tuvo que hacerlo, pero me di cuenta de que le molestaba, al igual que la pérdida que había sufrido esta noche. Me había dicho que algunas muertes no le afectaban, pero otras sí, y yo sabía por dónde iban estas.

El malestar luchaba con la necesidad de encontrar un baño. Habían sido personas vivas, que respiraban.

Personas que era probable que tuvieran familia. Personas, imaginé, que se levantaban cada mañana, quizás bebían café y veían las noticias. Personas a las que era posible que les gustara la tarta de chocolate y un chuletón. Personas que querían acabar con mi vida.

Personas que habían acabado con la vida de mi madre antes de que yo tuviera la oportunidad de conocerla de verdad, porque mientras estaba sentada en el Yukon, encajonada entre Zoe y Luc, me di cuenta de que nunca la había conocido.

En realidad, no.

Solo conocía lo que mi madre me había enseñado.

Y ya había pasado el momento de admitir que la mayor parte de lo que mi madre me había enseñado era mentira, igual que April. ¿Cómo había llamado April a la mujer que yo creía que era su madre? Su supervisora. ¿Eso era mi madre también? ¿Una supervisora?

Un nudo en la garganta me dificultó la respiración mientras miraba el perfil de Luc, dejando de lado mis propios problemas. Esas muertes le estaban afectando, y esas personas... no habían sido buenas. Lo creía de corazón.

Me aclaré la garganta y me froté las rodillas con las manos.

—Entonces... Mmm, ¿a dónde vamos? Sé que habéis dicho Houston, pero ¿cuánto tiempo vamos a tardar?

—Conducir sin parar nos llevará algo más de veinte horas. —Zoe levantó una pierna y la apoyó en la puerta. Bostezó, y supuse que tomar un vuelo quedaba totalmente descartado—. Hora arriba, hora abajo, dependiendo del tráfico.

—Pasaremos por algunas grandes ciudades en hora punta —dijo Kent desde el volante.

—No vamos a pasar por ellas —comentó Luc, y es probable que fuera la primera vez que hablaba en más de una hora—. No podemos.

Lo miré de reojo.

—¿Me lo vas a explicar?

No me miró, y pensé que tenía los ojos cerrados.

—No podemos llegar a la Zona 3 y llamar a la puerta.

Kent se rio entre dientes.

—¿Hay siquiera una puerta a la que llamar?

—¿Has estado allí? —le pregunté.

—Vengo de allí.

Me surgieron muchas preguntas, pero Luc volvió a la carga.

—Tenemos que hacer algunas... llamadas. Asegurarnos de que están informados de nuestra llegada. Tendremos que pasar desapercibidos un par de días.

—Nos vamos a Atlanta. —La cresta de Kent se agitó y onduló—. A la cálida Atlanta, que rima con garganta. Y Santa. Ah, y Fanta. —Hizo una pausa—. Dios, haría cosas obscenas e indecentes por un poco de Fanta ahora mismo. ¿Y tú, Evie? Nunca te lo he preguntado. ¿Te gusta la Fanta?

Me quedé mirándolo.

—Nunca la he probado.

—¿Qué? Pues es lo primero que vamos a hacer cuando lleguemos a la ciudad del melocotonero. Vamos a conseguirte un poco de Fanta. Es como fruta carbonatada corriéndose en tu boca.

Se me abrieron los ojos de par en par. Las imágenes que pintaba...

—Madre mía —murmuró Zoe en voz baja—. En realidad no vamos a Atlanta, sino a uno de los suburbios.

El estómago aprovechó ese momento para recordarme que en realidad había cinco cosas que estaba intentando ignorar. Retumbó con fuerza.

Luc levantó la cabeza de la ventana, inclinando su cuerpo hacia el mío.

—¿Tienes hambre?

No tenía sentido mentir.

—Sí.

—Para en la próxima gasolinera o área de descanso —ordenó.

—Sí, señor. —Kent le saludó.

—¿Seguro que es buena idea? —Grayson bajó las piernas del salpicadero—. Solo estamos en Virginia. No nos hemos alejado mucho.

—Haremos una parada rápida y volveremos a la carretera. —Luc se inclinó hacia delante, apoyando los brazos en las piernas—. No debería pasar nada.

Ese «No debería pasar nada» no era exactamente muy tranquilizador que digamos.

—Nos aseguraremos de que no pase nada —dijo Zoe.

A partir de ese momento, la conversación giró en torno a los diferentes tipos de Fanta que Kent insistía en que tenía que probar, y yo solo creía que había un tipo, la verdad. Unos quince minutos más tarde, tomó una salida cerca de Richmond y acabamos en el aparcamiento de un gran Exxon que estaba abierto durante toda la noche. Solo había otro coche allí.

Zoe me tocó ligeramente el brazo, llamando mi atención. Ya se había bajado y estaba apoyada en el asiento.

—Tu bolsa está atrás. Quizás quieras tomar una camiseta limpia antes de entrar.

Al principio no entendí por qué, pero luego me miré. Era de noche, pero podía ver las manchas oscuras que había en mi estómago y en mi pecho. Sangre.

Sí. Eso llamaría una atención no deseada.

Reprimiendo un escalofrío, asentí y me escabullí. Al levantar la vista, vi que Grayson y Kent ya estaban atravesando el aparcamiento, en dirección al interior. Zoe se quedó al otro lado, de espaldas a mí, mirando la carretera. Me temblaban las piernas mientras caminaba hacia la parte trasera del Yukon. El maletero ya estaba abierto y mi bolsa morada estaba allí.

La bolsa que había preparado mi madre.

Parpadeé con rapidez, luchando contra la humedad que se me acumulaba en los ojos mientras deslizaba con cuidado la cremallera y abría los laterales. El sobre con el dinero seguía allí, al igual que el pasaporte... y Diesel.

Intentando no pensar en las manchas del sobre ni en cómo había llegado todo a la bolsa, saqué la primera camiseta que vi. Después de asegurarme de que no había nadie alrededor, me apresuré a quitarme la camiseta manchada, pensando en tirarla al cubo de basura más cercano o quizás prenderle fuego. Una de las dos. Me puse la camiseta nueva, respirando el olor a detergente.

El dolor me oprimió el pecho, tan real y tan fuerte. A casa. Mi camiseta olía a casa, a mi madre...

Corté esos pensamientos y empecé a cerrar la cremallera de la bolsa, deteniéndome de repente al pensar en mi teléfono. ¿No lo había dejado caer en la bolsa?

—No encontrarás tu teléfono —dijo Luc.

Jadeando, me di la vuelta y me puse una mano en el pecho.

—Dios, vas a hacer que me dé un infarto.

—No me gustaría que eso pasara. En serio. —Se acercó a la parte trasera del todoterreno—. Destruimos tu teléfono cuando llegamos a la casa en Columbia. Es probable que no fuera lo bastante pronto. Después de todo, nuestra ubicación fue descubierta con una rapidez impresionante.

Meses atrás, habría enloquecido si me hubieran destruido el teléfono. A ver, tenía de todo en el móvil. Incluso una partida de Candy Crush al que había estado jugando durante unos dos años seguidos, alcanzando el nivel 935. Pero ¿ahora?

Simplemente suspiré.

—Vale.

Luc apoyó una cadera contra el todoterreno. Se quedó callado mientras yo aplastaba la ropa hacia abajo.

—Tuve que hacerlo —dijo al final.

Subí la cremallera de la bolsa y me giré hacia él. Sabía exactamente de qué estaba hablando.

—Ya lo sé. Sé que suena duro, pero tenías que hacerlo. Iban a matarnos.

—El hombre que te apuntaba no tenía balas cargadas en su arma. —Cruzó los brazos sobre el pecho—. Era algún tipo de tranquilizante. No planeaban matarte.

Me quedé de piedra.

—¿Por qué eso me parece peor que el hecho de que quisieran matarme?

—Porque lo es.

Me recorrió un escalofrío. Dédalo no me quería muerta. Solo me quería a mí, y sabiendo a lo que se dedicaba, eso sería peor que la muerte. Aparté esos pensamientos, porque ¿qué podía hacer ahora? Nada. Me acerqué a Luc.

—¿Estás bien?

Luc no respondió durante un largo instante.

—No son sus muertes lo que me preocupa, Evie. En el momento en el que vinieron a por ti, eso fue todo para ellos. No iban a salir de allí. Ni siquiera es lo que pasó en Presagio. Perder a Chas y Clyde me va a reconcomer, eso está claro, pero lo que te está pasando ahora es culpa mía.

Se me revolvió el estómago.

—Yo te hice esto —añadió—. Te hice esto para salvarte, y lo único que he hecho es ponerte en el punto de mira de Dédalo.

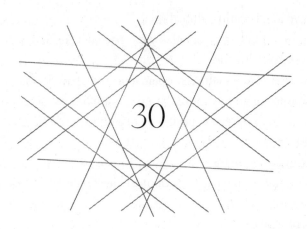

30

Intenté que Luc hablara conmigo después de lo que había dicho, pero no lo consiguió y no tuvimos ocasión. No teníamos ni tiempo ni privacidad.

Así que lo dejé pasar de momento.

Después de ir al baño y comprar un arsenal de patatas fritas y galletas en la gasolinera, volvimos a la carretera. Mi estómago lleno me decía que había comido hasta hartarme. Incluso me había tomado una Fanta de naranja, cortesía de Kent. En algún momento, Zoe se sentó detrás de nosotros y se estiró mientras yo miraba por la ventanilla los valles cubiertos de árboles que se desdibujaban mientras pasábamos.

No recordaba haberme dormido, pero debí de hacerlo porque, al cabo de un rato, me encontré acurrucada junto a Luc. La luz del día entraba a raudales por las ventanillas mientras todos mis sentidos se activaban y volvían a funcionar.

El pecho de Luc subía y bajaba profundamente bajo mi mano. En calma. La mano que tenía sobre mi cadera estaba quieta. Estaba dormido y no quería despertarlo. No me atreví a moverme ni a respirar demasiado fuerte. Desvié la mirada del respaldo del asiento.

Directamente a los ultrabrillantes ojos azules de Grayson.

Respiré de forma entrecortada, pero me las arreglé para no moverme.

Grayson estaba mirando alrededor de su asiento, observándome, observándonos. Guau. ¿Cuánto tiempo llevaría haciendo eso?

—Qué mal rollo —dije.

Sonrió y se me arrugó la nariz. La amplia sonrisa de oreja a oreja que tenía me daba aún más mal rollo. Levantó la mirada y empezó a darse la vuelta, dejándome pensando cómo incorporarme sin despertar a Luc. Tendría que ser sigilosa, como una...

El pulgar unido a la mano de mi cadera se movió. Se me hizo un nudo en la garganta. No fue un movimiento brusco. No, fue un lento y muy controlado deslizamiento del pulgar por la curva de mi cintura, que me provocó una aguda serie de hormigueos por las piernas y el costado.

Volví a mirar el asiento que tenía delante, con la respiración acelerada y entrecortada.

Luc estaba... estaba dibujando... ¿símbolos? Un círculo. Una estrella. ¿Un... et?

Sin lugar a dudas estaba despierto.

Cada parte de mi ser se concentraba en aquel pulgar, sin dejar espacio para pensar por qué estaba allí, a dónde nos dirigíamos o qué había ocurrido. Mi cerebro se había desconectado de forma oficial, cediendo el control a mi cuerpo, que rebosaba curiosidad.

Luc dibujó un tic.

Me invadió una tensión cálida y embriagadora, y dentro de los zapatos se me curvaron los dedos de los pies. Luc apenas me estaba tocando y mi corazón seguía acelerado.

Se me cerraron los ojos y de inmediato la vi, a mi madre en su verdadera forma, muerta en el suelo de mi habitación. La tristeza atravesó la agradable bruma. Me puse rígida cuando mis pensamientos se desviaron de eso a otro desastre. Después de lo ocurrido con April, sabía que pasaría un tiempo antes de que mi vida volviera a la normalidad. Si es que alguna vez volvía. Supongo que había mantenido la esperanza de poder volver al instituto, ver a James y graduarme. Que podría tener esas dos vidas. Pero mientras yacía allí, acurrucada contra Luc, escapando a una ciudad en la que nunca había estado y luego a otra que creía destruida, me di cuenta de que tal vez sabía por qué Luc no había querido incluirme en lo que hacía en el club.

No se podía estar a caballo entre estos dos mundos. O estabas dentro o estabas fuera, y ahora no había elección. Estaba sobrepasada.

Su mano se detuvo.

Respirando hondo y despacio, giré la cabeza y miré hacia arriba.

Unos ojos amatistas se encontraron con los míos.

—Hey.

—Hola —balbuceé.

—Lo siento —susurró, y supe que se refería a mi pérdida de elección. Tal vez ni siquiera necesitaba espiar mis pensamientos para saber hacia dónde iban.

Me incorporé y me aparté el pelo de la cara, sin sorprenderme en absoluto al comprobar que parecía que una ardilla hubiera anidado en él.

Miré por encima del hombro y vi que Zoe seguía abstraída, acurrucada en el asiento trasero. Me di la vuelta y junté las manos.

—Qué bien que por fin os hayáis unido a nosotros —murmuró Kent desde el asiento del conductor.

No podía creer que siguiera conduciendo, pero me di cuenta de que el moretón y el labio partido habían desaparecido. Miré hacia el asiento del copiloto. ¿Grayson lo habría curado?

Miré por la ventanilla, entrecerrando los ojos. No tenía ni idea de dónde nos encontrábamos. Estábamos rodeados de árboles frondosos y altos, que eran interrumpidos de vez en cuando por casas bonitas con un aspecto antiguo. Kent giró por una calle estrecha y aquellos robles centenarios acabaron cubriendo la calle, creando un dosel espeluznante que me recordaba a dedos huesudos y enjutos.

Así no era como me imaginaba un suburbio de Atlanta.

—¿Dónde estamos?

—A unos cinco minutos de donde tenemos que estar, Evie Bebi —contestó Kent, y yo fruncí el ceño—. Estamos en Decatur.

«¿Evie Bebi?». ¿*Bebi* de *bebita*? Creo que prefería *cielito*.

—¿A cuánta distancia está Atlanta?

—No muy lejos. A unos cuantos kilómetros —respondió—. El sistema ferroviario MARTA va desde Atlanta hasta aquí. Hay un montón de viajeros. Mucha gente que no nos va a prestar atención.

Retorcí las manos nerviosa.

—Los... árboles son bonitos. Espeluznantes pero bonitos.

—Decatur es una ciudad antigua, fundada antes de la Guerra Civil. —Luc se movió en el asiento de al lado. Un segundo después, golpeó con la mano el respaldo del asiento, haciéndome dar un respingo.

—Pero ¿qué...? —Zoe salió disparada, deteniéndose a escasos centímetros de golpearse la cabeza con el techo del coche. Se giró hacia Luc, con los ojos entrecerrados—. Imbécil.

Él sonrió mientras levantaba la mano, arrastrando los dedos por los rizos despeinados.

—Ya casi hemos llegado.

—¿Sabes? Podrías haberme despertado de una forma agradable —replicó ella.

Se rio por lo bajo.

—Parece que no me conoces.

—Cierto —murmuró, sentándose. Su mirada parpadeó hacia la mía—. ¿Cuánto tiempo llevas despierta?

—Solo unos minutos.

—Seguro que a ti no te ha despertado así. —Suspiró.

Sonreí un poco, y me sentí rara mientras miraba al frente. Dejando escapar un suspiro tembloroso, volví a mirar por la ventanilla, porque eso era más fácil que, bueno, pensar en todo en ese momento. El Yukon aminoró la marcha y luego giró a la derecha, subiendo una empinada cuesta. La luz del sol asomó entre los árboles cuando algunos robles se despejaron. Se vio una casa.

Una gran casa de madera.

Con dos pisos y un porche delantero elevado, el lugar parecía un retiro. Me incliné hacia delante y miré sus muchas ventanas.

—¿De quién es esta casa?

—Es mía —respondió Luc.

Me aparté de la ventanilla y lo miré.

—¿Qué?

Alzó un lado de la boca.

—Tengo muchas propiedades bajo una identificación falsa con dinero real. —Hizo una pausa, rascándose el pecho distraído—. Esta es una de ellas.

La conmoción me dejó sin palabras, y no supe por qué, de todo lo que había pasado, el hecho de que tuviera varias propiedades me sorprendió tanto. Tal vez porque no lo había mencionado. Por otra parte, no podía imaginarme cuándo habría surgido eso en una conversación.

El Yukon se detuvo ante la puerta de madera de un garaje. Grayson abrió la puerta del copiloto. El motor seguía rugiendo cuando me di cuenta de dónde estábamos.

Ya no estaba en Maryland.

Estaba en Georgia, en una ciudad de la que nunca había oído hablar.

—¿Y qué hacemos ahora? —pregunté a nadie en particular.

Fue Luc quien contestó.

—Vamos adentro.

Tragándome el nudo que tenía en la garganta, lo miré.

—Vamos a descansar. Vamos a esperar —dijo, sin apartar su mirada de la mía—. Eso es lo que vamos a hacer.

Nada de eso parecía suficiente. En absoluto. Podríamos descansar. Podríamos esperar. Pero había más.

—Tenemos que averiguar qué narices me hicieron y por qué se ha llegado a este punto.

La admiración bailó en sus rasgos llamativos.

—Lo haremos.

El interior de la casa era impresionante, tan bonito y espacioso como el exterior. La planta baja era completamente diáfana y el espacio estaba dominado por un gran salón con uno de esos sofás seccionados de dos cojines de ancho, el tipo de sofá que te absorbe y nunca te deja salir. En la pared se encontraba una televisión del tamaño del Yukon. Había una zona de comedor y una cocina digna de un gran chef. Unas escaleras llevaban a un segundo piso.

—¿Vive gente aquí habitualmente? —pregunté, pensando que era un desperdicio que este precioso lugar estuviera vacío.

Luc se adelantó, hacia la cocina.

—Mucha gente entra y sale, pero nadie se queda aquí por regla general.

—Es mi lugar favorito. —Kent se zambulló en el sofá, aterrizando con un gruñido que sonaba a felicidad—. «Wake me up before you gogo...».

Me puse detrás del sofá y lo miré con el ceño fruncido. Se había apoyado en uno de los cojines y lo único que podía ver era su cresta azul.

Grayson entró en la cocina, detrás de Luc, que ahora estaba delante del frigorífico.

—Vamos a tener que aprovisionarnos de comida y bebida —comentó, con la cabeza ladeada mientras miraba lo que había en el frigorífico.

—¿Cuánto tiempo creéis de verdad que estaremos aquí? —pregunté.

—El tiempo que haga falta para que Daemon sepa lo que pasó. —Cerrando la puerta, se enderezó y caminó detrás de una enorme isla de cocina—. Eso es lo que estamos esperando. ¿Ves esa puerta de ahí? —Señaló con la cabeza las dos que había al otro lado de la cocina—. La de la izquierda es la despensa. La de la derecha lleva al sótano. No bajes al sótano.

—Bueno, eso suena al comienzo de todas las películas de terror —respondí.

Me lanzó una mirada seca.

Levanté las manos.

—Vale. Como quieras. —Tampoco es que pensara hacerlo. Los sótanos siempre estaban llenos de arañas, telarañas y fantasmas, pero ahora tenía mucha curiosidad.

Zoe pasó a mi lado.

—Voy arriba a elegir una habitación.

—¡Eso no es justo! —exclamó Kent con una voz apagada, pero no se movió de su posición boca abajo en el sofá.

Zoe negó con la cabeza mientras se dirigía a las escaleras. Recogí mi bolsa y la seguí.

—Hay dos habitaciones principales —me explicó cuando llegamos arriba—. Una en cada extremo del pasillo.

—¿Has estado aquí antes?

Zoe asintió, sin mirarme.

—¿Cuándo?

Caminó hacia una habitación cerrada con puertas dobles.

—La última vez fue este verano, cuando yo...

Mi mente retrocedió en el tiempo.

—¿Cuando dijiste que te ibas de vacaciones con tu tío? Me contaste que os ibais a Ocean City.

—En vez de eso, vine aquí. —Zoe abrió la puerta de un empujón y nos recibió un aire fresco que olía ligeramente a madera de teca—. Tuve que hacerlo. De todos modos, este dormitorio es para ti. Tiene su propio baño, como el del otro extremo, que me voy a quedar enterito para mí. Los chicos pueden quedarse con los otros dormitorios y compartir el otro baño. —Encendió una luz, se detuvo y se volvió hacia mí—. Porque no pienso compartir el baño con ellos. —Hizo una pausa—. Pero supongo que tú sí compartirás uno con Luc, ¿no?

No sabía cómo responder a eso. Estábamos juntos. Novio. Novia. Compartir un dormitorio, sin embargo, parecía... el siguiente nivel. Así que me encogí de hombros.

Zoe arqueó una ceja.

Entré en el amplio dormitorio, dejé la bolsa sobre la cama y me senté. Zoe se unió a mí al cabo de unos segundos. No dijimos nada mientras permanecíamos sentadas, mirando la puerta cerrada del cuarto de baño. Recorrí la habitación y vi una guitarra en un rincón.

Esta era la habitación de Luc.

Ella habló primero.

—Así no era como esperaba que fuera mi semana.

Se me crisparon los labios, y entonces solté una risa áspera.

—Lo mismo digo.

—Vamos a estar bien. —Me dio un golpe en el hombro con el suyo—. Iremos a la Zona 3, y allí habrá gente que nos dirá lo que te han hecho. Tendrán respuestas y estaremos a salvo.

Tragando con fuerza, asentí.

—¿Veremos a Emery y a Heidi de nuevo?

—Sí. Por supuesto. Van hacia allí, pero van a pasar desapercibidas un tiempo. Ya las han fichado, así que tienen que tener cuidado.

—¿Y luego qué? —pregunté, mirándola—. ¿Qué pasará cuando lleguemos allí? Descubriremos lo que... me hicieron, pero ¿después qué? —Solté una carcajada seca—. ¿Viviremos nuestros días allí, en una ciudad destruida por armas de pulso electromagnético? Sin instituto. Sin universidad. Sin trabajo, supongo. —Sacudí la cabeza—. ¿Es eso el futuro?

Zoe se quedó callada un largo rato.

—No lo sé, Evie. La verdad es que no lo sé.

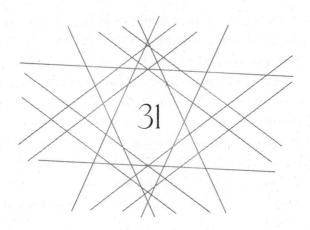

31

Lo primero que hice cuando Zoe se fue a requisar su habitación fue darme una ducha. Me sentía pegajosa y asquerosa, y esperaba que una vez limpia, mi mente estuviera más clara.

Rebuscando en la bolsa, saqué unos vaqueros y una camiseta. Aunque en casa y en noviembre se estaba a gusto, fuera seguía haciendo un calor pegajoso y húmedo. Rocé un tubo con la mano mientras sacaba unas bragas.

Melocotón.

Respiré con dificultad.

Mi madre había metido en la bolsa mi crema hidratante favorita. No me lo podía creer. Habían estado sucediendo todo tipo de cosas y aun así mi madre me había metido en la bolsa mi crema hidratante.

Las lágrimas me quemaron el fondo de los ojos cuando puse el tubo sobre la cama y luego saqué a Diesel, colocándolo sobre la mesita de noche. Parpadeando, me alejé y me dirigí al baño.

Me quité la camiseta, me bajé los vaqueros de un tirón y me los quité, mirando hacia abajo. Me quedé helada. Tenía manchas de color marrón cobrizo en el vientre, los muslos...

Las manos me colgaban de los costados.

La sangre se había impregnado y secado en mi piel. No lo había notado porque los vaqueros eran oscuros. De todos modos, no estaba segura de si me hubiera percatado. Un movimiento en mi pecho me robó el aliento. Levanté la vista y me vi reflejada en el espejo del lavabo.

Casi no me reconocí.

Cuando había parado en la gasolinera para ir al baño, no me había mirado. No sabía por qué. Simplemente no podía. Ahora no quería mirarme, pero no podía apartar la vista.

Unas sombras tenues se habían formado bajo unos ojos marrones que parecían cansados. Mi rostro estaba más pálido de lo normal, casi como si estuviera a punto de ponerme enferma. ¿Lo estaría? Pensé en Sarah y en la bilis negra que había vomitado. Era posible. ¿Quién sabía lo que pasaría? Las pecas estaban ahí, siempre ahí. Mis labios parecían algo secos, y eso me desagradaba un poco.

Me toqué la mejilla, donde el hombre me había golpeado. No había ninguna marca. Nada.

Tenía el mismo aspecto de siempre. ¿Cuántas veces me había parado frente al espejo del baño, tratando de averiguar si era más Evie o más Nadia? ¿Cuántas veces me había quedado despierta por la noche, luchando por aceptar quién era antes y quién era ahora? Innumerables veces.

Demasiadas.

Porque ahora me parecía tan claro que no importaba. Yo era una mezcla de ambas, y también ninguna de las dos.

Además, parecía que no había dormido en una semana.

Tal vez un mes.

Me aparté del espejo, abrí la ducha y, en unos instantes, empezó a salir un agradable vapor caliente. Me quité lo que me quedaba de ropa y entré en la ducha, contuve un gemido cuando el agua me golpeó la piel. Unos músculos que ni siquiera sabía que tenía gritaron de alivio cuando me di la vuelta y dejé que el chorro me bañara. Me miré los pies y una bocanada de aire me separó los labios.

El agua rosácea corría entre mis dedos, dando vueltas por el desagüe. Sangre. La sangre de mi madre.

Me pasé las manos por la cara, cerré los ojos y apreté los labios, conteniendo la respiración.

Mi madre.

La incredulidad se apoderó de mí, esa parte de mi cerebro que todavía no podía creer que se hubiera ido. Solo habían pasado unas dieciséis horas desde la última vez que hablé con ella.

Dieciséis horas. Tal vez un poco más, pero hacía solo unas horas estaba viva...

Ahora se había ido.

Y yo me había ido también, ¿no?

Unas diminutas luces blancas se me formaron detrás de los párpados. Me ardían los pulmones.

¿Habría gente buscándome ahora? ¿Habrían dejado a mi madre allí para que la encontrara la policía? Tenían que haber informado del alboroto. ¿Habría encontrado alguien a mi madre y habría empezado a hacer preguntas? ¿Sería yo una persona desaparecida, dada por... muerta? ¿O la gente ni siquiera sabría lo que había pasado? Quizás nos habían borrado.

Mi cabeza comenzó a nadar y mi cuerpo a sentirse destrozado.

Un temblor me sacudió los brazos y luego las piernas. Empecé a doblarme, pero me contuve. Aparté las manos de la cara, abrí los ojos y la boca, e inspiré profundamente, tanto que me ahogué y después respiré hondo. Extendí un brazo, apoyé la mano en la pared de azulejos y me tranquilicé.

«Cálmate». Eso era lo que tenía que hacer. «Cálmate». Podía hacerlo. Tenía que hacerlo.

Así que lo hice.

Abrí los ojos, me enderecé y retiré la mano de la baldosa, la baldosa agrietada. Incliné la cabeza hacia un lado mientras miraba entre ella y la palma de mi mano. ¿Habría sido yo? ¿O ya estaba agrietada de antes?

La inquietud me recorrió mientras levantaba la cara hacia el agua, pero me obligué a poner la mente en blanco y volví a coser todas las partes rotas. Me lavé el pelo dos veces, me restregué el cuerpo dos veces con el maravilloso jabón corporal con aroma a madera que estaba segura de que pertenecía a un tipo. Incluso me froté la planta de los pies y entre los dedos. Cuando terminé de ducharme, tenía el cuerpo rosado de tanto frotarme y pensé que ya me había calmado.

Agarré una de las toallas grandes y mullidas y me envolví con ella, ciñéndome las dos mitades por encima de los pechos. Busqué un peine y me puse a deshacer los ridículos enredos mientras me miraba los pies, porque evitar el espejo me parecía contraproducente para mantener la calma.

Satisfecha con mi pelo, abrí la puerta del baño, salí e inmediatamente me encontré de frente con un pecho bien esculpido, dorado y húmedo.

El pecho de Luc.

Jadeando, retrocedí un paso y mis manos volaron hacia la toalla, aferrándome a ella con todas mis fuerzas. Mi mirada se clavó en la suya.

Todo el oxígeno huyó de mis pulmones, de mi cuerpo y de mi cerebro al ver su expresión, su mirada.

Tenía los ojos muy abiertos, y el tono violeta se agitaba literalmente, arremolinándose con una potente emoción que me encendió las puntas de las orejas. Sus rasgos eran crudos y afilados, llenos de tensión. Tenía los labios entreabiertos, no parecía respirar mientras me miraba fijamente, y...

Luc parecía... hambriento.

Un escalofrío me recorrió la piel. Las exigencias se me subieron a la punta de la lengua. «Abrázame. Tócame. Bésame. Quédate conmigo», porque entonces no tendría que pensar en nada más, y sabía que Luc podía hacerlo posible.

Su mirada bajó hasta donde mis dedos apretaban la toalla y luego más abajo. La toalla era grande, pero no larga. Apenas me cubría las partes femeninas, y su mirada era lenta e intensa como una caricia.

Me empezó a latir con fuerza el corazón en el pecho, y esas pestañas imposiblemente gruesas se alzaron mientras él arrastraba su mirada de nuevo hacia arriba. Sentí como si no llevara toalla.

Me sentía desnuda.

Nuestras miradas chocaron y me di cuenta de lo cerca que estábamos. Solo un par de metros nos separaban.

Alzó el pecho.

—Eres... —Se interrumpió, pero esa palabra era profunda, áspera.

Esa palabra me hacía sentirme desnuda.

Una mano se levantó de su costado. Una pierna avanzó hacia mí, y un cálido rubor se extendió por mi piel. Las pupilas de sus ojos se volvieron diamantes.

Me humedecí los labios cuando me invadió una sensación de nerviosismo y un sonido profundo y gutural salió de él, haciendo que se me tensaran los músculos del estómago.

Sabía que si me tocaba ahora, yo estaría perdida. Él estaría perdido.

Luc parpadeó y fue como si accionara un interruptor. Dio un paso atrás. Sus mejillas parecieron adquirir un color más intenso. ¿Se estaba sonrojando?

Dios mío, Luc se estaba sonrojando.

—Perdona —dijo, con voz áspera y ronca—. Acabo de ducharme en la otra habitación y venía aquí a por la guitarra. Iba a entrar y salir. —Tragó saliva con fuerza—. No era mi intención que ocurriera esto.

Lo creí, pero afloró la confusión.

—No pasa nada.

Luc abrió la boca, pero pareció cambiar de opinión. Por un segundo, pareció totalmente desconcertado. Se dio la vuelta, con movimientos más rígidos que su fluida gracia habitual, y salió de la habitación sin mirar atrás. Me quedé en el mismo sitio unos instantes, preguntándome qué demonios había pasado. ¿Qué le estaba pasando?

Miré hacia donde estaba la guitarra.

Entonces me cambié enseguida. Descalza, crucé la habitación y salí al pasillo. Vi la puerta abierta del dormitorio del otro lado del pasillo. De algún modo, sabía que estaba allí.

Me acerqué y miré dentro. Luc estaba de pie frente a una cama estrecha, con todos los músculos largos y delgados de su espalda a la vista mientras se ponía una camiseta por encima de la cabeza. Cuando asomó la cabeza por el cuello, se quedó quieto y dejó que el dobladillo flotara hacia abajo.

Luc sabía que yo estaba allí.

—Se te ha olvidado la guitarra.

—Sí, algo así. —Se giró tan despacio, y tal alivio se reflejó en su cara cuando me vio, que me pregunté si pensaba que aún llevaba puesta solo la toalla.

Me sentí insegura y me quedé en la puerta.

—Vi que tenías una guitarra en tu apartamento. Supongo que tocas y no era solo para exhibirla.

Aquella afirmación sonó tan estúpida en voz alta como en mi cabeza. Luc asintió.

—¿Ese dormitorio es el que usas normalmente?

—Sí, pero la habitación es ahora toda tuya. —Luc me miró de frente, con su mirada recorriéndome el rostro—. Tal vez deberías descansar un poco. Grayson y Zoe han ido al supermercado a comprar comida. Estarán fuera un rato.

—No creo que pueda dormir ahora. Tengo demasiadas cosas en la cabeza. —Pequeñas bolas de incertidumbre echaron raíces en mi pecho. Quería preguntarle por qué no se quedaba conmigo, pero no me salían las palabras. Tal vez solo quería darme mi espacio o tener algo de espacio para sí mismo. No era para tanto.

—Es comprensible —dijo.

Una energía ansiosa me recorrió mientras juntaba las manos.

—¿Sigue Kent desmayado en el sofá?

—Sí. Podría caer una bomba nuclear y no se despertaría.

—Debe ser agradable. —Justo en ese momento, se me acabaron las cosas que decir... Bueno, las cosas que tenía el valor de decir. Empecé a irme—. Vale, mmm. Supongo que trataré de descansar un poco...

—Mi verdadero nombre es Lucas.

Pensando que me estaba imaginando cosas, me di la vuelta.

Luc estaba sentado en el borde de la cama.

—Bueno, al menos así me llamaban cuando estaba con Dédalo. Nunca tuve apellido. Solo era Lucas.

Volviendo a acercarme a él, me detuve justo antes de tocarlo. Un instinto innato me decía que él no querría eso.

—Los apellidos están sobrevalorados.

—Supongo que sí. —Una sonrisa irónica le torció los labios—. Ya nadie me llama así. Joder, la mayoría ni siquiera se da cuenta de que me llamo Lucas en realidad. Ni siquiera Zoe. Aunque Paris sí. Tú... —Exhaló con fuerza—. Tú lo sabías. Te lo dije cuando éramos más jóvenes. —Hubo una pausa—. Ni siquiera sé qué me ha hecho empezar a pensar en ello, pero solo quería que lo supieras otra vez.

La simpatía aumentó mientras lo observaba, a pesar de que ahora estaba descubriendo que me habían dado algo que tenía la posibilidad de mutarme aún más, algo que me había dado brevemente la capacidad de luchar y matar. Había lapsos de tiempo que no se podían explicar, un verano entero que faltaba, y me ponía enferma pensar demasiado en ello. Yo era un experimento, pero seguía sin tener ni idea de lo que era crecer como lo habían hecho él y Zoe. Al fin y al cabo, no importaba lo poderosos que fueran. Seguían teniendo emociones y pensamientos humanos, deseos y necesidades, y les habían arrebatado todo, hasta el apellido.

Se me rompió el corazón por él, por todos ellos y por nosotros.

—Podrías ponerte un apellido, ¿sabes?

—Parece un poco tarde para eso.

—¿Por qué? —Me apoyé en una cómoda—. No creo que haya un límite de tiempo para elegir un apellido.

Inclinó la cabeza.

—¿Sabes? Tienes razón.

—Claro que la tengo. —Sonreí de forma imperceptible—. Elige uno.

Arqueó las cejas.

—¿Ahora mismo?

—¿Por qué no? No tenemos nada mejor que hacer.

Estiró sus largas piernas y las cruzó por los tobillos.

—Tenemos que averiguar qué te han hecho.

Me tensé.

—Sí, pero ¿podemos hacerlo ahora?

Levantó un lado de la boca.

—No. Solo porque no hay mucho que podamos averiguar mientras estemos aquí. Cuando lleguemos a la Zona 3, habrá gente que quizás lo sepa. O sabrán a dónde ir. —Hizo una pausa—. Es raro.

—¿El qué es raro?

—Que no sé qué te han hecho —respondió, cruzando los brazos sobre el pecho—. No paro de darle vueltas. Lo sé todo. Siempre. Pero ¿esto? No tengo ni idea.

—Pues vaya mierda de momento para que tus habilidades omniscientes no entren en acción.

—Pues sí. —Me miró.

—Tampoco sabes lo que Sarah y April son, o eran, que probablemente sea lo mismo que yo soy —señalé.

—Gracias por exponer mis defectos.

Sonreí.

—Para eso estoy aquí.

—Para eso y para decirme que elija un apellido.

Asentí.

La mirada de Luc se dirigió a la mía. Pasó un momento y luego me dio una palmada en el espacio que había a su lado.

—Siéntate. Necesito tu ayuda y tu cercanía me dará inspiración.

—Eso no tiene sentido. —Pero me aparté de la cómoda y me acerqué, sentándome en la cama. No había mucho espacio, así que nuestros muslos estaban apretados uno contra el otro—. ¿Contento?

Me miró, con una sonrisa misteriosa.

—Casi. Muy bien. —Cruzó los tobillos—. Creo que ya sé cuál quiero que sea mi apellido.

—¿Cuál? —le dije.

—Creo que será un apellido apropiado. Te gustará.

—Verás tú el apellido que se te ha ocurrido —respondí secamente.

—King.

—¿Cómo? —Arqueé una ceja.

—King. Me voy a poner el apellido King.

—Vaya. —Me reí—. Ni siquiera sé qué responder a eso.

—Luc King. Creo que suena increíble.

—Creo que suena como si fueras un jefe de la mafia.

—Como he dicho, completamente apropiado.

Pasando los dedos de los pies por la mullida alfombra, sonreí.

—Suena bien. Luc King, un malote extraordinario.

—¿Qué? ¿Crees que soy un malote?

Le lancé una mirada de reojo.

—Sabes que eres un malote. A ver, hola. Puedes elevarte del suelo.

—¿Es eso un requisito para ser un malote?

—Estoy bastante segura de que sí. —Me recogí el pelo detrás de la oreja y dejé de mover los pies—. Entonces, todo esto de la Zona 3... La verdad es que no lo entiendo. Esas ciudades son básicamente inútiles, ¿verdad? No hay electricidad. Nada. Y todas han sido evacuadas.

Luc respiró hondo.

—Las ciudades no están vacías. Nunca lo han estado. —Se giró hacia mí, apoyando una mano en la cama detrás de él—. La gente en general se cree que el amable y bondadoso gobierno fue allí y evacuó a todo el mundo después de que cayeran las bombas no nucleares de pulso electromagnético y todos los Luxen acabaran muertos, ¿verdad?

Arrugué la frente.

—Tuvieron que hacerlo, ¿no? Porque allí no funciona nada: ni la luz, ni la refrigeración, ni la calefacción. Ni las cocinas ni los equipos médicos. Podría seguir, pero creo que ya me entiendes.

Me estudió con detenimiento.

—No lo hicieron.

La incredulidad dio paso al asombro.

—¿Me estás diciendo en serio que dejaron a la gente allí... amurallada en esas ciudades, y después le dijeron al mundo que evacuaron a todos los humanos que había allí?

—Sí. Eso es lo que te estoy diciendo.

Me quedé boquiabierta. No tenía motivos para no creerle, pero aquello era algo muy gordo y también horrible.

—Había gente a la que no podían evacuar. Ancianos o enfermos. Los que eran demasiado pobres o tenían familia de la que debían ocuparse. Personas humanas que el gobierno decidió que no valía la pena salvar. Personas a las que juzgaron y decidieron que no harían del mañana un día mejor y más seguro.

El horror aumentó.

—Dios mío...

Su rostro se endureció.

—No creo que Dios tuviera nada que ver con eso, pero la gente sí. Los humanos. Los mayores imbéciles de la Tierra.

No podía discutirle eso.

—Cada una de las zonas tenía distintos grados de población. Mucha gente tiene..., bueno, digamos que sus condiciones de vida eran tan pobres, que muchos no pasaron del primer año de los muros. Muchos de ellos murieron dentro de esos muros, en esas ciudades estériles alimentadas con la mentira de que la ayuda iba a llegar, y al final la ayuda llegó. Los Luxen.

—¿Los... Luxen no registrados?

—Así es. Puede que esas ciudades no tengan electricidad, pero no están sin energía.

Sentí tanto asco y rabia que ni siquiera podía pensar con claridad. ¿Cómo podían haber dejado a la gente allí? ¿Cómo podían haber sido tan inhumanos que daba asco?

¿Cómo es que no lo sabía todo el mundo? Los muros se habían levantado enseguida, de forma increíble, pero ¿cómo podía todo el mundo no saber que había gente en esas ciudades?

—Todo el mundo solo ve lo que quiere ver —respondió Luc en voz baja a mi pregunta no formulada—. No quieren reconocer lo inhumanos que pueden llegar a ser los humanos. No es la primera vez que se deja atrás a la gente cuando ocurre una tragedia.

—Pero ¿cómo han podido ocultarlo? No todo el mundo es un imbécil indiferente.

—Las bombas de pulso electromagnético. Los aviones no pueden volar a menos de ciento sesenta kilómetros de esas ciudades. Los drones tampoco funcionan. Las imágenes de satélite no llegan a las áreas, al igual que las señales de telefonía celular. Los expertos dicen que será así durante al menos otra década más o menos.

Tenía razón. Me había olvidado como una tonta del radio de la lluvia radiactiva y de que varios aeropuertos importantes cercanos a esas ciudades habían tenido que trasladarse.

—¿Así que esta gente está atrapada allí?

—Por ahora —respondió—. Se están ocupando de ellos.

—¿Los Luxen? ¿Los Luxen no registrados?

—Registrados y no registrados.

—¿Cuándo comenzaste a ayudar a los Luxen a ir allí? —pregunté, esperando que no me dejara fuera como hacía a menudo.

Y no lo hizo.

—Cuando el presidente McHugh empezó la campaña. Dijo cosas que incomodaron a muchos Luxen. Comenzó con querer trasladar a los Luxen a sus propias comunidades. —Su labio se curvó en una mueca—. Creo que *comunidades* es el eufemismo de otra palabra con «c» menos atractiva que la historia nunca ha visto con buenos ojos.

Un escalofrío me recorrió. No, ni por un segundo pensé que algo bueno pudiera surgir de las comunidades exclusivas para los Luxen.

—La Zona 3 es uno de nuestros escondites para aquellos a los que trasladamos y los que necesitan pasar desapercibidos. Es obvio que trasladar Luxen tiene sus riesgos.

—Por supuesto —murmuré, una vez más asombrada por él, por todos ellos—. No sé si te lo he dicho alguna vez o no, pero lo que estás haciendo es increíble.

Se encogió de hombros.

—Lo que estoy haciendo también significa que mucha gente me debe favores.

Lo miré con atención.

—No creo que cobrar favores sea la única razón por la que estás ayudando a los Luxen.

Luc no respondió de inmediato.

—¿Y por qué piensas eso?

—Porque siento que te conozco lo suficiente como para saber que eso no es cierto —le contesté.

Me miró a la cara y deseé que me tocara. Deseé que hiciera algo más.

—No creo que me conozcas tan bien como crees —dijo.

—¿Por qué dices eso?

—Porque me das demasiado crédito. —Levantó un hombro y cambió de tema antes de que pudiera responder—. Obviamente, un gran problema con las zonas es la comunicación. Como los teléfonos móviles no funcionan en un radio de ciento sesenta kilómetros de las ciudades, instalamos puntos de acceso wifi fuera de ese radio, lugares donde se pueden dejar mensajes en teléfonos desechables.

—Una lechuza a lo Harry Potter sería estupendo —murmuré.

—Es verdad.

Se hizo el silencio entre nosotros mientras pensaba en lo que había descubierto. Había una sensación de asombro y desesperanza, una extraña mezcla. La cuestión era que Luc y la pandilla no podían trasladar a todos los Luxen a zonas más seguras. Muchos se verían obligados a vivir en esas comunidades.

Había que hacer algo, porque no había forma de que todos los Luxen pudieran ser trasladados.

—Oye. —Me rozó la mejilla con el dorso de la mano y me recogió un mechón de pelo detrás de la oreja.

Levanté la barbilla y mi mirada se dirigió a la suya. Unos ojos brillantes del color de las lilas más intensas se clavaron en los míos. Parecía que estaba a punto de decir algo, pero las palabras se habían quedado en el camino.

Sus dedos se detuvieron justo debajo de mi oreja. Una chispa cobró vida, pasando de su piel a la mía, zumbando en el aire. Inhalé, pero no sirvió de nada.

«Por favor».

Era lo único en lo que podía pensar. «Por favor». Quería que me besara. Quería perderme en él. Quería olvidar y quería recordar.

Su boca se tensó y a mí se me aceleró el corazón. Su aliento era una cálida caricia a lo largo de mi mejilla, acercándose cada vez más...

Una rápida maldición llegó desde el salón y me eché hacia atrás, un poco sin aliento, cuando la voz de Kent retumbó.

—¡Luc! ¡Evie! Creo que tenéis que venir aquí.

Podía sentir la intensa mirada de Luc mientras me levantaba, sin ver realmente la habitación.

—Creía que habías dicho que seguía desmayado y que ni siquiera lo despertaría una bomba nuclear.

Se aclaró la garganta, pero cuando habló, lo hizo con un tono ronco, como si hubiera inhalado humo.

—Al parecer, me equivoqué.

Algo decepcionada y totalmente confusa por no haberlo besado, salí corriendo del dormitorio. Luc me seguía de cerca, me sobrepasó con facilidad y bajó primero los escalones.

Lo miré a la espalda con odio y, al final de la escalera, levantó la vista y me guiñó un ojo.

Entrecerré los ojos.

Kent estaba sentado en el sofá, con la atención centrada en la televisión. Su cresta había renunciado a la vida y se había caído hacia un lado.

—Chicos, tenéis que ver esto.

—¿Ver qué? —Luc se interrumpió, y luego maldijo.

—¿Qué pasa? —Mi mirada siguió a la de Luc mientras bajaba al salón y observaba la televisión.

Me quedé boquiabierta.

Había una foto de mi madre, mi hermosa y feliz madre. Era su identificación de Fort Detrick.

El suelo se estremeció.

Una mano, la mano de Luc, me rodeó el brazo justo cuando cambió la imagen de la televisión.

—Dios mío —susurré.

Ahí estaba mi cara, mi foto sonriente del anuario, para ser exactos, y debajo de mi cara y de mi nombre había palabras en mayúsculas que se desdibujaban.

«SE BUSCA EN RELACIÓN CON EL ASESINATO DE LA CORONEL SYLVIA DASHER».

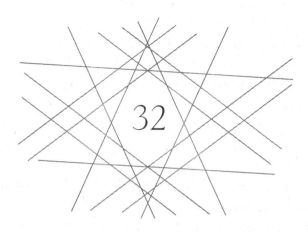

32

Me había reído.

Me había sentado a escuchar el informe del jefe de policía de Columbia mientras la foto de mi madre aparecía a la izquierda de la pantalla y la mía debajo de la suya. El jefe de policía había dicho que yo era sospechosa de un asesinato premeditado.

Ni siquiera sabía lo que significaba cometer un asesinato premeditado. ¿Como si me hubiera cruzado de piernas en el suelo y me hubiera puesto a meditarlo?

El jefe de policía también había dicho que creían que yo iba armada y era peligrosa.

Ese fue el momento exacto en el que me reí.

Esa fue mi reacción al oír que era sospechosa del asesinato de mi madre. Me reí, y sentí que me iba a reír más. Con esa clase de risa que no puedes parar.

Algo me pasaba.

¿Nunca se les pasó por la cabeza a las fuerzas del orden que tal vez me había pasado algo malo? ¿Nadie pensó que necesitaba ayuda? Se me implicó de inmediato en un acto en el que las pruebas tenían que haber demostrado lo contrario. Yo no era patóloga forense, pero sabía que era obvio que una bala había sido disparada desde fuera de la casa. ¿Creían que yo era una tiradora experta? ¿Además del hecho de que habían echado abajo la puerta principal?

¿Por qué me hacía estas preguntas? No estaban informando de lo que en realidad había ocurrido, y yo sabía lo que eso significaba. La policía estaba involucrada en lo que le había pasado a mi madre.

Estaba compinchada con Dédalo.

Kent apagó la televisión y tiró el mando a distancia sobre un cojín.

—Las cosas acaban de complicarse mucho. Esto es mucho más gordo de lo que habíamos previsto.

Apreté los labios porque sentía que se me escapaba una risita muy inapropiada.

Luc se cruzó los brazos sobre el pecho. Tenía la mandíbula tan apretada que me pregunté si la parte inferior de la cara se le partiría por la mitad.

—Eso es un eufemismo.

—Esto es lo que hacen. —Kent se pasó la mano por el pelo azul—. Tergiversan lo que ocurrió de verdad para que encaje con sus planes.

Lo miré fijamente, abrí la boca y la cerré, sin saber qué responder.

La puerta del garaje se abrió de repente y los tres nos sobresaltamos. Grayson y Zoe entraron cargados con varias bolsas de la compra. Se detuvieron.

—¿Qué ocurre? —preguntó Zoe, mirándonos a los tres.

Grayson suspiró.

—¿Quiero saberlo siquiera?

—Ah, nada importante —contestó Kent, dejándose caer en el sofá—. Solo que acaban de inculpar a Evie por el asesinato de su madre en la televisión nacional.

Zoe bajó la bolsa que llevaba en la mano.

—Nada como un pequeño matricidio para empezar la semana —comenté, con otra risa casi histérica creciendo dentro de mí—. ¿Verdad?

—Verdad —murmuró.

Me quedé mirando al techo, incapaz de dormir, incapaz de desconectar el tiempo suficiente como para dormitar siquiera.

Anoche había ocurrido lo mismo.

Después de que Zoe y Grayson volvieran con la compra, hicimos la cena. Espaguetis. Me había comido medio plato y luego me fui a mi habitación y me quedé allí, haciéndome la dormida cuando Zoe llamó a la puerta y me llamó por mi nombre.

Desde el momento en el que Zoe me había visto por la mañana, había intentado hablar de lo que había salido en las noticias, pero yo había hecho oídos sordos de inmediato y había tratado de ignorar la mirada de preocupación que mostraba en su expresión.

Luc no llamó a la puerta ni anoche ni esta noche. Se había ido esta mañana cuando me desperté y, según Zoe, estaba explorando los alrededores para asegurarse de que no había ninguna actividad inusual que indicara que alguien había descubierto nuestro paradero.

No tenía ni idea de lo que pasaba con Luc. Algo había cambiado entre nosotros. Quien estuvo en mi habitación el día antes de que vinieran a por mi madre, a por mí, no era el mismo Luc que veía ahora. Había destellos de él, cuando me había lavado las manos y me había abrazado en el piso franco. Era el Luc del que había empezado a enamorarme mientras dormía acurrucada contra él en el coche.

Pero había una distancia entre nosotros que no entendía, y ahora mismo, cuando lo necesitaba, se había ido, y no sabía si era por lo que le había pasado a su club, a Clyde y a Chas, o si era por otra cosa.

La luz de la luna se extendía por el techo mientras me ponía de lado. Pensé en mi madre, en lo poco que la conocía. Podría haber estado involucrada en Dédalo hasta el momento en el que le quitaron la vida de un solo disparo. No tenía ni idea, y era poco probable que alguna vez lo supiera.

Pero ¿cómo pudo hacerlo? El tratarme como si fuera su hija, quererme y cuidar de mí...

Inspirando de manera agitada, me incorporé y levanté las piernas de la cama mientras la presión me oprimía el pecho. No podía seguir aquí tumbada.

La habitación se estrechó de repente. Estaba claro que mi cerebro había decidido empezar a jugar conmigo de verdad, porque empezó a lanzarme más preguntas terribles que me inducían al pánico. ¿Olvidaría cómo era mi vida antes, bueno, antes de que todo se fuera a la mierda? ¿Sobreviviría?

—Basta ya. —Cerré las manos en puños.

¿Volvería a ver a Heidi? ¿Estaría ella de verdad a salvo? ¿Qué iba a hacer cuando llegara a la Zona 3?

Se me hizo un nudo en la garganta y me quité la camiseta de tirantes, me puse el sujetador y me abroché la chaqueta, ya que no sabía si había alguien más despierto. Me di la vuelta y corrí hacia la puerta. La abrí de un tirón y bajé rápido, con los pies descalzos susurrando en los escalones. Había una lamparita encendida junto al sofá, que iluminaba con ligereza la habitación.

Me acerqué a la cocina y me detuve al llegar a la puerta trasera que daba a un porche cubierto.

—¿Qué estoy haciendo?

—Buena pregunta.

Jadeando, me giré y vi a Grayson de pie en el salón.

—Dios. —Tragué saliva y me puse la mano en el estómago—. Me has asustado.

Arqueó una ceja, mirándome fijamente.

Pues muy bien. Miré a mi alrededor.

—Yo... no podía dormir.

Se quedó mirándome.

El silencio se extendió entre nosotros mientras cambiaba mi peso de un pie a otro. Esto se estaba poniendo incómodo.

—Supongo que tú tampoco puedes dormir.

—Estaba patrullando. Asegurándome de que nadie se acercara demasiado a la casa sin nuestro conocimiento.

—Oh. —Torcí los dedos alrededor del dobladillo de mis pantalones cortos del pijama—. ¿Es algo que haces habitualmente?

Me miró con desinterés, lo cual era una mejora respecto a cuando me miraba como si yo fuera lo peor.

—Sí, es algo que todos los Luxen hacen y han hecho desde el principio de los tiempos.

Bueno, eso ha sonado dramático, pero ¿qué sabía yo?

—No tenía ni idea.

—Claro que no. Ahora temes el mañana, porque has experimentado algo personal que te muestra lo aterrador que puede ser el mundo. —Su tono era duro—. Nosotros siempre hemos temido el mañana.

Me moví incómoda.

—Sé lo que es el miedo.

Apartó la mirada, con un músculo palpitándole a lo largo de la mandíbula.

—Supongo que sí.

No tenía ni idea de cómo responder a eso.

Grayson inclinó la cabeza.

—No sabía que eras ella.

Estaba hablando de Nadia.

—Ahora tiene sentido. Nunca entendí por qué estaba dispuesto a arriesgarlo todo por ti. —Hizo una pausa y me miró—. No podía entenderlo, pero había oído hablar de Nadia. Habló de ella..., de ti solo unas pocas veces. Era obvio que había estado enamorado. Ahora entiendo por qué es así contigo. Si hubiera sabido quién eras, nunca habría dicho que eras una inútil.

Abrí la boca para señalar que no debería haberme dicho eso, independientemente de quién fuera o de quién pensara que era.

Pero Grayson ya se había ido.

Se había movido tan rápido que se me levantaron las puntas del pelo y me quedé de pie en la cocina como si hubiera estado hablando sola.

—¿Qué narices? —murmuré.

Me restregué las manos por la cara, me giré y miré el frigorífico. La idea de comer me producía náuseas, pero estaba estresada, así que la comida era lo único aceptable...

Un sonido bajo y chirriante atravesó el silencio: el de las bisagras de la puerta sin usar rozándose entre sí.

Bajando las manos, me giré despacio. La cocina parecía normal. No había ninguna fuente de sonido, al menos allí. La puerta de la despensa o del sótano estaba abierta unos centímetros.

¿Qué narices?

Me acerqué, toqué el pomo frío y tiré de la puerta. Las bisagras chirriaron mientras el aire mohoso me rodeaba. El corazón me dio un vuelco cuando di un paso adelante y miré hacia la oscuridad.

—¿Hola?

El silencio me recibió.

Fruncí el ceño y miré la puerta. Colgaba de una forma un poco torcida. Puede que no estuviese bien asegurada. Empecé a cerrar la puerta y un escalofrío me recorrió la piel. Exhalé y mi aliento formó una nube de vaho delante de mis labios. Se me puso un poco la piel de gallina al bajar la temperatura.

Mi mirada se desvió hacia la oscura escalera. La oscuridad era total, hasta el punto de que solo podía ver los dos escalones, y la luz de la cocina parecía chocar contra una pared invisible, sin penetrar en la profundidad de la oscuridad.

La negra tintura del sótano rozaba el segundo escalón, volcada sobre la madera vieja y gastada como el aceite.

Bueno, eso ha sido extraño.

Realmente extraño.

Tal vez esta casa estaba embrujada de una manera extraña.

Todavía agarrada a la puerta, di un paso hacia atrás. La oscuridad, las sombras se alzaron, expandiéndose y ondulando sobre la pared. Zarcillos de humo se deslizaron hacia la luz y el aire se volvió gélido.

Un grito se me agolpó en la garganta y murió en el aire helado.

La espesa sombra se contrajo, retrocedió y se arremolinó. De la mancha de oscuridad surgió una forma. Dos piernas. Un torso. Hombros y brazos. Una cabeza. Todo un cuerpo negro y brillante como el aceite de medianoche.

Un Arum... Era un Arum.

Se elevó hasta el último escalón. Inclinó la cabeza, moviéndose como una cobra. Una voz susurró. «¿Qué tenemos aquí?».

Mierda, la voz... La voz estaba en mi cabeza.

Un brazo se extendió. Las yemas de los dedos se formaron y, un latido sobresaltado después, los dedos se retiraron. «Algo no essssstá bien».

Hubo un momento en el fondo de mis pensamientos en el que me di cuenta de que la voz me recordaba a la de Sarah, a las palabras que solo yo había podido oír en una habitación llena de gente.

El cuerpo de la sombra palpitaba y ondulaba, acercándose. Los dedos se curvaron hacia dentro. Un tirón me recorrió el cuerpo y me deslicé unos centímetros hacia delante antes de poder detenerme.

La cosa siseó y volvió a extender la mano. «Algo no essssstá bien. Algo no essss natural...».

Emitió otro sonido, una mezcla entre gruñido y gemido. La cosa retrocedió, perdiendo su forma. En una bocanada de humo negro y helado, se desvaneció entre las sombras que se aferraban a las paredes agrietadas. Las sombras del hueco de la escalera del sótano volvieron a su nivel normal de espeluznamiento aceptable.

Me quedé allí, con la boca abierta. ¿Acababa de ocurrir? ¿O había sido una pesadilla muy muy confusa? Una pesadilla larga y prolongada.

—¿Qué demonios estás haciendo?

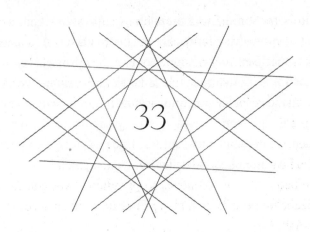

33

Salté unos quince centímetros del suelo y solté un gritito.

—¡Luc!

Estaba de pie justo dentro de la cocina, con sus ojos amatistas agitados.

—Pensaba que te había dicho que no entraras en el sótano.

Con el corazón retumbándome, me esforcé por recuperar el aliento.

—No he entrado en el sótano. La puerta se ha abierto y ese Arum ha subido los escalones. Joder, al principio he pensado que este sitio estaba encantado.

Una expresión anodina se instaló en su rostro.

—Esto no está encantado.

—Sí, ahora lo sé. ¿Por qué hay un Arum en el sótano?

Luc avanzó a grandes zancadas, rozándome mientras miraba por las escaleras. Pasó un momento.

—La razón por la que te dije que no entraras en el sótano es que hay túneles subterráneos que permiten a los Arum viajar sin ser vistos. A veces suben a saludar cuando saben que estoy aquí.

Me quedé con la boca abierta.

—Bueno, eso suena perfectamente normal, Luc.

—No siempre están en el sótano, y no siempre es un problema. —Cerró la puerta y me miró—. No te lo he dicho porque creí que no vendría nadie y no quería que te asustaras.

Lo miré fijamente, bastante segura de que mi expresión resumía cada pensamiento de «¿Qué narices?» que pudiera tener.

—Pero, claro, debería haberme imaginado que estarías intentando activamente que te mataran y haberle puesto un cerrojo a la puerta.

—Vaya. Yo no estoy haciendo nada. —Salí de mi estupor—. La puerta se ha abierto sola. Yo no la he tocado, y si vuelves a decirme eso, voy a empezar a pensar que tú estás tratando activamente de que te maten a ti.

Entrecerró los ojos.

—¿Qué haces en la cocina a las dos de la mañana?

—No podía dormir —confesé, sorprendida al ver que su expresión se suavizaba un poco. La ignoré—. ¿Y qué haces tú en la cocina a las dos de la mañana?

—Tampoco podía dormir.

Me aparté el pelo de la cara.

—¿Y qué hacía un Arum en el sótano a las dos de la mañana?

Sus labios se crisparon al mirar la puerta cerrada del sótano.

—Puede que pasándose a ver quién estaba aquí.

—¿Crees que tal vez podrías haberme dicho que era posible que un Arum merodease por el sótano en lugar de ser tan impreciso?

A Luc se le desencajó la mandíbula.

—Ya. Veo que no se te ha pasado por la cabeza. En lugar de «No entres en el sótano», podrías haberme dicho: «Oye, a veces los Arum merodean por el sótano, así que no entres ahí».

—Pensaba que no entrarías en el sótano.

Dios mío, quería pisotearle la cara con el pie.

—Y no he entrado. Solo he terminado de abrir la puerta, y él ha subido las escaleras como si fuera algo salido de una maldita película de terror.

Luc arqueó una ceja.

—Creo que los Arum encontrarían esa descripción un poco ofensiva.

Me quedé con la boca abierta mientras la ira se cocía a fuego lento, mezclada con la frustración por todo.

—Da igual. No pienso hablar contigo.

—En realidad, ya estás hablando conmigo.

Levantando una mano, le di la espalda mientras pasaba a su lado.

—Háblale a la mano.

—Eso es muy maduro.

Levanté la otra mano y extendí el dedo corazón.

—Aquí tienes un dos por uno.

—Eso ni siquiera tiene sentido.

Al llegar a las escaleras, lo miré por encima del hombro.

—Cállate.

Se rio, se rio de verdad.

Haciendo todo lo posible por no subir las escaleras dando pisotones porque había gente durmiendo, me dirigí hacia el dormitorio con las manos cerradas en puños apretados. Entré.

—No me puedo creer que me hayas dicho que me calle.

Me di la vuelta y miré a Luc fijamente, que se encontraba en el pasillo, justo delante de mi puerta.

—No me puedo creer que pienses que me importa que te sorprendas. —Agarrando la puerta de la habitación, la empujé para cerrarla de un portazo—. Lucas.

Como si hubiera chocado contra un muro invisible, la puerta se detuvo a medio camino. Oh, vaya. Luc entró en la habitación, con una expresión de incredulidad y enfado.

Tal vez el uso de su nombre de pila completo ha sido un error.

Sin que nadie tocara la puerta, esta se cerró detrás de Luc con un suave chasquido. Cuando lo miré, parecía... asombrado. Como imaginé que se quedaría alguien la primera vez que viera una estrella fugaz.

—No puedo pensar en la última vez que alguien me dijo que me callara y no acabó con una marca de quemadura en el suelo.

—Oh, ¿no te lo había dicho antes? Por alguna razón, siento como si lo hubiera hecho, pero por si acaso, déjame repetírtelo. Cállate. Y déjame añadir algo más: lárgate.

Sus labios se separaron.

—Estás...

—¿Qué?

Se quedó callado mientras su mirada pasaba de mí a la mesita de noche, y me pregunté si estaba mirando a Diesel.

—Estás muy guapa cuando te enfadas.

—¿Sabes qué? Puedes irte…, espera. —Todo mi organismo se sobresaltó—. ¿Qué?

Luc inclinó la cabeza hacia un lado, dejando caer varios mechones de pelo.

—He dicho que estás muy guapa cuando te enfadas. Y también cuando estás ahí de pie. Incluso cuando estás triste. Y cuando estás feliz, estás arrebatadoramente guapa.

Me quedé en silencio absoluto. Mis manos se quedaron inmóviles.

—No esperaba que dijeras eso —repliqué, con la voz ronca. El aleteo estaba ahí, en lo más profundo de mi pecho, pero también había un crujido en mi pecho. Como si un mazo me golpeara las costillas. Una emoción cruda y potente se abalanzó sobre mí con la fuerza de un tren de mercancías a toda velocidad—. No me digas eso ahora. Es un mal momento.

—¿Un mal momento? Me gusta pensar que no hay un mal momento para decirle a alguien que está guapa —dijo en voz baja—. Sobre todo cuando muchas veces la gente, no importa si es humana o no, tiende a quedarse sin tiempo antes de decírselo a alguien.

—Joder —susurré.

La sensación de crujido se extendió, como un corte profundo. Me pasé las manos por la cara mientras el nudo de la emoción se hacía más grande, amenazando con ahogar todo pensamiento racional. Las lágrimas me quemaron la garganta y se me metieron en los ojos.

Se hizo el silencio y entonces los cálidos dedos de Luc me rodearon las muñecas.

—No he dicho eso para disgustarte.

No ha sido lo que ha dicho lo que me ha disgustado.

Tampoco ha sido cómo lo ha dicho.

Ha sido porque me ha hecho sentir y me ha hecho pensar, y ahora mismo, combinar esas dos cosas era peligroso.

Luc me apartó las manos de la cara con cuidado. No me soltó y, cuando abrí los ojos, los suyos me miraron con atención.

—Vas a necesitar desahogarte. No puedes seguir sin pensar ni sentir.

Apretando los labios, negué con la cabeza.

—Te quemará por dentro como una fiebre. Tienes que dejarlo salir.

Un sonido entrecortado resonó en el aire y tardé un momento en darme cuenta de que era yo quien había hecho ese sonido.

—Dijiste que era valiente y fuerte, y eso es lo que intento ser ahora. Necesito mantener la calma.

Bajó la barbilla. No estábamos a la altura de los ojos, no con lo alto que era, pero estábamos cerca.

—Eres valiente y fuerte, pero ahora te digo que no lo seas.

El pánico se apoderó de mí. No podía dejarlo salir, porque no podía enfrentarme a lo que le había pasado a mi madre, no ahora, pues entonces sería verdad y sería real.

Le solté las manos de un tirón.

—Estoy enfadada contigo, así que deja de intentar apoyarme. Es confuso.

Luc arqueó las cejas.

—¿Qué?

—¡Sí! Estoy enfadada y tú me estás confundiendo. Para empezar, te has comportado como un imbécil conmigo abajo. Yo no he abierto esa estúpida puerta del sótano, y tú has estado actuando raro, desde que... desde que ha ocurrido todo.

—Evie...

—Has estado distante, y sé que has pasado por cosas malas. Estoy tratando de ser comprensiva. Has perdido a Clyde y a Chas y al club, pero yo... —Se me quebró la voz y tardé un momento en volver a hablar—. He visto morir a mi madre delante de mí. Su sangre me ha empapado las manos y la ropa. Y no me importa que en realidad no fuera mi madre o que tuviera algo que ver con lo que me hicieron; ¡seguía siendo mi madre! No tengo ni idea de lo que está sucediendo en realidad, ni siquiera de lo que va a suceder dentro de cinco minutos. Y has perdido a gente que te importa, a la que has protegido y cuidado, y sé que te está doliendo, lo admitas o no. Quiero estar aquí para ti, pero me estás dejando fuera y no lo entiendo.

Cerró de golpe la boca mientras miraba hacia otro lado. No tenía respuesta, y eso no era suficiente. No ahora. No después de todo.

Di un paso hacia él, con las manos temblorosas.

—Me dijiste que no ibas a dejarme. Nunca más.

Giró la cabeza en mi dirección, con los ojos de un violeta impresionante.

—Y no lo he hecho.

—Sí que lo has hecho —susurré—. Mental y emocionalmente, me has abandonado por completo, y no entiendo lo que quieres de mí. Dices que solo puedo ser yo. Como si yo fuera lo único...

—Lo eres. —Estaba más cerca, a un metro de mí—. Eres la única para mí; siempre lo has sido. Estamos hechos el uno para el otro.

—Entonces, ¿por qué me has dejado fuera, Luc?

Apartó la mirada y volvió a negar con la cabeza.

Con el pecho encogido, sacudí la cabeza. No tenía espacio para esto, no después de todo lo demás.

—Vete. Por favor, vete. Es tarde, y yo...

—Todo esto es culpa mía —dijo, su voz tan baja que al principio no estaba segura de haberlo oído bien.

Pero lo había oído.

Me sobresalté.

—¿Qué?

—Todo esto es culpa mía. Todo, porque fui egoísta y débil y no podía soportar pensar en vivir en un mundo en el que tú ya no existieras.

Se me paró el corazón.

—Cuando ese cabrón de Jason Dasher me hizo la oferta de curarte a cambio de su vida, lo supe. En el fondo, sabía que tenía que haber gato encerrado, porque siempre lo hay, pero estaba desesperado. Hubiese hecho cualquier cosa, así que te llevé allí y acepté que te dieran Dios sabe qué. Luego me fui. Cumplí mi parte del trato y me fui mientras quién sabe qué te hacían. Todo esto es culpa mía, Evie.

La emoción me obstruyó la garganta.

—Luc...

—Y ahora mira. Me he asegurado de que vivieras, ¿y para qué? Para que experimentaras la destrucción de todo lo que creías saber sobre tu vida. Para que encontraras cadáveres y fueras el objetivo de un Origin. Para que vieras morir a tu madre y para que todo tu futuro te fuera arrancado y para que fueras perseguida por el más puro y pérfido mal, porque eso es Dédalo. Yo he provocado esto, y ha muerto gente. Eso es lo que he provocado. Eso es en lo que pienso cuando te miro, porque yo...

—Me has dado la vida —susurré.

Todo su cuerpo se estremeció.

—Eso es lo que has hecho. Te has asegurado de que viviera. No sabías que esto iba a ocurrir.

—Eso no importa. —Las pupilas de los ojos se le volvieron blancas—. Porque debería haberlo sabido. Que estaría cambiando tu muerte por...

—¡Por la vida! —repetí—. Sí, las cosas están bastante jodidas ahora mismo, pero si no hubieras corrido ese riesgo, no estaríamos aquí. No tendríamos esta segunda oportunidad, algo que muy poca gente tiene. La tenemos gracias a ti.

—¿Y esa segunda oportunidad lo eclipsa todo? ¿Lo que le ha pasado a Sylvia? ¿A ti? ¿Es...? —El aire lo sacudió—. No tiene importancia. Creo que no soy digno de ti.

Aquello me dejó atónita, y tardé un momento en darme cuenta de que ya había dicho algo parecido antes.

—¿Cómo puedes pensar eso?

—No lo pienso —respondió, bajando las gruesas pestañas—. Simplemente lo sé.

—Te equivocas. —Crucé la distancia que nos separaba. Se puso rígido y le acuné las mejillas con las manos—. Sí eres digno de mí, y ojalá no hubieran pasado todas estas cosas malas, pero no te culpo. Nunca podría culparte, porque creo que te quiero, y no quiero que te arrepientas de estar aquí conmigo...

Luc se zafó de mi agarre, su pecho subiendo y bajando con rapidez.

—¿Qué? ¿Qué es lo que has dicho?

Bajé las manos.

—He dicho que no quiero que te arrepientas de estar aquí conmigo.

—Eso no. —Ahora le brillaban por completo las pupilas—. Lo que has dicho antes de eso.

Repasé mis pensamientos, y yo... Dios mío, le había dicho que lo quería. Esas palabras habían salido de mi boca, una admisión de lo que ni siquiera me permitía reconocer. Una proclamación que no estaba preparada para sentir, pero sí para decir.

Porque era la verdad.

Me había enamorado de Luc, y ni siquiera sabía exactamente cuándo. Quizás fue en algún momento entre la primera frase terrible para ligar y las extrañas sorpresas que no tenían sentido. Quizás fue la primera vez que me besó en el armario de Presagio o la primera vez que me tomó de la mano.

O quizá siempre había estado enamorada de él, porque estaba segura de que lo había estado antes, aunque no pudiera recordarlo.

—Te quiero —declaré, temblando—. Estoy enamorada de ti, Luc.

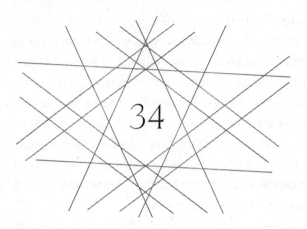

34

Luc se movió tan rápido que no lo vi. Solo supe que lo había hecho cuando su boca tocó la mía y sus brazos me envolvieron. El beso me cortó la respiración y luego el alma. La ferocidad me destrozó y me recompuso.

—Es como si hubiera esperado toda mi vida para oírte decir eso —dijo contra mis labios, mientras me deslizaba las manos por la espalda—. Ver tus labios moverse alrededor de esas palabras. Puede que no las merezca, pero soy codicioso. Sigo siendo egoísta. No puedes retirarlas.

—No lo haría —jadeé cuando me levantó y me dio la vuelta, llevándome a la cama para que estuviera en su regazo, a horcajadas sobre él—. Y tú me mereces.

Acercó las manos a mi cara. Sus dedos recorrieron mis labios y mi mandíbula y, durante un largo instante, se quedó mirándome y luego sus labios se posaron sobre los míos. Nuestros besos cobraron otra vida, se llenaron de una urgencia que nunca antes había experimentado. Me enderecé entre sus brazos y puse las manos sobre sus hombros. Bajaron por su pecho duro y quedaron atrapadas entre nosotros cuando me acercó más. Algo en la forma en la que me besaba me resultaba desesperado, incluso aterrador. Me besaba como si se nos acabara el tiempo.

En el momento en el que ese pensamiento me cruzó la mente, sentí la misma oleada desesperada, aunque me dije a mí misma que eso no era así. Me contoneé para liberar las manos y el gemido de Luc me enrojeció la punta de las orejas.

No aflojé el ritmo, aunque sabía que había muchas cosas en las que debíamos concentrarnos. Ambos necesitábamos estos minutos en medio de la confusión y la falta de respuestas, la sangre... y la muerte.

No sé si fue él, yo o los dos, pero sus manos, que estaban abriéndose y cerrándose, estaban en mis caderas, meciéndolas mientras me mordisqueaba los labios, la garganta. Después, los pequeños botones de mi chaqueta se desabrocharon y la tela se abrió, pero sus manos nunca se separaron de las mías.

Atónita, me aparté y miré hacia abajo, viendo un encaje rosa liso.

—Esto es un talento ingenioso.

—¿A que sí? —Punzadas de luz blanca llenaron sus pupilas mientras un lado de su boca se elevaba.

Su boca volvió a la mía y luego se alejó. El sendero de besos se abrió camino por mi garganta, sobre la pendiente de mi clavícula, y después más abajo, sobre un montículo. Sentí sus dedos a lo largo de mi hombro, enganchados bajo un tirante, guiándolo hacia abajo y hacia abajo hasta que la copa se aflojó y los dedos y los labios se deslizaron sobre la piel sensible. Lo mismo ocurrió con el otro tirante, con la otra copa, y se me puso la piel de gallina mientras echaba la cabeza hacia atrás y abría la boca en un jadeo agudo.

Luc levantó la cabeza y se enderezó. Tenía un brillo perverso en los ojos y una mueca atrevida en los labios mientras me contemplaba. Nunca me había expuesto así antes, y no sabía qué pensaba cuando me miraba, como si viera cómo el rubor se extendía desde mi cuello hacia abajo.

—Eres preciosa, Evie —dijo, con voz ronca y reverente—. Ya te lo he dicho, pero no importa. Ya sé que no te lo he dicho lo suficiente. Eres tan preciosa que me distraes. Perfecta. —Esos ojos se alzaron hacia los míos, y había una expresión de asombro en su rostro.

Puse las manos en sus mejillas y lo besé, esperando que de algún modo pudiera sentir lo que pensaba de él cuando sabía que las palabras no bastarían. Luc era digno, y eso no tenía nada que ver con todo lo que había hecho por mí, sino con lo que había hecho por innumerables Luxen, por Emery y Grayson, por Kent y Zoe, y muchos más.

Le tiré de la camiseta y él me obedeció, echándose hacia atrás y levantando los brazos para que pudiera quitársela por encima de la cabeza. La dejé caer sobre la cama y me empapé de su piel desnuda y dura.

No había moretones a la vista.

Luc estaba completamente curado de los tres disparos, pero de todas formas me incliné, besando cada punto en el que le habían dado. No necesitaba un moretón para saber dónde le habían disparado; recordaría esos lugares hasta que me muriera. Un centímetro por debajo del hombro derecho. En el centro, entre los pectorales definidos. Centímetros a la izquierda del corazón.

Oí su inhalación entrecortada mientras mis manos bajaban por su vientre, hasta su ombligo y luego hasta el botón de sus vaqueros, y aún más abajo. Sentí cómo hacía fuerza contra mi mano.

—¿Puedo?

—Sí. S-Í Por supuesto —respondió—. Sin lugar a dudas.

Una suave carcajada me abandonó mientras buscaba el botón de sus vaqueros y luego su cremallera, y cuando él no me detuvo, me envalentoné.

Al primer roce de mis dedos, su espalda se arqueó como si le hubiera quemado, y rompió el beso mientras todo su cuerpo se tensaba de una forma imposible. Abrí los ojos, preocupada por haber hecho algo mal.

Abrió la boca, la cerró y, por primera vez en su vida, pareció haberse quedado sin palabras.

Otra novedad para él.

Pasé los dedos sobre él mientras miraba hacia abajo, sonrojándome antes de volver a dirigirle la mirada.

—Tú también eres precioso y digno.

Sacudió la cabeza, con la mandíbula tensa.

—No entiendo cómo puedes pensar que no lo eres, y yo... no quiero que pienses eso. No me gusta.

Luc aspiró con fuerza.

—Dios. Evie, tú no... —Dejó caer la cabeza sobre mi hombro. Sus labios me besaron el cuello—. No tienes que hacer esto.

—Quiero hacerlo. —Enrosqué los dedos alrededor de su pelo mientras enroscaba mis otros dedos alrededor de él.

No era algo que hubiera hecho a menudo en mi vida. ¿Una vez, tal vez? No tenía ni idea de lo que estaba haciendo, pero basándome en la respiración de Luc, supuse que estaba haciendo algo bien.

Y cuando sus caderas se sacudieron, levantando su cuerpo y a mí de la cama, tuve la sensación de que no estaba para nada decepcionado.

Apoyé una mano en su pecho mientras él se inclinaba hacia atrás una vez más. Sus ojos brillantes me miraban a la cara y más abajo, donde se abría mi chaqueta y donde se movía mi mano.

Sus labios se entreabrieron mientras su pecho subía y bajaba con rapidez.

—Evie —gimió mi nombre, y algo... comenzó a suceder.

Las pupilas se le volvieron blancas, y bajo su piel aparecieron finas y tenues venas, por toda la cara y la garganta, e incluso más abajo. Una luz blanca brillaba en su interior. El aire a nuestro alrededor se cargó. La estática crepitaba alrededor de...

Luc se levantó, me agarró la nuca con una mano y me enredó los dedos en el pelo. Tiró y estiró, y nuestras bocas chocaron. Labios. Dientes. Lenguas. La energía crepitó, atravesándome. Él se hinchó y luego todo su cuerpo pareció endurecerse, cada músculo se tensó mientras jadeaba entre nuestros besos. El aire que nos rodeaba parecía electrificado, y entonces sentí que la tensión lo abandonaba con lentitud.

Luc me abrazó con fuerza, pero mantuvo un poco de espacio entre nosotros mientras seguía estremeciéndose debajo de mí, con su cuerpo grande y poderoso temblando. Cuando por fin se calmó, me aparté y abrí los ojos.

Me miraba como si nunca me hubiera visto antes, y era una mirada extraña en él, porque siempre me miraba como si supiera justo quién era. Había una suavidad en su rostro, y durante unos instantes nos quedamos mirándonos el uno al otro.

—Dame un segundo, ¿vale? No te muevas.

Cuando asentí, me levantó y me depositó en la cama mientras él se levantaba y desaparecía en el cuarto de baño. Aproveché el tiempo para arreglarme el sujetador mientras oía cómo abría el grifo.

Luc reapareció. Se sentó a mi lado, en silencio durante un largo instante.

—No tenías por qué hacer eso.

—Lo sé. —Lo miré—. Pero quería hacerlo.

—Te lo agradezco. Te lo agradezco mucho. Mucho mucho. —Una pequeña sonrisa apareció—. Yo nunca...

Arqueé las cejas.

—¿Nunca... qué?

Su mirada se encontró con la mía.

—Nunca he experimentado eso con alguien.

—Creía que habías dicho que habías hecho cosas.

—Cosas, sí. Pero nunca eso con alguien. —Levantó un hombro, sin vergüenza alguna de estar hablando de ese tema—. ¿Conmigo mismo? Sí. Más veces de las que probablemente quieras saber.

Una lenta sonrisa empezó a dibujarse en mis labios.

—Probablemente.

—Pero tú eres la primera. Sabía que podía sentirse así, pero... tampoco tenía ni idea. —Abrió la boca, la cerró y pareció intentarlo de nuevo—. No te he hecho daño, ¿verdad?

—No. —Me incliné hacia delante, besándole la mejilla—. ¿Por qué piensas eso?

—He perdido un poco el control ahí, por si no te diste cuenta. ¿La fuente? —Levantó la barbilla hacia la lámpara. Mis ojos se abrieron de par en par. Mierda, ¡estaba echando humo!

Sonreí, bastante satisfecha de haberle provocado eso.

Se acercó a mí y me devolvió el beso, lenta y lánguidamente. Sentí sus dedos rozándome el vientre.

—Sabes lo que esto significa, ¿verdad?

—¿Qué? —Fruncí el ceño.

—Si tú puedes jugar, yo también. —Me puso boca arriba, con los músculos moviéndose y flexionándose sobre la piel desnuda de sus hombros y brazos.

Oh.

Oh, Dios.

Luc me besó como si sorbiera de mis labios, y luego deslizó la boca por mi garganta, alrededor de la cadena de plata mientras tiraba del colgante de obsidiana en línea recta. Sus labios y sus dedos estaban en todas partes a la vez, tirando y acariciando, lamiendo y mordisqueando.

Cada punto de su pulso palpitaba mientras sus manos bajaban por mi ombligo hasta llegar a la cinturilla de mis pantalones cortos.

Hizo una pausa, levantando la mirada hacia la mía.

—¿Puedo?

Con el corazón acelerado, asentí.

Luc bajó la cinturilla un centímetro.

—Tengo que oírte decirlo, Melocotón.

—¿En serio?

Se le levantó un lado del labio.

—En serio.

—Sí —dije—. Puedes.

—Entonces allá voy. —Me besó la piel debajo del ombligo, y entonces lo hizo.

Un estremecimiento me recorrió las venas cuando levanté las caderas y lo ayudé a quitarme el pantalón corto, balanceándome hacia atrás mientras lo hacía. Cayó al suelo. Aunque él aún llevaba los vaqueros, no tenía nada más que quitarme a mí.

—Tengo una pregunta muy importante —dijo, mirándome fijamente, con los labios entreabiertos—. ¿Tienes idea de lo mucho que me desarmas?

Se me oprimió el pecho y luego se me hinchó.

—¿Cómo... cómo puedo... desarmarte?

Las puntas de sus dedos recorrieron el pliegue entre mi muslo y mi cadera, haciendo que se me entrecortara la respiración.

—De una forma muy especial. —El aire se me atascó ahora en la garganta por una razón totalmente distinta.

Me bajó el dedo por el muslo y le vi bajar la cabeza. Su pelo rozó la piel bajo mi ombligo. El corazón se me subió a la garganta.

—Yo... nunca he hecho esto antes —susurré, abriendo y cerrando las manos sobre las sábanas.

Su boca siguió a su dedo.

—Yo tampoco.

—Eso... eso parece mentira. —Todo mi cuerpo se estremeció al sentir sus labios sobre mi piel—. Parece que sí sabes lo que haces.

—De verdad que no. —Separándome las piernas, se acomodó allí—. Solo lo hago como creo que se debe hacer. —Su cálido aliento bailó sobre una parte extraordinariamente sensible mientras me deslizaba un dedo por el muslo—. ¿Lo estoy haciendo bien?

—Yo... yo creo que sí.

—¿Eso crees? —Su dedo se acercó mientras hacía otra caricia por donde yo palpitaba—. Voy a tener que hacerlo mejor que «creo que sí».

Me parecía correctísimo.

Se rio y supe de inmediato que había captado mis pensamientos. Acercó de nuevo el dedo antes de alejarlo. Mis caderas se levantaron por instinto, en un silencioso impulso.

—¿Sabes a qué me recuerda esto? —dijo, levantando su mirada hacia la mía una vez más.

Con la respiración entrecortada y superficial, sacudí la cabeza.

—Cuando estabas pensando en querer abrazarme como un...

—Calla —dije.

—Pulpo...

—Luc.

—Cachondo —terminó.

—Te odio.

—No, de eso nada. —Luc me dedicó una sonrisa entonces, y fue real y hermosa, suavizando las duras e impactantes líneas de su rostro—. Me quieres.

Y entonces volvió a sorber de mí, esta vez de mi piel, y cada parte de mí sufrió un cortocircuito.

Su lengua. Sus dientes. Sus manos. Me movía con él, rozándome y retorciéndome, jadeando. Aceleré el ritmo mientras mis dedos se hundían en su pelo suave y rebelde. La tensión me atenazaba. Todo en mí se volvió frenético. Mis jadeos. La forma en la que me movía. Los sonidos que salían de mí. La forma en la que dije su nombre, una y otra vez, y entonces fue como cuando toqué la fuente. La electricidad onduló sobre mi piel. La luz me llenó y Luc me acompañó a través de las olas, hasta que mis piernas flaquearon y mis dedos se soltaron de su pelo.

Luc se relajó y se estiró a mi lado. Me rodeó la cintura con un brazo y acercó mi cuerpo a su pecho. La manta se dobló sobre nosotros y supe que él no la había tocado.

—Eres un vago —murmuré.

—Solo estás celosa.

—Pues sí.

Luc se quedó callado un momento.

—Debería haberlo sabido.

—¿El qué?

Besó el espacio debajo de mi oreja.

—Debería haberlo sabido cuando vi a Diesel.

Por un momento no supe de qué hablaba, pero mi mirada se desvió hacia el rostro sonriente de la roca ovalada.

—Debería haber sabido entonces que me querías.

35

Luc y yo nos quedamos tumbados en calor y silencio durante un rato, sus dedos trazando formas vagas a lo largo de mi vientre. Un círculo alrededor de mi ombligo. Un triángulo sobre él. Una carita sonriente cerca de mi cadera mientras mis pensamientos revoloteaban de una cosa a otra, huyendo de las cosas que romperían la paz que había invadido mi alma.

—Acabo de darme cuenta de que no te he preguntado por el Arum —dijo Luc, hundiendo los dedos sobre la curva de mi cintura—. ¿Ha dicho o ha hecho algo?

—La verdad es que no, pero... —Me puse boca arriba, haciendo que las mantas se deslizaran sobre mi pecho, y sus dedos se dirigieron al centro de mi vientre una vez más—. En realidad, habló... en mi mente.

En su boca bien formada comenzó a aparecer una mueca.

—Así es como se comunican cuando están en su verdadera forma. ¿Qué te ha dicho?

Me estremecí al recordarlo.

—Me ha dicho que yo no era... normal. Y no es la primera vez. Lore, el otro Arum, dijo lo mismo.

Entrecerró los ojos.

—¿Qué?

Me di cuenta de que no le había contado a Luc lo que Lore había dicho cuando me vio fuera de la discoteca.

—Lore me preguntó qué era yo. Como si percibiera algo raro en mí. Pensé que era por el suero Andrómeda, pero ahora...

—No podría haber sido capaz de sentir el suero. —La pereza desapareció de sus facciones mientras me miraba fijamente—. Y no deberías haberlo oído hablar.

Lo digerí.

—¿Sabes? Sonaba como Sarah, ¿y recuerdas cuando la oí hablar? Dijo que le habían hecho algo, y nadie más lo oyó. Tal vez porque estaba en mi cabeza, igual que el Arum. Sé que parece una locura, pero...

—No lo es. —Inclinó la cabeza hacia abajo, rozándome la frente con los labios—. Es que todavía no sé lo que significa. Todo lo que considero es imposible. —Los músculos de su brazo se le tensaron—. O no tiene sentido.

Observé las sombras que parpadeaban en su rostro.

—No te gusta no saber, ¿verdad?

Resopló.

—¿Tan obvio es?

—Muchísimo.

Apareció una breve sonrisa.

—No estoy acostumbrado a no saber, Melocotón. No es un superpoder, ¿sabes? Cómo sé las cosas. Puedo leer los pensamientos, así que hay pocas cosas que estén ocultas para mí.

A mí me parecía un superpoder.

—Cuando me reuní con Jason y Sylvia, indagué en sus pensamientos. No fue fácil —añadió al cabo de un momento—. Ambos tenían los escudos levantados. Sabían que podía leer sus pensamientos, así que tuvieron cuidado.

—¿A qué te refieres con «escudos»?

—Muchos de los que trabajaban en Dédalo, en especial los que participaron en el desarrollo de los Origin, aprendieron a bloquear sus pensamientos. Sobre todo por desviación, pensando en cosas aleatorias, pero otros podían hacer que pareciera que sus cabezas estaban simplemente... vacías. A Jason y a Sylvia se les daba muy bien, pero nadie es perfecto. Ni siquiera ellos. Miré en sus cabezas y no encontré nada que me hiciera pensar...

Que le hiciera pensar que me iban a convertir en un experimento.

No tuve que leerle la mente para saber a dónde habían ido a parar sus pensamientos. Me puse de lado, frente a él, y luego me acurruqué contra él, forzando su barbilla hacia arriba mientras apoyaba la mejilla en su pecho y movía un brazo debajo de la manta, alrededor de su cintura. Él me acercó aún más, enredando sus piernas con las mías.

—Luc —susurré al cabo de unos instantes.

—Dime, Melocotón.

—Gracias.

—¿Por qué me das las gracias?

—Por estar aquí. —Le besé la cálida piel de su pecho—. Gracias por estar aquí.

El sol acababa de salir cuando Luc se levantó de la cama, despertándome. Abrí los ojos cargados por el sueño.

—¿Te vas?

—Grayson quiere verme —murmuró y después me besó la comisura de los labios mientras se deslizaba sobre mí—. Todo está bien. Vuelve a dormirte.

Empecé a levantarme, pero su mano en mi mejilla me detuvo.

—Es temprano —dijo, con sus ojos violetas que se encontraron con los míos y los sostuvieron—. Tienes que descansar.

Fue casi como si sus palabras me obligaran, porque me volví a tumbar y me quedé dormida antes de que saliera de la habitación. Cuando abrí los ojos de nuevo, la habitación estaba llena de una luz brillante y cálida, y la cama estaba vacía. Tardé un par de segundos en recordar que Grayson había llamado a Luc. ¿Había llamado a la puerta y yo estaba tan profundamente dormida que no me había despertado hasta que Luc se había levantado? Dudaba que Luc hubiera dejado entrar a Grayson en la habitación.

Pensé en la noche anterior y me quedé atrapada entre la euforia y el dolor, sintiéndome completa y vacía a la vez. Era un lugar extraño para estar, teniendo la alegría desgarradora de darme cuenta de lo que sentía por Luc, admitirlo y ver cómo le había afectado, y también tratando de procesar la pérdida de mi madre, de la vida tal y como la conocía.

Pero podía afrontarlo. Sabía que podía, como Evie y como Nadia.

Cuando me levanté, tenía los músculos menos acalambrados y adoloridos, y supuse que eso tenía que ver con que por fin había descansado un poco. Quizás demasiado. Eran casi las once de la mañana.

Me preparé a toda prisa, me di una ducha rápida y me puse unos vaqueros y una camiseta suelta de rayas rosas y blancas que ni siquiera recordaba tener en el armario.

Al girarme hacia la puerta, di un paso y me tropecé cuando el suelo se balanceó bajo mis pies y las paredes se tambalearon. La casa se movía... No, la casa no. Era yo.

El aire entraba y salía de mí mientras me doblaba. Me invadió un fuerte mareo, me agarré las rodillas y cerré los ojos.

Una luz blanca estalló detrás de mis ojos. No sentí dolor, solo estática, hasta que se formó una imagen mía sobre un cuerpo. El cuerpo de un niño no mayor que yo. Le salía tinta negra de las orejas y la nariz mientras yo permanecía allí... esperando nuevas instrucciones.

«Impecable», dijo él. «Estoy muy orgulloso de ti. Ha sido absolutamente impecable, Nadia».

La imagen se desvaneció y la casa dejó de moverse. El mareo se disolvió. Abrí los ojos despacio y, cuando no sentí que iba a vomitar, me enderecé.

¿Qué demonios había sido aquello?

¿Un recuerdo? Si es así, ¿de qué? Porque parecía y sonaba como si yo... hubiera matado a alguien.

Me habían dado la enhorabuena por ello.

Y me habían llamado Nadia.

Secándome las palmas sudorosas en las caderas, di un paso hacia la puerta y luego otro. Sabía que la voz que tenía en la cabeza no era la de Luc. Había sido la que seguía oyendo en aquellos recuerdos breves y aleatorios, y nadie me llamaba Nadia, excepto Luc.

Tenía que decírselo de inmediato, porque aquello tenía que significar algo.

Salí del dormitorio, me apresuré a bajar el pasillo y estaba a medio camino de las escaleras cuando oí la voz de Luc.

—¿Cómo está Katy? —estaba preguntando.

—No muy contenta de que no esté con ella. Va a dar a luz cualquier día de estos, así que tengo que volver a casa —respondió al instante una voz grave que reconocí. «Daemon»—. Pero eso ya lo sabías cuando me mandaste el mensaje.

Apreté los labios. La última vez que había hablado con Daemon, me había dicho que no volvería a dejar a su mujer, pero ahí estaba.

—Necesitaba vuestra ayuda —fue la respuesta de Luc—. La de todos vosotros. No pido eso a menudo. —Hubo una pausa—. Nunca la he pedido, a decir verdad.

—Y por eso estamos aquí —replicó Daemon—. Además, Kat está emocionada porque va a poder verte.

—Será estupendo pasar algún tiempo con ella —dijo Luc—. No puedo decir lo mismo de ti.

Daemon soltó una risita, aparentemente indiferente a la afirmación de Luc.

—Y yo que pensaba que te encantaba pasar tiempo conmigo.

—Preferiría tragarme programas de política en la tele que pasar el rato contigo. —Hubo otra pausa—. Contigo no, Dawson. Contigo sí que me gusta pasar el rato.

Hubo un resoplido, y luego otra voz se entrometió, una ligeramente áspera.

—¿Y yo qué?

—Ni siquiera puedo pasar por delante del Olive Garden por tu culpa, y me encantaban sus champiñones rellenos, así que no, no me alegro de verte —contestó Luc mientras bajaba otro escalón.

—Creía que no ibas a volver a sacar el tema —afirmó la voz ronca. Aquella voz me resultaba vagamente familiar.

—¿Qué pasó en el Olive Garden? —preguntó Zoe.

—Bueno... —empezó Luc—. Digamos que Archer se toma las cosas de forma demasiado literal. De todos modos, ¿por qué habéis tardado tanto en llegar aquí?

—Me metí en problemas a las afueras de Texas —respondió Daemon—. La verdad es que vi un jaleo de los grandes.

Llegué al principio de la escalera, en silencio, mientras observaba a todos los presentes.

Zoe estaba sentada en el borde del sofá y Luc estaba de pie ante la televisión colgada de la pared, con los brazos cruzados. Entre la forma en la que se me revolvió el estómago al verlo y el aleteo de mi pecho, me sentí como si tuviera alas.

Aparté la mirada de él y la volví a posar en los dos tipos altos y morenos que estaban el uno al lado del otro. Tenían el cabello ondulado y los ojos del color de las joyas de esmeralda, y sus caras podrían haber protagonizado un millón de fantasías por todo el mundo. Uno de ellos, el del pelo más corto, sonreía. Tenían hoyuelos.

Hoyuelos.

Gemelos Luxen. Había visto a Daemon y a Dawson por separado, pero verlos ahora era un poco desconcertante. Tardé un momento en darme cuenta de cuál era Dawson. Tenía el pelo más largo, si no recordaba mal.

No estaban solos.

Tendido en el sofá, como si siempre hubiera estado allí, había un hombre de pelo rubio arena al que ya había visto una vez. Archer.

Luc se volvió hacia mí. Nuestras miradas se encontraron. Sus ojos se abrieron de par en par.

—Evie...

Sucedieron varias cosas a la vez.

Uno de los gemelos soltó una palabrota.

—¡Mierda! —exclamó Archer. Se incorporó y su rostro perdió el color tan rápido que me preocupó que pudiera desmayarse. ¿Los Origin podían desmayarse? Miré detrás de mí, casi esperando que Pie Grande estuviera allí.

Pero no había nadie.

La comprensión se filtró en el rostro de Zoe, que palideció mientras se ponía de pie.

—Madre mía. —Archer se levantó, girándose hacia donde estaba Luc—. Madre mía, Luc.

—Te he escuchado la primera vez, Archer —espetó Luc—. Y yo sugeriría que todo el mundo se lo piense muy bien antes de reaccionar de manera exagerada o de decir algo. Puedo explicarlo. —Hubo una pausa—. Tal vez.

—¿Qué está pasando? —pregunté, empezando a ponerme nerviosa.

Archer volvió a mirarme. Abrió la boca.

—Lo digo en serio. —Las pupilas de los ojos de Luc se volvieron blancas.

Archer cerró la boca.

Al bajar del rellano, me quedé quieta porque todos los demás se detuvieron.

—Daemon... —Su hermano dio un paso a un lado.

Daemon siguió la mirada de su hermano. Inclinó la cabeza hacia un lado mientras me miraba. Las venas bajo su piel se volvieron blancas.

—¿Qué narices, Luc?

Luc se movió tan rápido como un rayo. En un abrir y cerrar de ojos, se interpuso entre Daemon y yo. La tensión se desprendía de Luc, cargando el aire de estática.

—Atrás, Daemon.

—¿Atrás? —La incredulidad retumbó en la voz de Daemon—. ¿Qué demonios es, Luc?

—¿Yo? —chillé. ¿Estaba hablando de mí?—. Nos hemos visto un par de veces. ¿No te acuerdas?

—Me acuerdo, pero la última vez no tenías ese aspecto —respondió, la luz blanca extendiéndose por sus mejillas, bajando por su garganta mientras Zoe se movía, corriendo alrededor del sofá y acercándose al hueco de la escalera.

—¿Qué aspecto? —Agarré la parte trasera de la camiseta de Luc, tirando de ella—. ¿Qué aspecto es el que tengo?

—No pasa nada —contestó, poniéndome una mano en la cadera—. Y pasará aún menos en cuanto Daemon retroceda de una maldita vez.

Un resplandor blanquecino rodeó a Daemon.

—¿Qué has hecho, Luc? —preguntó—. ¿Así es como la salvaste?

Solté un grito ahogado.

—Lo que estoy a punto de hacer va a ser algo muy malo —advirtió Luc. Una luz blanca y crepitante le surgió de los nudillos, chisporroteando en el aire—. Permíteme recordártelo, Daemon. Puede que tú seas un alfa, pero yo soy el omega. Retrocede o alguien se enfadará mucho conmigo, y ese alguien se llama Katy. Y ella me cae bien. Mucho. No quiero hacerla llorar.

—¿Me estás amenazando? —Daemon sonaba incrédulo.

Luc pareció crecer en altura. El aire de la habitación abierta se volvió pesado, sofocante. Un trueno sacudió las paredes y me aparté de Luc, con los ojos desorbitados.

—Daemon —dijo Archer en voz baja, alternando la mirada entre Luc y yo—. Ella no puede ser una amenaza.

—Eso no es lo que me parece a mí —gruñó el Luxen—. ¿Y quieres que la traigamos de vuelta con nosotros? ¿Estás loco, Luc? No voy a traerla de vuelta donde Kat y mi hijo...

Luc salió disparado hacia delante. Grité, pero fue demasiado tarde. En un segundo, Luc estaba de pie frente a mí, y al siguiente estaba golpeando a Daemon contra la pared con una mano plantada en el centro del pecho del Luxen. La pared de yeso se elevó por los aires cuando Luc se levantó del suelo, llevándose a Daemon con él.

Dios mío...

—Tú, Kat y tu hijo no estaríais aquí si no fuera por mí. —Torrentes de luz blanca se enroscaron en el aire, extendiéndose alrededor de Luc como las alas de un ángel. Las paredes de la casa gimieron bajo el poder que se concentraba en la habitación—. Después de todo lo que he hecho por ti y por los tuyos, ¿me abandonas cuando te necesito?

Daemon alzó las manos, pero se estrellaron contra la pared. Los tableros de yeso se derrumbaron bajo ellas.

—¿Y pondrías todo mi mundo en peligro? —gruñó, con los tendones del cuello tensos mientras luchaba por levantar la cabeza de la pared—. ¿Tan egoísta eres?

—Ya deberías saber la respuesta —gruñó Luc—. Lo soy.

—¡Para! —grité mientras Archer agarraba a Dawson, alejándolo de Luc y de Daemon—. ¡Luc! ¡Detente!

—Ella no supone un peligro para ti o para Kat —dijo Luc—. Y necesita ayuda.

Empecé a acercarme a ellos, pero una ráfaga de viento me hizo retroceder varios pasos. Me quedé con la boca abierta.

—¡Luc!

—No te acerques a nosotros, porque como Daemon mire en tu dirección, se acabó —me advirtió Luc, y apenas reconocí su voz.

—No sé qué está pasando, pero tienes que calmarte —le dije mientras Daemon luchaba contra el agarre de Luc—. ¡Por favor! Tenéis que calmaros los dos. Porque estoy empezando a asustarme.

La estática cargó la habitación, haciendo que el aire se volviera pesado. Entonces la luz desapareció de la cara de Daemon.

—Lo siento.

Luc lo miró un momento y después lo soltó. El Luxen aterrizó con agilidad sobre sus pies. El tenso silencio se prolongó mientras Luc bajaba.

—Casi cometes un terrible error —advirtió Luc—. Asegurémonos de que no vuelvas a hacerlo.

Los labios de Daemon se torcieron en una mueca mientras se hacía a un lado y, una vez más, quedé en su campo de visión durante un breve segundo. Luc siguió sus movimientos, bloqueándolo.

En ese momento se abrió la puerta y allí estaba Kent, con una enorme caja blanca en la mano.

—Traigo dónuts... —Bajó la caja y contempló la escena—. ¿Qué me he perdido?

—Quédate ahí —dijo Zoe, y Kent le hizo caso.

Daemon dio otro paso atrás.

—No voy a hacer nada, Luc. Solo tengo mucha mucha curiosidad por ella.

Aliviada porque ya no parecía que Luc fuera a matar a Daemon, alcé las manos.

—¿Alguien va a decirme qué demonios está pasando y por qué todos me miráis así?

—Tus ojos. —Luc se volvió hacia mí—. Es por tus ojos.

—Mis ojos... —Me quedé sin palabras cuando lo comprendí todo. Me acerqué al espejo rectangular que se encontraba sobre la chimenea y sí, tenía los ojos negros con las pupilas blancas—. Madre mía, no sé por qué están haciendo esto. —Me giré y Luc estaba allí—. Me he mareado en el dormitorio y he tenido un recuerdo. Venía a contártelo.

—¿Qué has recordado? —preguntó, agarrándome las muñecas mientras me buscaba los ojos.

Intenté concentrarme en él, consciente de que todo el mundo estaba escuchando.

—Me vino de repente, pero él me llamó Nadia, Luc. En el recuerdo, usaba ese nombre, y no tiene sentido. —Respiré de forma entrecortada—. ¿Todavía tengo los ojos raros?

Un músculo se tensó a lo largo de la mandíbula de Luc mientras asentía.

—Supongo que esto ya ha ocurrido antes —afirmó Dawson.

—Sí —respondió Zoe, mirándome fijamente—. En una ocasión.

—La verdad, creo que deberíais empezar a contarnos qué narices ha pasado —dijo Archer, con los brazos cruzados sobre el pecho—. Lo único que sabemos es que han asaltado Presagio y que necesitabais nuestra ayuda. Eso es todo.

—Es una larga historia —contestó Luc—. Pero lo esencial es que había algo en el suero Andrómeda que le dieron a Evie cuando estaba enferma. No sé lo que es.

—Espera. ¿Que no sabes lo que es? —Daemon parpadeó una vez y luego otra—. ¿En serio?

—Sí.

—¿De verdad? —insistió Daemon.

Luc miró por encima del hombro.

—Sí, Daemon. No sé qué diablos es lo que le han dado, porque es obvio que me mintieron.

—Vaya. —Daemon sonrió, y entrecerré los ojos—. Esta es la primera vez.

—De todas formas —soltó Archer—, no estaba así la última vez que la vimos.

—Fue por April. Una chica de mi instituto. ¿Te acuerdas de Sarah? —Me volví hacia Dawson, y él asintió—. Creemos que April era como Sarah. Mutó en algo que nunca habíamos visto antes. April mataba a humanos e inculpaba a los Luxen por ello. Casi mata a Heidi, nuestra amiga. —Miré a Zoe mientras Luc se colocaba a mi lado, con su mirada de halcón clavada en Daemon—. En fin, ella tenía un control remoto. Lo pulsó y, no sé, desbloqueó algo que había en el suero. Me convirtió en una especie de asesina durante dos segundos y me puso los ojos así, pero eso es todo. Sigo siendo Evie... o Nadia... o quien sea. No sabemos qué ha pasado.

—¿Un control remoto? —preguntó Daemon.

—Sí —respondió Luc—. Esta chica lo llamó «onda Cassio». Tengo el control remoto. Pensaba ver si Eaton tenía alguna idea.

No tenía ni idea de quién era Eaton; era la primera vez que oía ese nombre.

Archer maldijo en voz baja mientras miraba a los gemelos.

—¿Qué? —gritó Luc—. Creo que vosotros tres sabéis algo que puede explicar la reacción exagerada de Daemon.

—No ha sido una reacción exagerada —repuso Daemon, y Luc movió la cabeza en su dirección. El Luxen levantó las manos—. ¿Te acuerdas que te he dicho que hemos tenido problemas y que por eso nos hemos retrasado? Nos hemos topado con esta... cosa cerca de la frontera entre Luisiana y Misisipi.

¿Cosa? Esto me daba muy mala espina.

—Parecía humano, y se sentía humano —explicó Dawson, mirándome—. Lo vimos en un área de descanso. Archer tenía que ir al baño.

—Porque tiene la vejiga de un niño de dos años —murmuró Daemon, y Archer se encogió de hombros.

Dawson continuó:

—Pensé que era un tipo humano normal, pero luego fue directo hacia mí. Intentó arrancarme la cabeza.

—Nunca había visto nada igual, y sabéis que he visto muchas cosas —dijo Archer, sentándose de nuevo frente a Kent—. El tipo era como una maldita máquina. Tuvimos que derribarlo entre los tres, y nos costó hacerlo.

—Un disparo en la cabeza —añadió Dawson—. Fue la única forma en la que pudimos matarlo.

—¿Como a un zombi? —bromeó Kent desde donde estaba con su caja de dónuts.

Una breve sonrisa apareció en el rostro de Dawson.

—Sí, como a un zombi.

—Tenía los ojos como los de Evie. Negros con pupilas blancas.

—¿Se parecía a un Arum? —pregunté—. ¿Como si estuviera hecho de humo o algo así?

La mirada de Dawson encontró la mía.

—Parecía un Arum, pero no lo era.

Inspiré con dificultad mientras miraba a Luc.

—Bueno, esto se pone cada vez más interesante. —Kent, que seguía junto a la puerta, abrió la caja y sacó un dónut—. Para que todo el mundo lo sepa, tus ojos están empezando a asustarme de verdad, Evie Bebi.

—¿Cómo dices? —solté—. La verdad es que no tengo control sobre ello. No tengo ni idea de por qué están así.

Kent le dio un mordisco al dónut.

—La última vez que tus ojos se pusieron así fue después de que April usara lo de las ondas sonoras —dijo Grayson, y fue la primera vez que me di cuenta de que estaba en la casa. Estaba de pie en la cocina y no tenía ni idea de cuánto tiempo llevaba allí—. Eso no fue lo único que pasó.

Asentí.

—Sí, también me convertí en Terminator.

—¿Y ahora eres Terminator? —Kent le dio otro mordisco a su dónut.

—No... no me siento diferente —contesté, volviéndome hacia Luc mientras florecía la ansiedad—. A ver, me siento normal excepto por los ojos.

—¿Te duele la cabeza? —preguntó—. ¿O algo así?

Sacudí la cabeza.

—Solo estaba muy mareada, pero ahora me siento normal.

Luc se inclinó hacia abajo, rozándome la frente con los labios mientras su mirada se encontraba con la de Grayson.

—Quiero que salgas. Asegúrate de que no haya nadie cerca...

Se oyó un crujido, como si un guijarro hubiera golpeado una de las ventanas, y el dónut a medio comer resbaló de los dedos de Kent.

Un escalofrío me recorrió la espina dorsal mientras una escena horriblemente familiar se desarrollaba ante mí. Rojo, rojo brillante salpicó el aire mientras todo el cuerpo de Kent se sacudía hacia atrás. Los gemelos y Archer se giraron, el último se pasó una mano por la cara. El rojo también estaba allí, en sus mejillas y ahora en su mano, y el cabello azul de Kent se volvió oscuro, y la mitad de su cabeza había desaparecido, completamente...

Joder.

«Mierda...».

Kent estaba muerto antes de caer al suelo.

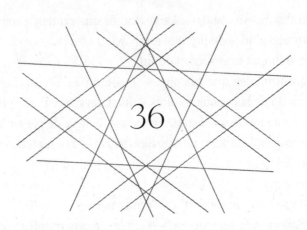

36

Creía que estaba gritando, pero no era yo. Era Zoe. Pasó a mi lado a una velocidad de vértigo, llegando al lado de Kent mientras Grayson salía disparado de la cocina, pero era demasiado tarde.

—¿Qué narices? —Daemon gritó un segundo antes de cambiar a su verdadera forma. Un instante después, Dawson se le unió. Eran dos luces brillantes con forma humana.

Empecé a acercarme a Kent aturdida, pero Luc me atrapó con un brazo alrededor de la cintura. Me levantó y me dio la vuelta. La habitación se volvió borrosa cuando la ventana delantera estalló.

Los hombres entraron propulsados, con los pies por delante, y aterrizaron apuntando con sus rifles de gran calibre. La puerta salió volando de las bisagras y se estampó contra la pared. Le siguió la puerta trasera, que se estrelló contra la cocina. Hombres con un equipo táctico entraron en la casa junto con la lluvia, con las armas desenfundadas.

No eran armas normales.

El terror se apoderó de mi respiración mientras agarraba el brazo de Luc, reconociendo las armas modificadas con pulso electromagnético.

Los hombres se dispersaron enseguida, apuntando con sus armas a todos los seres vivos de la sala. Podrían matar fácilmente con solo apretar el gatillo. Mi mirada salvaje recorrió la habitación mientras Luc me estrechaba contra su pecho. Archer tenía las manos en los costados. Los gemelos estaban volviendo a su forma humana; cada uno de ellos tenía un arma apuntándolos. Zoe y Grayson se estaban poniendo de pie con la furia grabada en el rostro.

Todos los hombres, más de una docena, llevaban el mismo tipo de pasamontañas que los hombres que habían entrado en mi casa. Era el mismo grupo que nos había seguido hasta la casa de Columbia. Nos habían encontrado aquí.

Uno de los hombres habló.

—Lo único que queremos es a la chica.

El aliento de Luc bailó sobre mi mejilla.

—A riesgo de sonar cliché: por encima de mi cadáver.

—Eso se puede arreglar fácilmente.

Me tensé.

El pecho de Luc retumbó contra mi espalda mientras se reía.

—Sí, bueno, no os va a resultar tan fácil.

—A ver, podemos hacerlo por las buenas o por las malas. —El hombre que estaba hablando inclinó la cabeza hacia un lado—. Preferimos por las buenas. Danos a la chica, o vamos a empezar a matar a cada uno de ellos, uno por uno.

El aire crepitó alrededor de Daemon.

—Y tal vez os carguéis a algunos de nosotros en el proceso —añadió el hombre, con una voz inquietantemente calmada—. Pero sin duda acabaremos con algunos de vosotros. ¿Estáis dispuestos a arriesgaros?

Sabía la respuesta de Luc a eso. Sí, se arriesgaría.

El corazón me latía con fuerza mientras miraba el arma que apuntaba a Zoe. Era rápida, increíblemente rápida, pero ¿sería lo bastante rápida? ¿O sería como Kent? ¿Desaparecería antes de tocar el suelo? Lo mismo ocurriría con Grayson, y aunque estaba segura de que seguía odiándome, no quería verlo morir. ¿Y los demás? No los conocía mucho, pero me caían bien cuando no parecían tenerme miedo, y quería que volvieran a casa con sus familias, con sus mujeres embarazadas.

Me estremecí mientras me ardía la garganta. ¿Y Luc? Lo quería, estaba enamorada de él, no podría soportar que muriera.

No podría soportar que más gente muriera por mi culpa.

Y algunos de ellos o todos estaban a punto de morir por mi culpa. Estas armas los matarían a todos. Un asombroso descubrimiento salió a la luz. Solo había una manera de salir de esto para mí.

—Dadnos a la chica y todos saldréis de aquí —volvió a repetir el hombre—. Vivitos y coleando.

Los dedos de Daemon se crisparon a su lado.

—Ahora tengo mucha curiosidad por saber por qué todos vosotros querríais a una chica humana y nos dejaríais vivir a nosotros.

Estaba bastante segura de que a estas alturas Daemon sabía que yo no era una humana corriente, pero se estaba haciendo el tonto.

El hombre que estaba hablando no nos quitaba los ojos de encima a Luc y a mí.

—No tenemos problemas con los Luxen ni con los Origin.

Me quedé sin aliento cuando los ojos de Zoe se abrieron de par en par.

—Bueno, es obvio que no trabajáis para el gobierno, entonces —respondió Daemon, con un tono casual.

La energía aumentó en el interior de Luc. Podía sentirla zumbando a través de él. Su cuerpo vibraba de poder. Se movió ligeramente y reconocí mi oportunidad cuando la tuve. Aflojó el brazo y me colocó detrás de él. Tuve segundos para decidirme, pero no los necesité.

Pensé en Kent tirado en el suelo.

Pensé en mi madre.

Pensé en Chas y en Clyde y Dios sabe cuántos más que habían muerto por mi culpa. Y pensé en cómo Luc me había salvado la vida, probablemente más veces de las que yo podría imaginar, y en que ahora era el momento de que yo le salvara la suya.

Me solté de un tirón y solo pude ver la cara de asombro de Luc.

—¡Vale! —grité, levantando las manos—. Ya me tenéis. Estoy aquí mismo. No tenéis que hacerle daño a nadie.

El horror llenó los ojos de Zoe.

—Evie.

—No pasa nada. —Di un paso hacia delante, hacia el hombre que había hablado—. Todo va a salir bien.

Sabía que no sería así.

Sabía que no iría bien cuando uno de los hombres me agarró del brazo y tiró de mí hacia delante. Sabía que las cosas no iban a salir bien cuando me empujaron hacia la puerta abierta. Sabía que había muchas posibilidades de que siguieran intentando matar a todos los presentes, pero tenía que hacer algo. No podía quedarme al margen por más tiempo.

Me zumbaban los oídos mientras ponía un pie delante del otro. Un entumecimiento se apoderó de mí cuando salí al porche.

Luc no dijo ni una palabra, pero aún podía sentir el inmenso poder que se acumulaba detrás de mí, tensando los cimientos de la casa.

Tres hombres más esperaban allí. Uno se adelantó y me agarró el otro brazo con fuerza. Quería decir algo sarcástico mientras me arrastraban fuera del porche. Quería demostrar que era valiente y que no tenía miedo, pero temblaba tanto que no podía articular ni una sola palabra.

La lluvia me empapó el pelo, tirando de los mechones mientras caminaba con las piernas débiles. Esto estaba ocurriendo de verdad, y sabía lo que me esperaba. No me estaban llevando fuera para charlar conmigo. No me estaban llevando a través del camino de entrada, empujándome a través de la espesa línea de árboles, para llevarme a un pícnic.

—Alto —ladró un hombre.

Empapada y temblando, obedecí, mirando fijamente hacia delante. Bajo los frondosos árboles, la lluvia no caía con tanta fuerza, pero los troncos de los árboles se desdibujaban delante de mí. «Me voy a morir». No podía respirar lo suficiente. Iba a morir antes incluso de llegar a vivir mi vida, antes incluso de saber cuál era mi vida en realidad, quién era de verdad.

—Ponte de rodillas —ordenó el hombre.

Mi cuerpo reaccionó por instinto, empezando a seguir la orden, pero me detuve.

—No —susurré.

—¿Qué has dicho?

—No te lo voy a poner fácil —dije, con la respiración entrecortada. Empecé a mirarlo a la cara, porque y una mierda iba a dejar que me disparasen en la nuca—. Yo...

El dolor estalló en mi mandíbula, aturdiéndome. Balanceándome, casi me caigo al suelo cuando me llevé la mano a la mandíbula palpitante. Sentí sangre en la boca.

Una mano me golpeó la espalda, empujándome hacia delante.

—No dejes que se dé la vuelta. No puede verlo venir, de lo contrario, no funcionará.

Otra mano se posó en mi hombro y me obligó a arrodillarme. Con los ojos muy abiertos, caí hacia delante y mis dedos se clavaron en la tierra húmeda y suelta. Abrí la boca. La sangre goteó, derramándose sobre mi mano.

Era roja. Sangre normal y corriente.

Una ráfaga de dolor sordo me atravesó la nuca cuando volví a verme a mí misma, de pie en una habitación blanca, rodeada de hombres.

«Demuéstraselos antes de que te hagan daño», me susurró al oído la voz del hombre, y me habían hecho daño, una y otra vez. Tenía los moretones que lo demostraban, los dolores que me calaban más allá de los huesos. «Demuéstrales de lo que eres capaz. Demuéstrame a mí que eres digna de este regalo de la vida. ¡Demuéstraselos a ellos!», gritaba la voz de mis recuerdos.

Fue como si un interruptor se activara en algún lugar profundo de mi subconsciente.

El miedo se convirtió en rabia, al rojo vivo y poderosa, que me invadió y se extendió como una onda expansiva.

—Mierda —soltó alguien—. Agáchala. Agáchala ahora mismo...

Levanté la cabeza hacia el hombre que estaba frente a mí, con un rifle en la mano. Sentí que el suelo bajo mis manos se hundía y cedía. El suelo retumbó cuando me imaginé que la tierra y la lluvia se tragaban al hombre que tenía ante mí. Quería que desapareciera.

La tierra rica y oscura ondulaba desde la punta de mis dedos como mil serpientes. Llegó a sus pies calzados con botas en cuestión de segundos, formando enredaderas gruesas y apelmazadas. Gritó, levantando el cañón del rifle mientras lo empujaban hacia atrás. El arma se disparó hacia el cielo mientras el suelo se derrumbaba debajo de él, succionándolo.

Y luego desapareció.

Me levanté y me giré hacia el hombre enmascarado que tenía detrás. Levanté la mano.

—Vuela.

Una ráfaga de viento ardiente lo elevó más y más, por encima de los árboles y más arriba aún, hasta que se perdió entre las espesas nubes. Bajé la mano. El hombre la siguió, estrellándose contra la tierra húmeda con un golpe carnoso.

Me volví hacia un hombre que retrocedía mientras bajaba el rifle, y alcé la mano.

—No —dijo, levantando la mano—. No...

Apreté los dedos en un puño.

Su cabeza se sacudió hacia la derecha y sus hombros se hundieron. Su pecho crujió y sus piernas se doblaron mientras sus brazos se rompían y retorcían. No era más que una maraña descompuesta.

Se disparó un arma y me giré. La bala no me alcanzó. Una brillante luz blanca iluminó el claro. Un grito de dolor rasgó el aire. Una ráfaga de viento golpeó el lugar y el hombre que estaba delante de mí cayó hacia delante, desplomándose en el suelo. Todavía tenía una pistola en la mano.

El cuerpo del hombre humeaba, y no había sido yo.

Ladeé la cabeza mientras esperaba.

Sonó otro disparo, un destello azul, y el suelo tembló. Vi las armas volar hacia arriba, arrancadas de las manos de los hombres. Desaparecieron entre los árboles.

Él avanzó como si no le importara nada.

—Estoy muy molesto por haber tenido que venir hasta aquí mientras está lloviendo. —Miró en mi dirección, y tenía los ojos violetas muy extraños—. A buscarte.

Fruncí el ceño.

—No te necesito.

Un movimiento captó mi atención. Extendí el brazo y los hombres a mi izquierda giraron en el aire, hacia las ramas. Volvieron a la tierra a la velocidad de la luz.

Alguien cargó contra el chico de los ojos violetas, y este ladeó la cabeza.

—¿En serio?

El hombre no aflojó el paso, y Ojos Violetas se lanzó al ataque, agarrándolo por el cuello. Se oyó un crujido nauseabundo justo cuando otro se abalanzó sobre él.

Riendo, giró a la izquierda y dio una patada, barriendo las piernas del hombre. Agarrándolo por la parte delantera de la camiseta, Ojos Violetas lo estampó contra el suelo. De su mano brotó una luz blanca.

Me detuve, observando a Ojos Violetas. El hombre que sujetaba contra el suelo echó la cabeza hacia atrás, gritando mientras el resplandor lo bañaba. En cuestión de segundos, la cañada se llenó del olor de la carne y la tierra quemadas.

Ojos Violetas era fuerte.

Peligroso.

Poderoso.

Una amenaza.

Pero yo lo era más.

Alcé ambos brazos y el temblor del suelo se convirtió en un rugido. A mi alrededor, los árboles se agitaban y retorcían mientras se levantaba un gran viento que me echaba el pelo hacia atrás. Del suelo surgieron ramas rotas. Una traspasó el claro y atravesó al hombre que tenía más cerca, directo al pecho. Otras dos cayeron por allí, clavándose profundamente en el suelo.

La energía cargó el aire. El olor a ozono quemado aumentó. Me levanté del suelo, y los árboles siguieron temblando y el suelo rodó debajo de mí, combándose cuando un rayo cayó cerca, demasiado cerca.

Los árboles se arrancaron del suelo, dejando al descubierto unas raíces largas y nudosas. Una nube de tierra húmeda se esparció.

—Mierda —susurró alguien.

Di una palmada.

Los árboles volaron por el claro, y Ojos Violetas se agachó, golpeándose contra el suelo mientras sonaban gruñidos descarnados, seguidos de gritos de sorpresa que terminaron de forma abrupta. Se oyó un fuerte estruendo.

Y luego silencio.

Bajé los brazos a los lados y extendí los dedos, acercándome al suelo.

Una ramita se quebró y me centré en Ojos Violetas. Él se acercó hacia mí y yo levanté la mano.

Se detuvo, con los ojos algo abiertos mientras su pelo mojado se le rizaba sobre la frente.

—Melocotón...

Lo miré fijamente.

Lentamente, alzó las manos como si se rindiera.

—Evie, no pasa nada...

Nombres.

Los nombres titilaban en mis pensamientos. Nadia. Evie. Melocotón. Tenían significado, tenían peso, pero él era poderoso. Podía hacerme daño, y no podía permitirlo. No de nuevo. Nunca más.

—Soy yo. —Su voz era suave—. Evie, soy yo.

—¿Estás haciendo un poco de jardinería? —Oí que alguien preguntaba, y me volví hacia el sonido de la voz.

Era un hombre de pelo oscuro y ojos de color verde esmeralda. Detrás de él, vi una réplica idéntica a él, y había dos chicos rubios y una chica de piel muy oscura. Había hombres enmascarados aún vivos, supervivientes, que se estaban poniendo de pie tambaleándose. Se dieron la vuelta, escabulléndose entre los árboles.

Uno de los hombres de pelo oscuro y la rubia alta salieron despavoridos, desapareciendo tras ellos. Los enmascarados podían correr, pero un... Luxen siempre siempre sería más rápido. Ellos eran Luxen. Los dos que corrieron tras esos hombres. Sabía lo que eran, y también eran amenazas.

—No he sido yo —dijo el que había venido a luchar a mi lado. Ojos Violetas—. Ha sido ella.

El Luxen de pelo oscuro maldijo en voz baja, y volví a sentir el poder ondulando en mi interior mientras movía la cabeza de un lado a otro. Un resplandor blanco empezó a formarse a su alrededor, una muestra de su fuerza.

Un desafío.

Una amenaza.

—Daemon —le advirtió Ojos Violetas—. Voy a necesitar que hagas lo que te diga y salgas corriendo.

—¿Qué? —replicó el Luxen llamado Daemon.

—Ahora —ordenó el otro—. Joder, corre, ahora.

Demasiado tarde.

Levanté la mano e invoqué la rabia que llevaba dentro, dejando que saliera y encontrara a su objetivo.

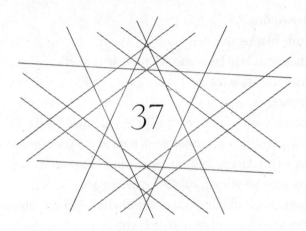

37

De mi palma salió un rayo negro como la tinta, teñido de luz blanquecina y roja, que golpeó en el hombro a Daemon. Salió volando hacia atrás. Se oyó un grito de dolor mientras Daemon rodaba hacia el árbol, parpadeando dentro y fuera de su verdadera forma mientras yo giraba la mano con la palma hacia arriba, curvando los dedos hacia dentro. Daemon se elevó del suelo, retorciéndose y forcejeando mientras lo atraía hacia mí. No estaba muerto. Aún no. Pero eso podría cambiar...

—¡Para! —gritó Ojos Violetas—. ¡Para de una vez, Evie!

«Evie».

Ojos Violetas estaba ahora de pie frente al Luxen, con el pelo mojado al viento sobre su rostro descarnado y la camiseta desgarrada alrededor de los hombros.

Todo en mí se centró en él. Incliné la cabeza hacia un lado mientras cerraba la mano en un puño, imaginando que su cuerpo se derrumbaba y se resquebrajaba, cediendo ante mí.

Pero no fue así.

Dio un paso hacia mí, los labios se separaron en un gruñido.

—Evie, soy yo. Luc. Necesito que pares de una vez. Ahora.

Apreté la mano con más fuerza.

Dio otro paso, un agujero apareció en sus vaqueros, a lo largo de su rodilla. Se estremeció mientras levantaba la barbilla.

—Soy yo. Estoy aquí. Evie, necesito que vuelvas conmigo.

No entendía cómo seguía de pie. No entendía por qué estaba aquí, por qué su voz ahogaba la del otro, que exigía que demostrara que era la más fuerte, que era la mejor.

La parte delantera de su camiseta se rasgó. En sus mejillas aparecieron puntitos de sangre azul rojiza mientras sus pupilas brillaban en un tono blanco.

La tensión se apoderó de mis músculos mientras algo o alguien empezaba a gritar en mi cabeza. La camiseta se desgarró en su pecho mientras retrocedía un metro. Se estaba derrumbando. Podía verlo en la forma en la que se doblaban sus hombros, en el blanco de sus ojos y en la tensión de su boca. Era la personificación del poder.

Pero yo era prácticamente una diosa.

Ojos Violetas se arrodilló.

—No lo hagas —jadeó, girando la cabeza hacia un lado. Los músculos del cuello se le tensaron—. No lo hagas.

Sonreí.

Golpeó el suelo con una mano, sosteniéndose a duras penas mientras las venas se le llenaban de blanco bajo la piel. Le siguió la mano izquierda, que golpeó la tierra suelta. Inclinó la espalda.

—Nadia. —Se le quebró la voz.

Me sobresalté, todo mi ser retrocedió. Mi concentración se debilitó. El poder parpadeó y se retrajo en oleadas.

«Nadia».

Era una niña, una niña enferma e indefensa. Asustada y abatida, y yo era...

Levantó la cabeza una vez más, con la piel de las mejillas desollada.

—Todo va a ir bien. Te lo prometo.

Me recorrió un temblor. Ya lo había oído antes. Él me había dicho esas palabras antes. Una promesa...

«Nunca te dejé en realidad».

Otro escalofrío me recorrió. Había hecho esas promesas. Mis ojos encontraron los suyos, y los suyos eran del color de una amatista hermosa y deslumbrante. No podía apartar la mirada de ellos. Mi pecho se levantó bruscamente. Ojos violetas. Conocía esos ojos. Soñaba con ellos. Los echaba de menos. Los lloraba. Confiaba en ellos.

Jadeando, solté el poder, que se enroscó con fuerza en mi interior y estalló en todo el bosque. Eché la cabeza hacia atrás, gritando mientras el fuego y la oscuridad estallaban dentro de mí. La sombra ardiente que me había tatuado la piel y cubierto los músculos, que se había entrelazado con mis huesos y formaba parte de mí.

Que siempre había formado parte de mí.

Los árboles crujieron bajo el peso del poder. El suelo gimió cuando caí de rodillas y me incliné hacia delante, dejando que mi mejilla descansara sobre la hierba fresca.

Mi cabeza no estaba en blanco.

Mi cuerpo volvía a ser mío.

Me acurruqué hacia dentro mientras un flujo constante de pensamientos empezaba a entrar en mi interior, a medida que la conciencia se apoderaba de mí. Yo era Nadia. Yo era Evie. Yo era Melocotón. Podía sentir la fría lluvia cayendo sobre mí. Había atacado a Daemon.

A Luc, a quien casi mato. A Luc, a quien amaba con todo mi ser.

Dios mío.

¿Qué me pasaba?

¿Qué había dentro de mí?

De repente, unas manos me tocaron con cuidado el hombro y la cadera, pero aun así me estremecí. Temblaba de los pies a la cabeza.

—Evie —susurró la voz. «Luc». Ahora tenía los dedos en mi mejilla, apartándome el pelo mojado—. Evie, abre los ojos.

No quería hacerlo. No quería ver lo que le había hecho.

—Evie, por favor —suplicó, y Luc nunca suplicaba.

—Lo siento —susurré, cerrando los ojos con fuerza—. No sé qué me ocurre. Lo siento.

—No pasa nada —dijo Luc, deslizando una mano bajo mi mejilla, levantándome de la hierba empapada y estrechándome entre sus brazos—. Estoy bien. Mira. Estoy bien.

Sacudí la cabeza, tratando de alejarme, de poner distancia entre nosotros porque había algo muy malo en mí, y no se podía confiar en mí.

—No te pasa nada.

Se me escapó una risa áspera.

—Me pasa algo muy gordo.

—Vale. —Extendió las manos por mis mejillas—. Es probable que haya algo un poco malo en ti.

—¿Algo un poco malo? ¿Un poco? ¡He intentado matarte! ¡Y a Daemon! —Me estremecí cuando sus labios presionaron mi frente—. Casi llego a hacerlo.

—Pero no lo has hecho. Estoy aquí. —Esos labios suyos se deslizaron sobre mi mejilla—. Estoy aquí, y Daemon también. Abre los ojos y mira.

Respiré hondo varias veces e hice lo que me pedía. No estábamos solos. El Luxen estaba a varios metros, en su forma humana. Estaba vivo, pero no parecía precisamente emocionado.

—No me importa lo que parezca —dijo Luc, guiando mi mirada hacia la suya—. Mírame a mí. Por favor.

Lo miré.

Donde su piel había empezado a desollarse, no había más que tenues marcas rosadas a lo largo de sus mejillas. Parecía quemado por el sol, pero aún podía verlo en mi mente. Finas tiras de carne cediendo, desgarrándose...

—Para. —Me acunó las mejillas—. Estoy bien. ¿No lo ves? Estoy bien, Melocotón.

—Pero os he hecho daño a Daemon y a ti —susurré, doblando mis temblorosos dedos alrededor de sus muñecas—. Iba a mataros a los dos. Me he detenido, pero...

—Te has detenido, y eso es lo único que importa.

No estaba segura de que fuera cierto. Detenerse no era lo único que importaba. No borraba el dolor que les había causado. ¿Y si volvía a pasar y no podía parar? ¿Entonces qué?

Luc emitió un sonido en el fondo de su garganta mientras me miraba fijamente a los ojos.

—Lo solucionaremos. No paro de decirlo, pero te prometo, Evie, que lo solucionaremos. ¿Vale? Cree en eso. Cree en mí.

Lo deseaba con todas mis fuerzas, pero esto iba más allá de él, más allá de nosotros. Mi mirada se desvió de la suya hacia los cuerpos esparcidos a nuestro alrededor. Las náuseas me revolvieron el estómago. Yo había hecho eso, y había intentado hacerle cosas peores a Luc, que al parecer era lo más poderoso que había en esta tierra, y aun así, él se había estado rompiendo debajo de mí.

No entendía cómo aquello había sido posible.

—Te juro que no tengo ni idea de cómo he hecho nada de eso. Uno de ellos me golpeó y me tiró al suelo, y vi mi sangre, y fue como si hubiera pulsado un interruptor —le dije, deslizando mis manos por sus brazos—. Oí la voz de él en mi cabeza, ordenándome que demostrara que yo era digna... de este regalo de la vida. Creo...

—¿Qué? —Me acariciaba las mejillas con los pulgares, haciendo que apartara la mirada de los cuerpos rotos.

—Creo que he hecho esto antes... en una habitación blanca llena de hombres que me habían hecho daño. —Sacudí otra vez la cabeza—. No lo entiendo. Solo sabía qué hacer. Imaginarlo y hacer que ocurriera.

Luc guardó silencio durante un largo instante.

—Esos hombres que crees que te hicieron daño... ¿Recuerdas lo que te hicieron?

Sacudí la cabeza en su agarre suave.

—¿Sabes lo que les pasó?

Eso sí lo sabía.

—Los maté.

—Bien.

Mi mirada se disparó hacia la suya.

—¿Estáis bien por ahí? —gritó Zoe—. Porque todos estamos empezando a preocuparnos de verdad.

—¿Estás bien? —preguntó Luc en voz baja.

Asentí con la cabeza, aunque no estaba segura, porque no podía quedarme aquí sentada bajo la lluvia menguante.

Luc me tomó de las manos y se levantó, ayudándome a hacerlo a mí. Dejé que me llevara hasta donde estaban Daemon y Zoe.

—Lo siento —le dije a Daemon—. No sé qué me ha pasado. Lo siento.

Tenía los labios apretados en una fina línea mientras miraba de reojo a Luc y luego asintió.

No esperaba que aceptara mis disculpas.

Daemon miró a Luc, y había mil palabras no dichas en su expresión dura e implacable.

—Lo sé —dijo Luc, captando obviamente los pensamientos de Daemon—. Ya hablaremos.

Daemon inclinó la cabeza.

—Sí, ya hablaremos.

Miré a Zoe y me di cuenta de que me observaba como si no supiera qué decir, reprimí un arrebato de vergüenza y aparté la mirada, recorriendo los cuerpos, algunos todavía...

Uno de ellos seguía vivo, de lado y llevándose la mano al muslo, donde pude ver claramente un arma todavía sujetada allí.

Luc lo vio al mismo tiempo que yo. Salió disparado hacia delante, atrapando el brazo derecho del hombre. El crujido del hueso fue como el de una rama seca al partirse. Su grito de dolor fue cortado por la mano de Luc alrededor de su cuello. Lo levantó y lo sostuvo en el aire. La cara del hombre se puso colorada. Volaba saliva mientras se agarraba a Luc con la mano sana. Sus pies pataleaban, pero Luc lo sujetaba como si no fuera más que una bolsa de comestibles.

—Cada parte de mí quiere alargar esto —dijo Luc, con una calma aterradora en la voz—. Quiero que temas hasta el último segundo de vida que te quede. Quiero que el último pensamiento que tengas sea lo preciosa que fue esa última bocanada de aire que tomaste.

Al retroceder, choqué con un tocón roto. Miré hacia abajo, un poco perdida en los bordes quemados y desgarrados.

—Para —ordenó Daemon, apartando la rama de un árbol como si fuera una bolsa de papel mientras avanzaba—. Luc, detente.

—¿Por qué iba a hacer eso, Daemon?

—Porque sería prudente mantenerlo con vida. Saben lo que es ella.

Humedeciéndome los labios, tragué con fuerza.

—Luc, tiene razón. Podría decirnos por qué siguen viniendo... y quizás lo que soy yo.

Los ojos del hombre se abrieron desorbitados cuando Luc aumentó la presión sobre su cuello. No iba a parar. Pensé en Kent. No lo culparía si no paraba. Por mucho que quisiera saber por qué seguían persiguiéndome, aún podía entenderlo.

Puede que hubiese aguantado la respiración.

Con lo que parecía ser una gran contención, Luc levantó los dedos del cuello del hombre, dejándolo caer. Chocó contra el suelo rocoso en un montón desordenado, arrastrando el aire y chisporroteando.

Se hizo un tenso silencio cuando Zoe cruzó el claro, con los ojos llenos de ira apenas contenida.

—¿Hay más de vosotros ahí fuera? ¿Vienen más equipos?

—No —tosió el hombre—. Nosotros... éramos el único equipo, pero sabrán... que pasa algo si nosotros... no llamamos por radio esta noche.

Daemon miró a Archer, pero el Origin estaba concentrado en Luc. Sabía que en ese momento Archer apoyaría a Luc si este decidía acabar con la vida de aquel hombre allí mismo. Una parte de mí pensaba que Luc podría incluso aunque hubiera soltado al hombre. Una violencia mortal se había grabado en sus rasgos, una promesa de venganza.

—¿Cómo te llamas? —preguntó Luc.

El hombre se puso de lado y se atragantó mientras luchaba por respirar.

—Steve —balbuceó—. Steven Chase.

Luc curvó los labios.

—Vas a hablar, Steve, y quizás, solo quizás, puedas respirar un poco más.

Esperaba que el hombre se resistiera porque parecía militar. En todas las películas que había visto, la gente con su aspecto requería mucho trabajo de convencimiento y tortura antes de empezar a revelar secretos.

Pero Steven Chase no.

Cantó como un pajarito.

—No queríamos ningún problema con vosotros. De verdad que no —habló con la voz ronca.

—¿En serio? —La burla se escurría del tono de Luc mientras se agachaba y agarraba al hombre por la parte delantera de la camiseta. Tirándole de la camiseta, lo levantó como si fuera un gatito y lo puso de pie—. Mira a tu alrededor. Tienes un montón de problemas.

—Lo sé. —Steven temblaba, con el brazo roto colgando sin fuerza—. Pero no teníamos elección. Teníamos un trabajo que hacer. Todos vosotros... estabais en medio. Solo la queríamos a ella. Esas eran nuestras órdenes. Sacarla y luego podríamos irnos a casa.

Archer arrastró al tipo hasta la casa. Literalmente. Lo arrastró agarrándolo por el cuello. Luc se quedó cerca, pero no habló. No hasta que llegamos a la casa, y Grayson y Dawson regresaron.

—¿Os habéis ocupado de ellos? —preguntó Luc, refiriéndose a los que habían huido, y cuando asintieron, no me sentí en absoluto mal por aquellos hombres. Se volvió hacia Daemon—. Asegura al imbécil.

Avancé a trompicones, siguiendo a Zoe, pero Luc alargó la mano, sujetándome del brazo.

—Ah, no. Tú no. Te quedas aquí conmigo un momento.

Zoe dudó, y pensé que era por mí, pero después me di cuenta de que se quedaba por Luc. Estaba preocupada por él.

—No pasa nada —dije, solo quería acabar con esto, pensando que sabía por qué quería hablar conmigo—. Solo va a gritarme...

—Claro que sí —gruñó Luc.

Lo miré con los ojos entrecerrados.

—Y no voy a matarlo.

—¿Estás segura? —preguntó ella.

Me sentí mal por que tuviera que preguntarme eso.

—Sí. —Suspiré—. Estoy segura.

Delante de Zoe, Daemon movió los labios mientras nos miraba.

—Vamos, Zoe. Ayúdame a encontrar algo con lo que atar a este idiota.

Zoe no se movió durante un segundo, y luego por fin se dio la vuelta, alejándose hacia los chicos. Me quedé mirando hasta que todo el grupo se hubo ido antes de soltar un suspiro entrecortado y profundo. Me volví hacia donde estaba Luc, registrando de forma vaga la furia latente grabada en su rostro fríamente impactante, y me di cuenta de cuánto se había estado conteniendo hasta asegurarse de que yo no iba a matar a nadie.

Aspiró una bocanada de aire, lenta y larga.

—Voy a intentar mantener la calma por lo que acaba de pasar, pero necesito desahogarme, porque si no lo hago, podría implosionar.

Me crucé de brazos.

—Lo sé...

—No sabes una mierda —me espetó, dando un paso hacia delante—. Creo que eso es algo que hemos establecido en múltiples ocasiones.

Parpadeé.

—Bueno, eso es completamente...

Luc salió disparado hacia delante, moviéndose tan rápido que no tuve oportunidad de reaccionar. Me agarró las mejillas con las manos y me echó la cabeza hacia atrás. En un abrir y cerrar de ojos, su boca estaba sobre la mía.

El beso fue profundo y repentino, hermoso en su crudeza, y mi cuerpo reaccionó sin pensar a las emociones casi brutales que se desbordaban en el beso. Mis manos se posaron en su pecho y mis dedos se clavaron en su camiseta. Le devolví el beso, que llegó a lo más profundo de mí, haciendo que mi alma ardiera.

Esto era mucho mejor que ser sermoneada.

Cuando los dos nos separamos para tomar aire, el pecho de Luc se elevaba con fuerza bajo mis manos. Apoyó la frente en la mía y ninguno de los dos se movió. Ni siquiera abrí los ojos. Permanecimos en silencio mientras la lluvia volvía a caer, una fina pátina que se posaba sobre nuestra piel.

—Tienes que saber que no creía que fueras capaz de hacer lo que has hecho cuando te han sacado ahí fuera.

—Yo tampoco —admití.

—Y eso hace que esto sea peor. No sabía si llegaría a tiempo —dijo, provocándome un escalofrío—. Pensé que esta vez esto sería todo. No más tratos ni milagros.

Respirando el aroma de la lluvia y el bosque, abrí los ojos.

—Pero no ha sido así.

—Podría haberlo sido. —Deslizó las manos desde mis mejillas hasta la parte superior de mis brazos. Se apartó y abrí los ojos de golpe. Las gotas de lluvia se le adherían a las gruesas pestañas—. No vuelvas a hacer algo así. Me da igual lo que puedas hacer.

—Yo... yo tenía que hacer algo. Tenía...

—No tenías que hacer nada. —El tono de sus ojos violetas se oscureció—. Lo tenía controlado. Eso es cosa mía.

—Han matado a Kent. —Se me quebró la voz—. Iban a mataros a cada uno de vosotros por mi culpa. No podía quedarme ahí y dejar que eso ocurriera.

Se le puso rígida la mandíbula.

—Te vas a quedar ahí y vas a permitir que eso ocurra si es lo que hace falta para que sobrevivas.

Me quedé boquiabierta.

—¿Hablas en serio? No puede ser.

—Hablo muy en serio.

—¡Entonces tú habrías muerto! —Me solté y di un paso atrás, ignorando el hecho de que casi lo había matado yo misma—. Zoe habría muerto. Todos en esta casa habrían muerto. No me importa lo especiales que seáis. No sois inmortales. No sois intocables, y si algo pasara... —Me interrumpo, secándome la humedad que se me acumulaba en la cara—. Sé que lo que he hecho ha sido peligroso. Sabía que cuando he tomado la decisión de irme con ellos, podría haber muerto. No lo he hecho a la ligera.

Entrecerró los ojos.

—Ha sido una elección estúpida, descuidada e imprudente. Yo me habría hecho cargo de la situación.

—¿Poniendo en peligro la vida de todos los presentes? ¿Es así como te habrías hecho cargo?

Los labios de Luc formaron una línea fina y apretada.

—Así es como te has hecho cargo antes, ¿verdad? ¿Con Paris?

—Alguien se ha ido de la lengua. —Se le tensaron los hombros.

Sabía que era duro sacar el tema, pero tenía que hacerlo.

—Lo has hecho antes. Poner a otros en peligro por mí. Habrías sacrificado a todos los que estaban en esa habitación, y no puedes seguir haciéndolo, Luc. —Luchando por mantener la calma, me aparté el pelo mojado de la cara—. Esa ha sido mi decisión...

—No ha sido tu decisión. —Su voz estaba llena de ira—. Sé que ya te lo he dicho antes, pero creo que debo repetírtelo para que te quede claro. ¡No he pasado la mitad de mi maldita vida tratando de mantenerte con vida para que lo tires todo por la borda!

—¡No lo estaba tirando por la borda! —grité, con las manos cerradas en puños—. Estaba intentando salvar la vida de gente que me importa. Si de verdad crees que me habría quedado de brazos cruzados y permitido que muriera más gente por mi culpa, es que no me conoces en absoluto.

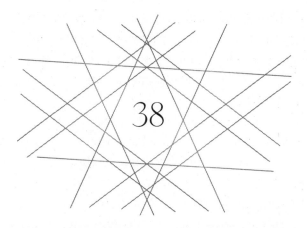

38

Todo el mundo en la casa apartó cuidadosamente la mirada en el momento en que entré por la puerta rota de la entrada. No me avergonzaba para nada de que lo hubieran oído o visto todo.

Un rápido vistazo a la habitación reveló varias manchas chamuscadas en el suelo contra las paredes. No había cuerpos. No quedaba nada de ellos.

Ni siquiera parpadeé.

Me dirigí directamente hacia el hombre que estaba atado a una silla de la cocina con lo que parecían cuerdas elásticas.

La mirada de Archer parpadeó por encima de mi hombro, y supe sin verlo que Luc se había unido a nosotros. No quería mirarlo, porque entendía el motivo por el que estaba enfadado, pero él también tenía que entender por qué había hecho lo que había hecho.

Seguí avanzando y, por el rabillo del ojo, vi que alguien había colocado una manta sobre Kent, cubriéndole la parte superior del cuerpo. Había sido Zoe. Seguía arrodillada junto a su cuerpo, con la cara llena de lágrimas frescas.

Se me oprimió dolorosamente el pecho cuando me puse delante del hombre. De cerca, vi que era de mediana edad, con finas arrugas alrededor de los ojos y la boca apretada. Sus ojos oscuros se clavaron en mi rostro. Me pareció normal, como si estuviera casado y tuviera dos hijos y uno en camino. Un tipo que pasaba los sábados por la mañana cortando el césped y charlando con sus vecinos sobre abono y herbicidas.

Y lo habían enviado para detener a una adolescente o matarla, y había aceptado el trabajo. No había renunciado ni nada por el estilo.

Dejando a un lado las emociones, exhalé con dificultad.

—Quiero saber lo que soy y, si intentas mentir, te juro por Dios que te rompo el otro brazo.

—Dayum —murmuró alguien detrás de mí.

La mirada de Steven recorrió la habitación y pude sentir a Luc cada vez más cerca. No quería ni saber cómo lo sabía, pero lo sabía. La garganta magullada del hombre tragó con dificultad.

—A mi equipo... lo contrataron. No sé quién...

—Deberías pensártelo dos veces antes de seguir por ese camino. —Luc se deslizó a mi lado—. Tienes otros doscientos cinco huesos que puedo romper y un montón de tejidos que puedo hacer papilla con un toque.

Curvé el labio en una mueca de disgusto.

Luc sonrió.

—¿Quieres intentar responder a esa pregunta otra vez?

—Espero que no conteste. —Daemon caminó hacia la cocina, dándole una patada a un cojín del sofá para apartarlo de su camino—. Tengo algo de agresividad contenida que me encantaría desatar.

Me crucé de brazos.

—Creo que en realidad necesitas responder a la pregunta de otra manera.

El pecho de Steven se alzó de golpe.

—No trabajamos para el gobierno. Somos parte de los Hijos de la Libertad.

Daemon suspiró.

—Creo que no nos estás tomando en serio. —Dio un paso adelante, con una sonrisa tan inquietante y fría como la de Luc—. Creo que tengo que demostrarte lo en serio que vamos.

—¡Estoy hablando en serio! —insistió, con la cabeza balanceándose con violencia—. Son... somos una organización que se fundó...

—¿En las colonias americanas originales? Espera. —Zoe se puso de pie, con la nariz arrugada—. Los Hijos de la Libertad eran una sociedad secreta que protegía los derechos de los colonos y estaba en contra de los impuestos. Ya sabéis, lo de «No hay tributación sin representación». ¿Os suena el Motín del té de Boston?

La habitación estaba tan silenciosa que se podía oír el canto de un grillo.

—Joder. —Se secó las mejillas con el dorso de las manos—. Lo hemos dado en clase de Historia. A diferencia de otros —dijo, enviándome una mirada mordaz—, yo sí que presté atención.

—Ella tiene razón —replicó Steven, con las palabras saliéndole a borbotones—. Los Hijos de la Libertad se creó para proteger a los colonos. La gente cree que la sociedad se disolvió con los años, pero nunca fue así. Estuvimos en activo durante la Guerra Civil y durante la invasión Luxen. Siempre hemos sabido que los alienígenas han estado aquí porque tenemos agentes en todos los niveles del Gobierno.

—¿En serio? —respondió Daemon con indiferencia.

—Tenemos miembros en todos los estados, y siempre que se necesita a los Hijos de la Libertad, ya sea en tiempos de guerra o de contienda, respondemos a la llamada. —El orgullo llenó la voz y los ojos de Steven—. Lo hacemos sin reconocimiento ni registro, sabiendo que podríamos morir en cualquier misión y sería como si nunca hubiéramos existido.

—¿Como Batman? —preguntó Luc.

Daemon soltó una risita.

—¿No me creéis? Puedo demostrároslo. Todos los miembros están marcados. Baja el lado derecho de mi camiseta. —Steven asintió a sus palabras—. Y lo veréis.

Luc hizo lo que le dijo. Agarró el cuello de la camiseta negra y la apartó, dejando al descubierto lo que parecía un tatuaje con una serpiente enroscada sobre una bandera estadounidense. Era de un solo color, sombreado en negro.

Arqueé las cejas.

—Lo único que demuestra es que tienes un tatuaje feo como el culo. —Luc soltó la camiseta y Steve se desplomó en la silla de madera—. Todo esto suena a mentiras, pero he oído cosas más raras, así que te escucho. ¿Por qué los chicos de la libertad iban a estar interesados en ella?

Steven volvió a tragar saliva mientras su mirada iba desde Luc a Daemon.

—Crees que somos enemigos. No lo somos.

—Sí lo somos —corrigió Luc.

—Al menos no deberíamos —insistió Steven mientras la frustración aumentaba en su tono—. Está a punto de suceder, y va a suceder rápido si no lo detenemos. Acabará antes de que nadie sepa que ha empezado.

El aire frío me acarició la nuca.

—Mi madre dijo algo parecido. —Miré a Luc—. Justo antes de... dijo algo parecido.

—¿Sylvia Dasher? —Steven dijo su nombre con algo de desdén—. Ella formaba parte de él, del Proyecto Poseidón.

Dawson gimió mientras se dejaba caer detrás de la silla, echando la cabeza hacia atrás.

—¿Qué pasa con los nombres griegos?

Su hermano se quedó muy quieto.

—¿Qué es el Proyecto Poseidón?

—Fue el mayor logro de Dédalo —explicó Steven, con los labios apretados por el dolor—. Y su creación más horrible.

Dando un paso hacia atrás, me froté las manos en las caderas.

—¿Sabéis lo de Dédalo?

—Por supuesto que sí lo sabíamos. Los vigilamos lo mejor que pudimos. —Su mirada se desvió de Daemon a Luc—. No estamos de acuerdo con lo que están haciendo. Están jugando a ser Dios. Todos vosotros sabéis exactamente lo que son.

—¿Lo que son? —preguntó Dawson—. Dédalo ya no existe.

Steven negó con la cabeza, y recordé que ellos no sabían lo que sospechábamos, lo que sabíamos.

—No, siguen en activo, y mucho. Creíais que los habíais eliminado —dijo, clavando su mirada de pánico en Luc—. Pero no lo hicisteis.

—Obviamente —murmuró Luc.

—Espera un segundo. —Daemon abrió y cerró las manos a los lados—. ¿Me estáis diciendo que Dédalo sigue en activo?

—No hemos tenido oportunidad de contároslo, porque estos imbéciles nos han interrumpido —replicó Luc—. Sé que todos queréis centraros en

Dédalo, y lo entiendo, pero ocupémonos de las putas cosas de una en una. Saber un poco más sobre el Proyecto Poseidón estaría genial.

—Vaya. —Daemon resopló—. ¿Ya son dos las cosas que no conoces?

Luc miró a Daemon.

—Estoy literalmente del peor humor posible que te puedas imaginar ahora mismo.

—¿Y? Yo también estoy de mal humor. Por si se te había olvidado, tu novia acaba de intentar matarme después de que tú intentaras hacer lo mismo —señaló Daemon—. Y acabo de enterarme de que la organización responsable de cada una de las pesadillas de Kat sigue en funcionamiento.

Luc exhaló con fuerza.

—Empiezo a pensar que no debería haber detenido a Evie.

—Muy bonito. —Daemon puso los ojos en blanco—. Eso me ayuda mucho con mi estado de ánimo, de verdad.

—¿Me ves cara de que me preocupe?

—Chicos, ¿en serio? —Levanté las manos con exasperación, y la mitad de la sala se agachó como si esperaran que los lanzara contra el techo—. ¿Podéis no hacer esto ahora mismo?

Parecía que era algo que ninguno de los dos podía controlar, pero ambos se callaron.

Me centré en Steven.

—Dinos de qué va eso.

—El Proyecto Poseidón era su programa más largo, nada que ver con lo que habían trabajado antes. ¿Híbridos? ¿Origin? —Sacudió la cabeza, haciendo una mueca de dolor—. Esto, si tiene éxito, haría que todas las creaciones anteriores parecieran un juego de niños.

No había duda de que Steven sabía exactamente lo que Dédalo había estado haciendo, pero en realidad no nos estaba diciendo nada.

—Me estoy aburriendo —advirtió Luc.

—Los registros indican que han estado trabajando en el Proyecto Poseidón desde que llegaron los Luxen, desde que llegaron los Arum. Sí —dijo cuando Dawson soltó un improperio—, el proyecto estaba plagado de tantos fracasos que creíamos que lo que intentaban era imposible, que ni siquiera era algo de lo que debiéramos preocuparnos. Lo de la mezcla de ADN Luxen y Arum tenía que ser imposible.

—¿Qué? —Daemon y Grayson vociferaron al mismo tiempo. Fue Daemon quien continuó—. Eso es imposible. Nuestro ADN no es compatible.

—¿De verdad? —lo desafió Steven—. ¿Sería imposible dentro de un recipiente humano?

Luc descruzó los brazos.

—Nada es imposible.

—Tuvieron éxito. No nos dimos cuenta hasta después de la guerra, pero lo lograron de formas que nunca imaginamos, mucho antes de lo que podríamos haber supuesto. Las cosas que han creado... son imparables, tienen habilidades Luxen y Arum, más poderosas que su Origin más fuerte. —Desvió la mirada hacia Luc—. No son vulnerables a la obsidiana ni a las armas de ónice.

Eso era lo que rociaba el aire en una niebla invisible. Al igual que el inhibidor, causaba a los Luxen un dolor extremo.

—Las armas modificadas con pulso electromagnético no les hacen daño —continuó, con el pecho subiendo y bajando con fuerza—. Una vez completada su mutación, solo un disparo en la cabeza acabará con ellos, pero son rápidos... más rápidos que una maldita bala. Lo he visto.

—Mierda —murmuró Zoe, con los ojos muy abiertos—. ¿Has dicho que una vez completada su mutación? ¿Qué aspecto tiene su mutación?

—El de un espectáculo de terror. Es a nivel celular. Sus huesos se rompen y se vuelven a formar, sus vasos sanguíneos comienzan a gotear. Fiebre. Vómitos. —Cerró los ojos—. Sus cuerpos y mentes cambian por completo. No son como los híbridos. No son los mismos después. Son asesinos programados e imparables.

—Sarah. —Zoe se giró, pasándose la mano por el pelo—. April. Posiblemente, incluso Coop y...

No necesitaba decirlo.

Yo.

—¿Habéis visto las noticias? ¿Sobre los brotes de los que los medios culpan a los Luxen? —La risa de Steven era tan seca como huesos viejos—. No eran personas enfermas. Eran humanos mutando.

—¿Cómo? —susurré, y Zoe se dio la vuelta—. ¿Cómo está mutando la gente? ¿Por qué?

—Algunos de ellos fueron creados en los laboratorios. Estamos bastante seguros de que tuvieron lugar en el complejo de Frederick —respondió, refiriéndose a Fort Detrick, donde trabajaba mi madre—. Eran como los Origin. Crearon durmientes y los llamaron «Troyanos», y al igual que su homónimo, se han infiltrado en todos los niveles de la sociedad. Pero otros son... eran humanos normales que han mutado.

—¿Cómo? —preguntó Daemon—. ¿Cómo podrían mutar los humanos normales?

—Con una gripe —contestó, tragando saliva—. Dédalo mutó una cepa de una gripe común para que portara esta mutación y la liberaron. No sabemos cuándo, pero por eso algunos humanos están empezando a mutar.

El horror luchaba con la incredulidad en mi interior.

—Eso es imposible —murmuró Zoe.

—No lo es —insistió Steve—. Los agentes biológicos que se utilizan como armas no son nada nuevo, y Dédalo ha tenido décadas para perfeccionarlos.

—Si lo que dices es cierto, ¿cómo es que no tenemos miles de estos... humanos mutados corriendo por ahí? —pregunté.

—Por las vacunas contra la gripe. Las personas que se vacunan contra la gripe pueden seguir contrayéndola, pero debilitan la cepa mutada del virus. No mutarán —me explicó, y sentí como si el suelo se moviera debajo de mí al pensar en cómo mi madre había mencionado la importancia de las vacunas contra la gripe. Tanto que a menudo bromeaba diciéndole que debía de estar recibiendo sobornos de los fabricantes—. Los que no se han vacunado contra la gripe o van a morir durante la mutación o van a mutar y los que se han vacunado solo van a tener la peor gripe de su vida.

El silencio llenó la habitación y me acordé de Ryan. Con la gripe normal, la gente moría si tenía problemas de salud no diagnosticados, como problemas cardíacos o enfermedades autoinmunes. Personas cuyos cuerpos probablemente no podían resistir la mutación.

—No creemos que hayan liberado el virus a gran escala todavía, pero no hay forma de estar seguros. Al menos aún no —continuó Steven—. Pero es vírico. Solo será cuestión de tiempo.

Sentí que necesitaba sentarme.

—No puede ser —dijo Dawson en voz baja—. Esto es... esto es demasiado para ser cierto.

Archer avanzó a grandes zancadas y se colocó al otro lado de Luc.

—Nunca he oído o visto nada como esto, ni una sola vez durante todo mi tiempo en Dédalo.

—No lo habrías hecho. —Steven torció el cuello de un lado a otro—. Era secreto. Por lo que pudimos averiguar, solo unos pocos tenían acceso al proyecto o a la clave que creaba la mutación.

—¿Y cómo se llamaba? —preguntó Daemon—. ¿Mierda 101?

El miedo se coló en la mirada de Steven.

—No son tonterías. Nada de esto lo es. Tenían tres sueros. Algunos de vosotros los conocéis bien. El LH-11. El Prometeo y el Andrómeda, Andrómeda es el que crea a los Troyanos.

Mis manos cayeron a los lados. Intenté hablar, pero se me cerró la garganta.

—No —dijo Luc, echándose hacia delante. Agarró la camiseta del hombre, levantándolo a él y a la silla del suelo—. Estás mintiendo.

—¿Por qué iba a hacerlo? —gritó—. ¿De qué serviría eso?

Miré fijamente a Luc, preguntándome por qué no le creía a este hombre y luego comprendiendo al instante que no quería hacerlo.

—No tiene motivos para mentir, Luc. —Archer se volvió hacia él—. Lo que está diciendo suena inverosímil, pero tú y yo sabemos que Dédalo era capaz de casi cualquier cosa.

—Tiene razón —replicó Steven entre dientes—. Hemos estado rastreando a los Troyanos, intentando llegar a ellos antes de que se activen y acabar con ellos después, como hicimos en Kansas City y Boulder. Algo se acerca... algo grande. Los que no hemos podido capturar han desaparecido. No sabemos por qué, pero sabemos que no es para vivir sus días en una granja. Sea cual sea la razón por la que fueron creados, está sucediendo ahora.

Parecía que Daemon había sido el primero en darse cuenta porque se giró despacio, mirándome directamente.

—¿Y por eso estás aquí?

Luc soltó a Steven y la silla cayó con un ruido sordo.

—No lo digas —ordenó, pronunciando las palabras en voz tan baja que apenas lo oí.

Steven lo ignoró.

—Ella es una Troyana. Ya habéis visto lo que ha hecho ahí fuera. ¿Alguna vez habíais visto algo así? No, ninguno de vosotros.

No podía hablar.

—Si no me creéis, puedo demostrároslo —interrumpió, con su amplia mirada clavada en Daemon—. Intenta dispararle.

—¿Qué? —exclamé.

Archer ladeó la cabeza.

—No creo que ninguno de nosotros vaya a caer en esa trampa.

—¡No me estáis escuchando! —gritó Steven—. Si intentáis dispararle, no pasará nada, aunque no haya sido activada. Lo que hay dentro de ella la protegerá.

—¡Estabais intentando dispararme en la cabeza ahí fuera! —grité una frase que nunca pensé que tendría que decir.

—Por la espalda —aclaró Steven—. Si no puedes verlo venir, no puedes detenerlo.

Respirando de forma entrecortada, lo miré fijamente.

—No puedes estar diciendo la verdad. Sé que he hecho cosas muy malas y aterradoras ahí fuera, pero no puedo parar balas por arte de magia.

—Yo sí puedo —dijo Luc.

Lo miré con las cejas arqueadas.

—Hacedlo. —La mirada de Steven recorrió la habitación—. Hacedlo y veréis que no estoy mintiendo.

—Nadie va a disparar a Evie —dijo Luc—. Lo siento.

—Bueno —respondió Daemon—. Si lo hacemos y ella detiene la bala, entonces sabremos que está diciendo la verdad.

—¿No la has visto ponerse en plan Fénix Oscura ahí fuera? —preguntó Zoe—. De verdad que no creo que necesitemos arriesgarnos a dispararle para probar lo que está diciendo.

Luc se enfrentó a Daemon.

—No vamos a disparar a Evie.

—Solo comento que tal vez podríamos apuntarle a la pierna o algo así —sugirió Daemon de forma bastante predispuesta—. Eso no la mataría si resulta que es una mentira, y probablemente ella lo matará a él.

Me quedé con la boca abierta.

—No hay razón para dispararme. Estoy...

Mientras todos a mi alrededor discutían sobre si estaba bien o no dispararme, pensé en mi madre y se me partió el corazón. La poca esperanza que me quedaba de que ella no hubiera participado en lo que me habían hecho había desaparecido. Ella tuvo que haber sabido...

—Tenéis que llevárosla de aquí —dijo Steven, rompiendo el silencio—. Tenéis que hacerlo antes de que sea demasiado tarde.

Luc se dio la vuelta despacio, mirando a todos los del grupo.

—Nadie va a tocarla. ¿Lo entendéis todos? Porque he agotado lo que me quedaba de generosidad al no matar a este hombre cuando ha sacado una pistola fuera. El depósito está vacío.

Nadie respondió. Hubo asentimientos. Se intercambiaron unas cuantas miradas largas, y entonces Steven volvió a hablar.

—Llegará un momento en el que os arrepentiréis de esto. —Steven levantó la barbilla—. Llegará un momento en el que desearéis haberla sacrificado, y para entonces, será demasiado tarde.

Era lo mismo que nos había dicho Micah, y cuando miré a Luc, supe que estaba pensando lo mismo.

Micah lo había sabido.

Había sabido lo que yo era.

No había más información que Steven pudiera proporcionar, y cuando salí de la casa, no esperaba que Steven fuera a vivir mucho más tiempo.

Y no lo hizo.

Supe que había muerto cuando Grayson sacó a Kent, que había sido envuelto en una manta. Zoe siguió al Luxen y yo cerré los ojos, viendo la cara de Kent.

Sentí la presencia de Luc sin oírlo. Sentí su calor.

—Eso no debería haberle pasado a Kent.

—No, no debería.

—Sé que no lo conocía tanto como vosotros, pero me caía bien. —Abrí los ojos y mis pestañas estaban húmedas—. Era divertido, y era...

—Bueno. Kent era muy bueno —terminó Luc por mí, y me agarró de la mano—. Vamos.

Luc me condujo fuera del porche, hacia donde habían caminado Grayson y Zoe. No habían ido a donde yacían los otros cadáveres, sino detrás de la cabaña, cerca de un banco de piedra.

No hablamos de lo que Steven nos había dicho o confirmado. No creo que ninguno de nosotros pensara en ello cuando Zoe levantó la mano y se conectó a la fuente. Grayson se unió a ella. También Luc, y cuando ya no quedaban más que cenizas, se nos unieron los gemelos y Archer.

Kent no fue enterrado en la llovizna, y no se pronunciaron palabras ni se colocó una lápida para marcar su tumba. Solo un trozo de tierra quemada y un silencio intenso y palpable.

Si Kent estuviera aquí, probablemente no habría silencio. Haría un chiste inapropiado. Puede que me llamase con algún apodo raro y después todos nos reiríamos.

Lo único que podía decirme a mí misma era que él no lo había visto venir. No había sentido dolor. Había respirado... y luego ya no, y tenía que pensar que eso era al menos un consuelo. No le dolió, pero no era justo ni estaba bien, porque como dijo Luc, Kent era bueno.

Mis lágrimas se unieron a la humedad de mis mejillas.

No sé cuánto tiempo estuvimos allí parados antes de que Daemon hablara.

—Tenemos que irnos antes de que vengan más —dijo—. Antes de que sea demasiado tarde.

39

No había tiempo para ducharse ni cambiarse, así que nos apretujamos en dos vehículos nuevos que estaban aparcados en el garaje. Ambos eran modelos antiguos, un anodino Jeep Cherokee y un Taurus de cuatro puertas.

Daemon se puso al volante del sedán y yo me senté atrás con Zoe. Luc iba en el asiento del copiloto. Dawson y Grayson se unieron a Archer en el Jeep. Era más que extraño ver a Daemon conduciendo. Me había acostumbrado tanto a ver a Kent allí en poco tiempo que me parecía que todo estaba mal.

Él debería estar aquí.

No debería ser polvo y cenizas.

Me tapé con la manta que había tomado del dormitorio y apoyé la mejilla en la fría ventana. Mis vaqueros estaban fríos y rígidos en algunas partes, y se me pegaban a la piel en otras. Estaba sucia, pero viva.

No paraba de repetirme todo lo que Steven nos había contado. Había un virus superaterrador ahí fuera que podía mutar a los humanos en esa «cosa» o podía matarlos. James había estado estornudando la última vez que lo vimos. ¿Se estaba poniendo enfermo? ¿O se había vacunado contra la gripe?

No dudaba de lo que Steven había dicho. Que yo era el resultado del Proyecto Poseidón, algo tan increíblemente peligroso que una sociedad secreta centenaria me había acabado persiguiendo. Que yo era una Troyana, mutada por mi madre y oculta en la sociedad para, con el tiempo, ser despertada y llevar a cabo algún acto vil.

Excepto que, como es evidente, algo había ido mal con mi mutación. Yo no era como April.

Pero me sentía... mal en mi piel. Como si no supiera qué iba a hacer a continuación, de qué era realmente capaz, y no podía dejar de pensar en el Troyano que Daemon y su grupo se habían encontrado de camino hacia nosotros. Había intentado matarlos.

Yo misma había intentado matarlos.

¿Ocurriría de nuevo? Me llevaban a un lugar donde vivían sus familias, a un lugar donde Luxen y humanos traumatizados ya habían sufrido bastante, y yo...

Era capaz de cualquier cosa.

Inspiré de manera entrecortada y solté el aire despacio.

Estaba intentando mantenerme entera.

Once horas. Eso era lo que duraría el trayecto. Tanto Daemon como Luc querían hacer el viaje con pausas mínimas para ir al baño, lo que se traducía en una sola, y yo lo entendía perfectamente. Ser vistos por cualquiera era peligroso, en especial en mi caso, ya que mi cara había aparecido en todas las noticias.

Pero deseé haber guardado algunos de los tranquilizantes del piso franco para poder dejarme fuera de combate a mí misma.

Los minutos se convirtieron en horas y, en algún momento, Zoe se durmió a mi lado mientras yo observaba a Luc y a Daemon, como cautivada por su... ¿amistad? No tenía ni idea de cómo podían pasar de amenazarse y golpearse contra las paredes a charlar y reírse como si nada.

Seguía sintiéndome como una mierda por haber herido a Daemon, pero ellos parecían haber olvidado su pelea. O tal vez, dado que amenazarse era algo que había ocurrido muchas veces, fuera un día normal para ellos.

Es probable que se tratara de esto último.

Luc me miró varias veces, como si estuviera comprobando que yo me encontraba en el asiento trasero. No habíamos tenido ocasión de hablar después de nuestro pequeño enfrentamiento fuera de la cabaña.

Volvió a mirarme, con sus ojos de color amatista sobre mí. En ese momento deseé poder leer sus pensamientos.

—¿Estáis bien ahí atrás? —preguntó—. ¿Necesitáis parar o algo?

Negué con la cabeza y miré a Zoe.

—Está fuera de combate.

—Estupendo. Necesita descansar. —Luc miró al frente—. Vamos bien de tiempo.

Dejé caer la manta hasta la cintura. Mi camiseta ya estaba seca y mis pantalones solo estaban húmedos. En voz baja, pregunté:

—¿Cómo será ese lugar?

—Te has estado imaginando que es de la época medieval, ¿verdad? —Daemon miró por el retrovisor.

Apretando los labios, asentí.

—Eso o algo posapocalíptico con perros salvajes vagando por la calle y gente recogiendo agua de lluvia para bebérsela.

Luc se volvió hacia mí, con una lenta sonrisa en los labios.

—¿Qué? —Estaba bastante segura de haber visto esas dos cosas en al menos una decena de películas sobre el fin del mundo.

—No es tan posapocalíptico —respondió Daemon, y pude oír la sonrisa en su voz—. La naturaleza ha recuperado gran parte de la ciudad. Es una locura lo rápido que ha sucedido, pero nos estamos adaptando. Kat y yo llevamos allí casi dos años. Lo mismo que Dawson y Beth. Archer y mi hermana llevan más tiempo allí, ayudando a los que dejaron atrás.

Una gran parte de mí todavía no podía creer que habían abandonado a gente. No debería sorprenderme que ese fuera el estado de la humanidad, pero seguía siendo inquietante.

—Y todavía queda algo de electricidad que se utiliza en caso de emergencia, como por ejemplo si hay que hacer una intervención médica —explicó Daemon—. Les damos energía, usando la fuente. No es algo que hagamos a menudo. Las grandes salidas de energía se pueden rastrear. Así que hemos rebuscado mucho. Las baterías valen su peso en oro. Al igual que los suministros de acampada.

Nunca había acampado, así que supongo que eso debía de ser interesante.

—Al menos no es verano —comentó Luc—. Puede hacer más de cuarenta grados y no hay aire acondicionado.

Abrí los ojos de par en par.

—¿Qué tiempo hace ahora?

Daemon se rio entre dientes.

—Unos veintidós durante el día, diez por la noche. No hemos tenido un verano tan malo como podríamos haberlo tenido. Una parte de mí se pregunta si tiene que ver con la falta de contaminación y máquinas, pero tenemos formas de mantener las casas algo frescas. La circulación del aire es esencial, al igual que la sombra. En las casas que no tenían porches o árboles para bloquear el sol, se han construido toldos. Permanecer en los niveles más bajos de las casas ayuda. Los sótanos escasean debido a la piedra caliza, y las casas que los tienen son para ancianos o personas sensibles al calor. Pero cuando hace mucho calor, lo único que puedes hacer es fingir que no hace tanto.

—¿Qué hace todo el mundo en la ciudad?

—Todo el que puede trabajar, trabaja. Mucha gente se dedica a la agricultura y a la ganadería sin haber tenido antes ninguna experiencia. La comida es algo de lo que no tenemos que preocuparnos tanto como al principio —explica—. La vida dentro del muro no es muy diferente a la de fuera de él. Hay leyes y gente que las hace cumplir. Los colegios funcionan durante el día aunque no haya muchos niños. Muchos no sobrevivieron al primer año.

Tragué saliva.

—Tenemos médicos, Luxen e híbridos que vinieron a la ciudad —continuó—. Ahora la ciudad es más bien una comunidad. Todo el mundo ayuda a todo el mundo. Es la única forma de sobrevivir.

—¿Cuánta gente hay allí?

Fue Luc quien contestó.

—En el área metropolitana, antes de la ocupación, había más de dos millones. ¿Ahora cuánta hay, Daemon?

—Algo más de veinte mil, y unos cinco mil de ellos son Luxen trasladados —respondió.

—¿Significa eso que el resto se largó antes de que las ciudades se amurallaran?

Ninguno de los dos respondió durante un largo momento, y entonces Daemon habló.

—Nadie lo sabe en realidad. Hubo muchos disturbios civiles y caos tras la invasión y cuando se lanzaron las bombas no nucleares de pulso electromagnético. Cientos de miles de personas debieron de morir en las semanas y meses posteriores, la mayoría a causa de la violencia entre humanos. Otros que tenían los medios y estaban bien de salud se largaron.

Me recliné, retorciendo la manta entre los dedos.

—¿Por qué no se han ido ahora los humanos? ¿Cómo es posible que no temáis que alguien se marche y os exponga a todos los que vivís allí?

—Es una amenaza con la que viven a diario —respondió Luc, mirando por el parabrisas—. Pero muchos de ellos simplemente no quieren formar parte de un mundo que les dio la espalda.

—Puedo entenderlo, pero aun así tiene que ser un riesgo enorme.

—Lo es. Todas las salidas están muy vigiladas, y no queremos vernos en la situación de tener que impedir que alguien salga. Hasta ahora, no ha sido un problema. —Daemon hizo una pausa—. Tendremos que cruzar ese puente si llegamos a él.

Ese parecía un puente bastante grande como para tener que cruzarlo más tarde.

—Pero esperamos no llegar nunca a eso. —La voz de Daemon se endureció—. No planeamos permanecer escondidos para siempre. La ciudad no es solo un refugio para los olvidados o perseguidos. También es la zona cero de la resistencia.

Altos robles y olmos dieron paso a pantanos cenagosos que finalmente se nivelaron en largas extensiones de nada más que praderas. Nos detuvimos una vez para ir al baño y, al caer la noche, volvimos a la carretera.

No por las carreteras por las que habíamos estado viajando antes.

Daemon tomó carreteras rurales polvorientas que evitaban las grandes ciudades cercanas a Houston que todavía estaban pobladas, pero supe que nos acercábamos a la Zona 3 porque habíamos dejado de ver coches en la carretera o cualquier señal de vida o luz en las casas que salpicaban las praderas, o en los apartamentos que se extendían como manos vacías y desnudas en la noche estrellada.

Una ansiedad nerviosa me invadió cuando Daemon entró en un lavadero de coches abandonado, seguido del Jeep.

—Desde aquí iremos andando —dijo Zoe, abriendo la puerta del coche.

Salí al aire fresco de la noche y distinguí coches cubiertos de polvo en la oscuridad mientras me dirigía al maletero para recoger mi bolsa.

Luc se unió a mí y agarró la bolsa antes de que pudiera echármela al hombro.

—Yo me encargo.

—Puedo llevarla yo —le dije.

—Tenemos que movernos rápido. —Cerró el maletero.

—¿Estamos en Houston? —le pregunté.

—En las afueras. —Daemon vino por detrás mientras los otros tres se nos unían—. Todo aquí está abandonado. Tenemos alrededor de un kilómetro y medio a pie. ¿Te parece bien?

Asentí.

—Pues vamos —dijo Archer desde algún lugar entre las sombras.

Luc me tomó la mano y la apretó. El estómago se me revolvía como un ventilador puesto al máximo mientras salíamos por la parte trasera del lavadero de coches y atravesábamos patios traseros vacíos y llenos de maleza.

Nadie hablaba mientras avanzábamos a toda prisa por la oscuridad, y yo sabía que todos ellos podían moverse un millón de veces más rápido que yo, pero iban más despacio, gastando mucha más energía para hacerlo.

Podía intentar ir más rápido y, teniendo en cuenta lo que había hecho en el bosque, es probable que pudiera ser tan rápida como ellos, puede que incluso más.

Pero ni siquiera sabía cómo acceder a lo que llevaba dentro, y si lo hacía, ¿me daría la vuelta e intentaría matar a todos los que me rodeaban? Parecía que cada vez que me convertía en una asesina de primera, iba tras cualquier cosa que percibiera como una amenaza, y dado que todo el mundo a mi alrededor era un Luxen o un Origin, no creía que eso fuera a acabar bien.

Así que caminé lo más rápido que pude, sujetando la mano de Luc con un apretón mortal.

—Lo estás haciendo muy bien —comentó Luc mientras agarraba un cable que colgaba bajo, apartándolo de nuestro camino.

—Gracias —susurré.

El kilómetro y medio pareció alargarse una eternidad mientras cruzábamos calles desiertas y ranchos desperdigados, junto a charcas que olían a musgo y juncos que llegaban hasta las rodillas y se balanceaban.

En cualquier momento esperaba que saltara un chupacabras de la nada.

Luc se rio mientras me miraba por encima del hombro.

—Los chupacabras no existen, Melocotón.

—Eso no lo sé.

—Seguro que Kat estaría de acuerdo contigo —comentó Daemon desde más adelante—. Está convencida de que son reales. Dice que puede oírlos aullar por la noche.

—Seguro que era un perro —repuso Luc.

—O un coyote —dijo Zoe—. Definitivamente creo que hay coyotes por aquí.

Abrí los ojos como platos.

—Espero que sea un coyote amistoso.

Alguien se rio. Tal vez Dawson. Entonces Archer dijo:

—Es mejor que no lo averigüemos.

Por fin, tras una eternidad, despejamos un matorral frondoso y lo vi a la luz plateada de la luna.

—Mierda —susurré.

Un muro de acero se alzaba ante nosotros hasta donde alcanzaba la vista. Debía de tener cerca de treinta metros de altura, y mientras lo rodeábamos, manteniéndonos cerca de la espesura de los árboles, no vi ninguna abertura.

¿Cómo es posible que construyeran esto, si tenían que saber que había gente dentro?

—No les importaba. —Luc tiró de mí.

Más adelante, vi a uno de los gemelos entrar en su forma Luxen, convirtiéndose en un faro blanco brillante.

—¿Qué está haciendo?

—Hacerles saber que estamos aquí —respondió Luc.

Un latido después, el Luxen volvió a su forma humana y oí el suave gemido del acero rozándose contra sí mismo.

—¿Daemon? —dijo una voz masculina grave.

—Aquí —respondió el Luxen, y entonces estábamos cruzando la trinchera de tierra, en dirección a una abertura que ni siquiera podía ver. Los gemelos desaparecieron en el muro, y después perdí de vista a Zoe y Grayson.

El corazón se me subió a la garganta mientras mis pies se ralentizaban. La verdad era que no tenía ni idea de lo que me esperaba al otro lado del muro. Una ciudad olvidada. Gente que nos daría la bienvenida o desconfiaría. Alguien allí podría saber lo que iba a ocurrir conmigo.

Podría decirme a qué atenerme.

Meses antes, no hubiera querido saber la verdad. Hubiera preferido esconderme de ella. Pero ya no era la misma.

—Evie. —La voz de Luc era tranquila pero fuerte.

Respirando hondo, asentí.

—Estoy bien. Estoy preparada.

Y entonces di un paso adelante, de la mano de Luc, hacia lo desconocido.

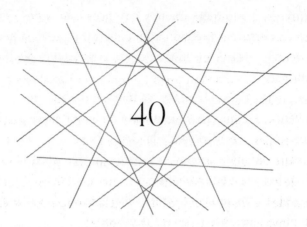

40

Entramos en un campo oscuro que antes había sido un parque. A la luz de la luna se veía un columpio al que le faltaban las cadenas de los asientos.

No sé por qué eso fue la primera cosa en la que me fijé y no fueron los hombres armados con rifles. No nos prestaban mucha atención, y enseguida me di cuenta de que eran guardias, que obviamente protegían la entrada a la Zona 3.

Llegamos a la cima de la colina, pasamos el parque y abajo vi hileras de casas y una ciudad imponente y extensa, completamente a oscuras.

Un resplandor amarillo se encendió varios metros más adelante, seguido de otro y luego de otro. Las farolas de gas iluminaban la calle. Había gente esperándonos.

Daemon desapareció.

Así de rápido se movió. Desapareció y, un latido después, oí una risa suave y femenina.

—¿Cómo estás? —Le oí decir a Daemon, y luego un sinfín de preguntas salieron de él—. ¿Te encuentras bien? Sin problemas, ¿verdad? Estás haciendo...

—Estoy perfectamente. —Fue la respuesta—. Sobre todo ahora. Te hemos echado de menos.

Entonces Archer desapareció. Se oyó un chirrido y entrecerré los ojos, viéndolo levantar a alguien por encima del hombro. Dawson suspiró.

—Presumido.

Y después se fue.

Hubo risas, masculinas y femeninas; luego, una carcajada que provenía de una niña y voces suaves, momentos íntimos de reencuentro. Zoe aminoró la marcha, y supuse que, como yo, quería dejarles espacio. Los cuatro nos tomamos nuestro tiempo para llegar hasta ellos, con Grayson quedándose muy atrás.

Un chasquido me llamó la atención. El viento levantaba los toldos que se extendían desde una casa, la tela se ondulaba.

—¡Madre del alien hermoso! —exclamó una mujer, y se acercó la lámpara de gas a la cara, revelando a una hermosa joven de pelo castaño y ojos grandes—. ¿Ese es Luc? ¿Se ha congelado oficialmente el infierno? ¿Hay otra invasión alienígena en el horizonte?

—Sí, soy yo. —Me apretó la mano y después me dijo en voz más baja—: ¿Quieres conocer a Kat?

Claro que quería.

Vi a Zoe caminar hacia donde Dawson estaba de pie con otra mujer. Luc me soltó la mano mientras avanzaba en silencio, y luego se agachó, abrazando a alguien mucho más bajo que él, que incluso yo. Él murmuró algo, y la oí reír cuando Luc se apartó, enderezándose.

—¿Estás segura de que no vas a tener gemelos? —preguntó.

—Madre mía, no me digas eso, Luc —replicó Kat mientras juntaba las manos—. No estoy especialmente preparada para un dos por uno.

Luc se rio.

—Seguro que Daemon sí.

—En realidad... —Daemon interrumpió—. La mera idea me da un infarto detrás de otro.

—Sé un hombre, Daemon, podrías estar a punto de tener trillizos.

—Me alegro tanto de haber ido a buscarte —respondió con sequedad—. Me alegro tantísimo...

Esbocé una sonrisa cuando Luc se volvió hacia mí y vi que ahora sostenía lo que parecía ser una linterna de gas. Me acerqué.

—Kat, ella es Evie —dijo, haciendo hincapié en mi nombre como siempre hacía cuando se trataba de alguien que me conocía de antes.

Ahora que estaba más cerca de ellos, pude ver lo guapa que era la joven... y también lo embarazadísima que estaba. Como si hubiera salido de cuentas la semana pasada.

Daemon se había colocado detrás de su mujer, con las dos manos apoyadas en una barriga muy abultada.

—Hola. —Agité la mano incómoda, sin saber qué decir.

Ella sonrió mientras extendía una mano, estrechando la mía con calidez.

—Estoy encantada de veros. A los dos. —Miró a Luc y luego a mí—. Daemon me contó que no recuerdas... haberme conocido, pero solo quiero decirte que me alegro de verte aquí.

—Gracias. Lo mismo digo. A ver, no te recuerdo, pero me alegro de estar aquí —divagué, sonando como una idiota mientras le soltaba la mano—. Ahora voy a dejar de hablar.

Luc me pasó el brazo por los hombros mientras se inclinaba y me susurraba al oído:

—Lo estás haciendo bien.

No estaba tan segura de eso.

Pero Kat me sonreía (nos sonreía) y había un secreto en su sonrisa cuando dijo:

—¿Sabes, Luc? Siempre lo supe.

—Calla —murmuró, dándome un beso rápido debajo de la oreja.

Daemon le susurró algo a Kat, y su sonrisa vaciló mientras su mirada se fijaba en mí.

—Lo siento mucho —dijo—. Me he enterado de lo de tu madre. Ya sé que eso no cambia nada ni lo mejora, ya lo sé. Solo quiero decirte que lo siento.

La siguiente respiración fue temblorosa.

—Gracias. Te lo agradezco.

Su sonrisa estaba llena del tipo de pena que yo sabía que provenía de la experiencia de primera mano.

—¡Hola! —Se oyó una voz burbujeante y me giré hacia la derecha.

De inmediato reconocí a la despampanante mujer de pelo negro que estaba allí de pie junto a Archer.

—Tú eres Dee —solté.

Ella parpadeó.

—Sí.

—¿Te acuerdas de ella? —preguntó Kat.

—No. No me acuerdo. Solo... la he visto en la tele. —Me volví hacia Dee—. Siempre te he visto... —Me interrumpí, con una mueca de dolor.

Archer sonrió.

Luc murmuró:

—No te preocupes. Eso no ha sonado espeluznante en absoluto.

Le lancé una mirada sombría que sabía que podía ver.

Zoe se rio.

—Entonces, ¿me has visto hablar básicamente con una pared? —preguntó con una sonrisa.

—Si esa pared es el senador Freeman, entonces sí.

Dee se rio mientras se inclinaba hacia Archer, y no pude evitar fijarme en cómo ambos hermanos miraban a Archer, como si quisieran darle un puñetazo y mandarlo a otra galaxia.

—¡Tío Luc! ¡Tío Luc! —chilló una niña.

Al girarme hacia el sonido, vi a una niña pequeña, de unos cuatro años, sobre la cadera de Dawson, estirando los brazos y agitándose mientras él la agarraba. Había una mujer junto a ellos, con el pelo oscuro recogido en un moño desordenado. Tenía una mano en la espalda de Dawson.

¿Tío Luc?

Casi se me salen los ojos de las órbitas cuando Luc se acercó a la niña y levantó las manos. La niña prácticamente se impulsó de los brazos de Dawson a los de Luc. Le rodeó el cuello con sus pequeños brazos.

De repente recordé lo que había dicho Luc cuando Dawson se dio cuenta de quién era yo... o con quién había... estado relacionada.

«La verdad es que no quiero que Bethany se quede viuda y la pequeña Ash sin padre».

Ellas eran la mujer y la hija de Dawson.

Lo que significaría que como Dawson era un Luxen y Beth una híbrida, la niña era una... Origin.

La mujer movía la cabeza con asombro.

—Hace años que no lo ve, pero se acuerda de él. —Me sonrió y me tendió una mano—. Lo siento. Soy Beth. La mujer de Dawson.

Le di la mano, preguntándome si la había conocido antes o no.

—Encantada de conocerte.

—¿Cómo está mi Ashley favorita? —preguntó Luc, inclinando la cabeza hacia atrás.

—¡Soy la única Ashley que conoces! —Le plantó las manos en el pecho, clavándole una mirada bastante seria para ser una niña tan pequeña.

Él se limitó a sonreírle de una manera un poco triste.

—Estás creciendo mucho, eres casi tan alta como yo.

Ladeó la cabeza.

—¡No estoy creciendo tanto!

—Sip —dijo.

—¡Nop!

Mi corazón..., bueno, hizo algo extraño al ver a Luc con esa niña. Se apretó y se hinchó, y aunque ni siquiera me planteaba la idea de tener hijos de ningún tipo, verlo con ella...

Suspiré.

—Eso debería ser ilegal, ¿verdad? —murmuró Zoe en mi oído—. Ver a un tipo tan sexi abrazando a una niña.

Asentí con la cabeza mientras Luc seguía discutiendo con la niña sobre si estaba llegando a ser tan alta como él.

Cruzando los brazos sobre el pecho, miré a mi alrededor, dándome cuenta de que Grayson había desaparecido.

—¿Dónde está Grayson? —le susurré a Zoe.

Suspiró, metiendo las manos en los bolsillos de los vaqueros.

—Creo que solo necesitaba un tiempo a solas.

«Kent». Una amarga pena me brotaba de lo que parecía un pozo interminable. Sabía que lo que yo sentía no era nada en comparación con lo que estaban experimentando los demás.

—Quiero presentarte a alguien muy especial para mí, Ash. —Luc se giró hacia mí—. Ella es...

—Nadia —dijo la niña.

Oh.

—No, ella es Evie —la corrigió Luc con delicadeza.

—No, no lo es. —La niña me estudió, arrugando su pequeña nariz—. Es Nadia.

Mmm.

—Muy bien. —La madre de la niña se abalanzó, arrancando hábilmente a su hija de los brazos de Luc—. Ya se ha pasado tu hora de irte a dormir. Te he dejado quedarte despierta para ver a papá, pero ya es hora de que sueñes con los angelitos.

—La hora de irse a dormir es una estupidez —refunfuñó la niña mientras se lanzaba por encima del hombro de Beth para mirarme—. Y no quiero soñar con los angelitos.

Ya, a mí también me dan mal rollo.

Beth se dio la vuelta.

—Ha sido un placer veros. Estoy segura de que nos volveremos a ver por la mañana.

—Claro. —Luc se unió a mí.

Dawson asintió a Luc y luego me dedicó una pequeña media sonrisa.

—Tomaos la noche con calma, chicos.

—¿Chicos? —Luc resopló.

Beth y Dawson se marcharon, y la pequeña Ash acabó en brazos de su padre. Nos estaba diciendo adiós con la mano y yo le devolví el saludo.

—Lo siento —dijo Daemon—. Ash puede ser... diferente.

—No pasa nada, pero ¿cómo lo ha sabido? Por su edad, no puede haberme conocido antes. ¿No es así? ¿Me ha leído la mente o algo así? —pregunté, y luego fruncí el ceño—. Bueno, eso no tiene sentido, porque no estaba pensando en ser Nadia ni nada parecido.

—Puede leer los pensamientos —explicó Dee—. Pero Ash es... muy diferente. A veces espeluznante, pero de una manera adorable.

Zoe frunció el ceño.

—Bueno, eso explica por qué quiere al tío Luc —comenté.

Luc me dio un codazo con el brazo.

—No te pongas celosa.

—¿Habéis tenido problemas por el camino? —preguntó Kat, frotándose la barriga con una mano.

—Al entrar no, pero a la salida sí los hemos tenido. —Archer dejó caer su brazo sobre los hombros de Dee—. Ya lo hablaremos luego. Se está haciendo tarde.

Luc levantó la vista, más allá del grupo. Me rodeó los hombros con el brazo.

—General Eaton —anunció—. ¿Debería hacerte un saludo oficial?

Un hombre se acercó al resplandor de las linternas, un hombre mayor con el pelo blanco rapado casi al cero. Vestía una camiseta blanca de algodón.

—Como si hubieras hecho un saludo de ese tipo a alguien alguna vez en tu vida. —El hombre era casi tan alto como Luc y Archer, y aunque aparentaba unos sesenta años, estaba en forma.

Entonces recordé a Luc diciendo que planeaba ver si Eaton sabía qué era la onda Cassio. Este era el hombre que puede que tuviera todas las respuestas.

—Ella es Evie... —comenzó a decir Luc.

—No, no lo es. —El general me miró por encima de su larga y torcida nariz—. Sé exactamente quién es. Nadia Holliday.

Todo dentro de mí se bloqueó cuando Zoe intercambió una mirada con Archer y Dee.

Que me llamaran Nadia dos veces en pocos minutos era raro.

—Bueno —soltó Luc mientras miraba al general—, menuda manera de romper el hielo.

El hombre mayor sonrió con fuerza.

—Hablaremos más tarde. —Examinó al grupo—. Me alegro de que todos hayáis llegado a salvo. Archer, quiero un informe ahora.

Archer suspiró con tanta fuerza que Grayson habría sentido envidia. Le dio un beso a Dee en la mejilla antes de separarse.

—No debería llevarme mucho tiempo —le dijo.

—No lo hará. —Eaton me saludó con la cabeza antes de girar con brusquedad, bajando con sigilo por la calle oscura, con la espalda recta como si estuviera desfilando para un ejército que no podíamos ver.

—Os veo a todos luego —se despidió Archer, y se marchó trotando, alcanzando con facilidad al hombre mayor.

Kat levantó las cejas.

—Ha estado de mal humor últimamente. Estrés.

—Me lo imagino —murmuré, más que inquieta al ver al general desaparecer en la oscuridad.

—Vamos, seguro que tenéis hambre y estáis agotados —dijo Kat—. Puedo enseñaros la casa que tenemos preparada.

—Ya lo hago yo —se ofreció Dee—. Daemon, llévala otra vez a la cama antes de que dé a luz delante de nosotros y nos traumatice a todos.

Kat se volvió hacia ella despacio.

La sonrisa en la cara de Dee era angelical.

—Solo me preocupo por ti.

—Ajá —murmuró ella.

—Estupendo. —Daemon comenzó a darle la espalda—. Estoy deseando llevar a Kat a la cama.

—Nadie quiere saber eso —comentó Dee—. Demasiada información.

—Para descansar —recalcó, y luego miró a Luc—. No olvides que tenemos que hablar.

—No lo haré —respondió Luc, y un ligero escalofrío me recorrió la espina dorsal.

Tenía la sensación de que sabía de qué quería hablar.

Nos despedimos y después Dee nos condujo por la calle oscura, iluminada por la lámpara que ahora llevaba Zoe.

—Hay dos casas al lado de la nuestra que están vacías y son perfectas —explicaba Dee—. Podríais daros una ducha rápida, pero estará fría.

Casi gimo.

—Una ducha sería increíble, fría o no.

—¿Cómo es que tenéis agua corriente? —preguntó Zoe, siguiendo el paso de Dee—. Antes no teníais.

—Hemos encendido algunos de los generadores previendo que querríais refrescaros. El viaje es ridículamente largo —explicó—. Y sé que eso sería lo primero que yo querría.

—Eres magnífica —le dijo Zoe.

Dee se rio.

—Intento serlo.

A medida que avanzábamos, oía el zumbido lejano de conversaciones en voz baja. Sin duda había gente escondida en las casas o bajo los toldos.

—¿Ha llegado alguien más? —pregunté, pensando en Heidi y Emery.

—Vosotros sois los primeros.

—Emery y Heidi puede que no lleguen hasta dentro de unos días —explicó Luc.

Asentí con la cabeza, con la preocupación supurando en mi interior como una herida.

—Por cierto, Evie está enamorada de ti, Dee —anunció Luc de la nada.

—¡Luc! —jadeé mientras Zoe se reía. Me abalancé sobre él, pero se apartó.

Dee se dio la vuelta, con su larga melena girando a su alrededor.

—Me tomaré eso como un cumplido.

Iba a darle un puñetazo en la cara a Luc.

—Lo es. Quiero decir, espero que lo sea. Es que creo que salir en la tele y hablar con el senador y mantener la calma es realmente admirable.

—Gracias. —Caminó hacia mí, pasando su brazo por el mío—. No es fácil. Me dan ganas de voltear una mesa o ir a buscar al senador y partirle la cara. —Frunció el ceño—. Lo que reforzaría todas las cosas terribles que dice de nosotros, así que, por desgracia, no puedo hacerlo.

—Qué lástima —le respondí, ganándome una rápida sonrisa.

—Tomar el camino más inteligente no es divertido.

—¿Grabas desde aquí? —pregunté.

Sacudió la cabeza.

—Podríamos encender todo el equipo necesario, pero existe la posibilidad de que nos rastreen. Salimos de aquí para hacer las entrevistas.

Zoe se detuvo de repente, su mirada rastreando una zona de madera.

—¿Me vais a instalar en la casa de ladrillo con las contraventanas blancas? ¿En la que suelo alojarme? —preguntó, y volví a darme cuenta de lo poco que sabía de Zoe.

—Sip —respondió Dee.

—Genial. Voy a ir a ver dónde se ha metido Grayson —replicó, apareciendo a mi lado—. A menos que quieras que me quede un rato.

—No, estoy bien. —Liberándome de Dee, abracé a Zoe—. ¿Nos vemos mañana por la mañana?

—Suena como un plan. —Se giró hacia donde Luc estaba a mi lado.

—Ve a buscar a Grayson —dijo en voz baja, tomando la lámpara de ella—. Asegúrate de que está lidiando con todo.

—Haré lo que pueda —contestó, y luego desapareció en un borrón.

—Habéis perdido a alguien. —Dee se pasó la coleta por encima del hombro—. Kent. —Esa sola palabra, solo un nombre, estaba llena de mucha pena—. No está con vosotros.

—Sí, ha sido Kent. —La mano de Luc encontró la mía y yo le apreté la suya—. Ellos eran más.

—Lo siento —dijo, dejando escapar un fuerte suspiro mientras empezaba a caminar—. Nunca se hace más fácil. Después de todo lo que hemos pasado y probablemente seguiremos pasando, nunca se hace más fácil. Siento mucho su pérdida. Él era... era Kent.

—Gracias —murmuró Luc.

Dee nos condujo más allá de la zona de madera hasta una calle a nuestra izquierda.

—Aquí es donde vivimos todos, para que así podamos meternos en los asuntos de los demás. Ya hemos preparado esta casa.

La seguimos por un camino agrietado hasta una pequeña casa de estilo ranchero. Se paró delante de la puerta, la abrió y entró encendiendo lámparas de gas.

—Todo de ladrillo. Dejad las puertas de los otros dormitorios cerradas, las persianas bajadas durante el día y las ventanas abiertas por la noche, así es como se mantiene fresca en esta época del año. —Señaló el techo—. También se consigue una agradable corriente de aire que incluso hace girar los ventiladores.

El ventilador giraba con pereza. Miré a mi alrededor y vi varios muebles acogedores y una cocina.

—Supongo que vosotros dos estáis de acuerdo con quedaros en el mismo lugar. —Se paró Dee, poniéndose las manos en las caderas—. Puede que debiera haberlo comprobado antes.

Luc me miró, la suave luz de la lámpara iluminaba sus rasgos. Esperó a oír lo que iba a decir, dejando la decisión en mis manos.

Asentí con la cabeza.

—No pasa nada. Quiero decir, está bien. Por supuesto.

Una pequeña sonrisa deslumbrante se dibujó en los labios de Luc, y sentí que se me ponían las mejillas coloradas.

—Bien. Hay algunos productos de higiene personal en el baño. Traeré algo más de ropa que debería quedaros bien y algo de comida en unos minutos, ¿de acuerdo? —Dee esperó en la puerta.

—Eso sería genial —respondió Luc.

Asintió y salió por la puerta, desapareciendo en la noche.

Durante unos instantes, Luc y yo nos quedamos allí de pie, y entonces él dijo:

—Vamos a averiguar dónde está la ducha.

Por el estrecho y corto pasillo entramos en un dormitorio que olía a lavanda y aire fresco. Luc dejó mi bolsa sobre la cama y se acercó a la mesita. Otra lámpara de gas se encendió. La ducha estaba en un pintoresco cuarto de baño detrás de una de las puertas.

Luc colocó sobre el mueble del lavabo la lámpara que había traído de fuera. El suave resplandor repelió las sombras.

—¿Por qué no te duchas tú primero?

—¿Estás seguro?

Asintió, retrocediendo mientras miraba a su alrededor.

—Estás asquerosísima.

Me reí, con un sonido ronco, pero que estaba ahí.

—Muy bonito.

Apareció una sonrisa.

—Aquí hay algunas toallas, y aquí hay... un albornoz detrás de la puerta. —Agarró la toalla y la colocó en el lavabo, junto a la lámpara—. ¿Estás bien?

—Sí. —Me quedé mirando la toalla. Era rosa o blanco roto. Tenía una especie de monograma.

—¿Seguro?

Me obligué a asentir mientras echaba un vistazo al cuarto de baño. Había cepillos de dientes y enjuagues bucales, champús y acondicionadores en la ducha. Todo esto lo había colocado aquí Dee, pero sin duda aquí había vivido gente.

—¿Crees que lograron salir?

—¿Quiénes?

—La gente que vivía aquí.

—No lo sé. Esperemos que sí.

Decidí que eso era lo que esperaba, porque si no habían conseguido salir y ya no estaban aquí, en su propia casa, eso significaba que no lo habían conseguido.

Todo me parecía pesado, y yo... No quería pensar más en la muerte.

—Estaré fuera —dijo Luc, cerrando la puerta tras de sí.

Eché un vistazo a la ducha, sabiendo que iba a estar helada, pero no me di tiempo para pensármelo. Me quité la ropa manchada de barro y abrí el grifo. Murmurando una maldición en voz baja, me metí bajo el chorro.

—Mierda —jadeé, el aire se me escapó de los pulmones cuando el rocío helado me golpeó la piel. Por un momento, me quedé inmóvil, pero lo superé. Agarré un bote de champú y me di la ducha más rápida y fría de mi vida.

Salí, temblando mientras tomaba la toalla y me frotaba la piel helada. Tenía la piel de gallina por todo el cuerpo y sentía el pelo como si estuviera cubierto de hielo. Congelada, agarré el albornoz, me lo pasé por los brazos y me lo ceñí a la cintura. Busqué un peine y abrí la puerta del baño. Luc estaba entrando en el dormitorio con un plato de comida. Me rugió el estómago.

—Pareces un cubito de hielo.

—Lo soy —dije mientras daba saltitos de un pie al otro—. Pero me alegro de estar limpia.

—Yo también.

—Cállate.

Se rio mientras colocaba el plato sobre una cómoda, junto con una botella de agua.

—Dee ha traído algo de ropa junto con esto. Tenemos todo un surtido de queso y verduras.

—Ñam.

Se acercó a una silla del rincón y agarró algo de ropa.

—Hay más botellas de agua en la cocina. No sé muy bien de dónde la han sacado, pero vamos a suponer que es potable. —Sonreí un poco ante eso.

—Ahora me toca ir y morirme congelado. ¿Estás bien?

—Sí.

Luc vaciló, se metió en el baño y yo me concentré en comer tantos trozos de apio y queso como pude sin atragantarme. Luego rebusqué en mi bolsa y me di cuenta de que me había dejado los pantalones cortos del pijama en la cabaña. Ya no podía hacer nada al respecto.

Pero no me había olvidado de Diesel.

Saqué la roca y la coloqué en la mesita, junto a la lámpara. Luego agarré una de las botellas de agua y engullí el líquido.

La puerta del baño se abrió no más de cinco minutos después, y Luc salió, llevando un par de pantalones de chándal, que colgaban indecentemente bajos sobre sus caderas, y nada más. Mi mirada se detuvo un poco en toda la piel dura, húmeda y desnuda que exhibía.

Realmente necesitaba dejar de mirarlo.

—No me importa —dijo.

—Sal de mi cabeza. —Recogí el plato y me acerqué a la cama—. Ni siquiera pareces tener frío.

—En realidad me estoy congelando, pero ha valido la pena.

Me senté en la cama, cruzando los tobillos.

—Supongo que es algo a lo que nos acostumbraremos.

—Imagino.

Le eché un vistazo mientras levantaba la mano para apartarse los mechones de pelo mojado de la cara.

—Entonces..., ¿cuándo deberíamos ver a ese general? —le pregunté—. Él es el que crees que será capaz de responder a algunas de nuestras preguntas, ¿verdad?

—Sí. Mañana por la mañana, si quieres.

Asentí con la cabeza y le ofrecí una zanahoria a Luc. Me rodeó la muñeca con los dedos, le dio un mordisco y se sentó a mi lado en la cama.

Miró el plato de verduras y queso.

—¿Quieres comer algo más?

—No, estoy llena. Pero tú sí deberías comer.

—Más tarde. —El plato se desplazó de mi regazo a la mesita de noche, junto a la lámpara de gas y Diesel. Me tiró del brazo y me puse de rodillas. Me rodeó la cintura con un brazo y tiró de mí hacia su regazo—. ¿Cómo lo llevas?

—No lo sé. —Me acomodé contra él, un poco sorprendida por lo fácil que era estar tan cerca de él. Pero se sentía bien, incluso natural—. Me sorprende que hayamos llegado hasta aquí. No paraba de pensar que íbamos a caer en una emboscada o algo por el estilo; sigo esperando que pase algo.

—Aquí estamos a salvo. —Me apartó el pelo mojado de la cara y me puso la mano encima de la rodilla, donde terminaba el albornoz.

«Por ahora», esas palabras flotaban en el aire sin que ninguno de nosotros las pronunciara en voz alta.

Y había algo más tácito entre nosotros que no podía quedarse así.

—¿Estáis a salvo de mí?

—Evie...

—Es una pregunta válida —respondí—. ¿Y no es de eso de lo que Daemon quiere hablar contigo? Sé que no quiere que esté aquí, y no lo culpo. No sabe de lo que soy capaz. Ni siquiera yo lo sé, y tú tampoco.

—La verdad es que no me importa lo que Daemon quiera.

—Luc —suspiré.

—Eso no significa que no entienda que esté preocupado —añadió, dándome un apretón en la rodilla—. Sí que lo entiendo. También entiendo por qué sintió que tenía que hacer algo para detenerlo todo en la cabaña, aunque yo no estuviera de acuerdo. Te conozco, Melocotón. También entiendo que estés preocupada. No sabemos lo que va a pasar dentro de una hora, y mucho menos dentro de un día o una semana, pero lo que sí sé es que estamos juntos en esto, ¿verdad?

—Sí.

—Pase lo que pase, vamos a afrontarlo juntos, y no voy a permitir que hagas daño a nadie que no se lo merezca —continuó—. Tienes que creer en eso. Ya te he detenido antes. Y te volveré a detener.

Pero casi lo había matado cuando había intentado detenerme antes.

—Confía en mí —susurró Luc contra mi frente—. Necesito que confíes en que no dejaré que le hagas daño a nadie de aquí.

Cerré los ojos, estremeciéndome. Confiaba en él. Irrevocablemente. Y eso significaba que iba a tener que actuar guiándome por esa confianza. Respirando hondo, asentí.

—De acuerdo.

—De acuerdo —repitió, dándome un beso en la mejilla.

Pasaron unos instantes mientras descansaba en su abrazo, con el frío desvaneciéndose de mi piel.

—Cuando Kat dijo algo sobre mi madre, me hizo pensar que ella, ya sabes, había pasado por algo así.

—Así es. —Levantó la cabeza, y en la lámpara parpadeante, me encontré con su mirada—. Kat perdió a su madre durante la invasión.

—Oh. —La pesadez volvió, instalándose en mi pecho—. Qué lástima.

—Pues sí.

El peso de su mano sobre mi rodilla atrajo mi mirada. Puse las manos sobre ella, acariciándole el hueso de un dedo hasta su nudillo. Luego levanté la vista, observando la habitación desconocida.

—Todo ha cambiado. Supongo que no han parado de cambiar las cosas constantemente.

—Sí. —Movió el pulgar sobre mi rodilla—. Han cambiado mucho.

Habían cambiado tanto que pensé en el día en el que me había llevado a Harpers Ferry, y aquella tarde me pareció que había pasado hace toda una vida.

—¿Qué ocurrirá después? —Me volví hacia él, encontrando su mirada en la penumbra—. ¿Y si mañana hablamos con Eaton y él tiene todas las respuestas? Puede que me cuente por qué han hecho esto y qué va a pasar, pero ¿y después qué? No podemos...

—¿No podemos qué?

Respiré entrecortadamente.

—No podemos quedarnos aquí para siempre, escondidos. Ese no es el tipo de vida que quiero.

—Ese tampoco es el tipo de vida que yo quiero.

—Entonces, ¿qué pasará después?

—Bailemos.

Parpadeé.

—¿Qué? ¿Ahora mismo?

—Sí. —Me apartó de su regazo y me puso de pie. Se levantó, extendiendo la mano.

—Pero no hay música.

—Nosotros la haremos.

Alcé las cejas.

—Eso ha sido...

—¿Extremadamente romántico y encantador? —sugirió.

—Eso ha sido bastante pasteloso.

—Pero los pasteles están muy ricos.

—Sí, riquísimos. —Sonreí—. Pero también ha sido una respuesta muy inesperada.

—La mayoría de las mejores cosas lo son. —Movió los dedos—. Baila conmigo, Evie.

Sacudiendo la cabeza, puse mi mano en la suya y me atrajo hacia él. Me rodeó la cintura con uno de los brazos y me levantó hasta que me quedé de pie sobre sus pies descalzos. Posé las manos en su pecho. Tenía la piel fría por la ducha.

Luc empezó a balancearse y, al cabo de unos instantes, estábamos bailando a pesar de que no había música. Él hacía todo el trabajo mientras yo lo miraba fijamente, preguntándome si había habido alguna vez en la que no hubiese estado enamorada de él.

¿Y no era eso lo más loco? Estaba segura de que me había enamorado de él cuando era Nadia, y ahora que soy Evie, seguimos estando enamorados. Lo quería.

Levanté la mano, le acaricié la mejilla y atraje su boca hacia la mía. Lo besé despacio al principio y, cuando sus labios se separaron, profundicé el beso. Mi lengua se movió contra la suya y me encantó cómo se sentía, cómo sabía. La intensidad del beso era vertiginosa y, cuando me aparté, me sentí desnuda. ¿Sería siempre así?

Tenía el presentimiento de que así sería.

Siempre.

Habíamos dejado de bailar.

—Me has preguntado qué pasará después. —Los labios de Luc rozaron los míos y se me cortó la respiración—. Encontraremos a los responsables de esto y luego quemaremos todo su mundo. Nada nos detendrá.

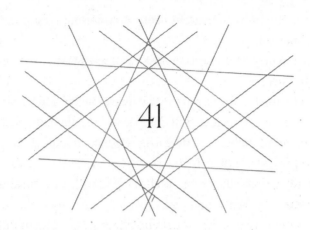

41

Había una parte de mí que no esperaba que me durmiera. No después de todo lo que había pasado ni con lo que nos esperaba por la mañana, y menos en un lugar tan extraño como la casa de otra persona. No me sentía como una invitada. Me sentía como una ocupante ilegal, pero en el momento en el que mi cabeza golpeó la almohada junto a la de Luc, debí de caer rendida, porque cuando abrí los ojos, había una rendija de luz que se filtraba por debajo de las persianas, recorriendo los pies de la cama.

Y yo estaba abrazada a Luc como si me hubiera preocupado en sueños de que desapareciera o algo así. Las finas sábanas se enredaban en nuestras caderas. Una de mis piernas estaba metida entre las suyas. Tenía un brazo echado sobre su cintura y el suyo estaba enroscado alrededor del mío, laxo y pesado de una forma agradable. Mi mejilla descansaba sobre su pecho desnudo.

Despertar así era diferente. Era algo totalmente nuevo. Íntimo. Y a mí... me gustaba. Me gustaba mucho.

Cerré los ojos y respiré hondo. El aroma fresco del jabón se mezclaba con el de la lavanda que se pegaba incluso a las sábanas. Me sorprendía lo cómoda que me encontraba tumbada encima de Luc. No nos habíamos acostado así. Habíamos estado juntos, yo de espaldas y Luc de lado, frente a mí. Lo que nos unía mientras dormíamos era tan poderoso como cuando estábamos despiertos. ¿Era química? ¿Todas las pequeñas cosas que me hacían ser quien era y le hacían ser quien era se sentían atraídas las unas por las otras? ¿Era el pasado compartido, aunque yo no pudiera recordarlo? ¿O era todo lo que sí recordaba, todo lo que ha venido después?

Fuera lo que fuese, no importaba, porque me gustaba de verdad, y eso... eso me parecía mal después de haber perdido a Kent y a Clyde, a Chas y a mi madre mientras Emery y Heidi seguían ahí fuera, abriéndose paso poco a poco hasta aquí. Me parecía inapropiado, dado que nos habíamos apropiado de la casa de alguien, posiblemente incluso de una familia que había fallecido. Me pareció injusto que me dieran tantas oportunidades cuando nadie más las tenía, y ni siquiera sabía si yo me las merecía.

Si yo merecía esto: despertar en los brazos de alguien que me quería tanto como yo a él.

No sabía si me lo merecía porque, al fin y al cabo, yo no sabía lo que era, y Luc tampoco. Y tal vez no lo supiera y tal vez fuera injusto, pero estaba segura de que iba a luchar con todas mis fuerzas para tener más mañanas así, para dejar de perder a gente a la que quería y para tener a todos mis amigos conmigo, a salvo y felices.

Cuando Luc había dicho que encontraríamos al responsable de todo esto y quemaríamos todo su mundo, sus palabras le habían hablado a una parte dentro de mí que no había sabido que existía hasta ese momento. No sabía lo que era. Determinación. Venganza. Justicia. Podían ser todas ellas, pero lo que sí sabía era que no había parpadeado cuando lo había dicho. No hubo ni un momento de vacilación, aunque sabía que cualquiera que fuera el camino que tomáramos iba a ser violento. La Evie que habría pisado el freno y sugerido que llamáramos a la policía había muerto en el suelo junto con la única mujer que conocía como madre, y la Evie que había nacido en el piso franco de las afueras de Atlanta no se quedaría de brazos cruzados viendo cómo hacían daño a nadie más. Fuera lo que fuese lo que había cobrado vida dentro de mí en el bosque, seguro que no iba a permitirlo. Yo podría ser peligrosa. Podría ser una Troyana. Pero confiaba en Luc; creía que me detendría si fuera necesario. Como ya había hecho antes.

Porque lo que nos atraía el uno al otro cuando estábamos despiertos, e incluso cuando dormíamos, también era lo bastante poderoso como para traspasar lo que fuera que residiera en mí, alcanzándome.

Abrí los ojos y levanté la cabeza. La cara de Luc estaba vuelta hacia mi lado de la cama, se podía ver su perfil. Aún no podía creer el aspecto que tenía mientras dormía. Sus rasgos angulosos se suavizaban como pocas veces lo hacían cuando estaba alerta. El aspecto de otro mundo seguía ahí, pero borroso, y casi podía imaginarme que éramos normales, que esta era nuestra cama y que teníamos ante nosotros días, semanas, meses y años de vida, un tiempo infinito para explorarnos el uno al otro y el mundo, para crecer y aprender juntos. Graduarme y averiguar lo que quería. Irnos a vivir juntos por deseo y anhelo en lugar de por necesidad. Casarnos y quizás incluso formar una familia de alguna manera, dentro de muchos muchos años.

Pero no éramos esos.

Todavía.

—Melocotón —murmuró Luc, sobresaltándome—. Ojalá te hubieras traído la cámara. Así podrías hacer una foto. —Su brazo me rodeó con más fuerza—. Duraría más.

—Imbécil. —Sonreí—. No quería despertarte.

—No pasa nada. —Abrió un ojo dormido—. Nunca podría quejarme de que me despertaran así, y menos de que lo hicieras tú.

Un dulce movimiento de hinchazón me llenó el pecho.

—Al escucharte decir eso me dan ganas de besarte.

Luc giró entonces la cabeza hacia mí mientras me deslizaba la mano que tenía en mi costado por la espalda, enredándose en mi pelo despeinado.

—Es una forma aún mejor de despertarse, ¿qué te lo impide?

Me moví hacia arriba y bajé la cabeza.

—Lo más probable es que tenga aliento matutino.

—Seguro que yo también. —Entornó los ojos—. No me importa.

Mientras lo miraba fijamente, me di cuenta de que a mí tampoco.

—¿Has dormido bien?

—Sí. —Me acunó la mejilla con la otra mano—. Creía que no dormiría nada, pero me dormí justo después de ti. Eres mi dosis perfecta de melatonina.

Me reí y bajé la boca hasta la suya para besarlo. Solo pretendía darle un beso rápido, pero eso no fue lo que pasó. En cuanto empecé a levantar la cabeza, Luc me puso debajo de él.

—Ahora puedes darme un beso de buenos días mejor que ese —bromeó, y esta vez lo hice.

Estuvimos un rato perdidos el uno en el otro. Besándonos. Tocándonos. Sabíamos que teníamos que levantarnos y buscar al general, pero ambos parecíamos sentir que esto era... tan importante como lo eran todas las posibles respuestas del mundo. No era solo vivir el momento. Era aprovechar los segundos de los que disponíamos porque ya habíamos perdido muchos, y cuando se acomodó sobre mí, los besos se volvieron más urgentes, nuestras caricias más frenéticas a medida que nos movíamos y nos retorcíamos el uno contra el otro. Parecía que el aire estaba cargado de electricidad cuando levantó la cabeza y su pecho subió y bajó con fuerza mientras me miraba fijamente con las pupilas de un blanco intenso y brillante. Había una tensión en su boca que hizo que mi corazón diera un vuelco, una pregunta en su extraña y hermosa mirada, y lo supe. De repente, lo supe.

Era esto.

Él. Yo. Sin ropa. Juntos. Juntos de verdad. No sería mi primera vez, pero sí sería la suya, y esta vez, en una cama y en una casa que pertenecían a otra persona, me parecía más correcto que antes.

Los ojos de Luc brillaron con un intenso color amatista.

—¿Evie?

Era uno de esos raros momentos en los que no me importaba que hubiera estado captando mis pensamientos.

—Sí —susurré—. Bueno, si tú...

No llegué a terminar lo que estaba diciendo porque Luc me besó y esta vez había algo totalmente distinto. Fue lento y profundo, y hermoso, y luego se convirtió en algo más. Agarró la camiseta que me había puesto antes de acostarme y yo empujé sus pantalones...

Un golpe en la puerta hizo que nos quedáramos quietos. Mis ojos volaron a los suyos mientras le sujetaba el borde del pantalón. Él tenía mi camiseta medio subida por encima del pecho.

—Son imaginaciones nuestras —dijo, con voz áspera como el papel de lija—. No hemos oído nada.

—Yo no he oído nada. —Levanté la cabeza hacia la suya y lo besé. Su gemido retumbó en mi interior. Volvió a agarrarme la camiseta y yo tiré de su pantalón mientras arqueaba la espalda. Sus manos, su mirada estaban tan cerca...

Volvieron a llamar a la puerta, esta vez seguida de la voz apagada de Kat.

—Chicos, ¿estáis despiertos?

El gemido que salió de Luc no se parecía en nada al de antes. Dejó caer la cabeza sobre mi cuello.

—Podríamos ignorarla.

—Podríamos. —Le solté los pantalones y lo rodeé con los brazos.

—Se irá. —Me acarició el cuello con los labios—. Tarde o temprano.

Giré la cabeza hacia la suya, buscando su boca.

—No le quedará más remedio.

—Sin duda. —Me besó, apretando su cuerpo contra el mío y contra la cama.

—¡Me ha enviado Eaton! —La voz de Kat sonó, esta vez más cerca, como si se acercara a otra ventana—. Quiere veros y está superimpaciente. —Una pausa—. Como siempre.

Luc suspiró.

Una risita me subió por la garganta.

—No creo que se vaya a ir.

—Creo que tienes razón. Por desgracia. Nunca he estado más decepcionado en mi vida. —Luc levantó la cabeza y gritó—: Danos veinte minutos.

—Creo que la que se va a quedar decepcionada voy a ser yo —murmuré.

Luc me miró, con las cejas arqueadas y los ojos un poco abiertos.

—Melocotón...

La risa se me escapó antes de que pudiera detenerla, y me sentí bien riéndome, y me sentí aún mejor cuando él acalló esa risa con otro beso.

A lo lejos se veía el centro de Houston, un cementerio de edificios de acero y piedra. Fue lo primero que vi después de que Luc y yo nos reuniéramos con Kat, que nos estaba esperando en el porche. Había algo desconcertante en ver una ciudad de ese tamaño completamente paralizada, e hizo que me vinieran a la mente los débiles recuerdos de lo tranquilas que habían estado las cosas después de la invasión. No tenía ni idea de si esos recuerdos eran reales o algo que me habían implantado, pero la ciudad parecía... embrujada, un fantasma del pasado.

—Perdona por haberte hecho esperar. —Luc cerró la puerta—. No sabíamos que nos iban a llamar tan temprano.

—Nosotros tampoco. —Kat se levantó del banco de madera en el que estaba sentada, con una mano en la espalda y la otra agarrando un sombrero flexible de color crema. Aunque no parecía ni remotamente cómoda, estaba muy guapa con el sencillo vestido azul pálido de manga larga—. Pero Eaton no hacía más que aporrear nuestra puerta al amanecer, haciendo que Daemon fuera al Patio.

—¿El Patio? —pregunté, saliendo del porche. Me hubiera gustado llevar una camiseta más gruesa, porque hacía más frío de lo que pensaba.

—Está a unas manzanas, junto al antiguo instituto. —Se puso el sombrero y los bordes le cubrieron casi toda la cara—. Es donde... Bueno, da igual. Por cierto, creo que Eaton no ha dormido esta noche.

No se me pasó por alto que Kat había cambiado de tema en lugar de decirme para qué se usaba el Patio. ¿Le había hablado Daemon de mí? No hacía falta ser muy lista para suponer que sí. Eso sería lo primero que yo le contaría a Luc. ¿Qué pensaría ella? ¿Estaría preocupada? Incómoda, desvié la mirada hacia la calle de enfrente. Delante de mí había una casa casi idéntica a aquella de la que habíamos salido. Eran iguales a izquierda y derecha, pero no había señales de vida en el interior, ni voces bajas de conversaciones entre susurros. El único sonido era el suave chasquido de la brisa al atrapar los toldos. Era temprano, pero no tanto.

—¿Vive gente en estas casas? —pregunté, pensando que el lugar me recordaba a la primera temporada de aquella serie de zombis.

La mano de Luc rodeó la mía, atrayendo mi mirada. Observaba a Kat mientras caminaba a nuestro lado.

—Muchos están trabajando en los mercados o haciendo lo que hacían antes de que ocurriera todo esto —respondió, guiándonos calle abajo. Me di cuenta de que nos estábamos dirigiendo hacia el lugar por donde habíamos entrado—. Los niños están en el colegio, no en el antiguo, sino en una casa que han preparado para las distintas edades. Otros estarán todavía en la cama.

No quería pensar en el hecho de que una casa era lo bastante grande como para albergar a todos los niños en edad escolar aquí.

Las calles estaban limpias mientras que la mayoría de los patios estaban ocupados por hierba alta y cañaveral, lo cual tenía sentido. Dudaba que el tan necesario y preciado combustible se utilizara para mantener la hierba a cierta altura. Solo había unos pocos coches aparcados en las entradas. Tal vez cinco. Todos tenían al menos una década o así de antigüedad, y me di cuenta de que era porque se habrían fabricado antes del encendido eléctrico. A medida que avanzábamos, me invadía la sensación distintiva de que me estaban... observando, y a cada ventana oscura que pasábamos, la sensación aumentaba.

—¿Está Eaton en el mismo sitio? ¿La casa azul cerca del parque?

Kat asintió.

—¿Por qué no vuelves y descansas? —ofreció Luc, deteniéndose—. Conozco el camino.

—No me viene mal caminar. Creo que se supone que en realidad debo hacerlo, pero estoy que no puedo dar ni un paso de lo cansada que estoy. —Se rio, dándose palmaditas en la barriga—. Quién diría que hacer un bebé podría cansar tanto.

Sonreí.

—Sales de cuentas en cualquier momento, ¿verdad?

—Creo que en realidad llevo un día de retraso —contestó, con la preocupación en la voz—. Pero es normal. O la gente me dice que lo es. Es que...

—Estarás bien. Los dos vais a estar bien —le aseguró Luc, y me pregunté si estaba captando sus pensamientos o no.

—Ya lo sé. —Cuando levantó la barbilla, pude ver la sonrisa en su rostro. Era una sonrisa débil y de agotamiento—. Ya lo sé —repitió—. Voy a volver. Venid a buscarme cuando hayáis terminado. Tenemos que ponernos al día.

—Cuenta con ello.

Me quedé callada mientras veía a Kat volver por donde habíamos venido.

—Si tienen que inducirle el parto o... hacer algo como una cesárea, ¿tienen el material que necesitarían para eso? ¿O médicos que puedan hacerlo aquí?

Luc se quedó callado un largo rato.

—Hay algunos médicos y creo que uno o dos cirujanos. Hay material médico, cosas abandonadas y cosas que otros han rebuscado. —Inclinó la cabeza hacia el cielo—. Es una híbrida y tiene a Daemon, tiene a su familia. Ninguno de ellos dejará que pase nada.

Sus palabras pretendían causar alivio, pero yo seguía preocupada por la chica que no conocía. Habilidades alienígenas especiales o no, hay mujeres que mueren al dar a luz desde el principio de los tiempos, incluso aunque tengan acceso a todas las medidas para salvar vidas.

—Estará bien. —Su voz era más suave.

Asentí con la cabeza y reanudamos la marcha, cruzando la calle. Por el rabillo del ojo, vi a alguien junto a uno de los porches delanteros de una pequeña casa, y cuando miré, se movía bajo el toldo, pareciendo desaparecer entre las sombras. Pensé en que Kat no había querido contarme qué estaba ocurriendo con lo que quiera que fuese el Patio, y tuve la sospecha de que no todo el mundo estaba en el trabajo o en el colegio. Estaban en sus casas o escondidos, porque...

—Es por nuestra culpa.

Le lancé una mirada.

—Sé lo que estás pensando, y no, no porque te esté leyendo la mente. —Me apretó la mano—. Bueno, algo sí, pero solo un poquito.

—¿En serio? —respondí secamente.

—Ha sido una lectura mental por accidente.

—Ya, claro. —Un perro pequeño salió trotando de una de las callejuelas, moviendo la cola mientras seguía cruzando—. La gente se esconde por nuestra culpa.

—Porque no nos conocen —explicó.

—Puedo entenderlo. —Y lo hacía—. Ella no confía en mí, ¿verdad? Por eso no me ha dicho para qué sirve el Patio y ha cambiado de tema.

—No es personal.

—¿Cómo que no es personal?

—Pues igual que tú tampoco confiarías en nadie que se presentara aquí, en un lugar que es uno de los pocos últimos espacios seguros para todos, y menos cuando es una persona que creías que había muerto —respondió, con toda la lógica del mundo—. Todos han pasado por mucho. La confianza no se da y rara vez se gana cuando se la pides a gente a la que han traicionado una y otra vez.

Me callé, porque Luc tenía razón. No es que no lo hubiera pensado en un principio. No podía culpar a ninguno de ellos por desconfiar de mí cuando yo también desconfiaba de mí misma, pero seguía siendo duro saber que no confiaban en ti... y saber que había una buena razón para ello.

A unas dos manzanas por una calle más estrecha, vi el parque más adelante. La brisa mecía los columpios sin asiento y jugueteaba con la maleza, que era tan alta como el tiovivo. La casa azul estaba situada entre lo que parecía haber sido un mercado de barrio y una casa de idéntica forma, pero pintada de un rojo desvaído.

Luc me condujo a lo largo del cemento agrietado del camino y sobre unos escalones de madera que gemían bajo nuestro peso. Llamó a la puerta y no tardó más de unos segundos en abrirse.

—Creía que estaríais aquí a primera hora de la mañana. —El general Eaton se hizo a un lado, dejando ver una pequeña habitación que olía a mosto y estaba iluminada por una lámpara de gas en un rincón—. No pensé que tendría que enviar a alguien a buscaros.

Luc se limitó a sonreír.

—El viaje hasta aquí ha sido largo.

El general resopló en respuesta.

—¿Has estado bien? —preguntó Luc, soltándome la mano y dejándome entrar primero. Cerró la puerta detrás de mí.

—Más o menos. —Se volvió, caminando hacia un sofá de cuero que tenía un desgarro en el respaldo. Alcanzó una botella de líquido de color ámbar—. Os ofrecería algo de beber, pero lo único que tengo ahora mismo es cerveza caliente y vosotros dos aún sois menores de edad.

Luc resopló.

—¿De verdad? ¿Todavía seguimos las leyes por aquí?

—Si no lo hacemos, dejamos de ser civilizados. —Se sentó—. Y no podemos permitirnos eso.

—No, no podemos —murmuró Luc mientras yo intentaba averiguar si el general bebía cerveza normalmente a estas horas de la mañana.

Recorrí la habitación y vi montañas de libros y mapas apilados contra la pared. Era como si hubiera saqueado una biblioteca o una librería, lo cual era totalmente posible. Esta casa no se parecía a aquella en la que nos alojábamos, donde aún quedaban restos de la personalidad del dueño anterior. Esta casa, al menos esta habitación, estaba destrozada y desolada, con el aspecto que tendría una casa después de un apocalipsis.

—Sé por qué ambos queríais hablar conmigo. Sobre todo tú. —Eso me lo dijo a mí. El cuero crujió bajo su delgado cuerpo mientras se recostaba contra el cojín—. Quieres preguntarme sobre lo que eres.

Asentí, me gustaba que fuera al grano.

Luc se sentó sobre varias cajas reforzadas.

—Hay algo que tengo que aclararte. Estuvo por aquí después de la invasión, pero nunca la conociste cuando era Nadia.

—Tienes razón. Nunca la conocí de manera oficial, pero sí conocí a la verdadera Evie Dasher —respondió.

Eso no me lo esperaba.

Luc se enderezó. Al parecer, él tampoco se lo esperaba.

—¿Cuándo ocurrió eso?

—Cuando ella era joven, pocos años antes de su muerte. —Le dio un sorbo a la cerveza—. El parecido entre vosotras es asombroso.

—Yo... No estaba segura de cuánto me parecía a ella. He visto fotos de ella, pero...

—Podríais haber pasado por primas. Quizás incluso hermanas. El parecido ha sido pura suerte —dijo.

—¿De verdad? —le pregunté.

Asintió con la cabeza.

—Formabas parte del Proyecto Poseidón, la mezcla de ADN humano con el de un Luxen y un Arum. Eras una durmiente, una Troyana que vivía como una humana hasta que te activaran. Y eso mismo es lo que está sucediendo en todos los Estados Unidos mientras hablamos. No pueden ser detectados, ni por los drones del CRA ni por ninguna tecnología desarrollada.

—Bueno, está claro que sabes lo que es. —Luc apoyó los brazos sobre las rodillas flexionadas—. ¿Cuál es el propósito del Proyecto Poseidón?

—No solo la dominación del mundo —respondió Eaton, tomando otro trago—, sino también la dominación del universo.

—¿En serio? —El tono de Luc era tan árido como el desierto—. ¿Nos hemos colado en una película de *Los Vengadores*?

—¿Cuándo se ha tratado de otra cosa para Dédalo? ¿Cuándo han tenido un propósito distinto? —replicó el general, y yo me crucé de brazos—. Quieren ser los grandes titiriteros, moviendo los hilos de todo el mundo, desde los líderes mundiales hasta los funcionarios de los ayuntamientos, y de todo lo que existe ahí fuera, en la inmensidad que es el universo. En sus mentes, se están esforzando por crear un mundo mejor. No son los villanos. Al menos, no lo creen. Creen que son los héroes de la historia. Dédalo siempre ha sido así, y tú lo sabes, Luc, mejor que la mayoría.

—¿Cómo es eso posible? —pregunté, recordando lo que April me había contado—. ¿Cómo no saben que lo que hacen está mal?

—A lo largo de la historia, mucha gente muy inteligente se ha convencido a sí misma de que aquello en lo que creen, sus ideologías, son mejores para las masas. Esto ha ocurrido miles de veces. No es nada nuevo.

—¿Cómo piensan exactamente hacer del mundo un lugar mejor obligando a los Luxen a que hagan mutar y conviertan a los humanos corrientes en híbridos Luxen-Arum? —pregunté, creyendo que era una pregunta perfectamente válida.

Así que no tenía ni idea de por qué se reía.

—Porque, al fin y al cabo, los que controlan Dédalo y dirigen nuestro gobierno, y el mundo, son una mínima parte de la mínima parte. Eso tampoco es nada nuevo. Todo lo que ocurre en este mundo ocurre en beneficio de ellos, multimillonarios y directores ejecutivos, dinero viejo y nuevo, y están en los bolsillos de todos los políticos desde el principio de los tiempos.

Luc apretó los labios y asintió.

—Gracias por la lección de historia repulsiva pero precisa de la educación cívica estadounidense que no se enseña en los colegios, aunque eso en realidad no responde a nuestras preguntas.

—Claro que sí. Estos hombres poderosos, sus familias y sus empresas nunca han visto cuestionado su rígido control del mundo. Podían ser humanos de carne y hueso, pero para la persona común y corriente, eran dioses. Nada podía desafiar su poder. No hasta que los Luxen llegaron por primera vez. Entonces todo cambió. —Eaton bajó la botella hasta su pierna—. De repente, había seres que parecían humanos, que se adaptaban con rapidez, más avanzados en casi todos los aspectos que los humanos y que eran armas andantes. No hacía falta ser muy listo para pensar que si no se controlaba a los Luxen, acabarían tomando el control. Joder, las cosas podrían ir mejor si eso ocurriera. Tal vez es que la propia raza humana no sabe lo que es mejor.

—Es posible. —Luc hizo una pausa—. Si no hubiera sido por los asesinos invasores Luxen.

—Sí, si no hubiera sido por ellos. —Eaton sonrió satisfecho, y yo parpadeé—. Esta gente fundó Dédalo, lo colocó dentro del Departamento de Defensa con la función de asimilar a los Luxen, pero también para estudiarlos. Ya conocéis la historia de Dédalo, así que no os aburriré con eso. —Su dedo dio unos golpecitos en la botella—. No hay más que recordar que querían ser capaces de crear algo mejor y más fuerte que los Luxen, algo que pudiera ser controlado. Empezaron con los híbridos y llegaron hasta los Origin, pero no se detuvieron ahí. Querían crear algo que pudiera programarse genéticamente y, como sabéis, los Origin aún tenían demasiado sentido de... sí mismos para que eso funcionara.

Luc inclinó la cabeza.

—Eso lo sabemos.

—Nancy no podía dejar escapar el Proyecto Origin. Era su vida —dijo, y la mandíbula de Luc se endureció de inmediato.

No sabía quién era Nancy e hice una nota mental para preguntárselo más tarde.

—Mientras tanto, otros miembros de Dédalo estaban desarrollando el Proyecto Poseidón, jugando con la mentalidad de colmena que tienen tanto los Luxen como los Arum —continuó Eaton—. Su primer éxito fue en los noventa. Así de lejos se remonta esto. Hubo mucho ensayo y error, al igual que con los híbridos y los Origin, pero tuvieron el suficiente éxito como para saber que a través de los Troyanos podían hacerse con un control real. Solo necesitaban el escenario adecuado para que todo encajara.

Luc pareció darse cuenta antes que yo.

—¿La invasión?

Asintió con la cabeza.

—Dédalo sabía que se avecinaba, había interceptado la comunicación entre los Luxen de aquí y los que todavía no habían llegado. Además, trabajaron con suficientes Arum como para saber que los Luxen, al igual que los humanos, no eran todos pacíficos.

—Sabían que se avecinaba. ¿Por qué? —espeté, horrorizada y asqueada—. ¿Por qué lo hicieron? Murió muchísima gente.

—Y la multitud se redujo. La población es un verdadero problema. Bueno, lo era. —Le dio un trago a la cerveza—. Pero también sirvió a otro propósito. La invasión creó miedo y después hostilidad.

Pensé en lo que Dee había dicho en la tele, y luego en April.

—¿Y por eso siguen echándoles la culpa a los Luxen de cosas que en realidad están llevando a cabo ellos?

Asintió una vez más.

—Porque los humanos no pueden enfrentarse a los Luxen. —Luc se echó hacia atrás, pasándose una mano por el pelo—. Los Luxen son inferiores en número, pero hay más que suficientes en este planeta para hacerse con un control considerable, tal vez incluso con el control total. Joder. —Sacudió la cabeza—. Es verdad que quieren erradicar a los Luxen, y lo están haciendo poniendo a los humanos completamente en su contra.

—Y ahora mismo no solo a los Luxen. Quieren que desaparezcan los híbridos y la mayoría de los Origin —añadió Eaton—. Están utilizando el miedo y la ignorancia, que son las mayores y más poderosas armas de destrucción masiva jamás creadas.

Sintiéndome un poco mareada, me di media vuelta mientras me apartaba el pelo de la cara.

—A esto se refería mi madre, ¿verdad? Cuando dijo que habían dejado que esto sucediera, pero que habían perdido el control. ¿Se refería a la invasión?

—Supongo que sí —respondió—. Si logran erradicar a los Luxen y al resto, entonces no habrá nada que impida que los Troyanos tomen el poder.

—¿Y qué pasará entonces? —Me dirigí a él.

—Me imagino que lo presentarán como una utopía. En realidad, será algo parecido a una distopía, pero mucho peor.

—Pero no te estás escondiendo aquí sin ningún propósito —le recordó Luc—. Esta no es la única Zona rebosante de Luxen listos para asaltar las puertas. El Patio no se está utilizando para jugar a las peleas. Os estáis entrenando y preparando.

El Patio.

Para eso estaban utilizando el Patio.

—¿Cuánto tiempo más creéis que estaremos seguros aquí? Es solo cuestión de tiempo que nos descubran.

—Entonces lucharemos —dijo Luc, y yo asentí con la cabeza—. ¿No es para eso para lo que fuimos criados la mayoría de nosotros?

Los ojos de color azul pálido de Eaton me recorrieron.

—Quiero saber qué sabéis de tus habilidades, cuándo empezaron. Todo.

Así que le contamos todo lo que sabíamos sobre lo que me habían hecho, sin omitir nada. Cuando terminé, estaba agotada a pesar de que Luc y yo habíamos compartido la tarea.

—Eres diferente al resto. Imagino que tiene que ver con que te han administrado sueros distintos de antemano. La mentalidad de colmena programada en los Troyanos no se ha asentado del todo —explicó—. Pero has dicho que cuando atacaste a los hombres que vinieron a por ti, esos Hijos de la Libertad, no eras tú misma, ¿verdad?

—No, era como... Estaba allí, pero veía las cosas de otra manera, como si fuera una misión para mí que tenía que llevar a cabo. No puedo explicarlo de otra manera mejor. —Empecé a pasear por el estrecho espacio entre las montañas de libros—. Y no sé por qué ocurrió. Fue como si accionaran un interruptor.

—¿Es posible que utilizaran otra arma de ondas sonoras cerca? —preguntó Luc—. ¿La onda Cassio?

—No lo creo. Como he dicho, lo más probable es que fuera por los sueros múltiples. En cierto modo, es una casualidad. ¿Recordáis esos sueros que confiscasteis en casa de la chica? Me hubiera interesado verlos.

—Sí, ya no están —dijo Luc.

Eaton se quedó callado un momento y después miró hacia donde yo estaba.

—A Dédalo le encantaría ponerte las manos encima. No eres como los demás y querrían diseccionarte poco a poco para averiguar por qué.

Bueno, lo que es seguro es que esa afirmación no me ha provocado un sentimiento cálido y embriagador.

—Vas a tener que controlar tus habilidades —dijo, sin dejar de mirarme, y luego, tras una pausa—: Si puedes.

¿Si puedo?

Vaya, eso sí que era motivador.

—Claro que puede —insistió Luc—. Yo la voy a ayudar.

El general Eaton le dio un trago a su botella.

—Por supuesto que sí.

Luc frunció el ceño.

—¿Qué se supone que significa eso?

—Vosotros dos sois un desastre en potencia, ¿cómo no os dais cuenta? —Eaton bajó la vista hacia la botella que sostenía mientras Luc y yo intercambiábamos una larga mirada. Entonces Eaton se echó a reír—. Bueno, uno de vosotros vería la verdad si dejara de distraerse por las emociones y el pasado.

Bueno, la verdad era que ese alguien podría ser cualquiera de los dos.

—Creo que es hora de que dejes la bebida —sugirió Luc.

Eaton levantó la mirada hacia Luc.

—¿Crees que esto no estaba planeado desde el principio? Te creía más listo, Luc. Ya sabes cómo funciona Dédalo. Y ellos saben cómo actúas tú.

Luc cerró la boca.

—¿De qué está hablando? —le pregunté.

Eaton no apartó la mirada de Luc.

—Estáis hechos el uno para el otro.

Un ligero escalofrío me recorrió la piel cuando me volví hacia Luc, recordando que él me había dicho lo mismo. «Estamos hechos el uno para el otro».

—¿Crees que no estaba planeado desde el momento en el que dejaste Dédalo, Luc? ¿Que no sabían que al final encontrarías a alguien por quien harías cualquier cosa? Sabes cómo manipulaban a los Luxen que eran cercanos a los humanos. Mira a Daemon y a Dawson. Dédalo estuvo a punto de manipular sus relaciones con la esperanza de que mutaran a un humano.

Arqueé las cejas.

—¿Manipular sus relaciones?

—Había un agente de Dédalo designado a Bethany y a Kat —explicó Luc—. No las emparejó con Dawson ni con Daemon, pero pudo informar sobre ellas y ayudar... Ayudar en todo, ya fuera en el paso final de la mutación o en su transformación.

—Dios —susurré.

—¿Y crees que a ti no te hicieron lo mismo? —desafió Eaton, y Luc giró la cabeza hacia él—. ¿No se te ha ocurrido pensar que sabían de ella desde el momento en el que huyó de su casa a tus brazos? ¿Que no os estaban siguiendo a los dos, vigilándoos? Fue cuestión de suerte que ella enfermara.

Luc apretó la mandíbula mientras miraba al general, y yo sentí que necesitaba sentarme.

—Su cáncer fue la oportunidad perfecta. Sabían que intentabas conseguir los sueros para dárselos. El LH-11. El Prometeo. Ninguno de ellos la curaba, sino que la preparaba para el suero final. El Andrómeda. Solo tenían que esperar a que estuvieras lo bastante desesperado como para correr ese riesgo y llevarla a Dédalo.

Las facciones de Luc se tornaron descarnadas, y tuve que hablar en su defensa.

—No me llevó a Dédalo. Me llevó...

—¿A Sylvia Dasher? Niña, sé que creías que esa mujer era tu madre, y puede que en cierto modo lo fuera, pero formó parte de Dédalo hasta el momento en el que decidió que no podía hacer lo que se le pedía —dijo, y si creía que se me había roto el corazón cuando Steven había empezado a hablar, me había equivocado. Se me estaba rompiendo ahora—. ¿Esas cosas que has dicho que eras capaz de hacer? Pelear. Los disparos. ¿Lo que has hecho con esos hombres a las afueras de Atlanta? Dédalo te entrenó, Sylvia te entregó y después borraron tus recuerdos.

Me senté entonces, en una silla de ordenador desgastada y que chirriaba.

—¿Qué quieres decir con que borraron sus recuerdos después del entrenamiento? —exigió Luc—. El suero...

—Le causó fiebre, pero nunca le quitó los recuerdos. Sylvia te mintió. Te dio el suero y luego mutaste. Cuando Sylvia supo que sobrevivirías a la mutación, te entregó a Dédalo. Hubieras sabido exactamente quién eras cuando completaras el entrenamiento. Pero entonces utilizaron la onda Cassio para freír tu banco de memoria a corto y largo plazo —explicó, y en ese momento supe que si mi madre..., si esa mujer no hubiera muerto, Luc le habría dado caza.

Y la habría matado.

Lo supe, porque lo vi en la forma en la que se volvió y me miró fijamente, en el horror que apareció en sus facciones cuando se dio cuenta de que yo había sido Nadia cuando desperté del suero y había sido Nadia cuando... me habían entrenado.

Luc palideció, y, aunque no podía leerle la mente, supe que mientras yo no recordaba lo que era ser entrenada por Dédalo, él sí.

—Por alguna razón, Sylvia cambió de opinión. Era lo único que Dédalo no había planeado. —Eaton nos miró a Luc y a mí—. El amor. —Luego se echó a reír, sacudiendo la cabeza—. No habían previsto que Sylvia te cuidara como una madre cuidaría a su hijo. Puede que cambiara de opinión e intentara sacarte de allí, pero no te equivoques: ella sabía lo que contenían esos sueros. Ella misma creó el suero Andrómeda. Trabajó en las primeras pruebas, registró todos sus fracasos y sus éxitos. El suero Andrómeda no habría existido de no ser por ella.

Me llevé la mano al centro del pecho, sobre el corazón. No podía hablar.

—Tú no fuiste su primer éxito, ni mucho menos. —Volvía a mirar la botella—. Pero tú eras distinta. No solo por tu mutación, sino por él. —Asintió en dirección a Luc sin levantar la vista. Cuando volvió a hablar, su voz era cansada y amarga—. Tenías que saber, Luc, que encontrarían alguna forma de hacerte volver.

—Nunca volverán a atraparme —dijo Luc, con un tono tan frío como el Ártico—. Eso puedo prometértelo.

El general Eaton levantó la vista.

—¿Estás tan seguro? —Desvió los ojos hacia mí—. No lo reconociste en aquel bosque, ¿verdad?

—No —susurré—. Lo vi como...

—Lo viste como una amenaza y un desafío y necesitabas dominarlo. Una de las tres cosas para las que fuiste codificada. —Bajó la comisura de los labios—. Te codificaron para responder ante una sola persona, y no es este chico que está sentado aquí.

—¿Qué narices significa eso? —quiso saber Luc.

Yo tenía una pregunta mejor.

—¿Estás diciendo que lo que pasó en el bosque podría volver a pasar y que no me acordaré de él? ¿Otra vez? ¿Que no podrá llegar hasta mí?

La tristeza se coló en los ojos reumáticos del general.

—Te codificaron para responder solo ante una persona...

—¡Deja de decir que me codificaron! —Me puse de pie de un salto, con el pecho subiendo y bajando—. ¡No soy un maldito ordenador! Soy una persona...

—No, tú eres la sombra más ardiente y él es la estrella más oscura, y juntos, traeréis la noche más brillante.

Me eché hacia atrás.

—¿Qué? —dijo Luc.

Eaton soltó una risita ronca.

—Palabras clave. Así es como él os llamaba a los dos.

—¿La estrella más oscura? ¿La sombra más ardiente? Eso suena a tonterías —gruñó Luc.

—No. No lo es. —Sacudí la cabeza—. Micah... te llamó la estrella más oscura. No creí que fuera un nombre, pero... —Respiré entrecortadamente—. ¿Quién demonios es él? ¿Y cómo sabes tú todo esto?

—Lo sé porque intenté acabar con el Proyecto Poseidón en cuanto me enteré de su existencia. Pero no lo conseguí. —Tenía los nudillos blancos de tanto agarrar la botella—. Lo subestimé. No volveré a hacerlo.

—¿A quién? —Luc se levantó y se acercó al hombre, y pensé que podría estrangularlo si no le contestaba—. ¿Para quién está supuestamente codificada? ¿Quién está detrás de esto? Dímelo para saber a quién tengo que matar.

—Ya lo has hecho —respondió Eaton—. Al menos, eso pensabas. Eso es lo que te hicieron creer.

Un escalofrío estalló en mi nuca y me recorrió la columna vertebral.

—No. No puede ser.

—Dasher —contestó Eaton, echando el brazo hacia atrás con una rapidez que delataba su edad. La botella salió despedida por la habitación, y se hizo añicos al chocar contra la pared—. Jason Dasher.

ÁGRADECIMIENTOS

Gracias a mi agente estelar Kevan Lyon y a mi extraordinaria editora Melissa Frain por creer que Luc necesitaba su propia historia. Gracias a Taryn por ayudar a difundir el amor por Luc alrededor de todo el mundo, y un enorme agradecimiento al increíble equipo de Tor: Saraciea, Elizabeth, Anthony, Eileen, Lucille, Kathleen, Isa, Renata y al resto del maravilloso equipo. Gracias a Kristin por intervenir cuando es necesario y por ayudar a correr la voz sobre mis libros y sobre mí en el mundo. Perdería la poca cabeza que tengo si no fuera por Stephanie Brown, pero no se lo digas. Necesito mantenerla en vilo. Escribir es una experiencia muy solitaria, así que los siguientes amigos y personas a las que quiero me han ayudado de muchas maneras diferentes: Andrea Joan (excepto cuando me envías mensajes de texto sin cesar acerca de tu teoría sobre la película *Prometheus*), Jen Fisher (en especial cuando me traes magdalenas), Jay Crownover y Cora Carmack (ahora sois básicamente la misma persona), Andrew Leighty (cuando me envías mensajes sobre las fotos extrañas que recibes), Sarah J. Maas (excepto cuando leo tus libros y me siento como una fracasada), mi marido (no cuando me interrumpes), Hannah McBride (cuando no me envías mensajes de texto sobre el presupuesto de la ApollyCon), Kathleen Tucker (ojo avizor durante días), Valerie, Stacey Morgan, Tijan, Jessica, Krista, Sophie, Gena, Kresley, Brigid, Jen Frederick y muchos muchos más.

A mis JLAnders, vosotros hacéis que sea fuerte como una roca. Gracias por apoyarnos a mi roca y a mí, y por entretenerme con todas vuestras publicaciones.

Y, por último, nada de esto habría sido posible sin ti, que me estás leyendo. Gracias por permitirme seguir persiguiendo mis sueños.

¿TE GUSTÓ
ESTE LIBRO?

escríbenos y
cuéntanos tu opinión en

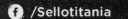 /Sellotitania    /@Titania_ed

/titania.ed

#SíSoyRomántica